# DER FEINSCHMECKER

DAS INTERNATIONALE GOURMET-JOURNAL

# WELTKLASSE:
## Die neue deutsche Küche

Es muss an dieser Stelle mal gesagt werden: Unsere Top-Köche sind Weltklasse! Wie beflügelt sie derzeit arbeiten, haben wir in diesem Jahr genussvoll erlebt: mit noch individuelleren Handschriften und noch eigenständigeren Ideen. Vielerorts wird mehr denn je eine neue Klarheit zelebriert – die Perfektion des Einfachen sozusagen, natürlich auf höchstem Niveau. Joachim Wissler kocht derzeit so brillant wie nie zuvor und ist seinem Lehrmeister Harald Wohlfahrt nun endgültig ebenbürtig. Auch Juan Amadors klare Aromensprache, konzentriert auf wenige Komponenten, präsentiert sich geradezu befreit. Er steigt in diesem Jahr in die Riege unserer zehn besten Köche in Deutschland auf. Glückwunsch!
Die neue Schlichtheit kommt an, und dass es offensichtlich ein großes Bedürfnis nach „Soulfood" gibt, mag auch an den wirtschaftlich unsteten Zeiten liegen. Die Köche greifen jedenfalls tief in die Zutatenkiste deutscher Bodenständigkeit: Nie in der Vergangenheit ist uns Pumpernickel so oft in so vielfältiger Form in Spitzenrestaurants begegnet wie in diesem Jahr, dicht gefolgt von alten Sorten etwa bei Tomaten und Karotten und der omnipräsenten Roten Bete, deren Wandlung vom verschmähten Wintergemüse zum Trendprodukt sie nun das ganze Jahr über auf die Teller bannt. Der Vollständigkeit halber sei erwähnt, dass die Regionalität weiter beherrschender Trend bleiben wird. Und zum Schluss noch ein guter Rat: Es gab auch in diesem Jahr eine Vielzahl von Veränderungen, und der Wechsel-Reigen dauert weiter an. Wer also nicht vor verschlossenen Türen stehen möchte, sollte vorher anrufen – natürlich auch, um zu reservieren! Vor allem in jenen Restaurants, die die Flut im Frühsommer getroffen und schwer geschädigt hat, wie das „Sendig" in Bad Schandau. Wir wünschen all jenen (und uns), dass sie bald wieder an alte Erfolge anknüpfen können!

Ihre FEINSCHMECKER-Redaktion

# RESTAURANT DES JAHRES

## bean & beluga, Dresden

In angespannten wirtschaftlichen Zeiten und dazu in einer kulinarisch wenig gesegneten Region pflegt Stefan Hermann unbeirrt die Gourmetküche und ebnet ihr erfolgreich den Weg in die Zukunft. Kompromisslos hält er auch ohne die Subventionen eines Hotels an Qualität und Anspruch fest. Beispielhaft gut gelingt ihm die Balance zwischen Küche und Finanzmanagement mit einem kleinen Genussimperium, dessen Keimzelle und Zentrum das 2007 eröffnete Gourmetrestaurant „bean & beluga" ist: In der Gründerzeitvilla sind auch Tages- und neuerdings Weinbar, Feinkostladen, Kochschule und Cateringzentrale untergebracht. Hermann ist für die Gastronomie der Semperoper und ab September auch des Schauspielhauses („William") verantwortlich und verpflegt die Besucher auf dem Konzertplatz Weißer Hirsch. Ein genussvolles, solides Fundament für die große Kür im Obergeschoss der Villa. Mit dem „bean & beluga" schufen Hermann und Restaurantleiter und Sommelier Jens Pietzonka das Musterbeispiel eines modernen Gourmetlokals: Auf puristisch-lichter Bühne in elegantem Weiß kommt die moderne französische Küche als heitere Inszenierung mit Leichtigkeit daher, konzentriert auf wenige Elemente. Ein erfrischend unbeschwerter Hochgenuss ohne jede Förmlichkeit!

**Heiteres Genusserlebnis auf hohem Niveau in Dresden: Stefan Hermann, Jens Pietzonka und ein engagiertes Team machen das „bean & beluga" zu einem Paradebeispiel eines modernen Gourmetrestaurants**

# KOCH DES JAHRES

## Johannes King, Sylt

**Mit Weitblick: Johannes King hat die Regionalität im „Söl'ring Hof" neu definiert. Vieles kommt vom eigenen Hof, der Fisch zum Großteil vom eigenen Kutter. Manchmal fährt der Chef auf dem „Traumfänger" selbst mit raus**

Johannes King hat den Begriff der regionalen Küche im schönen „Söl'ring Hof" neu definiert. Konsequent zog er den Kreis seiner Quellen für gute Zutaten immer enger: Ein eigener Bauernhof in Morsum liefert Kräuter, Obst und Gemüse, Gänse, außerdem Honig von eigenen Bienen. Der Fisch kommt zum Teil vom eigenen Kutter, manchmal fährt der Chef auch selbst mit raus; Muscheln sammelt das Team aus der Nordsee – näher am Ursprung kann man nicht sein. Diese moderne, nachhaltige Küche präsentiert King auf der glamourösen Bühne seines Restaurants. Und es geht noch weiter: In Keitum eröffnete er einen Feinkosthandel mit Tagesbar und einem Lieferservice für Gourmetmenüs. Dort wie im „Söl'ring Hof", in dem King seit 2000 Gastgeber und Küchenchef ist, lautet das Motto: zurück zu einer neuen Einfachheit – auf höchstem Niveau. Das Produkt steht im Mittelpunkt und wird nicht zum Mosaikstein eines vielteiligen Spektakels degradiert. Wer einmal den meeresfrischen Muschelsalat mit Gurkengelee und Merrettichschnee gekostet hat, für den die See mit großen Muschelschalen sogar den Teller liefert, dankt der Natur für ihre grandiose Speisekammer; und Johannes King dafür, dass er sie so köstlich auf die Tische bringt.

# DIE BESTEN KÖCHE

## Klassik FFFFF Avantgarde

Wir haben es bereits gesagt: Die deutschen Spitzenköche sind Weltklasse! Umso bemerkenswerter, dass selbst auf so hohem Niveau weitere Steigerungen möglich sind. Deshalb feiern wir in diesem Jahr eine Doppelspitze: Joachim Wissler kocht so beflügelt wie nie und ist seinem Lehrmeister Harald Wohlfahrt absolut ebenbürtig.

Wie sehr Klassik und Moderne gleichermaßen die Spitze präsentieren, zeigen die zwölf Köche beider Richtungen, die wir diesmal mit der Höchstnote bewertet haben: links jene, die eher der französischen Klassik treu sind, rechts diejenigen, die eher der Avantgarde verpflichtet sind – in alphabetischer Reihenfolge.

**Harald Wohlfahrt**
Baiersbronn S. 39

**Joachim Wissler**
Bergisch Gladbach S. 43

**Klaus Erfort**
Saarbrücken S. 274

**Hans Haas**
München S. 232

**Claus-Peter Lumpp**
Baiersbronn S. 37

**Hans Stefan Steinheuer**
Bad Neuenahr S. 32

**Helmut Thieltges**
Dreis S. 91

**Juan Amador**
Mannheim S. 212

**Christian Bau**
Nennig S. 240

**Thomas Bühner**
Osnabrück S. 255

**Sven Elverfeld**
Wolfsburg S. 327

**Christian Jürgens**
Rottach-Egern S. 272

# TOP TEN
## Die besten Trendküchen

Die meisten Trends werden weiterhin in der Hauptstadt geboren, hier ist der Mut zu Neuem am stärksten ausgeprägt. Aber der Norden holt auf: Sarah Henke hat im „Spices" auf Sylt schon im vergangenen Jahr neue, spannende Akzente gesetzt und konnte sich in diesem Jahr weiter steigern; das gilt auch für Kevin Fehling im Lübecker „La Belle Epoque". Und Johannes King hat im Sylter „Söl'ring Hof" mit seiner ausgefeilt konsequenten Küche den Begriff des Regionalen neu definiert. In der Berliner „Quadriga" fand nach einem Führungs- auch ein Kurswechsel statt, deshalb ist das Restaurant in diesem Jahr nicht dabei.

**„La Vie": Thomas Bühners Rehrücken – Teller-Kunstwerk in schönstem Kandinsky-Stil**

TOP TEN

# Beste Restaurants auf dem Land

Wer ein Hideaway mit Spitzenküche im naturbelassenen Grünen, in den Bergen oder am Meer sucht, findet hier die zehn besten Adressen mit den Höchstnoten für ihre Küchenleistung – Deutschlands beste Restaurants auf dem Land! Wobei wir – pragmatisch, wie wir sind – unter ländlich auch kleine Dörfer und den grünen Stadtrand verstehen. Unsere aktuelle Nummer eins: das „Gourmetrestaurant Lerbach" – Top-Gastronomie in einem herrschaftlich-romantischen Schlosshotel mit Charme, Eleganz und prachtvoller Parklandschaft.



**Modern und elegant: „Gourmetrestaurant Lerbach" – Spitzenküche im Hideaway**

TOP TEN

# Die besten Szenerestaurants

Es führt kein Weg an Berlin vorbei: Die meisten kulinarischen Hotspots gibt es derzeit an der Spree! In der Hauptstadt haben Szenerestaurants einen festen Platz in der Gastronomielandschaft erobert. Das beweist etwa das „Borchardt", das weiterhin ein überregional bekannter Treffpunkt bleibt. Der Klassiker unter den Berliner Szenelokalen bekommt allerdings immer mehr und immer erfolgreichere Konkurrenz: In diesem Jahr sind erstmals vier Lokale aus der Hauptstadt dabei, ganz neu unter den Besten ist das „The Grand". Weiterhin unangefochtene Legende: die Sylter Strandbude „Sansibar".

| | | |
|---|---|---|
| 1 | **Sansibar** Sylt/Rantum | S. 300 |
| 2 | **Pauly Saal** Berlin | S. 66 |
| 3 | **Henssler Henssler** Hamburg | S. 157 |
| 4 | **Schumann's Bar am Hofgarten** München | S. 233 |
| 5 | **Monkey's West** Düsseldorf | S. 104 |
| 6 | **Grill Royal** Berlin | S. 62 |
| 7 | **Borchardt** Berlin | S. 61 |
| 8 | **Goldman Restaurant** Frankfurt | S. 124 |
| 9 | **Bullerei** Hamburg | S. 155 |
| 10 | **The Grand** Berlin | S. 67 |

**Szene-Hotspot mit Affenskulptur: das Düsseldorfer „Monkey's West"**

# TOP TEN
## Die besten Serviceteams

Auch wenn mit Ansgar Fischer Deutschlands bester Maître die Führung in diesem Sommer abgibt: Die Mannschaft der „Schwarzwaldstube" hat bis Redaktionsschluss einmal mehr eindrucksvoll ihre Klasse bewiesen und ihre Spitzenposition verteidigt! Nirgendwo sonst gelang die Balance zwischen lückenloser Aufmerksamkeit und gebotener Zurückhaltung, perfektem Ablauf und charmanter Souveränität besser als dort. Einen ebenso professionellen wie wunderbar unverkrampften Service erlebten wir auch im „Amador". Nach dem Weggang der Kieffer-Brüder aus Aschau ist die „Residenz Heinz Winkler" in diesem Jahr nicht dabei.

1 **Schwarzwaldstube** Baiersbronn S. 39

2 **Vendôme** Bergisch Gladbach S. 43

3 **Tantris** München S. 231

4 **Aqua** Wolfsburg S. 326

5 **Gästehaus Klaus Erfort** Saarbrücken S. 274

6 **Gourmetrestaurant Lerbach** Bergisch Gladbach S. 42

7 **Facil** Berlin S. 48

8 **La Vie** Osnabrück S. 255

9 **Amador** Mannheim S. 212

10 **Bareiss** Baiersbronn S. 37

**„Schwarzwaldstube": Der charmante Sommelier Stéphane Gass bleibt weiter an Bord**

# TOP TEN
## Die besten Patissiers

Das Finale eines Menüs in den deutschen Spitzenrestaurants ist in Kreativität, Raffinesse und Komplexität der großen Kür von der ersten Vorspeise bis zum Hauptgang mittlerweile ebenbürtig. Es sind wahre Kunstwerke, die – angekündigt durch aufwendige Pre-Desserts – am Ende einen fulminanten Höhepunkt liefern. Glückwunsch an Christian Hümbs („La Mer", Sylt), den wir dieses Jahr noch überzeugender fanden, und an René Frank („La Vie", Osnabrück), der neu unter den Besten ist.

1 **Pierre Lingelser**
Schwarzwaldstube, Baiersbronn S. 39

2 **Andreas Vorbusch**
Vendôme, Bergisch Gladbach S. 43

3 **Christian Hümbs**
La Mer, List auf Sylt S. 298

4 **Tobias Geil**
Gästehaus Klaus Erfort, Saarbrücken S. 274

5 **Stefan Leitner**
Bareiss, Baiersbronn S. 37

6 **Eric Räty**
Aqua, Wolfsburg S. 326

7 **Tim Tegtmeier**
Victor's Gourmetrestaurant, Nennig S. 240

8 **René Frank**
La Vie, Osnabrück S. 255

9 **Thomas Gläser**
Facil, Berlin S. 48

10 **Frédéric Guillon**
Gourmetrestaurant Lerbach, Bergisch Gladbach S. 42

**Bleibt Deutschlands bester Patissier: Pierre Lingelser kreiert in der „Schwarzwaldstube" auch dieses Jahr unverwechselbar brillante Desserts**

„La Bécasse": Savoir-vivre in der Aachener Innenstadt – wunderbar weltoffen interpretiert

## Aachen

■ A 31, S. 344

**La Bécasse** FFF○○
Innenstadt, Hanbrucher Str. 1, PLZ 52064
Tel. 0241/744 44
www.labecasse.de
Sa mittag, Mo mittag, So geschl.
Hauptgerichte € 27-39
Chefkoch: Christof Lang
AmEx DINERS EC MASTER VISA

Seit mittlerweile 30 Jahren bekocht Christof Lang seine Stammgäste. Und nicht nur die sind glücklich mit der Gourmetküche des Patrons, die ihre französischen Wurzeln nicht verleugnet, dabei aber kreative, weltoffene Gerichte offeriert. Krosse Ente aus dem Ofen, Burrata mit Aal und *yuzu*-Frucht und auch der saftige Steinbutt mit Kalbsbries, Pinienkernen und Estragonvinaigrette beeindrucken mit präzisen und intensiven Aromen. Guter Abschluss: Schnee-Eier mit flüssigem Karamell, hausgemachtem Florentiner, Vanilleeis und Holundermark. Sympathischer Service um Restaurantleiter und Sommelier Daniel Hündgen, der kompetente Tipps zu den 300 Weinen gibt.

**Petit Charlemagne** FF○○○
Innenstadt, Hartmannstr. 12-14, PLZ 52062
Tel. 0241/51 56 07 85
www.petit-charlemagne.de
So geschl.
Hauptgerichte € 10-30
Chefkoch: Detlef Rams
EC MASTER VISA

Patron Detlef Rams pflegt mit seinem Team die geschmackvolle französisch-regionale Küche mit mediterranen Einflüssen auch weiterhin höchst engagiert. Bestes Beispiel ist sein Klassiker, das *beef tartare* mit pochiertem Landei. Der gebratene Zander mit Garnele und Spitzkohl in Hummerschaum belegt die handwerkliche Präzision, mit der hier gearbeitet wird. Ein Hauch weltläufige Lebenslust zieht mit Jakobsmuscheln und Reibekuchen in einer orientalischen Würzmischung ins hübsche Bistro. 90 Weine, schöner Saal im Obergeschoss.

**St. Benedikt** FFF○○
OT Kornelimünster, Benediktusplatz 12
PLZ 52076
Tel. 02408/28 88
www.stbenedikt.de
Sa mittag, So, Mo geschl.
Hauptgerichte € 28-32
Chefkoch: Maximilian Kreus
DINERS EC MASTER VISA

Maximilian Kreus hat sich etabliert im kleinen Lokal, das seine Eltern 31 Jahre lang im historischen Kern der Kaiserstadt geführt hatten. Mittags gibt's Einfacheres wie gebratene Gambas mit Lauch zum fairen Preis, am Abend zeigt der Patron sein ganzes Können mit französisch-international orientierten Menüs: Hummer und Nusspüree harmonieren mit erfrischender Mango und Zitrone, saftig ist der Heilbutt mit Hafer und exotischem Vadouvan-Gewürz, eher klassisch das Lamm mit Aubergine, karamellisiertem Knoblauch und Karotte.

## Adelsdorf ■ E 39, S. 347

**Niebler** FF○○○
OT Neuhaus, Neuhauser Hauptstr. 30
PLZ 91325
Tel. 09195/86 82
www.landgasthof-niebler.de
außer Fr, Sa, So nur Abendessen, Mi geschl.
Hauptgerichte € 8-18
Chefkoch: Frank Niebler
AmEx DINERS EC MASTER VISA

Patron Frank Niebler konzentriert sich in seiner Küche auf saisonale Produkte, vor allem auf die Wildkarte legt er besonderes Augenmerk. In der jeweiligen Jahreszeit gibt es außerdem eine Spargel-, Bärlauch- und Pfifferlingskarte und nahe dem Aischgrund natürlich Karpfen. Die sind besonders beliebt, etwa Karpfenroulade in rosa Pfeffersauce mit Basmati-Reis. Aus „Mutters Küche" gefallen im fränkischen Gasthof Schäufele (Schweineschulter) mit Sauerkraut und Kloß oder Bratwürste mit frisch gebackenem Brot. Vorweg empfehlen wir die fränkische Festtagssuppe, zum Dessert Apfeltarte mit Quarkeis. Elf Gästezimmer.

## Aerzen ■ B 18, S. 340

**Schloss Münchhausen** FFFF○
OT Königsförde, Schwöbber 9, PLZ 31855
Tel. 05154/706 00
www.schlosshotel-muenchhausen.com
nur Abendessen, So, Mo geschl.
Hauptgerichte € 38-60
Chefkoch: Achim Schwekendiek
AmEx EC MASTER VISA

Die prächtigen Renaissance-Räume im Schloss sind eine elegante Bühne für Achim Schwekendieks zeitgemäße Interpretationen mit mediterranen Einflüssen auf französischer Basis. Beste Produkte bilden die Grundlage für moderne, geschmackvolle Gerichte. Südliche Noten verbinden sich beim Kaisergranat mit Aioli und Ratatouille, zum Limousin-Lammrücken kombiniert er seine Version vom lauwarmen *salade niçoise,* und der St-Pierre wird mit confiertem Schweinebauch, gelierter Rinderkraftbrühe und Spargel zum aromatischen Genuss. Umfangreiche Weinauswahl mit 850 Positionen, bester Service. Bodenständige Klassiker im stimmungsvollen „Schlosskeller".

## Alsfeld ■ B 37, S. 346

NEU **Adel.Es** FF○○○
Innenstadt, Markt 2-3, PLZ 36304
Tel. 06631/70 58 33
www.adeles.de
außer Fr, Sa, So nur Abendessen, Mo geschl.
Hauptgerichte € 17-39
Chefköche: Anja Graulich,
Benjamin Pospiech
EC MASTER VISA

Für das schicke Restaurant in Alsfelds Fachwerkidyll zeichnet mit Anja Graulich eine Gastronomin verantwortlich, welche die weite Welt aus früheren Jahren als Managerin kennt. In ihrer hessischen Heimat verwirklicht sie nun einen polyglotten Küchenstil mit Trüffeln, Jakobsmuscheln, Skrei und Steaks vom Simmentaler oder Charolais-Rind. Daneben bietet die Küche auch Salate, Flammkuchen, Pasta und Wiener Schnitzel, mit Liebe und Pfiff zubereitet. Nette Weinkarte, freundlicher Service. Schicke Zimmer in Anja Graulichs nahe gelegener „Villa Adel.es".

## Alt Duvenstedt ■ E 2, S. 335

**Töpferhaus** FF○○○
Am See, PLZ 24791
Tel. 04338/997 10
www.toepferhaus.com

nur Abendessen, So, Mo geschl.
Hauptgerichte € 24-39
Chefkoch: Oliver Pfahler
AmEx DINERS EC MASTER VISA
Klassische Küche, die sich gern französisch-mediterran orientiert. Oliver Pfahler kocht nun bereits seit drei Jahren im Hotel-Restaurant mit prächtiger Aussicht auf den Bistensee – souverän und zuweilen kreativ präsentiert er seine Menüs. Den Seeteufel serviert er mit Zwiebeln, Orangenjoghurt, Fenchel und Lardo-Speck, das Kaninchen mit Sojabohnen, Radieschen und Oliven, das Ibérico-Schwein schließlich mit Wurzeln und Petersilie. Die Miéral-Étouffé-Taube mit Topinambur, Ei und Essig ist auch weiter ein Highlight. Ganz klassisch der Ausklang, den der sehr aufmerksame Service an die hübsch eingedeckten Tische bringt: Birne Helene. Bei 400 Weinen bleibt man lieber gleich für die Nacht im komfortablen Haus.

## Amorbach ■ F 34, S. 345

**Der Schafhof Amorbach**
OT Otterbachtal, Schafhof 1
PLZ 63916
Tel. 09373/973 30
www.schafhof.de
Mo, Di geschl.
Hauptgerichte € 36-36
Chefkoch: Achim Krutsch
EC
Gourmets schätzen die „Abt- und Schäferstube" seit vielen Jahren, fühlen sich aber auch in der ländlich-mediterranen Atmosphäre des Zweitrestaurants „Benediktinerstube" wohl. Seit 20 Jahren offeriert Achim Krutsch jetzt bereits seine klassischen, französisch-deutschen Gerichte ohne Schnörkel. Glückwunsch! Ein Klassiker ist das Zweierlei von der Straßburger Gänseleber, das Krutsch mit Apfelkompott servieren lässt, den Loup de Mer brät er auf der Haut, dazu gibt er Spinat-Timbale und Muschel-Safran-Sauce. Das saftige und mürbe Filet vom Black-Angus-Rind mit Wirsing wird von Spätburgunder-Jus begleitet. Ein schönes Menü, in dem wir die gefüllten Windbeutel mit Vanilleschaum und Himbeersorbet nicht missen wollen. Tolle Weinkarte mit 500 Positionen, netter Service und gemütliche Zimmer.

## Andernach ■ C 32, S. 344

**Kaufmann's**
Innenstadt, im Hotel am Helmwartsturm
Am Helmwartsturm 4-6, PLZ 56626
Tel. 02632/95 84 60

„Der Schafhof Amorbach": klassische Gerichte, bisweilen mit mediterranen Noten

www.hotel-am-helmwartsturm.de
nur Abendessen, Mo geschl.
Hauptgerichte € 20-26
Chefkoch: Joachim Kaufmann
AmEx EC MASTER VISA

Gute Produkte sind selbstverständlich im Hotelrestaurant in der Innenstadt. Das Eifel-Ochsenfilet etwa, das mit grünen Bohnen, Tiroler Speck und krossen Kartoffeln kommt, Saltimbocca von der Entenbrust mit Apfellauch, Gnocchi und Balsamicojus. Empfehlenswert auch der Laacher Seefelchen mit Champagnerkraut in Petersiliensauce. Gute Desserts wie Milchreis-Tiramisu oder Zabaione-Mascarpone-Mousse mit Sauerkirscheis. Das Bistro ist geschlossen.

## Angelbachtal ■ D 46, S. 351

**Lachers Restaurant** FF○○○
OT Michelfeld, im Schlosshotel Michelfeld
Friedrichstr. 2, PLZ 74918
Tel. 07265/91 99 00
www.schlosshotelmichelfeld.de
Mo geschl.
Hauptgerichte € 16-28
Chefkoch: Michael Lacher
AmEx DINERS EC MASTER VISA

Ein stattliches Anwesen ist das „Schlosshotel Michelfeld" mit seinem prächtigen Park. Michael Lacher ergänzt das Wohlfühl-Ambiente bestens mit seiner mediterranen Küche: Die gebackene Seeteufeltasche füllt er mit Lauch und Schinken und gibt Spargel und Gnocchi dazu. Das Lammkarree hat er mit Aromaten gebraten, Ratatouille, Rosmarinkartoffeln und Schalotten-Thymian-Jus harmonieren gut. Handwerklich so akkurat wie verführerisch sind die Desserts, etwa Erdbeer-Rhabarber-Ragout, mit Mascarponecreme gratiniert, dazu Schokoladensorbet. 250 Weine und ein herzlicher Service.

## Arnsberg ■ D 15, S. 339

**Menge** FF○○○
Ruhrstr. 60, PLZ 59821
Tel. 02931/525 20
www.hotel-menge.de
außer So nur Abendessen, Mo geschl.
Hauptgerichte € 15-31
Chefkoch: Christoph Menge
AmEx EC MASTER VISA

Klarheit und Offenheit schaffen Vertrauen. Christoph Menge veröffentlicht im Internet eine Liste seiner handwerklich arbeitenden Lieferanten mit voller Anschrift. Nachahmenswert! Klar und ehrlich ist auch die Küche: Eine mild geräucherte Makrele kommt mit Zuckerschotensalat und Papaya-Kürbis-Chutney auf den Teller, feinsäuerliche und fruchtige Noten fügen sich harmonisch zusammen. Als gelungenes Beispiel für eine zeitgemäße Regionalküche überzeugt die geschmorte Schulter vom Eifeler Urlamm durch ihren angenehm kräftigen würzigen Geschmack. In der internationalen Weinkarte sind erstklassige deutsche und österreichische Gewächse, aber auch hochkarätige aus Bordeaux gut vertreten. Unaufdringlich netter Service.

## Aschau im Chiemgau ■ C 59, S. 352

**Residenz Heinz Winkler** FFFF○
Kirchplatz 1, PLZ 83229
Tel. 08052/179 90
www.residenz-heinz-winkler.de
kein Ruhetag
Hauptgerichte € 35-69
Chefköche: Heinz Winkler, Stephan Brandl
AmEx DINERS EC MASTER VISA

Heinz Winkler und das verspielte, italophile Ambiente des Restaurants – sie sind aus der deutschen Spitzengastronomie nicht wegzudenken. Und seine Verdienste reichen weit über die 20 Jahre in der „Residenz" hinaus. Die Gerichte werden hier handwerklich auf den Punkt zubereitet – der Wolfsbarsch, zart und saftig in Rotweinbutter, das Sisteron-Lamm unter der Kräuterkruste mit Petersilienpüree, die Jakobsmuscheln in geschmeidiger Kapern-Rosinen-Sauce oder die Feigenvariation zum Abschluss. Alles geradlinig, klassisch – aber angesichts der rasan-

A

ten Entwicklung in der kulinarischen Top-Liga auch erstarrt und überraschungsfrei. Besonders schade ist, dass die Lücke, die die Brüder Kieffer im Service hinterlassen haben, offenbar noch nicht gefüllt wurde. Die Mitarbeiter wirken wenig eingespielt, tun sich zuweilen schwer mit offenen Weinempfehlungen und reagieren hilflos angesichts langer Wartezeiten. Große Weine, große Champagner.

## Aspach

■ E 46, S. 351

### Gasthaus Lamm

OT Großaspach, Hauptstr. 23, PLZ 71546
Tel. 07191/202 71
www.lamm-aspach.de
So abend, Mo geschl.
Hauptgerichte € 15-29
Chefkoch: Horst Wendt
EC MASTER VISA

Vor ein paar Jahren wäre die 300 Jahre alte Wirtshaustradition beinahe zu Ende gegangen – hätte nicht ein Stammgast das Haus gekauft und saniert. Also kann Horst Wendt, Pächter seit 1993, weiterhin schwäbische Klassiker mit mediterranen und auch mal asiatischen Elementen kombinieren – wie beim Curry, in dem exotische Noten den Geschmack des Marktgemüses nicht übertönen. Fein die aufgeschlagene Petersilienwurzelsuppe mit Flusskrebsen und Jakobsmuschel, deftig die geschmorte Lammhaxe mit Schnippelbohnen und Kartoffelkrusteln, hochklassig das Dessert mit geeistem Cappuccino, Mangosauce und Joghurtsorbet. Erstaunlich für diesen Landgasthof ist die Weinkarte, deren Sortiment weit über die Region hinausgeht.

## Asperg

■ D 46, S. 351

### Schwabenstube

Im Hotel Adler, Stuttgarter Str. 2, PLZ 71679
Tel. 07141/266 00
www.adler-asperg.de
So, Mo geschl.
Hauptgerichte € 26-32
Chefkoch: Harald Derfuß
AmEx EC MASTER VISA

Harald Derfuß beherrscht sein Handwerk, die traditionell-regionale Küche (gut das regionale Menü!) bietet beste Produkte und inspirierte Ausflüge in die Moderne. Beim „Adler Menü" gefällt besonders die Makrele in Pancetta mit Sellerie und Purple Curry, die Banane und Staudensellerie geschmackvoll begleiten. Der Steinbutt wird mit Nou-

„Gasthaus Lamm": Zukunft gesichert – Horst Wendt (l.) und sein Team sind weiter dabei gat-Blumenkohl, Röstzwiebeln und Zitrone serviert, mediterran veredelt ist der schwäbische Alblammrücken mit einer Zucchini-Tomaten-Roulade und Pinien-Gnocchi. Feines Finale: Mousse vom grünen Apfel mit Passionsfrucht, Zitronenmelisse und Joghurtsorbet. Der langjährige Restaurantleiter Marco Hünicke ist ein liebenswürdiger Gastgeber, 500 gute Weine machen die Auswahl schwer. „Brasserie Aguila" und Zimmer im Haus.

## Aue

■ B/C 42, S. 348

### St. Andreas FF○○○

Im Hotel Blauer Engel, Am Altmarkt 1
PLZ 08280
Tel. 03771/59 20
www.hotel-blauerengel.de
nur Abendessen, So geschl.
Hauptgerichte € 25-35
Chefkoch: Benjamin Unger
AmEx DINERS EC MASTER VISA

Benjamin Unger hat sich einen Namen in der Region gemacht, Bruder Claudius Unger kümmert sich als Restaurantleiter und Sommelier (300 Weine) um die Gäste. Die deutsch-französische Freundschaft pflegt der Küchenchef nicht nur bei Gänseleber mit Artischocke, Kalbskopf, Apfel und Joghurt. Die Rotbarbe kommt mit Kartoffel, sehr gutem Olivenöl und Rucola auf den Tisch, „Allerlei Rind" mit Kerbelwurzel, Dicken Bohnen und Knoblauch. Probieren sollte man auf jeden Fall den St-Pierre mit Roter Bete, Meerrettich und Brunnenkresse. Zwei weitere Restaurants im Haus. Gut für Bierfreunde: die hauseigene Brauerei!

## Augsburg

■ A 58, S. 352

### August FFF○○

Innenstadt, Frauentorstr. 27
PLZ 86152
Tel. 0821/352 79
nur Abendessen, So-Di geschl.
Menüs € 115-139
Chefkoch: Christian Grünwald
EC

„Nouvelle Cuisine mit eigenen Kreationen" – selbstbewusst definiert Christian Grünwald seine Küche im schick-puristischen Restaurant im Domviertel. Und hält dem eigenen Anspruch stand: Zum bretonischen Hummer setzt er mit Mairübchen, Spargeltatar, Gurkenrisotto, Kamille-Baiser und Meerrettich originelle geschmackliche Akzente. Den wilden Steinbutt aromatisiert er mit Ochsenmark, Trüffel, Bohnenwasser, Mandel und Limetten-Reisöl. Gut auch das Miéral-Perlhuhn mit Champignon-Essenz, Safran-Rhabarber und Haselnuss, als Alternative beeindruckt das Pauillac-Lamm mit Fichtengrün und der Edeltomate Magiqo. Sehr freundlicher Service.

**„Die Ecke": charmantes City-Lokal**

### Die Ecke FF○○○

Innenstadt, Elias-Holl-Platz 2
PLZ 86150
Tel. 0821/51 06 00
www.restaurant-die-ecke.de
kein Ruhetag
Hauptgerichte € 16-35
Chefkoch: Paul Seiler
AmEx DINERS EC MASTER VISA M

Nettes Innenstadt-Restaurant mit regionalen und mediterranen, aber auch asiatischen Einflüssen in der Küche, wie der leicht angebratene Thunfisch mit Ingwer-Vinaigrette und einem Salat von grüner Papaya zeigt. Gelungen ist auch das Steinbuttfilet in einer Hummer-Chili-Sauce mit Zucchini und Tagliatelle, saftig sind die Würfel vom Simmentaler Rinderfilet in Morchelrahm mit Kohlrabi und Spätzle. 120 Weine.

A

**Papageno Restaurant** FF○○○
Innenstadt, Theaterstr. 8, PLZ 86152
Tel. 0821/907 64 64
www.papageno-restaurant.de
Mo geschl.
Hauptgerichte € 10-20
Chefkoch: Torsten Ludwig
EC MASTER VISA
Das gutbürgerliche Restaurant pflegt seine bodenständig-regionale Küche, die sich auch gern mal klassisch-international orientiert. Die hauseigene Bouillabaisse ist ebenso zuverlässig zubereitet wie die Maischolle „Finkenwerder Art" oder das Wiener Kalbsschnitzel mit lauwarmem Kartoffel-Gurken-Salat. Kleine, feine Weinauswahl, angenehmer Service. Auf Vorbestellung wird auch Gourmetküche serviert.

## Aying

■ B 59, S. 352

**Brauereigasthof Aying** FF○○○
Zornedinger Str. 2, PLZ 85653
Tel. 08095/906 50
www.ayinger.de
kein Ruhetag
Hauptgerichte € 15-28
Chefkoch: Michael Kaiser
AmEx DINERS EC MASTER VISA
Familie Inselkammer kümmert sich mit großem Engament um ihren hübschen Gasthof mit eigener Brauerei. Beim Chefkoch Michael Kaiser sollte man vor allem Gerichte vom heimischen Vieh bestellen, Spanferkelsülze in Kräutervinaigrette mit Röstkartoffeln zum Beispiel oder Braten vom bayerischen Landschwein in Frühlingsbiersauce mit Knödel und Weißkraut. Immer gut: der Tafelspitz vom bayerischen Milchkalb in einer leichten Riesling-Sauce mit Ratatouille und Bärlauchknödel. Fischfans können Flusszanderfilet in Kräutersauce wählen. Und natürlich trinkt man dazu die guten hauseigenen Biere. Zimmer.

## Backnang

■ E 46, S. 351

**Backnanger Stuben** FF○○○
Bahnhofstr. 7, PLZ 71522
Tel. 07191/912 79 37
www.bk-stuben.de
Mo, Di geschl., Hauptgerichte € 18-56
Chefkoch: Sascha Wolter
AmEx EC MASTER VISA
Das Ambiente ist eher gediegen, die Küche von Sascha Wolter modern und einfallsreich, der Service von Partner Michael Dietl locker und kompetent. Eine wunderbar

„Brauereigasthof Aying": rustikale Gerichte und hauseigenes Bier im stimmungsvollen Garten

**„Backnanger Stuben": kreative Ideen und hübsche Tellerlandschaften**

frische Komposition ist die Jakobsmuschel mit Tatar und vakuumgegartem Langostino zu Passionsfrucht, Joghurt und Erbsen in drei Texturen. Kräftig das Gebratene und Geschmorte vom Biolamm mit Dreierlei von Aubergine und Olive (als Krokant, Mürbeteig und *tapenade*) sowie Ziegenkäse. Zum Abschluss eine Rhabarber-Komposition mit Käsekuchen-Eis, weißer Schokolade und Verjus-*granité*. Feine Kleinigkeiten zwischendurch (Entenleberterrine mit Lakritze, Ofenkartoffel-Eis mit Kaviar). Weinkarte mit mehr individuellen Entdeckungen als großen Namen.

## Bad Abbach ■ C 56, S. 352

**Gasthof Schwögler** FF○○○
Stinkelbrunnstr. 18, PLZ 93077
Tel. 09405/96 23 00
www.schwoegler.de
So abend, Mo geschl., Hauptgerichte € 9-23
Chefkoch: Herbert Kuffer
EC MASTER VISA
Neues Outfit, neuer Küchenchef. Bei den Schwöglers ist mit feinem Gespür konzipierte, elegante Moderne eingezogen, während seit Anfang des Jahres Herbert Kuffer die kulinarische Linie definiert. Für Inspiration immer schon offen, pflegt der weltläufige Chefkoch parallel zur zeitgemäß interpretierten niederbayerischen Küche einen ebenso aufwendigen wie klar komponierten euro-afrikanischen Kurs mit kunstfertig aromatisierten Gerichten. Dazu zählen glasierte Keule und geräucherte Brust von der Wachtel mit Teebaum-Tiramisu, denen Kaffeeblüten-Honig-Vinaigrette kontrastreiche Spannung verleiht. Patron Helmut Schwögler hat eine schöne Vinothek ins Restaurant bauen lassen. Die Auswahl an korrespondierenden offenen Gewächsen wird er sicher noch vergrößern. Perfekt geschulter Service.

## Bad Bederkesa ■ D 4, S. 335

**Böses' Restaurant** FF○○○
Im Romantik Hotel Bösehof
Hauptmann-Böse-Str. 19, PLZ 27624
Tel. 04745/94 80
www.boesehof.de
kein Ruhetag
Hauptgerichte € 19-28
Chefkoch: Ralf Sommer
AmEx DINERS EC MASTER VISA
Vom idyllisch gelegenen Gasthof ist es nicht weit zur Nordsee. Und deren Zutaten verwendet die regionale Frischeküche, die mit mediterranem Einschlag in den Süden schaut, immer gern. Schön frisch sind etwa die Dorumer Krabben in Bärlauchmousse, saftig ist der Ochsenrücken vom Sietländer Weiderind in Balsamicosauce mit Kartoffeltalern. Bestens gelang auch das gebratene Steinbeißerfilet mit mediterranem Gemüse, Pesto und Rosmarinkartoffeln. Zum Schluss noch Rote Grütze nach Großmutter Langerhans' Art mit Vanillerahm. 200 Weine.

## Bad Bentheim ■ C 13, S. 338

NEU **Keilings** FFF○○
Wilhelmstr. 9 a, PLZ 48455
Tel. 05922/77 66 33
www.keilings.de
Mi mittag, Sa mittag, Mo, Di geschl.
Hauptgerichte € 39-45
Chefkoch: Lars Keiling
EC MASTER VISA
Gina Duesmann und Lars Keiling bieten in ihrem eher unscheinbaren Innenstadt-

B

„Keilings": Patron Lars Keiling

Restaurant zwei Menüs an: „traditionell & modern" oder „exquisit und erlesen". Letzteres eröffnete eine Gänseleberterrine mit Parmesanschaum im Parma-Schinkenmantel, dazu eine Ziegenkäse-Praline. Es folgten eine gut gebratene Wachtelbrust mit Gänselebercreme, Pastinake und Armagnac-Dörrpflaume. Stimmig gelang auch die gebratene Jakobsmuschel mit kräftigen Aromen vom Räucheraal auf Birnen, Bohnen und einem würzigen Bohnensaft. Exotische Aromen bekam der saftige Seeteufel durch Ingwergemüse, Kokos und roten Curry. Umfangreiches Weinangebot und ein sehr herzlicher und kenntnisreicher Service.

## Bad Doberan

■ B 8, S. 336

### Friedrich Franz FFF○○

OT Heiligendamm, im Grand Hotel Heiligendamm, Prof.-Dr.-Vogel-Str. 6, PLZ 18209
Tel. 038203/74 00
www.grandhotel-heiligendamm.de
nur Abendessen, Mo, Di geschl.
Hauptgerichte € 36-45
Chefkoch: Ronny Siewert
AmEx DINERS EC MASTER VISA

Offensichtlich völlig unbeeindruckt von den Turbulenzen der vergangenen Jahre und nun auch dem Wechsel der Besitzer hat Ronny Siewert seine regional inspirierte klassische Gourmetküche weiterentwickelt. Die Gänseleber schätzt er weiterhin als Einstieg, dieses Mal als *gâteau,* Pastete und Mus mit Quittencreme und Erdnusskrokant, alles hübsch in Art-déco-Optik angerichtet. Ausgesprochen harmonisch abgestimmt waren die Aromen beim Carpaccio und Gebackenen vom dänischen Kaisergranat auf Krustentierfond-Gelee, dem Apfel-Estragon-Sorbet, Zitronengel und Gel von grünen Tomaten Frische verliehen. Den saftigen Rücken vom Ruppiner Lamm mit Variationen von Haxe und Nacken und einer wunderbaren Kruste aus Petersilie, Basilikum, Dill und Schnittlauch reicht Siewert mit rotem Paprikagel, Fetacreme und einer herrlich aromatischen Sülze aus „mediterranem Bauernsalat". Auch die Patisserie hält mit: Mara-des-Bois-Erdbeeren, weiße Schokolade und Basilikum waren als Süppchen, Mus, Püree, Gelee und fein gehackt ein fruchtig-frühlingshafter Genuss. 200 Weine stehen zur Auswahl, und Maître Norman Rex sorgt für tadellosen Service: Wie er sieht, wenn in der hintersten Ecke eine Serviette herunterfällt, ist immer wieder beeindruckend.

## Bad Füssing

■ E 58, S. 353

### NEU Kirchawirt FFF○○

OT Safferstetten, im Romantik Hotel Mühlbach, Bachstr. 15, PLZ 94072
Tel. 08531/27 80
www.muehlbach.de
kein Ruhetag, Hauptgerichte € 10-28
Chefkoch: Manfred Winkler
EC M

Der neue Küchenchef Manfred Winkler sorgt im Wellnesshotel jetzt für eine anspruchsvolle, aber nicht abgehobene Kulinarik. Hochwertige Zutaten, viele von Top-Erzeugern aus der Region, bilden die Basis. Das Repertoire reicht von bodenständig bis mediterran: Bestens gelingen Ravioli mit Flusskrebs und eleganter Riesling-Krebs-Sauce, der gebratene, süßsauer eingelegte

Donau-Zander passte gut zum Boskop-Apfel-Sauerrahm. Herzlicher Service.

## Bad Griesbach ■ E 57, S. 353

**Il Giardino** FFFF○
Im Hotel Columbia, Passauer Str. 39 a
PLZ 9408
Tel. 08532/30 90
www.columbia-hotels.de
nur Abendessen, So, Mo geschl.
Menüs € 68-129
Chefkoch: Denis Feix
AmEx EC MASTER VISA

Denis Feix konzentriert sich auf das Wesentliche: Seine moderne Naturküche besticht mit Reduktion und Klarheit, aus nur drei Grundprodukten pro Gericht entwickelt er ein Höchstmaß an Aromenvielfalt und Geschmacksintensität. Die Bauernente serviert er als zartes Brustfilet mit krosser Haut, die confierte Keule versteckt er in einem gebackenen orangen Kügelchen; dazu variiert Feix Kichererbsen und milden Knoblauch (püriert, sautiert, als Sauce und Flocken). Was da simpel klingt, ist hochkomplex, etwa das „Bayerische Freilandei mit Périgord-Trüffel und Erdapfel": Eigelbe von Huhn und Wachtel, gebacken und pochiert, dazu Eischnee, Kartoffelschaum, intensive Trüffeljus und Splitterchen von krosser Hühnerhaut – genial! Aufmerksamer, charmanter Service, Weinkarte mit 500 Positionen.

## Bad Hersfeld ■ C 36, S. 346

**L'étable** FFF○○
Innenstadt, im Romantik Hotel Zum Stern
Linggplatz 11, PLZ 36251
Tel. 06621/18 90
www.zumsternhersfeld.de
außer So nur Abendessen, Mo, Di geschl.
Hauptgerichte € 28-36
Chefkoch: Patrick Spies
AmEx EC MASTER VISA

Bei seinen fantasievollen, modernen Gerichten vergisst Patrick Spies nie die klassische Basis. So serviert er die Kohlblume mit Rollgerste, Kapern, Trauben, Eukalyptus und Kokos, den bretonischen Glattbutt kombiniert er mit Süßkartoffelpüree, Macadamiacrunch, Ingweröl, Passionsfrucht und Shiso-Kresse. Die Étouffé-Taube wiederum aromatisiert Spies mit orientalischer Würze, dazu gibt er Spinat, Auberginenconfit, Linsenschaum und eine feine Kichererbsenpraline. Zuvorkommender Service, 200 Weine.

## Bad Hindelang ■ F 50, S. 351

**Obere Mühle** FF○○○
OT Bad Oberdorf, Ostrachstr. 36-40
PLZ 87541
Tel. 08324/28 57
www.obere-muehle.de
nur Abendessen, Di geschl.
Hauptgerichte € 20-32

**„L'étable": raffinierte Gerichte mit verschiedenen Texturen – alles apart angerichtet**

B

Chefkoch: Thomas Eisenhauer
EC
Gasthaus, Hotel und Käserei: Seit mehr als 20 Jahren steht der Familienbetrieb für beste Allgäuer Gastlichkeit. In der Stube sitzt man gemütlich und lässt sich lauwarmen Kalbskopf und Kalbszunge mit frischem Meerrettich und Wildkräutersalat schmecken. Für einen Hauch Italien sorgen die in Barolo geschmorten Rinderbäckchen mit gegrillter Weideochsentranche, gehobelten Champignons und Polenta-Nudeln. Hinterher ein Muss: die hauseigenen Käse.

## Bad Homburg

■ A 38, S. 346

### Sänger's Restaurant

Innenstadt, Kaiser-Friedrich-Promenade 85
PLZ 61348
Tel. 06172/92 88 39
www.saengers-restaurant.de
Sa mittag, So, Mo geschl.
Hauptgerichte € 22-40
Chefkoch: Klaus Sänger
AmEx EC MASTER VISA
Seit 1990 pflegt Klaus Sänger jetzt schon seine französischen Gerichte mit deutschen Anklängen – zuverlässig, präzise und stets mit erstklassigen Produkten. Den Biolachs serviert er mit Imperial-Kaviar und Gurke, die gebratene Gänseleber mit Rhabarber und Ingwer. Dass der Koch ein Meister fein austarierter Saucen ist, beweist er beispielsweise mit Seezunge und Kalbskopf in Safransud. Zum guten Schluss empfehlenswert: Grießflammeri mit Beeren. Sehr zuvorkommender Service der Patronin.

### Schellers

Im Hardtwaldhotel, Philosophenweg 31
PLZ 61350
Tel. 06172/98 81 51
www.schellers-restaurant.com
nur Abendessen, So, Mo geschl.
Hauptgerichte € 36-40
Chefkoch: Christoph Hesse
AmEx DINERS EC MASTER VISA
Klassische französische Küche, modern zubereitet. Hesse hält mit seinen Menüs das

„Schellers": stilvolle Tischkultur

anspruchsvolle Niveau – nicht nur bei Gänseleber mit Feige und Salat. Der Flusskrebs kommt mit grünem Spargel und Morcheln auf die gepflegt eingedeckten Tische, das Kalbsbries wird bestens von Beluga-Linsen und Blumenkohl ergänzt. Mediterran wiederum wird der Loup de Mer mit Risotto und Tomaten serviert. 250 Weine.

## Bad Kissingen

■ C 38, S. 346

### Laudensacks Parkhotel

Kurhausstr. 28, PLZ 97688
Tel. 0971/722 40
www.laudensacks-parkhotel.de
nur Abendessen, Mo, Di geschl.
Hauptgerichte € 30-33
Chefkoch: Frederik Desch
AmEx DINERS EC MASTER VISA
Angenehm wie immer ist die Atmosphäre im Gründerzeit-Hotel von Patron Hermann Laudensack. Auch das Konzept einer modernen mediterranen Küche wird auf verlässlich hohem Niveau gehalten, etwa bei der Variation von der Goldforelle mit Kohlrabi, Estragongemüse und Orange. Bestes Handwerk zeigt auch die warm marinierte Meeräsche mit Fenchel, Safrancreme und Herzmuschel, schön saftig ist das Stubenküken in Gersten-

schaumcreme mit Dickmilchgelee, Bohnenkernen und Gerstenrisotto. Geeistes Nougattörtchen mit Mangosorbet beschließt den rundum angenehmen Abend.

## Bad Krozingen ■ B 49, S. 350

**Storchen** FFF○○
OT Schmidhofen, Felix-und-Nabor-Str. 2
PLZ 79189
Tel. 07633/53 29
www.storchen-schmidhofen.de
Mo, Di geschl.
Hauptgerichte € 21-42
Chefköche: Fritz Helfesrieder,
Jochen Helfesrieder
AmEx EC MASTER VISA
Badische Gemütlichkeit im charmanten Familienbetrieb! Fritz Helfesrieder und Sohn Jochen pflegen eine geschmackvolle Version modernisierter Klassik auf französischer Basis. Sauerampfermousse mit Schwarzfederhuhn und Lachs etwa ist ein frühlingshafter Genuss, die Kalbskutteln in Riesling-Sauce verbinden mit Carabinero-Garnele und grünem Spargel gelungen Deftiges mit mediterraner Eleganz. Die vorwiegend regionalen Produkte bekommen im „KulturGut-Menü" eine eigene Bühne. Gute badische Weine, hausgemachte Fruchtbrände, netter Service.

## Bad Laasphe ■ E 31, S. 345

**Ars Vivendi** FFF○○
OT Glashütte, im Hotel Jagdhof Glashütte
Glashütter Str. 20, PLZ 57334
Tel. 02754/39 90
www.jagdhof-glashuette.de
nur Abendessen, So, Mo geschl.
Hauptgerichte € 35-68
Chefkoch: Marcus Bunzel
AmEx DINERS EC MASTER VISA
Idyllisch steht das Hotel im Rothaargebirge, intim und elegant-verspielt wirkt das Restaurant. Der wieder einmal neue Chefkoch widmet sich der regionalen Küche mit Raffinesse: „Soulkitchen" mit Pata-Negra-Schinken, Belper Knolle und Tomate, der Kabeljau passt zu Kopfsalat und französischem Diva-Kaviar. Das Lamm kombiniert Bunzel mit Bulgur, *baba ganoush* (Auberginen-Sesam-Mus), Jaipur-Curry und Poweraden. Sehr geschmackvoll! 300 Weine, aufmerksamer Service, schöne Zimmer.

## Bad Liebenzell ■ C 47, S. 350

**Lamm** FF○○○
OT Zainen, Calmbacher Str. 23, PLZ 75378
Tel. 07084/48 33
nur Abendessen, Mo, Di geschl.

„Storchen": Jochen Helfesrieder, Sebastian Bertram und Fritz Helfesrieder modernisieren die Klassik

Hauptgerichte € 16-20
Chefköchin: Gudrun Rembold-Kast

Seit mehr als 20 Jahren leben die ehemaligen Lehrer Raymond Kast und Gudrun Rembold-Kast ihren Traum in der urigen Atmosphäre eines 150 Jahre alten Bauernhauses mit Garten, aus dem die Kräuter für die Küche stammen. Die überwiegend ökologischen Zutaten werden mal schwäbisch-klassisch, mal mediterran-modern verarbeitet. Brennnesselschaumsüppchen und Grünspargelrisotto als Auftakt, vor den Hauptgerichten noch ein rustikaler gemischter Salat, wie Schwaben ihn lieben. Zum Zickleinbraten aus dem Ofen mit Polenta gab's mit Tomatensugo, Käse und Pesto überbackene Aubergine. Rund 70 verschiedene Weine, liebenswürdiger Service.

## Bad Nauheim

■ A 38, S. 346

**Herrenhaus von Löw** FF○○○
OT Steinfurth, Steinfurther Hauptstr. 36
PLZ 61231
Tel. 06032/969 50
www.herrenhaus-von-loew.de
nur Abendessen, So geschl.
Hauptgerichte € 26-28
Chefkoch: Jürgen Seim
AmEx EC MASTER VISA

Stilvolles Ambiente im Hotelrestaurant mit fair kalkuliertem Menü am Abend (fünf Gänge 69 Euro). Die abwechslungsreiche Küche setzt regionale Akzente: Kalbsfilet-Tatar, confierte Garnele, Parmesan und Reibekuchen machen den Anfang, danach saftiger Atlantik-Seeteufel mit jungem Blattspinat, Paprika und gutem Limettenöl; wohlschmeckend auch das irische Prime-Beef-Filet mit Waldpilzen in Portweinjus. Unbedingt zu empfehlen: warmer Pistazienkuchen mit Pistazieneis.

## Bad Nenndorf

■ B 18, S. 340

**La Forge** FFF○○
OT Riepen, im Romantik Hotel Schmiedegasthaus Gehrke, Riepener Str. 21
PLZ 31542
Tel. 05725/944 10
www.schmiedegasthaus.de
nur Abendessen, So-Di geschl.
Hauptgerichte € 24-32
Chefkoch: Ernst-August Gehrke
AmEx DINERS EC MASTER VISA

**„La Forge": moderne Küche, guter Service**

Seit nun bald drei Jahrzehnten zählt das „La Forge" im beschaulichen Riepen zu den besten Adressen in Niedersachsen. Aber die Küche von Ernst-August Gehrke ist gewiss nicht *old-fashioned.* Gänsestopfleber kombiniert er als Terrine und Eis mit den exotischen Noten von Kokos und Mango. Jakobsmuschel trifft auf einen *sous vide* gegarten Schweinebauch mit Tomatenlack und Frühlingslauch – durchdachte, geradlinige Kompositionen, die auf den klar erkennbaren Geschmack erstklassiger Produkte setzen. Wunderbar auch die an der Gräte gebratene Seezunge mit weißem Spargel und einer aromatischen Krustentier-Béarnaise. Für den formvollendeten, dabei unaufdringlich netten Service und die Pflege der rund 800 Weine sorgt Andreas Gehrke. Sensationelle Riesling-Auswahl, beeindruckende Bordeaux-Sammlung und eine edelsüße Abteilung zum Staunen.

B

## Bad Neuenahr-Ahrweiler

■ B/C 32, S. 344

**Idille** FF○○○
OT Heimersheim, Am Johannisberg 101
PLZ 53474
Tel. 02641/284 29
www.idille.de
außer So nur Abendessen, Di geschl.
Hauptgerichte € 19-27
Chefkoch: Klaus-Dieter Schultz
EC
Der Blick übers Ahrtal ist unverändert schön. Unverändert qualitätsvoll ist auch die Küche von Klaus-Dieter Schultz geblieben, die regionale ebenso wie weltläufige Einflüsse einbindet. Das Ganze wird sozusagen garniert mit feiner Inspiration, etwa bei den Jakobsmuscheln mit Vanille, Graupengemüse und rosa Beeren oder bei saftigen Seeteufelmedaillons mit Chilifäden, Kresse, Mangorisotto und Krustentiersauce. Die Weinkarte hat ihre großen Stärken natürlich bei den Ahr-Weinen, das Serviceteam umsorgt die Gäste mit ungekünstelter Liebenswürdigkeit.

**Poststuben** FF○○○
OT Heppingen, im Hotel Steinheuers Landhaus, Landskroner Str. 110, PLZ 53474
Tel. 02641/948 60
www.steinheuers.de
Di, Mi geschl.
Hauptgerichte € 24-29
Chefköche: Hans Stefan Steinheuer, André Wolff
AmEx DINERS EC MASTER VISA
Hans Stefan Steinheuers gemütlich-rustikale Landhausstuben sind weit mehr als ein simples Zweitrestaurant. Bodenständig im besten Sinne ist, was aus seiner Küche kommt, bisweilen anspruchsvoll verfeinert, mit hohem Anspruch an die Produktqualität und immer herrlich geschmackvoll. Die Rehmedaillons mit Karotten, Brokkoli, Kohlrabi und Spätzle, natürlich handgeschabt, haben eine schöne Pfefferkruste. Und wenn zur knusprigen Spanferkelschulter mit Maiwirsing Zwiebelbratkartoffeln kommen, wünscht man sich, dass sie überall so wunderbar schmackhaft und kross wären wie hier. Schöne Sommerterrasse, gute Weine.

**Steinheuers Restaurant Zur Alten Post** FFFFF
OT Heppingen, im Hotel Steinheuers Landhaus, Landskroner Str. 110, PLZ 53474
Tel. 02641/948 60
www.steinheuers.de

„Steinheuers Restaurant": Raffiniert und geschmackvoll kocht Patron Hans Stefan Steinheuer

B

Di, Mi geschl., Menüs € 125-169
Chefköche: Hans Stefan Steinheuer, André Wolff
AmEx DINERS EC MASTER VISA
Ein perfektes Dinner im eleganten Restaurant mit den dezenten weinrot-goldenen Farbimpressionen. Schon der Auftakt – hinreißend! Karamellisierte Perlzwiebeln füllt Hans Stefan Steinheuer mit Anchovis, dazu Pulpo-Rolle mit Orangencreme und Salzzitrone. Der Patron kann zart und überaus subtil wie bei Carabinero-Garnele mit Thunfischbauch, Sesam, Algen und gelierter Krustentierbouillon, er kann aber auch höchst raffiniert und kräftig wie beim Wolfsbarsch mit Pancetta, Mark, Senfkohl und Malabarpfefferjus. Herrlich und intensiv-aromatisch der klassische Eifeler Maibockrücken mit jungen Rüben, Kirschen und Lorbeerjus. Das Hochgefühl hält an beim weißen und braunen Nougat mit Pistazien, Mango und Himbeeren. Der Service unter Patronin Gabriele Steinheuer ist ebenso vorbildlich wie herzlich, Sommelier Sebastian Bordthäuser führt als charmanter und fachkundiger Weinberater durch die grandiose Auswahl (1500 Weine).

## Bad Peterstal-Griesbach ■ C 47, S. 350

### Le Pavillon FFFF

OT Bad Griesbach, im Hotel Dollenberg
Dollenberg 3, PLZ 77740
Tel. 07806/780
www.dollenberg.de
außer Sa, So nur Abendessen, Di, Mi geschl.
Hauptgerichte € 42-46
Chefkoch: Martin Herrmann
AmEx EC MASTER VISA
„Eine Küchenphilosophie braucht immer neue Anregung", sagt Martin Herrmann. Ob Gänseleberpastete in Amaranth mit Holunder, Steinbutt *à la barigoule* (provenzalischer Artischockensud) oder Rehfilet mit Aprikosengel, Steinpilzen und Sauerrahmknödel – die modischen Anklänge in der französischen Hochküche im „Le Pavillon" sind nie Selbstzweck. Auch nicht bei den Amuse-Bouches (etwa Kabeljaukutteln – tolle Idee, perfekt umgesetzt). Neben dem Chefkoch verdient auch Sommelier Christophe Meyer viel Lob, der die Weinkarte als „meine Bibel" präsentiert. Schönes Schwarzwald-Panorama.

## Bad Saarow ■ E 23, S. 343

### NEU Villa am See FF

Im Hotel A-Rosa Scharmützelsee
Parkallee 1, PLZ 15526
Tel. 033631/626 82
www.a-rosa.de
Di, Mi geschl., Hauptgerichte € 19-36
Chefkoch: Matthias Rösch
AmEx EC MASTER VISA

**„Villa am See": Hummer mit Kohlrabi und Meeresfrüchte-Emulsion – bitte mehr davon!**

Wer den mächtigen Hotelkomplex passiert hat und den Weg zum Yachthafen hinuntergeht, der steht vor einem hübschen, weiß gestrichenen Holzhaus mit blauen Fensterrahmen und großer Terrasse – Sylt-Atmosphäre. Vor dem Panorama des Scharmützelsees serviert Matthias Rösch zwei Menüs, die nichts zu wünschen übrig lassen. Der

Stör vom benachbarten Fischer wurde auf einem Püree von rosa Linsen angerichtet. Rücken und Keule vom Eifeler Lamm waren appetitlich und ebenso zart wie Backe, Filet und Leber vom Milchkalb. Gut auch das Dessert aus Rhabarber, Manjari-Schokolade aus Madagaskar und Veilchen. Mit seiner kleinen Brigade setzt Rösch statt auf Luxusprodukte auf eine gute klassische Küche, ansehnlich präsentiert. Kompetenter Service. Mittags kleinere Karte.

## Bad Saulgau ■ A 49, S. 351

**Vinum** FF(F)○○
Im Hotel Kleber Post, Poststr. 1, PLZ 88348
Tel. 07581/50 11
www.kleberpost.de
kein Ruhetag, Hauptgerichte € 15-32
Chefkoch: Egon-Michael Durach
AmEx EC MASTER VISA
Wie gut Moderne und Tradition sich ergänzen können, beweist nicht nur das Ambiente im schönen Restaurant, sondern auch die kreative Küche von Patron Egon-Michael Durach. Mit unangestrengter Selbstverständlichkeit inszeniert er heimische Produkte der Saison mit mediterranen und asiatischen Akzenten, die immer wieder Spaß machen. Das Landhuhn wird schon mal in Chili mit Orangen-Curry, Frühlingsgemüse und Basmati-Reis kombiniert, der Schwäbisch-Hällische Spanferkelrücken mit Erbsen-Süßkartoffel-Püree. Europäisch geprägte Weinkarte mit 200 Positionen. Hausgemachte Saucen zum Mitnehmen.

## Bad Schandau ■ E 41, S. 349

**Sendig** FF(F)○○
Im Hotel Elbresidenz, Markt 1-11
PLZ 01814
Tel. 035022/91 97 00
www.restaurant-sendig.de
nur Abendessen, So, Mo geschl.
Hauptgerichte € 33-36
Chefkoch: André Tienelt
AmEx EC MASTER VISA
Im puristisch-schicken Gourmetrestaurant des Wellnesshotels überrascht André Tienelt mit einem Stil, der die Balance hält zwischen nachhaltig regionaler Orientierung und ausgewogener kreativer Frische. Die Forelle etwa richtet er gebeizt und geräuchert mit Gurkenessig, Kartoffelcreme und Kaviar an, das Reh aus dem Sachsenforst mit würzigem Pilzketchup, geröstetem Lauch und Quarkknödel. Anmerkung:

„Vinum": moderner Rahmen für die kreativen Gerichte aus vielen heimischen Produkten

**„Wilder Mann": Anja und Michael Bischoff**

Restaurant und Küche wurden bei der Elbeflut schwer beschädigt und sind voraussichtlich bis Ende 2013 geschlossen. Wir wünschen alles Gute!

## Bad Sobernheim ■ C 34, S. 344

**Passione Rossa** ○○○○○
Im Romantik Hotel BollAnt's im Park
Felkestr. 100, PLZ 55566
Tel. 06751/933 90
www.bollants.de
nur Abendessen, Di, Mi geschl.
Hauptgerichte € 32-38
Chefkoch: Jens Fischer
AmEx DINERS EC MASTER VISA
Für Renato Manzi kam nach Redaktionsschluss Jens Fischer aus dem „Freundstück" in Deidesheim. Wir sind gespannt, wie er das Restaurant in die Zukunft führen wird, und setzen die Bewertung zunächst aus.

## Bad Urach ■ E 47, S. 351

**Wilder Mann** FF○○○
Pfählerstr. 7, PLZ 72574
Tel. 07125/94 73 30
www.restaurant-wildermann.de
Mo, Di geschl.
Hauptgerichte € 19-28
Chefkoch: Michael Bischoff
EC MASTER VISA
Mit Mut und Witz mischen Anja und Michael Bischoff in ihrem charmanten Lokal nahe dem Rathaus die Tradition auf. „Altbewährtes neu interpretiert" heißt das kulinarische Motto, und dabei ist dann ein Rostbraten schon mal argentinischer Herkunft und kommt mit einer herzhaften Speck-Zwiebel-Kruste und gebratenen Schupfnudeln daher. Das Steak vom Stotz-Lamm auf geschmortem Spitzkohl wird mit gebratenen Laugenknödeln und Popcorn serviert. Kleine Auswahl deutscher Weine, sehr netter Service.

## Bad Wiessee ■ B 59, S. 352

**Freihaus Brenner** FF○○○
Freihaus 4, PLZ 83707
Tel. 08022/865 60
www.freihaus-brenner.de
kein Ruhetag
Hauptgerichte € 12-35
Chefkoch: Dirk Welker
EC MASTER VISA
Herrliche Aussichten über das Tegernseer Tal von der Terrasse oder dem gemütlichen Restaurant, Generationen von Stammgästen lieben den herzlichen Charme der Wirtsleute. Trubelig geht's hier meist zu, aber der freundliche Service behält stets den Überblick. Auf den Tisch kommt vorwiegend

**„Freihaus Brenner": zünftige Stuben**

B

Regionales, knusprig gebratene Ente mit Blaukraut zum Beispiel oder gebratenes Kalbsvögerl mit Schinken und Salbei in Morchelsahne. Der Renner aber bleibt ofenfrischer Schweinebraten in Weißbiersauce mit Kartoffelknödel und Speck-Kraut-Salat.

## Baden-Baden ■ C 47, S. 350

### Brenners Park-Restaurant FFF○○

Innenstadt, im Brenners Park-Hotel & Spa
Schillerstr. 4-6, PLZ 76530
Tel. 07221/90 00
www.brenners.com
nur Abendessen, Mo, Di geschl.
Hauptgerichte € 45-60
Chefkoch: Paul Stradner
AmEx DINERS EC MASTER VISA

Paul Stradner überzeugt mit einem aromastarken, modernen Stil auf klassischer Basis, der nicht auf kurzlebige Effekte setzt, sondern dem Hauptelement eines jeden Tellers die Bühne überlässt. Dabei spielen Gemüse nicht nur eine Nebenrolle, wie eine Komposition aus Püree von der Urkarotte mit Korianderschaum, Fingermöhren, Graubroterde und Wachtelei geschmackvoll beweist. Zum isländischen Kabeljaufilet steuern Nordsee-Krabben, Erbsenpüree, Morcheln und gerösteter Speck gelungene Akkorde bei. Sehr aufmerksamer Service, umfangreiche Weinauswahl.

### Le Jardin de France FFF○○

Innenstadt, Lichtentaler Str. 13, PLZ 76530
Tel. 07221/300 78 60
www.lejardindefrance.de
So, Mo geschl.
Hauptgerichte € 32-46
Chefkoch: Stéphan Bernhard
AmEx DINERS EC MASTER VISA

Französische Küche mit frischen Produkten der Saison: Stéphan Bernard bleibt bei seinem erfolgreichen Konzept in der Innenstadt-Passage. Beim „Gourmet-Menü" beeindruckt das St-Pierre-Filet mit Erbsenpüree und frischen Morcheln, die gebratene Taubenbrust kombiniert der Koch mit glaciertem Gemüse, frischer Minze und einer fruchtigen Holundersauce. Feines Finale: gestürztes *millefeuille* mit Vanille und Erdbeeren. 380 Weine, bei deren Auswahl Patronin Sophie Bernhard bestens berät.

### Röttele's im Schloss Neuweier FFF○○

OT Neuweier, Röttele's Restaurant & Residenz, Mauerbergstr. 21, PLZ 76534
Tel. 07223/80 08 70

„Röttele's": mediterrane Kochkunst und bestes Handwerk im eleganten Schlosshotel

www.armin-roettele.de
Mo, Di geschl.
Hauptgerichte € 25-42
Chefkoch: Armin Röttele
AmEx EC MASTER VISA

Das Ambiente im Schlosshotel ist edel, und die Ansprüche der Küche an Produkte und Handwerk sind hoch, sehr hoch sogar. Ein Stubenküken-Kotelett hat Armin Röttele mit Gänseleber gefüllt, dazu serviert er Burgunder-Spinat, Trüffel-Gnocchi und weißen Parmesanschaum – meisterliche mediterrane Aromen! Großartig auch der gebratene Angel-Kabeljau in Senfkörnersauce mit Apfel-Rote-Bete-Stampf. Die Patronin begleitet charmant durch den Abend und gibt gute Tipps zu den 380 Weinen.

**Zum Alde Gott**
OT Neuweier, Weinstr. 10, PLZ 76534
Tel. 07223/55 13
www.zum-alde-gott.de
Fr mittag, Do geschl.
Hauptgerichte € 23-40
Chefkoch: Wilfried Serr
EC MASTER VISA

Wilfried Serr, seit 1978 Patron und Chefkoch, kümmert sich nicht um kulinarische Moden. In seinem bürgerlichen Gasthaus konzentriert er sich auf seine badische Küche mit den schmackhaften Saucen. Kalbskutteln kommen mit Kartoffel-Leberwurst-Knödel in brauner Essigsauce auf den Tisch, der gebratene Zander mit Speckchips, Schwarzwürsten und hausgemachtem Sauerkraut in Wacholder-Butter-Sauce. 180 Weine, viele gute aus Baden.

## Baiersbronn

■ C 47, S. 350

**Andrea-Stube**
OT Obertal, im Hotel Engel Obertal
Rechtmurgstr. 28, PLZ 72270
Tel. 07449/850
www.engel-obertal.de
nur Abendessen, Mi, Do geschl.
Hauptgerichte € 28-34
Chefkoch: Peter Müller
EC MASTER VISA

Mit Verve pflegt Peter Müller seine klassische, französisch orientierte Küche im gemütlichen Restaurant des engagierten Wellnesshotels. Die Gänseleberyariation richtet er mit fruchtigem Apfel-Ingwer-Kompott und saftiger Schokoladenbrioche an, das Rotbarbenfilet kombiniert er gelungen mit Kichererbsenpüree und gebackener Auster, zur Nantaiser Ente passt die erstklassige *sauce rouennaise*. Auch die Desserts sind eine Wonne, etwa das warme Schokoladenküchlein mit Mango-*millefeuille* und Minzeis. Sehr gute Weinauswahl.

„Bareiss": Claus-Peter Lumpp

**Bareiss**
OT Mitteltal, Gärtenbühlweg 14, PLZ 72270
Tel. 07442/470
www.bareiss.com
Mo, Di geschl.
Hauptgerichte € 72-78
Chefkoch: Claus-Peter Lumpp
AmEx DINERS EC MASTER VISA

Opulente Eleganz im Genusstempel von Claus-Peter Lumpp, liebenswürdig wird der Gast vom aufmerksamen Service unter Thomas Brandt unsorgt – perfekte Voraussetzungen, um in Lumpps Geschmackswelten einzutauchen. Die inszeniert er mit hinreißenden Aromenkompositionen, wenn

B

er etwa eine frühlingsfrische Cassolette mit Flusskrebsen, Fenchel, Pastisgelee und hocharomatischer Krustentierglace kombiniert. Sein ganzes Können in Kreativität und handwerklicher Perfektion entfaltet sich in seinen À-la-carte-Gerichten, die Lumpp jeweils als einen Reigen mit mehreren Variationen fast im Menüformat inszeniert. Langostino erlebt man da als Carpaccio mit Imperial-Kaviar, als Tempura mit „Caesar Salad" und Nussbuttermayonnaise, sautiert mit luftigem Zitronen-Wodka-Schaum, als Tatar mit Olivenölcreme und gebraten mit Krustentierglace – eine vielschichtige Geschmacksoper voller Überraschungen auf höchstem Niveau. Das Lamm wird als gebratener Rücken mit Auberginentatar und Balsamico, als geschmorte Rippchen mit Bärlauchrisotto und als braisiertes Schulterragout mit Dicken Bohnen und schwarzem Knoblauch serviert – ein herrlich geschmackvolles Trio. Stefan Leitner sorgt weiterhin für Glanzlichter in der Patisserie, und Jürgen Fendt empfiehlt charmant und kenntnisreich aus der legendären Weinkarte (1000 Positionen) mit deutschen und französischen Spitzengütern.

**Kaminstube**

OT Mitteltal, im Hotel Bareiss
Gärtenbühlweg 14, PLZ 72270
Tel. 07442/470
www.bareiss.com
außer Sa, So nur Abendessen
Hauptgerichte € 18-31
Chefkoch: Wilhelm Himmler
AmEx DINERS EC MASTER VISA

Farbenfrohe Wohlfühlatmosphäre mit viel Holz und einem offenen Kamin macht das Zweitrestaurant im „Bareiss" zur beliebten Genussadresse. Wilhelm Himmler garantiert, dass die Küche so klassisch und schmackhaft daherkommt, wie wir es seit Jahren schätzen. Wenn er aus frischem grünem und weißem Spargel ein Ragout anrichtet und dazu Ricottaravioli, feine Spitzmorcheln und würzigen Bärlauch serviert, vermissen selbst überzeugte Karnivoren das Fleisch kein bisschen. Gebratenes Kalbsrückensteak mit gebackener Praline vom Bries, gegrillter Zucchini, kandierten Oliven und Thymianpolenta beweist mit mediterranen Noten, dass der Koch sich auch bestens auf Fleisch versteht. Weinliebhaber wählen aus der umfangreichen Karte des Hauses, darunter Spitzen-Franzosen und Gutes aus Baden.

**Köhlerstube**

OT Tonbach, im Hotel Traube Tonbach
Tonbachstr. 237, PLZ 72270
Tel. 07442/49 20
www.traube-tonbach.de
kein Ruhetag, Hauptgerichte € 25-36
Chefkoch: Florian Stolte
DINERS EC MASTER VISA

Florian Stolte hat sich als Küchenchef im Zweitrestaurant der „Traube Tonbach" bestens eingelebt und bietet mit seinem ambitionierten Programm viel mehr als nur eine bodenständige Alternative zu Harald Wohlfahrts Gourmet-Olymp. Mit Mousse von Bärlauch mit Kräutersaitlingen, Ziegenkäse, marinierten Bohnenkernen und Frühlingskräutern bringt er einen herrlich frischen Einstieg auf den Teller; ein Flammkuchen mit Sternaniscreme, marinierter Gänseleber, Portweingelee, Pata-Negra-Schinken und Apfel-Ingwer-Kompott ist eine wunderbare Neuinterpretation des Klassikers. Das mit Lavendelhonig und Piment lackierte Filet von der Dorade royale mit Pinienkern-Couscous mit Minze und Rosen-Essig-Emulsion ist für sich eine kleines Geschmackskunstwerk. Wem die zahlreichen guten deutschen Weine auf der Karte (360 Positionen) nicht reichen, der kann auch auf die Auswahl der „Schwarzwaldstube" zugreifen.

**Schlossberg**

OT Schwarzenberg, im Hotel Sackmann
Murgtalstr. 602, PLZ 72270
Tel. 07447/28 90
www.hotel-sackmann.de
nur Abendessen, Mo, Di geschl.
Hauptgerichte € 45-52
Chefkoch: Jörg Sackmann
AmEx DINERS EC MASTER VISA

„Schlossberg": Jörg Sackmann

Jörg Sackmann erzeugt spannende Momente, indem er die Ingredienzen der Hochküche mit vermeintlich deftigen Zutaten verbindet. Älbler Linsen und Blutwurst zum Rebhuhn? Das muss man probiert haben, um zu begreifen, dass es für diesen kreativen Koch keinen Unterschied zwischen feinen und derben Zutaten gibt. Gut muss es halt sein. Und das ist es – ebenso wie unser Favorit unter seinen Klassikern: *vongole-verace*-Muscheln im eigenen Saft mit Dulse-Algen und dem Aroma von Staudensellerie – meerfrisch, intensiv, großartig. Hervorragende Weinauswahl, engagiert geführtes, komfortables Wellnesshotel.

**Schwarzwaldstube** FFFFF

OT Tonbach, im Hotel Traube Tonbach
Tonbachstr. 237, PLZ 72270
Tel. 07442/49 20
www.traube-tonbach.de
Mi mittag, Mo, Di geschl.
Hauptgerichte € 60-75
Chefkoch: Harald Wohlfahrt
AmEx DINERS EC MASTER VISA

Harald Wohlfahrt und seinem Team gelingt Perfektion auf höchstem Niveau scheinbar mühelos in bemerkenswerter Kontinuität! Dass sein Stil dabei immer auf unangestrengte Weise zeitgemäß bleibt, beweist Souveränität und Offenheit. Gegrillte Langustinen mit luftiger Duftreiscreme, Kaffirlimette und Thaicurryschaum verbinden einen Hauch Exotik mit weltläufiger Eleganz, als gehörten sie seit jeher ins Tonbachtal. Die confierte Schnitte vom Weißen Heilbutt mit einem Kompott von roter Paprika, Olivenkrümeln und *escabeche*-Sud ist eine

„Schwarzwaldstube": weltläufige Eleganz auf höchstem Niveau bei Harald Wohlfahrt

Schwelgerei in mediterranen Aromen, ein herrliches Innereienragout macht die Scheiben vom Kalbskotelett mit geschmortem jungem Chicorée und Estragonsauce zum Hochgenuss. Patissier Pierre Lingelser garantiert als Meister seiner Zunft weiter für das Highlight zum Schluss. Seine Varianten der Zuckerkugeln sind immer eine Überraschung, und Desserts wie Parfait von Schwarzwälder Tannenhonig mit Bergamotte-Zitronensorbet, Earl-Grey-Gelee mit Birnen und Tannenharz-Aromen sind meisterliche Kreationen. Ansgar Fischer, Deutschlands bester Maître, wird das Haus Ende des Sommers verlassen. Sein Nachfolger wird David Breuer („Gut Lärchenhof"). Sommelier Stéphane Gass bleibt als charmanter Herr über 600 Weine erhalten.

## Balduinstein ■ D 33, S. 345

**Bibliothek**

Im Hotel zum Bären, Bahnhofstr. 24
PLZ 65558
Tel. 06432/80 07 80
www.landhotel-zum-baeren.de
So mittag, Mo, Di geschl.
Hauptgerichte € 39-44
Chefkoch: Joachim Buggle
AmEx EC MASTER VISA

Französisch und mediterran inspirierte Gerichte im kleinen, angenehmen Restaurant. Dazu werden 400 Weine ausgeschenkt. Die Variation von der Gänseleber mit Ananas-Portwein-Gelee, Datteln und Sichuanpfeffer-Eis ist ein appetitanregender Auftakt. Das Atlantik-Seezungenfilet hat Joachim Buggle mit gebackenem Eigelb, Blumenkohlpüree, Thaispargel und Zitronensauce aufgewertet, und den Lammrücken lässt der Chefkoch mit Auberginen-Salsa, Ratatouille und Bärlauch-Polenta servieren. Hier schmeckt's einfach gut! Zimmer.

## Balingen ■ D 48, S. 351

**NEU Cosita**

Brückenweg 1, PLZ 72336
Tel. 0176/70 27 50 02
www.cosita-balingen.de
Di geschl.
Hauptgerichte € 15-30
Chefköchin: Anja Kretschmer
EC MASTER VISA

Das Team von Pablo Gonzalez und Küchenchefin Anja Kretschmer, bisher in Haigerloch, zieht mit ihrem spanisch-mediterranen Genussrefugium um! Im Oktober eröffnet die gleiche Mannschaft hier in Balingen neu. Wie gut, dass an Karte und Konzept nichts geändert werden soll und wir uns auch am neuen Standort auf die verfeinerten und ideenreich modernisierten Gerichte freuen können.

## Bamberg ■ E 39, S. 347

**Weinhaus Messerschmitt**

Innenstadt, Lange Str. 41, PLZ 96047
Tel. 0951/29 78 00
www.hotel-messerschmitt.de
So geschl.
Hauptgerichte € 16-28
Chefkoch: Claus Schubert-Sauer
AmEx DINERS EC MASTER VISA

Tradition und Moderne müssen sich nicht widersprechen. Der Service im „Weinhaus Messerschmitt" trägt Weste, in der „Hubertusstube" sagt der Kuckuck die Stunde an, Holzvertäfelung und Balkendecke strahlen Altehrwürdigkeit aus. Aber die Küche geht mit der Zeit und serviert gut durchdachte Gerichte: Kaninchenterrine mit Mango und

**„Weinhaus Messerschmitt": moderne Küche**

Kaffeeöl mit subtiler Lakritznote oder Flussbarsch mit mild-feurigen Chorizo-Linsen und fruchtigen Paprika. Schön: die nur minimale Bärlauchnote der Ravioli zum gebratenen Zander mit erfrischendem Radieschensorbet. Wer es elegant mag, reserviert im hellen „Romantikrestaurant". Wie es sich für ein Weinhaus gehört, ist der Keller bestens sortiert.

## Bargum

■ D 1, S. 335

### Andresen's Gasthof FF○○○

OT West, Dörpstraat 63, PLZ 25842
Tel. 04672/10 98
www.andresensgasthof.de
Mi, Do nur Abendessen,
Mo, Di geschl.
Hauptgerichte € 19-27
Chefkoch: Björn Brinkmeier
EC MASTER

Björn Brinkmeier heißt der neue Koch im friesisch gekachelten Anwesen. Regional und mediterran ist die Ausrichtung der Küche geblieben, etwa beim gebratenen Zanderfilet mit Blattspinat, Polenta und confierten Kirschtomaten. Das Schweinefilet wird mit Rosenkohlblättern und Kürbispüree gereicht. Einen Hauch Raffinesse hat das Dessert, Kürbiskernparfait mit Orangen-Vanille-Mousse und eingelegten Feigen.

## Beelitz

■ C 23, S. 342

### NEU kochZIMMER FF○○○

Berliner Str. 195, PLZ 14547
Tel. 033204/70 93 66
www.kochzimmer-beelitz.de
Mo, Di geschl.
Hauptgerichte € 16-24
Chefköche: Jörg Frankenhäuser, Patrick Schwatke
EC MASTER VISA

Natürlich gibt es hier in der Saison Spargel, es wäre allerdings ein Jammer, das Haus mit stimmungsvoller Atmosphäre und hübscher Gartenterrasse nur deswegen zu besuchen. Jörg Frankenhäuser bietet eine anspruchsvolle Landküche, auf prägende Aromen konzentriert. Aktuelle Beispiele: Sülze vom Reh mit Blumenkohl und Zwiebelmus, *suprême* vom Maishähnchen mit Curryrisotto und Gurke oder Joghurt-Rhabarber-Kaltschale mit Koriander-Riesling. Gute deutsche Weine, sehr netter Service.

**„kochZIMMER": stimmungsvolles Flair**

## Bempflingen

■ D 47, S. 351

### Krone FF○○○

Brunnenweg 40, PLZ 72658
Tel. 07123/310 83
www.kronebempflingen.de
So, Mo, Di mittag, Mi mittag geschl.
Hauptgerichte € 22-32
Chefkoch: Werner Veit
EC

Über 40 Jahre führt Familie Veit ihr Restaurant nun schon. Regional und doch weltoffen ist die Küche: mediterran beim lauwarmen Hummer mit Perlgraupenrisotto, Queller und Hummerschaum, leicht asiatisch bei Jakobsmuscheln und Gambas in Thaicurryschaum. Das Duo von Kalbsfilet und -bries in einer Spitzmorchelsauce gefällt mit Blini und Karotten. Gut auch das Dessert: Kaffeemousse-Cannelloni mit Mango-Coulis und Orangeneis. Wer's regional liebt, dem bleibt der Rostbraten mit Bratkartoffeln.

## Berchtesgaden

■ D 60, S. 353

**Le Ciel**
OT Obersalzberg, im InterContinental Resort Berchtesgaden, Hintereck 1, PLZ 83471
Tel. 08652/97 55 55 80
www.restaurant-leciel.com
nur Abendessen, So, Mo geschl.
Hauptgerichte € 32-58
Chefkoch: Ulrich Heimann
AmEx DINERS EC MASTER VISA

„Le Ciel": Küchenchef Ulrich Heimann

Mut zu Akzenten und spannenden Kombinationen beweist Ulrich Heimann im Gourmetrestaurant mit den Panoramafenstern und Blick auf die Gipfel in seinen drei Menüs. Im Menü „Region" bietet er mit bester Produktqualität Gerichte wie Kaninchen mit Kalbsherz, Radieschen und Bachkresse oder Maibock mit Rhabarber, Spargel und Blütenpollen. Das Menü „Wasser" setzt Fisch und Meeresfrüchte in Szene wie gebratene Jakobsmuscheln mit Vadouvan-Gewürz, Karotte und Tapioka. Die große Bühne ist das Menü „Welt", das weltläufige Kreationen bietet. Das Carpaccio vom bretonischen Hummer kombiniert Heimann mit Schweinekinn und Artischocke, Stubenküken serviert er als Version vom Club Sandwich, das Kalbsfilet mit Pistazie, Petersilienwurzel und Morcheln. Umfangreiche Weinauswahl mit deutsch-österreichischem Schwerpunkt, großes Whiskyangebot.

## Bergisch Gladbach

■ C 31, S. 344

**Das Fachwerkhaus**
OT Bensberg, Burggraben 37, PLZ 51429
Tel. 02204/549 11
www.dasfachwerkhaus.de
Di mittag, So geschl.
Hauptgerichte € 25-35
Chefkoch: Anton Richerzhagen
AmEx EC MASTER VISA

Ein urgemütliches, verwinkeltes Fachwerkhaus, über 200 Jahre alt, mit herzlichen Gastgebern: Chefkoch Anton „Toni" Richerzhagen und seine Frau Rita feiern im November 2013 ihr 30-jähriges Jubiläum als Gastronomen. Wer noch nie hier war, sollte sich auf die bekannten Klassiker einlassen: „Himmel un' Ääd" (Blutwurst auf Kartoffelpüree, gebratene Gänsestopfleber auf Apfelkompott, ausgebackene Zwiebelringe), Hämmchen-Carpaccio (das magere Fleisch vom Eisbein, mit Graupenvinaigrette, Krautsalat und frischem Meerrettich) oder geschmorte Kaninchenkeule mit Knoblauch, Oliven und Tomaten – alles wirklich gut. Etwas saftiger hätte das Kalbfleisch vom Piemonteser Fassone-Rind für das Vitello tonnato sein können. Die Weinkarte ist klein. Aber der Chef hat noch etliche Schätze, die er zunächst unerwähnt lässt – also nachfragen! Netter Service.

**Gourmetrestaurant Lerbach**
OT Heidkamp, im Schlosshotel Lerbach
Lerbacher Weg, PLZ 51465
Tel. 02202/20 40
www.schlosshotel-lerbach.com
So, Mo geschl.
Hauptgerichte € 42-54
Chefkoch: Nils Henkel
AmEx DINERS EC MASTER VISA

Die licht-moderne Eleganz des Wintergarten-Gourmetrestaurants ist eine schöne Kulisse für Nils Henkels „Pure Nature"-Stil. Hinreißend angerichtet das Frühlingsbeet auf einem grünen, kräuterig-frischen Püreespiegel mit knackig hauchdünn gehobelten und mit verschiedenen Pürees gefüllten Gemüseröllchen wie grüner Spargel, Möhre oder auch Rhabarber; feine „Krümel" von getrocknetem Pumpernickel steuerten aparten Crunch bei. Pumpernickel spielte in Sudform auch bei der herrlich fleischigen Gillardeau-Auster als hocharomatische Verbindung zum Wachtelei eine tragende Rolle, grüner Apfel steuerte frische Säure bei. Überhaupt gelingen Saucen und Suds Henkels Team grandios: Tief aromatisch auch der Gulaschsaft zur Carabinero-Garnele mit sehr würzigem Paprika-Couscous und Kümmelkrokant, zum Niederknien gut war die *sauce rouennaise* zur feinen rosa geräucherten Taubenbrust. Der Leber-Crostino setzte sehr milde Aromen dagegen, die Rote Bete, als Püreekugel mit Geleeüberzug, hält sich als winterliches Trendgemüse auch hier bis ins späte Frühjahr hinein. Kräuter spielen in seinen bildschönen Kreationen oft tragende Rollen, bisweilen polarisieren sie aber auch, wie bei einer Liebstöckelvariation mit kräftigem Aroma zu Beginn, bei der die zarten Nordsee-Krabben ein wenig das Nachsehen hatten. Seit dem 1. August ist der exzellente Service unter neuer Leitung: Restaurantleiterin ist Desirée Steinheuer, die außerordentliche Weinkarte mit Bordeaux- und Deutschland-Schwerpunkten pflegt Peter Müller. Beide sind schon länger im Haus.

**Kult** FF○○○

OT Refrath, Wickenpfädchen 9, PLZ 51427
Tel. 02204/96 46 27
www.kult-restaurant.de
Sa abend, So, Mo geschl.
Hauptgerichte € 28-32
Chefkoch: Enis Akisik
AmEx EC MASTER VISA

Seit 2009 bringt der Ex-Kölner Kultkoch Enis Akisik den Einheimischen im Bergischen Land seine euro-orientalische Küche näher: Kalbsleber mit Roter Bete und Zitronenkresse etwa oder Lotte mit Pastinakenpüree in Orangen-Curry-Sauce. Sehr gut! Und das Dessert bitte nicht vergessen, im Sommer auch auf der Terrasse: gebrannte Cremes mit hausgemachtem Joghurteis.

**Vendôme** FFFFF

OT Bensberg, im Grandhotel
Schloss Bensberg, Kadettenstr., PLZ 51429
Tel. 02204/420
www.schlossbensberg.com
Mi mittag, Mo, Di geschl.
Hauptgerichte € 56-68
Chefkoch: Joachim Wissler
AmEx DINERS EC MASTER VISA

**„Vendôme": in absoluter Hochform!**

Wie beflügelt präsentiert Joachim Wissler im modern-eleganten Schlossrestaurant derzeit seine „Neue deutsche Küche": Mit viel Kreativität und ohne jegliche Anstrengung kommen seine Gerichte daher, geradezu von beschwingter Leichtigkeit und bisweilen mit charmantem Augenzwinkern – das schmeckt nicht nur grandios, das macht auch Spaß! „Unser Oreo" wird als runder Cracker aus schwarzem Olivenmürbeteig mit Ziegenfrischkäse und Rapshonig präsentiert, die Weinbergschnecke ausgelöst im auf einem Holzlöffel befestigten Haus, sodass man den köstlichen Sud aus Sherrybouillon komfortabel genießen kann, bevor frittierte Kartoffelschale (Backkartoffel!) mit Schinkencreme und Schneckenkaviar mit Petersiliencreme das Geschmacksbild gekonnt abrunden. Herausragend der bretonische Hummer als Medaillon und Schere sowie als Creme mit feinen Macadamiaspänen, dessen nussig-süßliche Aromen Wissler mit zweierlei Couscous (hier sehr elegant!), leichter Mumbai-Curryvinaigrette und einem fruchtig-süßlichen Kokosbaiser in täuschend echter Kokosnus-Optik perfekt ergänzt. Auf so viel exotische Weltläufigkeit folgt Bodenhaftung, genial interpretiert: Bei der Bachforelle „Bismarck" mit Büsumer Krabbensalat kombiniert er den Fisch (natürlich in bester Qualität) mit Saiblingskaviar, Nordsee-Krabben, ein wenig Bulgur, Gurke, Frühlingszwiebel und zwei kleinen, herrlich crunchigfrischen Blättern vom Kopfsalat; über alles gießt der Service am Tisch einen *escabeche*-Sud, dessen süßsäuerlich-frischer Duft maritime Erinnerungen weckt. Das ist Soulfood auf höchstem Niveau! In Hochform ist auch die Patisserie, etwa beim Porridge mit Soja-Panna-cotta und Topinambur-Sorbet. Erstklassige und intelligente Weinbegleitung. Exzellenter, souveräner Service, Raoul Steinbach, im Frühjahr dazugekommen, hatte das Haus vor Redaktionsschluss verlassen.

## Bergkirchen

■ A/B 58, S. 352

### Gasthaus Weißenbeck FF○○○

OT Unterbachern, Ludwig-Thoma-Str. 56
PLZ 85232
Tel. 08131/725 46
www.weissenbeck.de
Mo, Di geschl.
Hauptgerichte € 13-25
Chefköchin: Elisabeth Weißenbeck
AmEx EC MASTER VISA

Der Maßstab in Sachen Krustenbraten: Schulter und Bauch vom Schwäbisch-Hällischen Landschwein waren so rösch wie saftig und perfekt gewürzt, die lockeren

„Gasthaus Weißenbeck": hübsche Gaststube

Knödel aus frisch geriebenen rohen Kartoffeln nicht zu übertreffen. Der urbayerische Klassiker steht wie der Maibock mit Schwammerlgröstl und handgeschabten Spätzle stellvertretend für die aufwendige gehobene Landküche der Schwestern Barbara und Elisabeth Weißenbeck. Die werfen in ihrem lässig-eleganten Gasthof gerne auch einen Blick über den Tellerrand und begeistern ihre Gäste dann mit Bouillabaisse, gefülltem Stubenküken oder Lammrücken mit Couscous und Kardamomsauerrahm. Wunderschöner Garten.

## Berlin

■ C/D 22, S. 342/343

### Aigner FF○○○

OT Mitte, Französische Str. 25
PLZ 10117 ■ e 2, S. 71
Tel. 030/203 75 18 50
www.aigner-gendarmenmarkt.de
kein Ruhetag
Hauptgerichte € 16-32
Chefkoch: Andreas Klitsch
AmEx DINERS MASTER VISA

Herbert Beltles schönes Restaurant mit original Wiener Kaffeehaus-Interieur ist weiterhin Garant für gelungene deutsche Klassiker und gut gemachte Regionalküche. Diesmal schmeckten uns der lauwarme Salat aus

Kalbshaxe, Semmelknödel und Wildkräutern und die rosa gebratenen Nierchen vom Ruppiner Lamm mit Kartoffel-Pfifferling-Strudel. Zum Cappuccino und Espresso wird ein Gläschen Schokopudding mit eingelegten Sauerkirschen serviert. Gute deutsche Weine. Zu Beltles Imperium gehören auch das gerade ganz neu eingerichtete „Alte Zollhaus" am Landwehrkanal in Kreuzberg und die „Rotisserie Weingrün" in Mitte.

**„Aigner": Wiener Kaffeehaus-Atmosphäre**

### Alt Luxemburg

OT Charlottenburg, Windscheidstr. 31
PLZ 10627 ■ a 3, S. 70
Tel. 030/323 87 30
www.alt-luxemburg.de
nur Abendessen, So geschl.
Hauptgerichte € 28-35
Chefkoch: Karl Wannemacher
AmEx | EC | MASTER | VISA

Berlins Küchenpionier Karl Wannemacher überzeugt im schlicht-eleganten Restaurant nahe der Kantstraße seit fast 32 Jahren mit klassischer Gourmetküche, verfeinert mit asiatischen und mediterranen Noten. Das kann dann so aussehen: Den Hummer auf Spinatsalat mit Pinienkernen serviert er in Limetten-Olivenöl, die Jakobsmuscheln mit Blumenkohl kommen in einer fein abgeschmeckten Zitronengrassauce auf den Teller. Es gibt auch noch den guten alten Käsewagen. Auf der Karte finden sich auch Weine von der Luxemburger Mosel. Wer schon um 17 Uhr kommt, isst hier 15 Prozent günstiger.

### Ana e Bruno

OT Charlottenburg, Sophie-Charlotten-Str. 101, PLZ 14059 ■ b 3, S. 68
Tel. 030/325 71 10
www.ana-e-bruno.de
nur Abendessen
Hauptgerichte € 18-34
Chefkoch: Andrea Girau
AmEx | EC | MASTER | VISA

Bei Berlins einstigem und seit der Wende doch etwas abgelegenem Star-Italiener mit Allüren gibt man sich Mühe – und glänzt vor allem mit guten, selbst importierten Produkten. Die lombardischen Brennnesselnudeln mit Erbsen, Schalotten, Minze und Penja-Pfeffer lässt Padrone Pellegrini mit dem Ur-Parmigiano von den *vacche rosse,* den Roten Kühen, einer alten, fast ausgestorbenen Rinderrasse, servieren. Zum Wildfang-Saibling mit bunten Bohnen und Taggiasca-Oliven gab es eine geschmackvolle Sauce. Ein guter Abschluss: das Soufflé aus Mustia-Ricotta von sardischen Schafen mit braunem Muscovado-Rohrzucker und Aromen der dickschaligen Cedratzitrone. Neu ist das dreigängige Überraschungs-Pastamenü für 34,50 Euro. Auf der großen italienischen Weinkarte auch viele rare Weine.

### Bieberbau

OT Wilmersdorf, Durlacher Str. 15
PLZ 10715 ■ c 5, S. 70
Tel. 030/853 23 90
www.bieberbau-berlin.de

**„Bieberbau": Rollmops, neu interpretiert – kreative Küche aus regionalen Zutaten**

nur Abendessen, So, Mo geschl.
Hauptgerichte € 23-23
Chefkoch: Stephan Garkisch
EC

Stephan Garkisch serviert im einstigen Showroom von Bildhauer Richard Bieber mit Gründerzeit-Stuck weiterhin eine gute kreative Küche aus regionalen Produkten. Bisweilen will er aber auch zu viel des Guten: Der Müritz-Wels wird auf sautiertem Romanasalat und Reis mit Pinienkernen sowie Avocadocreme zur würzigen Estragon-Krustentier-Jus mit Senfkörnern serviert. Ohne die „Kruste" aus exotischen Salzen und Pfeffersorten hätten wir die Aromen noch klarer gefunden. Sehr gelungen: Bleu d'Auvergne auf Pumpernickelstreusel mit Ragout aus gelber Paprika und eingelegten Kirschen. Gute deutsche Weine und ein angenehmer Service.

**Buchholz Gutshof Britz** FF○○○

OT Neukölln, Alt-Britz 81
PLZ 12359 ■ e 6, S. 69
Tel. 030/60 03 46 07
www.matthias-buchholz.de
Mi geschl., Hauptgerichte € 12-28
Chefkoch: Matthias Buchholz
EC

Beste Landküche bietet Matthias Buchholz im historischen Gutshof. Das „Eisbein auf meine Art" kam als eine Art hübsch arrangiertes, aromatisches *millefeuille* aus Sauerkraut, Würfeln vom Eisbein und Erbsen- und Kartoffelpüree in einer leichten Apfelsaft-Weißwein-Senfsauce auf den Tisch. Die butterzarte gekochte Rinderbrust aus US-Beef mit knackigem Feldsalat und würzigen Bratkartoffeln mit Liebstöckel aus dem eigenen Kräutergarten wird mit Frankfurter Grüner Soße serviert. Deutsche Weine. Auch gut: das „Meckatzer Weiss-Gold"-Bier aus dem Allgäu.

**Das Restaurant Markus Semmler** FFF○○

OT Wilmersdorf, Sächsische Str. 7
PLZ 10707 ■ b 4, S. 70
Tel. 030/89 06 82 90
www.kochkunst-ereignisse.de
nur Abendessen, So, Mo geschl.
Hauptgerichte € 29-49
Chefkoch: Markus Semmler
AmEx EC MASTER VISA

Markus Semmler hat sich mit seinem Restaurant in Wilmersdorf gesteigert. An den Tischen sitzt viel Politikprominenz, die sich neben klassischer Gourmetküche

„Das Restaurant Markus Semmler": im Aufwind – der Chef (links) und sein Team

auch Kreatives schmecken lässt. Ein gelungenes Spiel der Aromen und Temperaturen war die hellbraun geröstete Jakobsmuschel auf gekühlter Topinamburcreme in lauwarmem Kohlrabisaft mit Salat aus roh mariniertem Kohlrabigrün. Die schneeweißen, bestens gegarten Würfel vom großen Steinbutt (12 kg!) mit Morcheln kamen mit frischen, leicht gelierten Stücken von der Pomelo und auf cremigem „Risotto" aus in Reisformat geschnittenem Sellerie. Tadellos ist der Service von Gastgeberin Andrea Güttes. Internationale Auswahl mit 100 Weinen zu ausgesprochen fairen Preisen, 15 werden auch glasweise ausgeschenkt.

**Die Quadriga** FF○○○
OT Wilmersdorf, im Hotel Brandenburger Hof, Eislebener Str. 14
PLZ 10789 ■ b/c 3, S. 70
Tel. 030/21 40 50
www.brandenburger-hof.com
nur Abendessen, So, Mo geschl.
Hauptgerichte € 32-41
Chefkoch: Josef Cassar
AmEx DINERS EC MASTER VISA
Nach mehreren Wechseln im schönen Berliner Privathotel soll jetzt wieder Kontinuität einkehren. Gut gefielen uns zuletzt glasierter Schweinebauch mit Bärlauchpüree, Granny Smith und süßsauer eingelegtem Rettich und Berliner Pfannkuchen, gefüllt mit lauwarmer Himbeersauce, begleitet von einem Gläschen Honig, der mit Eigelb und Zucker aufgeschäumt war.

**Die Spindel** FF○○○
OT Friedrichshagen, Bölschestr. 51,
PLZ 12587 östlich ■ e 5, S. 69
Tel. 030/645 29 37
www.spindel-berlin.de
Mo geschl.
Hauptgerichte € 14-26
Chefkoch: Jörg Eichhofer
EC MASTER VISA
Im immer beliebter werdenden grünen Osten lockt die feine Landküche in dem liebevoll renovierten Leineweberhaus von 1753. Gut: Rillette von der Edelmaräne mit Spreewäl-

**„Die Spindel": liebevoll renoviert**

der Gurkensalat und Radicchio und die hausgemachten Bratwürstchen vom Schorfheider Wild mit Krautfleckerl. Es gibt auch original Königsberger Klopse – und als süßer Abschluss schmeckte der Bienenstich, der hier mit Traubenragout und Kokoseis serviert wird. Informativ sind die Erzählungen zum Wein von Patron Hendrik Canis, einst Sommelier in der „Rutz Weinbar".

**E.T.A. Hoffmann** FF○○○
OT Kreuzberg, im Hotel Riehmers Hofgarten, Yorckstr. 83, PLZ 10965 ■ e 4, S. 71
Tel. 030/78 09 88 09
www.etahoffmann-berlin.de
nur Abendessen, Di geschl.
Hauptgerichte € 24-27
Chefkoch: Thomas Kurt
AmEx EC MASTER VISA
Thomas Kurt serviert im sympathischen, unkomplizierten Restaurant im Kreuzberger Baudenkmal gut gemachte saisonale Gourmetküche. Das „Kalb von Kopf bis Fuß" kommt als Tatar, Bries und Kalbsschwanz-Praline auf Mairübe und Bärlauch auf den Tisch. Gute mit Erbsenpüree und -sud gefüllte Ravioli in herzhaft-süßem Mix aus Erdbeeren, Morchel und Fourme d'Ambert. Die Crème brûlée mit Schwarzen Johannis-

beeren kombiniert Kurt mit einem Basilikum-Joghurt-Eis, Mispel mit Vanille und Sambuca. 200 sehr fair kalkulierte Weine.

**Facil** FFFF

OT Tiergarten, im The Mandala Hotel
Potsdamer Str. 3, PLZ 10785 ■ d/e 3, S. 71
Tel. 030/590 05 12 34
www.facil.de
Sa, So geschl.
Hauptgerichte € 46-58
Chefkoch: Michael Kempf
AmEx DINERS EC MASTER VISA

**„Facil": Thomas Gläsers Desserts sind optisch wie geschmacklich immer hinreißend!**

Immer wieder eine Wonne, wie Michael Kempf im lichten Gourmetrestaurant mit viel Glas, Bambusterrasse und Zen-Atmosphäre ohne spürbare Anstrengung seine ideenreichen, aromatischen Gerichte von großer Eleganz kreiert. Saure Sardine richtet er mit Schalotten-Tarte an, Variation vom grünen Apfel und Limetten-Kapern-Marmelade setzen dagegen frische Akzente. Zu Herz vom Poltinger Lamm in BBQ-Sauce kombiniert Kempf stimmig Fenchel und die persische Gewürzmischung Baharat. Der scheinbar simple bunte Mix aus „Kraut und Rüben" wird mit Périgord-Trüffel und einer Emulsion aus Malve und Absinth zum Hochgenuss. Grandiose Desserts von Thomas Gläser! Wegen Umbauarbeiten im Haus wird bis voraussichtlich Anfang September 2013 geschlossen sein.

**Filetstück – Das Gourmetstück** FF

OT Wilmersdorf, Uhlandstr. 156
PLZ 10719 ■ b 4, S. 70
Tel. 030/54 46 96 40
www.filetstueck.de
So geschl.
Hauptgerichte € 32-55
Chefkoch: Sascha Ludwig
EC MASTER VISA

Das elegant-legere Restaurant hat sein Repertoire erweitert. Beste Steaks gibt es noch immer, aber im Mittelpunkt steht jetzt ein Gourmetmenü. Für die Suppe werden (sehr) viele Aromen von Karotte, Ingwer, Löwenzahn, Gewürzbrot, pulverisiertes Eigelb und Kubeben-Pfeffer am Tisch mit der stark reduzierten, intensiv duftenden Jus aufgegossen. Butterweich war der 48 Stunden gedämpfte Bauch vom belgischen Livar-Schwein, dazu kamen mit Nordsee-Krabben, grünem Spargel, Tomate, Hummergelee und Vogelbeerjus wieder zahlreiche Komponenten. Gute Desserts, netter Service. Szeniges Schwesterrestaurant im Prenzlauer Berg (Schönhauser Allee 45).

**first floor** FFFF

OT Charlottenburg, im Hotel Palace Berlin
Budapester Str. 45,
PLZ 10787 ■ c 3, S. 70
Tel. 030/25 02 10 20
www.firstfloor.palace.de
nur Abendessen, So, Mo geschl.
Hauptgerichte € 42-47
Chefkoch: Matthias Diether
AmEx DINERS EC MASTER VISA

Matthias Diethers Stil ist noch klarer, noch überraschender. Der ausgekochte Markknochen, gefüllt mit intensiv-aromatischem

Chutney aus geröstetem Mark und Rucola, macht deutlich, dass bei aromastarken Gerichten die Hauptprodukte im Mittelpunkt stehen. Die setzt Diether umsichtig aus wenigen Zutaten zusammen, allesamt präzise ausgearbeitet. Zum fein-nussigen Geschmack der Jakobsmuschel passte der „Meeresgrund" aus süßlichem Hagebuttenpüree, Gerstenkörnern, gebranntem Dill und Milchschaum mit Fleur de Sel und Tannenspitzen. Bestens komponiert war auch die saftige, würzige Makrele auf Gänselebercreme mit gedünstetem Pak-Choi sowie süßsauer eingelegtem Kürbis; winzige Schalottenspiralen gaben der Gänselebercreme aparten Biss. Bester Service mit dem neuen Maître Marko Grundmann. Berühmte Weinkarte mit 1500 Positionen.

**Fischers Fritz** FFFF○

OT Mitte, im Hotel The Regent, Charlottenstr. 49, PLZ 10117 ■ e 2, S. 71
Tel. 030/20 33 63 63
www.fischersfritzberlin.com
kein Ruhetag
Hauptgerichte € 49-145
Chefkoch: Christian Lohse
AmEx DINERS EC MASTER VISA

Man lasse sich nicht vom konservativ-gediegenen Ambiente dieses Restaurants täuschen: Was Christian Lohse aus der Küche schickt, entsteht zwar auf der Basis seiner klassischen, französisch geprägten Ausbildung. Aber diese Art zu kochen ist modern, raffiniert und einfach zugleich, fabelhafte Produktqualität, keine überladenen Kompositionen. Die große Karte enthält die schönen Klassiker: den unerreichten Gänseleberriegel mit Havel-Aal, Pfefferkaramell und Auberginenkonfitüre, den Hummer aus der Presse, das Onsen-Ei, viele Stunden sanft gegart, mit Zutaten der Saison (z. B. Pfifferlingen, Bärlauchpesto und Gänseleberschaum), aber auch die gewaltige Tranche vom Zwölf-Kilo-Steinbutt – aus der Mitte geschnitten und mit Butter gegart. Der Hummer ist natürlich stets ein bretonischer, herrlich knackig zubereitet (diesmal mit winzigen Frühlingsgemüsen und einem erstaunlichen reduzierten Sud aus Zitronenfruchtfleisch und Sauternes). Wir empfehlen gern den Lunch: zwei Gänge 35 Euro, drei für 47 Euro – wohlfeiler Luxus! Sommelier Andrew Connor ist souveräner geworden, seine Empfehlungen treffen ins Schwarze. Aufmerksamer, charmanter Service.

**„Fischers Fritz": Gediegene Eleganz ist der Rahmen für Christian Lohses raffinierte Küche**

„Frühsammers": engagierte Gastgeber in der Villa – Peter und Sonja Frühsammer

**Frühsammers** FFF○○
OT Wilmersdorf, in der Villa des Grunewald Tennisclubs
Flinsberger Platz 8
PLZ 14193 ■ b 4, S. 69
Tel. 030/89 73 86 28
www.fruehsammers-restaurant.de
außer Do, Fr nur Abendessen
So, Mo geschl.
Hauptgerichte € 18-42
Chefköchin: Sonja Frühsammer
AmEx EC MASTER VISA

Berlins beste Köchin Sonja Frühsammer serviert im schick-gemütlichen Restaurant in der Villa am Tennisplatz leichte, gut gemachte Gourmetküche aus regionalen Produkten. Alles ohne Schnickschnack, mal mit mediterranen, mal mit exotischen Noten. Die Scholle kombinierte sie mit Mangold, geröstetem Rübstiel, Champignoncreme und aromatischen „Wattwürmern" aus geliertem Limoncello. Zu Brust und Keule von der Taube in Malzbiersauce ergänzten Gerste, junger Spinat und Gelee und Pulver vom Malz die Kreation spannungsreich. Hausherr Peter Frühsammer empfiehlt dazu bestens passende Weine. Apart: der neue Cocktailwagen für Drinks.

NEU **5 – Cinco by Paco Pérez** FF○○○
OT Tiergarten, im Hotel Das Stue
Drakestr. 1, PLZ 10787 ■ c 3, S. 70
Tel. 030/311 72 27 40
www.5-cinco.com
nur Abendessen, So, Mo geschl.
Hauptgerichte € 38-45
Chefkoch: Felice de Martino
AmEx DINERS EC MASTER VISA

Ferran Adrià-Schüler Paco Pérez („Miramar", Llanca, Costa Brava) hat ein Restaurant im „Das Stue" eröffnet und serviert seine katalanische Avantgardeküche nun auch in Berlin – zu Beginn noch nicht vollends überzeugend. Zehn weiß eingedeckte Tische stehen im sonst eher schlichten Raum, an der Decke Kunst aus Kupferpfannen und -kesseln. 25 kleine Gänge umfasst das Menü. Kostproben: Herrlich waren die süßen getrockneten Tomaten mit Kaviar und scharfem Olivenöl und der Spinat mit nussigen Pinienkernen und saftigen Rosinen. Die Gnocchi mit Kaisergranat gerieten leider salzig, der Chip vom Schweineschmalz zerbröselte beim Anfassen. Eine Freude war der tadellose Service. Sommelier Marian Henss empfiehlt gute Weine aus 400 Positionen, darunter Bestes aus Deutschland und Spanien.

**Hartmanns** FFF○○
OT Kreuzberg, Fichtestr. 31
PLZ 10967 ■ f 4, S. 71
Tel. 030/61 20 10 03
www.hartmanns-restaurant.de
nur Abendessen, So, Mo geschl.
Menüs € 60-100
Chefkoch: Stefan Hartmann
AmEx EC MASTER VISA
Stefan Hartmann zählt mit seinem unprätentiösen, schicken Restaurant im Kreuzberger Souterrain heute zu den Gourmetklassikern der Stadt. Seine Küche unternimmt gern mal Ausflüge nach Frankreich und Italien: Der confierte Hummer kam mit Artischocke, Estragon und Pancetta, Stopfleber und Perlhuhn reicht Hartmann auf Birne, Walnuss und Chicorée. Der schön scharfsaure Mix aus Sardine, Oktopus und Calamaretti auf Dicken Bohnen, Fenchel und Aubergine zeigt, dass er weiter auf intensive Aromen setzt. Sympathisches, junges Team.

**Honça** FF○○○
OT Wilmersdorf, Ludwigkirchplatz 12
PLZ 10179 ■ b 4, S. 70

**„Honça": die Vielfalt der türkischen Küche**

Tel. 030/95 59 94 34
www.honca.de
außer Sa, So nur Abendessen, Mo geschl.
Hauptgerichte € 14-27
Chefkoch: Nizar Alazi
AmEx EC MASTER VISA
Im eleganten Restaurant mit moderner türkischer Küche essen auch türkische Diplomaten. Am besten bestellt man mehrere Vorspeisen und teilt sie: in Orangensaft und Olivenöl gekochte Selleriescheiben mit Aprikosen oder Salat aus Petersilie, Thymian und Granatapfel. Danach schmeckt die Lammlende mit Kastanien und karamellisierten Schalotten in Safransauce. Gute Desserts wie kandierter Kürbis mit Bitterorange und Sesamsauce. Auf der Weinkarte stehen leider nur die Gewächse des Weinguts Kayra.

**Horváth** FFF○○
OT Kreuzberg, Paul-Lincke-Ufer 44 a
PLZ 10999 ■ e 4, S. 69
Tel. 030/61 28 99 92
www.restaurant-horvath.de
nur Abendessen, Mo geschl.
Hauptgerichte € 16-27
Chefkoch: Sebastian Frank
AmEx DINERS EC MASTER VISA
Sebastian Franks Küche mit klassischer Basis und Wiener Eigenart bleibt kreativ. Er spielt gern mit Texturen, dennoch sind alle Komponenten schlüssig. Pechschwarz und gelb getupft war das überraschend süßlich-erdig-aromatische Arrangement aus gerösteten, in Lauchasche gewälzten und mit Zitrone-Thymian-Kügelchen bestreuten Scheiben von Gelber und Roter Bete und Rettich auf ebenfalls geschwärzter, dicker Stoßsuppe (aus Sauermilch und -rahm). Zum saftigen Störfilet kombinierte Frank Flocken und Späne vom gepökelten Stör, in Pilzessig eingelegte Roskoff-Zwiebeln und frische Triebe vom Teltower Rübchen. Die Atmosphäre ist jetzt ein wenig cooler geworden, es gibt keine Tischdecken mehr, und die neue Servicemannschaft gibt sich nun ein wenig förmlicher. Infos zu offenen Weinen gibt es nicht, die muss man beim neuen Maître in Erfahrung bringen.

„Hugos": Rhabarber, Hibiskussorbet, Früchtetee, -krokant und -gelee

**Hugos** FFF○○
OT Tiergarten, im Hotel InterContinental
Budapester Str. 2
PLZ 10787 ■ c 3, S. 70
Tel. 030/260 20
www.hugos-restaurant.de
nur Abendessen
So, Mo geschl.
Hauptgerichte € 45-55
Chefkoch: Thomas Kammeier
AmEx DINERS EC MASTER VISA

Berlins einziges Gourmetrestaurant mit Weitblick im 14. Stock des „InterContinental" feierte gerade sein zehnjähriges Jubiläum, aber Thomas Kammeiers Gerichte prägen weiter Schwung und Ideenreichtum. Die glasierte Gänseleber serviert er mit erfrischendem Papaya-Mango-Sorbet und -Kompott, dessen feines Frucht-Säure-Spiel ein guter Gegenpart für die gehaltvolle Leber ist. Zur gebratenen bretonischen Makrele auf Sonnenblumencreme passten ebenfalls grüner Apfel, Gurke und Cranberrys. Langostino und Bauch vom Ibérico-Schwein kamen auf Ananas und Zwiebeln in *ponzu*-Sauce. Schöner Abschluss: leicht geräucherte Mispeln mit Zabaione, Thymian und Buttermilch-Zitronen-Eis. Der sympathische Maître Olaf Rode hat alles im Blick.

NEU **Il Punto** FF○○○
OT Mitte, Neustädtische Kirchstr. 6
PLZ 10117 ■ e 2, S. 71
Tel. 030/20 60 55 40
www.ilpunto.net
Sa mittag, So geschl.
Hauptgerichte € 19-35
Chefkoch: Enrico Catapano
AmEx EC MASTER VISA

Giuseppe Pernas „Il Punto" war schon in Bonn als Treffpunkt legendär. Im Mitte-Restaurant mit gemütlichem Wintergarten und Vinoteca sitzt auch jetzt die Hautevolee aus Politik und Wirtschaft, wenn sie unbeobachtet sein will – Diskretion ist für Perna Ehrensache. Auf der Karte stehen sowohl die Klassiker als auch modernere Interpretationen der italienischen Küche. Die *paccheri alla ciampi* mit Artischocke, Erbsen und frischer Minze hat Perna einst für den italienischen Staatspräsidenten Ciampi kreiert. Immer gut: Fisch von der Tageskarte. Saftig ist das Knurrhahnfilet mit Zwiebeln und einem aromatischen Ragout aus sizilianischen Tomaten. Große italienische Weinkarte mit Raritäten. Im Nebenraum, in der „Antica Lasagneria" mit Sichtschutz an den Fenstern, isst auch die Kanzlerin gern. Sehr sympathischer, aufmerksamer Service.

**La Mano Verde** FF○○○
OT Charlottenburg, im Kempinski Plaza, Uhlandstr. 181-183
PLZ 10623 ■ b 3, S. 70
Tel. 030/82 70 31 20
www.lamanoverde.com
kein Ruhetag, Hauptgerichte € 16-23
Chefköchin: Monica Jimenez
AmEx EC MASTER VISA

„La Mano Verde": beliebter In-Treff

Jean-Christian Jurys elegantes Gourmetrestaurant im grünen Ku'damm-Hinterhof, in dem sich auch mal Hollywood-Prominenz trifft, ist der Vorreiter der veganen Hauptstadtrestaurants. Erfrischend und gut waren ein Limetten-Mandel-Gazpacho mit Avocado, Chili und Kokos und der *salade de la mer* aus verschiedenen Algensorten wie Queller und Wakame. Knackig-frisch die *ravioli blancs*, mit Cashewcreme gefüllte hauchdünne Kohlrabischeiben auf Apfel-Birne-Fenchel-Salat – alles bio. Gute Bioweine und -champagner. Neu: frisch gepresste *shots* aus Templiner Biowildkräutern.

NEU **Les Solistes by Pierre Gagnaire** FFF○○
OT Charlottenburg, im Hotel Waldorf Astoria, Hardenbergstr. 27/28
PLZ 10623 ■ b/c 3, S. 70
Tel. 030/81 40 00 24 62
www.waldorfastoriaberlin.com
Sa mittag, So geschl.
Hauptgerichte € 51-85
Chefköche: Pierre Gagnaire, Roel Lintermans
AmEx DINERS EC MASTER VISA

Die Atmosphäre ist gediegen und modern: lilafarbene Sofas mit hohen Lehnen, bequeme Lederstühle und ein Weinklimaschrank, der abends beleuchtet ist. In der Küche setzt der Belgier Roel Lintermans Gagnaires Stil um. Vieles ist überraschend, manches sehr gut, aber noch nicht alles zu Beginn restlos überzeugend (Geleewürfel aus Guinness und Whisky etwa waren bitter). Vorspeisen und Hauptgerichte sind mit vielen Elementen, intensiven Aromen und dem Spiel mit Texturen ganz Gagnaires Stil. Beim Frühlingsgemüse wird eine kleine Tarte mit Spinat und Morcheln mit einer hinreißenden *Bouillon Venise* mit Spargel, Dicken Bohnen, jungen Zwiebeln, Rucola, Parmesan und Spargel-Eis mit Kardamom und rohen Spänen kombiniert – der Sud mit herrlich intensivem Geschmack. Als drittes Element kommt dazu eine fast rustikale *cocotte* mit kurz geräucherten Poweraden, jungen Zwiebeln und Navetten auf Erbsen mit Speck und wunderbar pointierten Aromen. Umfangreiche Weinauswahl, sehr aufmerksamer, etwas förmlicher Service.

**Lochner** FF○○○
OT Tiergarten, Lützowplatz 5
PLZ 10785 ■ d 3, S. 71
Tel. 030/23 00 52 20
www.lochner-restaurant.de
nur Abendessen, Mo geschl.
Hauptgerichte € 19-35
Chefkoch: Andreas Lochner
AmEx EC MASTER VISA
Seit Jahren hat Andreas Lochner im lichten Restaurant mit weiß eingedeckten Tischen, fairen Preisen und klassisch-kreativer Küche seine treue Gefolgschaft. Frisch war das roh marinierte Rinderfilet mit Hummertatar, Radieschen und Kerbel. Der Seeteufel mit Curry auf Limettenperlgraupen, Pulpo, Calamaretti und jungem Lauch war uns diesmal allerdings einen Tick zu buttrig.

**Lorenz Adlon Esszimmer** FFFF○
OT Mitte, im Hotel Adlon Kempinski Berlin
Unter den Linden 77
PLZ 10117 ■ e 2, S. 71

Tel. 030/22 61 19 60
www.lorenzadlon-esszimmer.de
nur Abendessen, So, Mo geschl.
Hauptgerichte € 58-85
Chefkoch: Hendrik Otto
AmEx DINERS EC MASTER VISA

Hendrik Ottos handwerklich hochpräzise Küche mit klassischer Basis bleibt weiter kreativ und überraschend. Gekonnt jongliert er mit exotischen und mediterranen Noten und baut auch mal eine verfeinerte Bodenständigkeit ein. Mit Blick aufs Brandenburger Tor schmeckte die Gänseleber in Pfeffercreme auf einem Aromen-Potpourri aus Kaffee, Trüffel, Orangenschale, Mandel und Polenta. Den geschmorten Aal in warmer Cocktailsauce richtet der Koch mit Forelle, Gänseleber, Roter Bete, geräucherter Paprika und frischem Meerrettich an. Es gibt natürlich auch die „Adlon"-Klassiker wie *caneton à la presse* (Blutente) in zwei Gängen und die ganze bretonische Seezunge mit „Kardinal"-Sauce (mit Hummer) und Périgord-Trüffel. Gute Weinbegleitung, Maître Boris Häbel hat alles im Blick.

**Maremoto**
OT Charlottenburg, Grolmanstr. 56
PLZ 10623 ■ b 3, S. 70
Tel. 030/20 07 62 00
www.maremotoberlin.de
nur Abendessen, Mo, Di geschl.
Hauptgerichte € 15-42
Chefkoch: Cristiano Rienzner
EC VISA

Ferran-Adrià-Schüler Cristiano Rienzner setzt im kleinen, puristisch-gemütlichen Restaurant jetzt mehr auf bio, statt Effekte stehen Produkte und Aromen im Mittelpunkt. Der nur mit Salz und Limette kalt marinierte *gambero rosso* kam im Ganzen auf schimmerndem Schiefer mit *yuzu*-Gelee und -Mus, *yuzu*-Zucker, einem Hauch Goldstaub und wie Moos wirkenden „Airbags" aus schwarzem Sesam. Auch beim bestens gegrillten, saftig-rauchigen Stück vom schottischen Black-Angus-Rind *(dry-aged)* beschränkt sich Rienzner als Garnitur auf „Maremoto-Pringles", knackige Chips, und luftigen Espuma von der Sauce béarnaise. Gute Bioweine. Das Mineralwasser zum Menü ist im Preis inbegriffen. Guter Service.

**Margaux**
Unter den Linden 78
PLZ 10117 ■ e 2, S. 71
Tel. 030/22 65 26 11
www.margaux-berlin.de
nur Abendessen, So, Mo geschl.
Hauptgerichte € 38-48
Chefkoch: Michael Hoffmann
AmEx DINERS EC MASTER VISA

**„Lorenz Adlon Esszimmer": eleganter Gourmet-Salon am Brandenburger Tor**

Elegante Hölzer, Stein und – selten genug – angenehmes Licht: In Michael Hoffmanns schickem Restaurant ist die Natur in das Design einbezogen. Vor allem steht sie aber im Zentrum seines modernen und wunderbar leichten Stils, der so raffinierte wie

**„Margaux": Chefkoch Michael Hoffmann**

geschmackvolle Inszenierungen rund um Gemüse und Kräuter hervorbringt. Die volle Pracht dieser Gerichte entfaltet sich im Gemüse-Menü, ein zweites Menü präsentiert Fisch und Fleisch rund um Gemüse-Protagonisten. Erstaunlich, was für einen Geschmack Michael Hoffmann grünen Tomaten entlockt – aus der Vorjahresernte eingelegt, werden sie mit Couscous-Konfitüre, grünem Gemüse, Süßkartoffel und Estragonöl zum aromatischen Hochgenuss. Beim Spinat spielt er mit Eigelb, knusprigen Kartoffeln, getrockneter Basilikumsaat und Périgord-Trüffel auch mit Texturen. Wunderbare Desserts! Gesumino Pireddu empfiehlt die passenden Weine charmant und kompetent (500 Positionen von vielen namhaften deutschen und französischen Winzern).

**Parioli**

OT Mitte, im Hotel de Rome, Behrenstr. 37
PLZ 10117 ■ f 2, S. 71
Tel. 030/46 06 09 12 01
www.pariolirestaurant.de
kein Ruhetag
Hauptgerichte € 20-39
Chefkoch: Jörg Behrend
AmEx DINERS EC MASTER VISA

Auch italienische Berlinbesucher zieht es zunehmend ins Hotelrestaurant mit schickem Design. Jörg Behrend tischt neben eleganten mediterranen nun auch bodenständige italienische Gerichte auf. Außer Jakobsmuschel mit Karotte in Orangenvinaigrette und Linguine mit Hummerragout stehen da schon mal Spaghetti carbonara und Penne all'arrabbiata auf der Karte. Bei gutem Wetter sitzt man auf der Hofterrasse.

**NEU Ponte**

OT Schöneberg, Regensburger Str. 5
PLZ 10777 ■ c 4, S. 70
Tel. 030/21 91 24 10
www.ponte-berlin.de
nur Abendessen, Di geschl.
Hauptgerichte € 18-26
Chefkoch: Luca Pegores-Sfes
EC MASTER VISA

Schon vor der Wende war Valter Mazza mit seinem „Ponte Vecchio" in Charlottenburg ein guter Gastgeber, jetzt gibt's die Neuauflage. Aromatisch und gut kombiniert war der rohe Spinatsalat mit lauwarmen angebratenen Speckwürfeln und würzigen Parmesanbrocken, bestens abgeschmeckt auch der Loup de Mer mit süßen Prosecco-Trauben in einem feinen, süß-pfeffrigen Trauben-Schalotten-Sud. Feurig-scharf dagegen die Wachtel in Olivenöl-Knoblauch-Sauce mit Peperoncini und frischem duftendem Rosmarin. Übersichtliche Weinkarte mit 48 Positionen zu erstaunlich fairen Preisen.

**Reinstoff**

OT Mitte, Schlegelstr. 26 c
PLZ 10115 ■ e 1, S. 71
Tel. 030/30 88 12 14
www.reinstoff.eu
nur Abendessen, So, Mo geschl.
Menüs € 91-145
Chefkoch: Daniel Achilles
AmEx EC MASTER VISA

Geerdet und avantgardistisch zugleich, dabei sinnlich und feinsinnig kocht Daniel Achilles im schlicht-eleganten Restaurant. Wer das Menü „ganz nah" bestellt, bekommt Kunstwerke aus meist regionalen Produkten, beim Menü „weiter draußen" geht es internationaler zu. Da macht schon das Amuse-Bouche Spaß: Würfel von der süßsauren Spreegurke, mit Dill, Meerrettichkissen und einer winzigen türkischen Pizza serviert. Der hauchzarte Flussbarsch kam in würzigem Eukalyptussud, zur Lammnuss in eigener Jus auf Sonnenblumenkerncreme passte das bunte Potpourri aus Teltower Rübchen, Eiszapfen und Weißem Rettich mit Majoran, Rauchöl und Bautz'ner Senf. Professioneller Service.

**Rutz Weinbar Restaurant** FFF○○
OT Mitte, Chausseestr. 8
PLZ 10115 ■ e 1, S. 71
Tel. 030/24 62 87 60
www.weinbar-rutz.de
nur Abendessen, So, Mo geschl.
Hauptgerichte € 15-40
Chefkoch: Marco Müller
AmEx EC MASTER VISA
Marco Müller beeindruckt im Restaurant mit Weinranken vor dem Fenster und Terrasse zum Hof auch weiterhin mit intelligenter Dekonstruktion und Neuinterpretation. Nichts ist so, wie man es erwartet, deshalb nennt er die Gänge „Erlebnisse". Der „Meeresduft" entpuppte sich als aromatisches Feuerwerk: Bauch vom Kabeljau in herzhaft duftendem Fischauszug mit Taggiasca-Oliven. Die Brust vom Wagyu-Rind mit Steckrübe und Romanasalat gart Müller 72 Stunden lang. Sommelier Billy Wagner empfiehlt die passenden „flüssigen Erlebnisse".

**Tim Raue** FFFF○
OT Kreuzberg, Rudi-Dutschke-Str. 26
PLZ 10969 ■ e/f 3, S. 71
Tel. 030/25 93 79 30
www.tim-raue.com
So, Mo geschl., Hauptgerichte € 53-66
Chefköche: Tim Raue, Christian Singer
AmEx EC MASTER VISA M
Tim Raue beeindruckt in seinem kleinen, feinen Hauptrestaurant mit preußischblauen Polstern auch weiterhin mit seinen kreativen, aromatischen, asiatisch inspirierten Kreationen und seinem einzigartigen Stil. Den Kaisergranat mit Mango, Karotte, Mangogelee und einer süßen Vinaigrette mit thailändischen Gewürzen serviert er mit leuchtend grünen Sternen aus Wasabi-Marshmallow, einer Kruste aus Wasabi-Mayonnaise und gerösteten Reis-Flakes – hinreißend. Eine wunderbare Balance aus süßen und würzigen Noten waren die mit Fleisch aus der Perlhuhnkeule gefüllten Dim Sum auf Perlhuhnfarce und Steinpilzcreme mit Piemonteser

**„Rutz Weinbar Restaurant": überraschende Geschmackserlebnisse und erstklassige Weine**

**„Tim Raue": Kabeljau *furikake dashi***

Haselnüssen, in Reiswein eingelegten roten Trauben und Scheiben von Périgord-Trüffeln. Gelungen auch das am Tisch mit frisch gepresstem Portulaksaft aufgegossene Dessert aus Kokosnuss und Kokoseis mit weißer Luftschokolade, *yuzu*-Creme, Portulak und Miso-Tapioka-Perlen. Spannende Weinbegleitung, rund 1200 Positionen auf der Karte. Herzlich und professionell leitet Gastgeberin Marie-Anne Raue den Service.

### VAU

OT Mitte, Jägerstr. 54/55
PLZ 10117 ■ f 2, S. 71
Tel. 030/202 97 30
www.vau-berlin.de
So geschl., Hauptgerichte € 40
Chefkoch: Kolja Kleeberg
AmEx DINERS EC MASTER VISA
Mittags wie abends war das „VAU" immer eine verlässliche Adresse. Beim letzten Besuch allerdings vermerkten wir Schwächen, gleichmäßig verteilt auf Service und Küche. Etwas unsortiert wirkte die schwarze Brigade im nicht gerade ausgebuchten Restaurant, die Karten ließen auf sich warten und eine Stunde lang auch der erste Gang. Allzu säuerlich war der Salat von Kaninchen und Quinoa mit Kalamansi geraten, ebenso unharmonisch die *ballotine* von der Barberie-Ente mit Brokkoli und *vinaigrette chinoise*. Bekannte „VAU"-Tugenden zeigten der Seeteufel mit Senf, Gurken und Krabben wie der Wolfsbarsch mit Pak-Choi, Calamaretti und Sesam. Gut sortierte Weinkarte (500 Positionen) mit Renommiertem aus Deutschland, Frankreich und Italien.

### Vivaldi

OT Grunewald, im Alma Schlosshotel im Grunewald, Brahmsstr. 10
PLZ 14193 ■ b 4, S. 69
Tel. 030/89 58 40
www.schlosshotelberlin.com
nur Abendessen, So, Mo geschl.
Hauptgerichte € 29-36
Chefkoch: Danijel Kresovic
AmEx DINERS EC MASTER VISA
Im Salon der pompösen Villa von 1917 kocht nun Danijel Kresovic aus dem Restaurant „44". In zwei Menüs gliedert sich sein Programm: Saisonal-regional ausgerichtet ist das „Focus", klassisch und kreativ das „Weitblick". Apart angerichtet war der knusprige Schweinebauch mit Gelees aus Kaffirlimette und Ingwerbier, dazu Brioche und Gänseleber-Portwein-Eis. Etwas fester und aromatischer hätte der Rochenflügel mit Estragon- und Amaranth-Kruste, Melone, Gurke und „Monkey 47"-Ginsauce sein dürfen. Gelungen das schön fluffige Schokoladensoufflé mit Limetten-Buttermilch-Eis, Eierlikör, Zitronenthymian und karamellisierten Bananen. Internationale Weinkarte mit 175 Positionen, viele gereifte Portweine.

### Vox

OT Tiergarten, im Hotel Grand Hyatt Berlin Marlene-Dietrich-Platz 2
PLZ 10785 ■ d/e 3, S. 71
Tel. 030/25 53 17 72
www.vox-restaurant.de
Sa mittag, So mittag geschl.
Hauptgerichte € 20-36
Chefkoch: Pascal Verrooten
AmEx DINERS EC MASTER VISA
Im sympathischen Restaurant mit großer Showküche serviert der Belgier Pascal Verrooten weiterhin gute Weltküche. Die gebratene Gänseleber kombiniert er mit grünem Thai-Curry, Erdnüssen und Basilikumsorbet, das Rippchen vom Havelländer Schwein kam auf Süßkartoffelpüree, Pak-Choi, Edamame und Peperoni. Gutes Sushi, Sake-Sommelière Luisa Mehlhose bietet dazu das Passende. Deutsche Tapas gibt's im „Mesa", Berlins bestes Club Sandwich und Burger im „Tizian".

B

# SZENELOKALE BERLIN

## Al Contadino Sotto Le Stelle F

OT Mitte, Auguststr. 36
PLZ 10119 ■ f 1, S. 71
Tel. 030/281 90 23
www.alcontadino.eu
nur Abendessen
Hauptgerichte € 10-29
Chefkoch: Islam Mustafa
AmEx EC MASTER VISA

Beim einst schwer angesagten Szene-Italiener ließ Padrone Mimmo sich zuletzt selten sehen, und die Karte scheint sich kaum zu ändern. Die Preise sind dafür gestiegen. Was aber aus der Küche kommt, ist gut gemacht. Gelungen waren die Ricotta-Mangold-Knödel in einer cremigen Butter-Parmesan-Sauce, aromatisch die mit Kartoffel, Walnuss und Taleggio-Käse gefüllten Tortelli mit geraspelter Orangenschale und Salbei-Safran-Sauce. Statt der offenen Weine empfehlen wir die selbst importierten Flaschen aus der Basilicata. Jüngeres Publikum trifft sich nun in der „Al Contadino Mozzarella Bar & Bottega" zwei Häuser weiter.

## Alpenstueck *

OT Mitte, Gartenstr. 9
PLZ 10115 ■ e 1, S. 71
Tel. 030/21 75 16 46
www.alpenstueck.de
nur Abendessen
Hauptgerichte € 16-22
Chefkoch: Ralf Hahn
AmEx EC MASTER VISA

Der Souschef ist nun Küchenchef. Ansonsten gibt's wenig Änderung zu vermelden im schlichten, aber schicken „Heimatküche"-Klassiker mit dezentem Alpenland-Dekor. Auf der Karte stehen weiterhin unter anderem Kalbsmaultaschen, Käsespätzle, Apfelstrudel und Allgäuer U'steiner und Romadur mit Cassis-Senf und Früchtebrot aus der eigenen Bäckerei gegenüber. Beibehalten wurde auch das im letzten Jahr eingeführte Menü mit leichter, saisonaler Küche: gut das Apfel-Meerrettich-Süppchen mit Tafelspitz-Tatar und die pochierte Lachsforelle im Zitronensud mit Mairübchen. Am schönsten sitzt man in den drei Separées unter der Holzscheitwand (siehe Foto unten).

**„Al Contadino Sotto Le Stelle": Szene-Italiener. „Alpenstück": Interieur mit alpinem Dekor**

**Bandol sur Mer** FF○○○
OT Mitte, Torstr. 167
PLZ 10115 ■ f 1, S. 71
Tel. 030/67 30 20 51
www.bandolsurmer.de
nur Abendessen
Hauptgerichte € 27-29
Chefkoch: Andreas Saul

Die Küche im Mini-Restaurant mit Deko-Stücken aus dem Palast der Republik ist exklusiver geworden. Zwei französisch inspirierte Menüs stehen zur Wahl: gelungen die Entenleber in Holunderessig-Sauce mit Gurke und eingelegten grünen Mandeln sowie das Bresse-Huhn mit einem Salat aus Spinat, Radieschen, Gatower Kugeln und Kalbskopfvinaigrette. Gute Auswahl an deutschen und französischen Rohmilchkäsen, Weine aus dem Bandol. Guter Service. Die Berliner Szene trifft sich jetzt im lebendigen Bistro „3 minutes sur mer" nebenan.

**Borchardt** F○○○○
OT Mitte, Französische Str. 47
PLZ 10117 ■ e 2, S. 71
Tel. 030/81 88 62 62
www.borchardt-restaurant.de
kein Ruhetag
Hauptgerichte € 20-30
Chefkoch: Philippe Lemoine
AmEx DINERS EC MASTER VISA

Berlins Szeneklassiker und Treffpunkt der alteingesessenen Hauptstadtprominenz aus Film und Politik ist weiterhin voll. Wir vermissten zuletzt allerdings die kontinuierliche, eigenständige Handschrift des Küchenchefs. Gut der roh marinierte schwarze Heilbutt in Limetten-Chili-Vinaigrette mit Salat aus Queller, Fenchel und Orange sowie das saftige Lammkotelett in Harissa-Jus mit Ziegenfrischkäse-Gnocchi und herzhaft gegrillten Tomaten und Paprika. Der Renner bleibt das Wiener Schnitzel. Professioneller, sympathischer Service.

**Cantina** F○○○○
OT Mitte, in der Bar 1000
Schiffbauerdamm 11
PLZ 10117 ■ e 2, S. 71
Tel. 030/27 58 20 70
www.tausendberlin.com
nur Abendessen, So, Mo geschl.
Hauptgerichte € 17-28
Chefkoch: Masao Watari
AmEx EC MASTER VISA

Japanisch-peruanische Küche kommt im schicken und weiter sehr angesagten Hinterzimmer-Restaurant auf die Tische. Allerdings dürften die Gerichte ruhig öfter wechseln. Immer eine gute Wahl: die Akadashi-Miso-Suppe, halb Reis, halb Sojabohnen, die herzhaft marinierten *ceviche* sowie Sushi und Sashimi. Klassiker ist der in Reiswein

**„Bandol sur Mer": jetzt exklusiver geworden. „Borchardt": Klassiker der Berliner Szenelokale**

eingelegte und gegrillte *miso cod* (Kabeljau). Neu ist *mochi matcha* (süßer Reiskuchen mit grünem Tee). Exzellente Cocktails. Und so kommt man rein: an der unscheinbaren Stahltür unterm Brückenbogen klingeln, dahinter geht es quer durch die mondäne Bar „Tausend".

**Cookies Cream** FF○○○

OT Mitte, Behrenstr. 55
PLZ 10117 ■ e 2, S. 71
Tel. 030/27 49 29 40
www.cookiescream.com
nur Abendessen, So, Mo geschl.
Hauptgerichte € 20
Chefkoch: Stephan Hentschel
AmEx DINERS EC MASTER VISA

Beste vegetarische Gerichte in legerer Industrie-Atmosphäre. Stephan Hentschels Küche schmeckt und überrascht immer wieder: Den Salat vom Blaukraut serviert er mit Orange, Macadamianüssen und Schokolade aus ungerösteten und kalt gemahlenen Kakaobohnen. Die in Nussbutter confierten Scheiben von der Steckrübe im Pfeffersud kombinierte Hentschel mit in Himbeeressig und Puderzucker eingekochtem Radicchio und Pistazien-Mascarpone-Creme. Auch die Desserts machen Spaß: Orangensorbet und Zwergorangen auf Kaffeebohnen, Buchweizen und Sauerklee. Neu ist die Champagnerstation. Große Bar im Nebenraum.

**Dos Palillos** FF○○○

OT Mitte, im Hotel Casa Camper
Rosenthaler Str. 53
PLZ 10178 ■ f 1, S. 71
Tel. 030/20 00 34 13
www.dospalillos.com
außer Sa nur Abendessen, So, Mo geschl.
Hauptgerichte € 9-15
Chefkoch: Kevin Alder
AmEx DINERS EC MASTER VISA

Im Berliner Restaurant von Spaniens Starkoch Albert Raurich steht jetzt Kevin Adler, der direkt aus Raurichs Küche kommt, am Herd. Und was am langen, breiten Küchentresen serviert wird, ist besser denn je: Asiatisches im Tapasformat in 13 oder mehr Gängen. Etwa mit Sake gewaschener und luftgetrockneter Lachs mit Mandarinen-Sake oder in Knoblauch, Ingwer, Chili und Sojasauce geschmortes Schweinekinn und zum Abschluss Mandelkuchen mit *yuzu*-Marmelade und Pomelo. Restaurantleiterin Kerstin Frank empfiehlt dazu gern Weine aus autochthonen Rebsorten.

**Grill Royal** F○○○○

OT Mitte, Friedrichstr. 105 b
PLZ 10117 ■ e 2, S. 71
Tel. 030/28 87 92 88
www.grillroyal.com
nur Abendessen
Hauptgerichte € 18-125

**„Cookies Cream": leger-schickes Ambiente. „Dos Palillos": beliebter Platz – der Küchentresen**

Chefkoch: Michael Böhnke
AmEx DINERS EC MASTER VISA
Berlins größtes und erfolgreichstes Szenerestaurant im bunten Sixties-Design mit internationaler Kunst und halben Rinderhälften im Show-Kühlraum ist immer voll. Beliebt sind die Steaks, aber auch die mediterranen Bistrogerichte sowie Regionales. Die Austern Sylter Royal sind ein guter Einstieg, danach vielleicht ein „Leipziger Allerlei", das in der Saison klassisch mit Morcheln verfeinert wird, und schließlich in Nussbutter gebratene Seezunge. Große Champagnerkarte, beeindruckende Auswahl an großen Bordeaux und sogenannten „Super-Toskanern". Raucherlounge.

**NEU Grosz** *

OT Charlottenburg, Kurfürstendamm 193/194, PLZ 10707 ■ b 3, S. 70
Tel. 030/652 14 21 99
www.grosz-berlin.de
kein Ruhetag
Hauptgerichte € 18-36
Chefkoch: Philippe Lemoine
AmEx EC MASTER VISA
Gastronom Roland Mary („Borchardt) hat ein neues Restaurant und Kaffeehaus mit Patisserie, Bar, Säulen, Stuck und Gold und hohem Promi- und Unterhaltungsfaktor. Es ist der Treffpunkt im Berliner Westen – ganztags: Ab 8 Uhr ist geöffnet! Auf der Karte stehen neben französischen Bistroklassikern wie Bouillabaisse auch Berliner Traditionsgerichte wie das „Graf Holstein-Schnitzel" mit Ei, Sardelle, Hummer und Cumberland Sauce – für den Preis von 30 Euro hätte das aber ruhig etwas größer ausfallen dürfen. Am schönsten sitzt man an den Bistrotischen im halbrunden Kaminzimmer. Weiter hinten, im weiß eindeckten Restaurantbereich, fehlen Großzügigkeit und Überblick. Gute Cocktails an der Bar gleich am Eingang.

**NEU Hartweizen** FF

OT Mitte, Torstr. 96
PLZ 10119 ■ f 1, S. 71
Tel. 030/28 49 38 77
www.hartweizen.com
nur Abendessen
Hauptgerichte € 17-45
Chefköche: Michele Tansella, Luca Donvito
AmEx EC MASTER VISA
Aus der Küche des neuen Restaurants von Michele Tansella und Luca Donvito mit dunklen Holzmöbeln, ochsenblutrotem Estrich und moderner Kunst kommt eine gute Mischung aus traditioneller süditalienisch-apulischer und innovativer Küche. Etwa Carpaccio aus Zunge vom Chianina-Rind mit frischer Thunfisch-Kapern-Sauce. Zur in Marsala-Wein gekochten Kaninchenleber passten Spinat, rote Zwiebeln und weiße Trauben. Der auch optisch hübsch

„Grill Royal": Sixties-Design und Reifeschrank. „Hartweizen": puristisches Interieur

B

angerichtete schwarze Risotto mit Kalmar kam mit nussig-würzigen Wellhornschnecken. Auf der gastfreundlich kalkulierten Karte stehen 50 italienische Weine, fast alle gibt es glasweise. Sehr freundlicher Service. Tresen im Fenster für Spontangäste.

**Katz Orange** *

OT Mitte, Bergstr. 22
PLZ 10115 ■ f 1, S. 71
Tel. 030/983 20 84 30
www.katzorange.com
nur Abendessen, So geschl.
Hauptgerichte € 18-27
Chefkoch: Robert Kettner
AmEx EC MASTER VISA

Wechsel im schönen, belebten Restaurant auf zwei Etagen im alten Sudhaus der ehemaligen Josty-Brauerei. Das neue Team muss sich noch einspielen, bisweilen waren sehr viele Komponenten auf den Tellern: Die Estragon-Graupen mit geschmorten Urkarotten, Karotten-Fenchel-Salat, Frühlingslauch und Petersilienwurzel-Crunch hätten wir ohne Sherryschaum und Estragon auf den Graupen noch aparter gefunden; und beim lauwarmen Saibling mit Zitronen-Kapern-Nussbutter, Kohlrabi und Gurke empfanden wir Koriander und Gin auch als verzichtbar. Gute Weinkarte mit über 100 Positionen, darunter viele aus Deutschland und Frankreich.

**NEU La Soupe Populaire Tim Raue** F○○○○

OT Prenzlauer Berg, im Atelierhaus auf Bötzow, Prenzlauer Allee 242
PLZ 10405 ■ e 3, S. 68
Tel. 030/44 31 96 80
www.lasoupepopulaire.de
So-Mi geschl.
Hauptgerichte € 16-18
Chefkoch: Michael Jaeger
AmEx DINERS EC MASTER VISA

Tim Raues neuestes und drittes Restaurant mit Vintage-Mobiliar und Fabrikcharme im Atelierhaus in der ehemaligen Bötzow Brauerei ist gleich zum angesagten Treffpunkt der Kunstwelt geworden (frühzeitig reservieren!). Es will Kunst und Kulinarik verbinden: Deshalb setzt die Karte sich aus *signature dishes* und wechselnden Gerichten zusammen, die sich auf die jeweilige Ausstellung beziehen. Feinsäuerlich war die Spanferkelsülze mit Senfkörnern und Cornichons auf „Asphalt" (Mini-Bratkartoffeln in Berliner Kopfsteinpflaster-Format), locker und schmackhaft die Königsberger Klopse mit Roter Bete. Der saftige, süße Bienenstich mit einer Biene aus geschnitzter Mandel an der Seite war mit Marillen und Marillensorbet gefüllt. Die Weinkarte listet 100 ausgesuchte „Lieblingsweine" in jeder Preislage auf. Angeschlossen ist die neue Bar „Le Croco Bleu".

**„Katz Orange": buntes Ambiente, buntes Publikum. „La Soupe Populaire": neu von Tim Raue**

**NEU Lavanderia Vecchia** F○○○○
OT Neukölln, im 2. Hinterhof
Flughafenstr. 46, PLZ 12053 ■ e 4, S. 69
Tel. 030/62 72 21 52
www.lavanderiavecchia.de
Sa mittag, So, Mo geschl.
Menü € 45
Chefkoch: Benedikt Bräunieger
EC MASTER VISA

Neuköllns gut verstecktes Szenerestaurant in den Räumen einer alten Hinterhof-Wäscherei hat jetzt Zuwachs bekommen: das „Lava" im Vorderhaus. Dort serviert die Küche nun auch Gerichte à la carte. Aktuelle Beispiele: Jakobsmuschel und Rindermark mit Buchweizen, Sellerie, Granny Smith und Asche-Algen-Creme oder in dunklem Bier marinierter und gegrillter Schweinebauch mit *snow crab* (Schneekrabbe) und Gurken-Ingwer-Crêpe. Und im Hauptrestaurant gibt es auch weiterhin ab Punkt 19.30 Uhr das beliebte italienische Abendmenü aus 13 Gängen für 45 Euro.

**Mani** FF○○○
Torstr. 136, PLZ 10119 ■ f 1, S. 71
Tel. 030/53 02 80 82 55
www.mani-restaurant.com
Sa mittag, So mittag geschl.
Hauptgerichte € 18-35
Chefkoch: Martin Schanninger
AmEx EC MASTER VISA

Im fast ganz in Schwarz gehaltenen Restaurant mit exotischen Blumen und Kerzenschein wird ein schöner Mix aus israelisch-arabischer und französischer Küche serviert, vieles als *chuzpeles* zum Teilen: gegrillter Blumenkohl mit Mandeln, Safran und Zitronenconfit, Falafel und Garnele auf Mais, Paprika und Piment d'Espelette, Lamm-*patties* (Frikadellen) mit Zimt, Tomate und Okraschoten oder Aal, in Dattelsirup und Anis geschmort. Als Hauptgang schmeckte der „meschugge Lobster" mit Queller, Estragon und Gruyère. Gute Weine aus Israel und dem Libanon.

**Ottenthal** F○○○○
OT Charlottenburg, Kantstr. 153
PLZ 10623 ■ b 3, S. 70
Tel. 030/313 31 62
www.ottenthal.com
nur Abendessen
Hauptgerichte € 15-26
Chefkoch: Arthur Schneller
AmEx MASTER VISA

Im gediegenen Treffpunkt der Charlottenburger Theater- und Musikszene wird beste österreichische Küche aus selbst importierten Bioprodukten serviert: geschmorte Kalbsleber auf Weißdornsauce mit Apfel-Polenta-Krapferl und Schmorgurken, Ragout von der Gemse mit Semmelknödel, Rosenkohl und hausgemachter Quitten-Marme-

**„Mani": schick in Schwarz mit exotischer Küche. „Ottenthal": gemütliches Charlottenburger Flair**

B

lade, Sorbet vom Zweigelt-Traubensaft mit Sekt. Viele österreichische Bioweine.

**Pauly Saal**
OT Mitte, Auguststr. 11-13
PLZ 10117 ■ f 1, S. 71
Tel. 030/33 00 60 70
www.paulysaal.com
So geschl., Hauptgerichte € 31-41
Chefkoch: Michael Höpfl
AmEx EC MASTER VISA
Der Neue ist ein alter Bekannter: Michael Höpfl bestimmte als Souschef schon vorher die Linie des Restaurants in der ehemaligen jüdischen Mädchenschule mit. Die bodenständig-regionale Ausrichtung behält er bei: Feldsalat mit Kraut und Rüben und Endivien-Schnittlauch-Creme oder das Beste vom Kalb mit zarter Zunge, deftigen Bäckchen und Tatar sind ein handfester Einstieg, wechselnde Gerichte wie rosa Lammrücken von der Müritz beweisen verfeinerte Bodenhaftung, das sieben Wochen gereifte, auf Holzkohle servierte Entrecote vom Pommerschen Ochsen bleibt ein Klassiker. Herzlicher Service, kompetente Weinberatung (stattliche Auswahl an deutschen Spitzenweinen und guten Weinen aus Bordeaux).

NEU **Rocco & Sanny**
OT Mitte, Friedrichstr. 113
PLZ 10117 ■ e 1, S. 71
Tel. 0173/521 93 78
www.roccoandsanny.de
nur Abendessen, So, Mo geschl.
Hauptgerichte € 12-24
Chefkoch: Alexander Rost
EC MASTER VISA
Das schräge Restaurant mit dem sehr speziellen Dekor in Brand-Optik ist Berlins neuer Szeneliebling. In der Küche sorgt Alexander Rost (früher in Tim Raues „Asphalt urban dining") für leichte italienische Gerichte wie „Roccos Burrata" oder Dorade mit Salat aus Kartoffeln und Kapern. Aufgrund des Erfolgs wurde jetzt ausgebaut: Im Seitenflügel und im Hinterhaus gibt es nun zusätzlich die „G&T"-Gin-Bar und das „Pizza Mario" im Italo-Sixties-Stil mit exklusiven weißen Pizzas (ohne Tomaten), dafür mal mit Trüffel, Foie gras oder mit Havel-Zander, Kalbsfußjus und abgeriebener Grapefruitschale veredelt.

**Schneeweiß**
OT Friedrichshain, Simplonstr. 16
PLZ 10245 östlich ■ e 3, S. 68
Tel. 030/29 04 97 04
www.schneeweiss-berlin.de
kein Ruhetag, Hauptgerichte € 11-25
Chefköche: Marcel Singer, Kevin Elias
EC MASTER VISA
Im weiß gestylten Szeneklassiker in Friedrichshain erlebten wir die gut gemachte

**„Pauly Saal": Rakete über der verglasten Küche. „Schneeweiß": ganz in Weiß – Szeneklassiker**

alpenländisch-mediterrane Küche kreativ: Trauben-Estragon-Tartelette mit gelben Karotten, Oktopus und Chorizo auf lila Kartoffeln mit Kürbis-Vanille-Creme und Buttermilchmousse oder Mohnkuchen mit Karamell-Pistazien, Pastinake, Birne und Limetteneis machten Spaß.

**NEU Sra Bua by Tim Raue** FF○○○

OT Mitte, im Hotel Adlon Kempinski
Behrenstr. 72
PLZ 10117 ■ e 2, S. 71
Tel. 030/22 61 15 90
www.srabua-adlon.de
nur Abendessen, So, Mo geschl.
Hauptgerichte € 11-125
Chefkoch: Daniel Lengsfeld
AmEx DINERS EC MASTER VISA

Tim Raue hat sein neues Restaurant dort eröffnet, wo einst sein „Ma" und „Uma" waren, im separat geführten „Adlon Palais". Die Karte ist umfangreich – Konzession an Hotelbedürfnisse – und vereint Panasiatisches mit Steaks und Grillgerichten neben Raues Eigenkreationen. Am Herd steht Daniel Lengsfeld, der Ex-„Ma/Uma"-Souschef. Intensiv aromatisch war der roh marinierte Hummer in Rosensirup mit tiefgrüner Liebstöckelcreme, Himbeer-Crunch und Minibaisers. Gut sind auch Raues Currys. Unser Favorit ist das gelbe mit Gewürztofu, Süßkartoffel, süßsaurem Kürbis, Cashews, Zimtblüte und Nelke. Gute Desserts. Große und hochpreisige Weinauswahl, allerdings werden nur wenige offen ausgeschenkt.

**The Grand** FF○○○

OT Mitte, Hirtenstr. 4
PLZ 10178 ■ f 1, S. 71
Tel. 030/27 89 09 95 55
www.the-grand-berlin.com
Sa mittag, So mittag geschl.
Hauptgerichte € 20-38
Chefkoch: Tilo Roth
AmEx EC MASTER VISA

Das Nachfolgerestaurant des „Rodeo" auf zwei Etagen mit Riesenlüster hat sich zum schicken Treffpunkt entwickelt. Und Chefkoch Thilo Roth hat es trotz umfangreicher Karte mit Seafood, Austern und guten Steaks vom – besonders heißen – Southbend-Grill geschafft, seine Handschrift weiterzuentwickeln. Das fein abgeschmeckte Rindertatar mit Riesengarnele richtete er auf geröstetem Schwarzbrot und mit lauwarmem Algensalat an, die Königsberger Klopse bereitete Roth aus Beelitzer Kaninchen mit flüssigem Gänseleberkern zu, dazu kamen lila Kartoffeln, Erbsen- und Wasabi-Püree und eine *sauce verveine.* Große Bordeaux und Burgunder. Patron Rainer Möckel ist ein umsichtiger Gastgeber. Große Raucherbar, gute Drinks.

**„Sra Bua": Tim Raues gute Misosuppe. „The Grand": schicker In-Treff über zwei Etagen**

B

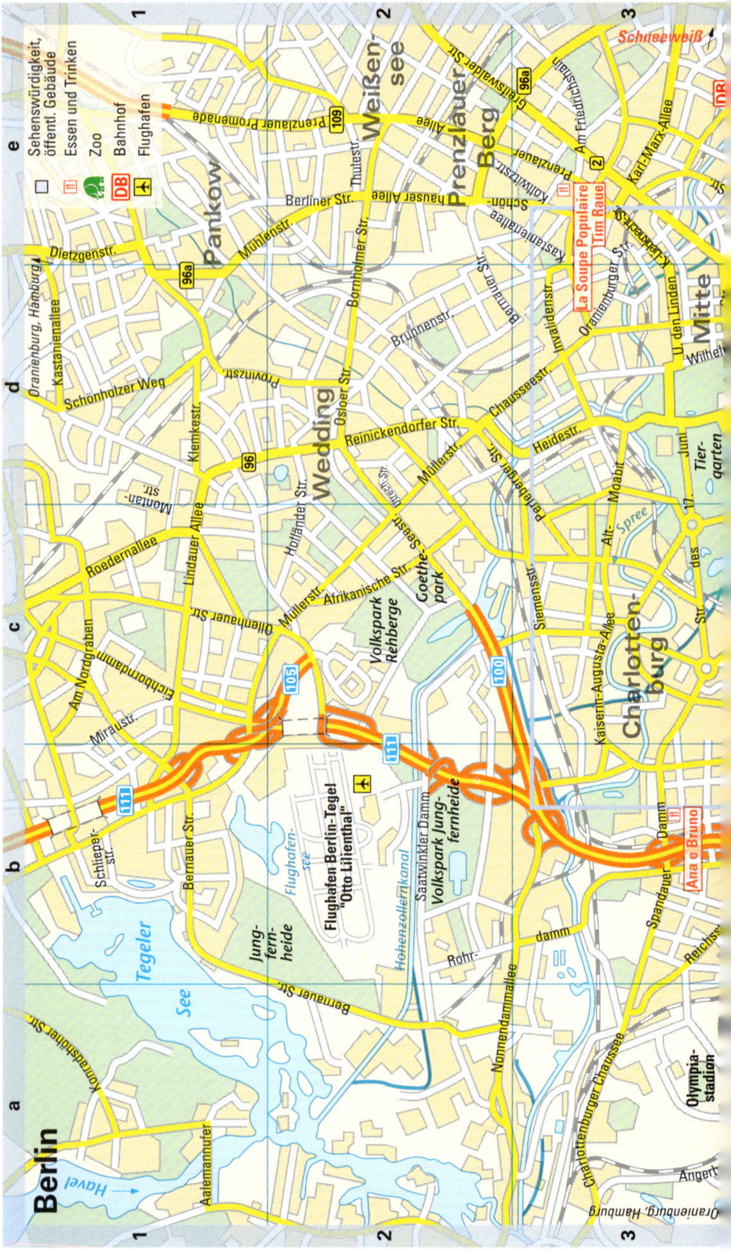
Berlin
Sehenswürdigkeit, öffentl. Gebäude
Essen und Trinken
Zoo
Bahnhof
Flughafen
Tegeler See
Havel
Pankow
Weißensee
Prenzlauer Berg
Wedding
Mitte
Charlottenburg
Tiergarten
Spree
Flughafen Berlin-Tegel "Otto Lilienthal"
Flughafensee
Jungfernheide
Volkspark Rehberge
Volkspark Jungfernheide
Goethepark
Hohenzollernkanal
Olympiastadion
La Soupe Populaire
Tim Raue
Ana e Bruno
Schneeweiß
Oranienburg, Hamburg
Prenzlauer Promenade
Schönhauser Allee
Greifswalder Str.
Karl-Marx-Allee
U. den Linden
Müllerstr.
Chausseestr.
Kaiserin-Augusta-Allee
Charlottenburger Chaussee
Nonnendammallee
Bernauer Str.

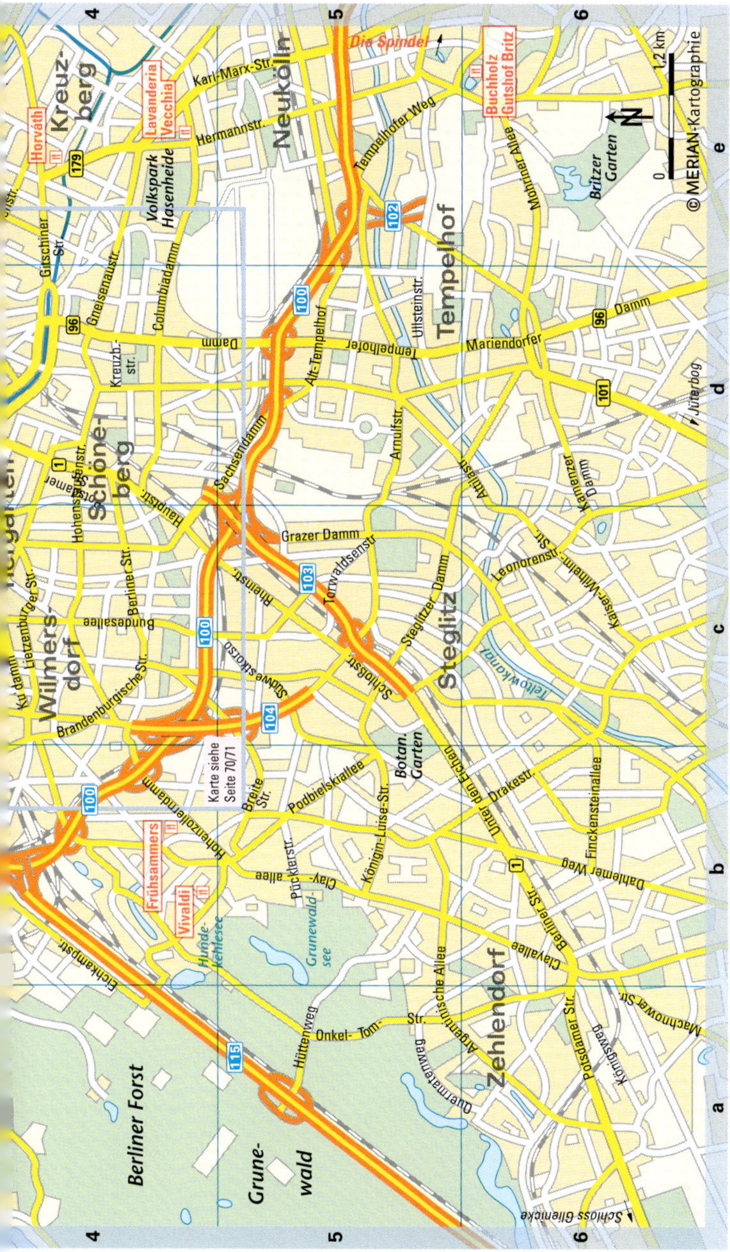
Kreuzberg
Neukölln
Tempelhof
Schöneberg
Wilmersdorf
Steglitz
Zehlendorf
Grunewald
Berliner Forst
Britzer Garten
Botan. Garten
Volkspark Hasenheide
Grunewaldsee
Hundekehlesee
Teltowkanal
Horváth
Lavanderia Vecchia
Die Spindel
Buchholz Gutshof Britz
Frühsammers
Vivaldi
Karte siehe Seite 70/71
Karl-Marx-Str.
Hermannstr.
Tempelhofer Weg
Gneisenaustr.
Columbiadamm
Tempelhofer Damm
Mariendorfer Damm
Alt-Tempelhof
Ullsteinstr.
Mohriner Allee
Sachsendamm
Arnulfstr.
Attilastr.
Kamenzer Damm
Grazer Damm
Hauptstr.
Potsdamer Str.
Hohenstaufenstr.
Kreuzbergstr.
Rheinstr.
Torwaldsenstr.
Steglitzer Damm
Leonorenstr.
Kaiser-Wilhelm-Str.
Lietzenburger Str.
Kudamm
Bundesallee
Berliner Str.
Brandenburgische Str.
Schildhornstr.
Schloßstr.
Hohenzollerndamm
Breite Str.
Podbielskiallee
Königin-Luise-Str.
Pücklerstr.
Clayallee
Unter den Eichen
Drakestr.
Finckensteinallee
Dahlemer Weg
Argentinische Allee
Onkel-Tom-Str.
Hüttenweg
Quermatenweg
Eichkampstr.
Machnower Str.
Königsweg
Schloss Glienicke
Jüterbog
© MERIAN-Kartographie
0
1,2 km

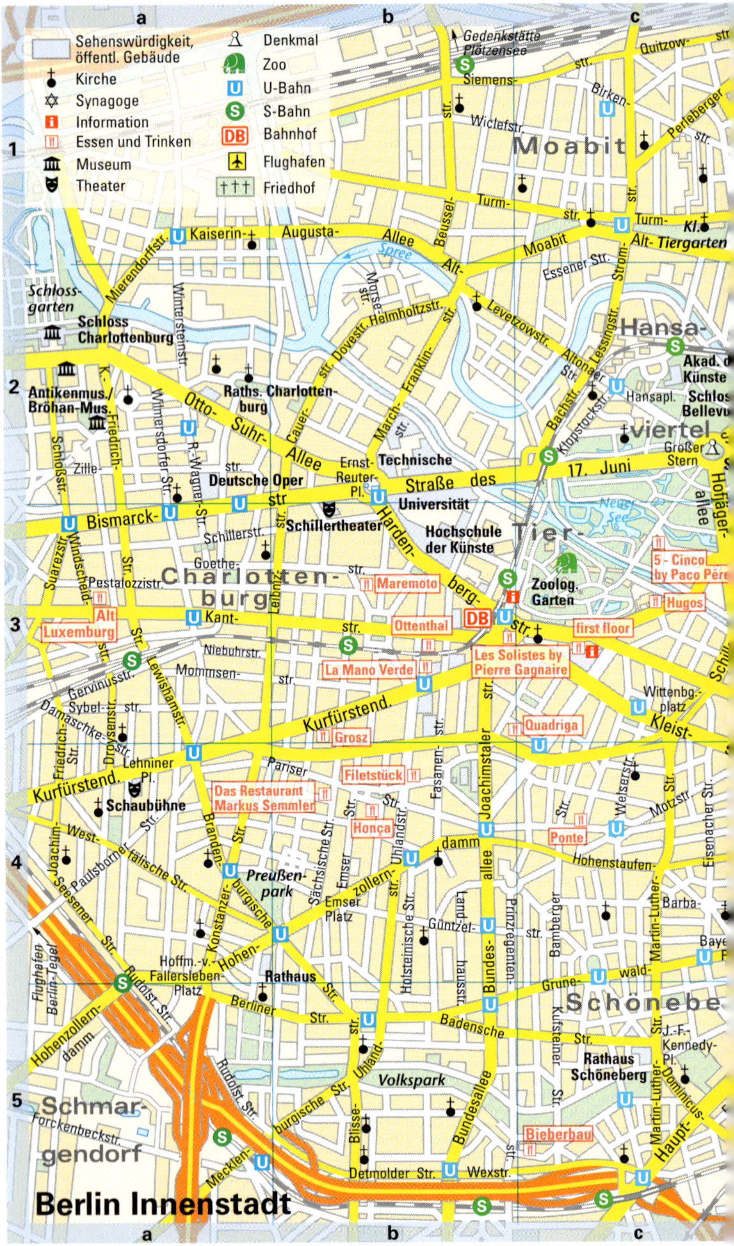

Sehenswürdigkeit, öffentl. Gebäude
Kirche
Synagoge
Information
Essen und Trinken
Museum
Theater
Denkmal
Zoo
U-Bahn
S-Bahn
Bahnhof
Flughafen
Friedhof
a
b
c
1
2
3
4
5
Gedenkstätte Plötzensee
Siemens-
Quitzow-
Birken-
Perleberger Str.
Wiclefstr.
Moabit
Turm-
Turm-
Kl.
Alt-Tiergarten
Kaiserin-
Augusta-
Allee
Spree
Beussel-
Alt-
Moabit
Essener Str.
Strom-
Schloss-garten
Schloss Charlottenburg
Mierendorffstr.
Wintersteinstr.
Morse-str.
Dovestr.
Helmholtzstr.
Franklin-
Levetzowstr.
Lessingstr.
Altonaer Str.
Hansa-
Akad. d. Künste
Schloss Bellevue
Hansapl.
Antikenmus./ Bröhan-Mus.
Raths. Charlotten-burg
Otto-Suhr-Allee
Cauer-
March-
Bachstr.
Klopstockstr.
viertel
Großer Stern
Schloßstr.
Zille-
Friedrich-
Wilmersdorfer Str.
R.-Wagner-Str.
Deutsche Oper
Ernst-Reuter-Pl.
Technische Universität
Straße des 17. Juni
Neuer See
Hofjäger-allee
Bismarck-
Schillerstr.
Schillertheater
Harden-berg-str.
Hochschule der Künste
Tier-
Suarezstr.
Windscheid-
Pestalozzistr.
Goethe-
Charlotten-burg
Leibnizstr.
Maremoto
Zoolog. Garten
5 - Cinco by Paco Pérez
Hugos
Alt Luxemburg
Kant-
Ottenthal
first floor
Niebuhrstr.
Mommsen-
La Mano Verde
Les Solistes by Pierre Gagnaire
Gervinusstr.
Sybel-str.
Damaschke-str.
Lewishamstr.
Kurfürstend.
Grosz
Joachimstaler str.
Wittenbg.-platz
Kleist-
Quadriga
Friedrich-Str.
Droysenstr.
Lehniner Pl.
Kurfürstend.
Schaubühne
Pariser
Filetstück
Das Restaurant Markus Semmler
Fasanen-str.
Welserstr.
Motzstr.
Eisenacher Str.
Honça
Ponte
West-fälische Str.
Paulsborner Str.
Joachim-Str.
Brandenburgische Str.
Preußen-park
Sächsische Str.
Emser Str.
Uhlandstr.
damm
Hohenstaufen-
Seesener Str.
Konstanzer-
Emser Platz
Hohen-zollern-
Güntzel-
Landhausstr.
Bundes-allee
Prinzregenten-str.
Bamberger str.
Barba-
Martin-Luther-
Bayer
Flughafen Berlin-Tegel
Hoffm.-v.-Fallersleben-Platz
Rathaus
Holsteinische Str.
Grune-wald-
Schöneberg
Hohenzollern-damm
Rudolst. Str.
Berliner Str.
Badensche Str.
Kufsteiner Str.
J.-F.-Kennedy-Pl.
Rathaus Schöneberg
Volkspark
Uhland-str.
Rudolst. Str.
burgische Str.
Bundesallee
Dominicus-
Haupt-
Schmar-gendorf
Forckenbeckstr.
Bliss-e
Bieberbau
Mecklen-
Detmolder Str.
Wexstr.
Berlin Innenstadt

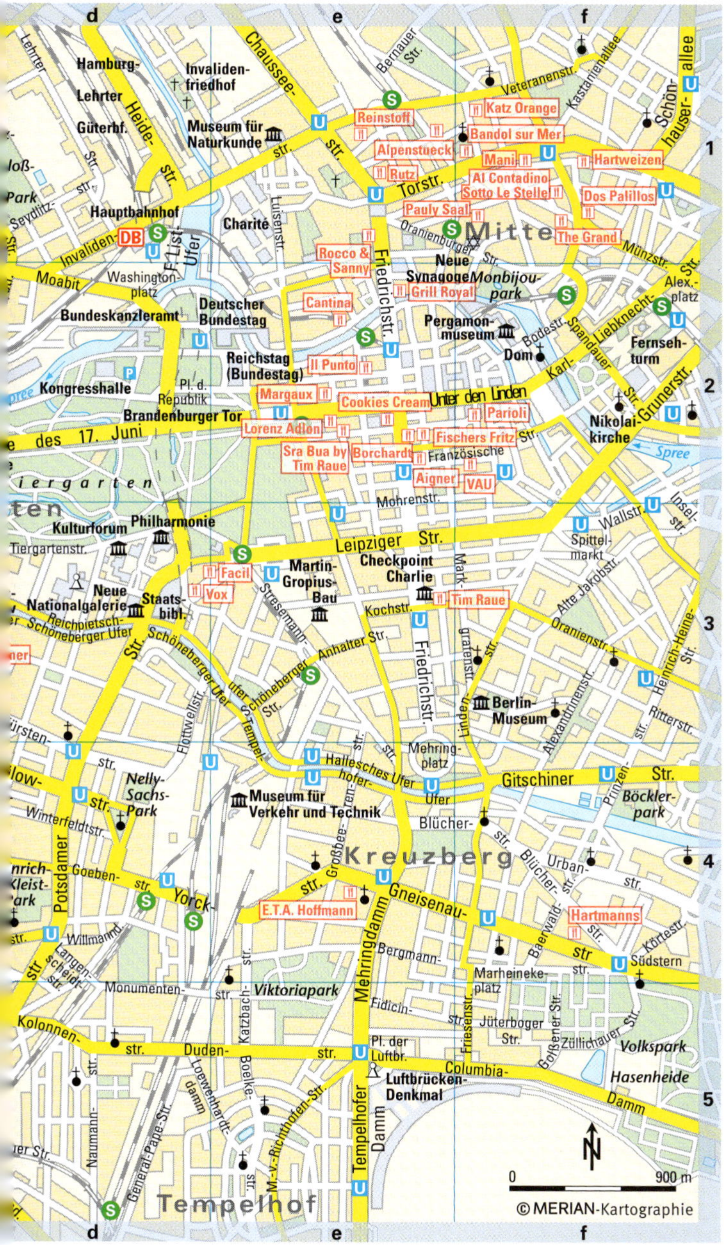
d
e
f
1
2
3
4
5
Lehrter
Hamburg-
Lehrter
Güterbf.
Heide-
str.
Invaliden-
friedhof
Museum für
Naturkunde
Chaussee-
str.
Bernauer
Str.
Veteranenstr.
Kastanienallee
Schön-
hauser-
allee
Reinstoff
Katz Orange
Bandol sur Mer
Alpenstueck
Mani
Hartweizen
Rutz
Torstr.
Al Contadino
Sotto Le Stelle
Dos Palillos
Pauly Saal
Hauptbahnhof
Charité
Luisenstr.
Oranienburger
Str.
Mitte
The Grand
Münzstr.
Invaliden-
DB
Seydlitz-
Str.
Park
Friedrich-
List-
Ufer
Rocco &
Sanny
Friedrichstr.
Neue
Synagoge
Monbijou-
park
Grill Royal
Alex.-
platz
Moabit
Washington-
platz
Deutscher
Bundestag
Cantina
Pergamon-
museum
Bodestr.
Spandauer
Liebknecht-
Karl-
Fernseh-
turm
Bundeskanzleramt
Reichstag
(Bundestag)
Il Punto
Dom
Kongresshalle
Pl. d.
Republik
Margaux
Cookies Cream
Unter den Linden
Parioli
Gruner-
str.
Brandenburger Tor
Lorenz Adlon
Fischers Fritz
Nikolai-
kirche
Spree
des 17. Juni
Sra Bua by
Tim Raue
Borchardt
Französische
Str.
Aigner
VAU
Tiergarten
Mohrenstr.
Insel-
str.
Wallstr.
Spittel-
markt
Kulturforum
Philharmonie
Tiergartenstr.
Leipziger Str.
Martin-
Gropius-
Bau
Checkpoint
Charlie
Mark-
grafenstr.
Facil
Vox
Neue
Nationalgalerie
Staats-
bibl.
Reichpietsch-
Ufer
Schöneberger Ufer
Stresemann-
str.
Kochstr.
Tim Raue
Alte Jakobstr.
Oranienstr.
Heinrich-Heine-
Str.
Anhalter Str.
Schöneberger
Str.
Friedrichstr.
Lindenstr.
Berlin-
Museum
Alexandrinenstr.
Ritterstr.
Flottwellstr.
Tempelhofer
Ufer
Mehring-
platz
Hallesches Ufer
Gitschiner Str.
Prinzen-
str.
Böckler-
park
Nelly-
Sachs-
Park
Museum für
Verkehr und Technik
Blücher-
str.
Urban-
str.
Winterfeldtstr.
Großbeeren-
str.
Kreuzberg
Potsdamer
Str.
Goeben-
str.
Yorck-
str.
E.T.A. Hoffmann
Gneisenau-
str.
Hartmanns
Baerwald-
str.
Körtestr.
Südstern
Heinrich-
Kleist-
Park
Willmanstr.
Langen-
scheidt-
str.
Bergmann-
str.
Mehringdamm
Marheineke-
platz
Monumenten-
str.
Katzbach-
str.
Viktoriapark
Fidicin-
str.
Friesenstr.
Jüterboger
Str.
Golßener Str.
Züllichauer Str.
Volkspark
Hasenheide
Kolonnen-
str.
Duden-
str.
Pl. der
Luftbr.
Columbia-
Damm
Luftbrücken-
Denkmal
Loewenhardt-
damm
Boelke-
str.
M.-v.-Richthofen-Str.
Tempelhofer
Damm
Naumann-
str.
General-Pape-Str.
Tempelhof
0
900 m
© MERIAN-Kartographie

## Bescheid ■ B 34, S. 344

**Zur Malerklause** FF○○○
Im Hofecken 2, PLZ 54413
Tel. 06509/558
www.malerklause.de
außer So nur Abendessen, Mo, Di geschl.
Hauptgerichte € 25-36
Chefkoch: Hans Georg Lorscheider
AmEx EC MASTER VISA
Im 410-Seelen-Dorf serviert Hans Georg Lorscheider seine französisch-mediterrane Küche handwerklich auf zuverlässig hohem Niveau wie immer. Längst ein Klassiker ist seine Gänseleberterrine mit Apfelgelee. Die Goldbrasse in einer Gewürzsauce begleiteten vielerlei Kräuter, die Anjou-Taubenbrust ist wunderbar klassisch-französisch zubereitet mit gebackenem Kalbskopf, Kalbsbries und Hahnenkamm mit Rotweinschalotten. Herzlicher und kompetenter Service.

## Bietigheim-Bissingen ■ D 46, S. 350

**Friedrich von Schiller** FFF○○
Altstadt, im Romantik Hotel Friedrich von Schiller, Am historischen Marktplatz 4-5
PLZ 74321
Tel. 07142/902 00
www.friedrich-von-schiller.com

**„Friedrich von Schiller": feiern 25-jähriges Jubiläum – Regine und Burkhard Schork**

Mo mittag, So geschl.
Hauptgerichte € 18-36
Chefkoch: Burkhard Schork
AmEx DINERS EC MASTER VISA
25 Jahre gibt es „Schillers Gute Stube"! Kein bisschen müde ist Burkhard Schork im hübschen Hotelrestaurant: Er entwickelt seine regionale Küche mit südländischen Einflüssen konsequent weiter und modernisiert sie ständig. Die eigene Metzgerei ist Garant für beste Produkte. Region pur serviert Schock mit Kalbskuttelsalat in Leindotteröl-Vinaigrette mit Linsenbrot und Lemberger-Zwiebeln, die Maultaschen in der doppelten Kraftfleischbrühe sind mit Liebstöckel gefüllt. Sagenhafte Weinkarte mit 1527 Positionen! Angenehme Zimmer.

## Billerbeck ■ C 13, S. 338

**Domschenke** FF○○○
Markt 6, PLZ 48727
Tel. 02543/932 00
www.domschenke-billerbeck.de
kein Ruhetag
Hauptgerichte € 12-30
Chefkoch: Frank Groll
AmEx DINERS EC MASTER VISA
Mit Gespür für eine gelungene Balance ist das Restaurant moderat modernisiert und der Gasthaus-Charme in die Neuzeit überführt worden. Frank Groll behält bei seinen Gerichten mit mediterranem Touch die klassische Basis im Blick: Die Rote-Bete-Suppe wird mit Garnelen-Frühlingsrolle kombiniert, das Filet vom Damwild mit Aromaten im Brik-Teig und geschmackvoller Gänselebersauce. Münsterländer Töttchen gibt es natürlich auch. Netter Service.

## Birkenau ■ E 35 S. 345

**Drei Birken** FF○○○
Hauptstr. 170, PLZ 69488
Tel. 06201/323 68
www.restaurant-drei-birken.de
Mo, Di geschl.

„Takeshi": Daniel Takeshi Wienand (l.) und Minoru Osaka bieten mehr als die Standard-Sushi

Hauptgerichte € 19-29
Chefkoch: Karl Gassen
EC MASTER VISA
Im anheimelnd-gediegenen Ambiente bietet die Küche eine unaufgeregte Auswahl internationaler Klassiker mit Ausflügen in die mediterrane Welt. Wer sich für das „Versucherlemenü" entscheidet (nur tischweise) bekommt etwa saftig gebratene Salzwassergarnelen mit würzigem Tomatenragout. Mediterran angehaucht ist die Fischsuppe mit hausgemachter *sauce rouille,* der es etwas an Schärfe fehlte. Die in Rotwein geschmorten Kalbsbäckchen waren wunderbar zart, dazu reicht die Küche knackige Karottenscheiben mit Ingwer und handgeschabte Spätzle. Die Dessertauswahl bietet vorwiegend hausgemachte Eis- und Sorbet-Sorten. Gut sortierte und fair kalkulierte Weinkarte.

## Bochum ■ C 15, S. 338

**NEU Takeshi** FF○○○
OT Altenbochum, Theoderichstr. 27
PLZ 44803
Tel. 0234/604 94 70
www.sushi-takeshi.de
Sa, So nur Abendessen, Mo, Di geschl.
Hauptgerichte € 15-28
Chefkoch: Daniel Takeshi Wienand
EC MASTER VISA
Daniel Takeshi Wienand hat sein Restaurant mit offener Küche, kleiner Tatami-Ecke, Lounge und Dachterrasse in der obersten Etage eines Bürogebäudes modern eingerichtet. Sein breit gefächertes Angebot an *nigiri, maki* und *ura maki* (*inside out rolls*), geht weit über die üblichen Standards hinaus und überzeugt durch hochwertige Grundprodukte. Dabei geht es durchaus mal kreativ zu: Thunfisch, grüner Spargel und Avocado innen, außen flambiertes Lachsfilet bei der *aburi sake roll,* bei der eine mit Limettenreduktion und Trüffelöl verfeinerte japanische Mayonnaise einen schönen aromatischen Akzent setzt.

## Bonn ■ C 32, S. 344

**Halbedel's Gasthaus** FFFF○
OT Bad Godesberg, Rheinallee 47
PLZ 53173
Tel. 0228/35 42 53
www.halbedels-gasthaus.de

B

nur Abendessen, Mo geschl.
Hauptgerichte € 40-44
Chefkoch: Rainer-Maria Halbedel
AmEx EC MASTER VISA

Mit unverändertem Elan setzt Rainer-Maria Halbedel die Tradition seines Gasthauses fort, streift aktuelle Trends nur dann, wenn sie seine klassische Linie bereichern. So gart er das US-Beef aus Nebraska nicht *sous vide*, sondern brät es zart an – ein unverfälschter Genuss. Dieser Hauptgang besteht aus zwei Teilen: Dem Filet geht eine intensive Essenz voraus, begleitet von Tatar, das auf einem Cracker serviert wird. Halbedel übt Zurückhaltung bei zarteren Gerichten wie der kurz auf der Haut angebratenen

**„Halbedel's Gasthaus": stilvolle Dekoration**

Rotbarbe mit knackigem Zuckerschotensalat. Dazwischen setzt er jedoch durchaus markante Akzente, etwa mit Koriander-Blumenkohl zum Hummer. Das Dessert aus Erdbeere, Basilikum und Schokolade ist ein angenehm leichter Abschluss für einen Abend in der bildhübschen Villa, die Ehefrau Irmgard geschmackvoll dekoriert hat. Auch der vertraute Service trägt seit vielen Jahren zum hohen Wohlfühlfaktor bei. Die Weinkarte lässt keine Wünsche offen.

**Le Petit Poisson** FF
Innenstadt, Wilhelmstr. 23 a, PLZ 53111
Tel. 0228/63 38 83
www.lepetitpoisson.de
nur Abendessen, So, Mo geschl.
Hauptgerichte € 26-33
Chefkoch: Ludwig Rudolf Reinarz
AmEx DINERS EC MASTER VISA

Beim „kleinen Fisch" neben dem Bonner Amts- und Landgericht fühlt man sich wie in einem liebevoll eingerichteten Wohnzimmer; Ludwig Reinarz gehen die Ideen auch nach Jahrzehnten nicht aus. Sein Programm beschränkt sich nicht auf Fisch: Die beiden Klassiker des Hauses sind der halbe Maine-Hummer und das Wiener Schnitzel. Schöne Kombinationen wie etwa Tatar vom Jungochsenfilet *americaine* mit Saiblingskaviar und Apfel-Staudensellerie-Salat oder Saint-Pierre in der Thymiankruste mit Champagnerkraut. Die Weinkarte ist in Ausmaß und Auswahl höchst beeindruckend.

**Sassella** FF
OT Kessenich, Karthäuserplatz 21
PLZ 53129
Tel. 0228/53 08 15
www.ristorante-sassella.de
Sa mittag, So abend, Mo geschl.
Hauptgerichte € 11-28
Chefkoch: Francesco Tartero
AmEx DINERS EC MASTER VISA

„Wie ein Urlaub in Italien" soll ein Besuch bei Giorgio und Francesco Tartero in Bonn sein. In der Tat: Man wird von den Brüdern aus dem norditalienischen Valtellina-Tal herzlich umsorgt, das Landhausambiente mit Holz und Bruchsteinen sorgt für Wohlfühlatmosphäre. Die Karte umfasst die ganze Vielfalt der italienischen Küche von gebratenen Garnelen mit Cognacsauce und Linsenrisotto bis zur in Rosmarin-Olivenöl gegrillten Dorade. Sehr gut die frischen hausgemachten Nudeln und die Spezialität des Hauses: *involtini Valtellina,* Röllchen vom Kalbsrücken, mit Bresaola (getrocknetes Rindfleisch) und Alpenkäse gefüllt, in Steinpilzsauce. Gut sortierte Weinkarte mit italienischem Schwerpunkt.

**Strandhaus** FF
Innenstadt, Georgstr. 28, PLZ 53111
Tel. 0228/369 49 49
www.strandhaus-bonn.de

nur Abendessen, So, Mo geschl.
Hauptgerichte € 14-29
Chefköchin: Astrid Kuth
AmEx EC MASTER VISA

Von den Muscheln auf den Tischen bis zu den Bullaugen in den Wänden: Die maritimen Details prägen das Ambiente. In der Küche bedient sich Astrid Kuth seit vielen Jahren aparter Kombinationen, die von Frankreich bis Asien reichen. Die saisonale Karte spiegelt Schwung und Begeisterungsfähigkeit wider. Ob gebratene Entenbrust mit Rhabarber-Schalotten-Confit und Kartoffelgratin oder Rinderfilet und -Schmorbäckchen-Börek mit geröstetem Topinambur und Pfeffer-Spitzkohl – klug dosierte Experimentierfreude mit Bodenhaftung. Der Service ist ungezwungen und herzlich, die Weinauswahl beachtlich.

## Bonndorf ■ C 49, S. 350

### Sommerau

OT Sommerau, PLZ 79848
Tel. 07703/670
www.sommerau.de
Mo, Di geschl.
Hauptgerichte € 19-30
Chefkoch: Karl-Thomas Hegar
EC

Fernab des städtischen Trubels genießt man auf einer Lichtung im Wald die Stille der Natur und die regionale Küche des Patrons, die er mit mediterranen Einflüssen bereichert. Viele Gäste lieben das „Badische Menü" (Sauerbraten vom Frischling mit Spätzle und Apfelrotkraut). Das „Feinschmeckermenü" indes zeigt, wie fein ein Ragout von Kalbsbries und Züngle mit Périgord-Trüffel, Stielmus und Kartoffelschaum schmecken kann. Ein Klassiker bleibt die gebratene Forelle aus dem nahen Ort Steina mit Mandeln. Hübsche Terrasse.

## Boppard ■ C 33, S. 344

### Le Chopin

Im Best Western Bellevue Rheinhotel
Rheinallee 41, PLZ 56154
Tel. 06742/10 20
www.bellevue-boppard.de
nur Abendessen, Di, Mi geschl.
Hauptgerichte € 29-35
Chefkoch: Sebastian Messinger
AmEx DINERS EC MASTER VISA

Im opulent-eleganten Jugendstil-Restaurant am Rhein interpretiert Sebastian Messinger die französische Klassik mit internationalen Einflüssen auf zeitgemäße Art. Regionale Produkte stehen im Mittelpunkt, wenn er Weinbergschnecken mit Pfälzer Karotten, gelbem Rübengelee, „Gemüse-Acker" und Sellerie-*spoom* (schaumiges Sorbet) hübsch arrangiert oder Zackenbarsch mit Kutteln, weißem Tomatenschaum, Peperonata und Zitronen-Petersilien-*brandade* erfrischend-würzig kombiniert. Schöne Desserts, netter Service und gute Weine vom Mittelrhein.

## Borken ■ B 36, S. 346

### NEU Gasthof Hack

OT Kerstenhausen, Hoheneicher Str. 2
PLZ 34582
Tel. 05682/99 60
www.gasthofhack.de
So abend, Di geschl., Hauptgerichte € 15-20
Chefköchin: Katja Hack
AmEx EC MASTER VISA

Juniorchefin Katja Hack bringt frischen Wind ins Traditionshaus im Kellerwald. Sie hat sich sowohl auf Stammgäste eingestellt, die am liebsten Schnitzel und Rumpsteak essen, bietet aber nebenan auch ein mehrgängiges Gourmetmenü. Die „Kerstenhäuser Duckefettsuppe", ein lokaler Klassiker, verfeinert sie zum eleganten Schmantsüppchen mit Kartoffeltatar und hauchdünn geschnittener Ahle Wurst. Den Sauerbraten vom Rehrücken hüllt sie in einen Speckmantel, dazu gibt's Pfefferkirschen, Rahmkohlrabi und Serviettenknödel.

## Bothel ■ B 16, S. 340

### Botheler Landhaus

Hemsbünder Str. 13, PLZ 27386
Tel. 04266/15 17

www.botheler-landhaus.de
außer So nur Abendessen, Mo, Di geschl.
Hauptgerichte € 19-27
Chefköchin: Iris Precht-Hallé
EC

Romantisch ist's im reetgedeckten Landhaus mit altem Gebälk und Kamin. Iris-Precht-Hallé pflegt verlässlich ihre regional-mediterrane Saisonküche mit vielen Zutaten aus der Umgebung. Den Tafelspitz serviert sie als Sülze mit grüner Sauce, der Kabeljau wird mit würziger Kruste vom Einbecker Senf und Rosmarinkartoffeln angerichtet. Eigenes Menü für Vegetarier. Schöner Sommergarten.

## Braunfels ■ A 37, S. 346

### Geranio

Am Kurpark 2, PLZ 35619
Tel. 06442/93 19 90
www.ristorante-geranio.de
Di geschl., Hauptgerichte € 14-31
Chefköche: Carmelo Geranio, Salvatore Geranio
AmEx EC MASTER VISA

Zwischen Marktplatz und Kurpark steht das schmucke Fachwerkhaus. Das sympathische Lokal der sizilienischen Familie Geranio setzt auf Bekanntes wie Pizza und hausgemachte Nudeln. Drei dicke Fleischscheiben mit Parma-Schinken ergeben eine *saltimbocca alla romana,* während Hummerstückchen mit Safran, Basilikum und Minze zu schmackhaften *spaghetti all'astice alla siciliana* werden. Bestens gelungen ist Wolfsbarsch *all'acqua pazza,* der im eigenen Sud mit Kräutern und Kartoffelscheiben delikat und pikant gegart ist. Gepflegte Weinkarte, netter Service, Terrasse mit Schlossblick.

## Bremen ■ A 16, S. 340

### Das Kleine Lokal

OT Fesenfeld, Besselstr. 40, PLZ 28203
Tel. 0421/794 90 84
www.das-kleine-lokal.de
nur Abendessen, So, Mo geschl.
Hauptgerichte € 24-28
Chefkoch: Stefan Ladenberger
AmEx EC MASTER VISA

Seit 15 Jahren führt Stefan Ladenberger nun sein intimes Restaurant. Seiner Küchenphilosophie ist er immer treu geblieben: Orientierung an der Region, verfeinert mit französischen und italienischen Akzenten. Der Krustentier-Risotto wird von gebratener Riesengarnele begleitet, die Lammhüfte von gebratenem Fenchel, Auberginenpüree, Tomatensalsa und confierten Kartoffeln. Den Weißen Heilbutt kombiniert er mit Trüffel, Tomate, Staudensellerie im Speckmantel und nussiger sardischer *fregola*-Pasta.

**„Geranio": außen schmuckes Fachwerk, innen moderne Wohlfühlatmosphäre, südliche Noten**

B

Die Muscovadozuckertarte mit geeistem Kokosschnee und Ananas beschließt das schöne Menü. 180 Weine, Terrasse.

**Grashoff's Bistro**

Innenstadt, Contrescarpe 80, PLZ 28195
Tel. 0421/147 49
www.grashoff.de
Sa abend, So geschl.
Hauptgerichte € 24-33
Chefkoch: Christian Wichtrup
AmEx DINERS MASTER VISA

Das Lokal mit der roten Lederbank und den vielen Erinnerungsfotos an den Wänden gehört zur Hansestadt wie der Roland und die Stadtmusikanten – zumal Inhaberfamilie Schmidt gleich nebenan auch noch einen der ältesten und besten Feinkostläden Deutschland führt. Hier trifft man sich, um sich an Klassikern und Lieblingsgerichten zu erfreuen, fast jeder Genießer hat hier schon mal den Hummer auf hausgemachten Spaghetti gegessen. Aber auch gedämpfte Wildgarnelen mit Basilikumpesto oder das Kalbskotelett in Salbeisauce sind schmackhaft und auf den Punkt zubereitet. Wer es experimenteller mag, wählt *„hot chicken"* in Kokos-Chili-Sauce. Auch die Kompetenz in Sachen Wein ist groß: Die Karte bietet 600 Positionen mit Schwerpunkt Bordeaux.

NEU **Kränholm**

OT Lesum, Auf dem Hohen Ufer 35
PLZ 28759
Tel. 0421/69 21 28 10
www.kraenholm.de
Mo geschl., Hauptgerichte € 15-35
Chefköche: Marc-Oliver Westphal, Jan Janning
AmEx EC MASTER VISA

Nach einigen Turbulenzen in der Anlaufphase hat sich das „Kränholm" im Bremer Norden zurechtgeruckelt. Mit Jan Janning steht ein neuer Chef am Herd, der das Ensemble im Knoops Park mit Veranstaltungsräumen, Restaurant, Konditorei, Skulpturengarten und großzügiger Terrasse mit seiner Frau Claudia Katzenberger gepachtet hat. In der Küche ist Janning der Linie seines Vorgängers weitgehend treu geblieben. Nach drei guten Brotsorten mit Butter, Quark und Olivenöl kam eine konzentrierte Spargelsuppe mit Büsumer Krabben. Saftig gegart mit krosser Haut war der Weiße Heilbutt auf cremigem Bärlauchrisotto mit Weißweinsauce und Kirschtomatenchutney. Zur tadellos gegrillten Hähnchenbrust im Speckmantel gab es sahnige Kohlrabistifte und Thymiankartoffeln. Der Service ist freundlich, aber etwas unerfahren. Angenehm ist die Ruhe in dieser städtischen Oase.

**„Grashoff's Bistro": ein echtes Stück Bremen mit Charme und kulinarischen Klassikern**

„La Terrasse": roh marinierte Makrele mit Zuckererbsen, Miso und Passionsfrucht

**La Terrasse**
OT Schwachhausen, im Park Hotel Bremen
Im Bürgerpark, PLZ 28209
Tel. 0421/340 87 79
www.park-hotel-bremen.de
nur Abendessen, So, Mo geschl.
Hauptgerichte € 28-45
Chefkoch: Norman Fischer
AmEx DINERS EC MASTER VISA
Trotz des laufenden Insolvenzverfahrens soll der Betrieb im „Park Hotel" fortgesetzt werden – und auch die Küche macht weiter. Das ist eine gute Nachricht, hat Chefkoch Norman Fischer dem Restaurant doch wieder neue Klasse und Kontinuität verliehen. Dabei holt er seine Inspirationen aus der Region (Bachforelle mit Birnen, Bohnen und Speck), aus dem Mittelmeerraum (Lamm mit Aubergine und Artischocken) sowie aus Asien (Kaisergranat mit grünem Curry und Miso). Das alles passt gut zu Bremens Hotelklassiker, in dem man entspannt im lichten Ambiente mit Blick auf den Hollerseee sitzt. Ein Schatz ist die Weinkarte, bestückt mit großen Gewächsen aus Deutschland, Bordeaux samt einer beeindruckenden Sauternes-Auswahl.

**Schröter's Leib & Seele**
Altstadt, Schnoor 13, PLZ 28195
Tel. 0421/32 66 77
www.schroeters-schnoor.de
kein Ruhetag
Hauptgerichte € 11-35
Chefköche: Daniel Schröter, Florian Pohl
AmEx EC MASTER VISA
Mitten in der Altstadt kann man hier nach einem Bummel einkehren und die mediterran-internationale Küche genießen, im Sommer am besten im stillen Innenhof. „Schröter's Menü" ist fair kalkuliert und reicht von Latte Macchiato von Curry und Zitronengras mit gebackener Jakobsmuschel über die in Barolo geschmorte Kalbsbacke in Trüffeljus bis zur Käsetorte mit Erdbeer-Philadelphia-Eis und Erdbeerschaumwürfeln.

**Topaz**
Innenstadt, Langenstr. 2-4, PLZ 28195
Tel. 0421/776 25
www.topaz-bremen.de
Sa abend, So geschl.
Hauptgerichte € 12-28
Chefkoch: Henner Fischer
DINERS EC MASTER VISA
Kommunikative Atmosphäre herrscht im schicken Innenstadtbistro, für diskrete Gespräche sollte man sich hier eher nicht verabreden. Auf der Karte stehen zeitgenössische Leibgerichte, von regional bis international: Neben Sushi- und Sashimi-Variationen gibt es „Surf 'n' Turf" vom Stubenküken mit Gambas oder *croustillant* von Kalbsbries und Kaninchen. Bitte Zeit und Platz für ein Dessert einplanen: Der flüssige Schokoladenkuchen mit Mokkaeis lohnt sich. Flotter Service, gute Weinauswahl (160 Flaschen).

## Bretzfeld

■ E 46, S. 351

**Landhaus Rössle**
OT Brettach, Mainhardter Str. 26
PLZ 74626
Tel. 07945/911 10
www.roessle-brettach.de
Mo, Di geschl.
Hauptgerichte € 19-28
Chefkoch: Bernd Pils
EC
Leichte französische Küche mit mediterranen Einflüssen, damit hat sich Bernd Pils zufrie-

B

dene Stammgäste erkocht, die immer wieder gern im idyllischen Landhaus einkehren. Er verwendet viele regionale Produkte wie beim Parfait von der Hohenloher Geflügelleber mit Rhabarber und Brioche oder einem Hohenloher Rinderrücken in Morchelrahm mit Kohlrabi und Rösti. 300 Weine, aufmerksamer Service.

## Bühl ■ B 47, S. 350

**Die Grüne Bettlad** FF○○○
Innenstadt, Blumenstr. 4, PLZ 77815
Tel. 07223/931 30
www.gruenebettlad.de
Fr mittag, So, Mo geschl.
Hauptgerichte € 18-32
Chefkoch: Peter Günthner
EC MASTER VISA

**„Die Grüne Bettlad": Peter und Sabine Günthner sind herzliche Gastgeber**

Im urigen Gaststübchen des denkmalgeschützten Fachwerkhauses im alten Teil des Stadtkerns ziehen Detailliebe und eine einzigartige Ansammlung von Pfeffermühlen Blicke auf sich. Das beliebte „Bettlad-Menü" beginnt mit Gänseleberterrine, mariniert mit Schwarzwälder Kirschwasser, auf vom Gewürztraminer des Weinguts Männle aus Durbach getränkten Geleewürfeln. Frankreich und Baden treffen in der Küche von Peter Günthner öfter aufeinander, eine 40 Jahre alte Freundschaft. Seine Krustentiersauce hat viele Freunde, seine mediterrane Pinienkern-Kräuter-Kruste begleitet das rosa-zarte Lammfilet. Die Pfeffermühlen bleiben nur Blickfang – der Chef hat ausgewogen gewürzt.

## Burg (Spreewald) ■ A E 24, S. 343

**17Fuffzig** FF○○○
Im Hotel Zur Bleiche, Bleichestr. 16
PLZ 03096
Tel. 035603/620
www.hotel-zur-bleiche.com
nur Abendessen, So, Mo geschl.
Hauptgerichte € 25-45
Chefkoch: Oliver Heilmeyer
EC

Die Wellness im Haus ist ein Highlight, für das viele von weit her anreisen. Chefkoch Oliver Heilmeyers moderne Regionalküche hält da mit: Der Müritzer Saibling ist mit Roter Bete mariniert, *crépinette* vom Freilandhuhn wird in Röstzwiebelsud mit Tapioka und Korianderpüree serviert; Ausflüge in die weite Welt gelingen Heilmeyer mit St-Pierre-Filet in Teriyakisauce mit Zucchiniröllchen und Bärlauchpesto. Angenehmer Service, 676 Weine, ein „Biosphären-Lokal" als Abwechslung zum Gourmetrestaurant.

## Burgrieden ■ E 48, S. 351

**Ebbinghaus** FFF○○
Bahnhofplatz 2/1, PLZ 88483
Tel. 07392/60 41
www.restaurant-ebbinghaus.de
außer So nur Abendessen, Mo, Di geschl.
Hauptgerichte € 22-28
Chefkoch: Peter Ebbinghaus
EC

Schon beim mediterranen Gruß aus der Küche spürt man, dass die Produkte mit viel Liebe und Sachverstand behandelt werden. Sanft gewürzt, reihen sich Gemüseminiaturen in verschiedenen Texturen um einen knusprigen Oktopus. Wunderbar, wie viel Eigengeschmack Peter Ebbinghaus auch aus den mit Thymianzweigen in Olivenöl gebratenen Austernpilzen herausholt. Schön herzhaft gelingt ihm die Rinderzunge in Lemberger-Jus, auch optisch ein Highlight sind die See-

„Weinhaus Stern": Bachsaibling mit Nüssen und Blumenkohl – regionale Frischeküche

teufelmedaillons mit Erbsenpüree und einem cremigen Perlgraupenrisotto mit Tomatenaroma. Power-Dessert: mit weißer Schokoladenmousse gefüllte Datteln. Abwechslungsreiche Petits Fours. Kleine, gut strukturierte Weinkarte, sehr souveräner Service.

## Bürgstadt

■ B 39, S. 346

**Weinhaus Stern** FF○○○

Hauptstr. 23-25, PLZ 63927
Tel. 09371/403 50
www.hotel-weinhaus-stern.de
Mi, Do geschl., Fr mittag geschl.
Hauptgerichte € 11-27
Chefkoch: Klaus Markert
AmEx EC MASTER VISA

Regionale Frischeküche in gemütlichen Restaurant-Stuben: Klaus Markerts Ruf gründet auf hochwertigen Produkten, gern aus der Region, und zuverlässigen Anregungen aus aller Welt. Die pochierte Spessart-Forelle passt zu *taglierini* in Winzersektsud, der Kabeljaurücken zu gehobelter Blutwurst, Röstzwiebelpüree und Silvaner-Kraut. Wer Lust auf einen Ausflug ins Mediterrane hat, wählt etwa Rinderfilet mit Tomatenpolenta, Bohnen und Artischocken. Verführerisch sind Desserts wie Rosen-Grießflammeri mit Aprikosen und Sesam-Eis. Tolle 350 Weine mit Schwerpunkt Franken, sehr zuvorkommender Service.

## Burgwedel

■ C 17, S. 340

**Gasthaus Lege** FF○○○

OT Thönse, Engenser Str. 2, PLZ 30938
Tel. 05139/82 33
www.gasthaus-lege.de
außer Sa, So nur Abendessen
Mo, Di geschl., Hauptgerichte € 15-26
Chefkoch: Hinrich Schulze
AmEx EC MASTER VISA

Der Abstecher in die Umgebung von Hannover lohnt sich. Idyllisch ist das Landleben rund um das gemütliche Gasthaus, saisonal-regionale Gerichte mit einem Hauch Frankreich prägen die Küche von Patron und Chefkoch Hinrich Schulze. Die Terrine von Entenfilets und das Entenleberparfait mit Holunderblütengelee sind ein schöner Auftakt, die Bouillabaisse von Nordseefischen schmeckt bestens mit der *sauce rouille*, frischem Parmesan und Croûtons. Im Sommer sitzen die Gäste im hübschen Garten.

NEU **Ole Deele** FFF○○

OT Großburgwedel, Heinrich-Wöhler-Str. 14
PLZ 30938
Tel. 05139/998 30

www.ole-deele.de
nur Abendessen, So, Mo geschl.
Hauptgerichte € 28-32
Chefkoch: Andreas Tuffentsammer
EC MASTER VISA
Mit einem jungen, hochmotivierten Team in Küche und Service bringt der talentierte Andreas Tuffentsammer fein ziselierte Gerichte auf den Tisch, für die viele Produkte aus der Region Verwendung finden. Bis zu zwölf höchst präzise zubereitete Elemente werden kunstvoll angerichtet, die optisch, geschmacklich und gartechnisch hohen Ansprüchen genügen. Die sechs Gänge des Degustationsmenüs bezeichnet der Koch extrem knapp mit „Forelle", „Spargeldegustation", „Im Feld", „Steinbutt", „Taube" und „Rhabarber". Kleine Menübeschreibungen mit dem jeweiligen Gang bezeugen die Kompliziertheit der Kreationen. Zum Gericht „Im Feld" heißt es da: Rapsblüten, Rapsblattfond, eingelegte Artischocke, Artischockenchips, Artischockenpüree, karamellisierte Gerste und Buchweizen, dehydrierte Rollgerste, Weizengrasöl, Hafer-Joghurt-Creme, Schnittlauchblüten – ein herrliches Aromenspektakel. Beeindruckend auch die sechs Variationen vom Spargel. Sehr gute Weinempfehlungen durch Sommelière Mona Schrader (Ex-„Aqua", Wolfsburg). Feines Ambiente im schönen Bauernhaus. Einladende Terrasse.

## Buxtehude

■ E 5, S. 335

**Seabreeze** FF○○○
Im Hotel Navigare NSB, Harburger Str. 4
PLZ 21614
Tel. 04161/749 00
www.hotel-navigare.com
Mo abend, Sa mittag, So geschl.
Hauptgerichte € 18-32
Chefkoch: Michael Herold
AmEx DINERS EC MASTER VISA
„Das Land" und „Das Meer" heißen die Menüs im Souterrain des schmucken Backsteinhauses. Sie sind international orientiert, wie nicht nur der geschmacklich fein austarierte süßsauer marinierte Schweinebauch mit Shiitakepilz-Sprossen-Salat und Mango zeigt. Eine Heilbuttschnitte bereitet Chefkoch Michael Herold unter der Gewürzkruste zu, Orecchiette-Nudeln und Pernodschaum passen zum Fisch. Das Zitronen-Quark-Parfait mit Altländer Birnen und Butterstreusel schließlich zeigt die Verbundenheit mit der Region.

## Castell

■ D 39, S. 347

**Gasthaus zum Schwan** FF○○○
Birklinger Str. 2, PLZ 97355
Tel. 09325/901 33
www.schwan-castell.de
Di, Mi geschl.
Hauptgerichte € 11-24
Chefköche: Christian Kress, Markus Lösch
EC MASTER VISA
Weinseligkeit im Ort und die Wohlfühlatmosphäre im Landgasthaus sind gute Rahmenbedingungen für den Ausflug aufs fränkische Land. Dazu kommt die Küche: gebratene Lammleber mit Zwiebelravioli in Koriandersud, Stubenküken mit Kohlrabi und Kartoffelstroh sowie der Kabeljau mit Karottenpüree und Wildkräuterpesto sind solide zubereitet. Die heimischen Weine harmonieren bestens, gute Brände aus der Region.

## Celle

■ C 17, S. 340

**Endtenfang** FFFF○
Innenstadt, im Hotel Fürstenhof Celle
Hannoversche Str. 55-56, PLZ 29221
Tel. 05141/20 10
www.fuerstenhof-celle.com
außer So nur Abendessen, Mo, Di geschl.
Hauptgerichte € 39-46
Chefköche: Hans Sobotka, Holger Lutz
AmEx DINERS EC MASTER VISA
Im eleganten Hotelrestaurant kündigt sich eine neue Ära an: Hans Sobotka, der mehr als ein Vierteljahrhundert die Kulinarik des Hauses prägte, wird den „Fürstenhof" zum Jahresende verlassen. Dass die Gäste auch weiterhin die Klassiker und Neues aus der mediterranen Aromenküche in verlässlicher Qualität genießen können, soll Holger Lutz

„Köllner's Landhaus": Im romantischen Fachwerkhaus trifft die Heimat auf den Süden

garantieren, der schon lange mit dem Chef gemeinsam kocht.

**Köllner's Landhaus**
OT Boye, im Romantik Hotel Köllner's Landhaus, Im Dorfe 1, PLZ 29223
Tel. 05141/95 19 50
www.koellners-landhaus.de
Mo mittag geschl.
Hauptgerichte € 16-29
Chefkoch: Andreas Köllner
EC MASTER VISA
Im restaurierten Fachwerkhaus mit idyllischem Garten verfeinert Andreas Köllner Regionales mit mediterranen Akzenten. Zartes Wachtelbrustfilet serviert er zum Spinatsalat, den Lammrücken in mediterraner Kräuterkruste zu Thymiansauce, Keniabohnen und Polenta. Dazu setzt er auf US-Prime-Beef, das in verschiedenen Cuts mit Beilagen nach Wahl angeboten wird. Europäische Weinkarte mit 150 Positionen, netter Service.

## Chemnitz

■ C 41, S. 349

**Villa Esche**
OT Kapellenberg, Parkstr. 58, PLZ 09120
Tel. 0371/236 13 63
www.restaurant-villaesche.de
So abend, Mo geschl.
Hauptgerichte € 13-35
Chefkoch: Falk Heinrich
AmEx EC MASTER VISA
Sommers auf der Terrasse sitzen und dem Vogelgezwitscher im Park lauschen – das macht richtig Laune. Die verwinkelten Gasträume in der Villa haben Stil und Charme, und das Essen bildet die ideale Ergänzung. Das mit Zitronen-Ingwer-Öl marinierte Thunfischcarpaccio wird mit Krabbenbrot und frischem Koriander, die Rote-Bete-Fenchel-Suppe mit in Koriandersaat gebratener Riesengarnele gereicht. Schön mürbe: Rehrücken in Pumpernickelkruste. 200 Weine.

## Coburg

■ E 38, S. 347

**Esszimmer**
Altstadt, im Romantik Hotel Goldene Traube, Am Viktoriabrunnen 2, PLZ 96450
Tel. 09561/87 60
www.goldenetraube.com
nur Abendessen, So, Mo geschl.
Menüs € 75-128
Chefkoch: Stefan Beiter
AmEx DINERS EC MASTER VISA
Im gemütlichen, intimen Hotelrestaurant fühlt man sich auf Anhieb wohl. Die französische Küche von Stefan Beiter ist fantasievoll: Rind kombiniert er mit Rauchfisch,

Kaviar, Kräutern und Senf, den Hummer wiederum mit Blumenkohl, Käse und Schinken. Beim Schwein setzt er mit roter Gamba, Miso und Saiblingskaviar vielschichtige Aromenkontraste. 460 gute Weine mit sehr guter Beratung.

## Coesfeld ■ C 13, S. 338

**Freiberger**
Im Gasthaus Schnieder-Bauland
Sirksfeld 10, PLZ 48653
Tel. 02541/39 30
www.restaurant-freiberger.de
Mo, Di geschl., Hauptgerichte € 12-30
Chefkoch: Benedikt Freiberger
AmEx EC MASTER VISA
Das schöne Gasthaus allein ist schon einen Besuch wert, Benedikt Freibergers schmackhafte Küche ohne modische Spielereien allemal. Abgeschmälzte Rehmaultaschen mit warmem Linsensalat oder Spanferkelhaxe mit Wirsing und Bratkartoffeln sind aktuelle Beispiele. Eine kulinarische Reise ans Mittelmeer ist Seeteufel-Saltimbocca mit Fenchel in Safransauce. Oder doch lieber zu Hause bleiben mit Münsterländer Jungbullenfilet mit Ochsenmark und Estragonschaum?

## Cuxhaven ■ D 4, S. 334

**Sterneck**
OT Duhnen, im Badhotel Sternhagen
Cuxhavener Str. 86, PLZ 27476
Tel. 04721/43 40
www.badhotel-sternhagen.de
Mo-Mi geschl., Menüs € 60-145
Chefkoch: Marc Rennhack
AmEx DINERS EC MASTER VISA
Der Küchenchef setzt seinen erfolgreichen Kurs im kleinen Gourmetrestaurant des Wellnesshotels mit dem schönen Wattblick fort. Marc Rennhacks Gerichte sind fast immer souveräne, präzise Kombinationen: Jakobsmuschel mit Brokkoli, Pilzcreme und Verjus, Perlhuhn mit Langostino, Sellerie und Chorizo. Gemüse und Kräuter sind kein bloßes Beiwerk, sondern gleichwertige Partner in der Gesamtkomposition. Sommelier und Restaurantleiter Onno Siemons verrät gern und kenntnisreich die passenden Partner aus 540 Weinen.

## Darscheid ■ B 33, S. 344

**Kucher's Gourmet-Restaurant**
In Kucher's Landhotel, Karl-Kaufmann-Str. 2
PLZ 54552
Tel. 06592/629
www.kucherslandhotel.de
außer So nur Abendessen, Mo, Di geschl.
Hauptgerichte € 24-37
Chefkoch: Martin Kucher
AmEx EC MASTER VISA

**„Kucher's Gourmet-Restaurant": Heidi und Martin Kucher sorgen für kreativen Genuss**

Im Sommer 2013 soll das Restaurant im sympathischen Landhotel endlich renoviert werden. Die Küche hat das nicht nötig. Eine Vinaigrette mit Quinoa anzureichern und zu Langusten-Carpaccio und Lachsröschen zu servieren ist eine prima Idee und schmeckt bestens. Auch der Räucher-Skrei mit Avocado-Eis überzeugt. Gelungenes Handwerk bei Flusskrebsen mit Kichererbsen und scharfer Brunnenkressesauce. Die freundliche Patronin empfiehlt aus der fulminanten Weinkarte mit über 1000 Positionen. Mehr als 150 Digestifs.

## Daufenbach ■ B 34, S. 344

**Landhaus Mühlenberg**
OT Mühlenberg, PLZ 54313
Tel. 06505/10 10

www.landhaus-muehlenberg.de
außer So nur Abendessen, Mo-Mi geschl.
Menüs € 85-100
Chefköchin: Ulrike Stoebe
EC

Inmitten nahezu unberührter Natur und im gepflegten, intimen Ambiente werden die Gäste liebevoll vom Hausherrn und seiner Tochter umsorgt, während Ulrike Stoebe in der Küche wirkt. Schöne Einstimmung: luftig-leichte Sauerampfersuppe, lockere Meerrettich-Panna-cotta mit Rettich, Kalbstatar mit pikanter Oliven-Senf-Sauce und Pulpocarpaccio mit Fenchelspänen und Limettenöl. Ihre Ricottaravioli überzeugen mit hauchdünnem Teig, dichter Trüffeljus und Parmesan. Gut zum Lammrücken in Nebbiolo-Jus passt Graupen-Bärlauch-Risotto. Vorzüglicher Weinkeller, mediterrane Terrasse.

## Daun

■ B 33, S. 344

### Graf Leopold

Innenstadt, im Romantik Hotel Kurfürstliches Amtshaus, Burgfriedstr. 28, PLZ 54550
Tel. 06592/92 50
www.daunerburg.de
außer So nur Abendessen, Mo, Di geschl.
Hauptgerichte € 30-36
Chefkoch: Christoph Schmah
AmEx EC MASTER VISA

Die moderne Küche, der jugendlich frische Service und das etwas altmodische Ambiente bescheren nicht nur Stammgästen frohe Momente. Zur Begrüßung ein Schlückchen Tomatenessenz im Cognacschwenker. Die Küche erlaubt sich kleine Gags, etwa „Kieselsteine", die sich als in essbarem Ton (Kaolin) gegarte Kartoffeln entpuppen, die man in „Erde" (Frischkäse mit Brotkrümeln) stippt. Das Bio-Ei zu dezent angebratenem Bries und Topinamburchips ist wachsweich. Ein wenig mehr Schmackes beim Würzen hätte das Dreierlei vom Kabeljau (gebackene Bäckchen, Zunge, Filet) mit Beurre blanc zwar vertragen, dafür ist die Perlhuhnbrust scharf gewürzt und überzeugt mit dichter Périgord-Trüffelsauce und in Vulkanasche geräucherten Schwarzwurzeln.

## Deidesheim

■ D 35, S. 345

### Freundstück

Im Hotel Ketschauer Hof
Ketschauerhofstr. 1
PLZ 67146
Tel. 06326/700 00
www.ketschauer-hof.com
Di mittag, Sa mittag, So, Mo geschl.
Hauptgerichte € 42-46
AmEx DINERS EC MASTER VISA

Veränderungen im Hotel „Ketschauer Hof": Patrik Kimpel ist im Frühjahr vom „Kronenschlösschen" als Geschäftsführer nach Deidesheim gewechselt, der bisherige Küchenchef Jens Fischer sollte bei Redaktionsschluss im Sommer nach Bad Sobernheim ins „Passione Rossa" gehen. Wir sind gespannt, wie sich die Gourmetadresse weiter entwickeln wird und setzen die Bewertung einstweilen aus. Aktuelle Infos in der FEINSCHMECKER-App.

### Gasthaus zur Kanne

Weinstr. 31, PLZ 67146
Tel. 06326/966 00
www.gasthauszurkanne.de
Mo, Di geschl.
Hauptgerichte € 10-25
Chefkoch: Florian Winter
EC MASTER VISA

Im ältesten Gasthaus der Pfalz hält Florian Winter mit seiner verfeinerten Regionalküche weiterhin das Niveau. Vorwiegend heimische Produkte wertet er mit spannenden aromatischen Akzenten ideenreich auf. Die rosa Scheiben vom Kalbstafelspitz werden mit frisch gehobeltem Ziegenkäse serviert, die Hirschterrine kombiniert er mit Steinpilzsalat, Balsamicokirschen und schwarzen Nüssen. Eine interessante Interpretation des Pfälzer Klassikers ist der Steinpilzsaumagen vom Deidesheimer Wildschwein auf Riesling-Kraut und hausgemachtem Kartoffelstampf. Gute Desserts, auf der fair kalkulierten Weinkarte sind die besten Güter der Pfalz vertreten. Den Service erlebten wir allerdings bisweilen unterkühlt und hier und da unaufmerksam.

D

**Leopold** FF○○○
Im Weingut von Winning, Weinstr. 10
PLZ 67146
Tel. 06326/966 88 88
www.von-winning.de
kein Ruhetag
Hauptgerichte € 17-27
Chefköche: Michael Pauli, Christian Meier
EC MASTER VISA

**„Leopold": lichte Moderne im Weingut**

Im ehemaligen Pferdestall des Weinguts von Winning ist heute das gemütlich-moderne, lichte Restaurant untergebracht. Auf die Tische kommt feine Landküche, manchmal ideenreich interpretiert. Zum Tatar vom irischen Weideochsen werden hausgemachte Fritten gereicht. Immer eine gute Entscheidung sind auch die Milchkalbsnierchen in herzhafter Senfsauce. Der klassische Saumagen, natürlich vom Pfälzer Kultmetzger „Hambel", wird mit Bratwurst, Leberknödel, Rieslingkraut und Kartoffelstampf als „Pfälzer Trilogie" serviert. Leichter geht's auch: mit Seeteufel, grünem Spargel und Safranrisotto. Auf der Karte stehen eigene Weine und die von befreundeten Kollegen, dazu die sogenannte „Freak-Weinkarte" mit internationalen Highlights. Junger, freundlicher Service. Unbedingt reservieren!

NEU **St. Urban** FF○○○
Im Hotel Deidesheimer Hof
Am Marktplatz 1, PLZ 67146
Tel. 06326/968 70
www.deidesheimerhof.de
kein Ruhetag, Hauptgerichte € 16-25
Chefkoch: Stefan Neugebauer
AmEx EC MASTER VISA

In der rustikalen, heimeligen Urbanstube wird der Tradition gehuldigt, vor allem mit dem „Pfälzer Lieblingsgericht": Saumagen, Bratwurst, Leberknödel, Weinkraut und Kartoffelpüree. Das schätzen nicht nur die vielen prominenten Gäste, deren Fotos die Wände schmücken. Die verfeinerte Landküche gefiel uns zuletzt sogar noch besser. Perfekt rosa gebratene Entenbrust auf Orangengraupen mit herrlich geschmackvoller Gänseleberersauce etwa oder gebackene Ochsenschwanzpraline mit Rotwein-Schalotten-Kruste und cremigem Kartoffel-Meerrettich-Püree. Die Patisserie knüpft an das Niveau an, wenn sie ihre Interpretation der „Schwarzwälder Kirschtorte" serviert. Gute Weinauswahl vom soliden Schoppen bis zum Pfälzer Spitzengewächs.

**Schwarzer Hahn** FFFF○
Im Hotel Deidesheimer Hof
Am Marktplatz 1, PLZ 67146
Tel. 06326/968 70
www.deidesheimerhof.de
nur Abendessen, So, Mo geschl.
Hauptgerichte € 29-42
Chefkoch: Stefan Neugebauer
AmEx EC MASTER VISA

Stefan Neugebauer überrascht mit seinen ideenreichen Kreationen im heimeligen, etwas in die Jahre gekommenen Restaurant-Ambiente schon zu Beginn mit erfrischendem Blütenhonig-Joghurt zur cremig-zarten Gänsestopfleber. Bei der perfekt gegarten Steinbutt-Tranche setzt Sauerampfer einen pointierten Akzent, das saftige, auf den Punkt gebratene Rehbockmedaillon bekommt durch aromatisierten Knollensellerie eine schöne Note. Für zwei Personen gibt es das saftige *onglet* vom Charolais-Rind oder ein leicht rauchiges *lomo-bajo*-Roastbeef, auf Holzkohle gegart. Ideenreiche Desserts wie Pfälzer Cassata mit Deidesheimer grünen Mandeln und Feigen auf Riesling-Sektsabayon. Gute Weinempfehlungen, umfangreiche Karte mit besten Weinen aus der Pfalz und der Welt.

## Denzlingen ■ B 48, S. 350

**Rebstock-Stube** FF○○○
OT Unterdorf, Hauptstr. 74
PLZ 79211
Tel. 07666/20 71
www.rebstock-stube.de
So, Mo geschl.
Hauptgerichte € 18-36
Chefkoch: Axel Frey
AmEx DINERS EC MASTER VISA
Badisch, französisch, mediterran, alles geht im familiären Gasthaus in der Ortsmitte, das Patron Adolf Frey seit über 35 Jahren führt. Sohn Axel schickt aus der Küche Festtagssuppe, Sauerbraten nach Art der Großmutter mit Rahmwirsing und Nudeln, Variationen von der Gänseleber oder Lammkoteletts *provençales* in Pestojus mit Ratatouille und Kartoffelgratin. Liebenswürdiger Service unter der Leitung von Patronin Gabi Frey.

## Dessau ■ B 24, S. 342

**Pächterhaus** FF○○○
OT Ziebigk, Kirchstr. 1, PLZ 06846
Tel. 0340/650 14 47
www.paechterhaus-dessau.de
Mo geschl.
Hauptgerichte € 16-26
Chefkoch: Ronny Paskuda
AmEx EC MASTER VISA
Im schönen taubenblauen Innenraum sitzt man vor historischen Dessauer Stadtansichten und genießt Modernes: verstecktes Ei in Tempurateig oder Skreifilet mit Zitronen-Butter-Schaum, Orangen-Wirsing-Gemüse und Nudeln. Der Winterkabeljau hätte etwas fester und der Butterschaum etwas weniger üppig ausfallen können, aber die Küche in einem Gebäude aus dem 18. Jahrhundert bleibt nach wie vor eine der wenigen kulinarischen Anlaufstellen in Sachsen-Anhalt.

„Pächterhaus": Highlight in Sachsen-Anhalt

## Dierhagen ■ C 7, S. 336

NEU **Ostseelounge** FF○○○
Im Strandhotel Fischland, Ernst-Moritz-Arndt-Str. 6, PLZ 18347
Tel. 038226/520
www.strandhotel-ostsee.de
nur Abendessen, Mo, Di geschl.
Menüs € 49-76
Chefkoch: Pierre Nippkow
AmEx EC MASTER VISA
In dem wuchtig-weißen Bau liegt im vierten Stock eine unvermutet schöne Oase für Genießer: Von der Terrasse hat man einen weiten Blick über die Ostsee. Im eleganten Restaurant mit hellen Brauntönen, gemütlichen Ledersesseln und weit gestellten Tischen unterhält Pierre Nippkow mit einem kulinarischen Augenzwinkern – etwa bei den Amuse-Gueules, die in Fischdosen aus Porzellan serviert werden. Ernsthaft bemüht ist er aber um den aromatischen und kreativen Ausdruck. So stellt die in brauner Butter confierte Goldforelle einen samtig-sinnlichen Kontrast zur herb-säuerlichen Trilogie von Apfel, Rettich und Sellerie (als Sorbet, Gelee und „Waldorf-Salat") dar. Regionale Produkte kommen auf die Karte, wenn sie seinen Ansprüchen genügen: etwa der Ostsee-Schnäpel, der mit kross gebratenem Schweinebauch kombiniert wird. Manche Gerichte wirken noch nicht ganz durchdacht: Beim Filet und Shortrib vom Rind wie auch beim Landhuhn war viel gut gegartes Fleisch auf dem Teller, die Beilagen (hier Raviolo und Blumenkohl, da Karotten und Kartoffel) wirkten etwas wahllos zusammengestellt. Schöner Abschluss: Schafsjoghurt und Rhabarber in verschiedenen Texturen. Kleine Weinkarte mit deutschen Top-Winzern (Weil, Korrell, Klaus Peter Keller).

D

## Dietmannsried ■ F 49, S. 351

**Landhaus Weller** FFF○○
OT Probstried, Wohlmutser Weg 2
PLZ 87463
Tel. 08374/232 40 90
www.landhaus-weller.de
Mo, Di geschl., Hauptgerichte € 23-32
Chefkoch: Jürgen Weller
EC MASTER VISA

**„Landhaus Weller": Variation vom Lamm**

Geschmack pur, authentisch und stets mit erstklassigen Produkten: So verwöhnt Jürgen Weller im Gasthof seine Gäste. Beim „Reinschmecker-Menü" sind das Bäckchen vom fränkischen Eichelschwein mit Topinamburpüree und Steckrübe, beim „Landhaus-Menü" beeindrucken Bodensee-Zander mit Beluga-Linsen sowie Rehrücken mit gefülltem Grießknödel und eingelegten Aprikosen. 260 Weine und ein kompetenter Service im modernen Landhaus.

## Dietramszell ■ B 59, S. 352

**Klosterschänke** FF○○○
Klosterplatz 2, PLZ 83623
Tel. 08027/90 45 00
www.klosterschaenke-dietramszell.de
Di geschl., Hauptgerichte € 8-19
Chefkoch: Florian Guggenbichler
EC

Oberbayern wie es leibt und lebt. In der geschmackvoll dekorierten Gemütlichkeit schätzt man nicht nur das frisch gezapfte Bier am blank gescheuerten Holztisch, sondern vor allem die deftige Landküche. Originell war die aufgeschmolzene Brezensuppe, eine würzige Zwiebelsuppe light nach oberbayerischer Art, herrlich saftig und zart das Biergulasch vom Bio-Weideochsen. Mittwochs ist „Schmarrntag" mit überzeugend herzhaften Versionen der traditionellen Süßspeise: Gorgonzola-Birnen-Schmarrn mit Walnüssen und Speck und einer luftig-leichten Variante mit Spargel. Kleine gut sortierte Weinkarte, edle Digestifs, herzlicher Service, herrlicher Biergarten.

## Dirmstein ■ D 35, S. 345

**Roosmarin** FF○○○
Schlossgasse 15 a, PLZ 67246
Tel. 06238/92 69 70
www.roosmarin.de
außer So nur Abendessen, Mi geschl.
Hauptgerichte € 18-29
Chefkoch: Marc-Andreas Roos
EC

Mit ihrer kreativen Naturküche haben sich die Geschwister Marc und Verena Roos im Pfälzer Weinörtchen etabliert. Es gibt wechselnde Menüs, darunter eine vegetarische Variante und ein Tapas-Menü, und Klassiker wie ein gutes Wiener Schnitzel, aber auch Mediterranes mit gebratenen Jakobsmuscheln auf Fenchel-Papaya-Salat. Übersichtliche Weinkarte, fair kalkuliert und mit Sorten aus dem Umland. Herzlicher Service.

## Dornum ■ B 4, S. 334

**Fährhaus Neßmersiel** FF○○○
OT Neßmersiel
Dorfstr. 42, PLZ 26553
Tel. 04933/303
www.faehrhaus-nessmersiel.de
kein Ruhetag
Hauptgerichte € 12-25
Chefkoch: Gerold Janssen
EC

**„Fährhaus": Chefkoch Gerold Janssen**

Hinter dem Nordseedeich schmecken die verfeinerten regionalen Spezialitäten, vor allem frischer Fisch, ideenreich zubereitet von Gerold Janssen. Das Steinbuttfilet, direkt vom Kutter, mit Graupenrisotto und Hummerrahm etwa oder das Friesentatar mit handgepulten Nordsee-Krabben, Gartenkräutern und Distelöl. Die *involtini* vom Deichlamm sind ebenso zu empfehlen wie knusprig gebratener Tafelspitz vom Nessmergroder Salzwiesenkalb. Maximilian Eberleh sorgt für feine Desserts wie Panna cotta vom Ostfriesentee mit hausgemachtem Toffee und Sorbet. Zimmer mit Aussicht.

## Dorsten

■ B 14, S. 338

### Goldener Anker

Altstadt, Lippetor 4, PLZ 46282
Tel. 02362/225 53
www.bjoern-freitag.de
nur Abendessen, Mo, Di geschl.
Hauptgerichte € 30-49
Chefköche: Björn Freitag,
David Spickermann
AmEx EC MASTER VISA

Außen traditionell, innen modern und geschmackvoll aufgehübscht mit beigen Lederbänken und eleganten Dunkeltönen drumherum. Das Auffallende bei allen Gerichten ist der Mut zur Würze. Die beste Balance gelang bei der Trüffel-Hollandaise zum Spargel-Hummer-Salat, Seezunge und Wildfang-Gamba mit Tomaten und Ricotta-Ravioli punkteten mehr durch eine animierende Frische. Die intensive Panade zum Rehrückenfilet mit Blumenkohl und Rhabarber war allerdings zu dominierend. Danach wirkte das Erdbeertörtchen mit Basilikum-Eis etwas kraftlos. Bei der Weinkarte könnte das offene Angebot noch erweitert und durch halbe Flaschen ergänzt werden. Der junge weibliche Service kann sicher noch an Souveränität zulegen.

### Henschel

OT Holsterhausen, Borkener Str. 47
PLZ 46284
Tel. 02362/626 70
www.restaurant-henschel.de
nur Abendessen, So-Di geschl.
Hauptgerichte € 32-36
Chefköchin: Leonore Henschel
AmEx EC MASTER VISA

Hier ist die Zeit stehen geblieben, beim tugendhaften Ambiente in Pastellfarben mit Blümchenmuster ebenso wie auf den Tellern. Vertraute Klassik bei den gebratenen Jakobsmuscheln, zu denen sich die Orangengraupen regelrecht gediegen machen. Der Steinbutt mit Morcheln: unaufdringlich gut, aber auch etwas belanglos. Und die Perlhuhnbrüstchen mit hausgemachten Nudeln kommen solide, aber auch brav daher. Daneben nehmen sich die Weinempfehlungen von Marco Henschel mit seiner kenntnisreichen Weltoffenheit geradezu fortschrittlich aus.

### Rosin

OT Wulfen, Hervesterstr. 18
PLZ 46286
Tel. 02369/43 22
www.frankrosin.de
nur Abendessen, So, Mo geschl.
Hauptgerichte € 22-39
Chefköche: Frank Rosin, Oliver Engelke
AmEx DINERS EC MASTER VISA

„Rosin": In Frank Rosins (3. v. r.) Restaurant sorgt das engagierte Team für schöne Erlebnisse

Frank Rosin beherrscht das Multitasking: App, Kochbücher, Fernsehsendungen – und ein distinguiert eingerichtetes Restaurant. Gleichwohl, es funktioniert – vor allem dank eines engagierten Teams mit Sommelière Susanne Spies, die stets die passende Ergänzung findet zu den anspruchsvollen Kombinationen, die Oliver Engelke aus der Küche schickt und Restaurantleiter Jochen Bauer serviert. Da fallen selbst die kleinen Zwischengerichte, die „Schmackofatze" heißen, überaus komplex aus: etwa die Ziegenmilch von Bouillabaisse-Meeresfrüchten mit rohem Wolfsbarsch, zu der *sauce rouille* auf der einen Seite des Tellers einen süßlichen Kontrast beisteuert, Imperial-Kaviar auf der anderen den salzigen. Und so reizvoll kontrastreich geht es weiter bei der karamellisierten Rotbarbe mit Krustentierbutter, Würzrillettes von zweierlei Leber (das beste Element) und Ayran. Empfehlenswert ist auch Rosins Klassiker: eine Tafel Schokolade von Kaffee-Foie-gras mit Hibiskusblüte und kalter Kalbsjus mit Trüffel. Man sollte noch Platz lassen für das Joghurtsüppchen mit Himbeere und Baileys-Karamell-Schokolade.

**Zum Blauen See** FF○○○

OT Holsterhausen, Luisenstr. 42, PLZ 46284
Tel. 02362/623 57
www.zum-blauen-see.de
Mo geschl., Hauptgerichte € 12-39
Chefköche: Dirk Junker, Thomas Püttmann
EC MASTER VISA

Mancher kommt im Sommer allein wegen des schönen Biergartens in das Haus am See. Damit tut man der regional-mediterranen Küche von Thomas Püttmann Unrecht, denn die ist für sich einen Ausflug wert. Nicht nur die Steaks wie das Pariser Pfeffersteak vom heimischen Rind sind sehr ordentlich, auch rosa gebratener Milchkalbsrücken gelingt gut. Überschaubare Weinauswahl.

## Dortmund

■ C 15, S. 338

**Palmgarden** FFF○○

OT Syburg, im Casino Hohensyburg
Hohensyburgstr. 200, PLZ 44265
Tel. 0231/774 07 00
www.palmgarden-restaurant.de
nur Abendessen, Mo, Di geschl.
Hauptgerichte € 29-35
Chefkoch: Michael Dyllong
AmEx EC MASTER VISA

Dortmunds beste Adresse für Genießer! Seit 2011 komponiert der Dortmunder Michael Dyllong im modern-eleganten Restaurant im Spielcasino Hohensyburg aus vielen regionalen Produkten kreative Gerichte und setzt dabei auch schon mal ungewöhnliche Akzente. Die marinierte Rotbarbe etwa serviert er mit Gurke, Kopfsalat und Kokos, die Rillette vom Schwarzfederhuhn mit Selleriesalat, Holunder und Pistazie. Den Steinbutt „Ras el Hanout" begleiten gegrillter Pfirsich, Essigzwiebel und Mandelcreme. Aufmerksamer Service.

**NEU Rödels Kochlokal** FF○○○
OT Hörde, Hermannstr. 164, PLZ 44263
Tel. 0231/39 96 81 37
www.kochlokal.de
außer So nur Abendessen, Mo geschl.
Hauptgerichte € 24-30
Chefkoch: Thomas Rödel
AmEx EC MASTER VISA

Thomas Rödels Küche lässt sich keiner Richtung zuordnen. Munter kombiniert er im angenehm schlichten Restaurant mit dunkelroten Lederstühlen Produkte verschiedenster Herkunft zu teils unkonventionellen Gerichten. *Crab cake,* Gänseleber (von natürlich aufgewachsenen, ungestopften Tieren) und Bündnerfleisch verwendet er ebenso wie etwa eine Gressingham-Entenbrust, die er mit Kumquats-Spitzkohl und Süßkartoffelpüree anrichtet oder Zackenbarschfilet auf Rhabarber-Linsen-Gemüse. Netter Service unter der Leitung von Grazyna Rödel.

## Dreis ■ B 33/34, S. 344

**Sonnora** FFFFF
Im Waldhotel Sonnora, Auf'm Eichelfeld 1
PLZ 54518
Tel. 06578/982 20
www.hotel-sonnora.de
Mo, Di geschl., Hauptgerichte € 52-62
Chefkoch: Helmut Thieltges
AmEx EC MASTER VISA

Tradition, Größe, Eleganz zeichnen das „Sonnora" aus. Im luxuriös-opulenten Restaurant verzichtet Helmut Thieltges auf Experimente. Er setzt auf den Eigengeschmack der herausragenden Produkte und auf geschmacksstarke, intensive Saucen und Beilagen, die auch sonst eher schlicht anmutenden Gerichten Kraft und Nerv geben. Schon der Gruß aus der Küche – Gillardeau-Auster, dazu Mangowürfelchen, Kartoffelstroh und Krustentiersauce – setzt ein köstliches Ausrufezeichen. Es folgen Medaillons vom zarten Hummer auf Spargelsalat mit Joghurt-Limetten-Marinade und ein feiner Steinbutt, an der Gräte gegart, auf Spinatblättern und Tomatenwürfeln, dazu wird Kalbsjus gereicht. Einwandfrei und perfekt gegart waren Karree und Rücken vom Pauillac-Lamm mit Artischocken und grünen Bohnen. Ein wenig fehlte uns bei diesen Hauptgängen allerdings das Überraschungsmoment. Überragend dann wieder das Dessert, eine Komposition von Rhabarber und Joghurt, als Creme, als Eis, als gebackener Rhabarber-Raviolo und Minzpesto – grandios! Aus der üppigen Weinkarte kann glasweise in guter Auswahl bestellt werden. Sehr umsichtiger, freilich etwas steifer Service. Große Klassik zu ebensolchen Preisen.

## Dresden ■ D 41, S. 349

**bean & beluga** FFF○○
OT Bühlau/Weißer Hirsch
Bautzner Landstr. 32
PLZ 01324 ■ c 2, S. 94
Tel. 0351/400 88 00
www.bean-and-beluga.de
nur Abendessen, So, Mo geschl.
Menüs € 70-165
Chefkoch: Stefan Hermann
AmEx EC MASTER VISA

Stefan Hermann feilt weiter an seinem klaren Stil. Die Gerichte überzeugen und begeistern schlicht mit Geschmack, ganz ohne Gekleckse und Landschaftsgärtnerei. Zwei Menüs bietet er, auch das vegetarische beeindruckt mit dezidierten Aromen, etwa ein Raviolo, mit Petersilienpüree gefüllt, auf leicht süßem Rote-Bete-Püree mit Pilzen und Pilzschaum. Blütenweißen Kabeljau setzen intensive Kopfsalatfrische und seidiger Sauerrahm in Szene. In der Saison auf jeden Fall Reh aus der Dresdner Heide bestellen: Zuletzt waren Pilze, wilde Feigen und Birnencreme kongeniale Begleiter. Zu jedem Gang empfiehlt Jens Pietzonka, Hermanns Partner im Restaurant, treffsicher den passenden Wein aus dem großen Vorrat. Die

„Elements": Stephan Mießner überzeugt mit unprätentiösen Gerichten wie Lachscarpaccio

puristisch, doch stimmungsvoll gestalteten Räume befinden sich im ersten Stock einer Gründerzeitvilla. Im Erdgeschoss Bistro, Delikatessenhandel und Kochstudio.

**Caroussel** FFF○○
OT Innere Neustadt,
im Hotel Bülow Palais Königstr. 14
PLZ 01097 ■ a 2, S. 94
Tel. 0351/800 30
www.buelow-residenzen.de
nur Abendessen, So, Mo geschl.
Hauptgerichte € 36-40
Chefkoch: Benjamin Biedlingmaier
AmEx DINERS EC MASTER VISA
Der neue Mann setzt auf Gemüse, Früchte, Fisch und süße Aromen. Glasig gebratene Pfifferlinge kombiniert er mit Knollensellerie und Weinbergpfirsich auf Pumpernickel-Crumble und einer erdig-würzigen Creme aus der richtigen Mischung von Sellerie und Pfifferlingen. Das schön bissfeste Hummer-Medaillon mit süßsaurem Mus und Zitrusfrüchte-Gelee, spritziger Zitronencreme und kurz angebratenen Zucchini wurde mit einer duftenden Emulsion von schwarzem Tee aufgegossen. Passend zum neuen Stil empfiehlt Sommelière Jana Schellenberg leichte, fruchtige Weißweine aus Sachsen und dem Anbaugebiet Saale-Unstrut.

**Elements** FF○○○
OT Albertstadt, auf dem Gelände Zeitenströmung, Haus 25-26
Königsbrücker Str. 96
PLZ 01099 ■ a/b 1, S. 94
Tel. 0351/272 16 96
www.restaurant-elements.de
So geschl., Hauptgerichte € 17-26
Chefkoch: Stephan Mießner
EC MASTER VISA
Das aparte Restaurant auf dem ehemaligen Industrieareal „Zeitenströmung" hat sich etabliert: Dunkler Parkettboden, eine innen offene Holzdachkonstruktion und Chesterfieldmöbel prägen das Ambiente, aus der Küche kommen muntere, vorwiegend regional orientierte Gerichte mit frischen Akzenten. Der lauwarme Kalbskopf wird in Meerrettichvinaigrette angerichtet, kalte Blumenkohl-Milch-Suppe überzeugt mit Entenleber und Holunderblüten. Das Aperitifangebot wird mit dem Wagen an den Tisch gefahren. Großer Wein- und Digestifvorrat. Ganztags-*deli* im hinteren Teil des Hauses.

**Kaminrestaurant** FF○○○
OT Hosterwitz/Pillnitz, im Schlosshotel Pillnitz, August-Böckstiegel-Str. 10
PLZ 01326 ■ c 3, S. 94
Tel. 0351/261 40

www.dresden-kaminrestaurant.de
nur Abendessen, So geschl.
Hauptgerichte € 27-31
Chefkoch: Dan Neyka
AmEx EC MASTER VISA

Die neue Küchenbrigade bringt mehr mediterrane Aromen ins barocke Haus am Pillnitzer Schloss. Originell waren das Cornichon-Sorbet zum Rindertatar und die Ananas-Chorizo-Ratatouille zur lauwarmen Makrele, ein bisschen klassischer die Kaninchenroulade mit violettem Senfschaum, Maiscreme und Graupen. Unter 184 Weinen lässt sich für jedes Gericht der passende Begleiter finden. Mittags nur Businesslunch: drei Gänge mit Wasser und Kaffee für 25 Euro.

### Lesage

Innenstadt, Lennéstr. 1
PLZ 01069 ■ a 2/3, S. 94
Tel. 0351/420 42 50
www.lesage.de
So abend, Mo abend geschl.
Hauptgerichte € 20-27
Chefkoch: Thorsten Bubolz
EC MASTER VISA

Das coole Restaurant in der Gläsernen Manufaktur ist mittlerweile eine feste Bank in der anspruchsvolleren Dresdener Gastronomie. Thorsten Bubolz pflegt seine mediterran grundierte, beschwingte Küche und lässt so Erfreuliches wie Kalbscarpaccio mit Feigenconfit und Joghurtgelee oder geschmorte Kalbsbäckchen mit Balsamicolinsen und Schwarzwurzeln servieren. Die Käse kommen aus „Pfunds Molkerei", die Weine überwiegend aus Deutschland und Frankreich.

### Schloss Eckberg

OT Loschwitz/Wachwitz
Bautzner Str. 134
PLZ 01099 ■ b 2, S. 94
Tel. 0351/809 90
www.schloss-eckberg.de
kein Ruhetag, Hauptgerichte € 17-31
Chefkoch: Martin Thomas
DINERS EC MASTER VISA

Weit (am besten von der Terrasse aus) geht der Blick über den Strom, die Innenstadt und ins Land vom Loschwitzer Elbhochufer aus. Die Küche hat sich der Klassik verschrieben, ohne langweilig zu werden. Dem gebratenen Steinbuttfilet geben Schweinebauch und -speck einen herzhaften Kick. Vom Grill kommen Hummer, Karree vom Duroc-Schwein und Hüftsteak vom Wagyu-Rind. Gute sächsische Weine.

### VEN

Altstadt, im Hotel Innside by Melia
Salzgasse 4, PLZ 01067 ■ a 2, S. 94
Tel. 0351/795 15 10 21
www.ven-dresden.de
nur Abendessen, Hauptgerichte € 14-24

**„VEN": cooles Design und eine weltläufige Küche mit vielen Einflüssen im Hotelrestaurant**

D

Chefkoch: Christoph Mezger

AmEx DINERS EC MASTER VISA

Einen Kontrapunkt zur barocken und neobarocken Umgebung an der Frauenkirche setzt das coole Design des Hotels. Die handwerklich solide Küche ist modern, global, spielt mit Konsistenzen, Temperaturen und Geschmacksrichtungen. Bei der Avocado-Petersilien-Creme sorgen karamellisierter Ziegenkäse für den süßen, Zitronenpektin für den säuerlichen Akzent und Miso für dezente Schärfe. Ein ähnliches Tableau bietet geschmorte Schulter vom Wagyu-Rind mit Petersilienpolenta, gebackenem Mais und Blumenkohl-Knusper-Cannelloni. Sehr kleines Weinangebot, flotter Service.

**Villa Marie** *

OT Blasewitz, Fährgässchen 1

PLZ 01309 ■ b 2, S. 94

Tel. 0351/31 54 40

www.villa-marie.com

kein Ruhetag, Hauptgerichte € 14-24

Chefköche: Sandra Kusch, Klaus-Karsten Heidsiek

AmEx EC MASTER VISA

Der Standort direkt am Ufer unter dem Blauen Wunder ist wunderbar an einem lauen Sommerabend, wenn die Elbe brav im Bett bleibt. Er ist furchtbar, wenn sie aufsteht: Auch in diesem Sommer wurde die Neo-Renaissance-Villa geflutet. Wenn alles getrocknet ist, zieht hoffentlich wieder italienische Lebensfreude ein, mit Antipasti (pikanter Pulposalat), hausgemachten Pastagerichten (Pappardelle mit Spanferkelragout) und dem Evergreen Lamm unter Kräutersenfkruste. Gute, natürlich italienische Weinauswahl und ein liebenswürdiger Service.

**Villandry** *

Neustadt, Jordanstr. 8
PLZ 01099 ■ a 2, S. 94
Tel. 0351/899 67 24
www.villandry.de
nur Abendessen, So geschl.
Hauptgerichte € 14-24
Chefkoch: Uwe Haufe
EC MASTER VISA

Die Dresdener Filiale der weltweiten „From Farm to Table"-Philosophie. Viele Lieferanten sind in der Umgebung zu Hause, der Milchschafshof „Bärenstein" beispielsweise, der auch Schweinefleisch liefert, oder der Forellenhof „Ermisch", von dem auch Saibling und Zander kommen. Uwe Haufe mixt die guten Zutaten mit weltläufigen Gewürzen wie Ras el-Hanout zu gebeiztem Lachs mit Zitronen-Couscous oder Artischocken und Paprika zum Schweinerücken. Kleine, gut zusammengestellte Weinauswahl, ungezwungene Atmosphäre, auch im Hinterhof-Gastgarten.

## Duisburg ■ B 15, S. 338

**Akazienhof** FF○○○

OT Dellviertel, Düsseldorfer Str. 270
PLZ 47053
Tel. 0203/66 05 67
www.akazienhof-duisburg.de
kein Ruhetag
Hauptgerichte € 19-35
Chefkoch: Günter Rönner
AmEx EC MASTER VISA

Das kleine elegante Restaurant im Dellviertel hat sich zu einem beliebten Tipp für Genießer entwickelt! Was Günter Rönner anrichtet, ist nicht nur optisch apart gestaltet, sondern präsentiert mittlerweile eine klare, eigene Handschrift. Gut gefiel uns ein Dreierlei von der Jakobsmuschel, zu dem Kaviar auf feinem Tatar salzige Würze beisteuerte. Bisweilen setzt Rönner auch prägnante Akzente, das kann Pulpo-Carpaccio mit Aloe vera und Bergamotte zum geangelten Weißen Heilbutt sein. Gute Patisserie, sehr umsichtiger Service.

**„Akazienhof": bodenständig, aber fein – Günter Rönners Flugmango, Ayran, Kaffee, Chili**

**NEU ▸ Im Eichwäldchen**

OT Ehingen, Im Eichwäldchen 15 c
PLZ 47259
Tel. 0203/78 73 46
www.imeichwaeldchen.de
Sa mittag, Mo, Di geschl.
Hauptgerichte € 14-31
Chefkoch: Manfred Altgaßen
EC

Manfred Altgaßen beweist in seinem rustikal-heimeligen Landhausrestaurant mit romantischer Terrasse, dass auch Traditionslokale sich weiterentwickeln. Seine schmackhafte Küche schlägt den Bogen von Regionalem wie bestem Spargel oder Brennnesselsüppchen über Jakobsmuscheln (mit Sardellenmayonnaise) bis zur 48 Stunden sanft gegarter US-Beef-Rinderbrust – zuletzt noch besser als in der Vergangenheit. Internationale Weinkarte mit deutsch-österreichischem Schwerpunkt. Netter Service.

**Inside**

Altstadt, im Casino Duisburg, Königstr. 55
PLZ 47051
Tel. 0203/71 39 25 00
www.inside-restaurant.de
nur Abendessen, Mo geschl.
Hauptgerichte € 15-32
Chefkoch: Gregor Schuber
AmEx EC MASTER VISA

In der schicken Lounge-Bar-Restaurant-Kombination des Casinos ist die mediterran-internationale Küche zuverlässig anspruchsvoll: Das Degustationsmenü beginnt mit einer Entenlebervariation (unter anderem nach Art Armer Ritter), gegrillte Gambas folgen mit gelbem Tomatenchutney und Erdnüssen, die Lammhüfte wurde mit Gefühl gegart, Bohnen-Tomaten-Ragout und Kürbis-Gnocchi begleiten sie. Sehr zuvorkommender Service, 350 Weine sind eine mehr als respektable Auswahl.

## Durbach

■ B 47, S. 350

**Wilder Ritter**

Im Hotel Ritter Durbach, Talstr. 1
PLZ 77770
Tel. 0781/932 30
www.wilder-ritter.de
nur Abendessen, So, Mo, Di geschl.
Hauptgerichte € 35-39
Chefkoch: Christian Baur
EC MASTER VISA

Im attraktiven Hotelrestaurant fasst der Allgäuer Christian Baur fantasievolle Gerichte mit Schlagworten zusammen: „Getreide"

„Inside": Lounge, Bar und Restaurant im Casino – die gute internationale Küche ist gesetzt

„Agata's": Das *dry-aged beef* kommt aus dem eigenen Reifeschrank

etwa meint gebeizte Entenleber mit Wakame-Algenpulver, Hanfmayonnaise, Champignons und Apfel. Der „Steinbutt in der Tinte" wird mit Schokoladenblutwurst, *mole* und Maiscreme angerichtet, die Étouffé-Taubenbrust mit afrikanischem Ducca-Gewürz, Schmortopf von lila Karotten und Spagatkrapfen. Beim Menü „Kaffee" kombiniert Baur Kotelett vom Angus-Rind mit Sellerie-Mokka-Püree, das Schwarzwälderkirsch-Soufflé mit Kondensmilch-Kaffee-Eis und Zabaione vom Klingelberger. Sehr aufmerksamer Service, 700 Weine im Keller.

## Düsseldorf ■ B 15, S. 338

**NEU ▶ Agata's** FF○○○

OT Pempelfort, Münsterstr. 22
PLZ 40477 ■ c 2, S. 105
Tel. 0211/20 03 06 16
www.agatas.de
So, Mo geschl., Hauptgerichte € 22-48
Chefkoch: Jörg Wissmann
AmEx DINERS EC MASTER VISA

Das Ecklokal mit großer Glasfront, elegantem Interieur in Beigetönen und kleinem Reifeschrank für *dry-aged beef* ist eine aparte Randerscheinung außerhalb der glamourösen Düsseldorfer City. Von hoher Qualität war das zarte irische Entrecote, das angenehm geradlinig mit einer leicht asiatisch anmutenden, aromatischen Jus und knackigem Gemüse serviert wurde. Die Feinheiten der Gerichte arbeitet die Küche präzise heraus, etwa bei einer würzigen Rehessenz, die am Tisch in eine Glastasse über Rosenkohlblätter und hauchdünne Scheiben *tonda di chioggia* (weiß-rot geringelte Rüben) gegossen wurde. Oder auch beim gehobelten und süßsäuerlich eingelegten Fenchel zur gebratenen Jakobsmuschel mit Avocado und Himbeeren – delikate Kontraste. Achtbare Weinkarte.

**Berens am Kai** FFFF○

OT Hafen, Kaistr. 16
PLZ 40221 südlich ■ a 5, S. 105
Tel. 0211/300 67 50
www.berensamkai.de
Sa mittag, So geschl.
Hauptgerichte € 35-58
Chefkoch: Holger Berens
AmEx EC MASTER VISA

Eine Auster, mit Ananas und Ingwer aromatisiert, gibt bei Holger Berens als gelungenes Amuse-Bouche vor, wohin die kulinarische Reise am Medienhafen geht: Eine weltläufige Moderne auf klassischer Basis kommt auf die Tische des lichten Lokals. Frische Grafschafter Weinbergschnecken waren mit einer dünnen Schicht geschmolzener Gänseleber überzogen, dazu geraspelter Rettich, unterlegt mit einer leichten Sauce von Shiso-Kresse – beides gab der erdig-gehaltvollen Kombination eine frische, belebende Note. Das gebratene Kaninchen mit weißem Spargel und Champignons, als Ragout angerichtet, kam in einer sehr dezenten hellen Sauce – gut, aber nicht aufregend. Zum frischen, saftig gedünsteten Rochenfilet mit Tomaten gerieten die Artischocken ein wenig trocken, dazu getrocknete Tomatenscheiben und Schnipsel vom Joselito-Schinken. Die gebratene Entenbrust (nicht mehr ganz rosa) hatte mit Sprossengemüse in einer leichten, aromatischen Sojasauce und hauchdünnen, mit lockerem Entenkeulen-Ragout gefüllte Dim Sum aparte Partner. Die „Schwarzwälderkirsch-Torte" hingegen war eine mächtige Schnitte von dunkler Schokolade mit alkohollastigem Eis. Insgesamt eine verlässlich gute Küche, die wir in der Vergangenheit allerdings schon inspirierter erlebten. Ebenso wie den Service, der zwar freundlich war, aber eher mit schüchterner Zurückhaltung als mit ausgewiesener Kompetenz auffiel.

**Brasserie 1806** FF○○○
Innenstadt, im Hotel Breidenbacher Hof
A Capella, Königsallee 11
PLZ 40212 ■ b 5, S. 105
Tel. 0211/16 09 05 00
www.brasserie-1806.de
kein Ruhetag
Hauptgerichte € 18-116
Chefkoch: Philipp Ferber
AmEx EC MASTER VISA

Philipp Ferber bereichert die französische Brasserieküche um weitere rheinische Akzente. Er arbeitet mit vielen Produkten aus der Region, wenn er etwa Salat von grünen Bohnen oder *salade mimosa* mit pochiertem Ei servieren lässt. Gratinierte Jakobsmuscheln mit Trüffeln oder Heilbutt mit *sauce Foyot* (Sauce béarnaise mit Tomate) und Zwiebelcreme stehen aber ebenso auf der Karte. Abends gibt es gute Gerichte für zwei, darunter Chateaubriand.

**D'VINE** FF○○○
OT Bilk, Lorettostr. 23
PLZ 40219 südlich ■ a 5, S. 105
Tel. 0211/54 35 74 28
www.d-vine.de
So geschl.
Hauptgerichte € 19-32
Chefkoch: Christoph Suhre
EC MASTER VISA

Naturtöne, lässiger Wohlfühl-Chic und wechselnde Ausstellungen machen das Weinbar-Restaurant von Christoph Suhre zu einem beliebten Treffpunkt. Da will auch die Küche mithalten und kommt mit einem französisch

„D'VINE": Christoph Suhre und sein Team im Weinbar-Restaurant – ein beliebter Treffpunkt

**„Fehrenbach": stimmiger Genuss im schick-modernen Bistro von Julia Fehrenbach**

geprägten Programm daher, das von einer guten Fischsuppe über Kalbsnieren in Pommerysenfsauce bis zur Étouffé-Taube reicht. Gute Weinauswahl mit 250 Positionen und guten deutschen Rieslingen, rund 30 werden offen ausgeschenkt.

**Enzo im Schiffchen** FFF○○

OT Kaiserswerth, Kaiserswerther Markt 9
PLZ 40489 nördlich ■ a 1, S. 105
Tel. 0211/40 10 50
www.im-schiffchen.com
nur Abendessen, So, Mo geschl.
Hauptgerichte € 22-36
Chefkoch: Jean-Claude Bourgueil
AmEx DINERS EC MASTER VISA

Nach dem Konzeptwechsel im vergangenen Jahr ist das Zweitlokal von Jean-Claude Bourgueil zum Liebling der Düsseldorfer Italienfans avanciert. Das liegt vor allem an der im besten Sinne schnörkellosen *cucina italiana*, die zum feinen Carpaccio von mariniertem Rinderfilet luftigen Burrata-Schaum gibt und mit Pasta wie *ravioli al plin* (mit einer Delle geformt) mit Milchkalb überzeugt. Südliche Aromen bei Gerichten wie der Königsdorade mit Amalfi-Zitrone oder Rücken vom Piemonteser Milchkalb mit saisonalem Bärlauchrisotto. Gute Desserts! Italienische Weine, aufmerksamer Service.

**Fehrenbach – das kleine Restaurant** FF○○○

OT Pempelfort, Schwerinstr. 40
PLZ 40477 ■ b 2, S. 105
Tel. 0211/989 45 87
www.restaurant-fehrenbach.de
nur Abendessen, So, Mo geschl.
Hauptgerichte € 26-29
Chefköche: Alexander Türk, Anton Pahl
EC MASTER VISA

Im gemütlich-schicken Bistro präsentiert die Küche ihre Philosophie in drei Namen gebenden Menüs: „Liebe", „Lust" und „Leidenschaft" beschreiben die Haltung, mit der Gastgeberin Julia Fehrenbach und das Team hier zu Werke gehen, und jedes einzelne ist eine stimmige Genussreise. Aus Gerichten wie *pluma* (Rückendeckel) vom Duroc-Schwein mit Bärlauchgraupen und Artischocke oder gebratenem Kabeljau auf Kopfsalatrisotto mit Fond und Chutney aus San-Marzano-Tomaten kann man aber auch sein eigenes Menü zusammenstellen.

**Im Schiffchen** FFFF○

OT Kaiserswerth, Kaiserswerther Markt 9
PLZ 40489 nördlich ■ a 1, S. 105
Tel. 0211/40 10 50
www.im-schiffchen.com
nur Abendessen, So, Mo geschl.

„Im Schiffchen": Carpaccio von mariniertem Rinderfilet, gekonnt in Szene gesetzt

Hauptgerichte € 36-68
Chefkoch: Jean-Claude Bourgueil
AmEx DINERS EC MASTER VISA

Im Obergeschoss des Backsteinhauses inszeniert Jean-Claude Bourgueil im klassisch-gediegenen Ambiente weiter französische Hochküche mit moderaten Einflüssen aus anderen Esswelten. Der grüne Spargel aus der Provence mit Trüffelcoulis und Gänseleber ist ein herrliches Genusserlebnis, Bourgueils Interpretation eines „Ceviche nach einer Lima-Reise" hingegen eine gelungene Demonstration von inspirierter Weltoffenheit. Harmonische Aromen prägen Gerichte wie Seezungenfilet mit Vanille-Aufguss und Auberginenchutney oder ein klassisch gebratenes Rebhuhn mit Schnepfenjus. Sehr gute Patisserie, charmant-umsichtiger Service und eine umfangreiche, namhafte Weinkarte mit 750 Positionen und Frankreichschwerpunkt.

**Nagaya**
Innenstadt, Klosterstr. 42
PLZ 40211 ■ c 5, S. 105
Tel. 0211/863 96 36
www.nagaya.de
So, Mo geschl., Hauptgerichte € 35-58
Chefkoch: Yoshizumi Nagaya
AmEx EC MASTER VISA

Düsseldorf hat nach London und Paris die drittgrößte japanische Gemeinschaft. Kein Wunder also, dass das „Nagaya" mittlerweile zum wohl besten japanischen Restaurant der Republik avanciert ist. Gerichte wie „Bretonischer Hummer und Meehr" machen eindrucksvoll deutlich, dass hier kreativ und mit handwerklicher Präzision japanische Küchenkunst gepflegt wird: saftige Würfel vom Ibérico-Schwein, dazu Tempura vom geschmorten Oktopus und ein „Gemüsegarten" mit Hummer als Tatar und Kataifi-Tempura. Wunderbar auch das Carpaccio vom Kalbs-*bavette* mit Wasabi-Butter, sautiertes Kalbsbries mit Kaffeekrokant und Wachteleigelb mit Trüffel, eingewickelt in Sashimi vom Wagyu-Rind. Immer wieder sehr gut der gebratene, in Miso marinierte kanadische *black cod* (Köhlerfisch) mit Honig-Miso-Sauce. Umfangreiche Weinauswahl mit guten deutschen Weißweinen, kompetente Beratung, aufmerksamer und zurückhaltender Service.

**Nöthel's**
OT Lörick, Bonifatiusstr. 35
PLZ 40547 südlich ■ b 5, S. 105
Tel. 0211/59 44 02
www.noethels.de
Sa mittag, So geschl.
Hauptgerichte € 13-39
Chefkoch: Peter Nöthel
EC

Nach 27 Jahren hat Peter Nöthel sein legendäres Restaurant „Hummerstübchen" in ein zeitgemäß legeres, heimeliges Bistro in freundlichen Orangetönen umgewandelt. Einige der beliebten Klassiker wie Hummersuppe, Hummer „Thermidor" und auf Vorbestellung das „Hummer-Menü" gibt es natürlich auch weiterhin. Unkompliziert ist, was aus der Küche kommt. Das Motto lautet: „das, was uns schmeckt". Das kann ein ausgezeichnetes US-Prime-Rib mit intensiver Jus sein, *black cod* mit sehr kräftiger japanischer Consommé oder geeister Weinschaum zu den Rhabarberschlupfern.

**„Rossini": Roberto Pera in seinem Reich**

Kompakte Weinkarte mit dem Besten von der Basis bis zur Spitze. Junger, quirliger und engagierter Service.

**Patrick's Seafood No 1**

OT Medienhafen, Kaistr. 17
PLZ 40221 südlich ■ a 5, S. 105
Tel. 0211/617 99 88
www.seafood1.de
Sa mittag, So geschl.
Hauptgerichte € 27-45
Chefkoch: Dirk Läken
EC MASTER VISA

Keine Kompromisse, wenn es um die Qualität von Meeresfrüchten geht, nicht mit einem Bretonen! Patrick Le Guern sorgt als Patron dafür, dass nur beste Austern, Krustentiere und Fisch auf Tellern und Meeresfrüchte-platten des kleinen Lokals am Medienhafen kommen. Da geht es in erster Linie klassisch zu, aber zur Auster wurde auch schon ein gebackener Kalbskopf und Salat von der Kalbszunge serviert. Zum *rascasse* (Drachen-kopf) „wie in Nizza" gibt es Bouillabaisse-püree und Fenchel, für Nicht-Fischesser Alternativen wie *steak tartare.*

**Rossini**

OT Pempelfort, Kaiserstr. 5
PLZ 40479 ■ b 3, S. 105
Tel. 0211/49 49 94
www.rossini-gruppe.de
So geschl.
Hauptgerichte € 28-35
Chefkoch: Roberto Pera
AmEx EC MASTER VISA

Stilvolles grau-rotes Ambiente und ein aufmerksamer Service, der klassische und auch mal kreativere italienische Gerichte serviert. Immer gut ist die Pasta wie Garganelli mit Kaninchen-Pilz-*caponata.* Das Rinderfilet Rossini mit Gänseleber und getrüffeltem Kartoffelpüree ist ein Klassiker. Mediterrane Aromen bei Gerichten wie Oktopus-Kartoffel-Törtchen mit Taggiasca-Oliven-*tapenade* und Bottarga oder Lammkarree mit Reisblatt-Bärlauch-Kruste und weißem Spargel. Leckere *dolci!* Italienische Weine, natürlich.

**Schorn**

OT Bilk, Martinstr. 46 a
PLZ 40223 südlich ■ a 5, S. 105
Tel. 0211/398 19 72
www.restaurant-schorn.de
nur Abendessen, So, Mo geschl.
Hauptgerichte € 26-30
Chefkoch: Marcel Schiefer
EC MASTER VISA

Sicher, die Weinkarte ist immer noch ein Highlight, aber seitdem Anne Schorn das Restaurant vom Vater übernommen hat, rückt immer mehr die Küche ihres Partners Marcel Schiefer in den Vordergrund. Er arbeitet so präzise wie ausdrucksstark bei Schweinebauch und Jakobsmuschel mit grünem Apfel, *kim chee,* Miso und Rettich oder wunderbar fein abgewogen exotisch bei Lammrücken und -schulter mit Karotte, Kreuzkümmel, Bärlauch und Joghurt. Das Dessert aus dunkler Schokolade mit Kokos, Karamell und Maracuja ist angenehm unspektakulär. Der Service in dem stilsicher in Grautönen modernisierten Lokal: aufmerksam, schnell, superfreundlich. Für die wärmeren Abende empfiehlt sich der hübsche Garten hinterm Haus.

D

## Tafelspitz 1876

OT Düsseltal, Grunerstr. 42 a
PLZ 40239 östlich ■ c 2, S. 105
Tel. 0211/171 73 61
www.tafelspitz1876.de
nur Abendessen,
So, Mo geschl.
Hauptgerichte € 32-45
Chefkoch: Daniel Dal-Ben
AmEx EC MASTER VISA

Daniel Dal-Ben arbeitet in seinem charmanten Restaurant unermüdlich mit hohen Anspruch. Er ist ein Perfektionist, der sich nicht mit Standards zufriedengibt, das gilt natürlich auch für die Qualität der Produkte. Seine ehrgeizigen, anspruchsvollen Gerichte bestechen durch eine immer größere Harmonie der Aromen. Ein gelungenes Spiel von Texturen schafft er bei Kreationen wie grünem Spargel mit Abalone, confiertem *yuzu*-Eigelb und krosser Hühnerhaut. Kreationen wie Bries vom Milchkalb mit *pimientos-de-Padrón*-Schaum, Birnentarte und Muscovadoessig oder Oldenburger Flugente mit Lakritzlack, Kopfsalat und Schaum vom gegrillten Mais überzeugen mit spannenden Geschmacksbildern und pointierten Akzenten. Sehr gute Desserts! Umsichtiger, netter Service, lockere Atmosphäre.

## Victorian

Innenstadt, Königstr. 3 a
PLZ 40212 ■ b 5, S. 105
Tel. 0211/865 50 22
www.restaurant-victorian.de
So geschl.
Hauptgerichte € 30-55
Chefkoch: Volker Drkosch
AmEx DINERS EC MASTER VISA

Volker Drkoschs kreative Aromenküche erfreut weiterhin! Zeitgemäß erfrischend setzt er seine Gerichte in klassisch-modernem Ambiente in Szene. Deren Namen (etwa „Vamos a la Playa") signalisieren allerdings manchmal etwas bemüht Ideenreichtum. Überraschende Akzente und raffinierte Aromenkombinationen gelingen, etwa beim Besten vom Maibock, mit Buchensirup überglänzt, mit grüner Wirsingcreme, weißen Champignons, marinierten Fichtensprossen und Wildjus. Auch roh marinierte Eismeer-Shrimps mit Holunderblüten-*granité,* Sud von rohen Erbsenschalen, Kaiserschoten, „Buttermilchkieseln" und Garnelencrispies schmecken ausgezeichnet. Umfangreiche internationale Weinauswahl, kompetente Beratung, sehr aufmerksamer Service. Klassische Bistroküche im munteren Erdgeschosslokal.

**„Victorian": Volker Drkosch kreiert Überraschendes wie Steinköhler, Kerbelknolle, Grapefruit**

# SZENELOKALE DÜSSELDORF

**Bug** *

OT Hafen, Zollhof 13
PLZ 40221 südlich ■ a 5, S. 105
Tel. 0211/302 07 70
www.bug-restaurant.de
kein Ruhetag, Hauptgerichte € 12-34
Chefkoch: Peter Heilmann
AmEx EC MASTER VISA

Originelle Location im Medienhafen, eingerichtet wie ein Schiffsbug. Täglich vom Frühstück bis in die Nacht herrscht eine lebhafte, unkomplizierte Atmosphäre. Mittags gibt es ein pastalastiges Programm, abends einen bunten Cross-over von Ingwer-Zitronengras-Suppe mit Koriander über Jakobsmuscheln in Tempura und Spaghetti mit Trüffeln bis zu Poulardenbrust in Sichuanpfeffer mit Mango-Sellerie-Salat und Kokos-Petersilien-Creme oder Lammkarree mit Sesamkruste.

**Lido** *

OT Hafen, Am Handelshafen 15
PLZ 40221 südlich ■ a 5, S. 105
Tel. 0211/15 76 87 30
www.lido-1960.de
Sa mittag, So geschl., Hauptgerichte € 28-36
Chefkoch: Florian Ohlmann
AmEx DINERS EC MASTER VISA

Mit einer Weißwurst von Zander und Bachkrebsen darf man in Düsseldorf auch schon mal mit Augenzwinkern die Münchner Küche zitieren. Florian Ohlmann hat den sensiblen Umgang mit guten Produkten unter anderem bei Alain Ducasse gelernt und beweist seinen eigenen Stil nicht nur, wenn er zur „falschen Weißwurst" Salat von Mairübchen, Radieschen und Granny Smith kombiniert. Die langsam geschmorte Lammschulter serviert er schlicht und gut mit *cassoulet* von frischen Bohnen. Die Blätterteig-Cannelloni mit Frischkäse, Beeren und Waldmeistersorbet zeigen die Kreativität der Patisserie. Europäische Weinkarte mit mehr als 300 Weinen, schöne Terrasse.

**Malkasten** *

OT Pempelfort, Jacobistr. 6
PLZ 40211 ■ c 5, S. 105
Tel. 0211/17 30 40
www.mk-1.de
Sa mittag, So abend geschl.
Hauptgerichte € 19-35

**„Lido": schicke Location im Medienhafen (l.). „Malkasten": Bistro mit beliebter Terrasse**

Chefkoch: Rüdiger Spieß
AmEx EC MASTER VISA
Schlicht-gemütlich ist das lebhafte Bistro mit angenehm unkomplizierter Atmosphäre und Bar. Das bunt gemischte Publikum kommt vor allem wegen der saisonal orientierten Küche, die Spargelsalat mit grünem Pfeffer, Erdbeeren und würzigem Parma-Schinken anrichtet oder Lammrücken mit aromatischem Bärlauch-Kartoffel-Stampf und eingelegten Tomaten. Ein Klassiker: das gute Wiener Schnitzel. Engagierter Service.

**Meerbar** *

OT Hafen, Neuer Zollhof 1
PLZ 40221 ■ a 5, S. 105
Tel. 0211/339 84 10
www.meerbar.de
kein Ruhetag, Hauptgerichte € 14-35
Chefkoch: Josha Guder
AmEx EC MASTER VISA
Beliebter Mix aus Lounge-Bar und gestyltem Restaurant mit ebensolchem Publikum. Hier wird gern gefeiert und unkompliziert gegessen. Wie im Schwesterlokal „Bug" ist auch hier durchgehend geöffnet, und das Küchenprogramm ist ähnlich bunt, allerdings fischlastiger mit mediterranen Akzenten. Man startet mit Austern, Crevetten oder *beef tartare,* danach gern Pasta oder gleich Schwertfisch mit gebratenen Okraschoten und Zitronen-Kirschtomaten-Confit.

**Monkey's West**

Innenstadt, Graf-Adolf-Platz 15
PLZ 40213 südlich ■ b 5, S. 105
Tel. 0211/64 96 37 10
www.monkeysplaza.com
nur Abendessen,
So, Mo geschl.
Hauptgerichte € 24-40
Chefkoch: Christian Penzhorn
AmEx DINERS EC MASTER VISA
Christian Penzhorn führt ein kleines Imperium mit drei „Monkey's"-Restaurants, das Flaggschiff ist das „West". Düsseldorfs schickstes Lokal punktet mit Affenskulpturen von Jörg Immendorf und weiterer zeitgenössischer Kunst. Penzhorns kreative Küche ist eine ganz eigene Interpretation auf französischer Basis. Drei Menüs umfasst sein Programm: In „Kunstwerke" gibt er der Avantgarde eine Bühne mit edlem neuseeländischem Ora-King-Lachs mit Gurke, Wacholderkeks, Bronzefenchel und Gin-Espuma. Im „Naschwerk" verbindet Penzhorn bisweilen raffiniert herzhafte und süße Elemente. Im Menü „Handwerk" spielen regionale Produkte die Hauptrolle: Morcheln mit Maiscreme, confiertem Eigelb und Nussbutterschaum sind ein herrlicher Genuss. Raffinierte Desserts, umfangreiche Weinauswahl mit französischem Schwerpunkt und guten deutschen Rieslingen. Aufmerksamer Service.

**„Meerbar": stylisher Mix aus Bar und Restaurant. „Monkey's West": Chic mit Affenskulptur**

a
b
c
1
2
3
4
5
Sehenswürdigkeit, öffentl. Gebäude
Kirche
Synagoge
Parkmöglichkeit
Essen und Trinken
Museum
Theater
Denkmal
U-Bahn
Fußgängerzone
Enzo im Schiffchen, Im Schiffchen
Kaiserswerther Str.
Kennedydamm
Roßstr.
Saarbrücker Str.
K.-Arnold-Pl.
Hans-Böckler-Str.
Golzheimer Pl.
Golzheim
Rheinpark
Finanzamt, Stat. Landesamt
Golzheimer Str.
Rolandstr.
Römerstr.
Lützowstr.
Mauerstr.
Schwerinstr.
Bankstr.
Zietenstr.
Seydlitzstr.
Cecilienallee
Robert-Lehr-Ufer
Robert-Schumann-Hochschule
Emmericher Str.
Fischerstr.
Klever Str.
Jülicher Str.
Agata's
Scharnhorststr.
Collenbachstr.
Münsterstr.
Moltkestr.
Tafelspitz 1876
Kolpingpl.
Pfalzstr.
Victoriapl./Klever Str.
Fehrenbach – das kleine Restaurant
Blücherstr.
Eulerstr.
Nordstr.
Gneisenaustr.
Oberlandesgericht
Pempelfort
Venloer Str.
Marschallstr.
Sittarder Str.
Duisburger Str.
Winkelsfelder Str.
Stockkampstr.
Prinz-Georg-Str.
Tonhallenufer
Victoriapl.
museum kunst palast
Nordstr.
Scheibenstr.
Kapellstr.
Sternstr.
Ehrenstr.
Rochusstr.
Rossini
Ehrenhof
Joseph-Beuys-Ufer
Rhein
Inselstr.
Kaiserstr.
Feldstr.
Rosenstr.
Bagelstr.
Vagedesstr.
NRW-Forum Kultur u. Wirtschaft
Oberkasseler Brücke
Tonhalle
Tonhalle/Ehrenhof
Hofgartenrampe
Hofgarten
Gartenstr.
Schloss Jägerhof, Goethe-Museum
Finanzministerium
Ratinger Tor
Jägerhofstr.
Kunstakademie
M.-Weyhe-A.
Theatermuseum
Hofgarten
Malkasten
Ritterstr.
Ratinger Str.
Altstadt
Kunstsammlung K20
Nördl. Düssel
Stiftsplatz
Grabbepl.
Schauspielhaus
Schlossturm
Burgplatz
Mühlenstr.
Andreasstr.
Opernhaus
Schadowstr.
Tonhallenstr.
Rathaus
Bolkerstr.
Schadowplatz
Wagnerstr.
Marktplatz
Berger Str.
H.-Heine-Allee
Rheinufertunnel
Rathausufer
Flinger Str.
Carsch-Haus
Nagaya
Klosterstr.
Wallstr.
Brasserie 1806
Immermannstr.
Oststr.
Berens am Kai, Bug, D'VINE, Lido, Meerbar, Patrick's Seafood No 1, Schorn
Kasernenstr.
Breite Str.
Victorian
Steinstr./Königsallee
Berliner Allee
Marienstr.
Carlspl.
Max-pl.
Benrather Str.
Stadtmitte
Oststr.
0
540 m
N
Königsallee
Monkey's West, Nöthel's
Düsseldorf
© MERIAN-Kartographie

E

## Efringen-Kirchen ■ A 49, S. 350

**Traube** FFF○○
OT Blansingen, Alemannenstr. 19
PLZ 79588
Tel. 07628/942 37 80
www.traube-blansingen.de
außer Sa, So nur Abendessen,
Mo, Di geschl., Hauptgerichte € 38-58
Chefkoch: Henrik Weiser
EC MASTER VISA

Henrik Weisers moderne Küche steht auf französischem Fundament, was sich nicht nur beim St-Pierre im Schnittlauchsud mit Spargel und Morcheln zeigt. Schön saftig ist die Lende vom Black-Angus-Rind in Barolo-essig-Schalotten-Jus mit Sellerie und eingelegten Perlzwiebeln. Geeiste Nougatcreme mit Pekannuss-Crumble und Cassis sind ein gelungener Abschluss. 200 Weine, bei der Auswahl berät der zuvorkommende Service gern. Gemütliche Zimmer.

## Eggenstein-Leopoldshafen ■ C 46, S. 350

**Zum Löwen** FFF○○
OT Eggenstein, Hauptstr. 51, PLZ 76344
Tel. 0721/78 00 70
www.restaurant-zum-loewen.de
So, Mo geschl.
Hauptgerichte € 29-34
Chefkoch: Markus Nagy
AmEx EC MASTER VISA

Mittags „Eat und Talk", abends Gourmetküche bei der Famile Nagy. Im gemütlichen holzvertäfelten Restaurant kocht Markus Nagy badisch-mediterran: hochwertige Produkte und erstklassiges Handwerk beim Simmentaler Rind mit Sauerrahm, Roter Bete und lauwarmem Borschtsch. Der isländische Kabeljau ist in Olivenöl pochiert, die Limetten-Safran-Bouillabaisse kommt mit Tintenfisch, Pulpo, Venusmuscheln und kleinen Ravioli auf den Teller. Den Mecklenburger Lammrücken aromatisiert Nagy mit mediterraner Kräuterjus; Gemüse-Couscous und geräuchertes Kichererbsenpüree ergänzen den Geschmacksreigen. Fair kalkulierte Menüs mit sehr guter Patisserie, etwa souffliertes Topfen-Omelett mit eingelegten Zitrusfrüchten und Grand-Marnier-Eis. Britta Nagy kümmert sich herzlich um die Gäste, Rebekka Weickert um 300 Weine. Schöne Terrasse.

## Ehningen ■ D 47, S. 351

**Feckl** FFF○○
OT Herdstelle, im Landhaus Feckl
Keltenweg 1 PLZ 71139
Tel. 07034/237 70
www.landhausfeckl.de
So geschl., Hauptgerichte € 25-39

„Feckl": Nicht nur die vielen Stammgäste schätzen die guten regional-mediterranen Gerichte

„Domherrnhof": gefüllte Wachtel mit Frühlingsmorcheln, Gemüse und Tagliatelle – köstlich!

Chefkoch: Franz Feckl
AmEx DINERS EC MASTER VISA
Eine bewährte Adresse, stets gut besucht, nicht nur von den Kunden und Gästen der Großbetriebe in der Umgebung. Franz Feckls regional-mediterrane Gerichte sind handwerklich auf hohem Niveau und mit guten Produkten zubereitet. Empfehlenswert: die Klassiker wie Zwiebelrostbraten mit Maultaschen, Bratkartoffeln und Rahmsauerkraut oder der Hummersalat. Wer „Innovatives" probieren möchte, entscheidet sich vielleicht für Loup de Mer mit Zucchini-Bandnudeln und gefüllter Minipaprika oder Kalbsfilet mit Champagnerkutteln, Gemüse und gratinierten *pommes Maxim.* Guter Service. Feckl betreibt übrigens auch auf dem Golfplatz in Bonndorf ein Restaurant. Moderne, komfortabel eingerichtete Zimmer.

## Eichstätt ■ A 56, S. 352

**Domherrnhof** FF○○○
Domplatz 5, PLZ 85072
Tel. 08421/61 26
www.domherrnhof.de
kein Ruhetag, Hauptgerichte € 19-28
Chefkoch: Rupert Waldmüller
AmEx EC MASTER VISA

Klassische Küche mit frankophilem Fokus, beste Zutaten, handwerkliche Präzision und geradlinige Kompositionen: Rupert Waldmüllers kulinarisches Genusskonzept erfreut seine vielen treuen und auch neue Stammgäste. Trendy will die Küche in der Rokokopracht des Domherrnhofs nicht sein. Viel lieber serviert man einen wunderbar leichten *pot-au-feu* von Jakobsmuscheln und Steinbutt oder zartes Lammkarree mit Olivenkruste und Ratatouille. Sehr gut war die gefüllte Wachtel mit getrüffelten Tagliatelle und Zuckerschoten. Holundersabayon mit Feigensauce und Whiskyparfait bildeten den würdigen Abschluss. Sommelière Teresa Waldmüller hat 450 Weine im Keller, darunter sensationelle Raritäten aus Burgund und Bordeaux.

## Einbeck ■ C 19, S. 340

**Der Schwan** FF○○○
Tiedexer Str. 1, PLZ 37574
Tel. 05561/46 09
www.schwan-einbeck.de
nur Abendessen, So geschl.
Hauptgerichte € 12-28
Chefköchin: Ute Wicke
AmEx EC MASTER VISA

Es ist nicht leicht, in dieser Region mit anspruchsvoller Küche auf Dauer zu reüssieren. Familie Wicke schafft das, seit 1965 führt sie ihr kleines Restaurant mit Zimmern. Ute Wicke beweist ihre Klasse nicht nur bei Ikarimi-Lachs und Jakobsmuschel mit Orangengelee und Spargelsalat. Das Cordon bleu vom Ibérico-Schweinefilet umhüllt sie mit einer Kruste aus japanischem flockigem *panko*-Paniermehl, dazu gibt es Mandeln und eine Limettenhollandaise. Gut ist auch der Ziegenkäse im Knusperblatt mit Trüffelhonig, Feigenchutney und Dattel-Trauben-Kompott. Horst Wicke ist ein liebenswürdiger Gastgeber.

## Eisenach

■ D 36, S. 347

**Turmschänke** FF○○○

Innenstadt, im Hotel Kaiserhof
Wartburgallee 2, PLZ 99817
Tel. 03691/21 35 33
www.turmschaenke-eisenach.de
nur Abendessen, So geschl.
Hauptgerichte € 16-30
Chefkoch: Ulrich Rösch
EC MASTER VISA

**„Turmschänke": Ulrich Rösch**

Man sitzt der Welt entrückt hinter Butzenscheiben auf schweren Stühlen zwischen dunklen, holzgetäfelten Wänden. Die Küche zeigt sich leichter als das Ambiente: Den fein marinierten Blattsalaten vom Keltenhof in Himbeerdressing mit mariniertem Spargel und Schwarzbrotchips und der Thüringer Kräutersuppe mit geröstetem Schweinefilet folgen delikate in geräuchertem Olivenöl pochierte Kabeljaufilets auf gebratenem Spargel zu Bamberger Hörnchen sowie zarte Lammschulter mit Auberginen, Artischocken und Kartoffelgratin. Die Nähe zum Saale-Unstrut-Gebiet spiegelt die Weinkarte wider. Je mehr Tische besetzt wurden, desto unsteter zeigte sich leider der Service.

## Elmau

■ A 60, S. 352

**Luce d'Oro** FFF○○

Im Hotel Schloss Elmau
PLZ 82493
Tel. 08823/180
www.schloss-elmau.de
nur Abendessen, So, Mo, Di geschl.
Hauptgerichte € 28-56
Chefköche: Mario Corti, Mario Paecke
AmEx EC MASTER VISA

Seit knapp einem Jahr ist der sympathische Mario Paecke hauptverantwortlich für das Gourmetrefugium im Untergeschoss, am anspruchsvollen kulinarischen Kurs änderte sich wenig. Vom selbst gebackenen Knäckebrot und Flammkuchen über die Begrüßungsminiaturen (Lachs mit Apfel-Dill-Perle, Topinambur-Buchenpilz-Cracker, Schnitte aus Chorizo und Bohnenmus) und das feine Amuse-Gueule aus Renke, Kopfsalat und gefüllter Mini-Kartoffel wird weiterhin aufwendig gearbeitet. Die Kehrseite: Bei komplexen Aufbauten wie der elfteiligen Variation von Schwarzfederhuhn, Gänseleber und Nektarine kann es passieren, dass einzelne Elemente (hier: Hühnerschinken, Pfifferlingstatar, Nektarinenfolie) im Getümmel geschmacklich untergehen. Bei weniger Bausteinen gelingt die Balance besser, beeindruckend war etwa das confierte Huchenfilet mit zartem Kalbsbries, zitronigen

Blumenkohlröschen und nachtschwarzen Creme-Kieseln. Tolle Weinkarte, charmant interpretiert von Restaurantleiterin und Sommelière Marie-Helen Krebs.

## Elmshorn ■ E 4, S. 335

**sette Feinbistro** FF○○○
Innenstadt, Marktstr. 7, PLZ 25335
Tel. 04121/26 29 39
www.sette-feinbistro.de
außer Fr nur Mittagessen, So geschl.
Hauptgerichte € 12-28
Chefköchin: Manuela Tegge-Schultz
EC

Als Solistin am Herd hält Manuela Tegge-Schultz mit leichten, oft mediterran orientierten Gerichten die Elmshorner Feinschmecker-Gemeinde bei Laune. Im modernen Bistro-Restaurant in der Fußgängerzone steht eine große Palette an Pastavariationen auf der häufig wechselnden Karte: Tortelloni (mit Salsiccia gefüllt), Tagliatelle (mit Spinat und Schafmilchricotta), *sombreri* (mit Steinpilzfüllung), *taglierini* (mit Feigen, Radicchio, Büffelmozzarella), *tonnarelli* (mit Avocadocreme und Tiroler Speck). Alternativ zu empfehlen: *involtini* vom Kalb mit Pastinakenpüree oder geschmorte Kaninchenkeule mit Kartoffel-Lauch-Stampf. Und immer sollte man Platz lassen für ein Dessert, etwa den Guanaja-Schokoladenkuchen mit Tahiti-Vanilleeis und Himbeere. Die Köchin versorgt auch den angeschlossenen Feinkostladen mit einem täglich frischen Antipasti-Buffet.

## Eltville am Rhein ■ D 33, S. 345

**Die Adler Wirtschaft**
**Franz Keller** FF○○○
OT Hattenheim, Hauptstr. 31, PLZ 65347
Tel. 06723/79 82
www.franzkeller.de
außer Sa, So nur Abendessen, Di, Mi geschl.
Menüs € 39-82
Chefkoch: Franz Klaus Keller
EC

Franz Keller pflegt in der „Adler Wirtschaft" weiterhin konsequent sein Motto „Vom Einfachen nur das Beste": Das Fleisch der Bunten Bentheimer Schweine und der Charolais-Rinder kommt hauptsächlich vom hauseigenen „Falkenhof". Immer ein verlässlicher Genuss sind die aromatische Blutwurst vom Schwein auf lauwarmem Apfel-Quitten-Kompott und die gebratene Lyoner mit Buchweizen-Zwiebel-Salat, Radieschen und Schalotten-Mayonnaise. Wunderbar saftig war die zentimeterdicke Hochrippe vom Rind mit Kartoffeln und Chicorée. Das Brot hätten wir uns allerdings etwas weicher gewünscht. Gut zu wissen: Die Rechnung kommt immer tischweise, einzelne Positionen müssen die Gäste hinterher unter sich aufteilen. Schöne Sommerterrasse.

**„Adler Wirtschaft": fest in Familienhand – Franz Keller senior und Franz Keller junior**

NEU **Jean** FF○○○
Im Hotel Frankenbach – Mainzer Hof
Wilhelmstr. 13, PLZ 65343
Tel. 06123/90 40
www.hotel-frankenbach.de
außer Sa, So nur Abendessen,
Mo, Di geschl.
Hauptgerichte € 18-38
Chefkoch: Johannes Frankenbach
EC MASTER VISA

Johannes Frankenbach ist nach Lehr- und Wanderjahren in den elterlichen Betrieb zurückgekehrt und hat in der ehemaligen Weinstube des Hotels sein eigenes Restaurant eröffnet. Das rustikal-gediegene Ambiente passt nicht so richtig zu seinem klaren, französisch inspirierten Küchenstil.

E

Klassisch war die würzige Bouillabaisse mit gerösteten Croûtons und *sauce rouille*, die saftige gebratene Entenstopfleber hatte cremiges Selleriepüree mit Haselnusskrokant als Begleiter. Aromatischer Safransud beim gebratenen Seeteufel und konzentrierte Chorizo-Jus zum Lammfleisch mit Paprikapüree und Artischockenragout. Gut sortierte Weinkarte mit interessanten französischen Weinen zu fair kalkulierten Preisen.

**Kronenschlösschen** FFFF○

OT Hattenheim, Rheinallee, PLZ 65347
Tel. 06723/640
www.kronenschloesschen.de
außer So nur Abendessen
Hauptgerichte € 35-42
Chefkoch: Sebastian Lühr
AmEx EC MASTER VISA

**„Kronenschlösschen": Wechsel in der Küche**

Die Nachbesetzung des in die Pfalz abgewanderten Patrik Kimpel ging reibungslos vonstatten: Der Einsatz origineller Aromen und frischer Elemente gehört zu den Stärken von Sebastian Lühr. Er füllt einen Macaron mit Räucheraal und Entenlebercreme und erreicht eine perfekte Balance von Frische, Textur und Geschmeidigkeit. Frucht spielt eine entscheidende Rolle bei der saftigen prallen Goldforelle mit Erdnusscreme, deren Wucht hauchdünne Rhabarberstreifen und -gelee mildern, die zudem noch ein Hauch Vanille umweht. Eine Taubenbrust mit Knusperkruste, Vadouvan-Würze und cremigem Karottenpüree ist ein Augen- und Gaumenschmaus. Hervorragende Desserts und die über 2000 Positionen auf der Weinkarte lassen keine Wünsche offen. Das jugendlich-muntere Serviceteam teilt seine Fachkenntnisse wohldosiert mit den Gästen. Im Restaurant wurde in den letzten Jahren kräftig modernisiert, die Terrasse gehört zu den schönsten im Rheingau.

**Zum Krug** FF○○○

OT Hattenheim, Hauptstr. 34, PLZ 65347
Tel. 06723/996 80
www.hotel-zum-krug.de
Mo, Di mittag, So abend geschl.
Hauptgerichte € 18-27
Chefkoch: Frank Siemon
EC

Der „Krug" steht für Tradition: Seit drei Generationen führt Familie Laufer das urige Weinhaus mit Parkett und Kachelofen. Die Weinkarte ist legendär: Aktuell sind 323 Rheingauer Weine dort verzeichnet, große Jahrgangstiefe und 57 edelsüße Raritäten bis in die 1920er-Jahre. Die Speisenkarte teilt sich in Hausklassiker (an die hält man sich am besten) wie Riesling-Kräuterrahm-Süppchen und in „Neue Krug-Küche" mit Gourmetanspruch. Schöne Idee: Käsekuchen vom Handkäse mit in Senf eingelegten Kirschen. Da konnte die karamellisierte Gänseleber auf zu weichem Lauch mit geschmacksneutralem „Tonkabohnen-Blitzbisquit" und salzigem Spargel-Maikraut-Eis nicht mithalten. Gelungen: Reh mit Pfirsich und Maultaschen. Sympathischer Service.

## Endingen am Kaiserstuhl

■ B 48, S. 350

**Dutters Stube** FF○○○

OT Kiechlinsbergen, Winterstr. 28
PLZ 79346
Tel. 07642/17 86
www.dutters-stube.de
außer Sa, So nur Abendessen,
Mo, Di geschl.
Hauptgerichte € 18-26
Chefkoch: Arthur Dutter
EC MASTER VISA

„Merkles Restaurant": spektakuläre Desserts – wie wär's mit Rhabarber und Ziegenkäse?

Im Gewölbekeller wird in der „Dorfwirtschaft" rustikal aufgetischt, im „Restaurant" des historischen Fachwerkhauses pflegt Arthur Dutter seine badische Frischeküche mit mediterranen Einflüssen. Das geht deftig wie beim Geschnetzelten vom Kalbsnierle in Senfsauce mit Brägele (Bratkartoffeln) oder eleganter mit Heilbuttfilet auf Krustentiersauce mit hausgemachten Nudeln. Schönes Mittagsmenü. Gute Kaiserstühler Weine.

**Merkles Restaurant** FFF○○
Hauptstr. 2
PLZ 79346
Tel. 07642/79 00
www.merkles-restaurant.de
So abend, Mo geschl.
Hauptgerichte € 20-37
Chefkoch: Thomas Merkle
AmEx EC MASTER VISA

Wer zu Thomas Merkle nach Endingen fährt, hat die Qual der Wahl. Entscheidet man sich für die mal modernen (Simmentaler Rind, roh), mal traditionellen (Ochsenschwanz mit Gänseleber) Interpretationen badischer Hochküche, oder wählt man aus dem asiatisch inspirierten „Einfach Merkle"-Sortiment? Wir genießen dort eine spektakuläre, pikant gewürzte Komposition aus Jakobsmuschel, Pulpo, Orange und Fenchel. Die Schärfe ist gut eingebunden, harmoniert bestens mit der fruchtigen Sauce. Auch der Lammrücken kommt unter der Sobrasada-Kruste perfekt zur Geltung. Merkle ist ein Meister der Aromen und schafft, was manchem Konkurrenten in der Region nicht gelingen mag: Tradition und Moderne kongenial zu verbinden.

## Erftstadt

■ B 31, S. 344

**Herbert Brockel im Husarenquartier** FFFF○
OT Lechenich, Schlossstr. 10
PLZ 50374
Tel. 02235/50 96
www.husarenquartier.de
Mo, Di geschl.
Hauptgerichte € 15-34
Chefköche: Herbert Brockel, Jörg Diekert
AmEx EC

Oberst Szventivani, der einst den Trupp Husaren anführte, der in dem barocken roten Klinkerbau wohnte, ist das Menü gewidmet. Ansonsten erinnert wenig an alte Zeiten, das Interieur ist modern und schlicht ausgerichtet. Der umtriebige Herbert Brockel hat sich mit Jörg Diekert Unterstützung in die Küche geholt, der sich unter seinem alten Lehrmeister jedoch noch zurückzuhalten scheint. Etwas schüchtern mutet die Variation aus *galantine* und Keule vom Kaninchen an, würde nicht die kräftige Paprika-Nocke für nachhaltigen Eindruck sorgen. Ein einfallsreicher Klassiker des Hauses, so gut wie eh und je: das Leipziger Allerlei mit gefüllten

**„Husarenquartier": Herbert Brockel (vorn r.) und sein engagiertes Team**

Champignons, Flusskrebsen, Spargel und Erbsen. Der Seeteufel mit Fenchel und Ananas war eine aparte Kombination, während der Étouffé-Taube mit Poweraden (kleinen Artischocken) ein bisschen mehr Mut bei der Inszenierung gut getan hätte. Die einstmals rein deutsche Weinkarte wurde um französische Rote erweitert.

## Erfurt ■ E 36, S. 347

### NEU Clara im Kaisersaal FF○○○

Altstadt, Futterstr. 15-16, PLZ 99084
Tel. 0361/568 82 07
www.restaurant-clara.de
nur Abendessen, So, Mo geschl.
Hauptgerichte € 26-30
Chefköchin: Maria Groß
EC MASTER VISA

Das aparte Ambiente in Grau, Schwarz und Rot im ehemaligen „Alboth's" ist geblieben, neu ist die ambitionierte Küchenchefin Maria Groß. Auf Tellern oder Schieferplatten richtet sie kleine Kunstwerke an, bei denen jede Komponente stimmig ist, ob Kugeln aus Rettich, tournierte Karotten oder kräftiger Rote-Bete-Risotto. Alles ist präzise zubereitet und zum Teil detailverliebt mit winzigen Blüten arrangiert. Der zarte Seeteufel, dezent mit Himbeere aromatisiert, ist akkurat gegart und saftig. Zum Dessert erfreuen Erdbeersorbet im Schokoladenröllchen und satte Farben. Die Weinkarte dominieren deutsche und französische Winzer; Aperitifessige vom Doktorenhof.

## Erlangen ■ E 40, S. 347

### Polster FF○○○

OT Kosbach, im Landhotel Polster
Am Deckersweiher 26, PLZ 91056
Tel. 09131/755 40
www.gasthaus-polster.de
kein Ruhetag
Hauptgerichte € 22-35
Chefkoch: Christian Schauer
AmEx EC MASTER VISA

Patron Johann Polster kümmert sich jetzt nur noch um die 300 Weine und überlässt Christian Schauer den Herd. Und der pflegt handwerklich präzise französisch-mediterrane Küche: Jakobsmuschel und Hummer werden mit Bärlauch und Tomate kombiniert, klar und aromatisch ist der Loup de Mer mit Spinat und *rouille*-Ravioli. Das Kalb wird rosa gebraten mit Auberginenpüree, Ratatouille und Kapernjus serviert. Die Passionsfruchtterrine mit Mango und cremigem Eis erfrischt zum Ende des guten Degustationsmenüs.

## Essen ■ B 15, S. 338

### Casino Zollverein *

OT Katernberg
Gelsenkirchener Str. 181
PLZ 45309 nordwestlich ■ c 1, S. 116
Tel. 0201/83 02 40
www.casino-zollverein.de
Mo geschl., Hauptgerichte € 15-24
Chefkoch: Bernd Stollenwerk
AmEx EC MASTER VISA

Als Bernd Stollenwerk Anfang 2013 von der Top-Adresse „Gut Lärchenhof" bei Köln ins Restaurant des Unesco-Weltkulturerbes Zeche Zollverein wechselte, weckte dies große Erwartungen. Der Ansatz, stilistische

„Hannappel": Bei Knut Hannappel speist man in stilvoller Eleganz – schon seit 20 Jahren!

Elemente der Spitzenküche mit regionaler Bodenständigkeit und einem guten Schuss Bio aus den neuen „Casino"-Gärten zu verknüpfen, klang und klingt vielversprechend. Doch bei unserem letzten Besuch kollidierte ein feines Kalbstatar mit einer deutlich zu schweren, die Gesamtkomposition dominierenden Parmesan-Crème-brûlée. Und die Petersilienpolenta zum übergarten Loup de Mer wies verbrannte Stellen auf. Nach wie vor spektakulär ist das Industriedesign in der einstigen Kompressorenhalle, ein Trost der sehr engagierte Service.

**NEU Das Esszimmer** FF○○○

OT Werden, Im Löwental 43

PLZ 45239 ■ b 4, S. 116

Tel. 0201/81 58 18 86

www.esszimmer-essen.de

außer So nur Abendessen, Mo, Di geschl.

Hauptgerichte € 18-28

Chefkoch: Marc Wimper

EC MASTER VISA

Unter schwerem Gebälk sind die Tische apart eingedeckt. Marc Wimper will deutlich mehr als nur ordentlich gemachte Bistroküche. Zur Gänseterrine steuerte Rote-Bete-*granité* einen gelungenen frischen Akzent bei, kurz gegarte Jakobsmuscheln wurden von einem fein aromatischen Safranschaum und gutem schwarzen Risotto begleitet. „Tod durch Schokolade 2.0" entpuppte sich als Vierklang aus brauner und weißer Mousse, Eis und Küchlein. Die Weinkarte listet neben guten deutschen auch einige ältere Bordeaux-Jahrgänge auf.
Gutes Digestifangebot.

**Hannappel** FFF○○

OT Horst, Dahlhauser Str. 173

PLZ 45279 östlich ■ c 2, S. 116

Tel. 0201/53 45 06

www.restaurant-hannappel.de

außer So nur Abendessen, Di geschl.

Hauptgerichte € 22-28

Chefkoch: Knut Hannappel

EC MASTER VISA

Glückwunsch und Bravo! Seit 20 Jahren kocht Knut Hannappel seine frische Gourmetküche im stilvollen Restaurant im Ortsteil Horst. Weltoffen ist seine Küche, ob bei gebratener Jakobsmuschel mit Karotte, Ingwer und Couscous oder aromatischem bretonischem Steinbuttfilet mit Mandel, Mandelmilch und Pak-Choi. Den Schweinebauch wertet Hannappel mit Chicorée und Gänseleberravioli auf. Und das feine, fantasievolle Finale im Jubiläumsjahr darf man sich nicht entgehen lassen: Piña Colada in verschiedenen Texturen.

Seit letztem Winter führt der Patron den Bistro-Ableger „Hannappel essenz" an der angesagten Rüttenscheider Straße.

**Kölner Hof** FFF○○
OT Frohnhausen, Duisburger Str. 20
PLZ 45145 ■ b 2, S. 116
Tel. 0201/76 34 30
www.restaurant-koelner-hof.de
Sa mittag, Mo, Di geschl.
Hauptgerichte € 19-35
Chefköche: Heinz Furtmann, Phillip Leo
EC
33 Jahre sind in der kulinarischen Szene mehr als eine halbe Ewigkeit. So lange sorgen Heinz und Rosemarie Furtmann schon für bürgerliche Behaglichkeit im Essener Westen und dazu für eine Küche, die sich gern heimischer Produkte bedient, aber als französisch-mediterran versteht. Klasse die Bärlauchsuppe mit Nordsee-Krabben, herrlich frisch die schottische Jakobsmuschel mit Blumenkohl und Curry, exzellent der Angel-Steinbutt aus der Nordsee mit Trüffelrisotto in *beurre rouge*. Sehr zu empfehlen sind auch gefülltes Kaninchen mit Spitzkohl und Kartoffelpüree oder zarte Kalbsfiletspitzen in Morchelsauce. Angenehmer Service, 250 Weine.

**La Grappa** FF○○○
OT Südviertel, Rellinghauser Str. 4-6
PLZ 45128 ■ c 1/2, S. 116
Tel. 0201/23 17 66
www.la-grappa.de
Sa mittag, So geschl.
Hauptgerichte € 24-39
Chefkoch: Hatm Salim Srour
AmEx DINERS EC MASTER VISA
Das gemütliche Lokal von Rino Frattesi mit den unzähligen Weinflaschen, den dicht an dicht stehenden Tischen und der lebhaft-gelösten Stimmung hat in Essen fast Kultstatus. Das liegt nicht nur an der umfangreichen Weinauswahl, die von Newcomern bis zu Spitzenweinen für jeden Geschmack (und Geldbeutel) etwas bietet, sondern vor allem auch an den Gerichten, die deutlich über übliche Italo-Standards hinausgehen. Carpaccio gibt es nicht nur in der klassischen Variante, sondern etwa auch vom Steinbutt oder von Fenchel, die guten hausgemachten Cannelloni sind mit würzigem Tiroler Speck gefüllt, der Seeteufel kommt als Saltimbocca, der Steinbutt mit Seeigel auf den Teller. Aufmerksamer Service.

**Parkhaus Hügel** FF○○○
OT Bredeney, Freiherr-vom-Stein-Str. 209

**„Kölner Hof": Heinz und Rosmarie Furtmann – Gastgeber seit 33 Jahren**

PLZ 45133 ■ c 3, S. 116
Tel. 0201/47 10 91
www.parkhaus-huegel.de
außer Sa, So nur Abendessen
Hauptgerichte € 19-33
Chefkoch: Suvad Memovic
AmEx EC MASTER VISA

Seit bald sechs Jahrzehnten begrüßt die Familie Imhoff im ehemaligen Casino der Kruppschen Villa Hügel ihre Gäste, Essener Bürger ebenso wie Prominenz aus aller Welt. Eine Adresse mit Tradition also, aber dank Suvad Memovic auch mit einer modernen, eleganten Küche. Ein feines Wechselspiel der Aromen gefiel bei den gerösteten Calamaretti mit Pulpo und marinierten Muscheln, kontrastreich verbunden durch Stockfischrahm und eine Orangenemulsion. Intensive Saucen begleiteten den Bachsaibling mit einem erstaunlich leichten Kartoffel-Mettwurst-Püree und den hervorragenden Maibockrücken mit gebackener Geflügelleber, grünem Apfel und Blumenkohl. Junges, engagiertes und herzliches Serviceteam. Internationale Weinkarte.

**Résidence**

OT Kettwig, Auf der Forst 1
PLZ 45219 ■ a 4, S. 116
Tel. 02054/955 90
www.hotel-residence.de
nur Abendessen, So, Mo geschl.
Hauptgerichte € 38-52
Chefköche: Eric Werner, Erik Arnecke
AmEx DINERS EC MASTER VISA

Lichte, klassische Eleganz prägt die Kulisse für die anspruchsvollen und komplexen Gerichte des ambitionierten Duos in der Küche, die sie in zwei Menüs präsentieren. Sehr gelungenes Beispiel für ihren Stil: eine elegante, fein säuerliche Sauce entwickelte mit dem Stör ein apartes wie spannendes Geschmacksbild. Dabei bekommen heimische Grundprodukte bisweilen exotische Akzente, wie etwa beim Rehrücken mit indischem Vadouvan-Gewürz, Couscous, Muskalteller-Traube und Avocado. Beim Bärenkrebs und *hamachi* (Bernsteinmakrele) ergibt sich Spannung aus Kopfsalat und Sake-Reis. Bester, aufmerksamer Service, kompetente Weinberatung.

**Rôtisserie du Sommelier**

OT Rüttenscheid, Wegenerstr. 3
PLZ 45131 ■ b/c 2, S. 116
Tel. 0201/959 69 30
www.rotisserie-ruettenscheid.de
So, Mo geschl Hauptgerichte € 19-32
Chefköche: Thomas Friedrich, Andre Kauke
EC

Kleines, schlichtes und charmantes Lokal im Bistrostil mit hohem Wohlfühlfaktor! Der Küche gelingt bei ihren schmackhaften Gerichten der Spagat zwischen französischer Klassik und zeitgemäß Regionalem, das

„Résidence“: Karottenkuchen mit Joghurtmousse, Fenchel- und Karotten-Eis

auch mal mit Augenzwinkern daherkommt. Die Basis ist kompromisslos gute Produktqualität – dem regionalen Hype ist man hier nicht verfallen. Aufmerksamer, freundlicher Service, Weinkarte mit 250 Positionen.

**Schote** FFF○○
OT Rüttenscheid, Emmastr. 25
PLZ 45130 ■ c 2, S. 116
Tel. 0201/78 01 07
www.restaurant-schote.de
nur Abendessen, So, Mo geschl.
Hauptgerichte € 25-48
Chefkoch: Nelson Müller
AmEx DINERS EC MASTER VISA

Das hübsche Restaurant des TV-Kochs macht gute Laune. Das liegt sowohl an der entspannten Atmosphäre wie an der Küche, die in zwei Menüs die wichtigsten kulinarischen Grundbedürfnisse bedient. „Roots" nennt Nelson Müller die Speisenfolge, deren Gerichte man am besten mit „Soulfood" beschreibt, unter „Culture" ist die kreativere Abteilung zusammengefasst, die Neugierde stillt. Der Maibockrücken mit Rahmkohlrabi, Vanille-Mispeln und Topfen-

Mohn-Cannelloni ist ein Paradebeispiel für jene Kreationen, von denen man am liebsten gleich noch eine zweite Portion bestellen würde; lackiertes *pluma* (gut marmoriertes Stück aus dem vorderen Rücken) vom Ibérico-Schwein mit geräuchertem Tomatengelee, Langostino und Blumenkohllerlei etwa ist auch für erfahrene Genießer ein spannendes Geschmackserlebnis.

## Ettlingen ■ C 46, S. 350

**Erbprinz** FFF○○
Rheinstr. 1, PLZ 76275
Tel. 07243/32 20
www.erbprinz.de
So, Mo geschl.
Hauptgerichte € 44-49
Chefkoch: Ralph Knebel
AmEx DINERS EC MASTER VISA

Das schmucke Hotelrestaurant hat eine lange und große Tradition, der sich auch Ralph Knebel verpflichtet fühlt. So pflegt er eine französische Küche mit gelegentlichen modischen Anleihen. Dem gefüllten Kaninchenrücken geben Nuss-Couscous und Gewürzjoghurt orientalischen Reiz, eine Prise Süden bringt der im Ganzen gebratene Seeteufel mit mediterranem Gemüse und Bärlauch-Hollandaise. Klassisch wiederum das Kalbsfilet in einer Morchelcrêpe mit heimischem Kohlrabi. Und zum guten Schluss ein Eis von Fourme-d'Ambert-Käse mit Dörrpflaume und Pumpernickel. 300 Weine, Zimmer.

**Hartmaier's Villa** FF○○○
Pforzheimer Str. 67, PLZ 76275
Tel. 07243/76 17 20
www.hartmaiers.de
kein Ruhetag, Hauptgerichte € 20-31
Chefkoch: Dieter Mettmann
AmEx EC MASTER VISA

Bistro, Vinothek, Terrasse und ein Gourmetrestaurant beheimatet die Villa Watthalden mit ihrem herrlichen Park. Seit 1990 kocht Dieter Mettmann hier nun bereits seine weltoffenen Gerichte. Da startet das Menü etwa mit Bachsaiblingsülze in Gemüsegelee mit Zitronengras-Espuma, ein Hauch Asien auch bei den gegrillten Riesengarnelen mit pikanten Glasnudeln. Klassisch dann das Mignon vom Rinderfilet mit Trüffelrisotto und Spargel und der lauwarme Topfenknödel mit Rhabarberschaum, Erdbeercoulis und Vanilleeis. Günstiges Businessmenü.

## Eurasburg ■ B 59, S. 352

NEU **Maiwerts** FF○○○
OT Loisach, im Hotel Elbacher Gütel
Birkenallee 1, PLZ 82547
Tel. 08179/998 81 88
www.maiwerts.de
Mo, Di geschl., Hauptgerichte € 24-42
Chefkoch: Dieter Maiwert
AmEx EC MASTER VISA

Umzug vom Tegernsee in diesen Bauernhof: Glasfronten, coole Tischleuchten und helles Holz sorgen für angenehm warme Modernität. Die Schwächen kurz nach dem Neustart sind nun ausgebügelt: Die Küche konzentriert sich auf bekannt Feines, gern auch mediterran und asiatisch akzentuiert. Erstklassig in Textur wie Zubereitung: Kalbsfilet mit Spitzmorcheln sowie Filet und Karree vom irischen Weidelamm. Nicht ganz so präzise in der Aromatik war der Auftakt: Carpaccio von Seeteufel und Saibling mit sehr zurückhaltend mariniertem Spargel und einer Spur von Himbeercoulis. Gute Desserts: Zwischen Apfelstrudel mit luftigen Quarknocken und Valrhona-Schokovariation fällt die Wahl schwer. Der sehr freundliche Service kann noch präsenter und bei der Weinberatung profunder werden.

## Euskirchen ■ B 32, S. 344

**Bembergs Häuschen** FFF○○
Burg Flamersheim, PLZ 53881
Tel. 02255/94 57 52
www.burgflamersheim.de
außer So nur Abendessen, Mo, Di geschl.
Menüs € 59-97
Chefköche: Oliver Röder,
Tobias Schlimbach
EC MASTER VISA

F

„Kleinigkeiten" haben im adretten Gutshaus große Wirkung. Aus dieser Rubrik zwischen Vorspeise und Hauptgericht stammt das sogenannte „Herrengedeck": saftiges Ochsenschwanz-Haché, in Filoteig zur dicken Zigarre gerollt, serviert auf einem Aschenbecher – darin feinwürzige gefriergetrocknete Apfel- und Selleriestückchen als Häufchen heller Asche. Und dazu gibt es einen Cognac-Schwenker mit intensiver Ochsenschwanz-Consommé. Das ist mehr als eine aparte Spielerei, weil das Ganze geschmacklich aufgeht. Spaß machen soll alles, was aus Oliver Röders Küche kommt. Zum Beispiel auch die Birne zum Reh, erst dehydriert und dann mit einer Infusion aus Fond versehen. Oder die in Malzbier marinierte, aufrecht servierte Lammhaxe, die so zart ist, dass es kein Messer braucht. Eine wunderbare Version der Regionalküche, die mit feinsinnigem Humor daherkommt. Herzlicher Service.

**Tögels Restaurant Loft 34** FF○○○
Gerberstr. 3, PLZ 53879
Tel. 02251/43 85
www.toegelsrestaurant.de
nur Abendessen, So, Mo geschl.
Hauptgerichte € 19-29
Chefkoch: Uwe Tögel
EC
Urbanes Ambiente und eine variable Küche: Bei Patron und Chefkoch Uwe Tögel treffen sich Euskirchens Genießer. Cappuccino von Curry und Zitronengras serviert er mit einem Garnelenspieß, die Rotbarbenfilets mit schwarzen Nudeln und Gorgonzola. Und das Angus-Rind in einer Pfeffersauce mit grünen Bohnen. Fazit auch in diesem Jahr: gut!

## Feldberg

■ B 49, S. 350

**Sommerberg** FF○○○
OT Altglashütten, Am Sommerberg 14
PLZ 79868
Tel. 07655/14 11
www.sommerberg.com
Di, Mi mittag geschl., Mo geschl.
Hauptgerichte € 20-36
Chefkoch: Jürgen Gauwitz
EC MASTER VISA
300 Weine im lichten Restaurant und eine schmackhafte Küche von Jürgen Gauwitz: Kalbskopfravioli passen zu Riesengarnele und Minzpesto, die Seezungenröllchen kommen in einer feinen Hummersauce und das Kalbsfilet mit Morcheln, zweierlei Sellerie und Schupfnudeln auf den Tisch. Entspannter Genuss im Hochschwarzwald!

## Feldberger Seenlandschaft

■ E 10, S. 337

**Alte Schule Fürstenhagen** FFF○○
OT Fürstenhagen, Zur Alten Schule 5
PLZ 17258
Tel. 039831/220 23
www.hotelalteschule.de
nur Abendessen, Okt.-Mai Mo, Di geschl., Juni-Sept. Mo geschl.
Hauptgerichte € 28-32
Chefkoch: Daniel Schmidthaler
VISA
Wie schön, dass der Pachtvertrag gerade um zehn Jahre verlängert wurde! Denn Daniel Schmidthaler und Nicole Uthmann haben aus dem Restaurant im alten Dorf-

**„Alte Schule": Patron Daniel Schmidthaler**

**„Oettinger's": geschmackvolle Heimatkunde bei Seeforelle mit Apfelvinaigrette und Roter Bete**

schulsaal mit Kachelofen und Schulranzen auf dem Fensterbrett ein charmantes Hideaway für Genießer gemacht. Die Küche, die viele Uckermärker Produkte verwendet, hat sich weiter gesteigert. Filet, Praline und Leberpastete vom saftig-aromatischen Landhuhn (von der Dorfschulwiese) mit Mairübe, gelbem Rettich, Eiszapfen (einer weißen Radieschenart) und rosafarbenen Klecksen aus roter Radieschencreme zwischen Kräutern und Blüten richtete Schmidthaler auf einer Baumscheibe an. Gut waren die „Mecklenburger Fischplatte" mit Zander und Zanderbäckchen in lauwarmer Dill-Sabayon, Lachsforelle mit geröstetem Kopfsalat und Zitronenzesten und mit Kohlrabisalat gefüllter „Rollmops" von der Maräne. Auch der Ziegenfrischkäse-Auflauf mit Stangen- und Knollensellerie, in Rotwein eingelegten roten Zwiebeln und schön pfeffriger Gemüse-Gazpacho mit Chips aus Ziegenhartkäse schmeckten prima. Aufmerksamer Service. Weinkarte mit 70 Positionen und vielen Natur- und Bioweinen.

## Fellbach

■ D 47, S. 351

**avui** FFF○○

Im Hotel Zum Hirschen, Hirschstr. 1
PLZ 70734
Tel. 0711/957 93 70
www.zumhirschen-fellbach.de
nur Abendessen, So-Di geschl.
Hauptgerichte € 24-56
Chefkoch: Armin Karrer
EC MASTER VISA

Armin Karrer ruht sich nicht auf Erreichtem aus. Er feilt weiter am Gesamtkonzept seines stimmungsvoll-eleganten Restaurants mit der schönen Lichtinszenierung. Nikolas Hafeneder ergänzt das Küchenteam, das mit einer zeitgemäßen, eleganten Küche in ganz eigenem Stil überrascht: Vermeintlich Bekanntes wird neu interpretiert. Aparter Einstieg ins Menü mit einer kreativen und hübsch angerichteten Snackparade, etwa Topinambur mit Kaffee im Esspapier und Lolli vom Taleggio mit Tasmanischem Pfeffer. Pointierter Akzent beim gelackten Bugblatt vom Stauferico-Schwein (Kreuzung aus Ibérico und deutschem Landschwein) mit Senfkohl durch Kakao-Oliven-Buchtel. Ideenreiche Desserts. Große Weinauswahl (400 Positionen) mit deutschem und österreichischem Schwerpunkt. Aufmerksamer, stilvoller Service.

**Oettinger's** FF○○○

OT Schmiden, im Hotel Hirsch
Fellbacher Str. 2, PLZ 70736
Tel. 0711/951 34 52
www.hotel-hirsch-fellbach.de
außer Sa nur Abendessen, So, Mo geschl.
Hauptgerichte € 23-28
Chefkoch: Michael Oettinger
AmEx EC MASTER VISA

Es ist immer wieder eine Wonne, wie Michael Oettinger Regionales auf klassischer Basis mit modernen mediterranen Akzenten zu geschmackvollen Gerichten verfeinert. Presssack von gepökeltem Kalbsfuß und grünem Spargel wird mit marinierter Gänseleber, Spargel-*mousseline*, Orangen-Sichuanpfeffer-Confit und Brunnenkresse zum eleganten Genuss. Das pochierte Wallerfilet ist mit Flusskrebsravioli, weißem Spargel, Morcheln und *pot-au-feu* von jungem Gemüse ein schöner Frühlingsgruß. Dass Deftiges auch anspruchsvoll sein kann, beweist ein Filet-Rostbraten vom Württemberger Staufen-Rind mit geräucherter Zwiebelkruste, gebackener Schwarzwurst, Kalbskopfsalat und saurem Bohnengemüse. Württemberger Weine.

## Feuchtwangen ■ F 46, S. 351

**Greifen-Post**

Im Romantik Hotel Greifen-Post
Marktplatz 8, PLZ 91555
Tel. 09852/68 00
www.hotel-greifen.de
So abend, Mo geschl.
Hauptgerichte € 18-26
Chefkoch: Dirk Becker
AmEx EC MASTER VISA

Gute Produkte aus der Region sind in der Saison die Basis für Dirk Beckers zeitgemäße Regionalküche. Der Braten vom Dornberger Zwergrind in Morchelrahmsauce mit Gemüse und Spätzle, selbstverständlich handgeschabt, gehört bei ihm ebenso zum Programm wie in Olivenöl pochierter Skrei (Winterkabeljau) oder Törtchen von Avocadomousse mit Blumenkohl-Couscous und Rote-Bete-Hummus. Herzlicher Service.

## Finsterwalde ■ D 24, S. 343

**Goldener Hahn**

Bahnhofstr. 3, PLZ 03238
Tel. 03531/22 14
www.goldenerhahn.com
So, Mo geschl.
Hauptgerichte € 15-35
Chefkoch: Frank Schreiber
AmEx DINERS EC MASTER VISA

Frank Schreiber bleibt seiner „Neuen Lausitzer Küche" treu, wenn er seine Variation vom Lausitzer Saibling mit Wildkräutern und Gurken-Meerrettich-Sorbet serviert, Kaninchen mit Tarte und Chutney von Karotten und Desserts wie Mousse, Eis und Praliné von der „Berliner Weisse". Das „Menü Modern" offeriert auch mal Steinbuttfilet mit Krustentierschaum und Bärlauch-Graupen-Risotto. 120 Weine.

**„Goldener Hahn": Chefkoch Frank Schreiber**

## Flonheim ■ D 34, S. 345

**Espenhof**

OT Uffhofen, Hauptstr. 76, PLZ 55237
Tel. 06734/96 27 30
www.espenhof.de
außer So nur Abendessen, Mo geschl.
Hauptgerichte € 14-24
Chefkoch: Thomas Richter
EC MASTER VISA

Feine Landküche steht auf der Karte, sehr gern aber wird auch über die Grenze der Region geschaut, etwa bei Ricotta-Bärlauch-Terrine mit karamellisiertem Endiviensalat und Papayavinaigrette. Der rosa

„Espenhof": Weingut mit feiner Küche

Lammtafelspitz passt zu einem Birnen-Bohnen-Salat, das Rinderfilet begleitet eine Carabinero-Garnele, dazu gibt's Mangold und Hummus. Fruchtig und erfrischend ist der Abschluss: Rhabarber mit Buttermilch und Zitronenmelisse. Gemütlich geht es in der Wirtschaft des Weinguts zu. Natürlich trinkt man hier Weine aus dem eigenen Anbau, zu den Zimmern ist es ja nicht weit.

**Zum Goldenen Engel**

Marktplatz 3, PLZ 55237
Tel. 06734/91 39 30
www.zum-goldenen-engel.com
außer Fr-So nur Abendessen,
Mi geschl.
Hauptgerichte € 16-25
Chefkoch: Klaus Mayer
EC

Stilvoll-gemütlich und hübsch hergerichtet ist das Restaurant in der ehemaligen Poststation derer von Thurn und Taxis. Der bescheidene, ehrgeizige Klaus Mayer hat sich der verfeinerten bodenständigen Küche verschrieben. Und sie gelingt ihm bestens, präzises Handwerk und Top-Qualität sind seine Grundlagen. Orangenquark gibt einem Spargelschaumsüppchen eine cremig-frische Note, rosa gebratener Kalbsrücken mit gekräuterter Café-de-Paris-Polenta und Rahmblumenkohl sind echtes „Soulfood", für das man gern bald wiederkommen möchte. Sehr herzlicher Service, gute Weine aus Rheinhessen.

## Föhr/Nieblum

■ D 1, S. 355

**Bistro'rant der kleine Witt**

Im Land- und Golfhotel Witt
Alkersumstieg 4, PLZ 25938
Tel. 04681/587 70
www.hotel-witt.de
nur Abendessen, Mo-Mi geschl.
Hauptgerichte € 19-28
Chefkoch: Peter Kaufmann
EC MASTER VISA

Hübsch, fast verträumt ist die Lage des „Bistro'rants" in der Mitte des malerischen Inselorts gegenüber dem Friesendom. Von regional über französisch bis mediterran reicht das Spektrum von Peter Kaufmanns Küche: Die gehaltvolle Bouillabaisse mit Jakobsmuschel, Scampi und Seezunge ist seit Jahren der Renner. Aber auch die Nordsee-Buttfilets in Champagnersauce und der Salzwiesenlammrücken in der Bärlauchkruste mit Ratatouille schmecken gut. Vinothek, charmante Zimmer.

## Föhr/ Wyk auf Föhr

■ D 1, S. 355

NEU **Alt Wyk**

Große Str. 4, PLZ 25938
Tel. 04681/32 12
www.alt-wyk.de
Mo mittag, Mi mittag, Di geschl.
Hauptgerichte € 26-36
Chefkoch: René Dittrich
EC

Strandpromenade und Fußgängerzone direkt vor der Haustür, der Fähranleger nur wenige Hundert Meter entfernt: René Dittrichs kleines Restaurant hat eine Eins-a-Lage in der Inselhauptstadt. In drei gemütlichen Friesenzimmern gibt es eine saisonale Frischeküche, vorwiegend mit regionalen Produkten. Der Patron und Chefkoch, der früher in „Jöhri's Talvo" in St. Moritz gearbeitet hat, bleibt bei der Zubereitung klassisch: fein die Gänseleberpraline mit Erbsen, asiatisch die Variation vom Rind, bodenständig die hausgemachte Kalbfleisch-Kartoffel-Wurst auf Lauch und Pilzen. Angenehmer Service durch Ehefrau Daniela Dittrich.

## Frankenberg ■ E 31, S. 345

**Philipp Soldan** FFF○○
Im Hotel Die Sonne Frankenberg
Marktplatz 2-4, PLZ 35066
Tel. 06451/75 00
www.sonne-frankenberg.de
nur Abendessen, So, Mo geschl.
Hauptgerichte € 34-58
Chefkoch: Florian Hartmann
AmEx DINERS EC MASTER VISA

Der „Aufsteiger des Jahres 2012"verfeinert seine modern-europäische Küche weiter, schaut sich gern in der Welt um und kauft nur die besten Produkte, wenn's geht, in der Region. Die gebeizte Bernsteinmakrele lässt er mit Avocado, Sepia, grünem Tee und Litschi servieren. Raffiniert kombiniert er die Tajine von der Taubenkeule mit Petersilie, Limette und Weinbergschnecke. Zu wunderbarer Harmonie führt Hartmann die Vielfalt der Aromen und Konsistenzen beim Filet vom Hereford-Rind mit Chili-Spitzkohl, Rauchmandel, Seidentofu, confiertem Pulpo und geräucherter Paprikajus. Mit einem Piña-Colada-Dessert (gegrillte Ananas, Purple-Curry-Eis, Kalingo-Schokoladen-*canache* und geeiste Kokosnuss) beweist die Patisserie ihre Klasse. Lennart Wenk kümmert sich, wie der junge weibliche Service, stilvoll um die Gäste und berät bei den 800 Weinen. Bistro mit Blick in die Altstadt. Schicke, fantasievolle Zimmer und Suiten im bestens geführten Hotel.

## Frankfurt am Main ■ E 33, S. 345

**Carmelo Greco** FFF○○
OT Sachsenhausen, Ziegelhüttenweg 1-3
PLZ 60598 südlich ■ c 5, S. 132
Tel. 069/60 60 89 67
www.carmelo-greco.de
Sa mittag, So geschl.
Hauptgerichte € 28-36
Chefkoch: Carmelo Greco
AmEx EC MASTER VISA

Mit seinem eigenen Lokal hat sich Carmelo Greco einen schicken Salon in Grau- und Goldtönen geschaffen. Mittags kehrt man gern zum Businesslunch ein, abends genießt man eine moderne italienische Küche, wie man sie auf diesem Niveau und mit solch raffinierter Schlichtheit selten

**„Carmelo Greco": schicker Salon mit raffinierter italienischer Küche auf hohem Niveau**

findet. Die Tortelli in hauchdünnem Teig, die mit Carbonara-Ei-Speck-Masse oder Tomaten *all'amatriciana* und Käse flüssig gefüllt sind, schmelzen fast im Mund. Grecos Weiterentwicklung des Vitello tonnato heißt „Manzo tonnato" und verbindet Rindercarpaccio mit Thunfisch, beides wird durch einen hauchdünnen pikanten Mandelkeks gelungen verbunden. Alle Gerichte sind präzise gegart und hübsch angerichtet. Ein wenig mehr Fruchtsäure im Apfelragout hätte Jakobsmuscheln und Schweinebauchwürfelchen allerdings gut getan. Über dem pochierten Loup de Mer schwebt kaum wahrnehmbar Kokosschaum, den nussiges Auberginenmus und eine üppige Safransauce übertrumpfen. Der Service ist dezent. Aparte italienische Weinkarte.

**Döpfner's**

OT Sachsenhausen, im Hotel Maingau
Schifferstr. 38-40,
PLZ 60594 ■ d 4, S. 133
Tel. 069/60 91 42 01
www.doepfners.de
Sa mittag, So abend, Mo geschl.
Hauptgerichte € 10-32
Chefkoch: Jörg Döpfner
AmEx DINERS EC MASTER VISA

Die Familie Döpfner führt das unauffällige Hotel in Sachsenhausen seit über 60 Jahren, ihr Restaurant gehört zu Frankfurts verlässlichen Restaurantadressen. Mit drei Menüs und einer umfangreichen Karte hebt die Küche nun ins internationale *fine dining* ab. Beim Gänseleberduett kommen Mispelküchlein und Maikraut zum Einsatz, und gebratener Schwertfisch auf Blumenkohlpüree kommt mit Pulpo-Kartoffel-Gröstl auf den Teller. Gut gelingen auch Deftigkeiten wie das Kalbskotelett mit Brezelkruste, Blutwurstspätzle und Senfspitzkohl. Gute Weinauswahl, Miniterrasse auf dem Gehweg.

**Erno's Bistro**

OT Westend, Liebigstr. 15
PLZ 60323 ■ b 1, S. 132
Tel. 069/72 19 97
www.ernosbistro.de
Sa, So geschl.
Hauptgerichte € 35-52
Chefkoch: Valéry Mathis
AmEx EC MASTER VISA

Die schmucke Edelkneipe im feinen Westend hat 2014 schon 40 Jahre auf dem Buckel, und Patron Eric Huber und Küchenchef Valéry Mathis bilden seit fast 20 Jahren in Frankfurt die Spitze der *cuisine française* mit einem Schuss Mittelmeer. Ein Meister wie Mathis komponiert aus Artischocken-Spinat-Salat mit Gnocchi, Parmesan und Oliven ein so überzeugendes vegetarisches Gericht, dass selbst Freunde des Rindertatars mit Frankfurter Grüner Sauce, pochiertem Ei und Kartoffelschaum wankelmütig werden. Die Bouillabaisse mit Fenchel, Paprikaconfit, Kartoffeln und Pastis-Safran-Jus ist perfekt abgerundet. Lammfuß, Kutteln und Zunge werden nach einem alten Marseiller Rezept in einem Paket mit Karotten und Tomaten geschmort. Im Weinkeller lagern über 600 Sorten, ausschließlich aus Frankreich. Terrasse.

**Français**

Innenstadt, im Hotel Steigenberger
Frankfurter Hof, Am Kaiserplatz 1
PLZ 60311 ■ c 3, S. 132
Tel. 069/215 83 24
www.restaurant-francais.de
Sa, So geschl.
Hauptgerichte € 38-46
Chefkoch: Patrick Bittner
AmEx DINERS EC MASTER VISA

Patrick Bittner, der Meister des Purismus auf höchstem Niveau, steht unangefochten an der Spitze der Frankfurter Top-Gastronomie. Während man anderswo immer wieder mal die Anstrengung zu spüren meint, mit der eine Komposition zubereitet wurde, genießt der Gast in den zeitlos-eleganten Räumen Aromenlandschaften, die scheinbar spielerisch zusammengefügt sind: bei der Felsenrotbarbe mit Romanasalat, Sardine und Zwiebel, bei Gänseleber, Tamarillo, Quark und Pumpernickel, bei Kalbsherzbries mit Apfel, Rettich und Vanille. Die Klarheit der Gerichte beweist: Die wahre Kunst liegt im Weglassen. Hervorragendes Weinangebot, um die 500 Sorten, vornehmlich aus Deutschland und Frankreich, unterhaltsam präsentiert vom Sommelier Franck Mouzon. Auch die übrigen Mitarbeiter im Service sind kenntnisreich und dabei wohltuend locker am Werk.

**Goldman Restaurant**

OT Ostend, im Hotel Goldman 25hours
Hanauer Landstr. 127
PLZ 60314 östlich ■ f 2, S. 133
Tel. 069/40 58 68 98 06
www.goldman-restaurant.com
Sa mittag, So geschl.
Hauptgerichte € 18-32
Chefköche: Thomas Haus, Sebastian Ziese
AmEx EC MASTER VISA

Ein bisschen Schiffskajüte, ein bisschen Designschick, blanke Holztische – der bunte Stilmix schafft jene bewusst lässige Atmosphäre, die im kreativen Frankfurter Ostend geschätzt wird. Business und Vergnügen sind hier oft eins. Dank Thomas Haus' neuer deutscher Küche sinkt der Spaßfaktor auch beim Essen nicht. Manches klingt verwegen, und doch harmonieren die Zutaten meist wie beim *gâteau* von Ziegenkäse und Wildgarnele mit Pernod, grünem Spargel und Kerbelvinaigrette. Selbst schlichtes Kichererbsenmus mit Papadam und Ricotta wird durch Tomaten-Mango-Salsa raffiniert. Auch Schweinebauch aus dem Ofen darf bei Haus und seinem Team nicht fehlen, hier in Begleitung eines Seeteufelfilets mit Fenchel, Safran und *peperonata*. Weinkarte mit Schwerpunkt Riesling (aus aller Welt).

**Heimat**

Innenstadt, Berliner Str. 70
PLZ 60311 ■ c 3, S. 132
Tel. 069/29 72 59 94
www.heimat-restaurant.de
nur Abendessen
Hauptgerichte € 25-33
Chefkoch: Gregor Nowak
AmEx EC MASTER VISA

Ein denkmalgeschützter 50er-Jahre-Glaspavillon unweit der Paulskirche ist die Heimat von Frankfurts kleinster Gourmetküche

**„Heimat": offene Küche mit Tresen**

(etwa zwei Quadratmeter). Wer an der Theke Platz nimmt, kann Gregor Nowak und seinen Kollegen zusehen, wie Calamaretti mit cremigem Erbsenrisotto entstehen oder eine Gemüselandschaft um ein bestens gebratenes Rinderfilet mit Hummus garniert wird. Gelindes Durcheinander herrscht im tiefen Teller, wenn sich Poulardenbrust, grüner Spargel, Frühlingszwiebeln, Champignons und rote Zwiebeln mischen, aber es schmeckt. Originelle Abwandlung eines Klassikers ist der Zander mit krossem Sauerkraut-Flammkuchen und Kräutersalat. Immer wieder gut sind die kalten Teller mit Schinken, Würsten, Käse und Brot vom Besten. Die individuelle Handschrift setzt sich bei der Weinkarte fort, die Oliver Donnecker mit Umsicht und Kenntnis zusammenstellt.

NEU **Holbein's**

OT Sachsenhausen, im Städel-Museum
Holbeinstr. 1, PLZ 60596 ■ c 4, S. 132
Tel. 069/66 05 66 66
www.meyer-frankfurt.de
Mo mittag geschl.
Hauptgerichte € 16-38
Chefkoch: Mario Lohninger
AmEx EC MASTER VISA

Frankfurts Szene-Darling Mario Lohninger bringt frischen Wind ins schicke Restaurant des Städel-Museums. Hier serviert er seine polyglotte Weltküche, etwa Spargelsalat, der mit japanischer Pflaume, Tofucreme und Wildkräutern zum aparten veganen Genuss wird. Alles einen Tick anders, doch nie zu exotisch ungewohnt. So gibt's zum Prime Beef Zwiebelmarmelade, Blattspinat, Kartoffelstampf und Béarnaise, zum Maibock grünes Tomatenchutney, Portobello-Pilz und Holunderbeeren. Beim geschmorten Kalbstafelspitz blitzt mit Vanille-Navetten und Zweigelt-Sauce Lohningers österreichische Heimat durch. Für hervorragende Freistil-Sushi steht Hirofumi Kawano, Frankfurts ungekrönter König von Sashimi, Sushi und Kreativ-*rolls*. Die Weinkarte ist international mit dem Schwerpunkt auf Deutschland, der Service ist wechselhaft. Große Terrasse.

### NEU Lafleur FFFF○

OT Bockenheim, Palmengartenstr. 11
PLZ 60325 ■ a 1, S. 132
Tel. 069/90 02 91 00
www.palmengarten-gastronomie.de
Sa mittag, So-Di geschl.
Hauptgerichte € 46-58
Chefkoch: Alfred Friedrich
AmEx DINERS EC

Auf der Beletage des sanierten Gesellschaftshauses im Palmengarten hat sich die Crew um Alfred Friedrich und Serviceleiter Miguel Martin bestens eingelebt. Der souveräne Altmeister unter Frankfurts Spitzenköchen, hat seine Wurzeln in der französischen Küche, die er mit Elementen seiner österreichischen Heimat ergänzt. Mittags stehen drei Menüs zur Wahl, abends bietet Friedrich die große Kür. Seine „Neuinterpretation" von Vitello tonnato mit Bottarga hat das Zeug zum Klassiker, wie auch ein Salat von der Vendée-Taube mit Entenleber-Omelett, Frühlingslauch und Wildkräutern. Land und Meer eint Friedrich mit Seeteufel, Ochsenschwanz, La-Ratte-Kartoffeln und dezenten Bärlaucharomen. Mehr Aromen der Welt umgeben den Rücken vom Eifeler Reh mit Mispeln, Waldmeister und dem süßen Hauch von Amarettini. Die Weinkarte umfasst rund 1000 Positionen, das Namen gebende Château Lafleur ist ab Jahrgang 1982 lückenlos vertreten.

### Lohninger FFF○○

OT Sachsenhausen, Schweizer Str. 1
PLZ 60594 ■ c 4, S. 132
Tel. 069/247 55 78 60
www.lohninger-restaurant.net
So geschl., Hauptgerichte € 19-49
Chefköche: Paul Lohninger, Dirk Schommer
AmEx EC MASTER VISA

Der Name Lohninger steht in Sachsenhausen für gehobene österreichische Gaumenkitzel. Im schmucken Ecklokal am Main sorgt Vater Paul mit dafür, dass Schlutzkrapfen, Ochsenbackerl-Gulasch mit Topfenspätzle, das krosse Wiener Schnitzel mit Kipferlsalat, Sashimi und Gänseleber, die

„Lohninger": Patron Mario Lohninger bürgt für Qualität, Vater Paul steht am Herd

F

unverkennbare Handschrift tragen. Die fabelhaften Mehlspeisen, allen voran der Kaiserschmarren, werden mit glutenfreiem Mehl gebacken. Businesslunch, netter Service, tolle österreichische Weine.

**Main Tower** FF○○○
Innenstadt, Neue Mainzer Str. 52-58
PLZ 60311 ■ b 2/3, S. 132
Tel. 069/36 50 47 77
www.maintower-restaurant.de
Sa mittag, So, Mo geschl.
Hauptgerichte € 18-35
Chefkoch: Sven Rein
AmEx EC MASTER VISA

Im höchsten Restaurant (in 200 Meter Höhe) wetteifert die schöne Aussicht mit den Menüs um die Aufmerksamkeit der Gäste. Dabei gewinnt nicht immer das Essen. Gänseleberparfait mit Feige und Fasanenbrust folgt Landuro-Schwein (Kreuzung aus Duroc und deutschem Edellandschwein) mit Petersilienwurzel, Kümmel und Apfel. Den gegrillten Oktopus mit Chorizo begleiten Zitrone und Sellerie. Günstiges Lunchmenü. Übersichtliche Weinkarte, Lounge mit Verzehrzwang (mindestens 25 Euro). Sicherheitskontrolle vor der Auffahrt mit dem Lift.

NEU **Mon Amie Maxi** FF○○○
OT Westend, Bockenheimer Landstr. 31
PLZ 60325 ■ b 2, S. 132
Tel. 069/71 40 21 21
www.mook-group.de
Sa mittag, So geschl.
Hauptgerichte € 13-60
Chefkoch: Alexander Roisch
AmEx DINERS EC MASTER VISA

Brasserie in bester Westendlage, in der Küchenchef Alexander Roisch, der lange bei Hans Haas im Münchener „Tantris" kochte, nicht mit Butter und Sahne spart: Köstlich war die Dijonsenfsauce zu Kalbsnieren. Inzwischen seltene Gerichte wie Bries, *boudin noir* oder mit Senf und Zwiebeln gratiniertes Knochenmark gibt's hier noch immer. Auf der Meeresfrüchtetheke liegen Hummer, Taschenkrebse, Muscheln, Garnelen und Austern für das *plateau de fruits de mer.* Die Enten vom Molteni-Grill sind Klassiker. Die hauseigene Patisserie backt flaumige Brioches, Macarons und Tartes. Im Weinschrank lagern rund 400 Weine, zu wenig zimperlichen Preisen. Raucherlounge, Valet Parking.

**Opéra** *
Innenstadt, in der Alten Oper, Opernplatz 1
PLZ 60313 ■ b 2, S. 132
Tel. 069/134 02 15
www.opera-restauration.de
kein Ruhetag, Hauptgerichte € 21-32
Chefkoch: Marcus Geist
AmEx EC MASTER VISA

**„Opéra": Klassiker der Bistroküche**

Frankfurts schönstes Restaurant in der Beletage der Alten Oper ist wieder auf Kurs. Hier sitzt die Geschäftswelt und bestellt Klassiker der Bistroküche oder mit lockerer Kräuterfarce gefüllte Calamaretti mit feinem Kerbelrisotto und fruchtig-pikanter Tomatenmarmelade. Betreiber Gerd Käfer ist Namensgeber für einige Gerichte, etwa Pasta mit Trüffelspänen, ein Gericht, bei dem wenig schiefgehen kann. Liebenswürdiger Service, den Konstantina Dagianta als Käfers Statthalterin im Opernhaus charmant im Griff hat. Internationale Weinauswahl, Terrasse mit Blick auf die Hochhäuser der City.

**Roomers** FF○○○
OT Gutleut-Viertel, Gutleutstr. 85
PLZ 60329 ■ b 4, S. 132
Tel. 069/271 34 20
www.roomers.eu

Sa mittag, So mittag geschl.
Hauptgerichte € 16-38
Chefkoch: Jörg Ludwig
AmEx DINERS EC MASTER VISA

Im schwarz-goldenen Restaurant des Designhotels gleichen Namens speist die Szene gehobene Weltküche. Businessklientel, Ausgehfreudige und Gourmets sitzen an den glänzenden schwarzen Tischen und lassen sich dreierlei Austern, *pimientos de Padrón* oder Fish & Chips vom Biolachs mit Malzessig und Erbsen schmecken. Steinbutt wird im Ganzen für zwei und mehr Personen zubereitet. Außerdem im Angebot sind Steaks vom Simmentaler oder Black-Angus-Rind oder US Beef sowie Backhendl „*spicy & crispy*". Der Service ist flott, auf der Terrasse sitzt man unter schwarzen Schirmen.

### Sushimoto

Innenstadt, im The Westin Grand Hotel
Konrad-Adenauer-Str. 7
PLZ 60313 ■ d 2, S. 133
Tel. 069/131 00 57
www.sushimoto.eu
So mittag, Mo geschl.
Hauptgerichte € 20-74
Chefkoch: Mitsunori Sakamoto
AmEx DINERS MASTER VISA

Frankfurts beste Sushi-Adresse läuft und läuft und läuft. Seit einem Vierteljahrhundert beglückt Inhaber Mitsunori Sakamoto seine Gäste mit Sushi, Sashimi und *teppanyaki* vom Feinsten. Beste Rohstoffe, souveränes Handwerk und konstante Qualität gehören ebenso dazu wie das japanisch-schlichte Snackbar-Ambiente und der fast ausschließlich japanischsprachige Service.

### The Ivory Club

OT Westend, Taunusanlage 15
PLZ 60325 ■ b 2, S. 132
Tel. 069/77 06 77 67
www.mook-group.de
Sa mittag, So mittag geschl.
Hauptgerichte € 24-50
Chefkoch: Karam Jit
AmEx DINERS EC MASTER VISA

Bei Dämmerlicht in britisch-kolonialem Ambiente sitzen Banker, Broker und Börsianer zwischen asiatischen Antiquitäten, Bildern und Statuen. Indische Küche hoher Qualität ist das Thema: diverse Currys – das *vindaloo* ist extrem scharf –, auch Schnecken-Garam-Masala und Garnelen aus dem Tandoori-Ofen. Milder fällt das *beef josh* aus, ein indisches Rindergulasch in pikantem Kashmiri-Josh-Curry. Zum Papadam-Brot aus dem Ofen werden hausgemachte Dips serviert, die auch den

**„The Ivory Club": Currys auf hohem Niveau im Ambiente mit britischem Kolonialstil**

F

*mixed grill* mit butterzarter Tandoori-Hühnerbrust, saftigen Lachs vom Rost und Riesenscampo begleiten. Die Portionen sind groß, die Preise auf der Weinkarte mit bekannten Namen hoch. Der Service darf sich steigern. Raucherraum, Bar, Valet Parking.

**Tiger**
**Gourmetrestaurant** FFF○○
Innenstadt, im Tigerpalast
Heiligkreuzgasse 16-20
PLZ 60313 ■ e 2, S. 133
Tel. 069/920 02 20
www.tigerpalast.de
nur Abendessen, So, Mo geschl.
Hauptgerichte € 46-54
Chefkoch: Andreas Krolik
AmEx DINERS EC MASTER VISA

Seit Andreas Krolik (vormals „Brenners Park-Restaurant", Baden-Baden) im Tiefparterre des Varietés kocht, wurde tüchtig aufgerüstet. Krolik ist ein Verfechter der klassischen Küche, die er in drei Menüs – Fisch, vegetarisch, klassisch – präsentiert. Kunstvoll geht er bei seinen Kreationen zu Werke, schießt aber zuweilen mit zu vielen Details über das Ziel hinaus. Die marinierte Biogänseleber richtet er als Törtchen mit Tupfen von Ziegenfrischkäse, süßlichem Gemüseschaum, Kräutergelee und Anchovis-Gänseleber-Eis an. Ingwer-Limetten-Marinade und *spicy* Curry-Eis führen roh marinierte Gelbschwanzmakrele *(hamachi)* und Taschenkrebssalat harmonisch zusammen. Auch der Seesaibling mit Senfgurken in Algenbutter bewies Klasse. Beim butterzarten Prime Rib, das in Niedrigtemperatur ohne Kruste und Röstaromen rosa gegart war, dominieren getrüffelter Ochsenschwanzsud, geschmorter Sellerie und Ochsenbackenragout das Aroma. Fulminante Weinkarte, der Service empfiehlt Top-Weine glasweise (zu Top-Preisen). Das Team arbeitet entspannt und umsichtig.

**Villa Merton** FFF○○
OT Bockenheim, im Union International Club, Am Leonhardsbrunn 12
PLZ 60487 nordwestlich ■ a 1, S. 132
Tel. 069/70 30 33
www.villa-merton.de
Sa, So geschl., Hauptgerichte € 37-39
Chefkoch: Matthias Schmidt
AmEx EC MASTER VISA

Wer im stuckverzierten Restaurant des noblen Union Club Platz nimmt, lässt sich auf ein kulinarisches Abenteuer ein. Matthias Schmidt hat sich einer aufwendigen, naturnahen Küche verschrieben, deren Zutaten oft roh oder nur leicht gegart auf den Tisch kommen. Die Schnecken haben einen aparten Rauchton, den eine Blumenkohlvariation (Püree, bissfest gegarter Strunk, roh, geräuchert, getrocknet) aufgreift und ein dezent süßlicher Lindenblütensud abrundet. Aus dem Repertoire der Schmidt-Klassiker stammt die Petersilienwurzel. Sie ist wie ein kleiner Urwald angerichtet, dazu Saiblingskaviar, Gundermann, gestockte Ziegenmilch und eine kalte Petersilienpüreesauce – geschmacklich überzeugend, die Wurzeln mit leichtem Biss. Sehr gut auch die Lammscheibchen, mit weißen Radieschen geschmort, als Püree und roh, mit allerlei Kräutern, Hopfensprossen und Lammfond. Klassischer Service und eine Weinkarte von Format. Schöne Terrasse.

NEU **Weinsinn** FF○○○
OT Westend, Fürstenbergerstr. 179
PLZ 60322 nördlich ■ b 1, S. 132
Tel. 069/56 99 80 80
www.weinsinn-frankfurt.de
nur Abendessen, So, Mo geschl.
Hauptgerichte € 28-33
Chefkoch: André Rickert
EC MASTER VISA

Das mit Designermöbeln eingerichtete Ecklokal wird immer besser, dank André Rickert, der bei Thomas Bühner und Juan Amador gearbeitet hat. Er setzt wohldosierte Akzente, arbeitet Aromen sorgfältig heraus und schafft eigenwillige Kreationen. Unangestrengt kombiniert er schottisches Lamm mit Erbsen, Curry und Kokosnuss oder serviert bretonische Scholle zum Gemüse-*cassoulet* mit wunderbarer Zitronenhollandaise. Die Weinkarte listet 250 Positionen, Schwerpunkt gehobene deutsche Weine. Der Service ist freundlich, der Geräuschpegel hoch.

**Zarges** FF○○○
Innenstadt, Kalbächer Gasse 10
PLZ 60313 ■ c 2, S. 132
Tel. 069/29 90 30
www.zarges-frankfurt.com
So geschl., Hauptgerichte € 15-48
Chefkoch: Girolamo Falco
AmEx EC MASTER VISA
Es lebe die Klassik. Im üppigen Dekor mit rotem Plüsch, Lüstern, Spiegeln und Ölgemälden trifft sich in bester Fressgass'-Lage die Geschäftswelt im dezenten Schummerlicht zu klassisch-französischen, modernen und leichten Gerichten, die man immer wieder gern isst: etwa den Garnelencocktail aus dicken, saftigen Meerestieren mit Meerrettich-Cocktailsauce. Oder Weinbergschnecken mit Wildkräuterbutter, Gänseleber mit Mangochutney, Tatar, Seezungenfilets vom Grill, Wiener Schnitzel, Steaks oder Cheeseburger – „Zarges" macht die meisten Gäste glücklich. Gepflegte Weinauswahl, günstige Mittagsgerichte, feine hausgemachte Patisserie, gelegentlich schusseliger Service. Separate Raucherlounge.

**Zenzakan –**
**Pan Asian Supper Club** FF○○○
OT Westend, Taunusanlage 15
PLZ 60325 ■ b 2, S. 132
Tel. 069/97 08 69 08
www.mook-group.de
nur Abendessen,
So geschl.
Hauptgerichte € 24-75
Chefkoch: Sebastian Roisch
AmEx DINERS EC MASTER VISA
Ein Großrestaurant, wie es auch in London oder New York problemlos reüssieren könnte, mit einem Mix aus Lounge, Bar, Restaurant und Nebenräumen (für Veranstaltungen) liegen im Dämmerlicht. Beleuchtet werden Buddhaköpfe, Terrakotta-Krieger, Drachenfiguren und Löwenstatuen. Kulinarisch geht es durch Südostasiens Küchen, wobei die fabelhaften Freistil-Sushi von Meister Itsunori Saito längst Kultstatus genießen. Alle Gerichte tragen neckische Namen, hinter „Krispy Killer Kones" verbergen sich vier Rindertatar-Variationen mit Miso-Chili, japanischem Senf, Trüffel und Ingwerstroh. Neueste Kreation ist das Sirloin-Steak vom Robata-Holzkohlegrill mit in Miso-Wacholder marinierter Zunge, dazu Birne und Bohnen. Verlässliche Klassiker: bei Niedrigtemperatur gegarte Ochsenrippe in Teriyaki-Gänseleber-Sauce und Kabeljau unter der Pfefferkruste mit Miso, Spinat und Shiitakepilzen. Der Service ist wechselhaft. „Geisha-Room" für zwei Personen.

**„Zenzakan": ein urbaner Mix aus Restaurant, Lounge und Bar mit vielen Asia-Insignien**

# SZENELOKALE FRANKFURT

**Biancalani Cucina** FF○○○
OT Sachsenhausen, Walther-von-Cronberg-Platz 7, PLZ 60594 ■ e 4, S. 133
Tel. 069/68 97 76 15
www.biancalani.de
So mittag geschl.
Hauptgerichte € 9-28
Chefkoch: Christoph Kubenz
AmEx EC MASTER VISA

Mediterran-klassische Küche in Sachsenhausens schickem Szenelokal. Gebeizte Sardinenfilets mit Birnenmus und Speckchip sind eine aparte Vorspeise, den Entenleberravioli verleihen süße Amarettini einen dezenten Zimt- und Karamellton. Der sämige Risotto mit Spitzmorcheln und jungem Spinat, der roh unter den Risotto gemischt ist, macht vegetarische Gerichte auch für Fleischesser schmackhaft. Akustik und Beschallung sind reichlich laut. Weinkarte mit Schwerpunkt Italien. Sehr schön ist die Terrasse unter Arkaden mit uralten Olivenbäumen.

**Emma Metzler** FFF○○
OT Sachsenhausen, im Museum Angewandte Kunst, Schaumainkai 17
PLZ 60594 ■ c 4, S. 132
Tel. 069/61 99 59 06
www.emma-metzler.com
So abend, Mo geschl.
Hauptgerichte € 27-32
Chefkoch: Uwe Weber
AmEx EC MASTER VISA

Im minimal-schick gestalteten Museumsrestaurant hat die neue deutsche Küche Verve und Kreativität. Kabeljau kommt im Noriblatt, das für Biss und Meeresaroma sorgt, mit knusprigem Tramezzinimantel, dazu Auberginen-Knoblauch-Püree: ein Vergnügen. Zur Taubenbrust gibt's grasgrünes, dezent süßliches Erbsenpüree, körnigen Dinkelrisotto und eine gelbe, schmeichelnde Lavendelsabayon. Sehr gut auch der gebeizte und lauwarm servierte Steinbutt auf gelben Linsen mit deutlichem Essigton, der mit Pata-negra-Schinken und Estragonsauce bestens harmoniert. Ambitionierte Weinkarte mit Schwerpunkt Deutschland. Schöne Terrasse.

NEU **Frankfurter Botschaft** *
OT Westhafen, Westhafenplatz 6-8
PLZ 60327 ■ a 5, S. 132
Tel. 069/24 00 48 99
www.frankfurter-botschaft.de
Sa mittag geschl., Hauptgerichte € 15-32
Chefkoch: Oliver Krieger
AmEx DINERS EC MASTER VISA

„Biancalani Cucina": Sachsenhausener Szenelokal. „Emma Metzler": Hochgenüsse im Museum

Schöner und schicker als in diesem Glasbau kann man am Yachthafen nicht sitzen. Die ambitionierte Küche benötigt noch Feintuning. Die Röstaromen von gegrillter Melone und Bauernbrot gaben gekochtem Pulpo mit Minze Schwung und Elan. Reverenz an Frankfurt sind die mit Handkäs gefüllten *agnolotti*, bei denen Kümmel und Zwiebel dezent durchschmecken. Zum Neuseelandlamm gibt's Couscous und Ratatouille. Überschaubare Weinkarte. Freundlicher Service, Terrasse und eine Strandlounge.

**Main Nizza**

Innenstadt, Untermainkai 17
PLZ 60329 ■ c 4, S. 132
Tel. 069/29 92 07 50
www.mainnizza.de
kein Ruhetag, Hauptgerichte € 17-30
Chefkoch: Olaf Berkhausen
AmEx MASTER VISA

Im Glashaus am Nizza genannten Mainufer hält die gute Regionalküche auch bei Ansturm das Niveau. Neben Handkäs-Tatar, „Himmel und Erde", Rücken vom Eifler Ur-Lamm mit Senfkruste und Rotweinsauce gibt es auch Steinbutt mit Kräuterschaum und Fenchelrisotto. Ordentliche Weinkarte, große Terrasse zum Main.

**Medici**

Innenstadt, Weißadlergasse 2
PLZ 60311 ■ c 3, S. 132
Tel. 069/21 99 07 94
www.restaurantmedici.de
So geschl., Hauptgerichte € 23-29
Chefköche: Christos Simiakos, Stamatios Simiakos
AmEx EC MASTER VISA

Bei der modernen europäischen Küche stehen Bistro- und anspruchsvolle Gerichte gleichberechtigt nebeneinander. Etwa Dreierlei von der Gänsestopfleber mit schwarzen Nüssen und Granny-Smith-Apfelkompott oder luftig-leichte Curry-Kokos-Suppe mit Shrimps und Koriander sowie Hirschrücken mit Aprikosen-Spitzkohl und Selleriepüree. Wachsende Weinkarte mit 30 offenen, darunter Süffiges aus der eigenen Weinselektion. Durchgehend warme Küche.

**Next Level**

OT Westend-Süd, in der Kameha Suite
Taunusanlage 20
PLZ 60325 ■ b 2, S. 132
Tel. 069/480 03 70
www.kamehasuite.com
Sa mittag, So geschl.
Hauptgerichte € 22-28
Chefkoch: Martin Szczepanczyk
AmEx DINERS EC MASTER VISA

Lässig-entspannte Küche in der imposanten Villa: etwa Steinbutt auf Selleriepüree mit Sahnesauce und einem Hauch Kaffeearoma. Kokosmilch zu Ibérico-Schwein auf Yamspüree schmeckt dank Zitronengras dezent exotisch. Höhepunkt: Rochenflügel mit Mango und Gurke. Die internationale Weinkarte bietet einige Rothschild-Raritäten. Aufmerksamer Service, Terrasse zum Hof.

**„Main Nizza": Regionales im Glashaus am Main, „Next Level": schicke Villa am Opernplatz**

Frankfurt/
Main
a
b
c
1
2
3
4
5
Lafleur
Villa Merton
Weinsinn
Friedrichstr.
Myliusstr.
Wiesenau
Freiherr-v.-Stein-Str.
Liebigstr.
Synagoge
Unterlindau
Oberlindau
Grüneburgweg
Leerbachstr.
Körner-
wiese
Eschersheimer Landstraße
Fichardstr.
Finkenhofstr.
Grüneburgweg
Eppsteiner Str.
Kronberger Str.
Hochschule
für Musik
Erno's Bistro
Staufenstr.
Gärtnerweg
Bockenheimer Landstr.
Westend
Wöhlerstr.
Rothschild-
park
Reuterweg
Eschenheimer
Tor
Oeder Weg
Corneliusstr.
Arndtstr.
Lindenstr.
Landes-
arbeitsamt
Liebigstr.
Bockenheimer
Anlage
Kettenhofweg
Mon Amie Maxi
Alte Oper
Opéra
Hochstr.
Taubenstr.
Eschenheimer Str.
Alte Oper
Westend
Ulmenstr.
The Ivory Club
Rothschildscher
Pferdestall
Next Level
Zarges
Guiollettstr.
Zenzakan
Goethestr.
Börsenstr.
Katharinen-
kirche
Westendstr.
Feuerbachstr.
Kettenhofweg
Rüsterstr.
Klüberstr.
Taunus-
anlage
Neue Mainzer Str.
Junghofstr.
Taunusanlage
Main
Tower
Goethe-
Platz
Roßmarkt
Kl. Hirschgr.
Kornm.
Heima
Bettinastr.
Erlenstr.
Mainzer Landstraße
Niddastr.
Gr. Gallusstr.
Kaiserstr.
Fr.-Ebert-Anlage
Français
Rath
Ludwigstr.
Elbestr.
Taunusstraße
Gallusanlage
Münzgasse
Karlstr.
Moselstr.
Weserstr.
Karmeliterkloster,
Museum für Vor-
und Frühgeschichte
Alte
Mainzer Gasse
Kaiserstr.
Kammerspiele, Oper,
Schauspielhaus
Untermainkai
Nidda-
str.
Otto-
str.
Poststr.
Poststr.
Jüdisches
Museum
Münchener Str.
DB
Hauptbahnhof
Gutleutstraße
Main Nizza
Untermain-
brücke
Emma Metz
Baseler Str.
Wilhelm-Leuschner-Str.
Deutsches
Filmmuseum
Schaumainkai
Völ
Lohnin
Karlsruher Str.
Roomers
Deutsches Architektur-
museum
Mannheimer Str.
Stuttgarter Str.
Untermainkai
Bundespostmuseum
Schweizer Str.
Metzl
Main
Städelsches
Kunstinstitut
Dürerstr.
Städelstr.
Holbeinstr.
Holbein's
Speicherstr.
Friedensbrücke
Museumsufer
Schaumainkai
Liebighaus,
Museum für
alte Plastik
Otto-
Hahn-
Platz
Gartenstr.
Schneckenhofstr.
Frankfurter
Botschaft
Steinlestr.
Gartenstr.
Passavantstr.
Schwanthaler
Str.
Kennedyallee
Holbeinstr.
Textor-
Oppenheimer
Thorwaldsenstr.
Burnitzstr.
Carmelo Greco
0
300 m
N
© MERIAN-Kartographie

d
e
f
1
2
3
4
5
Nordend
Höhenstr.
Habsburgerallee
Ingolstädter Str.
Wingertstr.
Sandweg
Waldschmidtstr.
Wittelsbacherallee
Mousonturm
Mousonstr.
Merianplatz
Berger Straße
Musikantenweg
Luisenstr.
Merianstr.
Berger Str.
Eiskenbachstr.
Baumweg
Bäckerweg
Mauerweg
Friedberger Landstr.
Scheffelstr.
Musterschule
Hebelstr.
Bad Homburg
Humboldt-str.
Eckenheimer Landstr.
Anlage
Von-Bethmann-Park
Seilerstr.
Vilbeler Str.
K.-Adenauer-Str.
Friedberger Anlage
Fritz-Rémond-Theater
Thüringer Str.
Alfred-Brehm-Pl.
Zoo
Goldman Restaurant
Ostbahnhof
Am Tiergarten
Röderbergweg
Sushimoto
Tiger Gourmetrestaurant
Heiligkreuzgasse
Konstablerwache
Zeil
Albusstr.
Allerheiligenstr.
Allerheiligentor
Lange Str.
Grünestr.
Hölderlinstr.
Hanauer Landstr.
Brönnerstr.
Schäferg.
Gr. Friedberger Str.
Fahrgasse
Töngesgasse
Hasengasse
Stoltze-Museum
Museum f. mod. Kunst
Battonnstr.
Kurt-Schumacher-Str.
Domstr.
Dom
Weckmarkt
Rechneigrabenstr.
Fischerfeldstr.
Obermainanl.
Uhlandstr.
Obermainstr.
Ostendstraße
Rückertstr.
Windeckstr.
Howaldtstr.
Sonnemannstr.
Großmarkthalle
Schirn Kunsthalle
Historisches Museum
Mainkai
Schöne Aussicht
Portikus Kunsthalle
Oskar-v.-Miller-Str.
Eckhardtstr.
Main
Alte Mainbrücke
Obermainbrücke
Neue Flößerbrücke
Museumsufer
Ikonen-Museum
Sachsenhäuser Ufer
Deutschherrnufer
Gr. Rittergasse
Deutschorden-Kirche
Biancalani Cucina
Elisabethenstr.
W.-Kolb-Str.
Dreieichstr.
Seehofstr.
Gerbermühlstr.
Zum Gipelhof
Döpfner's
Brückenstr.
Schifferstr.
Affentorpl.
Willemerstr.
Strahlenberger Weg
Stegstraße
Laubestr.
Gutzkowstr.
Darmstädter Landstr.
Heisterstr.
Mühlbruchstr.
Siemensstr.
Textorstr.
Brückenstr.
Offenbacher Landstr.
Auf d. Mühlberg
Heddderichstraße
Sachsenhausen
Südbahnhof
DB
Mörfelder Landstr.
Grethenweg
Hühnerweg
Hainerweg
Wendelsweg
Henninger Turm
Sehenswürdigkeit, öffentl. Gebäude
Kirche
Synagoge
Information
Parkmöglichkeit
Essen und Trinken
Museum
Theater
Zoo
U-Bahn
S-Bahn
Bahnhof

F

## Frasdorf ■ C 59, S. 352

**Karner's Restaurant** FF○○○
OT Westerndorf, Nußbaumstr. 6, PLZ 83112
Tel. 08052/179 70
www.karneronline.de
kein Ruhetag, Hauptgerichte € 19-32
Chefkoch: Marco Recknagel
AmEx EC MASTER VISA
Hübscher Landgasthof mit uriger Stube und lauschigem Garten. Das regionale Repertoire wird nicht selten durch mediterrane Varianten ergänzt: Semmelknödel kommt als Carpaccio mit Zwiebelringen auf den Tisch, Rotbarbe wird mit Calamaretti und Paprika serviert. Schlichter ist das Forellenfilet in Buttersauce, schmackhaft sind auch die Kalbfleischpflanzerl in Trüffelsauce.

## Freiamt ■ B 48, S. 350

**Zur Krone** FF○○○
OT Mußbach, PLZ 79348
Tel. 07645/227
www.krone-freiamt.de
außer Sa, So nur Abendessen, Mi geschl.
Hauptgerichte € 15-26
Chefkoch: Manfred Kern
EC
Verlässliche Kontinuität im angenehmen Gasthaus in wunderschöner Umgebung: Manfred Kern pflegt hier bereits seit 1994 seine badische Küche. Warmer Kalbskopf „nach Art des Hauses" mit Bauernbrot oder klare Fischsuppe mit Knoblauchtoast sind geschmackvolle Beispiele. Ein kulinarischer Ausflug nach Frankreich ist der gebratene Steinbutt in Beurre blanc. Spätzle vom Brett passen zum Kalbsrückensteak in duftender Morchelrahmsauce.

## Freiburg ■ B 49, S. 350

**Basho-An** FFF○○
Innenstadt, Merian Str. 10
PLZ 79098
Tel. 0761/285 34 05
www.bashoan.com
So mittag, Mo geschl.
Hauptgerichte € 12-28
Chefköche: Yuichi Kusakabe, Yasunori Ikeda
AmEx DINERS EC MASTER VISA
Der Japaner ist in der Unistadt umgezogen, die Küche ist ihrer traditionellen Linie mit Sushi, Tempura und Tofugerichten treu geblieben. Licht ist's im neuen Restaurant. Ein guter Auftakt ist „Zensai", die kleine Sushi-Platte. Oder man probiert vorweg die weiße Miso-Suppe mit Meerbrasse. Originell ist die gekochte Entenkeule mit Spargel in einer japanischen Sauce hollandaise (mit Miso). Gute Tees, sehr kleine Weinauswahl.

**„Basho-An": lichtes Ambiente am neuen Standort, die japanische Küche bleibt sehr gut**

**Chezfine** FF○○○
OT Oberau, Kartäuserstr. 54-56, PLZ 79102
Tel. 0761/38 84 59 88
www.chezfine.de
nur Abendessen, Mo, Di geschl.
Hauptgerichte € 15-28
Chefkoch: Philip Klingel
EC MASTER VISA
Regionale Produkte der Saison, anderes kommt bei Gastgeberin Josefine Jegal in ihrem netten Gasthaus nicht in Töpfe und Pfannen. Frisches Gemüse steht im Mittelpunkt, wenn der Spargelsalat eine aparte mediterrane Note bekommt und man beim gefüllten Kohlrabi mit Mangold und Perlgraupen überlegen muss, ob der optionale Kalbsrücken dazu überhaupt sein muss. Immer gut: der badische Kartoffelsalat. Nur zehn Weine zur Auswahl.

**Drexlers** FF○○○
Innenstadt, Rosastr. 9, PLZ 79098
Tel. 0761/595 72 03
www.drexlers-restaurant.de
Sa mittag, So geschl.
Hauptgerichte € 22-27
Chefkoch: Mario Fuchs
EC M
Baden und Frankreich bilden den Schwerpunkt der Weinkarte mit 500 Positionen – schließlich ist das gemütliche Lokal mit einem Weinhandel verbunden, und manche Gäste kommen vor allem deshalb hierher. Die Küche bietet Badisch-Französisches, gelegentlich mit einem Schuss Mittelmeer: Gelungene Beispiele sind Wolfsbarsch und Krevetten mit Fenchel und Safranrisotto oder Lammrücken unter der Kräuterkruste mit Ratatouille.

**Eichhalde** FFF○○
OT Herdern, Stadtstr. 91, PLZ 79104
Tel. 0761/548 17
www.restaurant-eichhalde.de
Mo, Di geschl., Hauptgerichte € 12-33
Chefkoch: Matthias Dahlinger
EC MASTER VISA M
Den Spagat zwischen heimatverbunden und weltoffen beherrscht Matthias Dahlinger souverän. „Große Geschmackserlebnisse in kleinen Portionen" lautet das Versprechen für sein „Minü". Und er hält es: bei der Gänseleberterrine in Mandelkrokant mit Rhabarberkompott ebenso wie beim Thunfisch-Sandwich mit Tandoori-Creme und gebratenen Avocados. Dem Zeitgeist huldigt Dahlinger mit dem hochwertigen *dry-aged*-Rinderrücken, begleitet von Paprikacoulis, Artischocken und Manchego-Ravioli.

**Enoteca** FF○○○
Innenstadt, Gerberau 21, PLZ 79098
Tel. 0761/389 91 30
www.enoteca-freiburg.de
So geschl., Hauptgerichte € 22-34
Chefkoch: Thomas Scheer
EC MASTER VISA M
15 Jahre lang kocht Thomas Scheer bereits hier, sein Patron betreibt das weinselige Innenstadt-Restaurant (300 Sorten im Keller) fast schon 30 Jahre. Italienisches gibt den Ton an, mit guten Produkten und zuverlässigem Handwerk. Weiße Bohnen „Florentiner Art" schmecken mit gebackenen Schweinsfüßen und Olivenöl, Ravioli von San-Daniele-Schinken mit Schalotten und Portweinfeigen. Die *scaloppine* vom Kalbsfilet brät Scheer in Lardo-di-Colonnata-Speck, dazu gibt er sämig-fruchtigen Salbeirisotto. Passt!

**Wolfshöhle** FF○○○
Innenstadt, Konviktstr. 8, PLZ 79098
Tel. 0761/303 03
www.wolfshoehle-freiburg.de
Mo mittag, So geschl.
Hauptgerichte € 19-35
Chefkoch: Sascha Weiß
EC MASTER VISA M
Schlicht und einfach lecker kocht Sascha Weiß in seinem Altstadtlokal – und trifft damit den Geschmack vieler. Wir mögen seine regional orientierten Gerichte, etwa Brühe mit Maultaschen und Gemüse, erfreuen uns aber auch an seinem ideenreichen Rochenflügel mit Rhabarber und Macadamianuss. Mediterran-aromatisch war das Schwarzfederhuhn mit Süßweinrisotto und Radicchio-Salat. 150 Weine,

um die sich Manuela Weiß so aufmerksam kümmert wie um ihre Gäste.

**Zirbelstube**
Innenstadt, im Hotel Colombi, Am Colombi Park – Rotteckring 16, PLZ 79098
Tel. 0761/210 60
www.colombi.de
Mo, Di geschl., Hauptgerichte € 44-59
Chefkoch: Alfred Klink
AmEx DINERS EC MASTER VISA
Im gediegenen Hotelrestaurant wird die klassische Hochküche in Reinkultur zelebriert. Auch Küchendirektor Alfred Klink kann sich mit seinen 32 Jahren am Herd zu den Klassikern in der deutschen Spitzengastronomie zählen. Produkte wie Kalbsbries, eine ganze

„Zirbelstube": gediegene Eleganz

Seezunge, Lammrücken oder Stubenküken gibt es bei ihm in wunderbar verlässlicher Qualität. Apart ist auch die Kombination von Steinbutt auf Oktopussauce mit Auberginenrisotto, eine Empfehlung sind die Gerichte für zwei, etwa das kapitale Milchkalbskotelett mit Spitzmorcheln oder der Saint-Pierre in zwei Gängen: pochiert in Safran-Gurken-Sauce sowie mit Sesam, Koriander und Chili gebraten. Anspruchsvolle Weinkarte mit Schwerpunkt Baden.

## Freinsheim

D 35, S. 345

**Luther**
Innenstadt, Hauptstr. 29, PLZ 67251
Tel. 06353/934 80
www.luther-freinsheim.de
nur Abendessen, Mo geschl.
Hauptgerichte € 26-45
Chefköche: Dieter Luther, Christian Oberhofer
EC MASTER VISA
Schon 22 Jahre erfreut Dieter Luther nun seine Gäste, seit 2011 steht ihm Christian Oberhofer am Herd zur Seite. Ihre leichte saisonale Küche ist geradlining und stets am Produkt orientiert: Ravioli von Wildgarnelen mit provenzalischem Gemüseragout oder wilder Steinbutt zu einer Krebs*bisque* und Blattspinat mit Pinienkernen beweisen ebenso wie die Bresse-Taube präzises Handwerk und Geschmackssicherheit. 500 Weine auf der Karte und ein freundlicher, kompetenter Service.

## Freyung

E 57, S. 353

**Landgasthaus Schuster**
OT Ort, PLZ 94078
Tel. 08551/71 84
www.landgasthaus-schuster.de
So abend, Mo geschl.
Hauptgerichte € 20-28
Chefkoch: Leopold Schuster
EC
Die Schusters umsorgen ihre Gäste herzlich: Bärbel Schuster an der Front, Leopold in der Küche. Er spannt den Bogen zwischen Heimat und weiter Welt, wenn er Wildkräuter-Nudeltascherl mit Nordsee-Krabben-*nage* und Speckchips oder Jakobsmuscheln sanft in Erdnussöl gart und mit Pak-Choi, Maracuja und Curry-*nage* anrichtet. Viele Wildkräuter kommen aus dem eigenen Garten, etwa beim Entrecote vom jungen Weidelamm mit Löwenzahnpesto und Karottensauerkraut. Mehr als 200 Weine, darunter viele aus Deutschland und Österreich.

## Friedberg

E 33, S. 345

**Grossfeld – Gastraum der Sinne**
OT Dorheim, Erbsengasse 16
PLZ 61169

Tel. 06031/791 89 09
www.andre-grossfeld.de
nur Abendessen, So, Mo geschl.
Menüs € 49-109
Chefkoch: André Grossfeld
EC MASTER VISA

**„Grossfeld": stimmungsvoll in Rot**

Wohlfühlatmosphäre mit roten Wänden, Holzbalken und Hofgarten: André Grossfeld kreiert in seinem stimmungsvollen Restaurant geschmackvolle Gerichte von zeitgemäßer Leichtigkeit. Heimische Zutaten setzt er dabei ebenso in Szene wie beste Produkte aus aller Welt: Bärlauchschaum gibt einen frühlingsfrischen Akzent zu den gebratenen Jakobsmuscheln mit Roter Bete und Feldsalat, zum Saint-Pierre-Filet werden Grapefruit, Fenchel und Haselnussschaum serviert. Deutsch-österreichische Weinkarte mit 160 Positionen, netter Service.

## Friedland

■ C 20, S. 340

### Genießer-Stube

Im Landhaus Biewald, Weghausstr. 20
PLZ 37133
Tel. 05504/935 00
www.biewald-friedland.de
nur Abendessen, Mo, Di geschl.
Menüs € 60-120
Chefkoch: Daniel Raub
AmEx DINERS EC MASTER VISA

Das helle Ambiente schafft einen stilvollen Rahmen für die moderne Frischeküche von Daniel Raub, dessen handwerkliche Präzision und Gespür für Aromen die Schule von Dieter Müller erkennen lassen. Raub hat längst seine eigene Handschrift entwickelt und präsentiert in zwei wechselnden Menüs einen klaren, konzentrierten Stil. Viele Zutaten kommen dabei aus der Region, zum Beispiel das Rinderfilet mit Ochsenschwanz im bodenständigeren „Biewald-Menü". Im „Feinschmecker-Menü" kommt Dorade mit Gamba auf den Teller. 300 deutsch-französische Weine, aufmerksamer Service.

### Schillingshof

OT Groß Schneen, Lappstr. 14, PLZ 37133
Tel. 05504/228
www.schillingshof.de
Mo, Di geschl., Hauptgerichte € 22-45
Chefkoch: Stephan Schilling
DINERS EC MASTER VISA

**„Schillingshof": verlässliche Genussadresse**

Stilvoll ist das Restaurant im eingemeindeten Ort Groß Schneen, in dem Patron Stephan Schilling seit nunmehr 32 Jahren verlässlich kocht. Seine Küche ist regional orientiert, ohne die weitere Welt aus dem Auge zu verlieren. Der Skrei (Winterkabeljau) wird im Kartoffelmantel mit Kohlrabi-Eintopf serviert, die Elsässer Entenbrust in Rhabarbersauce mit Karotten und Blumenkohl. Lecker ist auch die Quark-Mascarpone-Creme mit Erdbeertatar und Amarettini.

## Fulda

■ C 37, S. 346

### Goldener Karpfen

Innenstadt, Simpliciusbrunnen 1
PLZ 36037

Tel. 0661/868 00
www.hotel-goldener-karpfen.de
kein Ruhetag, Hauptgerichte € 16-32
Chefkoch: Matthias Klein-Arndt
AmEx DINERS EC MASTER VISA
In der gemütlichen Atmosphäre des Romantik Hotels beweist die Küche ihre Qualität mit einem breiten Angebot, das verschiedenen Geschmäckern entgegenkommt. Klassiker wie Wiener Schnitzel, Leber „Berliner Art", der mürbste Tafelspitz der Stadt mit duftig-leichter und trotzdem deutlich scharfer Meerrettichsauce und hervorragenden Bratkartoffeln gelingen präzise. Ebenso gut sind die asiatisch inspirierten Kreationen wie Chili-Spargel zur Meerbarbe oder Zitronengras zu Carpaccio von der Bernsteinmakrele. Freundlicher Service, gut sortierte Weinkarte, schöne Terrasse.

## Fürth ■ E 40, S. 347

### NEU Altes Forsthaus

Cadolzburger Str. 75, PLZ 90766
Tel. 0911/37 30 04 36
www.altesforsthaus-fuerth.de
So abend, Di mittag, Mo geschl.
Hauptgerichte € 18-28
Chefkoch: Fritz Schuster
EC MASTER VISA
Das Restaurant ist renoviert, die Terrasse neu bestuhlt. Auch die französisch-internationale Küche von Tim Melzer und Fritz Schuster ist engagiert: Feigentortellini kommen zu gebratener Zickleinleber in Cassissauce auf den Tisch, die gebratene Taubenbrust wird im Spitzkohlmantel serviert, dazu gibt's Selleriepüree und getrüffelten Kohlrabi. Der Lachs in Safransauce bleibt saftig unter der Pinienkernkruste. Zuvorkommender, netter Service.

### Brasserie Baumann

OT Südstadt, Schwabacher Str. 131
PLZ 90763
Tel. 0911/77 76 50
www.brasserie-baumann.de
Sa mittag, So, Mo geschl.
Hauptgerichte € 18-37
Chefkoch: Werner Baumann
AmEx EC MASTER VISA
Brasserie-Stil seit über 40 Jahren: Werner Baumann ist mit seiner französisch-mediterranen Küche die Zuverlässigkeit in Person. Sein Programm präsentiert er in zwei Speisenfolgen: „Menu du Jour" oder „Menu Miniature". Gebratene Gänseleber serviert er mit confierten Heidelbeeren, dichtes Aroma hat die Wildhasen-Essenz. Intensiv und dicht sind Baumanns Saucen: Der Loup de Mer wird von Kaffirlimettenblätterjus begleitet, das Limousin-Weide-Rinderfilet von Armagnac-Pfeffer-Sauce. Ursula Baumann kümmert sich wie gewohnt liebevoll um ihre Gäste. Knapp 200 Weine auf der Karte.

### Neubauers Schwarzes Kreuz

Innenstadt, Königstr. 81, PLZ 90762
Tel. 0911/74 09 10
www.neubauers-schwarzes-kreuz.de
nur Abendessen, So, Mo geschl.
Menüs € 75-90
Chefkoch: Marco Neubauer
AmEx DINERS EC MASTER VISA
Marco Neubauer pflegt einen ambitionierten, eigenständigen Stil: eng am Produkt, ideenreich, mit klarer Aromenlinie und sicher im Spiel mit Konsistenzen und Temperatur. Aufregend war die Spargelvariation: Spargelgelee-Kugeln mit Erbsmousse-Füllung auf Pumpernickel-Nuss-„Erde" stehen bissfeste Spitzen auf Erbspüree gegenüber. Sehr fein ist die mit Apfel und Selleriepüree gefüllte Kalbsleber, ebenso der wunderbar zarte Maibock. Ein schöner Einfall ist das „Pre-Dessert" von Erdbeere und salzigem Frischkäse als Überleitung zum süßen Abschluss. Entspannte, elegante Atmosphäre, sympathischer und engagierter Service, gute Weinauswahl.

## Geisenheim ■ D 33, S. 345

### Schwarzenstein

OT Johannisberg, im Hotel Burg Schwarzenstein, Rosengasse 32, PLZ 65366
Tel. 06722/995 00

„Schwarzenstein“: Dirk Schröer ist aus Dresden in die schöne Burg im Rheingau gewechselt

www.burg-schwarzenstein.de
außer Sa, So nur Abendessen,
Mo, Di geschl.
Hauptgerichte € 46-48
Chefkoch: Dirk Schröer
AmEx EC MASTER VISA
Was für ein Panorama: tief unten der Rhein und weiter Blick über die Weinberge. Dirk Schröer (vorher im Dresdener „Caroussel“) hat die Regie im elegant-modernen Restaurant übernommen und mit seinem aromenstarken Stil einen beeindruckenden Start hingelegt. Schon der Gruß aus der Küche in Form von Aal mit geröstetem Schweinefilet, Apfelmus und grünen Bohnen gelang prächtig. Garnele wurde gebacken und als Tatar serviert – mit Rumrosinen, Schnittlauch, Sauerampfer, in Milch eingelegten grünen Mandeln und Blumenkohlpüree in einer bestens abgeschmeckten Garnelen-*bisque*. Gut gelang der Rehbockrücken aus dem Taunus mit feinem Lardo, Kirschgelee, Navetten, Pfirsichspalten und schön fluffigem Kartoffel-Anis-Püree. Für die Desserts auf gleichem Niveau fehlt noch der Patissier. Tadelloser Service, exzellente, kompetente Beratung durch den sympathischen Sommelier Michel Fouquet. Wunderschöne Sommerterrasse, Davidoff-Raucherlounge.

## Geisingen

■ C 49, S. 350

**Zum Hecht** FF○○○
Hauptstr. 41, PLZ 78187
Tel. 07704/281
www.zumhecht.de
Sa mittag, Mo, Di geschl.
Hauptgerichte € 19-28
Chefkoch: Robert Müller
EC M
Das blassrote Gasthaus an der Hauptstraße steht für badische Gastlichkeit und eine zuverlässige klassische Küche mit gelegentlichen mediterranen Akzenten. Von sehr guter Qualität ist das Fleisch, etwa das zartrosa Roastbeef oder der mürbe Kalbsrücken. Und das Schnitzel mit Pommes und hausgemachtem Ketchup schmeckt auch feiner, als es klingt. Begleitende Gemüse sind ausgesprochen geschmackvoll. Gute Wein- und Digestifauswahl.

## Gelsenkirchen

■ B 14, S. 338

**Heiner's** FF○○○
OT Horst, Am Bugapark 1 d, PLZ 45899
Tel. 0209/177 22 22
www.heiners.info
kein Ruhetag, Hauptgerichte € 15-28

Chefkoch: Nils Rieger

AmEx EC MASTER VISA

Schick-modernes Restaurant mit lichtem Wintergarten, dazu eine Bar und Lounge im Magazin einer ehemaligen Zeche. Der Küchenstil ist ebenso munter wie die Atmosphäre und bietet ein Programm, das sowohl Feinschmeckern als auch Essern mit großem Appetit gerecht wird. Das kann Spargel und Lachs (frisch geräuchert) als Panna cotta, Tatar und mariniert sein, zeitgeistiger kommt „Heiner's kleine Grill-Saison" mit *dry-aged*-Beef, Merguez und Zaziki in unterschiedlichen Konsistenzen daher; die Currywurst macht sich fein mit Apfel-Curry-Sauce und Safran-Aioli. Netter Service.

## Germering ■ B 58, S. 352

**Vecchia Lanterna** FF

Hartstr. 50, PLZ 82110
Tel. 089/81 89 20 96
www.vecchia-lanterna.de
So, Mo geschl., Hauptgerichte € 16-31
Chefkoch: Antonino Denami

EC MASTER VISA

Seit zehn Jahren gibt es nun mittlerweile das beliebte italienische Restaurant, dessen Repertoire mehr als das Übliche umfasst: bretonische Seeteufelmedaillons mit Topinamburpüree und Muscheln in Currysud zum Beispiel. Lieber etwas Traditionelleres? Auch Tagliatelle mit Kaninchenragout und Artischocken oder Ochsenfilet mit Gemüse und Kartoffeln schmecken. Erfrischendes Dessert: Haselnuss-*semifreddo* (Halbgefrorenes) mit Orangenfilets und Whiskysahne. 280 Weine stehen zur Auswahl.

## Gernsbach ■ C 47, S. 350

**Werners Gourmetrestaurant** FFF

Im Hotel Schloss Eberstein
Schloss Eberstein 1, PLZ 76593
Tel. 07224/99 59 50
www.schlosseberstein.com
Sa mittag, Mo, Di geschl.
Hauptgerichte € 28-38
Chefkoch: Bernd Werner

AmEx EC MASTER VISA

Romantisches Genießerrefugium im Schwarzwälder Schloss mit Blick auf Weinberge. Stilvolle Eleganz in Rot verbindet sich im Gourmetrestaurant mit Behaglichkeit. In der Küche setzt Patron Bernd Werner auf die harmonische Kombination der Aromen. Sehr gut: Tatar vom Schwarzwälder Rind mit geräuchertem Aal, Gänseleberceme und Frühlingslauch. Der Bachsaibling mit gebratener Garnele, Spargelragout, Kressegraupen und Holunderblütenschaum ist ein leichter Genuss. Gute badische Weine auf der Karte mit 300 Positionen und ein charmanter Service.

**„Werners Gourmetrestaurant": behaglich**

## Glinde ■ F 4, S. 335

**San Lorenzo** FF

Kupfermühlenweg 2, PLZ 21509
Tel. 040/711 24 24
www.san-lorenzo-glinde.de
außer So nur Abendessen, Mo geschl.
Hauptgerichte € 20-35
Chefkoch: Emanuel Weise

EC MASTER VISA

Die schönen Salons im Hochparterre dieser Gründerzeitvilla sind von Iris und Beppe Dellavecchia mit viel Geschmack zu einem gastlich-eleganten Restaurant vereint worden. Auch eine komfortabel ausgestattete Terrasse gibt es, umgeben von alten Bäumen, im Hintergrund ein See. Kostproben der authentischen italienischen Küche: Tintenfisch auf ligurische Art (mit kleinen

Taggiasca-Oliven, Kapern, Pinienkernen, Kirschtomaten), *trofie* (handgerollte ligurische Pasta) mit Ragout von der Kalbsbacke, Salzwiesenlamm auf Topinambur-Risotto – alles herzhaft, aber nie derb! Die charmante Iris Dellavecchia führt Regie an den Tischen und ist eine kundige Sommelière.

## Glonn ■ B/C 59, S. 352

**Wirtshaus zum Schweinsbräu** FF○○○
OT Herrmannsdorf, PLZ 85625
Tel. 08093/90 94 45
www.schweinsbraeu.de
Mo, Di geschl.
Hauptgerichte € 13-34
Chefkoch: Thomas Thielemann
EC MASTER VISA

Die regional-bayerische Küche lebt nicht nur von den guten Produkten aus den Herrmannsdorfer Landwerkstätten, sondern auch von Chefkoch Thomas Thielemann, der auch einfachen Gerichten einen besonderen Pfiff und mitunter eine mediterrane Note verleiht. Die gekochte Rinderzunge wird fein aufgeschnitten und passt bestens zur mediterranen grünen Sauce. Zur gebratenen Kalbsleber mit Salbei kommen Steckrübengemüse und Portweinsauce. Immer gut: das panierte, gebackene Kotelett vom Schwein aus eigener Zucht in seinem Saft. Netter Service, neue Terrasse.

## Glücksburg ■ E 1, S. 335

**Meierei Dirk Luther** FFFFF
OT Meierwik, im Vitalhotel Alter Meierhof
Uferstr. 1, PLZ 24960
Tel. 04631/619 94 11
www.alter-meierhof.de
außer Sa nur Abendessen, So, Mo geschl.
Menüs € 118-168
Chefkoch: Dirk Luther
AmEx EC MASTER VISA

Besser haben wir bei Dirk Luther noch nicht gegessen! Jakobsmuschel, gebraten und mariniert, Langostino, gegrillt und lackiert, Aal, geschmort und als Tatar, Brust und

**„Meierei": Dirk Luther, das Hoch im Norden**

Sandwich von der Taube – für jedes Produkt findet er Zubereitungen und Würznuancen, die sich harmonisch verbinden. Aber Qualität und Geschmack des Produkts stehen im Mittelpunkt seiner aromatischen Kreationen. Und zur Seezunge mit Limettenblättersauce oder zum Spanferkelbauch mit Schnecken genießen die Gäste den Blick auf die Flensburger Förde. Sehr zuvorkommende Bedienung durch die junge Servicemannschaft, vorzügliche Weinempfehlungen von Restaurantchef und Sommelier Andreas Butzkamm, der nach kurzem Auswärtsspiel in die „Meierei" zurückgekehrt ist.

## Göttingen ■ C 20, S. 340

**Gauss** FF○○○
Innenstadt, Obere Karspüle 22, PLZ 37073
Tel. 0551/566 16
www.restaurant-gauss.de
nur Abendessen, So, Mo geschl.
Hauptgerichte € 18-30
Chefköchin: Jacqueline Amirfallah
EC MASTER VISA

Seit 15 Jahren steht Jacqueline Amirfallah am Herd im gemütlichen Restaurant am Theater der Unistadt. Ihre geradlinige Küche setzt auf hochwertige Produkte, frisches saisonales Gemüse und raffinierte Saucen. Beim „Menü aus der Nähe" kann das Landolfshausener Ziegenfrischkäse sein, den ein frühlingshafter Salat aus Kresse, Schnittlauch und Sauerampfer begleitet. Zweierlei von der Leine-Lammkeule kommt in Bärlauchmilch pochiert und geschmort auf den Teller, die Erbsen und der Kohlrabi dazu sind knackig-frisch. Schöne mediterrane Aromen bei Rotbarbe und Pulpo in Hummersauce mit Kartoffelravioli und Lardo-Speck. 100 Weine, sehr freundlicher Service.

## Greifswald

■ E 8, S. 337

### Büttner's

OT Wieck, Am Hafen 1 a, PLZ 17493
Tel. 03834/887 07 37
www.buettners-restaurant.de
Mo geschl.
Hauptgerichte € 19-28
Chefköchin: Ines Büttner
EC MASTER VISA

Schön ist die Lage an der Hafenmole, in der sich Ines Büttner mit ihrer geradlinigen saisonalen Küche etabliert hat. Dreierlei von der Garnele und der geschmorte Spanferkelbauch mit geräucherter Kartoffel machen Lust auf mehr – vielleicht aromatische Bärlauchgnocchi mit gebratenem Doradenfilet oder rosa gebratener Lammrücken mit weißem Bohnenpüree. Schokoladenravioli und Himbeersorbet schmecken nicht nur auf der großen Sonnenterrasse.

### Le Croy

Innenstadt, im Pommerschen Landesmuseum, Rakower Str. 9, PLZ 17489
Tel. 03834/77 58 45
www.le-croy.de
So abend, Mo geschl.
Hauptgerichte € 20-40
Chefkoch: Stefan Frank
AmEx EC MASTER VISA

Stefan Frank könnte es in seinem stilvollen, lichten Restaurant im Pommerschen Landesmuseum mit der bodenständigen Bistroküche bewenden lassen, die er tagsüber für eilige Mittagsgäste und Museumsbesucher anbietet: von Carpaccio über Eintopf bis zum Ostsee-Dorsch. Aber er beweist allabendlich mit zwei Menüs und zusätzlichen À-la-carte-Gerichten, dass er auch das anspruchsvollere Repertoire beherrscht. Die Saison prägt die Karte, wenn er sowohl aus heimischem Müritzer Milchkalb als auch aus Prestigeprodukten wie Jakobsmuschel, Steinbutt und Gänseleber Geschmackvolles kreiert. Liebenswürdiger Service.

**„Le Croy": gute Küche mit weltläufigen Akzenten – auch bei den Desserts**

## Grevenbroich

■ B 31, S. 344

### Zur Traube

Innenstadt, Bahnstr. 47, PLZ 41515
Tel. 02181/687 67
www.zur-traube-grevenbroich.de
So, Mo geschl., Hauptgerichte € 26-49
Chefkoch: Dieter Kaufmann
AmEx DINERS EC MASTER VISA

Mancher kommt allein wegen der exorbitanten Weinkarte, die 1200 Positionen listet, darunter vor allem großartige Bordeaux. Stammgäste schätzen aber besonders die klassische französische Hochküche im großzügigen Relais-&-Châteaux-Restaurant, in dem Dieter Kaufmann seit über 50 Jahren mit Ehefrau Elvira der großen Klassik huldigt. Ja, es gibt sie auch weiterhin, die Gänseleber und die ganze Trüffel in Blätterteig. Aber natürlich auch anderes wie Taubenbrust im Spitzkohlblatt mit schwarzen Trüffeln und Krustentiere in Limetten-Ingwer-*nage*. Gute Desserts wie das Orangenparfait mit Schokoladen-Nougat-Eis vom neuen Patissier Dieter Jansen.

## Groß Nemerow ■ E 10, S. 337

**Lisette** FF○○○
Im Hotel Bornmühle, Bornmühle 35
PLZ 17094
Tel. 039605/600
www.bornmuehle.de
kein Ruhetag, Hauptgerichte € 15-26
Chefkoch: Torsten Räth
AmEx DINERS EC MASTER VISA
Das stimmungsvolle Ambiente im Wintergarten, schöne Tischkultur und die Seeterrasse im Sommer bilden eine angenehme Kulisse für die geschmackvollen Gerichte. Torsten Räth setzt auf die Region, verwendet aber auch mal Kaltwasser-Garnelen (aus Wildfang). Den Zander aus der Müritz beizt er mit Zitrusaromen und richtet ihn mit Spargel-Erbsenschoten-Salat und Maränenkaviar an, das Zweierlei vom Strelitzer Maibock (geschmort und gebraten) serviert er mit Morcheln und Mairübchen. Auf der Weinkarte rund 100 Weine aus Europa.

## Großräschen ■ E 24, S. 343

NEU **Seehotel Großräschen** FF○○○
Seestr. 88, PLZ 01983
Tel. 035753/69 06 60
www.seehotel-grossraeschen.de
kein Ruhetag, Hauptgerichte € 10-28
Chefkoch: Tobias Vogel
AmEx DINERS EC MASTER VISA
Zugegeben, der See ist noch in der Entstehungsphase wie die ganze Großräschener Seenlandschaft, aber das „Seehotel" steht in prominenter Lage und hat eine schöne Sonnenterrasse. Tobias Vogel holt viele Produkte aus dem Umland, etwa für die aromatische Consommé vom Proschimer Rind mit Wurzelgemüse, frisch geschabtem Meerrettich und Würstchen aus Kalbsbries. Das Rinder-Carpaccio mit Trüffel, Wachtelei und Mayonnaise vom Bautzner Senf passte zum frisch-würzigen Gurken-Birnen-Salat mit Gartenkresse. Den knackig auf der Haut gebratenen Zander mit Kalbszunge im Kräutermantel reichte der Chefkoch mit lauwarmen Spreewälder Senfgurken in Leinöl und auf traditioneller Lausitzer Hirse. Netter Service. Kleine Weinkarte (40 Positionen).

## Guldental ■ D 34, S. 345

**Der Kaiserhof** FF○○○
Hauptstr. 2-4, PLZ 55452
Tel. 06707/944 40
www.kaiserhof-guldental.de
außer Sa, So nur Abendessen, Di, Mi geschl.
Hauptgerichte € 17-33
Chefkoch: Thomas Hörmann
EC MASTER VISA
Thomas Hörmanns gelungene Alltagsküche reicht von den Klassikern Wiener Schnitzel oder Simmentaler Rindersteak mit Curry-Pommes bis zum mediterran angehauchten Loup de Mer mit Bärlauchravioli und Gemüsepürees. Viele Gerichte werden auch als kleine Portionen angeboten. Nach der Variation vom Hunsrück-Joghurt als Mousse, Sorbet und warmem Törtchen wünschen wir uns: mehr Landgasthäuser wie dieses! Liebenswürdige Betreuung durch die Patronin Kerstin Buchholz.

## Gummersbach ■ C 31, S. 344

**Die Mühlenhelle** FF○○○
OT Dieringhausen, Hohler Str. 1, PLZ 51645
Tel. 02261/29 00 00
www.muehlenhelle.de
außer So nur Abendessen, Mo, Di geschl.
Hauptgerichte € 24-36
Chefkoch: Michael Quendler
AmEx DINERS EC MASTER VISA

Birgitta Quendler kümmert sich liebevoll um ihre Gäste und die 480 Weine, eine wunderbare Gastgeberin! Ihr Mann Michael komponiert klare, hocharomatische Gerichte: Gänseleber mit Granatapfel und Mandeln oder Wolfsbarsch mit sonnengetrockneter, leicht geräucherter *fregola*-Pasta und Grapefruit. Das Kalb kommt in zwei Gängen, erst Zunge und Bries mit Morcheln, dann das Filet mit Kartoffeln und Dill – schlicht klingt das nur für jemanden, der Quendlers Produktliebe und seine Würzkunst nicht kennt. Ein „Mühlenhelle-Bistro" gibt's auch.

## Haan ■ B/C 15, S. 338

**Amida** FFF○○
OT Oberhaan, Elberfelder Str. 221
PLZ 42781
Tel. 02129/347 47 95
www.amida-restaurant.de
außer So nur Abendessen, Mo geschl.
Hauptgerichte € 16-32
Chefkoch: Gregor Marx
EC MASTER VISA
Das „Amida" gibt es jetzt mal zwei: „Light by Heide Marx" mit Klassikern in kleinen und großen Portionen sowie die so geschmackvolle wie ambitionierte Cross-over-Küche von Gregor Marx, der in einem täglich wechselnden Drei-Gänge-Menü und einem monatlich neuen großen Degustationsmenü neben regionaler Küche mit heimischen Zutaten auch exotische Leichtigkeit zelebriert. Thailändische Currys oder gedämpfte Dim Sum (etwa mit Ente und Anis) gehören bei ihm ebenso zum Programm wie Adlerfisch aus dem Holunder-Dampf mit Holunder-Apfel-Sauce. Mit Kräutern und Gewürzen setzt er schöne Akzente. Kreative Patisserie, gute deutsche Weinauswahl.

## Haltern am See ■ C 14, S. 338

**Ratsstuben** FF○○○
Im Ratshotel, Mühlenstr. 3-5, PLZ 45721
Tel. 02364/34 65
www.hotel-haltern.de
Mi geschl., Hauptgerichte € 16-29
Chefkoch: Daniel Georgiev
AmEx DINERS EC MASTER VISA M
Gebratene Gänseleber mit Brioche und Vanilleapfel, Jakobsmuscheln mit Spinat, Sellerie-*mousseline* und Trüffeljus, Salzwiesenlammkarree mit Couscous und Minze – beim Lesen mag das nach Mainstream klingen. Wenn man aber in der gediegenen Stube des Hotelrestaurants sitzt und die Düfte vom Teller in die Nase steigen, begreift man, mit welcher Sorgfalt jede Komponente zubereitet und zu einem stimmigen Ganzen gefügt worden ist. 200 Weine.

## Hamburg ■ F 4, S. 335

**Anna Sgroi** FFF○○
OT Rotherbaum, Milchstr. 7
PLZ 20148 ■ d 4, S. 161
Tel. 040/28 00 39 30
www.annasgroi.de
Sa mittag, So, Mo geschl.,
Hauptgerichte € 32-40
Chefköchin: Anna Sgroi
EC MASTER VISA M
Anna Sgroi ist nach Pöseldorf umgezogen. Ihrem modern-puristischen Stil bleibt sie treu. Schlicht-schön ist das neue Lokal, das alten Stuck gelungen mit indirektem Licht in Szene setzt; grau lackierte Wandvertäfelungen geben dem Wintergarten einen edlen Touch. Auf ihre hauchfeinen Ravioli von tiefaromatischem Geschmack (mit Artischocken, köstlich!) müssen wir auch künftig nicht verzichten, das gilt auch für das grandiose Kalbsbries mit Kalbskopf und Mark oder das Zicklein aus dem Ofen. Es gibt auch weiterhin ein Menü und ein À-la-carte-Programm, dazu mittags eine reduzierte Karte. Eine Wonne waren die *spaghettini alla chitarra* mit Taschenkrebs, wunderbar saftig die Schnitte vom auf der Haut gebratenen Steinbutt mit eleganter Jus und feinen, fast knusprigen Artischockenscheibchen. Unwiderstehlich: gefrorene *tortina* von dunkler Schokolade und sizilianische Cassata mit karamellisierten Orangen. Der Service wurde aufgestockt und ist jetzt noch ein wenig flinker. Terrasse.

„Café Paris": beliebte Brasserie am Hamburger Rathaus mit guten Klassikern – *très bien!*

**Café Paris** ✱
Altstadt, Rathausstr. 4
PLZ 20095 ■ b 4, S. 159
Tel. 040/32 52 77 77
www.cafeparis.net
kein Ruhetag, Hauptgerichte € 7-26
Chefkoch: Michael Hermes
AmEx EC
Das Pariser Flair in der ehemaligen Schlachterei unter Jugendstildecke und Lichtbändern schätzen Touristen wie Hamburger. Schon zum Frühstück ist das Lokal beliebt, tagsüber gibt es Klassiker von Croque-Monsieur bis *zu steak-frites-salade,* am Abend spannt sich das Programm von Salat mit gebackenen Calamaretti oder *moules-frites* (Miesmuscheln mit Pommes frites) über Bouillabaisse und gebackenen Kalbskopf mit pikanter *sauce ravigote* bis zu in Rotwein geschmorter Ochsenbacke mit Trüffel-Kartoffel-Püree. Übersichtliche Weinauswahl, netter Service.

**Carls Brasserie**
OT Hafencity, an der Elbphilharmonie
Am Kaiserkai 69, PLZ 20457 ■ d 5, S. 161
Tel. 040/300 32 24 00
www.carls-brasserie.de
kein Ruhetag, Hauptgerichte € 13-48
Chefkoch: Michel Rinkert
AmEx EC MASTER VISA
Nicht von allen Plätzen der schulterhohen Sitzbänke hat man freien Blick auf den Hafen, dennoch sind sie bei Hamburgern begehrt. Das liegt am französischem Flair, vor allem aber an der französisch-norddeutschen Küchen-Liaison. Die Meeresfrüchteplatte gibt es ebenso wie „Carls Hanseatenplatte" mit Büsumer Krabben, Makrele und Bismarckhering, Bœuf Bourguignon konkurriert mit gebackenem Schollenfilet auf *sauce tartare* oder Kalbsfilet mit Rhabarberjus und einer Parmesanpolenta. Und vorweg die bretonischen Jahrgangs-Sardinen (2011) in der Dose. Im vorderen Bereich befindet sich das legere Bistro mit hohen Tischen und kleinen Gerichten, im Sommer sitzt man tagsüber auf einem der schönsten Sonnenplätze der Hafencity direkt vor der Elbphilharmonie! Deutsch-französische Weinkarte.

**Casse Croûte**
OT Neustadt, Büschstr. 2
PLZ 20354 ■ a 3, S. 159
Tel. 040/34 33 73
www.casse-croute.de
So mittag geschl.
Hauptgerichte € 10-40

Chefkoch: Christian Möller
AmEx MASTER VISA
Das muntere Bistro, in dem immer gute Stimmung herrscht, ist mittags wie abends voll. Touristen verirren sich als Spontanbesucher kaum hierher, dafür schätzen die Geschäftsklientel aus den umliegenden Büros und Shopper die unkomplizierte Küche, deren Programm von bodenständig (die Königsberger Klopse sind gut) über Austern (frisch!) bis hin zu mediterran (Bouillabaisse) reicht. Französisch dominierte Weinkarte, netter, flinker Service.

**Deck 7**
OT Blankenese, im Hotel Süllberg
Süllbergsterrasse 12
PLZ 22587 westlich ■ a 5, S. 160
Tel. 040/866 25 20
www.suellberg-hamburg.de
kein Ruhetag
Hauptgerichte € 16-48
Chefkoch: Benjamin Zehetmeier
AmEx EC MASTER VISA
Der Zusatz „Market Restaurant" soll deutlich machen, dass in Karlheinz Hausers gemütlich-schickem Zweitrestaurant frische, saisonale Produkte und unkomplizierte Gerichte das Programm bestimmen. Zum einen gibt es moderat modernisierte À-la-carte-Klassiker (mit Fleischschwerpunkt): etwa das Tatar vom Simmentaler Rind mit Wachtel-Spiegelei, Brotchip und Röstzwiebel oder Riesengarnele und Jakobsmuschel mit gegrilltem Gemüse und Zitronenrisotto, aber auch Rinderfilet oder (gutes!) Wiener Schnitzel. Außerdem wird ein Menü angeboten, das mit Fencheltexturen zum confierten Zitruslachs mit Apfel, Erbsen und Roggenbrot auch anspruchsvoller, dabei mit attraktivem Preis-Leistungs-Verhältnis, daherkommt. Aufmerksamer, netter Service. Sehr schöne Terrasse hoch über der Elbe.

**Die Bank**
OT Neustadt, Hohe Bleichen 17
PLZ 20354 ■ a 3, S. 159
Tel. 040/238 00 30
www.diebank-brasserie.de
So geschl.
Hauptgerichte € 25-38
Chefkoch: Thomas Fischer
EC MASTER VISA
Unter den hohen Decken der ehemaligen Kassenhalle trifft sich Hamburgs Geschäftswelt gern zum Lunch, abends geht es vor allem im vorderen Bereich rund um die Bar (Austern-Bar von Oktober bis Frühjahr) lebhafter zu. Thomas Fischer sorgt für eine ansprechende Cross-over-Küche von norddeutsch-bodenständig bis weltläufig-ambitioniert. Den Matjes „Bank Style" serviert er als Tatar mit Apfelschaum und getrocknetem Zwiebelbiskuit, den kross gebratenen Spanferkelrücken auf geschmortem Fenchel mit Bärlauchgnocchi und Tomaten-*fumet;* das Kalbsfilet kommt aus dem Zitronengrasdampf mit Wasabi-Kartoffelpüree und

**„Die Bank": ansprechende Cross-over-Küche**

Shiitakepilzen. Auf der Weinkarte neben guten deutschen Rieslingen eine größere Bordeaux-Auswahl.

**Fischereihafen Restaurant**
OT Altona, Große Elbstr. 143
PLZ 22767 ■ c 5, S. 160
Tel. 040/38 18 16
www.fischereihafenrestaurant.de
kein Ruhetag
Hauptgerichte € 17-48
Chefköche: Jens Klunker, Michael Scherer
AmEx DINERS EC MASTER VISA

**„Fischereihafen Restaurant": Kultlokal am Hamburger Hafen, geführt von drei Generationen**

Kultlokal und Klassiker am Ende des Fischmarkts und das charmante Reich der Gastgeberfamilie Kowalke (mittlerweile mit drei Generationen präsent). Die Karte vereint Moderneres – wie Salat von grüner Thai-Papaya mit gebratenen Gambas und Erdnussdip oder Kabeljaufilet im mediterranen Kräutersud – mit Klassikern. Der lauwarme Räucheraal auf Kräuterrührei und geröstetem Schwarzbrot ist zum Niederknien köstlich. Nordsee-Steinbutt (an der Gräte im dicken Stück gebraten) mit Pommerysenfsauce und Nordsee-Seezunge „Müllerin Art" haben jeweils eine große und treue Fangemeinde – zu Recht! Liebenswürdiger Service alter Schule, der die Cloches mit Grandezza an allerlei Schiffen in Öl vorbei trägt. Terrasse über dem Wasser.

**Haerlin** FFFF○

OT Neustadt, im Fairmont Hotel Vier Jahreszeiten, Neuer Jungfernstieg 9-14
PLZ 20354 ■ a 3, S. 159
Tel. 040/34 94 33 10
www.restaurant-haerlin.de
nur Abendessen, So, Mo geschl.
Menüs € 105-145
Chefkoch: Christoph Rüffer
AmEx DINERS EC MASTER VISA

Alle Hochachtung! Mit sicherem Gespür für aromatische Nuancen und überraschende Würzakzente gibt Christoph Rüffer seinen Kreationen Spannung, wobei das Grundprodukt immer im Mittelpunkt steht. Etwa die Gänseleber mit Aprikose und Salzbutterbrioche, der Kaisergranat mit grünen Mandeln und Pfirsich, der Steinbutt mit Miso-Tamarinden-Hollandaise oder die Seezunge mit Sojabohnenjus. So schmeckt eine elegante moderne Küche, die auf der klassischen Haute Cuisine fußt. Klassisch schwarz gewandet, aber locker: der sehr angenehme Service, nun unter Leitung von Maître Christian Schäfer. Legendär: das Weinangebot von Sommelier Marco Franzelin (1500 Flaschen). Bei Redaktionsschluss war das Facelifting des hanseatisch-prunkvollen Speisesaals noch in vollem Gange. Nach der Modernisierung des Küchenbereichs – künftig mit *chef's table!* – soll es auch hier einen frischen Look geben.

**Jacobs Restaurant** FFFF○

OT Nienstedten, im Hotel Louis C. Jacob
Elbchaussee 401-403
PLZ 22609 ■ a 5, S. 160
Tel. 040/82 25 54 07
www.hotel-jacob.de

„Jacobs Restaurant": Thomas Martin

Mi mittag, Mo, Di geschl.
Hauptgerichte € 36-59
Chefkoch: Thomas Martin
AmEx EC MASTER VISA

Erfreulich: Thomas Martin hat kräftig zugelegt – an selbstverständlicher Kreativität und aromatischer Balance. Deutliche Akzente in dieser Richtung setzte er beim noch leicht glasigen St-Pierre mit Röstspuren vom Holzkohlegrill, mit einem herzhaften Sud zu hervorragenden Fleischwürfeln vom Juvenil-Ferkel und mit einer nicht minder aromatischen „norddeutschen Bouillabaisse" von Büsumer Krabben zum gebratenen Glattbutt. Nur beim *sous-vide*-gegarten Lamm vermissten wir die gewünschten Röstnoten. Neu interpretiert und immer noch gehaltvoll: der sehr gute Käsekuchen zum Dessert mit Kalamansicreme und -gel. Auf jeden Fall empfehlenswert: die große Auswahl an Pralinen und *friandises* zum Kaffee. Ein Lob gilt auch dem angenehmen, kompetenten, gar nicht steifen Service. Eine weitere verlockende Aussicht: Sommelier Markus Berlinghof hat 950 Weine im Keller.

**Küchenwerkstatt** FFFF
OT Uhlenhorst, Hans-Henny-Jahnn-Weg 1
(Eingang Hofweg)
PLZ 22085 ■ e 4, S. 161
Tel. 040/22 92 75 88
www.kuechenwerkstatt-hamburg.de
Sa mittag, So, Mo geschl.
Menüs € 71-109
Chefkoch: Gerald Zogbaum
AmEx EC MASTER VISA

Was Gerald Zogbaum an kulinarischen Ideen auftischt, hat in Hamburg nur wenig Konkurrenz. Mit unermüdlicher Kreativität tüftelt er überraschende Gerichte aus, die mit harmonischer Komplexität und punktgenau gesetzten aromatischen Noten überzeugen. Etwa Ostsee-Aal, über Holzkohle gegrillt und glasiert, mit sanftem Rauchgeschmack, Aubergine in zwei Versionen und *dashi.* Dem Kaisergranat verleihen Sanddorn und Aloe-vera-Vinaigrette Akzente, der Kabeljau arrangiert sich perfekt mit Miso und Sud vom grünen Tee und Alge. Für Gerald Zogbaum ist die Qualität der Produkte Dreh- und Angelpunkt – wie bei der Entenbrust von Top-Züchter Jean-Claude Miéral in der Bresse, die mit dem mediterranen Dreiklang von Olive, Zitrone und Mandel serviert wird. Aufmerksamer Service, keine große, aber eine gut auf die Küche abgestimmte Weinkarte. Wegen Umbauarbeiten voraussichtlich bis September geschlossen.

„Küchenwerkstatt": spannende Moderne

**La Fayette**
OT Uhlenhorst, Zimmerstr. 30
PLZ 22085 ■ e 4, S. 161
Tel. 040/22 56 30
www.la-fayette-hamburg.de
nur Abendessen, So geschl.
Hauptgerichte € 19-27
Chefköchin: Nathalie Röhrich
AmEx EC MASTER
Im charmanten kleinen Ecklokal sorgt Patron Richard Röhrich als umsichtiger und charmanter Gastgeber dafür, dass man sich rundum wohlfühlt. Hinter den Kulissen garantiert Nathalie Röhrich nun schon seit 13 Jahren dafür, dass man sich beim Blick in die französisch-mediterrane Speisenkarte kaum entscheiden kann, weil alles so verlockend klingt. Soll es Wildlachs sein, mit Amalfi-Zitronen und Basilikum mariniert, und dazu Spargelsalat – oder doch gebratene Froschschenkel? Gebratenes Zanderfilet auf Graupenrisotto oder knuspriges Spanferkel mit Spargel-Kartoffel-Ragout? Gut sortierte Weinauswahl mit 160 Positionen und Gutem aus Deutschland, Italien und Frankreich.

**La Scala**
OT Hoheluft-Ost, Falkenried 54
PLZ 20251 ■ d 3, S. 161
Tel. 040/420 62 95
www.ristorante-la-scala.com
nur Abendessen, Mo geschl.
Hauptgerichte € 25-35
Chefköche: Mario Zini, Michele Zini
Der junge Michele Zini (geschult vom Vater, ausgebildet von Cornelia Poletto) hat sich sehr gut eingelebt in der Miniküche dieses Geheimtipp-Italieners, und was er anzubieten hat, ist richtig gut: als Amuse-Gueule ein Crostino mit Nordsee-Krabben, Tomate und Gurke, delikat mit Olivenöl und Knoblauch abgeschmeckt. Roh servierte *carne salada,* eine Spezialität aus Papas Heimat, meint mageres Rindfleisch, mit Salz und Gewürzen eingerieben und als carpacciodünne Scheiben auf Rucola angerichtet, dazu exzellentes Olivenöl. Hausgemachte *agnolotti,* gefüllt mit Jakobsmuscheltatar, dazu eine feine Safransauce mit *vongole*-Muschelfleisch: sehr fein! Nein, es gibt keine Weinkarte, aber beste deutsche Rieslinge und wunderbare Rote aus Italien: Stammgäste freuen sich über Marios kompetente Beratung. Herzlich-familiärer Umgang, und wenn es die Temperaturen zulassen, wollen alle draußen auf der Terrasse sitzen.

**Landhaus Flottbek**
OT Groß Flottbek, Baron-Voght-Str. 179
PLZ 22607 ■ a 4, S. 160
Tel. 040/82 27 41 60
www.landhaus-flottbek.de
Sa mittag, So mittag geschl.
Hauptgerichte € 16-38
Chefkoch: Sven Pfütze
EC
Sven Pfütze hat das Vorgänger-Duo abgelöst und modernisiert die Karte behutsam. Etwa mit dem Carpaccio vom Weiderind, asiatisch angehaucht mit Ingwer, Tofu und Gurke – das gefällt. Frisches Grün lieferte der Kaiserschoten-Rahm-Minz-Salat mit würzigen Ofenkräutertomaten, Erbsenkresse und gebratenen Gambas. Auch das zarte Kaninchenfilet mit glasierten Mairüben und Parmesankartoffeln sowie *involtini* vom Linumer Kalb, mit Bärlauchgnocchi und knackig gebratenem Spargel überzeugten. Beim Dessert passte allerdings Schäfers Secco nicht so recht zum Passionsfrucht-Mango-Sorbet. Flotter, aufmerksamer Service. In diesem Jahr soll das Restaurant renoviert werden.

**Landhaus Scherrer**
OT Ottensen, Elbchaussee 130
PLZ 22763 ■ b 5, S. 160
Tel. 040/883 07 00 30
www.landhausscherrer.de
So geschl., Hauptgerichte € 19-45
Chefkoch: Heinz O. Wehmann
AmEx DINERS EC MASTER VISA
Kein anderer Koch der Hamburger Spitzengruppe ist so rührig wie Heinz Wehmann in seinem kleinen Gastro-Reich mit Restaurant, Bistro und Edel-Imbiss „Ö1" an der

Elbchaussee – und das mittlerweile seit mehr als 30 Jahren. Es sind vor allem die Klassiker, die seine vielen Stammgäste lieben, weshalb es die nun alle in einem Menü vereint gibt: den Steinbutt mit Wasabi-Meerrettich, die krosse Vierländer Ente mit Spitzkohl und den Quarkknödel. In einem wechselnden Tagesmenü setzt er auch saisonale Akzente wie beim Steinbutt mit Spargelvinaigrette oder bei einem Waldmeistersorbet. Weinkarte mit 600 Positionen und Europa-Schwerpunkt.

**Le Canard Nouveau** FFF○○
OT Ottensen, Elbchaussee 139
PLZ 22763 ■ b 5, S. 160
Tel. 040/88 12 95 31
www.lecanard-hamburg.de
So, Mo geschl., Hauptgerichte € 36-45
Chefkoch: Ali Güngörmüs
AmEx EC MASTER VISA
Wer rechtzeitig reserviert, kann den unverbauten Blick auf Elbe und Containerhafen genießen – direkt hinter den Panoramafenstern oder sommers auf der Terrasse. Dazu serviert Patron und Chefkoch Ali Güngörmüs abwechslungsreiche, klar strukturierte und ausgewogen gewürzte Kompositionen, etwa vorzüglichen Kabeljau mit geröstetem Blumenkohl und Hummer-Pastis-*nage* oder cremiges Champagnersüppchen mit Sauerkrautravioli. Asiatische Aromen kommen bei den Wildwassergarnelen mit Koriander, Daikon-Kresse und reichlich Mango-Anapurna-Curry-Dip wirkungsvoll zum Einsatz. Aufmerksamer Service.

**Le Plat du Jour** FF○○○
Altstadt, Dornbusch 4
PLZ 20095 ■ b 4/5, S. 159
Tel. 040/32 14 14
www.leplatdujour.de
kein Ruhetag, Hauptgerichte € 14-25
Chefkoch: Jean-Marc Bechet
AmEx EC MASTER VISA
Reservierung empfohlen: Die beliebte kleine Brasserie nahe dem Rathaus ist meistens voll. Muntere Stimmung herrscht an den eng gestellten Tischen, das liegt vor allem an der einfachen, verlässlich guten französischen Küche, die auf Klassiker setzt. Die wechselnden Pasteten sind ebenso wie Lyoner *saucisson* auf Puy-Linsen ein rustikaler Genuss, die Kalbsnieren in grobkörniger Senfsauce stets gut. Dazu wechselnde Tagesgerichte. Der Service arbeitet effizient und mit lässiger Höflichkeit.

**Lenz** FF○○○
OT Duvenstedt, Poppenbütteler Chaussee 3
PLZ 22397 nördlich ■ e 1, S. 161
Tel. 040/60 55 88 87
www.restaurant-lenz.de
Di geschl., Hauptgerichte € 12-37
Chefköche: Leslie Himmelheber, Dennis Kerber
AmEx EC MASTER VISA
So ein gutes, unkompliziertes Wohlfühllokal mit nettem Service und gastfreundlichem Preis-Leistungs-Niveau wünschen wir uns öfter! Leslie Himmelheber setzt auf gute Produkte und Gerichte ohne überflüssige Schnörkel. Was sein Team aus der Küche in die heimelig-modernen Gasträume schickt, ist ausnahmslos geschmackvoll und angenehm unprätentiös: ob Fjord-Forellenfilet mit Spargelragout, Morcheljus und Kartoffelcreme oder Maibockrücken mit Spitzkohl, Rhabarber und Kartoffelkrapfen. Immer überzeugend auch Klassiker wie die zarten geschmorten Kalbsbäckchen in Rotweinjus oder das Wiener Schnitzel mit knusprigen Bratkartoffeln. Dass er offen für Inspirationen ist, beweist der Chef hin und wieder mit Überraschungen wie einer wunderbaren Landschaft aus jungem Gemüse – ein Mitbringsel von einer Reise ins Baskenland.

**Matsumi** FF○○○
Neustadt, Colonnaden 96
PLZ 20354 ■ a 2, S. 159
Tel. 040/34 31 25
www.matsumi.de
So, Mo geschl., Hauptgerichte € 17-30
Chefkoch: Hideaki Morita
AmEx EC MASTER VISA
Hamburgs bester Japaner ist nicht leicht zu finden im ersten Stock in der Fußgängerzone.

Hideaki Morita bezieht einen Teil seiner Zutaten aus seiner Heimat, vielleicht sind seine Sushi auch deshalb so exzellent. Die isst man am besten am kleinen Tresen und sieht bei deren Zubereitung zu. Beim *washinabe* garen Meeresfrüchte und Gemüse auf einem Stövchen am Tisch. Alles topfrisch, ästhetisch angerichtet und schmackhaft.

**Memory** FF○○○
OT Sülldorf, Sülldorfer Landstr. 222,
PLZ 22589 westlich ■ a 4, S. 160
Tel. 040/86 62 69 38
www.memory-hamburg.de
Sa mittag, So, Mo geschl.
Hauptgerichte € 14-38
Chefkoch: Heiko Hagemann
AmEx EC MASTER VISA

Schlichtes, gastfreundliches Nachbarschaftsrestaurant mit engagierter französisch-mediterraner Küche. Mittags gibt es ein schlichteres Business-Lunchprogramm, abends zwei Menüs, die Saisonales mit internationalen Akzenten verbinden. Der marinierte rosa Kalbsrücken wird mit Frühlingslauch, die Jakobsmuschel mit Erdbeeren und grünem Pfeffer kombiniert. Leckere Desserts, herzlicher Service und deutsch-französische Weinauswahl.

**Piment** FFF○○
OT Hoheluft-Ost, Lehmweg 29
PLZ 20251 ■ d 3, S. 161
Tel. 040/42 93 77 88
www.restaurant-piment.de
nur Abendessen, So geschl.
Hauptgerichte € 28-38
Chefkoch: Wahabi Nouri
AmEx EC MASTER VISA

Wahabi Nouri pflegt in seinem kleinen gemütlichen Restaurant mit roten Wänden und patiniertem Stuck seinen geschmackvollen Stil auf französischer Basis mit Akzenten aus seiner marokkanischen Heimat. Dabei spielt er auf den Tellern aktuell recht viel mit verschiedensten Mikroelementen (Punkte, Tropfen, Kugeln) und Texturen wie Gelee. Ein meeresfrischer Gruß war das Tatar von der Pfahlmuschel mit Kräutern und winzigen gerösteten Brotwürfelchen für den Crunch. Gut auch der Salat vom gezupften Kabeljau mit frischer, zitrusartiger Note und fein gehobeltem Fenchel, die zahlreichen Würzelemente in besagten Formen fügten sich allerdings zum Teil mit etwas zu salzigen und zu süßen Noten nicht ganz harmonisch zusammen. Sehr gut ein feines Couscous, zur Halbkugel geformt, von zarten Kohlblättern umhüllt,

**„Piment": Im intimen Lokal mit roten Wänden setzt Wahabi Nouri orientalische Akzente**

mit tiefaromatischer Jus umgossen. Tupfen, Kugeln und diverse andere Formen auch wieder beim Seeteufel mit tomatisiertem Blumenkohl (als Mousse) und gebackener Béarnaise (flüssig in einer Praline). Marokkanische Noten beim sehr guten, bestens rosa gebratenen irischen Lammrücken mit Ras el-Hanout, dazu geschmortes Fleisch in einer geschmacklich zurückhaltend gebackenen Praline. Netter Service, trotz halb leerem Lokal nicht immer rechtzeitig zur Stelle. Überschaubare Weinauswahl.

**Portomarin** FF○○○

OT Winterhude, Dorotheenstr. 180
PLZ 22299 ■ e 3, S. 161
Tel. 040/46 96 15 47
www.portomarin.de
nur Abendessen, So, Mo geschl.
Hauptgerichte € 19-27
Chefkoch: Germán Diaz
AmEx EC MASTER VISA

Ein schönes, gepflegtes spanisches Restaurant – davon gibt es nicht viele hierzulande. Jesús Diaz Sindin und seine Frau Patricia empfangen im ochsenblutrot gestrichenen, anheimelnden Lokal, an den Wänden jede Menge Fotos aus Portomarin am Miño, der galicischen Heimat von Jesús. Auch die Speisenkarte verrät, dass er aus einer für Fisch und Meeresfrüchte berühmten Region stammt: *Chipirones,* die kleinen Tintenfischchen, kommen sehr zart auf den Teller, begleitet von Petersilienöl mit Kapern. Ob Zander oder Heilbutt, der Fisch ist bestens gegart und hat allerlei Saucen als Begleitung, wir können auch Garnelen aus dem Ofen empfehlen. Fleischfans raten wir zu einem Teller vom sensationellen dunkelroten Bellota-Schinken, der so schön süßlich und nach Nüssen schmeckt. Die Gastgeber sind kompetente Botschafter für die besten Weine Spaniens, die Auswahl ist stattlich.

**Seven Seas** FFFF○

OT Blankenese, im Hotel Süllberg
Süllbergsterrasse 12
PLZ 22587 westlich ■ a 5, S. 160
Tel. 040/866 25 20

**„Seven Seas": Patron Karlheinz Hauser**

www.suellberg-hamburg.de
außer So nur Abendessen, Mo, Di geschl.
Hauptgerichte € 36-44
Chefköche: Karlheinz Hauser, Marcel Görke
AmEx EC MASTER VISA

Karlheinz Hauser hat seinem Flaggschiff ein Facelifting verordnet. Sehr schick, elegant und dennoch warm ist der halbrunde Raum jetzt in edlen Beige- und Cremetönen, mit neuen Sesselbezügen und Vorhängen, die Mittelsäule schmücken ein Bild der „Sea Cloud" und ein stilisierter Kompass. Modifiziert ist auch die Karte, aus der man sich sein Menü zusammenstellen kann, dazu Vorschläge für ein Degustations- und ein vegetarisches Menü. Apart auf einer mit Muscheln dekorierten Petrischale angerichtet kam als Amuse-Bouche „Matjes Hausfrauenart": ein würzig-zartes Stück Hering mit Apfelmus und -gel, Minigurke, feinem knusprigem Zwiebelring und gefrorenen Perlen von Sauerrahm. Schöner Brotwagen mit ungewöhnlichen Sorten! Der „Gang durchs Alte Land" besticht sehr geschmackvoll mit 15 Sorten rohen und marinierten Gemüsen und Kräutern mit Sauerampferpesto und knusprigen kleinen Kartoffelstücken mit Schale. Neu interpretiert und federleicht kommt die perfekt gegarte Seezunge

„Colbert" auf den Tisch – mit feinen Kräuterstreifen, Périgord-Trüffelscheiben im Inneren, Püree und kleinen Blättchen von Spinat, Tomatenkernöl, die Sauce béarnaise luftig aufgeschäumt und die Kartoffeln als farbige Sticks von Salz-, Süß- und Urkartoffel. Tiefaromatisch die Jus zum Lamm mit Bries, Zunge, Filet und Nacken mit etwas zurückhaltenden Gnocchi. Kindheitserinnerungen bei „Mamas Müsli", einer mit Beerenschaum, Früchten, Müsli und Brocken von weißer Luftschokolade gefüllte Joghurtkugel, die am Tisch zerschlagen wird, frischer Honig kommt dazu und Joghurtschaum aus dem Siphon. Der so umsichtige wie angenehm zurückhaltende Sommelier Maximilian Wilm serviert dazu Berchtesgadener Landmilch mit spanischem Orangenlikör und empfiehlt auch sonst kompetent aus den 800 Weinpositionen. Sehr guter Service.

**Stock's** FF○○○
OT Poppenbüttel, An der Alsterschleife 3
PLZ 22399 ■ f 1, S. 161
Tel. 040/611 36 20
www.stocks.de
www.stocks.de, Hauptgerichte € 15-24
Chefkoch: Heiko Stock
AmEx DINERS EC MASTER VISA

Außen Fachwerk, innen moderner Charme – das kommt an bei den Alstertalern, die in Scharen in Heiko Stocks beliebtes Restaurant am Alsterlauf strömen. Und offensichtlich auch sein zunehmend asiatisch geprägtes Programm: Neben diversen Sashimi und einer stattlichen Auswahl an *California Sushi („Dagobert Duck roll"* mit Tempura-Ente und *cream cheese)* gibt es auch eine Vorspeisen-Abteilung „Asia Style" mit knuspriger Frühlingsrolle mit Garnele oder Popcorn-Gamba mit *creamy spicy sauce.* Wir empfehlen den Oktopus, ob geröstet mit Rucolasalat als Vorspeise oder kross mit Biarritzer Kartoffelstampf als üppiger Hauptgang. Tagliatelle in Variationen konkurrieren mit Klassikern wie Angeldorsch mit Pommerysenfsauce, der Seezunge „Müllerin Art" oder auch Kabeljau in Miso-Teriyaki. Im Obergeschoss inszeniert die „Kaminstube" lässigen Alpenschick mit einer Mischung aus Sushi und einigen österreichischen Elementen. Junger, lässiger Service, deutsche Weine.

**Tschebull** FF○○○
Altstadt, im Levantehaus, Mönckebergstr. 7
PLZ 20095 ■ c 4, S. 159
Tel. 040/32 96 47 96

**„Tschebull": Alpenschick mit Augenzwinkern und österreichischer sowie mediterraner Küche**

„Vlet“: In elegant-rustikalem Ambiente interpretiert Thomas Sampl die norddeutsche Küche neu

www.tschebull.de
So geschl.
Hauptgerichte € 16-30
Chefköche: Alexander Tschebull, Christoph Otten
AmEx DINERS EC MASTER VISA

Für Hamburger liegt Österreich ganz nah – nämlich im ersten Stock des Levantehauses an der Einkaufsmeile Möckebergstraße. Dort haben Yvonne und Alexander Tschebull vor allem Klassiker wie Kärntner Kasnudeln, Fiakergulasch und Alt-Wiener Tafelspitz auf der Karte. Aber Patron Tschebull und seine Köche können es auch innovativer und feiner: In Zitronenthymian gebeizter Saibling mit Kaiserspargel, Gurkengelee und Knuspерpraline oder Wallerfilet mit geschmolzenen Champignons, grünem Spargel und Apfelessiggelee sind feine mediterrane Kreationen. Zum Schluss eine Mehlspeise: Marillenstrudel, Kaiserschmarren oder Salzburger Nockerln (nur ab zwei Personen). Der flinke Service mit Überblick empfiehlt Wein aus Österreichs Anbaugebieten, auch deutsche Rieslinge und Burgunder werden in größerer Vielfalt geboten.

**Vlet** FF○○○

OT Speicherstadt, Am Sandtorkai 23-24
(Eingang über Kibbelstegbrücke)
PLZ 20457 ■ d 5, S. 161
Tel. 040/334 75 37 50
www.vlet.de
Sa mittag, So geschl.
Hauptgerichte € 21-28
Chefköche: Thomas Sampl, Lars Möller
AmEx EC MASTER VISA

Herrlich erfrischend, wie Thomas Sampl und Lars Möller im schicken ehemaligen Speicher die norddeutsche Küche neu und ideenreich interpretieren! Nirgendwo sonst macht ein Bismarckhering so viel Spaß wie hier, wenn er gebacken mit Rosenkohl, Wattenmeerschinkenmus (dort gereift, luftgetrocknet, geräuchert), Wildsalat und gefrorenem Dill daherkommt. Originell ist auch, wie das Stubenküken „weißsauer“ angerichtet wird: mit Kartoffelkuchen, gebratenen Rettich-Apfel-Schnipseln, Minigurken und Honigkresse. Und keine Sorge: Was da manchmal etwas gewagt klingt, schmeckt! Gute deutsche Weine, netter Service.

# SZENELOKALE HAMBURG

**Au Quai** ✱
OT Altona, Große Elbstr. 145 b-d
PLZ 22767 ■ c 5, S. 160
Tel. 040/38 03 77 30
www.au-quai.com
Sa mittag, So geschl., Hauptgerichte € 18-41
Chefköche: Timo Müller, Dominik Severinac
AmEx EC MASTER
Eine der schönsten Terrassen am Hamburger Hafen und im Sommer ein begehrter Platz direkt am Wasser. Aus der Küche kommt ein munterer Mix aus euro-asiatischen und mediterranen Gerichten, der seinen Schwerpunkt auf Fisch und Seafood legt. Austern, Sashimi und Seafoodplatte sind ordentliche Standards, die Bouillabaisse in zwei Portionsgrößen mit *rouille* ist ein beliebter Klassiker. Dazu gibt es, was die Mehrheit gern isst: Pasta, *black cod* (Köhlerfisch) mit Miso-Sake-Creme, Seezunge in Nussbutter und Fleisch vom Grill wie Pommersches Côte de Bœuf für zwei. Deutsch-französische Weinauswahl.

**Bullerei** ✱
OT St. Pauli, Lagerstr. 34 b
PLZ 20357 ■ d 4, S. 161
Tel. 040/33 44 21 10
www.bullerei.de
nur Abendessen, Hauptgerichte € 9-29
Chefkoch: Michael Wolf
AmEx EC MASTER VISA
Den Anti-Glamour ehemaliger Lagerhallen auf dem Schlachthofgelände hat Tim Mälzer zum Programm gemacht und trifft auch mit der Speisenkarte den lässig-schnodderigen Ton, den seine Fans an ihm schätzen. Man strauchelt hier bisweilen auf dem schmalen Grat zwischen Selbstbewusstsein und -überschätzung, wenn die Burrata als „die beste in Hamburg" angekündigt wird. Aber hierher kommt ohnehin niemand, um im siebten Himmel der Genüsse zu schweben, aus dem man bei allzu weichen Pommes auch schon mal etwas unsanft wieder auf dem Boden der kulinarischen Tatsachen landet. Es gibt zwar auch Pasta (Tortelloni mit Ziegenkäse), *beef tartare* oder Fisch, man hält sich aber am besten an das Fleisch vom Grill wie Entrecote, Filet oder US-Beef-Ribs, das solide zubereitet wird. Deutsche Weine.

**COAST by east** ✱
OT Hafencity, Großer Grasbrook 14
PLZ 20457 ■ d 5, S. 161
Tel. 040/30 99 32 30
www.coast-by-east.de

**„Bullerei": Tim Mälzers beliebte Bühne. „COAST by east": Frank Gmeinwieser kocht im Hafen**

kein Ruhetag, Hauptgerichte € 17-35
Chefkoch: Frank Gmeinwieser
AmEx EC MASTER VISA

Durch die großen Panoramafenster schaut man auf Hafenbecken und Marco-Polo-Terrassen. Ambiente und Umgangston sind lässig-leger, die Küche ist asiatisch und bietet neben Sushi, Sashimi und Tempura Gerichte wie *crispy duck salad* mit Erdnüssen, Pomelo und roter Zwiebel oder Lammkarree „Barbecue-Style" mit Wokgemüse und Korianderwurzel. Darunter: „Coast Winebar" mit großer Terrasse.

**Cornelia Poletto** FF○○○
OT Eppendorf, Eppendorfer Landstr. 80
PLZ 20249 ■ d 3, S. 161
Tel. 040/480 21 59
www.cornelia-poletto.de
So geschl.
Hauptgerichte € 20-49
Chefköchinnen: Cornelia Poletto, Katrin Bresse
AmEx DINERS EC MASTER VISA

Im winzigen Eckbistro mit Feinkostladen drängen sich Stammgäste aus Gourmetzeiten, Eppendorfer Hipster und Cornelia Polettos treue TV-Fans. Die Tische stehen eng, es gibt einen kleinen Tresen und einen Gemeinschaftstisch. Auf der Karte stehen Klassiker wie Antipasti, die guten Sardinillas de Rianxo aus der Dose oder das halbe Hähnchen „alla Poletto", aber auch Tagesspezialitäten, unter denen immer eine gute Pasta ist (Linguine mit Gorgonzola dolce und Basilikum). Dazu ein Fisch- und ein Fleischgericht wie Weißer Heilbutt mit Heidespargel, Kartoffelstampf und Zitronen-Hollandaise oder Salzwiesenlamm mit Artischocken-Bohnen-Sud und Taggiasca-Oliven.

**east** ✱
OT St. Pauli, im East Hotel, Simon-von-Utrecht-Str. 31,
PLZ 20359 ■ c/d 4, S. 160/161
Tel. 040/30 99 33
www.east-hamburg.de
Sa mittag, So mittag geschl.
Hauptgerichte € 17-32
Chefkoch: Matthias Schmitt
AmEx EC MASTER VISA

Die Location im Herzen des Hotels mit ihren überdimensionalen Säulen und der Sushi-Bar ist sehenswert und ein beliebter Szenetreff auf dem Kiez. Die Küche setzt auf asiatisch-mediterranen Cross-over, der von Thai-Caesar-Salad bis zu gebratenem Pulpo mit *pimientos* reicht und von pochiertem Kabeljau mit marokkanischem Couscous über Wiener Schnitzel bis zu Steaks. Am besten hält man sich aber an Sushi und Sashimi. Viele deutsche Weißweine auf der Karte mit rund 200 Positionen. Angesagte Bar.

**Francia & Poletto's Winebar** ✱
OT Eppendorf, Eppendorfer Weg 287
PLZ 20251 ■ d 3, S. 161
Tel. 040/38 64 47 00
www.poletto.de
kein Ruhetag, Hauptgerichte € 17-32

**„east": gute Sushi im angesagten Großlokal. „Francia & Poletto's Winebar": italienische Weine**

Chefkoch: Stephan Schranz
EC M T Y
Parkplätze? Kommen Sie gleich mit dem Taxi! Das ist ohnehin die bessere Wahl, wenn Sie sich durch das Weinangebot von Remigio Poletto und Luigi Francia probieren wollen. Das umfasst nämlich über 400 Positionen vornehmlich italienischer Herkunft und listet wechselnde offene Weine, darunter auch mal hochwertige. Die Küche in Hamburgs derzeit beliebtester Weinbar bietet neben diversem Aufschnitt unkomplizierte italienische Basics wie *piadina* (Fladenbrot), Taglioni mit Trüffeln aus dem Grana-Padano-Laib oder Orechiette mit Salsiccia und wildem Brokkoli sowie je einem wechselnden Fisch- und Fleischgericht *(ossobuco alla milanese).* Mittagstisch.

**Goldfisch** *

OT Eppendorf, Isekai 1
PLZ 20249 ■ d 3, S. 161
Tel. 040/57 00 96 90
www.goldfisch.de
Sa mittag geschl., Hauptgerichte € 15-45
Chefkoch: Artur Celuch
AmEx M T
Bistro-Ambiente im Inneren mit eng stehenden Tischen in der aktuellen, platzsparenden „Reihenanordnung", lauschige Terrasse über dem Kanal im Sommer. Die Küche spannt den Bogen von Sushi über Ravioli mit Büffelricotta und Frühlingstrüffeln bis zu Steinbutt im Ganzen vom Grill für zwei. Gute Steaks, die *dry-aged* T-Bone-Steaks sind vier Wochen am Knochen gereift und auch für zwei ein opulenter Genuss. Kleine Mittagskarte, Frühstück. Bootsverleih.

NEU **Henriks** FF○○○

OT Rotherbaum, Tesdorpfstr. 8
PLZ 20148 ■ a 1, S. 159
Tel. 040/288 08 42 80
www.henriks.cc
kein Ruhetag, Hauptgerichte € 19-55
Chefkoch: Claas-Henrik Anklam
AmEx EC MASTER VISA M T Y
Im neuen SAP-Gebäude nahe dem Dammtor-Bahnhof hat „Henriks" eröffnet: Ein großer Raum mit deckenhohen Fenstern, Sitzbänken und elegant gedeckten Tischen, ein Bar- und Loungebereich lädt zum unkomplizierten Snack. Der begehbare gläserne Weinschrank signalisiert Anspruch. Die Speisenkarte (Küche durchgehend von 12 bis 23 Uhr) setzt auf klassisches Bistro-Repertoire. Tadellose Sylter-Royal-Austern mit Chester-Pumpernickel-Kanapees, halber Hummer, gegrillt oder als „Thermidor", bestens gewürzte Tatarvariationen. Den Schwerpunkt bilden Steaks. Patron Claas-Henrik Anklam, einst Mitinitiator des beliebten „Tarantella" in der Spielbank, und seine Mitarbeiter im Service schaffen eine Atmosphäre lässiger Weltläufigkeit. Große Terrasse mit Blick ins Grüne.

**Henssler Henssler** FFF○○

OT Altona, Große Elbstr. 160
PLZ 22767 ■ c 5, S. 160

**„Goldfisch": mediterraner Mix und Steaks. „Henriks": offene Küche und viele Showeffekte**

Tel. 040/38 69 90 00
www.hensslerhenssler.de
So geschl., Hauptgerichte € 20-35
Chefkoch: Steffen Henssler
AmEx EC

TV schafft Prominenz: Das lebhafte Szenelokal im puristischen Industriedesign von Steffen Henssler beweist das beispielhaft – immer gut besucht, immer fröhlich-laut. Papa Werner Henssler ist noch mit von der Partie, ebenso Bruder Peter Henssler als Restaurantleiter, und das ist gut so, denn Steffen ist in eigener Sache viel unterwegs. Er hat allerdings ein engagiertes Team, das die *pacific cuisine* verlässlich umsetzt. Die Sushi-Auswahl ist groß, immer gut sind die verschiedenen Sashimi-Kreationen, etwa gebratenes Sashimi vom Hamachi mit zweierlei Tomate. Es gibt Tempura, vom Grill kommen Rib-Eye und Rumpsteak mit Wahl-Beilagen, dazu gibt es gebratenes Filet vom Wolfsbarsch mit rotem Linsenrisotto und *beurre blanc*. Überschaubare Weinauswahl.

**Nil** F○○○○
OT St. Pauli, Neuer Pferdemarkt 5
PLZ 20359 ■ d 5, S. 161
Tel. 040/439 78 23
www.restaurant-nil.de
nur Abendessen, Di geschl.
Hauptgerichte € 16-24
Chefkoch: Matthias Schulz
EC

Nicht ganz in gewohnter Form erlebten wir zuletzt das beliebte Szenerestaurant. Der nette Service wirkte bei vollem Haus etwas überfordert, sodass bis zum Auftragen des ersten Tellers nahezu eine knappe Stunde verging. Die Küche bezieht ihre Zutaten weiterhin vor allem aus der Region und ändert das Vier-Gänge-Menü (42 Euro) monatlich. Solide war das Ragout vom Wildschwein mit Pak-Choi und Kartoffelpüree. Die rosa gebratene Müritz-Lammkeule wurde mit weißen Rüben und mit Kichererbsen-Krapfen serviert, die leider schon deutlich abgekühlt waren. Charmante Location über drei Ebenen (Souterrain, Erdgeschoss und Galerie), in den wärmeren Monaten ist außerdem die Terrasse geöffnet.

**Rive** ✻
OT Altona, Van-der-Smissen-Str. 1
PLZ 22767 ■ c 5, S. 160
Tel. 040/380 59 19
www.rive.de
kein Ruhetag, Hauptgerichte € 17-38
Chefkoch: Marcel Höppner
AmEx

Beste Lage direkt am Wasser. Der Standort am Hafen bestimmt auch unter wechselnden Küchenchefs solide das Programm: Auf die Tische mit den französisch-maritim karierten Tischdecken kommt vor allem Fisch und Seafood. Das reicht von Matjesfilet und Sushi über gegrillte schottische Jakobsmuscheln und Bouillabaisse bis zum gekochten Schellfisch in Dijonsenfsauce und gegrilltem Kabeljau mit Bärlauchrisotto und Riesling-Schaum.

**„Henssler Henssler": immer voll, immer fröhlich. „Rive": maritim und ein Szeneklassiker**

Hamburg Innenstadt
Sehenswürdigkeit, öffentl. Gebäude
Kirche
Information
Parkmöglichkeit
Essen und Trinken
Museum
Theater
Denkmal
U-Bahn
S-Bahn
Bahnhof
Fußgängerzone
Außenalster
0
300 m
© MERIAN-Kartographie
Binnenalster
Universität
Moorweide
Dammtor-Bahnhof
Dag-Hammarskjöld-Platz
Theodor-Heuss-Pl.
Alter Botanischer Garten
Stephans-platz
Esplanade
Kennedybrücke
Lombardsbrücke
Glockengießerwall
Hamburger Kunsthalle
Ferdinands-tor
Henriks
Matsumi
Casse Croûte
Haerlin
Die Bank
Tschebull
Café Paris
Le Plat du Jour
Staats-oper
Überseeclub
Gänse-markt
Jungfernstieg
Rathaus
Börse
Adolphs-platz
St. Petri
St. Jakobi
Thalia-Theater
Gerhart-Hauptmann-Platz
Mönckebergstr.
Steinstraße
Speersort
Chilehaus
Meßberg
Willy-Brandt-Str.
St.-Nikolai-Turm
Patriotische Gesellschaft
Hopfen-markt
St. Katharinen
Deutsches Zollmuseum
Speicher-stadt
Zollkanal
Dovenfleet
Wandrahms-steg
Oberbaum-brücke
Kornhaus-brücke
Reimers-twiete
Nikolaifleet
Alsterfleet
Bleichenfleet
Mönkedamm
Ballindamm
Rothenbaumchaussee
Edm.-Siemers-Allee
Mittelweg
Alsterglacis
Alsterterrasse
Warburgstraße
Alsterufer
Fontenay
Dammtorwall
Colonnaden
Neuer Jungfernstieg
Große Bleichen
Poststr.
Bergstr.
Schmiedestr.
Rathausstr.
Bugenhagenstr.
Burchardstr.
Altstädter Str.
Johanniswall
Klingberg
Pumpen
Nikolaibr.
Deichstraße
Katharinen-str.
Steckelhörn
Georgs-platz
Spitalerstr.
Kurze Mühren
a
b
c
1
2
3
4
5

H

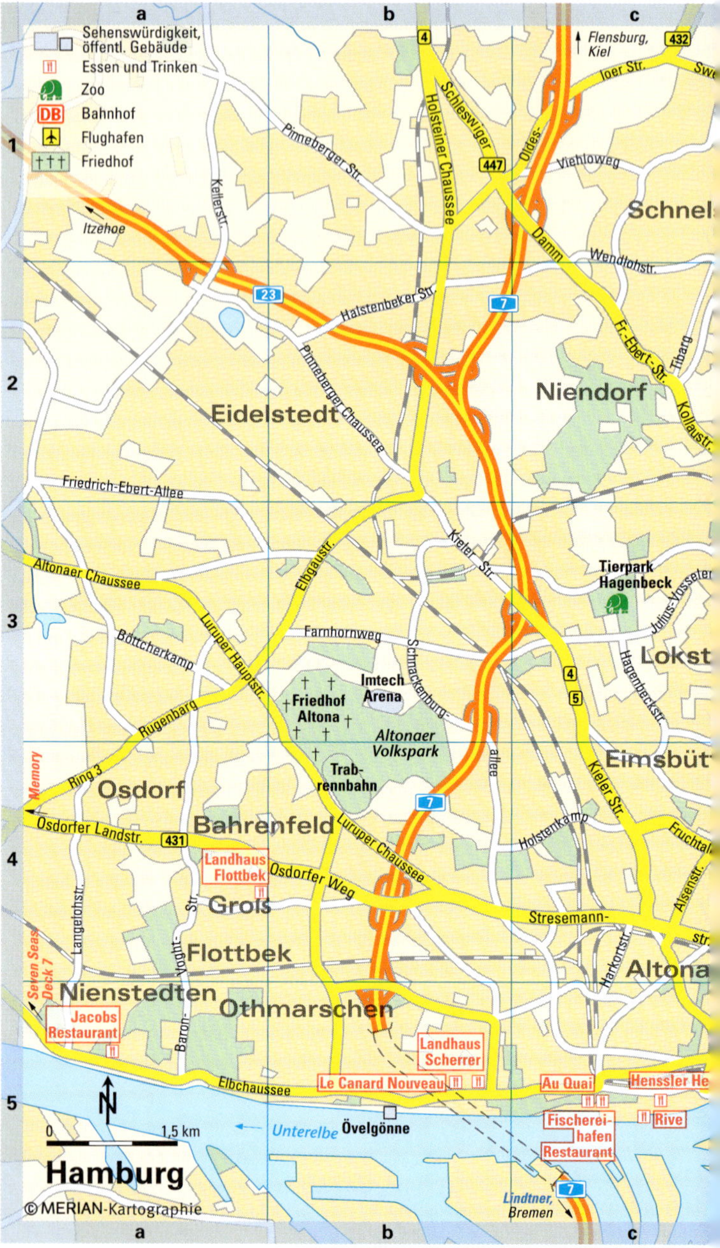
a
b
c
1
2
3
4
5
Sehenswürdigkeit, öffentl. Gebäude
Essen und Trinken
Zoo
Bahnhof
Flughafen
Friedhof
Flensburg, Kiel
Itzehoe
Schleswiger
Holsteiner Chaussee
Oldesloer Str.
Pinneberger Str.
Kellerstr.
Viehloweg
Schnel
Damm
Wendlohstr.
Halstenbeker Str.
Pinneberger Chaussee
Eidelstedt
Fr.-Ebert-Str.
Tibarg
Niendorf
Kollaustr.
Friedrich-Ebert-Allee
Kieler Str.
Tierpark Hagenbeck
Altonaer Chaussee
Elbgaustr.
Julius-Vosseler
Luruper Hauptstr.
Böttcherkamp
Farnhornweg
Schnackenburg-allee
Lokst
Imtech Arena
Friedhof Altona
Hagenbeckstr.
Rugenbarg
Altonaer Volkspark
Trab-rennbahn
Eimsbüt
Memory
Ring 3
Osdorf
Bahrenfeld
Luruper Chaussee
Holstenkamp
Osdorfer Landstr.
Landhaus Flottbek
Osdorfer Weg
Fruchtal
Alsenstr.
Langelohstr.
Groß
Flottbek
Stresemann-str.
Voght-Str.
Harkortstr.
Altona
Seven Seas Deck 7
Nienstedten
Othmarschen
Jacobs Restaurant
Baron-
Landhaus Scherrer
Elbchaussee
Le Canard Nouveau
Au Quai
Henssler He
Rive
Fischerei-hafen Restaurant
Övelgönne
Unterelbe
0
1,5 km
Hamburg
© MERIAN-Kartographie
Lindtner, Bremen
4
432
447
23
7
5
431

d
e
f
1
2
3
4
5
Lenz
Stock´s
Ring 3
Krohnstieg
Poppenbütteler
Weg
Langenhorner Chaussee
Alte Landstr.
Alster
Wellingsbütteler
Weg
Glashütter Landstr.
Alte Landstr.
Wellingsbütteler Landstr.
Flughafen
Hamburg-Fuhlsbüttel
433
Fuhlsbüttel
Weg beim Jäger
Ohlsdorfer
Friedhof
Ohlsdorf
Bramfelder
See
Bramfelder Chaussee
Fuhlsbütteler
Str.
Alsterkrugchaussee
Alster
434
Seebek
Steilshooper
Allee
Borsteler Chaussee
Bebelallee
Hindenburgstr.
Deelböge
Ring 2
Jahnring
Saarland-
str.
Habicht-
str.
Bramfelder Chaussee
Haldesdorfer Str.
Lesserstr.
Poletto
Winebar
Poletto
Portomarin
Goldfisch
Eppendorfer Landstr.
Eppendorfer
Baum
Lehmweg
5
Barmbeker Str.
5
Winterhuder
Weg
Osterbekkanal
Dulsberg
Krausestr.
Straßburger Str.
Walddörfer Str.
Weidestr.
Dehnhaide
Sierichstr.
Küchen-
werkstatt
La Fayette
Hamburger Str.
75
Wandsbek
Rothenbaumchaussee
Mittelweg
Anna Sgroi
Wandsbeker
Marktstr.
Wandsbeker
Chaussee
Eilenau
Hammerstr.
Beim
Schlump
Str.
Berlin
Außen-
alster
Eilbek
24
Planten un
Blomen
Sievekingsallee
Galopp-
rennbahn
An der Alster
Hamm
DB Hauptbahnhof
75
Borgfelder Str.
Eiffestr.
5
Horner Landstr.
Bergedorfer Str.
Heidenkampsweg
Karte siehe
Seite 159
Amsinckstr.
Billwerder
Ausschlag
Vlet
COAST by east
Carls Brasserie
Norder-
elbe
Billstr.
Billstr.
4
Horner Rampe

H

„Wielandstuben": Lukas Erfurth pflegt die französische Küche – auch mit Champagnertörtchen

## Hamm ■ D 14, S. 339

**Wielandstuben** FF○○○
OT Wiescherhöfen, Wielandstr. 84
PLZ 59077
Tel. 02381/40 12 17
www.wielandstuben.de
Sa mittag, Mo, Di geschl.
Hauptgerichte € 21-38
Chefkoch: Lukas Erfurth
AmEx EC MASTER VISA
Schön, wie Patron Jürgen Faßbender und sein Team das beliebte Restaurant kontinuierlich mit neuen Ideen in die Zukunft führen. Viele Stammgäste haben in den vier sehr unterschiedlichen Räumen einen Lieblingsplatz. Einhellig schätzen alle den mediterrane Stil, die auf klassisch-französischer Basis gründet. Gute Produkte sind die Hauptdarsteller, wenn die Küche Karottentörtchen auf Spinat und Kräuterrahm anrichtet oder eine rosa gebratene Hüfte vom irischen Salzwiesenlamm mit Bärlauch-Oliven-Risotto. Netter Service, deutsch-französische Weinauswahl und eine herrlich idyllische Hofterrasse.

## Hamminkeln ■ B 14, S. 338

NEU **J Restaurant & Lounge** FF○○○
OT Ringenberg, im Schloss Ringenberg
Schlossstr. 8, PLZ 46499
Tel. 02852/50 75 40
www.j-restaurant.de
außer So nur Abendessen, Mo geschl.
Hauptgerichte € 26-29
Chefkoch: Stephan Janssen
EC
Ideenreiche und weltoffene Küche im schicken Kellergewölbe des Wasserschlosses Ringenberg. Das Team kombiniert in den Gerichten oft diverse Komponenten, wenn es etwa die im Vakuum gegarte Entenbrust mit Passionsfruchtlack, Spitzkohlcurry, Spargel-Estragon-*pakora* (frittierte Teigtasche), Marmelade von der roten Zwiebel und Gewürzjoghurt anrichtet. Sonntagmittags wird ein Drei-Gänge-Menü für 25 Euro angeboten. Kleine Weinauswahl.

## Hannover ■ B 17, S. 340

**Basil** FF○○○
OT Vahrenwald, Dragonerstr. 30, PLZ 30163
Tel. 0511/62 26 36
www.basil.de
nur Abendessen, So geschl.
Hauptgerichte € 13-24
Chefköche: Ilka Heine, Salvo Strano
AmEx EC MASTER VISA
Das schicke Lokal mit seinem imposanten Backstein-Kreuzgewölbe, den bunten Arne-Jacobsen-Stühlen und der schönen Sommerterrasse hinterm Haus ist über die Jahre

fast so etwas wie ein Kultlokal in der Landeshauptstadt geworden. Die Küche bietet weiter ihr buntes internationales Programm, das für jeden Geschmack etwas offeriert: von gegrilltem Pulpo auf Kartoffelsalat über gebratene Rotbarbe auf Korianderlinsen mit geräuchertem Tomatensud bis zum Filet vom Black-Angus-Rind mit Kartoffel-Pfifferlings-Tortilla. Schön, dass es weiter gute, aber auch günstige Weine gibt.

**Clichy** FF○○○

OT List, Weißekreuzplatz 31, PLZ 30161
Tel. 0511/31 24 47
www.clichy.de
Sa mittag, So, Mo geschl.
Hauptgerichte € 26-32
Chefkoch: Elmar Nußbaum
AmEx MASTER

Eine sichere Bank ist das gediegene Restaurant nahe dem Hauptbahnhof für Freunde französisch-mediterraner Delikatessen. Sautierter Seeigel mit schwarzen Nudeln und Tomatenvinaigrette oder lauwarmer Hummersalat mit Olivenkrokant in Krustentierschaum holen südliche Aromen in den Norden. Dazu die tolle Weinauswahl des Patrons Ekkehard Reimann mit 500 Sorten.

**Die Insel** FF○○○

OT Döhren, Rudolf-von-Bennigsen-Ufer 81
PLZ 30519
Tel. 0511/83 12 14
www.dieinsel.com
kein Ruhetag, Hauptgerichte € 29-49
Chefkoch: Benjamin Meusel
AmEx EC MASTER VISA

Am liebsten sitzen wir auf der Terrasse direkt am Maschsee, im Sommer einer der schönsten Plätze der Stadt. Benjamin Meusel pflegt weiter die klassisch-mediterrane Küche, wenn er kurz gegrillte Jakobsmuscheln mit Petersilie, Zitrone und Beurre blanc anrichtet oder den gebratenen Müritz-Zander mit Erbsenrisotto und grünem Spargel. „J.P.'s Fischteller" ist und bleibt ein Klassiker, der je nach Tagesangebot mit verschiedenen Zutaten bestückt wird. Atemberaubende Weinkarte mit 1900 Positionen und allem, was in Frankreich und Deutschland Rang und Namen hat.

**Titus** FFF○○

OT Döhren, Wiehbergstr. 98, PLZ 30519
Tel. 0511/83 55 24
www.restaurant-titus.com
nur Abendessen, So, Mo geschl.
Menüs € 54-84
Chefkoch: Dieter Grubert
AmEx DINERS EC MASTER VISA

Dieter Grubert ist stets für Überraschungen auf dem Teller gut: gepökelte Taubenbrust mit Jakobsmuschel, Kohlrabi, Koriander, Tomate und flüssigem Feldsalat zum Beispiel. Dem leicht angebratenen Zander verhilft Grubert mit Trauben, Chilikraut, Burrata-*nage* und Meerrettich zu einem ungeahnt glanzvollen Auftritt. Gute Desserts wie Erdbeer-Rhabarber-Crumble mit Espresso-Panna-cotta. 280 ausgesuchte Weine.

**Tropeano Di-Vino** FF○○○

OT Kirchrode, Kleiner Hillen 4, PLZ 30559
Tel. 0511/353 31 38
www.restaurant-tropeano.de
Mo geschl., Hauptgerichte € 19-28
Chefkoch: Kai Bachmann
EC MASTER VISA

Großartige Weine (300) und liebenswürdiger Service sind bei Biagio Tropeano selbstverständlich. Die Küche ist der Moderne gegenüber aufgeschlossen, zollt aber der italienischer Tradition Respekt. Warme Polentacreme wird mit geräuchertem Scamorza-Käse, gegrillten Calamaretti und Kastanienhonig serviert, das *millefeuille* von Kalbsbries mit schwarzem Venere-Reis in Spumantesauce. Fast schon ein Klassiker: mit Thymian aromatisierte Entenbrusttörtchen zu Auberginencreme und Orangensauce. Tiramisu mit piemontesischen Haselnüssen und schmelziger Schokoladencreme.

## Hardert

■ C 32, S. 344

**Corona** FF○○○

Im Hotel Zur Post, Mittelstr. 13, PLZ 56579
Tel. 02634/27 27

www.restaurantcorona.de
Mo, Di geschl.
Hauptgerichte € 11-30
Chefkoch: Sergio Corona
EC
Beschaulich ist es im Westerwälder Familienbetrieb mit charmant-altmodischem Ambiente, brokatbezogenen Stühlen, geschwärzten Bronzeleuchtern und unkomplizierter, herzhafter Küche. Die Spargelsuppe ist gute Hausmannskost, die Gambas zum Rucolasalat sind kräftig geröstet. US-Beef und Filet vom Ibérico-Schwein werden hier ordentlich angebraten, dazu wird auch mal eine deftige Zwiebeljus serviert. Erfrischend leicht und lecker: Desserts wie Ananas- und Champagnersorbet mit Limettensauce. Patronin Kerstin Corona hat zudem eine sehr achtbare Weinkarte zu durchweg günstigen Preisen zusammengestellt.

## Harsewinkel ■ D 13, S. 339

**Poppenborg**
Brockhäger Str. 9, PLZ 33428
Tel. 05247/22 41
www.poppenborg.com
Mi geschl., Hauptgerichte € 29-44
Chefkoch: Heinrich Poppenborg

**„Poppenborg": lichte Eleganz**

AmEx DINERS EC MASTER VISA
Lichte, elegante Atmosphäre in der westfälischen Feinschmecker-Institution, in der Heinz und Anne Poppenborg die Gäste seit drei Jahrzehnten engagiert umsorgen. Der Patron ist der klassisch-französischen Basis treu geblieben und bereichert sie mit mediterranen Akzenten. Da stehen natürlich Gänseleber, Hummer und Steinbutt auf der Karte, aber auch gebackener Spargel in *panko*-Paniermehlbröseln mit Koriandermayonnaise oder gebratene Ente mit Waldpilzen, die mit *yuzu*-Sauce eine frische Note bekommt. Streuselkuchen-Eis mit Rhabarberconfit und Waldmeister-Joghurt-Schaum ist ein frühlingsfrisches Dessert. Gute Weinauswahl. Regional-mediterrane Gerichte im „Stübchen".

## Häusern ■ B 49, S. 350

**Adler**
St. Fridolinstr. 15, PLZ 79837
Tel. 07672/41 70
www.adler-schwarzwald.de
Di mittag, Mo geschl.
Hauptgerichte € 24-35
Chefkoch: Mathias Baumann
EC MASTER VISA
Alles wirkt sehr gediegen im Schwarzwälder Relais-&-Châteaux-Haus mit Tradition. Das schätzen die langjährigen Stammgäste, die hier nicht mit kulinarischen Experimenten irritiert werden. Als Gruß aus der Küche fungieren eine Kugel aus feinsäuerlichem Ziegenkäse und eine kleine Scheibe gebratener Kalbsrücken. Bei der feinen Hummersuppe mit zarten Stücken vom Meerestier wurde nicht an der Sahne gespart. Die Rehspitzen waren leider etwas trocken, die Sauce gelang schön fruchtig, der junge Weißkohl war aromatisch und knackig. Liebenswürdiger, natürlicher Service.

## Hauzenberg ■ E 57, S. 353

**Gidibauer Hof**
OT Grub, Grub 7, PLZ 94051
Tel. 08586/964 40

www.gidibauer.de
Mo geschl., Hauptgerichte € 8-21
Chefkoch: Alois Ertl
EC MASTER VISA

Unter den zahlreichen Landgasthöfen im Bayerischen Wald ist der Vierseithof herausragend: Weil sich die Wirtsfamilie Ertl liebevoll um ihre Gäste kümmert, und in den gemütlichen Stuben neben den Klassikern der regionalen Küche auch Verfeinertes zubereitet wird: Steckerlfisch vom Bachsaibling etwa, gebackener Kalbskopf mit Liebstöckel und geschmorte Rinderwade mit roten Zwiebeln und Sellerie. Gegen den kleinen Hunger helfen herzhafte Brotzeiten.

## Hayingen

■ E 48, S. 351

**Rose**
OT Ehestetten, im Biohotel Rose
Aichelauer Str. 6, PLZ 72534
Tel. 07383/949 80
www.essen-leben-tress.de
Di geschl., Nov.-März Mo, Di geschl.
Hauptgerichte € 10-30
Chefköche: Simon Tress, Frank Bidlingmaier
EC MASTER VISA

Alles bio im Hotel-Restaurant auf der Schwäbischen Alb. Nach einer aromatischen Gemüsesuppe oder Biokäse mit Alblinsen schmecken Fleischgerichte wie Hohensteiner Weidelamm mit Auberginenkaviar, Thymiankrusteln und Koriander-Ziegenmilch-Schaum. Selbst Fleischfans können hier getrost vegane und vegetarische Gerichte probieren. 50 Weine im Keller, freundlicher Service.

## Heidelberg

■ A 40, S. 346

**Die Kurfürstenstube**
Innenstadt, im Hotel Der Europäische Hof, Friedrich-Ebert-Anlage 1, PLZ 69117
Tel. 06221/51 50
www.europaeischerhof.com
kein Ruhetag,
Hauptgerichte € 23-38
Chefkoch: Michael Szofer
AmEx DINERS EC MASTER VISA

**„Le Gourmet": üppige Deko**

Es scheint, als sei die Zeit stehen geblieben im üppig dekorierten Restaurant des Grandhotels. Die Küche erlebten wir zuletzt wechselhaft: Das angekündigte Allerlei vom Atlantik-Hummer erschöpfte sich in zwei Varianten: Zwar war das Hummertatar fein gewürzt, der Vanillesud zum saftigen Hummerfleisch allerdings etwas zu kühl. Der gebratene Loup de Mer war auf seiner Haut zu scharf angebraten, der Safranschaum dagegen etwas zu lasch gewürzt. Richtig gut gelang das zarte *onglet* vom Charolais-Rind in tiefaromatischen Ochsenschwanzsud. Sehr freundlicher und aufmerksamer Service und eine Weinkarte, die eine gute Auswahl an nationalen und internationalen Gewächsen bietet.

**Le Gourmet**
OT Neuenheim, im Hotel Die Hirschgasse
Hirschgasse 3, PLZ 69120
Tel. 06221/45 40
www.hirschgasse.de
nur Abendessen, So, Mo geschl.
Menüs € 60-100
Chefkoch: Mario Sauer
AmEx DINERS EC MASTER VISA

Das Küchenteam hat einen Gang zugelegt und überrascht mit pfiffigen Ideen und

Kreationen, die nicht in Effekthascherei stecken bleiben. Hübsche Präsentation und harmonische Aromen prägen die Gerichte. Apart ein Mini-Club-Sandwich, das als Ganzes und in seine Komponenten zerlegt als Reihe serviert wird. Zum *salade niçoise* auf saftigem Carpaccio von Thunfisch gibt es einen kleinen Burger von Tomaten, gebackenen Sardellen, Bohnengelee, Oliven und Kaperncreme. Den saftigen, würzigen Bachsaibling begleitet ein herrlich intensiver Erbsensud, zum Langostino und fein süßlichem Schweinekinn kombiniert die Küche leicht gelierten Koriandersud und erfrischendes, dezent scharfes Wasabi-Eis. Gut sortierte Weinkarte, sehr aufmerksamer, freundlicher Service.

**Qube** FF○○○
OT Bergheim, Bergheimer Str. 74
PLZ 69115
Tel. 06221/18 79 90
www.qube-heidelberg.de
kein Ruhetag, Hauptgerichte € 15-30
Chefkoch: Sascha Epphardt
AmEx EC MASTER VISA

Die Küche des Designhotel-Restaurants hat neuen Schwung, von dem sich der manchmal nicht ganz aufmerksame und weitgehend wortlose Service noch etwas abschauen könnte. Neben Tagesempfehlungen bietet die Karte solide Bistrogerichte wie hausgemachte würzige Sülze mit Schalottenvinaigrette oder Tapas-Variationen mit roh mariniertem Thunfisch, zart gebratener Jakobsmuschel, cremiger Entenleber-Terrine und einer kleinen Suppe. Das Bemühen um mediterrane Originalität ist spürbar, am besten gelingt das mit dem klassischen *pot-au-feu*, großzügig mit Lachs, Jakobsmuschel, Seeteufel, Thunfisch und Garnele bestückt. Gute französische Käseauswahl.

**Romer** FF○○○
Altstadt, im Arthotel Heidelberg
Grabengasse 7, PLZ 69117
Tel. 06221/65 00 61 50
www.restaurant-romer.de
kein Ruhetag, Hauptgerichte € 12-39
Chefkoch: Matthias Wolf
AmEx EC MASTER VISA

Entspannt und locker geht es zu im modern-schicken Brasserie-Ambiente unweit der Fußgängerzone. Der freundliche junge Service kennt sich mit der Weinkarte bestens aus. Unprätentiös präsentiert sich auch die Küche etwa beim mediterranen Potpourri von gebratener Garnele, Ziegenfrischkäse,

**„Romer": Das Team um Matthias Wolf sorgt für lockere Stimmung in Brasserie-Atmosphäre**

Mozzarella und Tomate, Jakobsmuschel auf Confit von roten Zwiebeln und saftigen, zarten Häppchen vom Kalbsrücken und Maishähnchen. Das auf den Punkt gegarte Filet von der Dorade wird auf cremigem Paprika-Safran-Püree angerichtet. Gut auch das in Zitronenbutter gebratene Kalbsfilet mit würzig abgeschmecktem Bohnen-Pilz-Gemüse. Gute französische Rohmilchkäse.

**Scharffs Schlossweinstube** FFF○○

Innenstadt, Im Heidelberger Schloss
Schlosshof 1, PLZ 69117
Tel. 06221/872 70 03
www.heidelberger-schloss-gastronomie.de
außer So nur Abendessen, Di, Mi geschl.
Hauptgerichte € 27-42
Chefkoch: Dirk Seiger
AmEx EC MASTER VISA

2012 zog Martin Scharff ins Schloss und pflegt jetzt mit Dirk Seiger im schlicht-eleganten Gourmetrestaurant seine modernisierte französische Aromenküche. Kräuter spielen auch weiterhin eine tragende Rolle, nicht nur wenn es beim bretonischen Hummer mit Koriander, gelben Linsen und Jaipur-Curry auch schon mal etwas exotischer zugeht. Der Gänseleber geben Sauerklee, Rhabarber und Pistazie aparte Noten, die Bresse-Taubenbrust wird mit Apfelblüten, Topinambur und Cox Orange zur aromatischen Überraschung. Kreative Desserts: Shiso-Kresse, Kopfsalat, Passionsfrucht und Olivensorbet. Gute deutsche Weine (rund 320 Positionen). Aufmerksamer Service.

**schwarz Das Restaurant** FFFF○

OT Bergheim, Kurfürsten-Anlage 60
PLZ 69115
Tel. 06221/75 70 30
www.schwarzdasrestaurant.com
So, Mo geschl.
Hauptgerichte € 35-45
Chefkoch: André Gödde
AmEx DINERS EC MASTER VISA

Seit 10 Jahren sorgt der charismatische Manfred Schwarz nun schon für kulinarische Highlights in Heidelberg, und aktuell erlebten wir sein Team in neuer Hochform. Wunderbar geschmackvoll war die Bouillabaisse von Périgord-Trüffel mit pochierten Wachteleiern und sautierten Jakobsmuscheln. Den noch leicht glasigen, auf den Punkt gebratenen Steinbutt begleitet Safranchicorée, dessen dezente Bitternote dem Gericht mit einer eleganten Estragonemulsion Tiefe gibt. Exzellent gelang auch der gebratene Rücken vom Lamm mit Kichererbsen-Tarte. Die Patisserie hat sich ebenfalls gesteigert: sehr gut die Akazienhonigmousse mit gestockter Zitronencreme und Verbenekrokant in intensivem Minzsud. Sommelier Christophe Gamblin sorgt charmant und kundig für die richtige Weinbegleitung, der Service ist überaus freundlich und aufmerksam und der Blick ins abendlich illuminierte Heidelberg ein Highlight.

## Heidesheim am Rhein

■ D 33/34, S. 345

NEU **Sandhof Restaurant Dirk Maus** FFF○○

Sandhof 7, PLZ 55262
Tel. 06132/436 83 33
www.dirk-maus.de
nur Abendessen, Mo, Di geschl.
Menüs € 85-120
Chefkoch: Dirk Maus
AmEx EC MASTER VISA

Umgeben von Wiesen steht die Zehntscheune, in der Dirk Maus sein neues Domizil eröffnet hat. Urige Natursteinwände treffen auf moderne Sachlichkeit, die sich auch bei Maus' Kompositionen im kleinen Gourmetbereich für zehn Gäste offenbart. Sieben Gänge umfasst das Menü (zwei Desserts). Schwarzer Sesam rundet ein Steinköhler-Tatar mit Wasabi-Mayonnaise ab, süffige Trüffeljus verleiht der perfekt gegarten Taube im knusprigen Brotmantel Tiefe und Würze. Gebrannte Creme von der Passionsfrucht wird dank Kaffeeeis auf Bananenpüree zur aparten Kombination. Weinkarte mit Schwerpunkt Rheinhessen. Der Service ist deutlich entspannter als früher. Gartenterrasse.

H

## Heiligenberg ■ D 49, S. 351

**Baader** FFF○○
Im Berghotel Baader, Salemer Str. 5
PLZ 88633
Tel. 07554/80 20
www.hotel-baader.de
Di geschl.
Hauptgerichte € 14-35
Chefkoch: Clemens Baader
EC MASTER VISA
Seit 24 Jahren erfreut Clemens Baader nun auf dem Heiligenberg die Gäste mit seiner Hochküche, die regional und mediterran ausgerichtet ist. Geschmolzenen Saibling richetete er mit Blattspinat, Champignons und Tomaten in dichter Beurre blanc an, das Zweierlei vom Salemer Lamm mit einer Gemüse-Melange und Schupfnudeln. Beeindruckendes Aroma zeichnete auch die gefüllten Brüste vom Linzgauer Hühnchen aus dem Ofen mit „buntem Spargel" aus. Baaders Gattin Emma sorgt für entspannte, heitere Atmosphäre in den Gaststuben.

## Heiligkreuz-steinach ■ A 40, S. 346

**Goldener Pflug** FFF○○
OT Eiterbach, Ortsstr. 40, PLZ 69253
Tel. 06220/85 09
www.goldenerpflug.com
außer Sa, So nur Abendessen,
Mo, Di geschl.
Hauptgerichte € 17-34
Chefkoch: Christian Heß
AmEx EC MASTER VISA
Traditionsreicher Familienbetrieb im badischen Odenwald, in dem Christian und Sandy Heß liebenswürdige Gastgeber sind. Bei ihnen kommen sowohl anspruchsvolle Genießer als auch Liebhaber der regionalen Küche auf ihre Kosten. Im „Feinschmecker-Menü" lässt der Chef den Loup de Mer auf Rhabarber mit Tonkabohnen-Beurre-blanc servieren oder mit Ziegenquark überbackenes Lammkotelett mit Langpfeffer, Safran-Schalotten und jungen Karotten. Etwas bodenständiger konzipiert ist das „Odenwald-Menü" mit gefüllter Kaninchenkeule aus dem Ofen mit Bärlauchjus, glasierten Rübchen und Kartoffelkrapfen. Viele deutsche Weine auf der Karte (300 Positionen).

## Heinsberg ■ A 31, S. 344

**St. Jacques** FFF○○
OT Randerath, in der Burgstuben-Residenz
Feldstr. 50, PLZ 52525
Tel. 02453/802
www.burgstuben-residenz.de
außer So nur Abendessen, Mo, Di geschl.
Menüs € 69-139
Chefköche: Rainer Hensen, Alexander Wulf
EC MASTER VISA
Sehr elegante Atmosphäre im Gourmetrestaurant von Patron und Chefkoch Rainer Hensen. Konstanz auf hohem Niveau beweist er seit vielen Jahren, seiner mediterranen und klassisch-französischen Küchenlinie bleibt er treu. Zu Gambas passen Karottenpüree und Langostino-Schaum, wunderbar aromatisch war der Steinbutt mit Morchelrahm und zarten Nudeln. Das Ochsenfilet kombiniert Hensen mit Kalbsbäckchenragout, dazu serviert er Gänseleber und Gänseleberschaum – eine erstklassige Küche mit erstklassigen Produkten. Allerlei vom Rhabarber rundet das Menü ab: Sorbet, Espuma, Kuchen, Soufflé und Gelee. Distinguierter Service und 450 Weine.

## Hergensweiler ■ E 50, S. 351

**Lanz** FFF○○
OT Stockenweiler, PLZ 88138
Tel. 08388/243
www.restaurant-lanz.de
nur Abendessen, Mi, Do geschl.
Hauptgerichte € 32-36
Chefkoch: Anton Lanz
AmEx DINERS EC MASTER VISA
Hauptsächlich regional orientiert sich die Küche von Anton Lanz, aber er setzt auch französische und asiatische Akzente. Die Krebse züchtet er selbst, deshalb ist natürlich das „Krebs-Menü" eine Empfehlung: Krebsravioli im Safransud mit Knoblauch-

toast etwa oder auf der Haut gebratener Bodensee-Zander mit Bärenkrebs, Ingwergemüse und Tomatenvinaigrette. Es geht aber auch ohne die Schaltiere: klassische Gänseleberterrine mit Mangochutney, saftiges Entrecote vom Allgäuer Rind mit rotem Curry. Ländlich-elegant sind die Stuben, in denen Daniela Lanz die Gäste mit ihrem Serviceteam gut betreut. 250 Weine.

## Herleshausen ■ C 36, S. 346

**Hohenhaus** FFF○○
OT Holzhausen, Hohenhaus 1, PLZ 37293
Tel. 05654/98 70
www.hohenhaus.de
So abend, Di mittag, Mo geschl.
Hauptgerichte € 32-36
Chefkoch: Ingo Bockler
AmEx DINERS EC MASTER VISA

Abschalten und genießen mitten in grüner Idylle: Wer in dem ländlich-romantischen Hotel Station macht, findet sich umgeben von üppiger Natur, auf die man von der schönen Terrasse aus schaut. Selbstverständlich spiegelt sich das auch in der aromenreichen Küche von Ingo Bockler wieder, der für seine geschmackvollen Gerichte gern auf beste Zutaten aus der Region zurückgreift. Den rosa Rücken vom „Hohenhaus"-Maibock etwa, der in der Saison aus eigener Jagd kommt, macht er mit Morcheln, Pfifferlingen und Pilzcreme sowie mit kräftiger Jus zum intensiv-eleganten Genuss. Mispelpüree sorgt dabei als Tupfer mit Scheiben von intensiv süßen eingelegten schwarzen Nüssen für fruchtig-süßliche Akzente. Zum Würfel vom Ferkelbauch mit kräftiger, fester Kruste kommen fränkische Flusskrebse und junge, knackige Erbsen, in der *velouté* von Frankfurter grünen Kräutern mit gebackenem Wachtelei sorgen gehaltvoll-buttrige Mini-Croûtons für knusprige Akzente. Umfangreiche Weinauswahl, viele von deutschen Spitzengütern, viele passend zum Menü auch offen ausgeschenkt. Sehr guter Service eines engagierten Teams.

## Heroldsberg ■ E 40, S. 347

**Freihardt** FF○○○
Hauptstr. 81, PLZ 90562
Tel. 0911/518 08 05
www.freihardt.com
Mo, Di geschl., Hauptgerichte € 16-27
Chefkoch: Hans-Jürgen Freihardt
EC MASTER VISA

**„Hohenhaus": elegante Tischkultur, klassischer Service und aromenreiche Gerichte im Hideaway**

Patron Hans Jürgen Freihardt kann bei Fleisch und Wurst aus dem Vollen schöpfen, schließlich stellt er alles selbst her. Entsprechend gut ist die Qualität der Produkte in der regionalen Küche, die gern auch Ausflüge in die weite Welt unternimmt. Für den mächtigen Hunger ist das T-Bone-Steak von der fränkischen Färse perfekt, das mit grüner Pfefferbutter und Wurzelgemüse serviert wird: 500 bis 600 Gramm wiegt das gute Stück. Beim Seeteufel aus dem Thai-Wurzelfond zeigt Freihardt seine Weltläufigkeit, Soja- und Auberginenpüree und Zuckerschoten schmecken gut. Zum geräucherten Schweinefilet passen Radieschensalat, Blutwurstcrumble und schwarzes Linsenchutney. Das Restaurant soll noch 2013 komplett umgebaut werden.

## Herrenberg im Gäu

■ D 47, S. 351

### Die Linde

OT Affstätt, Kuppinger Str. 14, PLZ 71083
Tel. 07032/316 70
www.dielin.de
außer So nur Abendessen, Mo, Di geschl.
Hauptgerichte € 11-32
Chefkoch: Hendrik Scheu
AmEx | EC | MASTER | VISA

In der Nähe von Streuobstwiesen am Ortsrand steht das schöne Landhaus mit regional-saisonaler Küche. Der „Herrenberg-Teller" meint Maultaschen von der Schwarzwald-Forelle mit hausgemachten Spätzle, das „Herrenberger Leibgericht" Schweinelendchen in Pilzrahmsauce mit Maultaschen und Schupfnudeln. Anspruchsvoller wird es mit gebratener Nordsee-Seezunge und Blattspinat sowie saftig gebratenem Achalm-Lammrücken in Balsamicojus mit Polentaschnitten und glasierten Zwiebeln. Gute badische und Württemberger Weine.

## Herrsching

■ A 59, S. 352

### Chalet am Kiental

Andechsstr. 4, PLZ 82211
Tel. 08152/98 25 70

„Chalet am Kiental": zeitgemäßer Stil

www.gourmetchalet.de
Mo geschl., Hauptgerichte € 24-35
Chefkoch: Fabian Höckenreiner
AmEx | DINERS | EC | MASTER | VISA

Idyllisch ist die Lage des Hotelrestaurants am Krenbach. Die Küche setzt auf regionaler Basis zeitgemäße Akzente: Der Ammersee-Hecht kommt mit Wurzelgemüse im Kräutersud, die Jakobsmuschel mit Couscous und Karotte auf den Teller. Die Variation der *caprese* (Tomate mit Mozzarella) ist so gelungen wie das Sorbet von *pimientos de Padrón* (scharfen grünen Paprika) zwischendurch, ehe das aromatische Karree vom Bio-Ammersee-Lamm mit Auberginenpüree, Morcheln und *puntarelle* (bitterer Endivie) den Höhepunkt bildet. Vegetarisches Menü. 240 Weine, darunter viele deutsche.

## Herxheim

■ C 46, S. 350

### Pfälzer Stube

OT Hayna, im Hotel Krone, Hauptstr. 62-64
PLZ 76863
Tel. 07276/50 80
www.hotelkrone.de
kein Ruhetag
Hauptgerichte € 15-29
Chefkoch: Karl-Emil Kuntz
AmEx | EC | MASTER | VISA

Karl-Emil Kuntz pflegt neben dem Gourmetrestaurant „Zur Krone" hier seine regional-pfälzische Küche: Das Potpourri von Pfälzer Lammfilets mit Ratatouille, *gremolata*, Olivenfrischkäse und Kressesalat ist wunderbar. Einen Abstecher in die Welt unternimmt er mit dem leicht geräucherten Biolachs, der mit Steinbutt-*mousseline* in einem Kräutercrêpe pochiert wird, dazu Mandelrisotto und grüner Spargel mit mildem Zitronengrasschaum und Curryaroma. Heimisch wird es wieder bei Tournedos vom Weiderinderfilet mit Pinienkernkruste, Selleriepüree, Schalottenjus und Grießstrudel. Bei der Weinauswahl profitiert der Gast auch vom großen Angebot des Gourmetrestaurants (350 Weine).

**Zur Krone** FFFF○

OT Hayna, Hauptstr. 62-64, PLZ 76863
Tel. 07276/50 80
www.hotelkrone.de
nur Abendessen, Mo-Mi geschl.
Menüs € 104-128
Chefkoch: Karl-Emil Kuntz
AmEx EC MASTER VISA

Man möchte bei jedem Teller einmal kurz innehalten, so ansprechend richten Karl-Emil Kuntz und sein Team jedes Gericht auch optisch an. Dabei gelingen immer wieder Kreationen von subtiler geschmacklicher Eleganz, präzise herausgearbeiteten Aromen und harmonischen Kombinationen. Die Chartreuse von Spargel und Ochsentatar mit Bärlauchpesto und Pumpernickel ist ein gelungenes Spiel von Süße und Säure. Die „Phantasie von der Gänseleber" präsentiert den Klassiker gebraten, als Flan und als Schnitte begleitet von Aromen aus Port-

**„Zur Krone": Hochgenuss mit Flair**

wein, Himbeeren und Gewürzessig. Die Ravioli sind mit zart geschmorten Kalbsbäckchen gefüllt, dazu leichte Sellerie-*mousseline* und Périgord-Trüffelschaum. Im zarten Cashewnuss-Crêpe ist das Milchkalb gegart, das mit Karottenstampf und einer süßsauren Schalottenjus angerichtet wird. Sehr gute Patisserie. Aufmerksamer, freundlicher Service und eine umfangreiche Weinkarte, die kaum Wünsche offen lässt.

## Hilchenbach ■ D 31, S. 345

**Chesa** FFF○○

OT Vormwald, im Hotel Steubers Siebelnhof
Vormwalder Str. 56, PLZ 57271
Tel. 02733/894 30
www.steubers-siebelnhof.de
Mo mittag, Fr, Sa mittag geschl.
Hauptgerichte € 24-38
Chefkoch: Wolfgang Schäfer
EC MASTER VISA

Ein unverwüstlicher Klassiker im Siegerland. Die Geschichte des Siebelnhofs reicht 450 Jahre zurück. Und der regionalen Verbundenheit zollt die Küche auch in der guten Stube, dem Restaurant „Chesa", stets Respekt. Selbst dann, wenn sie bisweilen mediterrane Impulse aufgreift wie beim Soufflé vom Perlhuhn mit warmen Zuckerschoten und Balsamico oder beim Heilbutt mit getrüffeltem Kohlrabi. Das Schokoladenparfait mit Birnen-Nockerl wirkt dagegen schon wieder westfälisch-herzhaft. Immer mit Passion bei der Sache: der aufmerksame Service.

## Hilders ■ C 37, S. 346

**Engel** FF○○○

Im Hotel Leist Sonne Engel, Marktstr. 12-14
PLZ 36115
Tel. 06681/97 70
www.leist-sonne-engel.de
nur Abendessen, So, Mo, Di geschl.
Hauptgerichte € 13-37
Chefkoch: Björn Leist
AmEx EC MASTER VISA

„Rhögionaler LeistSTyle" nennt Björn Leist seine Küche im Rhöner Familienhotel. Beim

H

„Menü_Röhn" wird gebratene Bachforelle mit Spinat, Schwarzwurzel und Nussbutterschaum aufgetragen, den „RWOX" gibt's nur hier, und die Zutaten stammen von befreundeten Bauern: ein Filetsteak (200 Gramm), das mit Roter Bete, Kürbis und Rösti serviert wird. Beim „Menü_LeistStyle" kommen etwa Jakobsmuschel, Kartoffel und Blutwurst auf den Teller. Immer gut: Auersburger Rehrücken mit Sellerie, Dörrzwetschge und Wickelklößen.

## Hinterzarten

B 49, S. 350

### Zur Esche

Im Waldhotel Fehrenbach, Alpersbach 9
PLZ 79856
Tel. 07652/919 40
www.waldhotel-fehrenbach.de
Mo, Di geschl.
Hauptgerichte € 16-32
Chefkoch: Josef Fehrenbach
AmEx EC MASTER VISA

Abseits von aller Hektik und herrlich ruhig steht das Ferienhotel, in dem Patron Josef Fehrenbach seine herzhafte Schwarzwaldküche pflegt. Wo die Wiesen ums Haus intensiv duften, spielen Kräuter eine Hauptrolle in seinen Gerichten: bei der Forelle etwa, die er mit Äpfeln und Kapern serviert, beim Rehrücken, der mit würziger Tannenspitzen-Balsamico-Sauce kommt. Auch die Panna cotta zum Dessert ist mit Kräutern apart gewürzt. Sein Wissen gibt Fehrenbach gern in Kochseminaren und auf Wanderungen weiter. Überschaubares Weinsortiment.

**„Zur Esche": Schwarzwald-Idyll**

## Höchst

E 34, S. 345

### Krone

OT Hetschbach, Rondellstr. 20, PLZ 64739
Tel. 06163/93 10 00
www.krone-hetschbach.com
Mo, Do geschl.
Hauptgerichte € 26-30
Chefkoch: Karl-Ludwig Wölfelschneider
AmEx DINERS EC MASTER VISA

In der traditionellen Gaststube lassen sich Einheimische Odenwälder Gerichte schmecken, während im schicken Restaurant ambitioniert gekocht wird. Die jüngste Generation hat begonnen, die „Krone" behutsam zu modernisieren. Im neuen Restaurant mit cremefarbenen Wänden und dunklem Holzboden modernisiert Karl-Ludwig Wölfelschneider Klassiker zuweilen mit weltläufigen Akzenten: marinierten Lachs richtet ermit Briesfrikadelle, süßlichem Dip und Zitronengrasgelee an. Kohlrabi-Kräuter-Schaum adelt die Variation vom Odenwald-Saibling, das Stubenküken bekommt mit gebratener Entenleber, Blumenkohlschnipseln, Morcheln, nussiger Pinientarte und pikanter Kirschessigsauce aromaintensive Begleiter. Sommelière Iris Wölfelschneider empfiehlt aus über 400 Weinen. Schöner Garten.

## Hohen Demzin

C 9, S. 336

### Wappen-Saal

Im Schlosshotel Burg Schlitz
Burg Schlitz 1-2, PLZ 17166
Tel. 03996/127 00
www.burg-schlitz.de
nur Abendessen, Mo, Di geschl.
Hauptgerichte € 32-38
Chefköchin: Sabine Teubler
AmEx DINERS EC MASTER VISA

Imposante, stimmungsvolle Kulisse im Wappensaal der Burg Schlitz. Dazu eine Küche, die sich klassisch-französisch orientiert und die guten Produkte der Region nutzt.

„Wappen-Saal": Sabine Teubler

Der Dobbiner Stör wird im Nackenschinken gebraten und mit Steckrüben serviert. Die Wachtelbrust ist mit Schwarzessig glasiert, Pastinakenpüree und Petersiliencoulis passen bestens. Gut auch der Frischling mit Spitzkohl, Gewürzkürbis und Hagebutten. 300 Weine. Elegante Zimmer im Hotel.

## Hohenkammer ■ B 58, S. 352

**Schloss Hohenkammer**
Schlossstr. 25, PLZ 85411
Tel. 08137/93 44 43
www.schlosshohenkammer.de
nur Abendessen, So, Mo geschl.
Hauptgerichte € 24-36
Chefkoch: Fritz Schilling
AmEx EC MASTER VISA
Gemüse und Kräuter für Fritz Schillings Frischeküche im stattlichen Schloss mit Seminarzentrum kommen vom eigenen „Gut Eichethof", das Fleisch von den eigenen Black-Angus-Rindern. Neben dem Restaurant gibt es in der ehemaligen Schlossbrauerei jetzt mit der „Alten Galerie" ein zweites Restaurant, in dem nur Bioprodukte verwendet werden. Im Sommer sitzt man aber am schönsten im Biergarten.

## Hohnstein ■ E 41, S. 349

**Schwarzbachtal**
OT Lohsdorf, Niederdorfstr. 3, PLZ 01848
Tel. 035975/803 45
www.schwarzbachtal.de
außer Sa, So nur Abendessen, Do geschl.
Hauptgerichte € 13-22
Chefköchin: Barbara Siebert
EC
Das hübsche Landgasthaus mit Garten und Terrasse liegt etwas versteckt. Gastgeberin und Chefköchin Barbara Siebert ist überzeugte Slow-Food-Anhängerin. Ihre regionale Saisonküche ist bodenständig mit guten Produkten. Das Ragout von der Lauterbacher Jungziege mit Ziegenkäsesauce und getrockneten Tomaten ist dafür ein gutes Beispiel, die Suppe aus regionalen Edelfischen mit Saiblingsravioli, Safran und Tomaten-Chili-Paste im Regionalmenü ebenso. Schön zart ist das Rumpsteak mit Kräuterbutter, gerösteten Zwiebeln und Spätzle. Das Mango-Limetten-Törtchen wird zum Cunnersdorfer Quark, Mango-Chili-Sorbet und Schokoladenmousse mit Muskat gereicht. 60 Weine, Schwerpunkt Sachsen.

## Holzkirchen ■ B 59, S. 352

**Altwirtstubn**
OT Großhartpenning, im Hotel und Landgasthof Altwirt, Tölzer Str. 135, PLZ 83607
Tel. 08024/30 32 20
www.hotel-altwirt.de
kein Ruhetag
Hauptgerichte € 9-22
Chefkoch: Wolfgang Bernert
AmEx EC MASTER VISA
Bergblick und eine Küche, die Bayern feiert, dabei aber auch auf saisonal-gehobene Gerichte setzt. Traditionell die Blutwurstgröstl mit Rettichcarpaccio und frischem Majoran und die Rindsroulade in Senfsauce. Mediterran wird es beim Zanderfilet mit gebratenem Spargel in einer Safransauce, gutes Fleisch gibt's beim Kalbslendchen in Morchelrahm mit Tagliatelle. Schöne Käse aus dem Tegernseer Land oder vielleicht etwas Süßes? Das

H

exotische Kokosparfait mit Likör und Ananasragout ist in jedem Fall eine gute Idee.

## Horben ■ B 49, S. 350

**Gasthaus zum Raben** FFF○○
Dorfstr. 8, PLZ 79289
Tel. 0761/55 65 20
www.raben-horben.de
Mo, Di geschl., Hauptgerichte € 17-34
Chefkoch: Steffen Disch
AmEx DINERS EC

Gasthaus am Fuß des Schauinsland mit Sicht über die Rheinebene. Küchenchef Steffen Disch präsentiert sein regional-mediterranes Programm in drei Menüs. Bei „Fein-Heimisch" harmoniert die Wachtel im Strudelteig mit Erbsencreme und Kräutersaitlingen, beim „Raben-Menü" passt Loup de Mer zu Artischocken, Spinat und Berglinsen, im Menü „Vegetarisch" wird mit Falafel, Blumenkohl, Ananas und Curry-Cashew-Sud auch mal ein Hauch Exotik geboten. Nicht nur Stammgäste schätzen Dischs Klassiker wie geschmorte Rinderbäckchen in Spätburgunder-Sauce oder den „Rabentopf", eine Ochsenschwanzessenz mit Markklößchen, Ravioli, Rindfleisch und Gemüse. Das Weinangebot ist auf 300 Positionen gestiegen.

## Hornbach ■ A 46, S. 350

**Refugium** FF○○○
Im Hotel Kloster Hornbach
Im Klosterbezirk, PLZ 66500
Tel. 06338/91 01 00
www.kloster-hornbach.de
außer So nur Abendessen, Mo, Di geschl.
Hauptgerichte € 29-38
Chefkoch: Martin Opitz
EC MASTER VISA

Im schlicht-schönen Gourmetrestaurant des Klosterhotels präsentiert sich die Küche weltlich-modern und mit konsequent zweigleisigem Programm. Mit zeitgenössisch interpretierter Bodenständigkeit setzt sie im Menü „Heimweh" heimische Zutaten ein, exotische Akzente prägen die Gerichte im Menü „Fernweh". Bio-Ei mit Spargel, Trüffel

**„Refugium": Martin Opitz**

und Petersilie hier, Lamm mit Süßkartoffel, Mojosauce, Frühlingslauch und Lorbeermilch dort. Gute Weinauswahl (350 Positionen), Bestes aus der Pfalz. Themenzimmer.

## Hövelhof ■ E 14, S. 339

**Gasthof Brink** FF○○○
Allee 38, PLZ 33161
Tel. 05257/32 23
nur Abendessen, Mo geschl.
Hauptgerichte € 15-30
Chefkoch: Florian Brink
EC

Florian Brink pflegt weiterhin seine klassisch-französische Küche mit deutschem Einschlag. Gut so. Immer sehr zu empfehlen sind seine Wildgerichte, aber auch mit Meerestieren weiß er gut umzugehen: Die gebratenen Jakobsmuscheln mit rotem Zwiebelkompott und Champagnerschaum überzeugen ebenso wie der Seeteufel mit Ananasweinkraut in Riesling-Sauce. Liebenswürdige, familiäre Betreuung.

## Hüfingen ■ C 49, S. 350

**Hirschen** FF○○○
OT Mundelfingen, Wutachstr. 19, PLZ 78183
Tel. 07707/990 50

www.hirschen-mundelfingen.de
Mi, Do geschl.
Hauptgerichte € 12-25
Chefköchin: Verena Martin
EC M ☀ 🚗 ☂

Behaglicher Landgasthof mit saisonaler, ideenreich verfeinerter badischer Küche. Das gute Brot ist hausgebacken, das Fleisch kommt aus artgerechter Tierhaltung. Dass Bodenständigkeit auch raffiniert sein kann, beweisen Gerichte wie Hirschcarpaccio mit Granatapfelsorbet oder ein Ragout von Kalbskutteln mit gebratenem Bries und Zwiebelravioli. Im „großen Menü" zeigen aber schon mal Jakobsmuscheln im schwarzen Nudelblatt mit Safransauce, dass das Team sich auch auf mediterrane Aromen versteht. Badische Weine, herzlicher Service.

## Husum ■ D/E 2, S. 335

**Zum Krug** FF○○○
OT Schobüll, Alte Landstr. 2 a, PLZ 25813
Tel. 04841/615 80
www.zum-krug.de
nur Abendessen, Mo, Di geschl.
Hauptgerichte € 23-29
Chefkoch: Harald Frerks
EC 🚗 ☂ ⌂

Die Einkehr ins reetgedeckte Friesengasthaus ist ein bisschen wie eine Reise in die Vergangenheit: Gemütlich ist es in den Gaststuben mit alten Kacheln und nostalgischen Gardinen vor der Fenstern, sommers sitzt man im Garten. Gerichte wie Flusszanderfilet mit Dijonsenfbutter oder Lammfilet in der Kräuterkruste sind einfach, aber gut und immer frisch und solide zubereitet.

## Immenstaad am Bodensee ■ D/E 49, S. 351

**Seehof** FFF○○
Im Hotel Seehof, Am Yachthafen, PLZ 88090
Tel. 07545/93 60
www.seehof-hotel.de
kein Ruhetag, Hauptgerichte € 14-31
Chefkoch: Jürgen Hallerbach
AmEx EC MASTER VISA M ☀ 🚗 ☂ ⌂

Schön sitzt man auf der Terrasse im privaten Yachthafen am Bodensee im Restaurant von Frank und Jürgen Hallerbach. Touristen stellen sie hier ebenso zufrieden wie Feinschmecker. Frank kümmert sich um den Service und die Weine, sein Bruder pflegt eine französisch orientierte Küche, für die er heimische Produkte verwendet. Sauer eingelegt sind die Bodensee-Eglifilets mit Chorizo und Kartoffelcroûtons. Asiatisch würzt er das Seesaiblingfilet in Zitronengrassauce mit Pilzravioli, bodenständig ist der Rostbraten vom Allgäuer Weiderind in Schalottensauce mit Käsespätzle. Immer ein Tipp: das „Badische Weinstuben Menü".

**„Seehof": angenehm unkompliziert**

## Inzlingen ■ B 50, S. 350

**Wasserschloss Inzlingen** FF○○○
Im Gästehaus Inzlinger Wasserschloss
Riehenstr. 5, PLZ 79594
Tel. 07621/470 57
www.inzlinger-wasserschloss.de
Di, Mi geschl.
Hauptgerichte € 28-42
Chefköche: Sepp Beha, Simone Beha
EC MASTER VISA M ☀ 🚗 ☂ ⌂

Mediterran-französische Küche, seit 34 Jahren von Sepp Beha auf hohem Niveau zubereitet. Gebratene Gänseleber und Taube serviert er mit lauwarmem Löwenzahnsalat, den Atlantik-Steinbutt in Weißwein mit Ricottaravioli und gebackenem Salbei. Schöne Aromen auch beim Fleisch: Karree und Schulter vom Lamm schmecken mit

Kartoffelstampf und Confit von weißen Zwiebeln. Ein warmes Törtchen von der belgischen Schokolade mit Maraschinokirschen und Tonkabohneneis schließt das hochwertige „Chefmenü" ab. Zimmer im bildschönen Schloss.

## Isselburg ■ B 14, S. 338

**Wasserpavillon**
OT Anholt, im Romantik Parkhotel Wasserburg Anholt, Klever Str., PLZ 46419
Tel. 02874/45 90
www.schloss-anholt.de
kein Ruhetag
Hauptgerichte € 19-28
Chefkoch: Jörg Brune
AmEx DINERS EC MASTER VISA

Auf der schönen Terrasse sitzt man im Sommer direkt über dem Schlossteich der Wasserburg – schöner geht's kaum. Im Winter wird zwar im Gewölbe serviert, die verfeinerte Regionalküche bringt mit mediterranen Noten dennoch südliche Leichtigkeit ins Münsterland. Die Biolachsforelle bekommt da über Birkenholz eine sanfte Rauchnote und wird mit Seegrassalat und Naturjoghurt serviert, die Perlhuhnbrust wird im Holunder-Kräuter-Fond pochiert, dazu gibt es Frühlingsgemüse und kandierte Tomaten.

## Jena ■ F 36, S. 347

**Scala**
Innenstadt, Im Intershop-Tower
Leutragraben 1, PLZ 07743
Tel. 03641/356 60
www.scala-jena.de
kein Ruhetag, Hauptgerichte € 19-31
Chefkoch: Christian Hempfe
AmEx DINERS EC MASTER VISA

Teriyaki vom Schwein mit Chicorée, Mousse von Pinienkernen und Koriander oder Tandoori-Wels mit Blumenkohl, Edamane-Bohnen, Paellareis und Joghurt sind schöne Beispiele für die asiatische Orientierung der Küche. Das Abendland präsentiert sich mit Suprême vom Kalb und Hummer à la Americaine oder norwegischem Skrei mit Rot-

„Scala": schöne Aussichten auf Jena

wein-Schalotten-Agnolotti, Pilzen und Topinambur. Die schönen Aussichten von der 28. Etage des gläsernen Turms auf die Stadt und den Thüringer Wald sind bei der kulinarischen Tour d' Horizon im Preis inbegriffen.

## Juist ■ A 4, S. 334

**Wintergarten**
Im Romantik Hotel Achterdiek
Wilhelmstr. 36, PLZ 26571
Tel. 04935/80 40
www.hotel-achterdiek.de
kein Ruhetag, Hauptgerichte € 22-26
Chefkoch: Stefan Danzer
EC

Zum Wohlfühlangebot für die Hotelgäste gehört auch ein kulinarisch ambitioniertes Programm. Dabei orientiert sich die Küche an der klassischen Basis und setzt mediterrane Akzente, ohne die Region aus den Augen zu verlieren. Panna cotta vom Spargel kommt in der Saison mit Rhabarbersalsa und Maibockschinken auf den Teller, der Lammrücken unter verschiedensten Krusten (etwa Macadamianuss mit Lavendelsauce) ist schon fast ein Klassiker. Wer auf die guten Desserts verzichtet, verpasst etwas. Rund 100 Weine, netter Service.

## Kandern

■ A/B 49, S. 350

**Zur Weserei** FF○○○
Hauptstr. 81, PLZ 79400
Tel. 07626/445
www.weserei.de
Di mittag, Mo geschl.
Hauptgerichte € 12-38
Chefkoch: Ullrich Kramer
EC MASTER VISA
Im gemütlichen Gasthaus pflegt Patron Ullrich Kramer eine unaufgeregte, handwerklich tadellose klassische Küche, die sich am nahen Frankreich orientiert. Hausgemacht ist der üppige Gänseleber-Gugelhupf mit Quittensauce und Toast, die Variation von Edelfischen bereitet er traditionell in Champagnersauce mit Butterreis zu. Gut: Entrecote „schwäbische Art" mit Spätzle-Käse-Sauerkraut-Omelett, hausgemachter Maultasche und Röstzwiebeln. Gute Weinauswahl (200 Positionen). Zimmer, gutes Frühstück.

## Kappelrodeck

■ B 47, S. 350

**Zum Rebstock** FFF○○
OT Waldulm, im Gasthof Zum Rebstock
Kutzendorf 1, PLZ 77876
Tel. 07842/94 80
www.rebstock-waldulm.de
Di mittag, Mo geschl.
Hauptgerichte € 16-28
Chefkoch: Karl Josef Hodapp
EC MASTER VISA
An der Badischen Weinstraße steht dieses Fachwerk-Wohlfühlhaus, und die Küche von Patron und Chefkoch Karl Josef Hodapp reflektiert diese gesegnete Region auf geschmackvolle Weise. Ambitionierte Bodenständigkeit im besten Sinne: Zum gebratenen Gänseleberle kommt samtiges Kartoffel-Liebstöckel-Püree und ein Ochsenschwanz-Maultäschchen. Sesam gibt den „Schnittchen" vom Salm und Zander Aroma, dazu wird Graupenrisotto gereicht. Bitte unbedingt Platz lassen für „Dessertversucherle" wie Ingwer-Eisparfait mit Rhabarber und Quadrat vom Rahmkäsklößchen mit Rhabarberschaum.

## Karben

■ E 33, S. 345

**Neidharts Küche** FF○○○
Robert-Bosch-Str. 48, PLZ 61184
Tel. 06039/93 44 43
www.neidhardts-kueche.de
außer So nur Abendessen, Mo geschl.
Hauptgerichte € 14-25
Chefkoch: Reiner Neidhart
AmEx DINERS EC MASTER VISA

„Zum Rebstock": Karl Josef Hodapp verwendet im Fachwerkhaus die guten Zutaten der Region

„Anders Superior": Sören Anders (oben) mit den Souschefs Kay Lurz (unten) und Johannes Ax

Man fühlt sich sofort wohl im Restaurant von Reiner und Dagmar Neidhart. Und die Küche erfreut mit ihrem eindeutigen Bekenntnis zur Region. Mit Vogelsberger Handkäseterrine in Apfelvinaigrette kann es losgehen, gefolgt von Wetterauer Landschweinrücken in Apfel-Leberwurst-Kruste mit Kartoffelstampf. Probieren sollte man auch den Rollbraten vom Glauberger Keltenlamm mit Kartoffeln und Wurzelgemüse und auf jeden Fall den süßen Weckauflauf in Vanillesauce zum Dessert.

## Karlsruhe

■ C 46, S. 350

### NEU Anders Superior

OT Durlach, Reichardtstr. 22, PLZ 76227
Tel. 0721/414 59
www.anders-turmberg.de
nur Abendessen, So, Mo geschl.
Menüs € 99-119
Chefkoch: Soeren Anders
AmEx EC MASTER VISA

20 Gäste finden bei Soeren Anders im Gourmetrestaurant auf dem Karlsruher Turmberg Platz, dafür muss man das traditionsreiche „Klenerts" mit seiner gehobenen badischen Küche durchqueren; auch für die zeichnet der ehemalige Koch der „Oberländer Weinstube" in Karlsruhe verantwortlich. „Regionales mit ungewöhnlichen Aromen" inszeniert er in seinem Flaggschiff in zwei Menüs. Sehr gut gefiel uns die Gänsestopfleber mit Dörrobstvariationen, der Hummer kam perfekt gegart auf Schweinekinn mit Maronen, Kürbis und Estragon auf den Tisch– schöne Harmonie überraschender Aromen bei bester Produktqualität. Zur Bresse-Taube mit Blutwurst steuert geräucherter Apfel sowohl Frische als auch eine feine Rauchnote bei. Das sorgt für gute Laune, auch wenn der Geräuschpegel in dem kleinen Raum manchmal recht hoch sein kann.

### Nagels Kranz

OT Neureut, Neureuter Hauptstr. 210
PLZ 76149
Tel. 0721/70 57 42
www.nagels-kranz.de
Sa mittag, So geschl.
Hauptgerichte € 19-30
Chefkoch: Wolfgang Nagel
DINERS EC MASTER VISA

Ein Hort der Verlässlichkeit: Wolfgang Nagel pflegt die Klassik, bereichert um mediterrane und regionale Akzente sowie – natürlich – saisonale Produkte. Den Fisch gibt's täglich frisch, das schmeckt man beim St-Pierre mit Tomaten-Kapern-Sugo. Der sanft gegarte Spanferkelrücken ist fast schon ein Klassiker in Nagels Küchenreich, und bei der Mousse au Chocolat muss man sich die Bitte um Nachschlag mit viel Disziplin versagen. Rund 80 Weine, netter Service von Kerstin Nagel.

**Zum Ochsen** FFF○○
OT Durlach, Pfinzstr. 64, PLZ 76227
Tel. 0721/94 38 60
www.ochsen-durlach.de
Mo, Di geschl.
Hauptgerichte € 29-39
Chefköchin: Anita Zoller-Jollit
AmEx EC MASTER VISA
Anita Zoller-Jollit pflegt ihren französisch-mediterranen Stil mit viel Leidenschaft, sie setzt auf naturbelassene, leichte Kreationen ohne Spielereien. Zur gebratenen Entenleber serviert sie fruchtige Aromen wie Erdbeeren mit Sichuanpfeffer und altem Balsamico, zum Wildsteinbutt aus dem Atlantik kleine Artischocken und Rauchtomatenblätter. Das Rinderfilet stammt aus der Region und wird traditionell in einer Kräutersenfsauce zubereitet. Schlicht und gut die Crème brûlée mit duftender Tahiti-Vanille. Rund 600 Weine zur Auswahl, davon werden viele glasweise ausgeschenkt.

## Kassel

■ F 15, S. 339

NEU **Park Schönfeld** FF○○○
OT Wehlheiden, Bosestr. 13, PLZ 34121
Tel. 0561/73 97 67 44
www.parkschoenfeld.com
Sa mittag, So geschl.
Hauptgerichte € 23-29
Chefkoch: Eduard Jaisler
EC MASTER VISA
Kassel hat wieder ein Gourmetrestaurant. Im Untergeschoss des romantischen Schlösschens pflegt Eduard Jaisler nach Wanderjahren durch halb Europa eine klassisch orientierte Küche, welche die Aromen der Zutaten präzise herausarbeitet. Ohne Schnickschnack kommen geeister Gazpacho mit Ziegenkäse und Auberginen, Rehbock mit Nüssen, Sellerie, Blutwurst, Kirschen und einem Hauch Wacholder oder warmer Meeresfrüchtesalat mit Gazpacho-Vinaigrette auf die weiß gedeckten Tische. Minimalistische Einrichtung, moderne Gemälde setzen farbige Akzente. Frisch-fröhlicher Service unter Leitung der Patronin Sabrina Schoregge.

**„Park Schönfeld": Stopover in Kassel**

## Kelsterbach

■ E 33, S. 345

**Ambiente Italiano** FF○○○
In der Alten Oberförsterei, Staufenstr. 16
PLZ 65451
Tel. 06107/989 68 40
www.ambienteitaliano.de
Sa mittag, So abend geschl.
Hauptgerichte € 16-29
Chefkoch: Pedro Fernandes
AmEx EC MASTER VISA
Kreative, aber auch traditionelle italienische Küche in der „Alten Oberförsterei": Damit haben sich der portugiesische Koch-Patron und der italienische Maître-Patron eine treue Stammkundschaft geschaffen. Der Avocado-Krabben-Salat wird mit Zitrusfrüchtegelee zu gebratenen Jakobs-

K

muscheln, Black-Tiger-Garnelen und Lardo-di-Colonnata-Speck kombiniert. Aromatisch-fruchtig das Zweierlei von der Ente (Brust und Leber) mit Wildkräutersalat und Grapefruit-Terrine in Arabica-Kaffeejus. Das Kabeljaufilet wird mit Seeigelfleisch, angebratenen Venusmuscheln und frischem Tomatensud serviert. Gut: mit Blutwurst gefüllte hausgemachte Ravioli. 200 Weine.

## Keltern

■ C 46, S. 350

**Rübenackers Restaurant Kaiser**

OT Dietlingen, Bachstr. 41, PLZ 75210
Tel. 07236/62 89
www.ruebenackers-kaiser.de
nur Abendessen, So, Mo, Di geschl.
Hauptgerichte € 28-31
Chefkoch: Dietmar Rübenacker
EC

Mediterrane und französische Küche bei Familie Rübenacker: Tina kümmert sich um die Gäste, während Dietmar mit seinem Team feinaromatische Gerichte wie Kaninchenfilet mit Berglinsen, Brotknöpfle, Speck und lila Senf kreiert. Immer wieder setzen dabei auch südliche Noten kräftige Akzente, wenn er etwa einen Rochenflügel mit Lauch, Datteln, Pinienkernen und Rosmarin kombiniert oder zum Lammkarree-Chorizo-Risotto, Bohnen, Oliven und getrocknete Tomaten gibt. Schöner Schlussakkord mit weißer Schokoladen-*millefeuille,* die Mohn, Nougat und Karamell begleiten.

## Kenzingen

■ B 48, S. 350

**Scheidels Restaurant**

Im Hotel Zum Kranz, Offenburger Str. 18
PLZ 79341
Tel. 07644/68 55
www.scheidels-kranz.de
Mo abend, Di geschl.
Hauptgerichte € 19-29
Chefkoch: Franz Scheidel
AmEx EC MASTER VISA

Jubiläum bei Franz Scheidel: 30 Jahre betreibt er seinen hübschen Gasthof nun schon. Basis des Erfolgs ist seine stets zuverlässige regionale Küche, die er gern mediterran verfeinert. Die Auberginenröllchen serviert er mit Artischocken und Ziegenkäse in einer Karottensauce, das Seehechtfilet wird in Olivenöl saftig gebraten, das Kaninchen mit Gnocchi begleitet Fenchel. Erfrischende Desserts wie Timbale von Zitrone und weißer Schokolade mit Orangen-

**„Restaurant Kaiser": Dietmar Rübenacker setzt im stilvollen Restaurant südliche Akzente**

Zitrus-Coulis. Hildegard Scheidel betreut die Gäste liebenswürdig. 200 Weine, Biergarten mit altem Baumbestand.

**„Gasthof zum Ochsen": heimelige Stuben**

## Kernen im Remstal ■ D 47, S. 351

**Gasthof zum Ochsen** FF○○○
OT Stetten, Kirchstr. 15, PLZ 71394
Tel. 07151/943 60
www.ochsen-kernen.de
Mi geschl., Hauptgerichte € 18-30
Chefkoch: Harald Sellner
AmEx DINERS EC MASTER VISA
Schwäbischer Bilderbuch-Gasthof mit sieben heimeligen Stuben im denkmalgeschützten Barockgebäude. Der Küche gelingt der Spagat zwischen anspruchsvolleren mediterranen Gerichten und der deftigen schwäbischen Tradition. Gebratenes Bachsaiblingsfilet mit Zitronenbutter gibt es da ebenso wie Maultaschen und saure Kutteln. Eigene Landmetzgerei.

**Malathounis** FF○○○
OT Stetten, Gartenstr. 5, PLZ 71394
Tel. 07151/452 52
www.malathounis.de
So, Mo geschl.
Hauptgerichte € 18-32
Chefkoch: Joannis Malathounis
EC
Immer wieder erfrischend, wie Familie Malathounis im schlichten Restaurant der griechischen Küche zu Anerkennung verhilft. Und wenn der Patron und Küchenchef Joannis das mit ideenreichen und geschmackvollen Gerichten wie Lammrücken mit Thymianjus, Granatapfel, Frühlingslauch und Couscous-Gemüse tut oder den pochierten Hummer mit Zaziki, Gurken, Tapioka, Dillpesto, kandiertem Knoblauch und Joghurt kombiniert, dann lassen wir uns gern davon überzeugen, dass alle kulinarischen Vorurteile über Hellas zumindest hier nichts mit der Realität zu tun haben. Sehr umfangreiche Weinauswahl (400 Positionen), viele deutsche und gute griechische Weine.

## Kerpen ■ B 31, S. 344

**Schloss Loersfeld** FFF○○
Schloss Loersfeld 1/Altes Forsthaus
PLZ 50171
Tel. 02273/577 55
www.schlossloersfeld.de
So, Mo geschl., Hauptgerichte € 37-38
Chefkoch: Simon Stirnal
AmEx EC MASTER VISA
Ungezwungen kocht Simon Stirnal in dem altehrwürdigen Anwesen. Klingt simpel, ist aber feinsinnig ausgearbeitet: Variation von historischen Tomaten mit Büffelmozzarella und Basilikumschaum. Das Filet vom Erfter Bachsaibling auf Süßkartoffelmus und Sellerie ist schön subtil mit Anis gewürzt. Neben der attraktiven Präsentation zeigt Stirnal vor allem bei den feinen Saucen seine Stärke wie mit Gänseleber angereicherter Malzbierjus zum trockengereiften Rinderrücken, den knackig gerösteter Mais und Dicke Bohnen begleiten. Schöne Aromen beim „Gemüsegarten" zum Abschluss, „süß verpackt", mit spielerischen Interpretationen aus Erbse, Paprika, Anis und Orange. Die Weinkarte ist gastfreundlich kalkuliert, der Service herzlich.

K

## Ketsch

■ E 35, S. 345

**Die Ente** FFF○○
Im Seehotel Die Ente, Kreuzwiesenweg 5
PLZ 68775
Tel. 06202/69 70
www.seehotel.de
Sa mittag, So, Mo geschl.
Hauptgerichte € 35-49
Chefkoch: Thomas R. Möbius
AmEx DINERS EC MASTER VISA

„Cuisine Caractère" nennt Thomas Möbius sein Konzept im schicken, stimmungsvollen Restaurant. „DAS.EINE.Menü" und „DAS.ANDERE.MENÜ" deutet schon an, dass hier Speisenkartenpoesie folgt. Die kommt und bezeichnet aromatische, klare und auch raffinierte Gerichte: „Keinohrhasen" sind Kaninchenvariationen mit Bärlauch und Nektarine, als „Salzwasser" firmiert bretonische Makrele mit Pinienkerncreme und Chicorée, als „Land.Leben" gegrillte Ochsenbacke mit Liebstöckel-Graupen. Beim Dessert „Eskimo Flipp" verbindet er Erdbeere und Rhabarber. 230 Weine.

## Kiel

■ F 2, S. 335

**Weinstein** FF○○○
OT Blücherplatz, Holtenauer Str. 200
PLZ 24105
Tel. 0431/55 55 77
www.weinstein-kiel.com
Fr, Sa, Mo nur Abendessen, So geschl.
Hauptgerichte € 18-40
Chefkoch: Mario E. Brüggemann
AmEx EC MASTER VISA

Der neue Koch-Patron Mario Brüggemann war zuvor im Osnabrücker „La Vie" und im Wolfsburger „Aqua". In Kiel setzt er auf eine zeitgemäße Produktküche, die die Qualität der Zutaten in den Mittelpunkt stellt. Ein gutes, feinfühlig geschärftes Rindertatar ruht auf einem unpassenden, ziemlich kalten Kartoffelsalat, der Maibock ist zu trocken, die klein gehackten Morcheln dazu sind aromatisch, geröstete Wassermelonenstücke beleben den Geschmack. Gut: grüner Gazpacho mit leichtem Knoblauchschleier, ein „Krabbencocktail", der unpraktisch im Glas serviert wird, und zartes Chateaubriand mit Pfifferlingen, Spargelgemüse und getrüffeltem Kartoffelpüree. Mark Liu sorgt für fröhlichen Service und passende Weine. Fazit: Vielversprechend, aber noch nicht perfekt.

## Kirchdorf

■ C 58, S. 352

**Christians** FF○○○
Im Gasthof Grainer, Dorfstr. 1, PLZ 83527

**„Weinstein": neue Gastgeber im beliebten, angenehm unkomplizierten Kieler Restaurant**

„Gutsgasthof Andres“: Geradlinig, ehrlich, geschmackvoll ist die gute fränkische Küche

Tel. 08072/85 10
www.christians-restaurant.de
außer So nur Abendessen, Mo, Di geschl.
Hauptgerichte € 28-55
Chefköche: Christian F. Grainer,
Mathias Grimm
AmEx DINERS EC MASTER VISA
Klassisches Ambiente und eine geradlinige Küche ohne Spielereien: Christian Grainer setzt auf gute Produkte aus der Region – das Wild kommt aus den umliegenden Wäldern, Gemüse aus dem eigenen Garten. Daraus kreiert der Chef und Patron allabendlich ein Überraschungsmenü, bei dem sich der Gast nur für die Anzahl der Gänge entscheidet (zwischen drei und sechs). Aktuelle Beispiele seiner produktorientierten Gerichte: Schaumsüppchen vom bretonischen Hummer mit Hummerraviolo oder bei niedriger Temperatur auf Kräutern gegarte Forelle mit Feldsalat. Exorbitante Weinauswahl mit über 1000 Positionen und den großen deutschen und französischen Spitzengütern, sehr umfangreiche Digestifkarte.

## Kirchlauter

■ D 38, S. 347

**Gutsgasthof Andres** FF○○○
OT Pettstadt, Pettstadt 1, PLZ 96166
Tel. 09536/221
www.gutsgasthof-andres.de
Di, Mi geschl., Hauptgerichte € 10-22
Chefkoch: Bernd Andres
EC MASTER
In der historischen bürgerlichen Gaststube und im lichten Pavillon am See kommt ehrliche bodenständige fränkische Küche auf die Tische. Es gibt eine eigene Fischzucht, Schinken und Würste werden ebenso wie das Brot selbst hergestellt, das Wild kommt von Jägern aus der Nachbarschaft. So viel Engagement schmeckt man natürlich nicht nur bei Küchla vom Saibling oder Bratwürsten vom Lamm, beim Schäufele vom Hausschwein mit Rauchbiersauce oder beim Rindersteak. Kleine fränkische Weinkarte, charmanter Service.

## Kirchzarten

■ B 49, S. 350

**Schlegelhof** FF○○○
OT Burg-Hoefen, Höfener Str. 92, PLZ 79199
Tel. 07661/50 51
www.schlegelhof.de
außer So nur Abendessen, Mi geschl.
Hauptgerichte € 14-32
Chefkoch: Martin Schlegel
EC

Mitten im Grünen steht das Gasthaus, das weit mehr als nur eine Ausflugsadresse ist. Martin Schlegels badisch-internationale Küche reicht von der Vesper bis zur Perlhuhnbrust mit Kerbel-Beurre-blanc. Lokalpatrioten halten sich an den Rostbraten mit Zwiebeln in Burgunder-Sauce, alle anderen schätzen auch die weltläufigeren Gerichte wie lauwarm marinierten Kalbskopf mit Artischockenvinaigrette oder Spargel und Fenchel aus dem Wok mit Orangen-Ingwer-Sauce, Sesamgnocchi und gebratenen Gambas. Die Weinkarte glänzt mit 350 Positionen. Schöne Terrasse.

## Knittelsheim

■ C 46, S. 350

### Steverding's Isenhof

Hauptstr. 15 a, PLZ 76879
Tel. 06348/57 00
www.isenhof.de
außer So nur Abendessen, Mo-Mi geschl.
Menüs € 94-108
Chefkoch: Peter Steverding
EC

Im romantischen Fachwerkambiente sorgen nicht nur schöne Tischkultur und der herzliche Service von Petra Dollt dafür, dass man sich auf Anhieb gut aufgehoben fühlt. Vor allem die produktorientierte Aromenküche von Peter Steverding, die immer aufs Neue mit einer guten Balance aus kreativen Ideen und klassischem Handwerk überzeugt. Konzentrierter Geschmack macht Spaß bei einer Karottensuppe mit Langostino-*royale*, mit beschwingter Frische bringt ein Dessert aus Rhabarber, Bergpfeffer und Brunnenkresse den Frühling auf den Teller. 260 Weine, darunter Gutes aus der Pfalz.

## Köln

■ B 31, S. 344

### Alfredo

Innenstadt, Tunisstr. 3
PLZ 50667 ■ c 3, S. 192
Tel. 0221/257 73 80
www.ristorante-alfredo.com
Sa, So geschl.
Hauptgerichte € 22-34

**„Alfredo": modernes Italien**

Chefkoch: Roberto Carturan
AmEx EC MASTER VISA

Schnörkellos, schlicht, distinguiert: Das gilt fürs Ambiente hinter der großen Fensterfront mit den schwarzen Freischwingern im grau-weißen Interieur ebenso wie für die Küche von Roberto Carturan. Die ist klassisch-italienisch mit modernen Elementen: wie bei einem fruchtig-würzigen Salat aus Mango und Kartoffeln zu kurz gebratenen Jakobsmuscheln oder den Langustinen auf knackigem Fenchelgemüse. Die Pappardelle mit Entenfleisch gelingen ebenfalls gut. Ob Leber mit Salbei oder Steinbutt mit Rübstiel – es kommt alles zart und fein an den Tisch. Es ist der Verzicht auf schmückendes Beiwerk, der den zeitlosen Stil von Carturans Küche prägt. Die Weinkarte setzt vor allem auf Italien. Der Service: charmant und aufmerksam. Freitags ist Arien- und Liederabend, dann singt Roberto Carturan, ausgebildeter Bariton, für seine Gäste.

### Gruber's

OT Neustadt-Nord, Clever Str. 32
PLZ 50668 ■ e 1, S. 192
Tel. 0221/720 26 70
www.grubersrestaurant.de
Sa mittag, So geschl.
Hauptgerichte € 13-27
Chefköche: Franz A. Gruber, Michael Scherz
AmEx EC MASTER VISA

Die Dekoration setzt auf Rot-Weiß, bei der Einrichtung dominiert Holz bis in die geschnitzten Kronleuchter hinein – hier versteht man sich als österreichische Außenstelle am Rhein. Die Küche offeriert vor allem das, was man sich unter der kulinarischen Klassik des Nachbarlandes vorstellt: Tafelspitzbouillon mit faschiertem Strudel über perfekt zubereitetes Wiener Schnitzel vom Kalb bis zum Kaiserschmarren mit Zwetschkenröster. Wer sich solchen Versuchungen widersetzen will, bestellt das aparte Gemüsemenü oder auch den isländischen Saibling mit Spargel-Dill-Ragout und Sellerie. Die Weinkarte hat sich auf Österreich festgelegt, präsentiert die ganze Vielfalt von der Steiermark bis zum Burgenland. Angenehmer Service.

**Hanse Stube** FF○○○
Altstadt-Nord, im Excelsior Hotel Ernst
Trankgasse 1-5
PLZ 50667 ■ c 3, S. 192
Tel. 0221/27 01
www.excelsior-hotel-ernst.de
kein Ruhetag, Hauptgerichte € 36-39
Chefkoch: Bernhard Stützer
AmEx DINERS EC MASTER VISA
Diskrete Eleganz ist nach wie vor das Markenzeichen der mahagonigetäfelten Stube mit ihren Nischentischen. Dem Ambiente entspricht die Küche: Auch hier setzt man auf die Klassik und verzichtet auf unnötige Spielereien oder Experimente. Langeweile stellt sich trotzdem nicht ein, denn die Mischung aus französischen und regionalen Akzenten hat ihren ganz eigenen Reiz wie beim Tatar von Heilbutt und Gurkensalsa mit Scampi, Safrancreme und Estragonemulsion oder bei Rücken und Haxe vom Lamm mit glasierten Rübchen, jungem Lauch und Bärlauchplätzchen. Eine vortreffliche Weinkarte; der Service ist unaufdringlich und sehr aufmerksam.

**„Hanse Stube": Eleganz in Mahagoni**

**Hase** *
Altstadt-Nord, St.-Apern-Str. 17
PLZ 50667 ■ b 3, S. 192
Tel. 0221/25 43 75
www.hase-catering.de
So geschl.
Hauptgerichte € 16-29
Chefkoch: Jörg Spauke
AmEx EC MASTER VISA
Schlichte Holztische, legere, unkomplizierte Atmosphäre und eine muntere Stimmung: Im beliebten City-Lokal mit Bistro-Flair schätzen nicht nur die vielen Stammgäste die geradlinige Küche. Die Karte wechselt wöchentlich und interpretiert Klassiker schon mal neu, wenn sie Carpaccio vom Rind mit Frankfurter Grüner Soße und gebackenem Spargel auflistet oder Tafelspitz als *millefeuille* und irisches Lamm mit Bohnenkrautsauce und Artischocken-Oliven-Strudel. Netter Service.

**Kintaro** FF○○○
Altstadt-Nord, Friesenstr. 16
PLZ 50670 ■ b 3, S. 192
Tel. 0221/13 52 55
www.kintaro.de
So mittag, Mo mittag geschl.
Hauptgerichte € 17-28
Chefköche: Takusaburo Arakawa, Shinya Kakuse
AmEx EC MASTER VISA
Kölns erstes Sushi-Lokal hat bis heute nichts von seiner Beliebtheit eingebüßt. Am liebsten sitzen wir im kleinen, puristisch-

weißen Restaurant direkt an der Sushi-Bar und schauen zu, wie Sushi und Sashimi für uns zubereitet werden. Fisch und Meeresfrüchte, die dafür Verwendung finden, sind selbstverständlich topfrisch, das ist Ehrensache für Patron Takusaburo Arakawa. Sein Wissen gibt er auch in Sushi-Kursen weiter. Dazu trinken wir gern einen der guten Sake.

**La Poêle d'Or** FFF○○

Altstadt-Nord, Komödienstr. 50-52
PLZ 50667 ■ c 3, S. 192
Tel. 0221/13 98 67 77
www.lapoeledor.de
So, Mo geschl.
Hauptgerichte € 29-36
Chefkoch: Jean-Claude Bado
EC MASTER VISA

Gäste haben die Wahl: Im legeren „Bistro B", werden mit großer Lockerheit Erinnerungen an die französische Sterneküche der 60er- und 70er Jahre angeboten und zudem Klassiker wie die Fischsuppe Marseiller Art. Im schlicht-eleganten Restaurant, dessen Küche ebenfalls französisch akzentuiert ist, bereitet Jean-Claude Bado, ein Meister der unaufdringlichen Moderne, genauestens austarierte Kombinationen wie Rotbarbe mit Lamm und Artischocken oder Ente mit Kürbis und Tamarindensauce zu. In der vor allem deutsch-französischen Weinkarte findet man die idealen Begleiter zu Bados elegant-feinen Geschmackserlebnissen.

**La Société** FFF○○

OT Neustadt-Süd, Kyffhäuser Str. 53
PLZ 50674 ■ a 5, S. 193
Tel. 0221/23 24 64
www.lasociete.info
nur Abendessen
Hauptgerichte € 30-38
Chefkoch: Dominic Jeske
AmEx EC MASTER VISA

So kuschelig, kultig und wunderbar kitschig wie eh und je mit den Federboas, den kleinen Silberkugeln und ähnlich schriller Deko. Diese Verspieltheit spiegelt sich im Essen nur in Nuancen wieder wie bei den vertrauten Kölschen Tapas als Amuse-Gueule: ein Mini-Kölsch zu „Halvem Hahn" (Käsebrötchen) und Flönz (Blutwurst). Dann macht Dominic Jeske ernst und setzt in der Küche bewundernswert couragiert Gewürze ein. Bei den Jakobsmuscheln mit Bärlauch und kleinen Essig-Gemüsen, die eine üppige karamellisierte Sauerrahmtarte begleitet, ebenso wie beim „Dies und Das" von Spargel und Flusskrebsen mit Erdbeeren,

**„La Poêle d'Or": Jean-Claude Bado ist ein Meister der eleganten, französischen Aromen**

das dagegen ein animierendes Leichtgewicht war. Ein Klassiker: Seeteufel im Ganzen gebraten, zu rotem Kampot-Pfeffer, Risotto mit grünem Spargel und Chorizo-Cidre-*nage* – saftig, kräftig, köstlich. Sehr respektable Weinkarte. Herzlicher und persönlicher Service.

**Le Moissonnier** FFFF○
OT Neustadt-Nord, Krefelder Str. 25
PLZ 50670 ■ c 1, S. 192
Tel. 0221/72 94 79
www.lemoissonnier.de
So, Mo geschl.
Hauptgerichte € 36-52
Chefkoch: Eric Menchon
EC MASTER VISA M

Immer wieder ist man eingenommen von der gekonnten, sehr entspannten und professionellen Gastfreundschaft dieses wunderschön nostalgisch eingerichteten und dabei kulinarisch so modernen Restaurants. Auszüge aus dem Genuss-Defilee: Froschschenkel auf zweierlei Art (Tempura und „Müllerin-Art"), dazu ein Reigen origineller und aromatischer Begleiter wie Tomaten-Cidre-Chutney, Kressepaste mit Miesmuschelsud, gegrilltes Gemüse, Bete in Gewürzkruste und geschmortes Rübchen. Überhaupt ist fast jedes Gericht für sich ein mehrteiliges Ereignis, serviert in schönem Limoges-Porzellan. Dem Evergreen bretonische Jakobsmuschel ringt Eric Menchon ganz neue Facetten ab: Grillaromen verbinden sich mit Chili, Roter Bete und Süßholz zum höchst aparten Geschmacksbild, als fruchtig-belebender Kontrapunkt gesellt sich ein knackiger Salat dazu aus Mango, Papaya und einer Jus von edlen Roscoff-Zwiebeln – selbst die kleine Komposition aus Schwarzwurzeln, Quitte und Joghurt wirkte höchst schlüssig. Zum Bauch vom Hällischen Schwein, über Holzkohle parfümiert und mit Tandoori gelackt, gab es einen Dip von Erdnusspaste mit Schokolade – geniale Kombination! – und dazu „Erbsen, französische Art", also mit Karottenwürfeln und winzigen Champignons in starkem Hühnerfond, ein nostalgisch schmeckendes köstliches Schälchen.

**„Le Moissonnier": himmlische Genuss-Defilees im schönen Gourmet-Bistro**

Was manchmal chaotisch klingen mag, ist immer mit sicherer Hand und kulinarischem Sachverstand zu einem tollen Gesamterlebnis zusammengefügt. Die Weinkarte sind eigentlich zwei Karten: „Les Sympathiques", Lieblingsweine der Patrons für den Alltag, und „Les Exceptionnels", für alle, die etwas mehr ausgeben möchten, Schwerpunkt ist natürlich Frankreich. Die Atmosphäre ist heiter und animiert – was Wunder!

**Le Patron** FFF○○
OT Rodenkirchen, Uferstr. 16
PLZ 50996 südlich ■ e 6, S. 193
Tel. 0221/348 06 55
www.lepatron.de
nur Abendessen, So, Mo geschl.
Hauptgerichte € 36-38
Chefkoch: Saloum Raphael Doucouré
AmEx DINERS EC MASTER VISA

Klassisch-modern ist das stylishe Ambiente im schicken Gourmetrestaurant am Rheinufer, elegant die Tischkultur mit Baccarat-Gläsern. Der passende Rahmen für den modernisierten französisch-mediterranen Stil von Saloum Doucouré, der Heimisches mit Internationalem kombiniert und dazu auf Klassiker wie am Tisch tranchiertes Chateaubriand setzt. Hinreißende Geschmacksbilder gelingen ihm, wenn er bei geradlinigen Kreationen pointierte Akzente setzt, etwa beim Gebratenen und Geschmorten vom Stubenküken mit confiertem Kaisergranat, Dicken Bohnen und gerösteter Mandel-Vadouvan-Creme oder beim marinierten Taschenkrebs mit Salat von gelben und grünen Erbsen mit krossem Pancetta. Gute Weinkarte (120 Positionen) mit großen deutschen und franzosischen Namen.

**L'Escalier**

OT Belgisches Viertel, Brüsseler Str. 11
PLZ 50674 ■ a 4, S. 193
Tel. 0221/205 39 98
www.lescalier-restaurant.de
So, Mo geschl.
Hauptgerichte € 25-39
Chefkoch: Maximilian Lorenz
AmEx EC MASTER VISA

Selbstbewusst prägt der junge Maximilian Lorenz mit seiner Handschrift das schöne Eckrestaurant. Mit frischen Ideen und ohne Scheu interpretiert er klassische Gerichte neu: Die Bratkartoffeln zur hausgemachten Blutwurst kommen bei ihm als Creme auf den Tisch, dazu steuert ein Granny-Smith-Sorbet säuerliche Frische bei. Der Sauerbraten vom Apfelschwein (das Filet) bekommt zwar mit Calvados-Marzipan-Sauce, Wirsing, Spitzkohl, Spätzle, Maronen und Preiselbeeren klassische Partner, aber in neuer Form. Sehr freundlicher Service.

**Maître – im Landhaus Kuckuck**

OT Müngersdorf, Olympiaweg 2
PLZ 50933 westlich ■ a 4, S. 193
Tel. 0221/48 53 60
www.landhaus-kuckuck.de
nur Abendessen, Mo, Di geschl.
Hauptgerichte € 35
Chefkoch: Erhard Schäfer
AmEx DINERS EC MASTER VISA

Ein Besuch bei Erhard Schäfer im Kölner Stadtwald ist wie ein Ausflug ins Grüne. Im Gourmetrestaurant setzt er sich weit über die Grenzen der französischen Klassik hinweg: Dem Raviolo aus Tomate und roher Seewassergarnele auf gerösteten Tramezzini stellt er einen aufreizend säuerlichen Zitronenschaum zur Seite – der erfrischend aromatische Effekt ist so virtuos wie nachhaltig. Die bretonische Felsenrotbarbe zum gebratenen Langustino ist perfekt à point, die Zuckerschoten sind herrlich knackig. Intensiv: die Hummer-*bisque*. Beim Karree vom Bentheimer Landschwein steht die Qualität des Fleischs im Mittelpunkt, das Leipziger

**„L'Escalier": frische Ideen und eine eigene Handschrift im geschmackvoll-modernen Restaurant**

**„Poisson": Bei Ralf Marhencke ist der schönste Platz an der Theke – mit Blick in die Töpfe!**

Allerlei ist eine delikate Begleitung. Auch die Weinkarte schlägt neben dem französischen Kanon spannende Alternativen vor. Charmanter und gewandter Service.

**Poisson**

Altstadt-Nord, Wolfsstr. 6-14
PLZ 50667 ■ b 3, S. 192
Tel. 0221/27 73 68 83
www.poisson-restaurant.de
So, Mo geschl.
Hauptgerichte € 24-48
Chefkoch: Ralf Marhencke
EC MASTER VISA

Wo *poisson* draufsteht, ist natürlich Fisch drin oder besser: Meeresgetier aller Art, von der Auster bis zur Jakobsmuschel, vom Schwertfisch bis zum Atlantik-Steinbutt. Zwar bietet Ralf Marhencke auch ein paar Ausweichmöglichkeiten, aber der gute Ruf des Hauses ist in seinen inspirierten Fisch-Kreationen begründet. Dabei bevorzugt er regionale Beigaben wie bei den Medaillons vom Seeteufel mit Knusper-Pancetta, Spitzkohl und gebratenem Kartoffelstampf; das Filet vom Island-Kabeljau wird mit Senfsauce, Dicken Bohnen, Speck und Krokette von Blutwurst serviert. Der schönste Platz ist an der Theke: Dort kann man dem Team in Topf und Pfanne schauen.

**Steinmetz**

OT Klettenberg, Gottesweg 165
PLZ 50939 südlich ■ a 6, S. 193
Tel. 0221/44 79 34
www.restaurant-steinmetz.de
nur Abendessen, Mo geschl.
Hauptgerichte € 21-25
Chefkoch: Martin Pradel
EC MASTER VISA

Langeweile kommt im Jugendstil-Restaurant mit dem fast schon kultigen Bistro-Chic nicht auf. Martin Pradel lässt seiner Fantasie freien Lauf. Er kombiniert mutig und spannend, er überrascht und überzeugt. Das gelingt beispielsweise bei Perlhuhnbrust mit Erbsen-Basilikum-Püree, kugelförmigen *pommes parisiennes,* Morcheln und Krabbenbrot oder bei Zander mit Windbeutel, gebratenem Spargel, Rhabarber und Chilisauce. Besonders apart: Gambas mit Sauerbraten und Salat von Nüssen, Mandeln und Äpfeln. Das alles ist in sich durchaus stimmig. Die internationale Weinkarte bietet passende Begleitung.

**Taku**

Altstadt-Nord, im Excelsior Hotel Ernst
Trankgasse 1-5, PLZ 50667 ■ c 3, S. 192
Tel. 0221/270 39 09
www.excelsiorhotelernst.com/

K

„Taku“: Zen-Purismus mit dezenter Beleuchtung und diskreten asiatischen Noten in der Küche

restaurant-bar/taku.html
Mo geschl.
Hauptgerichte € 22-58
Chefkoch: Mirko Gaul
AmEx DINERS EC MASTER VISA

Elegantes, euro-asiatisches Ambiente im Untergeschoss des „Excelsior Ernst“. Ein beleuchteter Bachlauf mit Koi-Karpfen verläuft in Kurven im Boden. Eine Art Laufsteg führt ins sehr dezent ausgeleuchtete Lokal. Diskret erscheint diesmal auch der asiatische Einfluss in der Küche. Der Kombination aus Austern und Thunfisch verlieh säuerlich eingelegtes Gemüse einen besonderen Akzent, auch das saftige Rinderfilet beim *shabu shabu* war einprägsam. Die Scholle mit Krabben und Thai-Fischküchlein blieb dagegen eher brav, und das US-Beef mit Hokkaido-Kürbispüree und Shimeji-Pilzen wirkte geschmacklich geradezu mutlos. Imponierend dagegen die umfassende Weinkarte und der charmante Service.

**Vintage** FF

OT Neustadt-Süd, Agrippinawerft 30
PLZ 50678 ■ a 3/4, S. 193
Tel. 0221/92 07 10
www.vintage.info
Sa mittag geschl., Hauptgerichte € 26-29
Chefkoch: Steffen Kimmig
AmEx EC MASTER VISA

Claudia Stern ist mit ihrem „Vintage“ an den Rhein umgezogen. Es gibt jetzt eine große Terrasse am Wasser mit traumhaftem Blick gen Süden, den man auch durch die umlaufenden Panoramafenster genießt. Ihr Konzept – eine Küche aus hochwertigen Lebensmitteln und dazu eine umfangreiche, weltoffene Weinkarte – hat sie mitgebracht, auch wenn es zu Beginn noch nicht ganz so reibungslos funktionierte. Spanferkelterrine mit Rettich, Radieschen und Feldsalat oder Tomaten-Fenchel-Fondue mit Jakobsmuscheln und Estragonpesto blieben aromatisch noch etwas blass. Auch dem Rib-Eye mit Salat von Avocado und Tomaten oder dem Kalbsfilet mit badischem Maultäschle und Rahmwirsing fehlte die vertraut feinsinnige Auslegung. Der Service war so freundlich und aufmerksam wie eh und je.

**W** FF

Altstadt-Süd, im Hotel Wasserturm
Kaygasse 2, PLZ 50676 ■ c 5, S. 193
Tel. 0221/200 80
www.hotel-im-wasserturm.de
Sa geschl.
Hauptgerichte € 15-25
Chefkoch: Mathias Maucher
AmEx DINERS EC MASTER VISA

Das Restaurant „La Vision“ wurde, zumindest vorübergehend, geschlossen. Das „W“,

das sich ebenerdig in einer Art Kubus an den Wasserturm anschließt und dezent kosmopolitisch in Brauntönen gestaltet ist, bietet Ersatz. Die unkomplizierte Küche zitiert Regionales, interpretiert es aber durchaus weltoffen wie beim Karpfen auf polnische Art mit Ei. Die Beilagen zum derzeit unvermeidlichen US-Beef muss man sich gegen Aufpreis selbst zusammenstellen – selbst die Jus kostet dann vier Euro, was sich zu einem beeindruckenden Endpreis addiert. Ansprechende Weinkarte.
Die freundlichen und aufmerksamen Herren aus dem Service sind ein Highlight.

**WeinAmRhein** FF○○○

Altstadt-Nord, Johannisstr. 64
PLZ 50668 ■ d 2, S. 192
Tel. 0221/91 24 88 85
www.weinamrhein.eu
Sa mittag, So, Mo geschl.
Hauptgerichte € 18-36
Chefkoch: Rudi Mützel
AmEx EC MASTER VISA
Modern und couragiert interpretierte regionale Küche, die dafür gern weltweit Anleihen macht. Mal gibt sie sich bodenständig wie bei den Büsumer Krabben mit Wachtelei, Gurke und Speck, mal herzhaft wie beim Kalbsfilet mit Artischocke und Rucola-Klößchen, dann exotisch mit Schwertfisch-Sashimi mit Limetten-*granité* und Kokosnuss. In der imposanten Weinkarte findet Sommelière Melanie Panitzke dazu stets die passende Begleitung. In die grauen Fliesen sind verschiedene Bodenelemente aus Weinbergen eingelassen wie Schiefer und Muschelkalk, ein Teil der Wände ist mit handgeknüpften Teppichen bedeckt, die Weinberge zeigen.

**Zur Tant** FFF○○

OT Porz-Langel, Rheinbergstr. 49
PLZ 51143 südlich ■ d 6, S. 193
Tel. 02203/818 83
www.zurtant.de
Do geschl.
Hauptgerichte € 28-36
Chefköche: Franz Hütter, Thomas Lösche
AmEx DINERS EC MASTER VISA
Eine genussvolle Melange kommt im gediegenen Restaurant mit schönem Blick auf den Rhein auf die Tische. Klassisch ist die Basis, die Einflüsse reichen von mediterran über österreichisch bis asiatisch. Der Seesaibling wird mit Spitzmorcheln, Spargel und *brandade*-Tortellini kombiniert, das Saltimbocca vom Seeteufel mit Fenchel und aromatischem Limettenrisotto. Viele österreichische Weine. In „Hütter's Piccolo" im gleichen Haus wird Bodenständigeres serviert. Hausgemachte Produkte wie Pesto, Schmalz oder Terrinen zum Mitnehmen.

**„WeinAmRhein": vinophiles Ambiente mit Wandteppichen (hinten) im modernen Weinlokal**

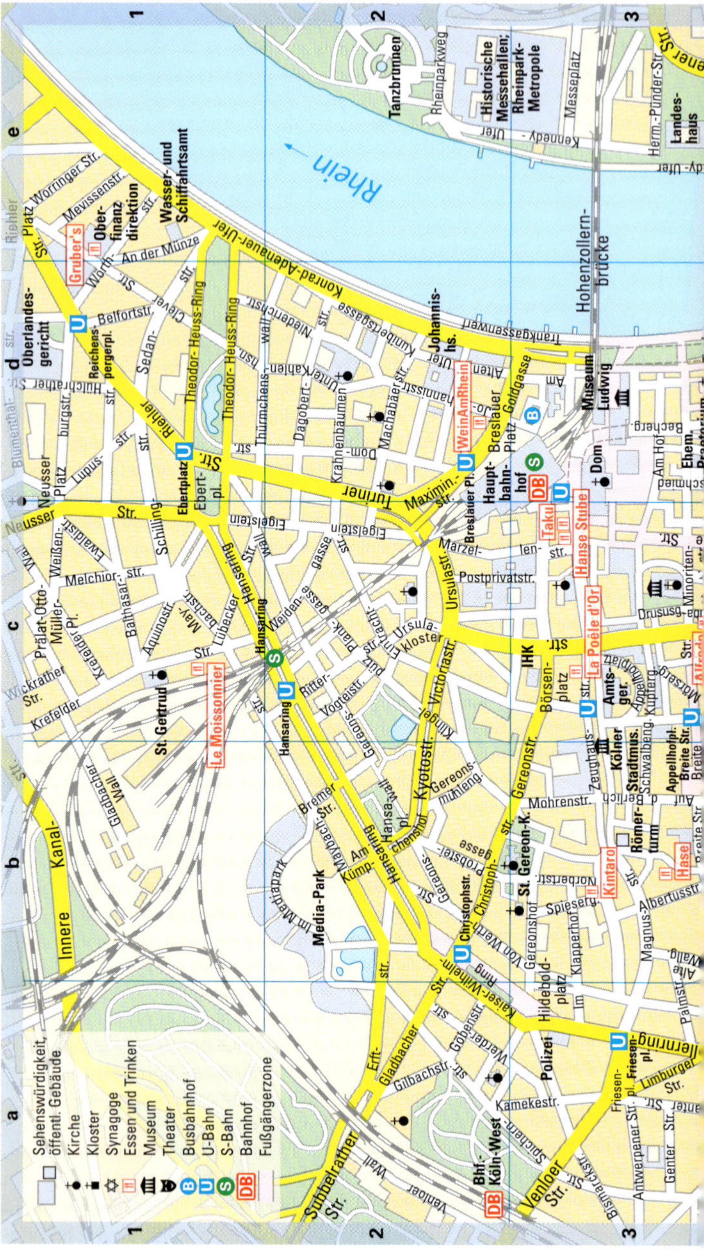
Sehenswürdigkeit, öffentl. Gebäude
Kirche
Kloster
Synagoge
Essen und Trinken
Museum
Theater
Busbahnhof
U-Bahn
S-Bahn
Bahnhof
Fußgängerzone
Rhein
Konrad-Adenauer-Ufer
Hohenzollernbrücke
Tanzbrunnen
Rheinparkweg
Historische Messehallen, Rheinpark-Metropole
Messeplatz
Kennedy-Ufer
Landeshaus
Herm.-Pünder-Str.
Wasser- und Schiffahrtsamt
Oberfinanzdirektion
Oberlandesgericht
Gruber's
An der Münze
Reichenspergerpl.
Belfortstr.
Theodor-Heuss-Ring
Ebertplatz
Ebertpl.
Neusser Str.
Riehler Str.
Turiner Str.
Eigelstein
Hansaring
Le Moissonnier
St. Gertrud
Krefelder Str.
Innere Kanal-Str.
Media-Park
Im Mediapark
Maybachstr.
Bremer Str.
Hansaplatz
Kyotostr.
Ursulastr.
Victoriastr.
Ursulakloster
Postprivatstr.
Marzellenstr.
Breslauer Pl.
Hauptbahnhof
Dom
Museum Ludwig
Johannishs.
Trankgassenwerft
Goldgasse
WeinAmRhein
Taku
Hanse Stube
La Poêle d'Or
IHK
Börsenplatz
Amtsger.
Zeughausstr.
Kölnisches Stadtmus.
Römerturm
Appellhofpl.
Breite Str.
Kintaro
Hase
Magnus-Albertusstr.
St. Gereon
Gereonstr.
Christophstr.
Hildeboldplatz
Kaiser-Wilhelm-Ring
Hohenzollernring
Friesenpl.
Polizei
Limburger Str.
Venloer Str.
Bhf. Köln-West
Subbelrather Str.
Gladbacher Str.
Erftstr.
Gilbachstr.
Kamekestr.
Bismarckstr.
Antwerpener Str.
Genter Str.

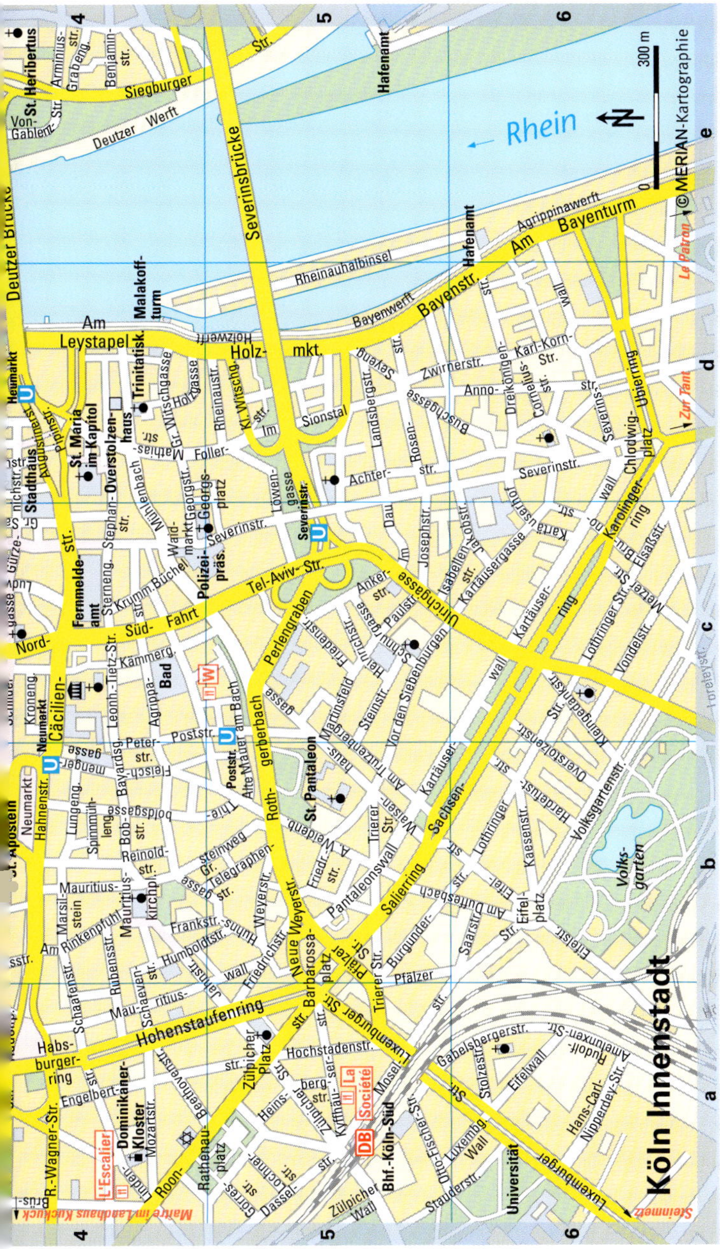
Köln Innenstadt
Rhein
300 m
© MERIAN-Kartographie
Deutzer Brücke
Severinsbrücke
Siegburger Str.
Deutzer Werft
Rheinauhalbinsel
Hafenamt
Agrippinawerft
Am Bayenturm
Bayenstr.
Bayenwerft
Am Leystapel
Holzmarkt
Malakoffturm
St. Heribertus
St. Maria im Kapitol
Overstolzenhaus
Trinitatisk.
Stadthaus
Neumarkt
Heumarkt
Fernmeldeamt
Polizeipräs.
Georgsplatz
Severinstr.
Tel-Aviv-Str.
Nord-Süd-Fahrt
Cäcilienstr.
Perlengraben
Rothgerberbach
Poststr.
St. Pantaleon
Ulrichgasse
Sachsenring
Salierring
Karolingerring
Ubierring
Chlodwigplatz
Volksgarten
Volksgartenstr.
Hohenstaufenring
Habsburgerring
Barbarossaplatz
Zülpicher Platz
Zülpicher Str.
Luxemburger Str.
Bhf.-Köln-Süd
Universität
Dominikaner-Kloster
Rathenauplatz
Mauritiuskirchpl.
Neue Weyerstr.
Pantaleonswall
Eifelplatz
Sionstal
Lothringer Str.
Vondelstr.
Le Patron
Zur Tant
Steinmetz
Maître im Landhaus Kuckuck
L'Escalier
La Société
W
a
b
c
d
e
4
5
6

## Köngen ■ E 47, S. 351

**Tafelhaus** FF○○○
Im Hotel Neckartal, Bahnhofstr. 19
PLZ 73257
Tel. 07024/972 20
www.hotel-neckartal.com
außer So nur Abendessen
Hauptgerichte € 13-28
Chefkoch: Bernd Nödinger
AmEx EC MASTER VISA
Engagierter Familienbetrieb! Im Restaurant geben warme Farben den Ton an, Petra Nödinger führt den Service mit charmanter Herzlichkeit. Etliche Produkte für Bernd Nödingers regional-mediterrane Küche, die auch mal mit asiatischen Akzenten spielt, kommen aus der kleinen familieneigenen Biolandwirtschaft. Frühlingszwiebeln und Morcheln gibt es sowohl zu den Medaillons vom Seeteufel auf Risotto als auch zum Lammkarree mit Kartoffelgratin. Für Liebhaber der deftigen schwäbischen Küche: „Nödinger's Rostbraten" und Kuttelsuppe.

## Königstein im Taunus ■ E 33, S. 345

**Villa Rothschild** FFFF○
Im Hotel Villa Rothschild Kempinski
Im Rothschildpark 1, PLZ 61462
Tel. 06174/290 80
www.villa-rothschild.com
nur Abendessen, So, Mo geschl.
Hauptgerichte € 24-42
Chefkoch: Christoph Rainer
AmEx DINERS EC MASTER VISA
Christoph Rainer bleibt die Nummer eins der Region. Was er gleich zu Beginn schon als opulenten Reigen servieren lässt, nennt Rainer seine „Kulinarischen Einstimmungen". Welche Variationsmöglichkeiten er Karotten entlockt, ist fabelhaft: Perfekt balanciert er deren Süße, nimmt sie zurück oder stellt sie in den Vordergrund, mal als Gel, als Eis, als Tatar mit Erdnüssen und Papaya oder als Macaron mit Curry. Die zwei Menüs heißen „Klassiker" und „Aus aller Welt". In letzterem gefällt die Entenstopfleber mit dezent säuerlichem grünem Apfel als geschmacklich wie auch farblich überzeugende Komposition. Kaum eine Chance, sich gegen die perfekt gereifte Mango durchzusetzen, hat das Hummercarpaccio, zu der eine wunderbare Hummer-*bisque* gehört. Glanzstück ist eine dicke Tranche Felsenrotbarbe, scharf gebraten mit Knusperkruste, Zitronenjus, Kapern und dezent süßer Petersiliencreme. Der Service ist ein wenig steif. Fulminante Weinkarte.

## Konstanz ■ D 49, S. 351

**Ophelia** FFFF○
OT Petershausen, im Hotel Riva, Seestr. 25
PLZ 78464
Tel. 07531/36 30 90
www.hotel-riva.de
nur Abendessen, Di, Mi geschl.
Hauptgerichte € 64
Chefkoch: Dirk Hoberg
AmEx EC MASTER VISA
In der noblen Jugendstilvilla direkt an der Uferpromenade arbeitet sich Dirk Hoberg konsequent in Richtung Bodenseespitze vor. Schon die liebevoll gearbeiteten Miniaturen zur Einstimmung beweisen Ideenreichtum und die Vorliebe, Produkte in alle Richtun-

**„Ophelia": trendige Küche im jungen Haus**

gen auszuloten. Im Menü präsentiert der 31-jährige Koch Jakobsmuschel, kurz angegrillt, als Carpaccio, als Eis und als Schaumsüppchen, spielerisch testet er dazu Harmonien wie Frischrahm, Haselnuss oder Rettich aus. Scheinbar einfache Produkte wie Blumenkohl kommen zu Ehren, wenn Hoberg ihn zum glasig gegarten Kaisergranat als marinierte Röschen, ausgebacken oder als getrüffeltes Püree kombiniert. Zum auf den Punkt gebratenen Limousin-Lamm mit Bries, Lauchflan und Couscous bildet eine Karotte den Clou, gefüllt mit einem Gel von der Urkarotte. Hoberg, in besten Häusern geschult, bietet eine leichte, zeitgemäße Küche, die zu diesem noch jungen Haus passt, sich hin und wieder aber noch zu sehr im Kleinteiligen verliert. Die Patisserie gibt sich mit Kreationen wie Popcorn, Banane, Hopfen und Holzkohle betont trendig; sehr gute Weinkarte und -beratung durch Maître-Sommelier Werner Hinze.

**Papageno**
OT Stadelhofen, Hüetlinstr. 8 a, PLZ 78462
Tel. 07531/36 86 60
www.restaurant-papageno.net
Mo, Di geschl.
Hauptgerichte € 29-38
Chefkoch: Johann Kraxner
EC MASTER VISA
Klassisch ist die Basis von Johann Kraxner im gastlichen Altstadt-Restaurant, mediterrane Aromen setzen manchmal kräftige Akzente. Die Fische kommen in der Saison aus dem Bodensee, aber die Filets von der Atlantik-Seezunge mit grünem Spargel, Artischocke, Löwenzahn, Morcheln und Safran-Oliven-Sud mit Tapioka sind mehr als nur eine gute Alternative. Paprikaöl und Ingwer geben dem Salzwiesenlammrücken auf Bohnen-*cassoulet* eine aparte Note. Rund 100 Weine vor allem aus Europa.

**Staader Fährhaus**
OT Staad, Fischerstr. 30, PLZ 78464
Tel. 07531/361 67 63
www.staaderfaehrhaus.de
Do mittag, Mi geschl.
Hauptgerichte € 15-26
Chefkoch: Heinz-Josef Diestel
EC
Geradlinige, mediterran inspirierte Regionalküche mit vielen heimischen Produkten. In der Saison stehen natürlich die Fische aus dem Bodensee auf der Karte, wenn aber die mit Knoblauch und Aromaten geschmorte Lammkeule mit ihnen konkurriert, lassen wir die gern noch eine Weile schwimmen. Auch der Wildschweinrücken mit Bärlauchkruste, Pastinake und Couscous mit glasierten Datteln ist ein geschmackvolles Gericht. Weine aus der Bodensee-Region, netter Service.

**„Staader Fährhaus": Fisch aus dem Bodensee**

## Korschenbroich

■ B 15, S. 338

**Gasthaus Stappen**
OT Steinhausen
PLZ 41352
Tel. 02166/882 26
www.gasthaus-stappen.de
außer So nur Abendessen, Di geschl.
Hauptgerichte € 14-26
Chefköche: Franz-Josef Stappen, David Büchner
AmEx EC
Es ist immer wieder schön, im gastlichen Haus von Carmen und Franz-Josef Stappen einzukehren. Nicht nur, weil man hier stets herzlich empfangen und engagiert umsorgt wird, sondern weil der Chef unbeirrt eine wunderbare verfeinerte Regionalküche pflegt, die ohne überflüssige Spielereien auskommt.

„Gasthaus Stappen": immer herzliche Gastgeber – Carmen und Franz-Josef Stappen

Herrlich die guten heimischen Köstlichkeiten wie Kalbsbäckchen oder Roastbeef vom Liedberger Rind – nicht nur zum Spargel. Und mit Bohnen-Rhabarber-Ragout zu in Kräutern gebratenen Lammfilets gelingt auch mal eine Überraschung. Hausgemachte Produkte zum Mitnehmen. Die meisten der rund 130 Weine werden auch glasweise ausgeschenkt.

## Kraiburg am Inn ■ C 58, S. 352

**Hardthaus**
Marktplatz 31, PLZ 84559
Tel. 08638/730 67
www.hardthaus.com
nur Abendessen, So geschl.
Hauptgerichte € 21-34
Chefkoch: Marc Vermetten
EC

Restaurant und gemütlicher Weinkeller am Marktplatz. Das roh marinierte Saiblingsfilet schmeckt mit Pinienkernen, Apfel und Wasabi, die geschmorte bayerische Lammschulter mit Kalamata-Oliven, im Fass gereiftem Feta und Graupen. Schöne Desserts: Riesling-Törtchen im Baumkuchenmantel mit einem Pfirsich-Holunder-Ragout. Alles wird sehr freundlich serviert.

## Krakow ■ C 9, S. 336

**Ich weiß ein Haus am See**
OT Seegrube, Paradiesweg 3, PLZ 18292
Tel. 038457/232 73
www.hausamsee.de
nur Abendessen, Mo geschl.
Hauptgerichte € 28-34
Chefkoch: Raik Zeigner
EC

Noch immer ein echter Geheimtipp für Romantiker und Genießer, die sich fern der Großstadt verwöhnen lassen wollen. Adelbert König gibt den charmanten und unterhaltsamen, vor allem aber kenntnisreichen Regisseur im halbrunden Restaurant mit Blick auf den See. Er empfiehlt auch die passenden Weine zu Raik Zeigners ambitionierten klassisch-mediterranen Gerichten. Für die verwendet der junge Küchenchef Zutaten aus der Region sowie die Insignien der Haute Cuisine wie Hummer, Steinbutt und Trüffeln – alles auch optisch immer apart angerichtet. Vor allem die Saucen bleiben mit tiefgründigen Aromen in Erinnerung. Am besten, man quartiert sich gleich in eines der Zimmer ein und genießt am nächsten Tag noch das gute Frühstück.

## Krefeld ■ B 15, S. 338

**Chopelin im Casino**
OT Uerdingen, Casinogasse 1, PLZ 47829
Tel. 02151/31 17 89
www.chopelinimcasino.de
Sa mittag, So, Mo geschl.
Hauptgerichte € 20-29
Chefkoch: Yves Chopelin
AmEx EC MASTER VISA
50 Jahre steht Yves Chopelin jetzt schon an Profi-Herden, und noch immer überzeugt er mit unermüdlichem Engagement. Der französisch-mediterranen Küche hält er weiter die Treue. Er setzt aber auch schon mal moderne Akzente, wenn er zum Seeteufel mit Sepia-Nudeln und grünem Spargel Schinkenstaub und Safran-Anis-Sauce anrichtet. Schöne Aromen beim Weißen Heilbutt mit Kartoffel-Pesto-*mousseline*, geschmortem Orangen-Fenchel und Limettenblättersauce. Gute deutsche Weine.

**„Chopelin": unbeschwerter Genuss**

**Villa Medici**
OT Bockum, Schönwasserstr. 73, PLZ 47800
Tel. 02151/506 60
www.villa-medici-krefeld.de
Sa mittag, So geschl.
Hauptgerichte € 21-38
Chefkoch: Pasquale Valentino
AmEx DINERS EC MASTER VISA
Seit mehr als 30 Jahren sorgt Pasquale Valentino dafür, dass man in Krefeld verlässlich gehobene italienische Küche genießen kann. Wie authentisch die ist, beweisen nicht nur die täglich frisch zubereiteten Antipasti und die gute hausgemachte Pasta (Spaghetti mit Muscheln), sondern auch die Klassiker, die hier die Aufmerksamkeit bekommen, die sie verdienen: zum Beispiel das wunderbare *ossobuco* Mailänder Art mit Safranrisotto. Vorspeisen wie etwa das Duett von der Gänseleber sind Ausflüge ins französisch-mediterrane Fach, die so mancher Stammgast schätzt. Weinkarte mit 150 Positionen – natürlich italienisch!

## Kronberg im Taunus ■ E 33, S. 345

**Villa Philippe**
OT Kronberg, Hainstr. 3, PLZ 61476
Tel. 06173/99 37 51
www.villa-philippe.de
kein Ruhetag
Hauptgerichte € 17-26
Chefkoch: Farrokh Okhovat-Esfehani
AmEx EC MASTER VISA
Endlich kann die schmucke Gründerzeitvilla auch mit konstant guter Küche aufwarten. Man speist an großen runden Tischen in zwei stilvollen Altbausalons und dem eher nüchternen Wintergarten. Patron Farrokh Okhovat-Esfehani (zuletzt „Osteria Enoteca" in Frankfurt) hat seinen mediterran-klassischen Stil weiterentwickelt. Zum zarten Pulpo passt die dezent säuerliche *caponata* (süßsauer abgeschmecktes Gemüse) sehr gut, der schmelzige Risotto aus roten Zwiebeln mit Spinatsalat und Estragon ist ein ausgeklügeltes Spiel feiner Aromen und Konsistenzen. Steinbutt und ein lockerer Kräuterflan werden durch hausgemachte Mixed Pickles originell ergänzt. Die rosa gegarte Ente im krossen Brotmantel kommt auf grünem Spargel mit einem Hauch Vanille und Safransauce daher. Aufmerksamer Service, kleine Weinkarte. Bar, Gartenterrasse.

K

„Anne-Sophie": feine Regionalküche im Hotelrestaurant am Schloss

## Künzelsau ■ C 40, S. 346

**Anne-Sophie** FF○○○
Hauptstr. 22-28, PLZ 74653
Tel. 07940/934 60
www.hotel-anne-sophie.de
kein Ruhetag
Hauptgerichte € 9-23
Chefkoch: Serkan Güzelcoban
AmEx EC MASTER VISA

Entspannt sitzt man im Wintergarten oder auf der Terrasse des angenehm legeren Hotelrestaurants am Schloss – und wartet nicht lange auf Regionales „vom Land", etwa handgeschabte Käsespätzle und hausgemachte Maultaschen. Ebenso schmackhaft ist die Lende vom Schwäbisch-Hällischen Landschwein im Speckmantel mit Portweinjus. „Aus dem Wasser" kommen die kross gebratenen Flusszanderfilets mit Riesling-Schaum, Safrankohlrabi und Erbsenpüree – ein Klassiker, der immer zu empfehlen ist! Brotzeiten gibt's auch.

## Kuppenheim ■ C 46, S. 350

**Raub's Restaurant** FFFF○
OT Oberndorf, im Hotel Raub's Landgasthof
Hauptstr. 41, PLZ 76456
Tel. 07225/756 23
www.raubs-landgasthof.de
So, Mo geschl., Hauptgerichte € 22-42
Chefkoch: Wolfgang Raub
EC

Große Küche in der Dorfmitte: Wolfgang Raub pflegt seinen geradlinigen, regional-mediterranen Stil sorgsam weiter, seine Gerichte bleiben saisonal orientiert, stets produktnah und bisweilen raffiniert. Seine Klasse beweist er immer wieder beim präzisen Umgang mit Aromen. Der geangelte Wolfsbarsch ist mit Shiitakepilzen, Paprika und Ingwereis angerichtet. Südliche Noten bringt Raub bei zarten, sautierten und gefüllten Tintenfischen zum Radicchiorisotto auf den Teller. Und das Rib-Eye-Steak vom amerikanischen Black-Angus-Rind hat er mit Blutwurst vom Mangalitza-Schwein kombiniert. Auch gut: Rhabarberauflauf mit Eisweinessig. 650 Weine, Sommergarten. Fünf Zimmer.

## Ladbergen ■ D 13, S. 338

**Gasthaus zur Post** FF○○○
Dorfstr. 11, PLZ 49549
Tel. 05485/939 30
www.gastwirt.de

Mo mittag geschl.
Hauptgerichte € 19-28
Chefkoch: Oliver Lisso
AmEx DINERS EC MASTER VISA

Mehrere Gasträume bietet das Fachwerkhaus, alle sind gemütlich ausgestattet. Die Küche glänzt vor allem mit ihren regionalen Gerichten: Reibekuchen mit westfälischem Knochenschinken zum Beispiel oder Ladberger Pfanne, gratinierter Lachs und Zander mit Sauerkraut und Kartoffelpüree. „Aus dem Stall und von der Weide" kommen Bauch und Filet vom Landschwein mit glasiertem Gemüse und westfälischer Potthucke (gebackenes Kartoffelgericht). Günstiger Lunch: zwei Gänge für elf Euro.

## Ladenburg

■ E 35, S. 345

### Backmulde FF○○○

Hauptstr. 61, PLZ 68526
Tel. 06203/40 40 80
www.back-mul.de
außer Sa, So nur Abendessen, Mo geschl.
Hauptgerichte € 16-34
Chefkoch: Jonas Gyllensten
AmEx EC MASTER VISA

Moderne Küche hinter altem Fachwerk. Spanische Akzente verspricht die regional-mediterrane Speisenkarte. Da gibt es den guten Schinken vom Ibérico-Schwein oder Riesengarnelen (mit zweierlei Aioli), die mit Mango und Schalotten angerichtet sind. Abseits von Spanien beeindruckte uns die Miéral-Perlhuhnvariation mit Erbsenpüree, Zuckerschoten und Kartoffelchips. Kreative Ideen beim Dessert: eine Variation von Sandkarotte, Malz und Joghurt. Gute Weinauswahl, netter Service.

## Lahr

■ B 48, S. 350

### Adler FFF○○

OT Reichenbach, Reichenbacher Hauptstr. 18, PLZ 77933
Tel. 07821/90 63 90
www.adler-lahr.de
Mo, Di geschl.
Hauptgerichte € 30-38
Chefköche: Otto Fehrenbacher, Daniel Fehrenbacher
AmEx EC MASTER VISA

Der in Colmar geborene Daniel Fehrenbacher, der den Familienbetrieb von Vater Otto übernahm, hat längst seine eigene Handschrift entwickelt: Der gebratene Langostino mit grünem Apfel, sehr mildem Räucheraal und Honigkresse ist eine stimmige Komposition von Frische und Kraft. Es folgt eine Seezunge mit Ochsenmark, Frühlingslauch und Morchelrisotto. Der Fisch ist an der Gräte gebraten und saftig, der Risotto dazu ist allerdings geschmacklich ein wenig schwächer geraten. Prima hingegen wieder die Schulterstücke vom Ibérico-Schwein mit einer milden Zwiebelcreme und Ingwer. Nach wie vor treffen im „Adler" sehr gute Grundprodukte auf gutes Handwerk.

**„Adler": Saltimbocca vom Lamm**

## Landshut

■ C 57, S. 352

### Fürstenhof FF○○○

OT Nikola, im Romantik Hotel Fürstenhof
Stethaimer Str. 3, PLZ 84034
Tel. 0871/925 50
www.fuerstenhof.la
nur Abendessen, So geschl.
Hauptgerichte € 28-31

Chefkoch: André Greul
AmEx EC MASTER VISA
Im klassisch-eleganten Hotelrestaurant verfeinert die Küche Klassiker mit eigenen, bisweilen raffinierten Akzenten: Torte vom Kalbstafelspitz mit Schmortopinambur-Vinaigrette; bei der gebratenen Meeräsche mit weißem Bohnenpüree und Limetten-Olivenöl machen mediterrane Aromen Spaß. Die Heimat wird beispielsweise mit geräuchertem Rinderfilet mit Wirsingfleckerl und Kräutersaitlingen geschmackvoll zitiert. 145 Weine, darunter viele aus Deutschland. Zimmer.

## Langenau ■ F 47, S. 351

**Gasthof zum Bad**
Burghof 11, PLZ 89129
Tel. 07345/960 00
www.gasthof-zum-bad.de
Mo geschl.
Hauptgerichte € 17-25
Chefkoch: Hans Häge jun.
AmEx EC MASTER VISA
Internationale Küche im modernen Gasthof. Klassisches wie das Gänseleberparfait gewinnt mit Hirschschinken, Apfel und Mandel an Raffinesse. Exotischer wird's auch schon mal beim Rücken vom Weidelamm mit orientalischen Gewürzen, Graupen-Dörrobst-Gemüse und geschmorten Zwiebeln. Apfel, Minze, Joghurt und Crumble ergeben ein schön erfrischendes Dessert.

**„Gasthof zum Bad": Vater und Sohn Häge**

## Langenzenn ■ D 40, S. 347

**Keidenzeller Hof**
Fürther Str. 11, PLZ 90579
Tel. 09101/90 12 26
www.keidenzeller-hof.de
außer Sa, So nur Abendessen,
Mo, Di geschl.
Hauptgerichte € 24-33
Chefkoch: Sascha Lenz
EC MASTER VISA
Sascha Lenz lässt sich im schicken Restaurant von der spanischen und nordischen Avantgarde inspirieren und hat einen eigenen Stil entwickelt. Immer wieder sorgt er für spannungsreiche Akzente: Beim Bresse-Huhn mit fränkischem Spargel steuern Koriander, Erdnuss, Gänseleber und Nori-Algen Finesse bei. Überraschungen auch bei Desserts, wenn aus Tamarillo, Puffreis, Joghurt und Minze ein gelungenes Finale wird. Überschaubare Weinauswahl.

## Leer/Ostfriesland ■ B 5, S. 334

**Perior**
Bergmannstr. 16, PLZ 26789
Tel. 0491/976 95 15
www.perior.de
nur Abendessen, So, Mo geschl.
Menüs € 49-99
Chefkoch: Christian Richter
EC MASTER VISA
Seit 2010 steht Christian Richter im kulinarisch nicht eben verwöhnten Norden für guten Geschmack. Zeitlos-modern und saisonal ist seine Küche, die ohne Schnörkel auskommt, dabei immer aromatisch und einfallsreich. Die Wildtaube serviert er mit Tamarinde, Sellerie und Sesam, marinierte Erdfrüchte mit Purple Curry, Roter Bete und Trüffel. Kleine Weinauswahl und sehr freundlicher Service.

**Zur Waage**
Altstadt, Neue Str. 1, PLZ 26789
Tel. 0491/622 44
www.restaurant-zur-waage.de
Di geschl., Hauptgerichte € 15-31
Chefkoch: Gordon Lankenau
EC MASTER VISA
Heimeliges Gasthaus mit maritimem Flair direkt am Hafen. Klar, dass das Team hier nicht nur auf gute Produktqualität achtet, sondern Fisch und Meerestiere auch im Mittelpunkt der abwechslungsreichen Karte stehen. Klassiker werden hin und wieder in neuer Form serviert, etwa wenn Rauchaal mit geschmortem Fenchel, einer Ananas-vinaigrette und einem schönen Akzent aus Cayennepfeffer anrichtet wird. Der Roll-mops ist von der Rotbarbe und kommt mit saurem Gemüse und Wildkräutern auf den Teller. Gute Gerichte für Vegetarier, etwa eine Morchelterrine. Netter Service.

## Leipzig

■ B 25, S. 342

**Brasserie Le Grand**
Innenstadt, im Steigenberger Grand Hotel Handelshof, Salzgäßchen 6
PLZ 04109 ■ b/c 5, S. 204
Tel. 0341/350 58 18 42

**„Brasserie Le Grand": beliebte Klassiker**

www.leipzig.steigenberger.de
kein Ruhetag
Hauptgerichte € 19-42
Chefkoch: Thomas Linke
AmEx DINERS EC MASTER VISA
Wie bekommt man viele Gäste in ein Hotel-restaurant? Indem man nach zeitgeistigem Brasseriekonzept ein Potpourri von Leibge-richten bietet (Meeresfrüchtesalat, Rinder-tatar, geschmorte Kalbsbacke), dazu ein bisschen Individuelleres wie Gelbschwanz-makrele mit Limettencouscous und *sauce vierge* oder Eifler Ur-Lamm mit *gremolata* und Bohnen-*sauté* – nun noch alles mit guten Zutaten handwerklich solide zube-reiten. Dazu eine anständige Weinauswahl (Vinothek im Hause) und ein guter Service – da fühlen sich auch Gourmets wohl.

**Falco**
Innenstadt, im Hotel The Westin Leipzig
Gerberstr. 15, PLZ 04105 ■ b 1, S. 204
Tel. 0341/988 27 27
www.falco-leipzig.de
nur Abendessen, So, Mo geschl.
Hauptgerichte € 50-88
Chefkoch: Peter Maria Schnurr
AmEx DINERS EC MASTER VISA
Der Solitär im 27. Stock des „Westin"-Hotels geht seinen Weg, selbstbewusst, meinungsstark, neugierig, als wäre seine Devise: Ich folge keinem Trend, ich mache ihn. Manche Kreation wirkt auf den ersten Blick effektheischend, beim Essen merkt man aber, dass alle Komponenten eines Ganges ihre logische Rolle spielen. Beim Drachenkopf mit Bergamotte, Datteln, Tomaten, Papaya, *palourdes* (Venusmu-scheln) und Sago ebenso wie beim Lamm-sattel mit fermentierten schwarzen Bohnen, Banane und Fenchel. Sommelier Christian Wilhelm kann seine Empfehlungen aus 1000 Positionen schöpfen, darunter rund 350 Rieslinge.

**Heine**
OT Plagwitz, Karl-Heine-Str. 20
PLZ 04229 nordwestlich ■ a 1, S. 204
Tel. 0341/870 99 66

www.restaurant-heine.de
nur Abendessen, So, Mo geschl.
Hauptgerichte € 26-32
Chefkoch: André Oelsner
DINERS EC MASTER VISA

Dieses kleine Lokal ist der ewige Geheimtipp für Gourmets in Leipzig. Versteckt liegt es hinter einer Mauer zwischen eleganten Gründerzeitvillen mit hohen Kastanien um die Terrasse, innen wärmt an kühlen Tagen der Kamin. Drei Menüs bieten Abwechslung, zudem ist auf die Weinempfehlungen der Patronin Annett Oelsner Verlass, die einen sizilianischen Nero d'Avola zur Kalbshaxe mit Mangold und *risotto alla milanese* einschenkt. Die Essenz von der Olivetti-Tomate mit geeistem Pecorino-Espuma überzeugt mit kräftigen Aromen, eine würzige Sauce rundet die zart gegarte Kalbshaxe ab. Freude kommt auch bei Variationen vom Rhabarber mit Sauerrahm-Limetten-Eis auf. Sehr gutes Preis-Leistungs-Verhältnis.

### Historische Weinstuben FF○○○

Innenstadt, in Auerbachs Keller
Grimmaische Str. 2-4
PLZ 04109 ■ b 2, S. 204
Tel. 0341/21 61 00
www.auerbachskeller-leipzig.de
nur Abendessen, So geschl.
Hauptgerichte € 19-32
Chefkoch: Marko Schulz-Werner
AmEx EC MASTER VISA

In den geschichtsträchtigen feineren Stuben von „Auerbachs Keller", wo nach Goethe mal der Teufel los war, versteht man sich als Botschafter der feinen Bürgerküche sächsischer Prägung. Die Gerichte werden handwerklich solide zubereitet: Da erfreuen ein gebackener Schweinebauch mit geschmolzener Blutwurst, schwarzen Linsen und Mirabellenkompott ebenso wie gespickter Kalbsbraten mit Nussknödel, glaciertem Gemüse und Rotweinzwiebeln. Vorwiegend sächsische Weine, rund 200 an der Zahl. Zu den „Stuben" gelangt man durch den bürgerlicheren „Großen Keller", der seinen Namen zu Recht trägt und immer bestens besucht ist. „Mephisto Bar".

**„Macis": alles bio im lichten Restaurant**

### Macis FF○○○

Innenstadt, Markgrafenstr. 10
PLZ 04109 ■ a/b 3, S. 204
Tel. 0341/22 28 75 20
www.macis-leipzig.de
So geschl., Hauptgerichte € 12-29
Chefköche: Andy Payet, Olaf Herzig
AmEx DINERS EC MASTER VISA M

Alleinstellungsmarkmal dieses Restaurants ist seine Biozertifizierung: Alles stammt aus kontrolliertem ökologischem Anbau. Das ist gut, aber schmecken muss es auch. Und das tut es. Die Gerichte zeichnen sich durch eine fein dosierte Würze aus, die den Eigengeschmack der Zutaten betont, statt übertüncht. Schöne Beispiele: Steinköhlerfilet (aus Wildfang) vom Lavastein mit kreolischem Spitzkohl, Poulardenbrust auf Wokgemüse mit Sesamjus. Mittags kleineres, günstiges Angebot. Viele Gerichte werden auch in kleinen Portionen angeboten. Angeschlossen: Café und Biohandel.

### Max Enk FF○○○

Innenstadt, Neumarkt 9-19
PLZ 04109 ■ b 3, S. 204
Tel. 0341/99 99 76 38
www.max-enk.de
So abend geschl.

Hauptgerichte € 19-30
Chefkoch: Torsten Hempel
AmEx DINERS EC MASTER VISA
Schickes Ambiente im hohen Saal mit Rundbögen und Nischen. Im Mittelpunkt der Karte stehen Steaks vom Grill und Leibgerichte des modernen Menschen wie Vitello tonnato, Klops mit Kapernsauce oder Schnitzel mit Kartoffel-Gurken-Salat, aber auch Raritäten wie Kalbsnieren in Dijonsenf und ein Leipziger Allerlei, das seinen Namen verdient, nämlich mit Morcheln und Flusskrebsen. Man sitzt gut auf weinroten Polstern, hat die Wahl aus rund 70 europäischen Weinen und wird flott bedient.

**NEU Münsters**
OT Gohlis, Platnerstr. 11-13
PLZ 04155 nordwestlich ■ a 1, S. 204
Tel. 0341/590 63 09
www.münsters.com
nur Abendessen, So geschl.
Hauptgerichte € 19-28
Chefkoch: Stephan Kujath
André Münster führt jetzt im neu aufgebauten Haus einer alten Mühle mit unverputztem Mauerwerk und Tischen aus Eichenholz Regie. Die Speisenkarte ist überschaubar

**„Münsters": exotische Aromen beim Dessert**

und umfasst sowohl Bodenständiges wie Weltläufiges. Das kann ein Süßkartoffel-Curry-Süppchen mit *saté*-Spießchen vom Lamm oder eine *bisque* mit pikant-scharfen Kokos-Chili-Aromen und Zanderfilet sein. Überzeugend auch Schmorbäckchen vom Schwarzen Schwein mit Kartoffel-Meerrettich-Püree und Steinbuttfilet mit geschmorten *puntarelle*, einem Salatgemüse. Gute Desserts. Weinangebot mit deutschem Schwerpunkt. Bar in der oberen Etage.

**Stadtpfeiffer**
Innenstadt, im Gewandhaus
Augustusplatz 8
PLZ 04109 ■ c 3, S. 204
Tel. 0341/217 89 20
www.stadtpfeiffer.de
nur Abendessen, So, Mo geschl.
Hauptgerichte € 30-42
Chefkoch: Detlef Schlegel
AmEx EC MASTER VISA
Verlässlich pflegt Detlef Schlegel seine moderne Regionalküche mit mediterranen Aromen hinter der Glasfassade im Gewandhaus. Den Seesaibling bringt ein dezentes Raucharoma in Hochform, die von der Gänseleber nicht übertrumpft, sondern vervollkommnet wird. In der Saison sind die Gerichte vom Wild aus der Dahlener Heide eine Empfehlung, etwa Hirschrücken mit Kastanienpüree. Die Patronin Petra Schlegel sorgt für die adäquate Weinbegleitung und eine entspannende Atmosphäre.

**Villers**
Innenstadt, im Hotel Fürstenhof
Tröndlinring 8, PLZ 04105 ■ b 1, S. 204
Tel. 0341/14 00
www.restaurant-villers.de
nur Abendessen, So geschl.
Hauptgerichte € 25-31
Chefkoch: Till Weiß
AmEx DINERS EC MASTER VISA
Mit Verve führt Till Weiß das Hotelrestaurant in die Spitzengruppe ausgezeichneter Lokale am Ort. Seine beiden Menüvorschläge berücksichtigen regionale Produzenten ebenso wie internationale Trends. Beim

Kokos-Zitronengras-Schaum mit ausgelöstem Kaisergranat sorgt Koriander für ausgewogene Schärfe. Das Dreierlei vom Kalb mit Kartoffelbaumkuchen, Gelber Bete, Karotte und Petersilie überzeugt mit intensiven Aromen ebenso wie die gut gereiften Käsespezialitäten vom „Tölzer Kasladen". Die internationale Weinkarte präsentiert neben sächsischen Platzhirschen wie Wackerbarth und Schloss Proschwitz auch Exoten wie die Quinta Da Sequeira aus dem Douro-Tal Portugals. Kundiger und gut aufgelegter Service.

## Lichtenberg

■ F 38, S. 347

**Harmonie** FF○○○

Schlossberg 2, PLZ 95192
Tel. 09288/246
www.harmonie-lichtenberg.com
Mo mittag, Mi mittag, Di geschl.
Hauptgerichte € 11-28
Chefköchin: Iris Steiner
AmEx EC MASTER VISA

Im oberfränkischen Gasthaus bleibt Iris Steiner bei ihrem über Jahrzehnte gewachsenen regional-mediterranen Stil.

Die Rehkeule richtet sie mit einer duftenden Wacholdersauce an, dazu gibt sie frische Pilze, Kartoffelklöße, Apfelrotkraut und Preiselbeeren. Schöne mediterrane Aromen bei Kalbsrücken-Saltimbocca samt Gnocchi, grünem Spargel in Rotwein-Butter-Sauce oder bei würzigen Spaghettini mit gebratenen Scampi und Gemüse.

## Lindau (Bodensee) ■ E 50, S. 351

**Villino** FFFFO

OT Hoyren, Hoyerberg 34, PLZ 88131
Tel. 08382/934 50
www.villino.de
nur Abendessen
Hauptgerichte € 48-54
Chefkoch: Reiner Fischer
AmEx EC MASTER VISA

Es ist nicht das südländische Flair allein, das Reiner Fischers Restaurant so attraktiv macht. Es ist vor allem seine raffinierte Küche mit mediterranen und asiatischen Akzenten, die nicht nur die Stammgäste begeistert. Ein kraftvoller Hummer bekommt fernöstliche Aromen mit Mango und Chili, Land und Meer verbindet er aufs Schönste beim Steinbuttfilet mit geschmolzenem Kalbskopf. Ein tolles Produkt wie die gebratene Gänsestopfleber wird von Petersilienwurzel und *beurre rouge* kraftvoll ergänzt. Klingt schlicht, ist aber höchst raffiniert und aromatisch. Gute Desserts wie Apfeltarte mit Zimt-Rahm-Eis. Rainer Hörmann ist ein charmanter Gastgeber und empfiehlt aus 900 Weinen. Schöne Zimmer.

## Lübbenau ■ D 24, S. 343

**Linari**
**Das Schlossrestaurant** FFOOO

Altstadt, im Schlosshotel Lübbenau
Schlossbezirk 6, PLZ 03222
Tel. 03542/87 30
www.schloss-luebbenau.de
kein Ruhetag
Hauptgerichte € 15-36
Chefkoch: Dirk Lehmann
AmEx EC MASTER VISA

Dirk Lehmann interpretiert die Spreewaldküche im Schlossrestaurant mit großer Terrasse auf zeitgemäße Art. Fast schon ein Klassiker ist die Flusskrebssuppe mit Estragon und Flusskrebsschwänzen. Das saftige „Schnitzel Linari" vom Kalbsrücken kombiniert er mit Spreewälder Gurken, Wildkräutern, roten Zwiebeln, Kartoffeln mit Leinöl und Quark vom nahen Ökogut „Ogrosen".

**„Villino": südliches Flair auf der Terrasse, mediterrane Aromen auf den Tellern**

Zum Abschluss schmeckte der Lausitzer Hefeplins, eine Art Pfannkuchen, mit Himbeermark und Rhabarber-Quark-Eis.

## Lübeck

■ A 9, S. 336

### Buddenbrooks ⒻⒻⒻⒻ○

OT Travemünde, im Hotel Grand Spa Resort A-Rosa, Außenallee 10, PLZ 23570
Tel. 04502/307 08 35
www.a-rosa.de/travemuende
nur Abendessen, So, Mo geschl.
Hauptgerichte € 39-55
Chefkoch: Christian Scharrer
AmEx DINERS EC MASTER VISA

Die höhere Bewertung kommt nicht von ungefähr: Mit Leidenschaft und Akribie hat der eher zurückhaltende Christian Scharrer weiter an den beiden Menüs gefeilt, die er abends im denkmalgeschützten historischen „Lübeck-Zimmer" des „Grand Spa A-Rosa" anbietet. Als Vorspiel lässt er unter anderem Karotten-Softeis in der Karottenhippe, Rauchaalcreme mit Champagneressig-Gel und Gänseleber in verschiedenen Texturen kosten. Auf die klassische Küche zwischen Schwarzwald und Vogesen beruft sich der gebürtige Badener mit seinen „Terroir"-Kreationen, zubereitet mit vorwiegend deutschen Produkten: etwa sein köstliches Schweinsköpfle mit sauren Graupen und Gänseleber oder die geschmacklich elegant abgerundete Interpretation des Klassikers Seezunge mit Morcheln und Brunnenkresse. Auf die Welt der Aromen zielt Scharrers Parallel-Menü „Visite" ab, wenn die Rotbarbe von Raf-Tomaten aus Andalusien und Jahrgangssardinen akzentuiert wird, oder Kaisergranat mit Risi-Bisi und Jakobsmuschel in einem asiatischen Pilzsud auf den Teller kommt. Die adäquaten Weine zu den einzelnen Gerichten hat die sympathische junge Sommelière Jenny Kunaschk parat. Charmanter und kompetenter Service unter Leitung von Nathalie Meyer.

### La Belle Epoque ⒻⒻⒻⒻⒻ

OT Travemünde, im Columbia Hotel Casino Travemünde, Kaiserallee 2, PLZ 23570
Tel. 04502/30 80
www.columbia-travemuende.com
nur Abendessen, Mo, Di geschl.
Menüs € 120-185
Chefkoch: Kevin Fehling
AmEx EC MASTER VISA

Es geht weiter aufwärts mit Kevin Fehling! Auf der Beletage des „Casino Travemünde" konzentriert sich der junge Chefkoch zwar nur auf ein Menü pro Abend, aber diese acht Gänge zeigen die Qualität und die

**„La Belle Epoque": innovativ, komplex, raffiniert – Kevin Fehlings Gerichte sind Kunstwerke**

innovative Weiterentwicklung seiner Küche. Markantes Beispiel: die Gillardeau-Auster. Vor einem Jahr hat er sie schon kreativ und hervorragend begleitet von Eisbein vom Jungschwein präsentiert, jetzt wird sie mit japanischem Unagi-Aal, Korianderemulsion und gefrorenem Wasabistaub erst recht zu einem *signature dish* des „La Belle Epoque". Ideen für neue Kombinationen von Gewürzen, Aromen und Texturen bezieht Fehling auch aus Mexiko (Gänseleber „Maya" mit Tomatillo, *salsa roja,* Taco-Chips), Marokko (*poularde au citron* mit Kumquats, Kichererbsen und Couscous) und Frankreich (Limousin-Lamm mit Apfel und Staudensellerie). Die ausgereiften Kreationen auf dem Teller werden auf Wunsch adäquat eskortiert von einer Weinauswahl (rund 600 Weine sind im Keller), die Restaurantchef und Sommelier David Eitel glasweise anbietet. Perfektes Serviceteam.

**„Miera": gemütliches Flair im Stadthaus**

**NEU ▸ Miera**

Altstadt, Hüxstr. 57, PLZ 23552
Tel. 0451/772 12
www.miera-luebeck.de
So geschl., Hauptgerichte € 12-30
Chefkoch: Hauke Först
EC MASTER VISA

Gleich ein kleines Genussimperium hat Patron Manfred Miera im gemütlichen Stadthaus von 1860 aufgebaut, mit Lübecks bester Feinkosttheke, Weinbar, Bistro, Restaurant und Sommergarten. Serviert wird ein deutsch-italienischer Mix aus selbst importierten und vielen Holsteiner Bioprodukten. Schön kombiniert waren die Dorschbulette mit Porree und Ingwer und der Feldsalat in Aprikosentunke mit Speck, Brot und Birne. Gelungen auch die Bucatini mit *cima di rapa* (Stängelkohl), Knoblauch, getrockneten Tomaten und Parmesan. Weinkarte mit Bioweinen aus Italien, Spanien.

**Nautilo**

Innenstadt, im Hotel Radisson SAS Senator
Willy-Brandt-Allee 6, PLZ 23554
Tel. 0451/142 24 31
www.senatorhotel.de
So geschl. (nur Brunch)
Hauptgerichte € 23-28
Chefkoch: Wolfgang Meistes
AmEx DINERS EC MASTER VISA

Nicht immer sind Hotelrestaurants eine gute Adresse für schöne kulinarische Erlebnisse, im lichten Raum des „Radisson" ist das anders, hier geht man über Standards hinaus. Die Karte offeriert deutlich mehr als die üblichen Hotelangebote von Caesar Salad bis zum Filetsteak und verschreibt sich der mediterranen Küche mit vielen aromareichen Saucen und auch optisch ansprechenden Gerichten. Aufmerksamer Service.

**Vai**

Altstadt, Hüxstr. 42, PLZ 23552
Tel. 0451/400 80 83
www.restaurant-vai.de
So geschl., Hauptgerichte € 16-28
Chefkoch: Dirk Sikorski
EC MASTER VISA

Schöne Innenstadtlage, ein hübsches Restaurant und eine europäische Küche, die von Gänseleberterrine über Vitello tonnato bis zu Erbsensüppchen mit Jakobsmuscheln reicht. Gut: das Maränenfilet mit gebratenem Sauerkaut und Meerrettich-Kartoffel-Püree sowie der Ochsenschwanz mit Blut-

„Vai": Patron Dirk Sikorski mit seiner Frau

wurstmaultaschen und Spitzkohl. Preiswerter Mittagstisch, Dependance „Vai Bistro" an der Mühlenbrücke.

**Wullenwever** FFF○○
Altstadt, Beckergrube 71, PLZ 23552
Tel. 0451/70 43 33
www.wullenwever.de
nur Abendessen, So, Mo geschl.
Hauptgerichte € 34-50
Chefkoch: Roy Petermann
AmEx DINERS EC VISA
Lübecks Meister in der Altstadt haben wir nicht in gewohnter Hochform erlebt. Die mit Curryschaum überbackene Lady-Curzon-Suppe vom Hummer empfanden wir trotz der Honigmelonenwürfel am Grund als zu salzig. Gut das Stück vom Schwarzfederhuhn, das „mediterrane" Gemüse dazu war für unseren Geschmack ebenfalls zu stark gewürzt. Gelungen und gut kombiniert war der auf den Punkt gegarte Stör auf Gelber und Roter Bete mit Mandeln und frischen Meerrettichraspeln in einer gut abgeschmeckten süßlich-scharfen Meerrettich-Riesling-Sauce. Kleine Verwechslungen des Service trübten den Gesamteindruck ein wenig. Große Weinkarte mit deutschen Neuentdeckungen. Die hätten wir statt der ausschließlich eher schlichten jungen Südeuropäer auch gern bei der Weinbegleitung gehabt.

## Ludwigsburg

■ D 46, S. 351

**Alte Sonne** FF○○○
Innenstadt, Bei der Katholischen Kirche 3
PLZ 71634
Tel. 07141/643 64 80
www.altesonne-durst.de
Mo, Di geschl., Hauptgerichte € 17-35
Chefkoch: Laurent Durst
EC
In geschmackvollem klassisch-modernem Ambiente sitzt man bei Patron Laurent Durst. Bei der Qualität der Produkte für seine saisonale Küche, die elsässische Tradition modernisiert, macht er keine Abstriche. Die Bouillabaisse „à la Laurent" mit verschiedenen See- und Süßwasserfischen ist ein tiefaromatischer Genuss – unbedingt probieren, wenn sie auf der Karte steht. Aber auch die Fleischgerichte wie das 24 Stunden geschmorte, herrlich zarte Schaufelstück vom Rind mit Spätburgunder-Jus, Tomaten und Bohnen gelingen gut. Dazu gibt es das ambitioniertere „Gourmet-Menü Alte Sonne" mit Hummer & Co. Deutsch-französische Weinkarte mit 250 Positionen.

## Ludwigshafen am Rhein

■ D/E 35, S. 345

NEU **Atable** FF○○○
Welserstr. 25, PLZ 67063
Tel. 0621/68 55 65 65
www.atable.lu
Mo mittag, Sa mittag, So geschl.
Hauptgerichte € 28-34
Chefkoch: Swen Bultmann
AmEx EC MASTER VISA
Ludwigshafen tat sich als Genuss-Standort bisher nicht hervor. Sybille Herbst und Swen Bultmann wollen das ändern – mit dezent-schickem Interieur ihres neuen Restaurants und französisch-mediterraner Küche mit Produkten aus der Region. Die überschau-

bare Karte garantiert Frische, der Stil ist konzentriert. Zu der zart gebratenen Entenleber serviert Swen Bultmann süßliche Dörraprikosen und feinbitteren Kakao, zum Kalbsbries kombiniert er Blumenkohl und Pumpernickel. Feinsalzig war die bretonische Rotbarbe auf wunderbar cremigem Rucola-Risotto mit gebratenen Artischocken, weißer Tomatenschaum steuerte einen Hauch frische Säure bei. Saftig und zart war das Filet vom Simmentaler Rind mit knackig gebratenem Spargel und Pilzpolenta. Kleines, feines Käseangebot von Affineur Tourette aus Straßburg. Beim Wein dominiert die Pfalz.

## Lüneburg

■ F 5, S. 335

### Zum Heidkrug

Innenstadt, Am Berge 5, PLZ 21335
Tel. 04131/241 60
www.zum-heidkrug.de
Di mittag, So, Mo geschl.
Hauptgerichte € 27-30
Chefkoch: Michael Röhm
EC MASTER VISA

**„Zum Heidkrug": Lüneburgs beste Küche**

Seit nunmehr13 Jahren arbeitet Patron und Chefkoch Michael Röhm in der Innenstadt und sichert Lüneburg einen Platz auf der kulinarischen Landkarte. Seine Küche richtet sich nach den Jahreszeiten: Wenn's Bärlauch gibt, serviert er ihn, hat der Spargel Hochsaison, wird er angeboten, natürlich aus der nahen Heide. Seine ganze Küchenkunst, Fantasie und ein perfektes Aromenspiel zeigt er aber beim Hummer mit Inoki-Pilzen und Dicken Bohnen oder bei der gelackten Entenbrust mit Koriander und Mango-Couscous. Sehr angenehme Atmosphäre in den alten Stuben. Tipp: Drei Gänge gibt's mittags für 22,50.

## Lütjensee

■ F 4, S. 335

### Fischerklause

Am See 1, PLZ 22952
Tel. 04154/79 22 00
www.fischerklause-luetjensee.de
Do geschl.
Hauptgerichte € 12-39
Chefkoch: Jan Peter Hamann
EC MASTER VISA

Was für ein Idyll am hübschen See nördlich von Hamburg und mit Restaurant, Seeterrasse und Bootshaus eine gastliche Adresse wie aus dem Bilderbuch. Die Fische stammen zum Teil aus dem Gewässer, das seit mehr als 90 Jahren in Familienbesitz ist: Der Räucheraal wird mit frischem Meerrettich und Kräuterrührei serviert, klassisch in Dillsauce oder in Gelee, das Zanderfilet „Moldauer Art" mit Spalten vom Holsteiner Cox-Apfel und zerlassener Butter. Es gibt gutes Kalbsrückensteak mit Rotweinjus, Frühlingslauch und Kartoffel-Oliven-Püree. Die Weinkarte des charmanten Patrons Gerhard Retter ist eindrucksvoll (600 Positionen), seinen Empfehlungen sollte man unbedingt folgen.

## Mainbernheim

■ C 39, S. 346

### Zum Falken

Herrnstr. 27, PLZ 97350
Tel. 09323/872 80
www.zum-falken.de
Mo, Di geschl.
Hauptgerichte € 10-21
Chefköchin: Christine Jaeger
EC

Traditionsgasthaus im mittelalterlichen Ortskern. Verfeinerte fränkische Küche wird freundlichst serviert, mal frisch gebratenes Schweineschäufele mit fränkischem Kartoffelkloß, mal Wallerfilet, im Wurzelsud ge-

M

gart. Die Bratwürste mit Sauerkraut und der fränkische Sauerbraten vom Jungrind, der mit einer kräftigen, mit Lebkuchen verfeinerten Sauce auf die Teller kommt, sind Klassiker. Probieren: mit Zwetschgen gefüllten Quarkknödel in Vanillesauce.

## Maintal ■ E 33, S. 345

**Hessler** FFFOO
OT Dörnigheim, Am Bootshafen 4
PLZ 63477
Tel. 06181/430 30
www.hesslers.de
So, Mo geschl.
Hauptgerichte € 27-45
Chefkoch: Markus Medler
AmEx EC MASTER VISA

Im etwas steifen, rot-schwarzen Marmorlokal präsentiert Markus Medler seine makellose moderne Küche mit exakten Garzeiten und besten Produkten. Er kombiniert souverän drei, vier Aromen wie beim hausgeräucherten Wildlachs mit Gurke, Sauerrahm und einer Vinaigrette mit Frankfurter-Grüne-Sauce-Kräutern. Das luftig-leichte Erbsenschaumsüppchen mit gebratenem Kaisergranat punktet mit einem Hauch Minze, während das Zanderfilet mit Bärlauchgraupen, Schmortomate, Speck und Safransauce eine deftige, farblich und geschmacklich gelungene Kreation ergibt. Zum Dessert erfreuen Kräuterparfait mit weißer Schokoladencreme und marinierten Himbeeren oder ein Ziegenkäsesoufflé mit Koriander-Eis und Erdbeeren. Angenehmer Service, ambitionierte Weinkarte.

## Mainz ■ D 33, S. 345

**Bellpepper** FFOOO
Innenstadt, im Hotel Hyatt Regency
Malakoff-Terrasse 1, PLZ 55116
Tel. 06131/73 12 34
www.bellpepper.de
kein Ruhetag
Hauptgerichte € 15-42
Chefkoch: Sven-Ole Hastreiter
AmEx DINERS EC MASTER VISA

Blick auf den Rhein und dazu eine regionale Küche mit internationalen Einflüssen, die nie langweilig wird. Gebeizter Gewürzlachs wird mit Blutorange, Graupen und Fenchel kombiniert, gegrillte Maishähnchenbrust mit Thaicurry, Kokosmilch und Koriander, die gegrillte und gebackene Riesengarnele schließlich mit Pak-Choi, Tomatensalsa und Vanille. 150 Weine auf der Karte, viele werden auch offen ausgeschenkt.

**Buchholz** FFFFO
OT Gonsenheim, Klosterstr. 27, PLZ 55124
Tel. 06131/971 28 90
www.frank-buchholz.de
außer So nur Abendessen,
Mo, Di geschl.
Hauptgerichte € 35-38
Chefköche: Frank Buchholz, Frank Linke
AmEx EC MASTER VISA

Kulinarisches Wohlgefühl und moderne Eleganz im Fachwerkhaus. An der Seite von Frank Buchholz kocht nun Frank Linke. Fantasievoll und kreativ ist die regional-mediterrane Küche geblieben. Schmant-Fagottini gibt's mit mariniertem Saibling und Gurke, wie meist bei Buchholz ohne modische Spielerei und klar im Geschmack. Raffinierter ist der St-Pierre mit Meerrettich, Dörraprikosen und Buchenpilzen, schlicht wunderbar die Imperial-Taubenbrust mit geschmortem Spargel und Röstzwiebelbiskuit. Auch das Dessert begeisterte: Knuspercannelloni mit Eierlikör, Schokoladensorbet und Passionsfrucht. 180 Weine, bester Service. Nette Dependance „Bootshaus".

**Favorite** FFFOO
OT Weisenau, im Favorite Parkhotel
Karl-Weiser-Str. 1, PLZ 55131
Tel. 06131/801 50
www.favorite-mainz.de
Mo, Di geschl.
Hauptgerichte € 36-40
Chefkoch: Tim Meierhans
AmEx EC MASTER VISA

Im eleganten Restaurant mit bequemen Polstersesseln und Rheinblick im Mainzer Hotel-Klassiker serviert Tim Meierhans meist

**„Favorite": Eleganz mit Rheinblick**

klassische, bisweilen kreative Gourmetküche. Gelungen war der *gâteau* von der Elsässer Gänseleber mit Schichten aus Himbeerpüree und dunkler Schokolade, dazu Gänseleber-Eis, Himbeeren und gereifter Balsamico. Aromatisch mit schöner Rauchnote kam der in Birkenrauchöl confierte Kabeljau in frischer Joghurtsauce mit Sauerkraut-Paprika-Gemüse und tiefgrüner Basilikumcreme. Weinkarte mit 250 Positionen und vielen Klassikern aus Rheinhessen.

**Geberts Weinstuben** FF○○○

OT Neustadt, Frauenlobstr. 94, PLZ 55118
Tel. 06131/61 16 19
www.geberts-weinstuben.de
Sa mittag, Mo geschl.
Hauptgerichte € 20-27
Chefkoch: Frank Gebert
AmEx DINERS EC MASTER VISA

Wie schön Behaglichkeit und Moderne harmonieren können, beweist das stimmungsvoll-elegante Restaurant mit Wohnzimmeratmosphäre. Frank Geberts Küche ist klassisch und von regionalen Produkten und der Saison geprägt. Die Geflügelterrine mit Traubengelee ist hausgemacht, die Kalbsleberscheiben sind in Salbeibutter sautiert und werden mit geschmorten Tomaten kombiniert, die Erdbeer-Quark-Mousse begleitet ein Maibowlensorbet. Weinstube, viele offene Weine.

**Kupferberg Terrassen** FF○○○

Kupferbergterrasse 17-19
PLZ 55116
Tel. 06131/693 83 63
www.restaurant-kupferberg.de
Mo mittag geschl.
Hauptgerichte € 17-28
Chefköche: Marie Spötta, Björn Völkner
EC MASTER VISA

Engagierte und herzliche Gastgeber in der ehemaligen Sektkellerei. Schön und stilvoll hergerichtet ist das historische Gewölbe, im Sommer ist der Garten einer der schönsten der Stadt. Die regional-mediterranen Gerichte des Küchenteams kommen zeitgemäß, ohne Schnörkel und auch mal kreativ daher: Matjes süßsauer mit Löwenzahn-Radieschen-Salat und erfrischendem Sorbet vom grünen Apfel zum Beispiel, das Hunsrücker Rinderfilet hat zum Spargel eine Melissen-Hollandaise als Begleitung. Viele gute Weine aus Rheinhessen.

**La Gallerie** FF○○○

Altstadt, An der Stephanskirche, Gaustr. 29
PLZ 55116
Tel. 06131/304 61 07
www.la-gallerie.de
Sa mittag, So geschl.
Hauptgerichte € 17-32
Chefkoch: Paride Nicoli
AmEx EC MASTER VISA

**„La Gallerie": Wohlfühlatmosphäre**

Elegante Moderne mit roten und weißen Akzenten und trotzdem eine legere Wohlfühlatmosphäre: Das liegt vor allem an Patron Paride „Mimmo" Nicoli, der mit seinem Team die Gäste charmant umsorgt. Südliche Aromen kommen bei ihm auf die Teller, vor allem auch Spezialitäten aus dem Friaul, vieles durchaus anspruchsvoll verfeinert. Kalbskutteln mit Polenta etwa, aber auch die *sarde in saor* (gebratene Sardinen mit süßsauren Zwiebeln, Pinienkernen und Rosinen) gelingen ihm gut, *tagliata* vom Oktopus serviert er mit Löwenzahnknospen und Sardellenvinaigrette. Viele gute Weine, ebenfalls aus dem Friaul.

## Maisach ■ A 58, S. 352

**Widmann**

OT Überacker, Bergstr. 4, PLZ 82216
Tel. 08135/485
nur Abendessen, So, Mo geschl.
Hauptgerichte € 19-28
Chefköchin: Anna Widmann-Schwarzmann
EC

Dass im elegant eingerichteten oberbayerischen Landhaus im feschen Dirndl bedient wird, versteht sich von selbst. Die Karte freilich lässt deutlich frankophile wie mediterrane Inspiration erkennen, die Kreationen kommen ohne Showeffekte auf den Teller. Klassiker: Kalbsfilet und -bries mit Spitzmorcheln, feinfruchtiger Sherrysauce und Brennnessel-Tortelloni. Der Auftakt-Dreiklang mit Weißem Heilbutt, grünem Spargel und fein abgestimmten Kerbelgnocchi in Riesling-Sauce ist bestens gelungen. Und bei Crème brûlée und *bavarois* (bayerische Creme) mit karamellisiertem Rhabarber könnten auch Asketen schwach werden.

## Mannheim ■ E 35, S. 345

**Amador**

OT Neckarau, Floßwörthstr. 38
PLZ 68199
Tel. 0621/854 74 96
www.restaurant-amador.de
nur Abendessen, So, Mo geschl.
Menüs € 110-215
Chefköche: Juan Amador, Moses Ceylan
AmEx EC MASTER VISA

Spitzenküche, bei der man gespannt auf den nächsten Gang wartet und immer wieder mit neuen kühnen Kombinationen überrascht wird – das ist die Handschrift von Juan Amador. Klug bündelt er seine sprühenden Ideen zu verständlichen, ausdrucksstarken Gerichten, ohne sich zu verzetteln. Dabei kombiniert er souverän Extreme wie vermeintlich Unedles (Kutteln) mit Exotik (Misopaste) zur höchsten Harmonie. Ein Coup sind schon die Tapas (Sepia-Grissini mit Quinoa), erfrischend und aromatisch dann die Gillardeau-Austern mit Sauerampfer-Sorbet und gepopptem Schweinebauch. Dem Evergreen Gänseleber verleiht er mit samtiger Olivenölsauce, Holunder und Salzzitrone eine ungewöhnlich komplexe und beschwingte Note. Witzig: der „virtuelle" Spargel aus einer aromatischen Creme, in trauter Gemeinschaft mit Carabinero-Garnele, Rinderzunge und Rhabarber. Keck: die transparenten Röstzwiebel-Kugeln zum Lamm (bewusst mit geschmacksbildendem Fettrand) in einer herrlich dichten Sauce mit Vadouvan-Gewürz. Zu jedem Gang hat Sommelier Ivan Monreal Herrera eine interessante Empfehlung jenseits des Mainstreams aus diversen spanischen Regionen parat. Ebenso kühn wie urban: das Ambiente im Industriekomplex aus dem 19. Jahrhundert in Weiß und Knallrot. Und wer genau hinschaut, erhascht als Zugabe noch einen Blick auf Gemälde von Anselm Kiefer.

**Da Gianni**

Innenstadt, R 7, 34, PLZ 68161
Tel. 0621/203 26
www.da-gianni.de
So abend, Mo geschl.
Hauptgerichte € 32-40
Chefkoch: Thorsten Wittmann
AmEx DINERS EC MASTER VISA

Auf einen der ältesten Italiener Deutschlands ist Verlass: die weißen Gardinen, die gnädig den Blick auf die Hauptstraße verhüllen, die klassisch-elegante Einrichtung, der angenehm höfliche Service alter Schule und die glasklare Küche unter Thorsten Wittmann. Er übernahm 2012 den Chefposten von Wolfgang Staudenmaier und hält seitdem ebenfalls Kurs – etwa mit einer saftigen Schnitte vom Angel-Steinbutt mit intensiver Petersiliensauce (samt ziemlich mächtigem Petersilienpüree) und Dicken Bohnen, die von geschmolzenem Lardo überzogen sind. Wahre Andacht fordern die Ravioli mit wunderbar intensivem Ochsenschwanz und buttriger Petersilienwurzel, und beim lauwarmen Meeresfrüchtesalat mit zartem Sellerie in feinem sizilianischem Öl ist alles auf den Punkt gegart – sogar der zarte Tintenfisch. Für den reibungslosen Ablauf sorgt Paolo Julita, Sohn des Gründers (Gianni), und das auch schon seit fast 30 Jahren. Italienisch dominierte Weinkarte.

**Dobler's** FFF○○
Innenstadt, Seckenheimer Str. 20
PLZ 68165
Tel. 0621/143 97
www.doblers.de
So, Mo geschl.
Hauptgerichte € 28-37
Chefkoch: Norbert Dobler
AmEx EC MASTER VISA

Norbert Dobler bleibt seiner Linie treu, die auf französischer Basis ruht, bisweilen mit mediterranen und regionalen Anklängen. Fantasievoll sind die Gerichte gewürzt, zur bretonischen Seezunge mit Roter Bete und jungen Erbsen passt eine duftende, leicht pikante Zitronengras-Curry-Sauce. Die gebratene Entenstopfleber begleiten ein nur scheinbar schlichtes Steckrübenpüree, Spinatravioli und frische Morcheln. Und den Rücken vom US-Rindfleisch lässt er mediterran mit Borlotti-Bohnen, Artischocken und gefüllten Auberginen in einer duftenden Rosmarinsauce servieren. 250 Weine kann der freundliche Service anbieten.

**Le Corange** FF○○○
Innenstadt, O 5, 9-12, PLZ 68161
Tel. 0621/167 11 33
www.corange-restaurant.de
So geschl.
Hauptgerichte € 28-45
Chefköche: Manfred Bantle, Andreas Löffler
AmEx DINERS EC MASTER VISA

Licht, elegant, modern mit Weitblick über Mannheim durch die Panoramafenster oder im Sommer von der sehr attraktiven Terrasse auf dem Engelhorn-Kaufhaus: Manfred Bantle und Andreas Löffler pflegen sowohl

**„Le Corange": licht, großzügig, modern – geradliniger Stil bei Küche und Ambiente**

beim Ambiente des schönen Restaurants als auch in der Küche einen geradlinigen Stil, den die klassische Basis prägt. Mediterrane Noten und vor allem Fisch- und Meeresfrüchte stehen bei ihnen zur Wahl: bretonischer Hummer mit Trüffelvinaigrette und Keniabohnensalat oder saftiger Kabeljau mit aromatischer Senfsauce. Auf der Karte (500 Positionen) haben sie die Weine der besten deutschen Winzer versammelt.

## Marburg ■ A 36, S. 346

**Das kleine Restaurant** FF○○○
Innenstadt, Barfüßertor 25, PLZ 35037
Tel. 06421/222 93
www.das-kleine-restaurant.de
Di mittag, Mo geschl.
Hauptgerichte € 15-29
Chefkoch: Markus Fuchs
EC MASTER VISA
Markus Fuchs pflegt im Jahrhundertwendehaus mit Wintergarten seine regional-mediterrane Küche weiter auf verlässlicher Basis. Die Frankfurter Grüne Sauce serviert er als Cappuccino mit Mousse von Garnelen und Parmesanhippe, die *crépinette* von der Maispoularde mit Perlzwiebelconfit und Olivenpolenta. Sehr aufmerksamer Service.

NEU **Marburger Esszimmer** FF○○○
Anneliese Pohl Allee 1, PLZ 35037
Tel. 06421/889 04 71
www.marburger-esszimmer.de
Mo geschl.
Hauptgerichte € 12-28
Chefkoch: Bernd Siener
AmEx EC MASTER VISA
Bernd Siener, der vorher Regie im Gourmetrestaurant des „Vila Vita Rosenpark" führte, hat im Restaurant der Eignerfamilie Pohl eine neue Heimat gefunden. In gemütlich-schickem wie modernem Ambiente mit Terrasse am Lahnufer lässt er ein Programm für alle Vorlieben servieren: von Pizza und Pasta über Vegetarisches bis zu Hessischem wie gesottenem Kalbstafelspitz mit Frankfurter Grüner Sauce. Aber auch moderne Klassiker wie geschmorte Kalbsbacke mit jungem Spitzkohl und Ambitioniertes, etwa karamellisierter Bauch vom Duroc-Schwein „à la Peking" mit gerösteter Jakobsmuschel, stehen auf der Karte. Dazu gibt es nach dem Baukastenprinzip Hauptprodukte wie irisches Rinderfilet oder Dorade mit Beilagen zum Wählen. Deutsche Weine.

## Marienfeld ■ D 13, S. 339

**Rincklake's** FFF○○
Im Hotel Klosterpforte, Klosterhof 2-3
PLZ 33428
Tel. 05247/70 80
www.klosterpforte.de
nur Abendessen, So, Mo geschl.
Hauptgerichte € 36-38
Chefkoch: Patrick Speck
AmEx EC MASTER VISA
Im Gourmetrestaurant des Hotels „Klosterpforte" sorgt die ambitionierte regional-mediterrane, moderne Küche auf klassischer Basis mit spannungsreichen Gerichten immer mal wieder für Überraschungen. Elegante Leichtigkeit kennzeichnet den Stil von Patrick Speck und Küchendirektor Henri Bach, die regionale Produkte mit weltläufigen Einflüssen mischen, wenn zur Gänse-

**„Rincklake's": regional und gemütlich**

stopfleber mit Rhabarber und Waldmeister Frische und Säure kombiniert werden oder wenn die Paderborner Maishähnchenbrust mit Erdnussjus, Mini-Mais und gebackenem Wachtelei angerichtet wird. Mediterrane Noten machen aus dem Seeteufel mit Chorizo, Avocado und Orangenchutney einen fruchtig-würzigen Genuss. 200 Weine, überwiegend deutsch und französisch, aufmerksamer Service.

## Marktheidenfeld ■ B 39, S. 346

**Weinhaus Anker**
Innenstadt, Obertorstr. 13, PLZ 97828
Tel. 09391/600 48 01
www.weinhaus-anker.de
kein Ruhetag
Hauptgerichte € 15-37
Chefkoch: Bernhard Lermann
EC MASTER VISA
Im freundlichen Gasthaus an der Fußgängerzone pflegt Bernhard Lermann eine ambitionierte klassische Küche, immer dem Geschmack verpflichtet. Es geht sehr gut los mit einem Saiblingsmedaillon, dessen Aroma ein zarter Rauchton verstärkt, und steigert sich mit saftiger Brust und Keule vom Bresse-Huhn in kräftiger Vin-jaune-Sauce. Beim klassischen Lammrücken setzt eine frisch-säuerliche Orangenpolenta Akzente. Gute Käseauswahl, regional und französisch, schöne Desserts. 250 Weine, darunter natürlich das volle Sortiment des eigenen Weinguts Deppisch. Lobenswert: Die Karte nennt die Lieferanten der Küche.

## Marl ■ C 14, S. 338

**Loemühle**
OT Hüls, Loemühlenweg 221, PLZ 45770
Tel. 02365/414 50
www.hotel-loemuehle.de
kein Ruhetag
Hauptgerichte € 17-29
Chefkoch: Peter Meistes
AmEx DINERS EC MASTER VISA
Idyllische Mühlenromantik mit Fachwerk und historischen Räumen. Auf Tradition setzt auch die Küche, bisweilen erlaubt sie sich allerdings auch modische Spielereien. Eine Entenessenz wird da ebenso zubereitet wie geräuchertes Rehmedaillon mit Linsensalat, zu dem die Morcheln statt als Espuma auch im Originalzustand eine gute Figur machen würden. Die mit Kräutern gefüllte und in der Salzkruste gebackene Scherlebecker Forelle kommt mit Spargel und Zitronen-Butter-Sauce auf den Teller. Überschaubare Weinauswahl, Hotelzimmer.

## Maselheim ■ E 48, S. 351

**Lamm**
OT Sulmingen, Baltringer Str. 14, PLZ 88437
Tel. 07356/93 70 78
www.sulminger-lamm.de
außer So nur Abendessen, Mo, Di geschl.
Hauptgerichte € 20-30
Chefkoch: Mike Becker
EC MASTER
Mike und Constanze Becker führen ihren charmanten Gasthof mit viel Liebe und Engagement. Einer frischen jungen Küche mit eigenen Kreationen hat sich der Patron verschrieben: Das kann ein lauwarmer Kabeljausalat mit Kresse und Kartoffeln sein oder Variationen vom Maselheimer Stallhasen mit Erbsen und Morchelpolenta. Zum Abschluss serviert die sympathische Gastgeberin Limettentörtchen mit Karamelleis, im Sommer auch auf der Terrasse.

## Maßweiler ■ C 35, S. 344

**Borst**
Im Landhotel Borst, Luitpoldstr. 4
PLZ 66506
Tel. 06334/14 31
www.restaurant-borst.de
Mo, Di geschl., Hauptgerichte € 18-28
Chefkoch: Harry Borst
EC MASTER VISA
Harry und Monika Borst haben eine ebenso große wie treue Fangemeinde. Zu Recht: Denn die französisch-mediterrane Küche im Landhotel ist eine verlässliche Adresse für Gourmets. Die Nähe zu Frankreich ist dabei

M

offenkundig: Gänseleber bekommt mit Aprikosen-Essig-Gelee eine schöne Note, Petersfisch wird mit einer Parmesankruste veredelt. Gute Desserts wie Mousse-Schnitte von der Valrhona-Schokolade, man sollte aber unbedingt noch Platz für Käse lassen – 25 Sorten von Philippe Olivier. Schön sitzt man auf der Terrasse.

## Mayen

■ C 33, S. 344

**Gourmet Wagner**

Marktplatz 10, PLZ 56727
Tel. 02651/497 70
www.gourmet-wagner.com
nur Abendessen, Mo, Di geschl.
Hauptgerichte € 20-40
Chefkoch: Michael Hammes

Catering und Küche: Mit diesem Konzept hat Josef Wagner großen Erfolg. Für Qualität von Produkten und Zubereitung garantiert er nicht nur bei seinen Lieferungen, sondern auch im Restaurant, wo beispielsweise gegrillter Maine-Hummer mit Trüffelnudeln oder „Himmel un' Ääd" von der Gänseleber mit Apfelgelee serviert werden. Auch Desserts wie Schokoladensymphonie von der Valrhona-Schokolade schmecken. 300 Weine.

**„Gourmet Wagner": Rinderfilet mit Gemüse, Selleriemousse und Sahnekartoffel**

**Zum Alten Fritz**

Koblenzer Str. 56, PLZ 56727
Tel. 02651/49 77 90
www.hotel-alter-fritz-my.de
außer So nur Abendessen, Di geschl.
Hauptgerichte € 17-28
Chefköchin: Stefanie Lander
EC MASTER VISA

Auch unter wechselnden Köchen behält das einladende Hotelrestaurant seinen französisch-regionalen Stil verlässlich bei. Der lauwarme Ziegenkäse ist mit Feigensenf glasiert, gebratene Jakobsmuscheln und Garnelen in einer Krustentiersauce schmecken, ebenso die Rinderfilet-Medaillons mit Blattspinat und Kräuterseitlingen.

## Meddersheim

■ C 34, S. 344

**Zur Traube**

In Langendorf's Historischem Gasthof
Sobernheimer Str. 2, PLZ 55566
Tel. 06751/95 03 82
www.langendorfstraube.de
Di abend, Mi geschl.
Hauptgerichte € 13-30
Chefkoch: Herbert Langendorf
EC

15 Jahre betreiben Herbert und Ingrid Langendorf ihren historischen Bilderbuchgasthof in der Dorfmitte. Glückwunsch! Geradlinig sind die Gerichte und mit ausgesuchten Zutaten sorgfältig zubereitet. Ob Hummersuppe, Backhendl vom Stubenküken mit lauwarmem Kartoffelsalat, Kabeljaufilet in Dijonsenfsauce mit Risotto oder Sauerbraten von Schweinebäckchen: Es schmeckt einfach gut. Feine Weine, vor allem von der Nahe, Terrasse.

## Meerbusch

■ B 15, S. 338

**Landhaus Mönchenwerth**

OT Büderich, Niederlöricker Str. 56
PLZ 40667
Tel. 02132/75 76 50
www.moenchenwerth.de
außer So nur Abendessen, Mo geschl.

Hauptgerichte € 24-45
Chefkoch: Guy de Vries
AmEx DINERS EC MASTER VISA

Im Sommer gibt es in der Gegend kaum schönere Plätze als bei Guy de Vries auf der Terrasse direkt am Rhein. Der Elsässer, der das stilvoll-legere Restaurant seit 2001 führt, muss sich längst nicht mehr beweisen. Dennoch überrascht seine Küche, die eine klassische Basis hat, immer wieder aufs Neue. Natürlich kann man Klassiker wie Serviettenknödel mit Pfifferlingen und Hirsch-Bolognese essen. Mit einer *ceviche* auf Süßkartoffelcarpaccio und Rauke mit Wasabi gelingt ihm aber ein aromatisch-frischer Ausflug ins Exotische. Das Filet vom Simmentaler Rind zu schwarzen Kichererbsen, Langpfefferjus und Kardamom-Koriander-Béarnaise sorgt für höchst aparte Aromen. Sehr gute Desserts, sehr aufmerksamer Service, europäische Weine.

**Regalido** FF

OT Strümp, Am Kapellengraben 1
PLZ 40670
Tel. 02159/81 88 04
www.regalido.de
Fr, Sa nur Abendessen, Mo-Do geschl.
Hauptgerichte € 25-30
Chefkoch: Tobias Hammes
AmEx EC MASTER VISA

Nur am Wochenende hat das Restaurant geöffnet: Sonntag ganztags, Freitag und Samstag nur abends. Tobias Hammes leistet sich diesen Luxus, gleich nebenan gibt's ja sein Bistro „Les Tartines" mit Kleinigkeiten. Im „Regalido" wird Seeteufel mit Spitzmorcheln gefüllt, dazu gibt's eine passende Sherry-*beurre-blanc*. Kalbsfilet mit Niere und Zunge kommt mit Pilaw-Reis. 100 Weine.

## Meersburg

■ D 49, S. 351

**Casala** FFFF

Im Hotel Residenz am See
Uferpromenade 11, PLZ 88709
Tel. 07532/800 40
www.hotel-residenz-meersburg.com
nur Abendessen, Mo, Di geschl.
Menüs € 72-140
Chefkoch: Markus Philippi
EC MASTER VISA

Markus Philippi modernisiert seinen mediterranen Stil beständig und hat mit besten Zutaten der Region längst eine charakteristische Handschrift entwickelt. Er inszeniert Süßwasserfisch und setzt auf elegante Saucen, etwa im Salat „Niçoise" mit Felchen, Waller, Lachsforelle und Saibling. Sein *ossobuco* serviert er mit schmelzzartem Rinderfilet und federleichtem Markknödel, einer zierlichen Polenta-Ochsenschwanz-Terrine

**„Casala": Markus Philippi – kreativer Kopf**

und wunderbar ausbalancierter Rotweinsauce. Dabei erlaubt er sich schon mal orientalische Anleihen oder „euro-asiatische Ausflüge" wie beim Tandoori-Zander mit Chiligemüse, Koriander und Sesam. Auch deutsche Klassiker stellt er gern auf den Kopf: Die „Gänseleber Berliner Art" begleitet eine feinsäuerliche Tarte vom Bodensee-Apfel; das Leipziger Allerlei kombiniert er mit herrlichem Saiblingsfilet, grünem Spargel, knackigen Flusskrebsen, zarter Erbsen-*mousseline* und einer opulenten Morchelsauce mit Sherry, Madeira und Portwein. Exzellenter Service, umfangreiche Weinauswahl, kompetente Beratung.

M

## Meißen ■ D 25, S. 343

**Zum Goldenen Fass** FF○○○
Vorbrücker Str. 1, PLZ 01662
Tel. 03521/71 92 00
www.goldenes-fass-meissen.de
außer So nur Abendessen
Hauptgerichte € 8-19
Chefkoch: Jörg Schuster
AmEx EC MASTER VISA
Romantischer Gasthof auf der rechten Elbseite mit sacht modernisierter bürgerlicher Küche: Das Kartoffel-Steinpilz-Süppchen würzt Wildschinken, Wildgulasch wird im Rotweinfass gebeizt und mit Wildpreiselbeeren und Serviettenknödeln serviert. Fischgerichte gelingen auch, etwa Saltimbocca vom Zanderfilet mit Bärlauchrisotto und Kirschtomaten. Viele sächsische Weine.

## Mettlach ■ B 35, S. 344

**Zur Saarschleife** FF○○○
OT Orscholz, im Landhotel Saarschleife
Cloefstr. 44, PLZ 66693
Tel. 06865/17 90
www.hotel-saarschleife.de
kein Ruhetag, Hauptgerichte € 18-32
Chefköche: Michael Buchna, Celline Weisse
AmEx DINERS EC MASTER VISA
Die aufwendigen Renovierungen im Hotel sind beendet. Die Patrons Sabine und Michael Buchna verwenden nur beste Produkte für ihre kreativen und weltoffenen Gerichte. Nach geschmälzter *boudin*, hier eine moselfränkische Blutwurst, mit Zwiebelkompott und Wirsing kommt etwa „Das Beste von der Haff-Poularde" mit Paprika-Graupen, gebackenem grünem Spargel und geriebenem Tête-de-Repplinger-Käse. Klare Aromen bestechen bei der Karbonade von der Atlantik-Seezunge mit Bärlauchpesto. 170 Weine, sehr aufmerksamer Service, schöne Terrasse.

**„Zur Saarschleife": frisch renoviert**

## Miltenberg ■ F 34, S. 345

NEU **Restaurant 1622** FF○○○
Im Jagdhotel Rose, Hauptstr. 280
PLZ 63897
Tel. 09371/400 60
www.jagdhotel-rose.de
außer Sa, So nur Abendessen,
Mo, Di geschl.
Hauptgerichte € 38-42
Chefkoch: Jean-Philipp Schneider
AmEx DINERS EC MASTER VISA
Seit Junior Jean-Philipp Schneider nach Wanderjahren bei Lehrmeistern wie Nils Henkel in den Familienbetrieb am Rande der Altstadt zurückgekehrt ist, wird kräftig investiert. Im ältesten Teil des historischen Gebäudes ist das in Cremefarben gehaltene „Restaurant 1622" entstanden. Hier kocht Schneider mediterran geprägte Gerichte: Gänseleberpralinen rollt er in geröstetem Amaranth, Säure bringt Rhabarber ein. Im engen Suppenteller mischen sich geröstete Jakobsmuscheln und Schweinebauch mit Püree und tomatiger Chorizosauce. Der kross auf der Haut gebratene Zander verschmilzt mit hauchdünnen Kalbskopfscheiben und Selleriepüree, gebackene Kapernblüten bringen einen angenehmen Knuspereffekt. Im benachbarten Bistro „Kristinas Esszimmer" stehen deftigere Genüsse auf der Karte. Die Weinkarte vertraut auf Franken, angenehmer Service.

## Mittenwald ■ A 60, S. 352

**Das Marktrestaurant** FFF○○
Dekan-Karl-Platz 21, PLZ 82481
Tel. 08823/926 95 95

www.das-marktrestaurant.de
Mo geschl.
Hauptgerichte € 18-24
Chefkoch: Andreas Hillejan
AmEx EC MASTER VISA

Nach drei Jahren in Mittenwald kocht Andreas Hillejan wieder auf dem persönlichen Höchstniveau seiner Niederrhein-Zeit. Wie eine augenzwinkernde Erinnerung daran wirkt zum Einstieg das „Tafelspitz-Pils", eine kräftige Essenz mit weißem Speckschaum, serviert im winzigen KöPi-Glas. Am besten lernt man die bodenständig-verfeinerte Küche danach mit dem „Schmankerl-Menü" kennen: Dessen drei oder vier Gänge bestehen aus jeweils mehreren großzügig bemessenen Miniaturen, etwa lockerem Blunzenknödel mit intensivem Apfel-Rosmarin-Püree und Schinkenspänen, Garnele mit Vanille-Möhre und sardischem Risotto im Glas sowie geschmortem Schweinebäckchen mit Linsen und herrlich intensiver Jus. Sowohl der saftige Kalbsrücken zu Krenkruste und Wirsing mit Birnen als auch die Entenbrust mit Pak-Choi und Shiitakepilzen verbanden Röstaromen und kräftige Gemüsenoten. Netter Service, gute Weine, exzellentes Preis-Leistungs-Verhältnis.

## Mönchengladbach ■ A 15, S. 338

### Eickes Salon FFF○○

OT Holt, im Hotel Palace St. George
Konrad-Zuse-Ring 10, PLZ 41179
Tel. 02161/54 98 80
www.palace-st-george.de
nur Abendessen, Mo, Di geschl.
Hauptgerichte € 28-37
Chefköche: Wolfgang Eickes, Jan Hollendung
AmEx EC MASTER VISA

Im stilvoll-eleganten und trotzdem gemütlichen Gourmetrestaurant von Mönchengladbachs erstem Designhotel gibt Wolfgang Eickes in zwei Menüs einen Überblick über seine niederrheinische Version der französischen Klassik. Wie elegant eine Kalbszunge sein kann, beweist Eickes mit marinierter und temperierter Zunge mit Kartoffel-Sellerie-Salat, geschmackvoller Trüffelmayonnaise und Kalbsbrieskrusteln. Raffinierte Aromen gelingen harmonisch beim Medaillon von der Lotte mit luftigem Knoblauchschaum und mit Bourbonvanille parfümiertem Spinatgemüse. Umfangreiche Weinkarte mit namhaften Weingütern aus Deutschland und Frankreich.

## Moos ■ D 49, S. 351

### Gottfried FFF○○

Böhringer Str. 1, PLZ 78345
Tel. 07732/924 20
www.hotel-gottfried.de
Nov.-April Freitag mittag, Mi, Do geschl; Mai-Okt. Fr mittag, Do geschl.
Hauptgerichte € 19-30
Chefkoch: Klaus Neidhart
AmEx EC MASTER VISA

Leichte, kreative Bodenseeküche: Klaus Neidharts Restaurant ist die ideale Anlaufstation für Feinschmecker mit Bodenhaftung. Schöner Start mit Carpaccio von Hecht und Saibling, dazu passen Kartoffel-Felchenkaviar-Törtchen und Kräutersalat bestens. Dann ein gebratenes Kretzerfilet mit knusprigem Salbei und Gemüse von der Halbinsel Höri. Erstklassiges Handwerk und entsprechende Produkte auch beim Fleisch, beispielsweise beim Salenhof-Lamm in der Kräuterkruste mit Stangenbohnen und Schmorgemüse. Hinreißend zart schmelzend schließlich die Holunderblüten-Panna-cotta mit einem erfrischenden Sorbet. 380 Weine, zuvorkommender Service, idyllischer Garten.

## Mulfingen ■ C 40, S. 346

### Amtskeller FFF○○

OT Ailringen, im Hotel Altes Amtshaus
Kirchbergweg 3, PLZ 74673
Tel. 07937/97 00
www.altesamtshaus.de
außer Sa, So nur Abendessen, Mo, Di geschl.
Hauptgerichte € 26-34
Chefkoch: Sebastian Wiese
AmEx EC MASTER VISA

Das schöne Ambiente im Hotel und die Ruhe im Jagsttal entspannen vom ersten Augenblick an. Die leichte Küche von Sebastian Wiese trägt sehr zum Wohlbefinden bei, Olaf Pruckner konzentriert sich auf die Gastgeberrolle. Die Basis sind Heimatrezepte, eigenständig und modern natürlich, immer nahe am Produkt und klar im Geschmack: bei den Ziegenkäse-Maultaschen mit Kaninchenragout und Tomaten ebenso wie bei den Variationen von Karotte mit Speck zum knusprigen Skrei. Der zartmürbe Zwiebelrostbraten vom Hohenloher Rind mit Spätzle und Rotweinsauce ist das Leibgericht vieler Stammgäste. 200 Weine im edlen Gewölbe, gemütliche Zimmer.

**Jagstmühle** FF○○○

OT Heimhausen, Jagstmühlenweg 10
PLZ 74673
Tel. 07938/903 00
www.jagstmuehle.de
kein Ruhetag
Hauptgerichte € 10-29
Chefköche: Markus Reinauer,
Hubert Retzbach
EC MASTER VISA

Hubert Retzbach aus der „Zirbelstube" in Bad Mergentheim verstärkt als gastronomischer Leiter der „Jagstmühle" jetzt das Team um Küchenchef Markus Reinauer. Gemeinsam wollen sie die Gaben der Region bestmöglich zubereiten. Und das gelingt gut, beispielsweise beim mild geräucherten Bachsaibling auf einem fein abgestimmten, lauwarmen Bett aus Alblinsen. Fluffig waren die Bubenspitzle zum in Gewürzrotwein pochierten Filet und geschmortem Bäckchen vom Hohenloher Weiderind. Mediterrane Akzente beim Wildwasserlachs mit Safrannote, Fenchelgemüse und Olivenstampf. Für Ausflugsgäste und Traditionalisten gibt es außerdem Klassiker wie Kutteln, Kässpätzle oder Rostbraten.

## Mülheim (Mosel)

■ B 34, S. 344

**Culinarium R** FF○○○

Im Weinromantikhotel Richtershof
Hauptstr. 81-83, PLZ 54486
Tel. 06534/94 80
www.weinromantikhotel.de
außer So nur Abendessen, Mo, Di geschl.
Hauptgerichte € 21-38
Chefköche: Peter Krones, Sascha Hamp
AmEx EC MASTER VISA

Die klassische Küche mit französischem Einfluss wird hier modern interpretiert.

**„Jagstmühle": Hubert Retzbach und Markus Reinauer servieren Limpurger Ochsenlende**

Die Gänseleber wird mit Roter Bete, Apfel und Kakaobohnen verfeinert, die Hummervariation bekommt mit Blumenkohl und Kohlrabi Raffinesse. Das Wagyu-Beef „Stroganoff" wird in bester Qualität und auf klassische Art mit Senf, Perlzwiebeln und Gurken serviert. 300 Weine mit dem Schwerpunkt Mosel, Bistro-Bar „Remise".

## Mülheim an der Ruhr

■ B 15, S. 338

**NEU Am Kamin** FF○○○

OT Winkhausen, Striepens Weg 62
PLZ 45473
Tel. 0208/76 00 36
www.restaurant-amkamin.de
Sa mittag geschl.
Hauptgerichte € 15-25
Chefkoch: Sven Nöthel
AmEx DINERS EC MASTER VISA

Der Name verpflichtet: Sven Nöthel, der Sohn des Düsseldorfer Kochs Peter Nöthel, sorgt im denkmalgeschützten Fachwerkhaus von 1732 jetzt in dritter Generation für eine erfrischend junge Küche. Dabei verbindet er Weltläufiges und Regionales mit modernen Techniken und Respekt vor der Tradition zu einem eigenen, selbstbewussten Stil. Überzeugende Beispiele: Wildkräutersalat mit Grafschafter Weinbergschnecken und eine locker-schaumige Räucheraal-Panna-cotta mit Mandarinen-*granité*, Pflaumenschaum und Frischkäsemousse. Zum Steinbeißer serviert er Chicorée, Rhabarber, Honig und Pumpernickel. Mutter Heike Nöthel-Stöckmann sorgt für den charmanten und aufmerksamen Service. Viele Bioweine, umfangreiches Portweinangebot.

**Mölleckens Altes Zollhaus** FF○○○

OT Speldorf, im Hotel Mölleckens Altes Zollhaus, Duisburger Str. 239
PLZ 45478
Tel. 0208/503 49
www.moelleckensalteszollhaus.de
Sa mittag, So abend, Mo geschl.
Hauptgerichte € 14-25
Chefkoch: Thomas Möllecken
EC MASTER

Wo auch immer man im gastlichen Restaurant von Kerstin und Thomas Möllecken sitzt, im mediterranen Bistro oder im eleganteren Salon, die Klassiker wie Rindergulasch oder Wiener Schnitzel stehen ebenso zur Wahl wie die verfeinerte heimisch-mediterranen Gerichte mit weltläufigen Einflüssen. Zum gebeizten Mojito-Lachs gibt der Chef da auch schon mal Spargel-Crème-brûlée. Immer eine gute Wahl sind die geschmackvollen Varianten von Senfrostbraten vom Black-Angus-Rind bis zur Variation vom Thüringer Duroc-Schwein mit Wirsing-Linsen-Gemüse. Netter Service.

**„Möllekens Altes Zollhaus": großes Angebot**

## Müllheim

■ A 49, S. 350

**Alte Post** FFF○○

Posthalterweg (an der B3), PLZ 79379
Tel. 07631/178 70
www.alte-post.net
kein Ruhetag, Hauptgerichte € 16-36
Chefkoch: Olaf Wortmann
AmEx EC MASTER VISA

Das engagiert geführte Hotel und sein Restaurant gehörten zu den ersten in Baden, die auf Bio setzten. Ohne Wenn und Aber. Im gepflegten Gasthaus-Ambiente mit holzvertäfelten Wänden wird eine geradlinige regionale Küche gepflegt, die mit der Zeit geht: Da spielt auch mal ein Blumenkohl die Hauptrolle, der geröstet zusammen mit weißem Bohnenpüree, Oliven und Salsa verde eine interessante Geschmackslandschaft bildet. Ausdrucksstark ist auch das Pastinakengemüse zum klassischen Burgunder-Braten. Liebenswürdiger Service.

## München ■ B 58, S. 352

### 181 First FFF○○

OT Milbertshofen, im Olympiaturm
Spiridon-Louis-Ring 7
PLZ 80809 nördlich ■ c 1, S. 236
Tel. 089/350 94 81 81
www.restaurant181.com
nur Abendessen, Sa, So geschl.
Menüs € 135-145
Chefköche: Otto Koch, Jens Haedicke
AmEx EC MASTER VISA

Auch auf 181 Meter Höhe und im Wettstreit mit der grandiosen Aussicht beeindruckt Otto Kochs „Klassiker"-Menü: Vom festfleischigen Steinbutt mit Steinpilzschuppen und kaolingrauen Kartoffelmurmeln bis zur mit Gänseleber gefüllten Taubenbrust im Wirsingblatt können wir uns selbst bei schlechter Sicht an ihnen glücklich essen. Auch die als „Avantgarde" bezeichneten Gänge bleiben stets im wohlproportionierten Rahmen dessen, was selbst konservative Esser inzwischen goutieren: Melonensphäre und Bergamotte-Eis zur Variation von Kaisergranat, Petrischalen auf und unter den Röllchen von Königskrabbe mit Mango und Erbse oder das kräutrige Algen-Tonic-Sorbet setzen zwar zeitgeistig inspirierte Akzente, ließen uns aber die erwarteten Überraschungsmomente missen. Irritierend wirkte die trendige Bezeichnung bei Gängen wie *andouillette* (Kuttelwurst, vom Service als „Magen-Darm-Wurst" erklärt) mit Kartoffelpüree oder den zwei zu alkohollastigen Soufflés mit Dattel und Kokos zum Dessert. Die Weinkarte bietet viel Prestige, aber auch einiges im mittleren Segment. PS: Die Abrechnung der partiell genossenen Weinreise als teures Paket statt pro Glas fanden wir wenig gastfreundlich.

### Acetaia FF○○○

OT Neuhausen-Nymphenburg
Nymphenburger Str. 215
PLZ 80639 westlich ■ a 3, S. 236
Tel. 089/13 92 90 77
www.restaurant-acetaia.de
Sa mittag geschl.
Hauptgerichte € 24-34
Chefkoch: Giorgio Maetzke
AmEx EC MASTER VISA

**„Acetaia": Jugendstilambiente mit Stuck, Charme und Patina als Bühne einer modernen Küche**

Lederbänke und Deckenstuck zeigen inzwischen jene Patina, die der Rest des mahagoniroten Jugendstilambientes seit Anbeginn zitiert. Die Küche wirkt dagegen frischer denn je. Schon ihr erster Gruß etwa überraschte durch eingelegten Ingwer zu Petersilienwurzelpüree und rosa Kalbsrückenscheiben. Die hauchdünnen Rettichravioli danach füllten rohes Rindfleisch, Frischkäse sowie ein Tupfer Creme von violetten Kartoffeln. Zur Reiskrokette „am Telefon" (ihr Käsekern zieht lange „Strippen") gab Küchenchef Giorgio Maetzke herrliches Lammragout. Auch den laut Karte „rosa gebratenen" Zander mit Mönchsbart, Anis-Polenta und Roter Bete können wir uneingeschränkt empfehlen. Eine Konstante bleiben die Schafskäseravioli mit Balsamico und einem süßen Stück Ofentomate und der anfangs stets etwas streng wirkende Service.

**Acquarello** FFF○○

OT Bogenhausen, Mühlbaurstr. 36
PLZ 81677 ■ f 3, S. 237
Tel. 089/470 48 48
www.acquarello.com
Sa mittag, So mittag geschl.
Hauptgerichte € 37-41
Chefkoch: Mario Gamba
EC MASTER VISA

Lamm aus Wales oder Geflügel aus der Bresse – einer der besten Italiener Deutschlands sucht sich die besten Produkte aus ganz Europa. Und man muss nur die kreative Pasta probieren, um sofort Urlaubsgefühle im himmelblauen Ambiente zu verspüren, etwa die hauchdünnen Ravioli mit Walnüssen, Radicchio und Parmesansabayon. Die Gerichte sind elegant und fein abgestimmt wie die Roulade von Jakobsmuscheln und Gambas in Curry-Kokos-Vinaigrette oder auch aromatisch wie der mürbe *brasato* (Schmorbraten). Eine Empfehlung sind die frischen Fische – schade nur, dass der Schwertfisch vom Grill mit Zucchini und Basilikumschaum vom Kartoffelpüree erdrückt wurde. Wie ein Räderwerk funktioniert der aufmerksame Service, auch bei ausgebuchtem Haus und wogender Stimmung – und die herrscht hier oft. Besonders charmant: Sommelier Ali Rasouli Nia. Tipp: Die Küche serviert täglich bis 23 Uhr. Italienische Weine.

**„Acquarello": mit Mario Gamba in Bestform**

**Andechser am Dom** ✱

Innenstadt, Weinstr. 7 a
PLZ 80333 ■ b 3/4, S. 236
Tel. 089/24 29 29 20
www.andechser.de
kein Ruhetag
Hauptgerichte € 8-20
Chefkoch: Dirk Zeretke
AmEx DINERS EC MASTER VISA

Gasthaus de luxe direkt am Dom: Unter modernistischen Lüftlmalereien und geflügelten Halogenspots trifft man das ganze Jahr den typischen Wiesn-Gast des Hippodrom-Betreibers Sepp Krätz – fescher als in vielen anderen Wirthäusern und bereit, für bajuwarische Edelburger wie „Wagyu-Pflanzerl im Breznweckerl" knapp 15 Euro zu zahlen. Natürlich gibt's aber auch die halbe Ente vom Grill oder einen ordentlichen Schweinsbraten mit Dunkelbiersauce und Speck-Kraut-Salat. Auf der Terrasse herrscht im Sommer „sprizzige" Stimmung, unter den Arkaden links davon trifft man sich zum Andechser Feierabendbier.

M

**Atelier**

Innenstadt, im Hotel Bayerischer Hof
Promenadeplatz 2-6
PLZ 80333 ■ b 3, S. 236
Tel. 089/212 07 43
www.bayerischerhof.de
nur Abendessen,
So, Mo geschl.
Menüs € 85-135
Chefkoch: Steffen Mezger
AmEx DINERS EC MASTER VISA

Im erdfarbenen Rahmen des „Ateliers" wirkt Steffen Mezgers Küchenteam mitunter wie eine Seiltänzertruppe, die hochkonzentriert zwischen französischer Klassik und kulinarischer Avantgarde balanciert. Geschickt fasste sie Bellota-Schinken, Dickmilch und Entenlebermousse in ein Korsett aus roh gehobeltem Brokkoli, das Umami, Säure und Süße zusammenhielt – bravo! Ein leichtes Zögern beim kurz gegarten Schottland-Lachs danach, dessen deutlich salzige Bröselkruste wie ein leichtes Schwanken wirkte, um doch noch vom perfekt gewürzten Curryfond aufgefangen zu werden. Wie zum Ausgleich danach ein Geschmackssalto in Form von gebratenen Wiener Schnecken mit Schneckenkaviar, Kopfsalatcreme und grünem Spargel, ein gelungener „Dreimannhoch" das Poltinger Lamm (Bries, Schulter, Rücken) mit Getreidewürfeln und Kichererbsencreme. Als stets warmherziger Conferencier begleitet Enrico Spannenkrebs souverän durch den Abend, Sommelière Anna Maria Steiner erfreut mit angemessen hochwertigen Weinen.

**Blauer Bock**

Altstadt-Lehel, Sebastiansplatz 9
PLZ 80331 ■ b 4, S. 236
Tel. 089/45 22 23 33
www.restaurant-blauerbock.de
So, Mo geschl.
Hauptgerichte € 19-39
Chefkoch: Hans Jörg Bachmeier
AmEx EC

Ein Deckenabsturz und eine mehrmonatige Renovierung machten dem „Blauen Bock" 2012 zu schaffen. Doch hielten Personal

„Blauer Bock": schöne neue Farbwelt

und Stammgäste dem neuerdings mit Farblicht akzentuierten Lokal am Viktualienmarkt die Treue. Kulinarisch bleibt Hans-Jörg Bachmeier seinen klaren Linien in Optik und Geschmack weiterhin verbunden. Von ergreifender Schlichtheit etwa zeigt sich mittags die passierte Linsensuppe mit Mikro-Croûtons. Das Biowildlachsmedaillon danach bekam durch einen Lardo-Mantel eine fleischig-würzige Note, ein buntes Rübenbett darunter brachte Biss und dezente Süße ins Spiel. Am Abend sind die Foie-gras-Gerichte verlässlich gut, etwa als Parfait mit Rhabarber oder gebraten mit frischen Morcheln. Gute Weine. Der Service wirkt manchmal etwas unkoordiniert.

**Dallmayr**

Innenstadt, Dienerstr. 14-15
PLZ 80331 ■ b 3, S. 236
Tel. 089/213 51 00
www.restaurant-dallmayr.de
außer Sa nur Abendessen, So, Mo geschl.
Hauptgerichte € 40-52
Chefkoch: Diethard Urbansky
AmEx EC MASTER VISA

Drei rüstige Damen, die nach der Oper am Nachbartisch noch zwei, drei Gänge und Champagner nahmen, fanden wir beim letzten Besuch bezeichnend für das Gourmetrestaurant im Feinkosthaus. Hier wird jeder begeistert sein, der mit klassisch-französischer Küche sozialisiert wurde und Gänsestopfleber (grandios mit weißer Schokolade, Macadamia und Physalis) oder Froschschenkel (mit Kalbsbries, Gulaschsaft und leichtem Carbonaraschaum) liebt. Gleichzeitig wirkt Diethard Urbanskys Küche der „klassischen Moderne" dabei so aufgeweckt und lebensfroh, dass sie manchen Trendkoch alt aussehen lässt: Das kunstvoll angerichtete Lamm-Dreierlei (Rücken, Rippe, Fuß) etwa bekam durch Streifen vom Teriyaki-Aal und ein Viertel geschmorte Gewürzzwiebel eine zartwürzige Note, zum Steinbutt mit Scorzone-Trüffel trug Passionsfrucht eine leichte Säure bei. Auch den als zerdepperte Hohlkugel servierten grandiosen Quarkschaum alias „Käsekuchen mal anders" mit Keksbruch, Herzkirschen und Bananen würden wir trotz des hohen Preises (25 Euro) immer wieder essen. Sommelier Julien Morlat sorgt dafür, dass man sich in den schier endlosen Tiefen der Weinkarte nicht verliert, Andrej Grunert steuert den Service mit freundlich-gelassener Souveränität.

### NEU ➧ EssZimmer FFF○○

OT Milbertshofen, in der BMW Welt
München, Am Olympiapark 1
PLZ 80809 nördlich ■ c 1, S. 236
Tel. 089/358 99 18 14
www.feinkost-kaefer.de
nur Abendessen, So, Mo geschl.
Hauptgerichte € 40-60
Chefkoch: Bobby Bräuer
AmEx EC MASTER VISA

Bobby Bräuers Glaskanzel-Restaurant auf der zweiten BMW-Welt-Ebene ist das neue kulinarische Aushängeschild der „Käfer"-Gastronomie. In den zwei Menüs „Herzstück" und „Exkursion" imponierten uns vor allem die unauffälliger klingenden Gerichte: Selten bekommt man ein solch herrlich cremig gegartes Kalbsbries, dessen Süße hier Rote Bete unterstützt, während schwarzer Mohn die nussigen Noten unterstreicht. Auch die Säurebalance der Sauerkrautsauce zum Waller beeindruckte nachhaltig, während die bestens *sous vide* gebratene Entenbrust mit Williams-Birne und Maronenbiskuit technisch und geschmacklich auf Nummer sicher zu gehen schien. Großartiges Gin-Tonic-Sorbet mit Gurkensaft zum Schluss, etwas unscheinbar dagegen die Almjoghurt-Spielereien mit schnell zerflossenem Sauerampfer-*granité*. Dennoch, es steckt viel Potenzial in Bräuers Mannschaft! Für Frank Glüers großartige Weinreisen nehmen wir gern den kostenlosen Limousinen-Service in Anspruch, bei bis zu 20 Euro pro Glas wäre ein Probeschluck allerdings willkommen.

### Galleria FF○○○

Innenstadt, Sparkassenstr. 11
PLZ 80331 ■ b 4, S. 236

**„EssZimmer": Bobby Bräuers neue Münchner Bühne für so raffinierte wie aparte Gerichte**

Tel. 089/29 79 95
www.ristorante-galleria.de
kein Ruhetag, Hauptgerichte € 20-26
Chefkoch: Andrea Pomiato Colesso
AmEx DINERS EC MASTER VISA

Warme Farben, Deko allenthalben und dazu die Herz-Parade: Nichts für Designpuristen ist das gemütliche italienische Ristorante. Von klassisch bis kreativ reicht das Programm, immer aber sind die Gerichte sehr geschmackvoll. Ob das Mangold-*millefeuille* mit Walnüssen, Birne und Auricchio-Käse ist oder Spaghetti *alla chitarra* (nach alter Art geschnitten) mit Oktopus, Aubergine und Datteltomaten, ein in Olivenöl pochierter Wolfsbarsch mit Pak-Choi, Kapernpesto und Venusmuschelsud oder Kalbsrücken mit Fenchel, getrockneten Tomaten und Tomatenpolenta. Klar, dass man hier auch Italien im Glas hat. Und im Sommer gibt's auch einige Tische vor der Tür.

**Garden**

Innenstadt, im Hotel Bayerischer Hof
Promenadeplatz 2-6
PLZ 80333 ■ b 3, S. 236
Tel. 089/212 09 93
www.bayerischerhof.de
kein Ruhetag, Hauptgerichte € 26-49

**„Garden": Küchenchef Steffen Mezger**

Chefkoch: Steffen Mezger
AmEx DINERS EC MASTER VISA

Während sein „Atelier" nebenan als Münchens kulinarische Trendwerkstatt dient, pflegt Steffen Mezger im „Garden" klassische Grandhotelküche im lichten (und bisweilen lauten) Wintergarten; zum Auftakt vorrangig französisch Inspiriertes wie Austern in drei Größen, wechselnde Terrinen, Parfaits und Pasteten oder *beef tartare* traditionell mit Eigelb, Kapern, Schalotten, Sardellen, gegen Aufpreis auch Ossietra-Kaviar. Bei den Hauptgerichten gibt es gebratene Lammkeule als klassischen Sonntagsbraten, mustergültige Wiener Schnitzel oder die Seezunge im Ganzen mit Blattspinat und Petersilienkartoffeln. Netter, dem Andrang stets gewachsener Service.

**Geisels Werneckhof**

OT Schwabing, Werneckstr. 11
PLZ 80802 nördlich ■ c 1, S. 236
Tel. 089/38 87 95 68
www.geisels-werneckhof.de
Mo mittag, So geschl.
Hauptgerichte € 34-39
Chefkoch: Tohru Nakamura
AmEx DINERS EC MASTER VISA

Mit seinem neuen Küchenchef vollzieht der bisher klassisch-italophile „Werneckhof" einen kulinarisch gewagten U-Turn. Tohru Nakamura hat „Vendôme"- und „Oud Sluis"-Erfahrung, seine japanisch gefärbte Stilistik sorgt für teilweise überragend komplexe Gerichte mit betont vegetabilen Noten. Beispiel: das ganz kurz angegrillte Doraden-Sashimi, umlegt von einer betörenden Mischung von Frische (Apfel, Gurke, *ceviche*-Vinaigrette), Rauch und feiner Mineralität (Hijiki-Algensalat) – dazu ein Klecks *crème cru* (Rohmilchrahm) als verbindende Basis. Ebenfalls spannend und von ähnlicher Spannbreite präsentierte sich der Kaisergranat als Schwanz und Sandwich (mit geschmolzener Gänseleber auf einem Tofu-Kissen), zu dessen weicher Süße gebackene Sojabohnen und eine Spur schwarzer Knoblauch Kontrast boten. Und auch klassisch-

**„Geisels Werneckhof": Der Neue, Tohru Nakamura, glänzt mit kreativen Gerichten**

deutsch Klingendes wie Rücken und Ragout vom Müritzlamm modernisiert die Küche mit Erdnuss und Koriander höchst eigenwillig. Erhalten blieb der bewährt-angenehme Service von Ireneo Tucci und Team.

**Hippocampus** FF○○○
OT Bogenhausen, Mühlbaurstr. 5
PLZ 81677 ■ f 3, S. 237
Tel. 089/47 58 55
www.hippocampus-restaurant.de
Sa mittag, Mo geschl.
Hauptgerichte € 22-35
Chefkoch: Cosimo Ruggiero
AmEx DINERS EC MASTER VISA
Was Küchenchef Cosimo „Mimmo" Ruggiero im kühl wirkenden Speiseraum im Liberty-Stil bietet, ist verfeinerte *mamma*-Küche im besten Sinne: Ob Schwertfisch mit Mandelhülle und frittierten Zucchiniblüten, die um Spargelstücke erweiterten *fettucine alla carbonara* oder danach der rosige Rehrücken mit würzigen Wirsing-Cannelloni und Cassissauce – alles wird unprätentiös angerichtet. Wem das zu schlicht ist, der setze sich in den hübschen Garten und genieße eine der schönsten Terrassen Münchens oder frage Sergio Artiaco nach den Glanzstücken der Weinkarte.

**Huber** FF○○○
OT Bogenhausen, Newtonstr. 13
PLZ 81679 ■ f 2, S. 237
Tel. 089/98 51 52
www.huber-restaurant.de
Sa mittag, So, Mo geschl.
Hauptgerichte € 20-29
Chefkoch: Michael Huber
AmEx EC MASTER VISA
Michael Hubers Restaurant widerlegt gleich bei Ankunft ein Bogenhausen-Klischee: Zwar passt das schlichte Ambiente gut zur wohlsituierten Nachbarschaft, doch statt überschwänglich charmierender *gentilezza* bestimmt leise Freundlichkeit den ersten Eindruck. Die kleine, preislich ambitionierte Karte klingt mitunter harmlos, zeigt aber in der Umsetzung sauberes Handwerk und einen feinen Sinn für klare Aromen: Ob Schollenfilet mit Lauch, Egerlingen und Kerbel, das Dreierlei vom Spanferkel (Filet, Bauch und Backe) oder der Seeteufel mit Pancetta und Nudel-Risotto – Huber akzentuiert mal leicht italienisch, mal asiatisch, ohne von der Produktqualität als Hauptakteur abzulenken. Herrliche Desserts (stellvertretend: luftiges Quarksoufflé mit Rhabarber), beeindruckend kenntnis- und jahrgangsreich zusammengestellte Weinkarte.

**Jin** FF○○○
Altstadt-Lehel, Kanalstr. 14
PLZ 80538 ■ c 4, S. 236
Tel. 089/21 94 99 70
www.restaurant-jin.de
Mo geschl.
Hauptgerichte € 18-42
Chefkoch: Hao Jin
AmEx EC MASTER VISA
Im Gegensatz zu vielen anderen asiatischen Lokalen kann Hao Jin mit individuellem Stil punkten. Dim Sum füllt er noch weitgehend originalgetreu mit Kalbsfilet und Garnelen, doch schon den gegrillten Kabeljau begleiten Kräuterseitlinge. Auch beim Butterkrebs mit Sichuanpfeffer und Sesam dosiert der

M

Hausherr die Schärfe mit Augenmaß für europäische Gaumen. In den Genuss der guten Weinauswahl kommen vor allem diejenigen, die eine Flasche bestellen, offen geht es etwas schlichter zu.

**Käfer-Schänke** ⒻⒻ○○○
OT Bogenhausen, Prinzregentenstr. 73
PLZ 81675 ■ e 3, S. 237
Tel. 089/416 82 47
www.feinkost-kaefer.de
So geschl.
Hauptgerichte € 29-44
Chefkoch: Werner Seeber
AmEx DINERS EC MASTER VISA
Die detailverliebte Dekoration von Hauptraum und Stuben rührt selbst Puristen, kulinarisch bedient man auf rund 400 Plätzen (auch preislich) gehobenen Massengeschmack. Dem confierten Saibling mit Spargel-Espuma und Preiselbeerklecksen verliehen knackige Spargelstreifen Biss, die mustergültig ausgelöste und mit Semmelknödelteig gefüllte Dombes-Wachtel ruhte in einem Nest aus frischen Morcheln und Erbsen. Zu belanglos angesichts der Patisserie-Kunstwerke im Erdgeschoss-Verkauf waren Schokoladenpudding und Zitroneneis mit Mango und Mascarpone als „Naschereien im Glas". Apropos Glas: Dass der freundliche Service Mineralwasser aufwendig am Tisch in einer Karaffe serviert, bei offenen Weinen aber nicht mal den Winzer nennt, ist dann doch etwas befremdlich.

**Königshof** ⒻⒻⒻⒻ○
Innenstadt, Karlsplatz 25
PLZ 80335 ■ a 3, S. 236
Tel. 089/55 13 60
www.koenigshof-hotel.de
So, Mo geschl.
Hauptgerichte € 42-49
Chefkoch: Martin Fauster
AmEx DINERS EC MASTER VISA
Scheibchen vom rohen Huchen, mariniert mit Fingerlimes und einer Spur Wasabi, dazu sehr dezent grüner Apfel und Pistaziensplitter: So zart und harmonisch kann ein Menü bei Martin Fauster beginnen. Als kleines Meisterwerk begeisterte ein saftig-süßlicher Langostino mit einer feinen Kruste aus Pinienkern- und kräftig säuerlichen Berberitzen-Partikeln. Ein Tupfen Reiscreme und drei „gepuffte" Wildreiskörner gaben dem Gericht eine duftige, ausdrucksstarke Note, unterstützt von Karottenröllchen, gefüllt mit Karottencreme und lakritzig schmeckender Duftnessel. Den aromatischen Tusch steuerte der am Tisch angegossene Krustentierfond bei. Dass Fauster aber nicht nur einen sensiblen Umgang mit Seafood beherrscht, zeigte diesmal die Tranche von der Taubenbrust: ein wunderbares Fleisch, dem das sanfte *sous-vide*-Garen sehr gut bekam. Die *mole* aus den Innereien der Taube und die Würfelchen vom Keulenfleisch gaben dem Gericht Tiefe und eine immense „Taubigkeit", schön dazu auch der zugleich zarte und deftige Kartoffel-Blutwurst-Taler im Gefolge. Wir haben den Verdacht, dass die Weinkarte in diesem Restaurant bewusst so ein absurd sperriges Format hat, dass man sie nur auf einem eigens herbeigeschleppten Beistelltisch studieren kann. Da winkt man schnell ab und wendet sich lieber gleich dem charmanten Sommelier Stéphane Thuriot zu. Liebenswürdiger Service, klassisches Ambiente, an dem nach wie vor alle Designströmungen spurlos vorbeiziehen.

**„Königshof": Martin Fauster – in Hochform**

„Le Barestovino": legere, fröhliche Stimmung und unkomplizierte französische Gerichte

**Le Barestovino** FF○○○
Altstadt-Lehel, Thierschstr. 35
PLZ 80538 ■ c 4, S. 236
Tel. 089/23 70 83 55
www.barestovino.de
nur Abendessen, So, Mo geschl.
Hauptgerichte € 16-26
Chefkoch: Joël Bousquet
AmEx DINERS EC MASTER VISA

Herrlich unkompliziert ist das kleine, charmante Restaurant, das gleichzeitig Bar und Vinothek ist, mit einer französisch-bodenständigen Küche. Alles wunderbar geschmackvoll, sei es Jakobsmuschel mit Blutwurst auf frischen Erbsen mit Speckschaum, bretonischer Seehecht mit Gemüse-Couscous und Safranschaum oder Lammkarree in Olivenkruste. Französische, deutsche, und österreichische Weine, fair kalkuliert. Netter Service, den nichts aus der Ruhe bringt. Oben gibt es das „Le Bouchon" mit Snacks, Bistrogerichten und offenen Weinen.

**NEU Les Deux** FFF○○
Altstadt-Lehel, Maffeistr. 3 a
PLZ 80333 ■ b 3, S. 236
Tel. 089/710 40 73 73
www.lesdeux-muc.de
So geschl., Hauptgerichte € 28-45
Chefkoch: Johann Rappenglück
AmEx EC MASTER VISA

Dass Servicelegende Fabrice Kieffer Heinz Winklers „Residenz" in Aschau verließ, war für manchen Stammgast ein Schock. Seine Münchner Fangemeinde tröstet der Elsässer mit Küchenpartner Johann Rappenglück in einer der schönsten Neueröffnungen des letzten Jahres. Oben im Tortenspitz der Fünf Höfe laden Creme- und Brauntöne zu vorrangig klassisch-französischen Genüssen, die Rappenglücks Zeit als Winkler-Küchenchef spiegeln. Entsprechend bestechend die Qualität der Entenleberriegel mit Ananasgelee und (sehr zurückhaltendem) Einsatz von grünem Pfeffer, auch der rosa Rehrücken im Brotmantel mit Apfelcrêpes zeigte besten altmeisterlichen Charme. Erwartbar stimmig aufgebaute Weinkarte, im Erdgeschoss gibt's zudem angenehme Brasserie-Küche von Austern bis *steak frites.*

„Les Deux": Fabrice Kieffer ist jetzt Patron

„No. 15“: Michel Dupuis ist umgezogen, die leichte, klassisch-französische Küche bleibt

**NEU Mittendrin** FF○○○
OT Ludwigsvorstadt, Ruppertstr. 22
PLZ 80337 südwestlich ■ b 5, S. 236
Tel. 089/74 11 84 51
www.restaurant-mittendrin.de
Mo, Di geschl.
Hauptgerichte € 13-23
Chefkoch: Sebastian Nolte
EC M

Das Lokal in einer unscheinbaren Häuserzeile ist leicht zu übersehen. 20 Rattansessel an weiß eingedeckten Tischen gruppieren sich im kleinen Gastraum entlang einer niedrigen, weiß verputzten Mauer. Mit etwa zehn Gerichten ist die Speisenkarte klein, dennoch international. Einen Hauch Orient suggerieren die perfekt gegarten Thunfischscheiben in Sesamkruste, auf ein Taboulé mit Koriander gebettet. Herzhaft kommen ein Kalbsfrikassee auf Königsberger Art oder ein schmackiger Weißweinrisotto mit Salsiccia und Kapern daher. Desserts wie Limetten-Crème-brûlée zeigen, dass die Basis der Gerichte die klassisch-französische Küche ist. Kleine, internationale Weinauswahl.

**NEU No. 15** FF○○○
OT Maxvorstadt, Neureuther Str. 15
PLZ 80799 ■ b 1, S. 236
Tel. 089/39 99 36
www.restaurant-n15.com
Sa mittag, So, Mo geschl.
Hauptgerichte € 19-30
Chefkoch: Ulrich Schroth
AmEx EC MASTER VISA M

Michel Dupuis' kleines Restaurant hat sich schnell zum Treffpunkt von Kollegen und Wegbegleitern entwickelt. Verständlich: Mittags gibt es günstig gehaltene Gutbürgerlichkeit à la Maispoulardenbrust mit schlotzigem Püree und knackigen Gemüseschnitzen, am Abend serviert Küchenchef Ulli Schroth klassische Frankophilie. Zum Auftakt etwa ein leichtes Erbsensüppchen mit Speckschaum, danach pochiertes Ei mit zitronigem Quinoa und Roter Bete. Die gebratene Taubenbrust thronte auf einer mit Innereien gefüllten Kartoffel, das Vanilleparfait zum Dessert belebten gefüllte Himbeeren. Die Servicebühne überlässt Dupuis weitgehend seiner Gattin und zwei munteren Mitarbeiterinnen, in Weinfragen ist er immer noch bester Ansprechpartner.

**Schuhbecks Südtiroler Stuben** FFF○○
Innenstadt, Platzl 6+8
PLZ 80331 ■ c 4, S. 236

Tel. 089/216 69 00
www.schuhbeck.de
Mo mittag, So geschl.
Menüs € 78-128
Chefköche: Patrick Raaß, Alfons Schuhbeck
AmEx EC MASTER VISA

Dem Erfolg seines Vereins zollt der omnipräsente Schuhbeck mit einem „FC Bayern Fitness Salat" Tribut, ansonsten feiert sein Team in den gediegenen Stuben die Heimat mit einem Duo vom Almochsen oder Allerhand vom Milchkalb mit gebratenen Kräuterseitlingen. Die weite Welt wird in Gerichten wie bayerische Hochrippe mit Garam-Masala-Hollandaise zelebriert. Natürlich kann man die Gewürze auch gleich im Platzl-Imperium kaufen, das Marketing-Genie ist bestens aufgestellt. Gute Weinauswahl mit kompetenter Beratung.

### Schweiger² Showroom

OT Au-Haidhausen, Lilienstr. 6
PLZ 81669 ■ c 5, S. 236
Tel. 089/44 42 90 82
www.schweiger2.de
nur Abendessen, Sa, So geschl.
Hauptgerichte € 36
Chefkoch: Andi Schaidhauf
EC

Andreas Schweigers TV-Ruhm führt dazu, dass man in dem kleinen Restaurant in der Au immer rechtzeitig reservieren muss. Statt auf mehr Fläche setzt der Hausherr aber weiter auf eine Konsolidierung der Leistung. Das Küchenteam scheint nach den oft überfrachteten Gängen der letzten Jahre um mehr Übersichtlichkeit bemüht: Zunächst erfreute die Komposition aus geschmorter Karotte und gezupfter Kümmel-Brioche. Danach imponierte ein zart gegarter Kaisergranat mit Zitronenconfit und Koriander-Mayonnaise, zu dem kleine Brotchips etwas Knusper beitrugen. Optisch originell präsentierte sich die Hornhecht-Roulade mit Bohnen, Erbsen und einem ausgelösten halben Fischkopf, technisch mustergültig der Milchkalbsrücken mit Haxenragout und Krauser Glucke. Das Rhabarber-Kartoffel-Dessert aus Eis, Windbeutel und Cremes klang dagegen spannender, als es schmeckte. Das alles kostet nicht wenig, doch ist das Publikum bunt gemischt.

### Tantris

OT Schwabing, Johann-Fichte-Str. 7
PLZ 80805 nördlich ■ c 1, S. 236
Tel. 089/361 95 90
www.tantris.de
So, Mo geschl., Hauptgerichte € 58-80

**„Tantris": Deutschlands schönstes Kultlokal, seit Jahrzehnten von Hans Haas genial bekocht**

Chefkoch: Hans Haas
AmEx DINERS EC MASTER VISA
Dass Hans Haas seit Jahrzehnten beständig hervorragend kocht, ist immer wieder berichtenswert. Vor allem, weil er stets der Versuchung widersteht, kleinteilige Bastelarbeiten auf seine Teller zu bringen. Hans Haas beherzigt vielmehr das Prinzip des „Weniger ist mehr" mit allenfalls drei, vier relevanten Elementen pro Gericht. Highlights können sein das Lauchpüree mit warmer brauner Butter und Ossietra-Kaviar (umwerfend gut, verblüffend einfach, typisch Haas) oder knackig-pralle Langostinos zu kräftig säuerlicher Avocadomousse mit *yuzu*, bayerischem Spargel mit kleinem Eiersalat und dem feinen Rogen (Corail) der Langostinos; kraftvoll die confierte fleischige Seezunge auf göttlichem Auberginenpüree, das Ganze serviert in einem intensiven Olivenfond (treffsicher zu dieser mediterranen Komposition Justin Leones extravagante Weinempfehlung, ein naturtrüber, gerbstoffreicher, oranger Vitovska vom friaulischen Weingut Vodopivec). Das „Tantris" gehört zwar zu den dienstältesten Gourmetrestaurants in Deutschland, aber hier kann man erleben, wie unverkrampft und hochvergnüglich Spitzengastronomie sein kann: durch einen entspannten, witzigen, bayerisch-internationalen, zugewandten, nie anbiedernden Service, der mit geradem Kreuz und viel Herzblut bei der Sache ist. Am Samstagmittag drängen sich hier Münchens Feinschmecker, mancher verhockt sich gar bis zum Abend. Zeit genug, die gut geölte Service-Choreographie in aller Ruhe zu studieren. Ein Hingucker ist die große neue „Goldlampe" aus geknautschtem Aluminium im Eingangsbereich, die sich Eichbauer Senior zum 85. für „sein Tantris" gegönnt hat.

**Toshi**

Altstadt-Lehel, Wurzer Str. 18
PLZ 80539 ■ c 3, S. 236
Tel. 089/25 54 69 42
www.restaurant-toshi.de
Sa mittag, So geschl.
Hauptgerichte € 25-55
Chefkoch: Masami Saito
AmEx DINERS EC MASTER VISA
Wer bei diesem Japaner das Standardangebot erwartet, wird überrascht: Neben einer umfangreichen Sushi- und Sashimi-Auswahl und den japanischen Eintöpfen *shabu shabu* mit Wagyu-Entrecote gibt es auch gegrillte Gänsestopfleber mit hellem *saikyo miso* und Ibérico-Schwein mit *yuzu*-Pfeffer-Miso-Sauce. Einen guten Überblick bekommt man mit dem „Omakase Teppanyaki"-Menü. Umfangreiche Wein- und Sake-Auswahl.

**Tramin**

OT Au-Haidhausen, Lothringerstr. 7
PLZ 81667 ■ d 5, S. 237
Tel. 089/44 45 40 90
www.tramin-restaurant.de
nur Abendessen, So, Mo geschl.
Hauptgerichte € 26-29
Chefkoch: Daniel Schimkowitsch
AmEx EC MASTER VISA
Letztes Jahr wirkte die Küche mitunter noch kreativ-suchend (Stichwort: Kopfsalat-Banana-Split), inzwischen gehört sie fraglos zu den Top 10 der Isar-Metropole. Dass Daniel Schimkowitsch lange bei Christian Jürgens kochte, merkt man immer noch bei Verspieltheiten wie den Gänseleberkieseln, hinter denen konsequent durchkomponierte Geschmackskonstruktionen stecken. Die nussige Aromatik eines gebratenen Kaisergranats betont er etwa einerseits durch Mandel-Röstzwiebel-Crumble, um gleichzeitig mittels Fenchelpüree der leichten Süße eine kräutrig-stützende Note beizugeben. Auch die ausgehöhlte und mit Imperial-Kaviar gefüllte La-Bonnotte-Kartoffel bekommt einerseits durch Schnittlauchcreme grüne Beiklänge, die weiße Schoko-Malto-Bröckchen wiederum dezent süßlich akzentuieren. Perfekt gegart danach das saftige Stubenküken mit einer Panade aus frittiertem Knoblauch, sanft umfangen von leicht bitterer Kaffeesauce. Dazu gibt's spannende Weinentdeckungen, recht locker präsentiert von Hausherr Holger Beyer und dessen Servicekollegen.

# SZENELOKALE MÜNCHEN

**Brenner Operngrill** ✱
Altstadt-Lehel, Maximilianstr. 15
PLZ 80539 ■ c 3, S. 236
Tel. 089/452 28 80
www.brennergrill.de
kein Ruhetag, Hauptgerichte € 9-39
Chefköche: Sebastiano Sposito, Jan Kuntschke
AmEx EC MASTER VISA

Er heißt zwar „Operngrill" und liegt hinter der Bayerischen Staatsoper, aber hier trifft sich tout München eigentlich immer, und zwar fast rund um die Uhr. Im vorderen Barbereich, wo man am besten im Blick hat, wer da so kommt und vor allem mit wem – zum Frühstück, Kaffee (gute Kuchen) oder Aperitif, rund um den Grill im hinteren Restaurantbereich oder im Sommer auch auf den beiden Terrassen zu Salat, Pasta und Steak oder Fisch vom Grill. Auf der Weinkarte findet man neben den Klassikern auch immer wieder Neues. Der Service ist höflich, charmant und fix.

NEU **Kuffler California Kitchen** ✱
Innenstadt, Hofgraben 9
PLZ 80539 ■ c 3, S. 236
Tel. 089/24 22 48 40
www.kuffler.de
kein Ruhetag
Hauptgerichte € 17-38
Chefkoch: Christian Müller
AmEx EC MASTER VISA

Die vielleicht spektakulärste Neueröffnung am prominentesten Platz in München in diesem Jahr – und eine, die dem „Brenner" Konkurrenz machen wird: Im neuen Palais an der Oper residiert das „Kuffler" mit 400 Plätzen im schicken Brasseriestil mit *California kitchen.* Das bedeutet zum Beispiel Lachstatar mit Mango, Ingwer und Wasabi, Pasta, gute Salate wie *Chinese chicken salad,* Seafood, aber vor allem Burger und Fleisch von *Chinatown pork belly* (asiatisch marinierter Schweinebauch) bis zum 600 Gramm schweren T-Bone-Steak.

**Schumann's Bar am Hofgarten** ✱
Altstadt-Lehel, Odeonsplatz 6-7
PLZ 80539 ■ b/c 3, S. 236
Tel. 089/22 90 60
www.schumanns.de
Sa, So nur Abendessen, kein Ruhetag
Hauptgerichte € 14-28

**„Brenner Operngrill": Treffpunkt hinter der Oper. „Schumann's Bar": Ikone Charles Schumann**

M

Chefkoch: Charles Schumann
EC M ☀ ⛱
Venedig hat „Harry's", München hat Charles: Dass der Chef am liebsten die weißen Jacken von Spüler Ibi trägt, sowohl Jesuitenschüler als auch Bundesgrenzschützer war und mit über 70 noch mehrmals die Woche boxen geht, gehört zum schier endlosen Geschichtenschatz der Institution. Bei aller Mythospflege ist mancher Besucher dennoch überrascht, wenn das Reiseführer-Ondit auf die Realität trifft: Das Ambiente zeigt stellenweise deutliche Patina, die Barmänner sind selbst bei Hochbetrieb von entspannter Freundlichkeit und akzeptieren sogar nervige Dauertelefonierer. Viel wichtiger aber: Pils und klassische Cocktails werden weiterhin makellos serviert, was besonders von Donnerstag bis Samstag immer noch für enormen Andrang sorgt. Auch essen kann man bei Charles, z. B. knusprige Bratkartoffeln mit Quark oder Roastbeef, buttrig-duftende Schnitzel oder den berühmten TV-Teller. Die Platzfrage an den Service ist selbst für Stammgäste (Ehren-)Pflicht.

**Shane's Restaurant** F○○○○
Innenstadt, im Hotel Prinzessin Elisabeth
Geyerstr. 52
PLZ 80469 südwestlich ■ b 5, S. 236
Tel. 089/74 64 68 20
www.shanesrestaurant.de
nur Abendessen, So, Mo geschl.
Hauptgerichte € 25-28
Chefkoch: Shane McMahon
DINERS EC MASTER VISA ⛱
Wie Fernsehkollege Andi Schweiger serviert auch Shane McMahon nur ein Überraschungsmenü, dessen Umsetzung nach wie vor schwankt: Originell startet man mit marinierter Atlantik-Makrele, die mit eingelegten Dillgurken, grünem Spargel und Austernblatt bis auf ihr sehr süßes Wasabi-Rucola-Sorbet eine gute Figur machte. Die etwas zu lang gegrillte Lammrose mit Tomatenkruste (zu feucht, eher ein Aufstrich) fand aufgrund ihrer starken Röstnoten selbst in den tiefgrünen Bärlauchspätzle wenig Gegengewicht. Der ebenfalls knackig angebratene Milchkalbsrücken mit sehr süßer Jus und fluffigen Gnocchi gefiel wiederum durch die bissige Beigabe von Petersilienwurzelwürfeln. Wenig befriedigend der süße Abschluss: eine harte Nektarinenhälfte mit Traubensorbet, Beeren und Sauerrahm-Eis. Beachtliche Weißweinauswahl, gut geschulter Service.

**The Grill** F○○○○
Altstadt-Lehel, im Künstlerhaus
Lenbachplatz 8, PLZ 80333 ■ a 3, S. 236
Tel. 089/45 20 59 50
www.the-grill-munich.de
nur Abendessen, So geschl.
Hauptgerichte € 15-89
Chefkoch: Max Lechner
AmEx EC MASTER VISA ⛱
Am Nordende der als „Feierbanane" berüchtigten Partyzone zwischen Sendlinger

„Shane's Restaurant": Tischdecken waren einmal. „The Grill": trendiges Interieur mit Lack

Tor und Maximiliansplatz hat sich der „Grill" im Künstlerhaus gut etabliert. Das liegt einerseits am lackschwarz-schicken Interieur, andererseits an der soliden Küche. An Caesar Salad oder Ossietra-Kaviar mit Blini kann sie zugegeben wenig falsch machen, das konzepttragende Premium-Rind (*dry-aged*, von Charolais bis Nebraska) wird aber ebenfalls mehr als ordentlich behandelt. Bei den Beilagen beschränkt man sich besser auf das zwingend Nötige. Gute Wein- und erstaunliche Sake-Auswahl, sehr gastorientierter Service.

**Theresa** ✱
OT Maxvorstadt, Theresienstr. 29
PLZ 80333 ■ b 2, S. 236
Tel. 089/28 80 33 01
www.theresa-restaurant.com
kein Ruhetag
Hauptgerichte € 15-48
Chefkoch: Thomas Markovic
DINERS EC MASTER VISA
Vorne Café, dahinter Restaurant, im Keller eine Kegelbahn als Event-Location: Auch nach knapp zwei Jahren ist das langgestreckte Ganztagsrestaurant noch die angesagteste Adresse im Uni-Viertel. Neben dem nordisch-schicken Design lockt eine Karte, die sich oft spannend liest. Abseits der wechselnden Steaks vom Holzkohlegrill (ab 18 Uhr) verspricht sie Italophiles wie rosa Kaninchenrücken mit Eiskrautsalat und Balsamico-Zwiebeln oder dezente Exotik à la Zander-Tandoori, Linsencurry und Feigenjoghurt, deren Umsetzung wechselnd gelingt. Auch der Service ist nicht immer ganz auf Höhe des gestalterischen Anspruchs.

NEU **Upper Eat Side**
OT Obergiesing, Werinherstr. 15
PLZ 81547 südlich ■ d 5, S. 237
Tel. 089/39 29 26 89
www.uppereatside.de
nur Abendessen, So, Mo geschl.
Hauptgerichte € 19-35
Chefkoch: Thomas Strobl
EC
Eine Adresse, die jeder gern in der Nachbarschaft hätte: Die 5 bis 6 Vorspeisen zum schmalen Einheitspreis bieten witzige Einstände wie einen „genagelten" Schwammerlburger mit Zwiebelchutney, leichte Rauchfischsuppe mit *rouille* oder Ibérico-Schwein zum Selbergrillen auf dem glühend heißen Flusskiesel – alles ideal zum Queressen in der Gruppe. Auch den Hauptgang teilt man am besten, denn Duroc-Schwein und Hereford-Rind grillt die Küche gern für mehrere am Stück. Statt Käse und Dessert empfiehlt sich ein weiterer Blick in die Weinkarte: Weil alle Flaschen nach Ladenpreis plus Korkgeld kalkuliert sind, lohnt sich besonders der Griff in die höheren Kategorien, die der junge Hausherr mit viel Herzblut anpreist. Aber Achtung, selbst wer im abgeschirmten Separee sitzt, nimmt etwas Küchendunst mit heim.

„Theresa": Steaks und nordisch-schickes Design. „Upper Eat Side": frisches Bachforellentatar

a
b
c
1
2
3
4
5
Maxvorstadt
Joseph
Josephspl.
Alter Nördl. Friedhof
No. 15
181 First, EssZimmer, Geisels Werneckhof, Tantris
Akademie der Bildenden Künste
Max-Planck-Inst.
Siegestor
Pol.-Dir. Verkehr
Theresienstr.
Alter Simpl
Ludwig-Maximilians-Universität
Geschwister-Scholl-Platz
Universität
Prof.-Huber-Pl.
LMU
Neue Pinakothek
Technische Universität
Reaktorhalle
St. Ludwig
Alte Pinakothek
Mus. Reich der Kristalle
Theresa
Lenbachhaus
Glyptothek
Hochschule für Musik und Theater
Pinakothek der Moderne
Bayer. Staatsbibliothek
St. Markus
LZB
Königspl.
Propyläen
Staatl. Antikensammlung
SiemensForum
Leuchtenbg. Palais
Palais Ludwig Ferdinand
St.-Bonifaz-Kloster
Karolinenpl.
Obelisk
Schumann's Bar am Hofgarten
Acetaia
Odeonspl.
Salvatorpl.
Hofgarten
Alter Botanischer Garten
Maximilianspl.
Dreifaltigkeitsk.
Theatinerk.
Karlspl.
Atelier
Garden
The Grill
Kuffler California Kitchen
St. Anna Kloster
Königshof
Karlspl. (Stachus)
Les Deux
Dallmayr
Toshi
Frauenkirche
Polizeipräs.
Alter Hof
Brenner Operngrill
Herzogspitalk.
Andechser am Dom
Neues Raths.
Marienpl.
Damenstiftsk.
Galleria
Schuhbecks Südtiroler Stuben
Jin
St. Elisabeth
Goethe-Inst.
Asamkirche u. Asamhaus
Viktualienmarkt
Valentin-Karlstadt-Musäum
Isartor
Sendl. Tor
Stadtmus.
Jüd. Zentrum u. Jüd. Mus.
Neue Syn.
Blauer Bock
Isartor
Schrannenhalle
Feuerwehrmus.
St. Jakob
Dt. Eiche
Stadt. Hochhaus
Marionettentheater
Staatstheater am Gärtnerplatz
Gärtnerplatz
Herz-Jesu-K.
Dt. Patentamt
Theater im Fraunhofer
Europäisches Patentamt
Deutsch. Museum
Mod. Theater
Fraunhoferstr.
Museumsinsel
Pestalozzi-gymn.
St. Maximilian
Shane's Restaurant, Mittendrin
Sehenswürdigkeit, öffentl. Gebäude
Kirche
Kloster
Information
Parkmöglichkeit
Essen und Trinken
Museum
Theater
Denkmal
Markt
U-Bahn
S-Bahn
Bahnhof
Fußgängerzone

München Innenstadt
0
300 m
©MERIAN-Kartographie
d
e
f
1
2
3
4
5
Tivoli
Monopteros
Chinesischer Turm
Bogenhausen
Haidhausen
Effnerplatz
Herkomerpl.
Bülowstr.
Denninger Str.
Montgelasstr.
Kufstnr. Pl.
Bundesfinanzhof
Heilig Blut
Dreieinigkeitsk.
St. Georg
Bogenhsr. Kirchpl.
Huber
Univ.-Sternw.
Bayer. Versicherungskammer
Isar
Vinzentinum
Bayerisches Nationalmuseum
Sammlung Schack
LVA
Luitpoldbrücke
Friedensengel
Europapl.
Villa Stuck
Monacensiasammlung
Präs. BRK
Shakespeareplatz
Böhmerwaldpl.
Acquarello
Hippocampus
Käfer-Schenke
Prinzregentenpl.
Prinzregentenplatz
Prinzreg.-stadion
Prinzregententheater
Prinzreg.-bad
Prinzregentenstr.
St. Gabriel
Richard-Strauss-Tunnel
Leuchtenbergring
König-Ludwig-Denkmal
Maxwerk
Maximiliananlagen
Maximilianeum
Theater u. d. Landtag
Max-Weber-Platz
TU-Klinikum rechts d. Isar
Einsteinstr.
Alter Haidhauser Friedhof
Haidhausen-Mus.
Erhol.-park
Gräfe und Unzer, Travel House Media
Leuchtenbergring
Hofbräukeller
St. Nikolai
St. Johannes
St. Johann Baptist
Kriechbaumhof
Alte Haidhsr. K.
Innere Wiener Str.
Haidenaupl.
Hypopark
Üblackerh. Theater r. d. Isar
St. Elisabeth
Technisches Rathaus
Showroom
Rosenheimer Pl.
Weißenburger Pl.
Orleanspl.
Ostbahnhof
Tramin
Drehleier (Kabarett)
Sozialamt
Orleansstr.
St. Wolfgang
Berufsbildungs-

M

## Münster

■ C 13, S. 338

**Brust oder Keule** FF○○○
OT Kreuzviertel, Melchersstr. 32, PLZ 48149
Tel. 0251/917 96 56
www.brustoderkeule.de
nur Abendessen, So, Mo geschl.
Hauptgerichte € 15-32
Chefkoch: Frederik Packwitz
EC
Reduziert-modern und dennoch stimmungsvoll ist das Ambiente in dem kleinen Restaurant, in dem Frederik Packwitz mit einer täglich wechselnden Karte eine regional-mediterrane Küche auf klassischer Basis pflegt. Viele Produkte kommen aus dem Münsterland, der Rehbock etwa, dessen Rücken er im Crêpemantel mit Selleriepüree, Mairitterlingen und Perlzwiebeljus anrichtet. Der Seeteufel gibt geräuchert und als kleine Sülze einen aparten Einstieg ab. Netter Service. Gute deutsche Weine im Angebot: 130 Positionen.

NEU **Gourmet 1895** FFF○○
Innenstadt, im Hotel Kaiserhof
Bahnhofstr. 14, PLZ 48143
Tel. 0251/417 80
www.kaiserhof-muenster.de
nur Abendessen, So, Mo geschl.
Menüs € 74-89
Chefkoch: André Skupin
AmEx DINERS EC MASTER VISA
In sehr kleinem, exklusivem Rahmen bietet André Skupin eine Küche auf hohem technischem Niveau mit Gespür für Aromen und Texturen. Im Vordergrund steht das jeweilige Hauptprodukt, etwa ein roh mariniertes *hamachi*-Filet (Gelbschwanzmakrele), das mit Bergpfeffer und Fleur de Sel gewürzt wird. Dazu Gurke – als Sorbet und kleiner Salat mit Koriander –, asiatische Gewürze und ein Ingwer-Espuma: raffiniert, leicht, erfrischend! Intensive, kraftvolle Noten überzeugen beim in Heuöl gegarten Rehbockrücken mit Maiwirsing, karamellisierten Blaubeeren, Steckrübenpüree und sautierten Morcheln. Aufmerksamer Service. Internationale Weine. Lounge-Bar „Barachiel's".

**Hof Wesendrup** FF○○○
OT Handorf, im Hotel Landhaus Eggert
Zur Haskenau 81, PLZ 48157
Tel. 0251/32 80 40
www.landhaus-eggert.de
nur Abendessen, Mo, Di geschl.
Hauptgerichte € 29-35
Chefkoch: Jörg Meiner
AmEx DINERS EC MASTER VISA
Aromenreiche Landküche mit französischen und italienischen Einflüssen im kleinen Gourmetrestaurant. Mit zartem Schmelz überzeugte die großzügig portionierte und exakt gebratene Entenstopfleber mit kleinem Spinatsalat, Boskop-Zwiebel-Chutney sorgte für fruchtige Akzente. Gut auch die sautierte Felsenbrasse mit Artischocke, grünem Spargel und Risotto mit getrockneten Aprikosen und Cranberrys. Schön ist die umfangreiche Auswahl an deutschen Weiß- und Rotweinen der Spitzenklasse. Manch „Großes Gewächs" offeriert Sommelier Tommy Hergenhan auch glasweise.

**Hof zur Linde** FF○○○
OT Handorf, im Romantik Hotel Hof zur Linde, Handorfer Werseufer 1, PLZ 48157
Tel. 0251/327 50
www.hof-zur-linde.de
kein Ruhetag, Hauptgerichte € 26-30
Chefkoch: Oliver Windau
AmEx DINERS EC MASTER VISA
Rustikal-elegantes Ambiente im Landhaus an der Werse mit schönem Garten. Auf der Karte steht sowohl Regionales wie Jung-

**„Hof zur Linde": rustikales Flair mit Kamin**

schweinnacken in „Pinkus"-Altbier mit Buchweizen-Pfannkuchen, Kartoffelpüree, Birne und Speckbohnen als auch Internationales, etwa Thunfisch und Jakobsmuschel in Safranschaum. Gute Weinkarte (250 Positionen), Schwerpunkt Deutschland.

**Schloss Hohenfeld**
OT Roxel, Dingbängerweg 400, PLZ 48161
Tel. 02534/80 80
www.parkhotel-hohenfeld.de
kein Ruhetag, Hauptgerichte € 14-30
Chefkoch: Albert Forsting
AmEx DINERS EC MASTER VISA
Im gemütlichen Restaurant mit Kaminzimmer wird weiterhin die deutsch-mediterrane Liaison kultiviert. Heilbuttfilet mit Krabben flankieren Apfel-Paprika-Gulasch und Kartoffeln, die Poulardenbrust wird mit weißem Lardo-Speck bardiert, dazu passt das Spitzkohl-Karotten-Gemüse. Regionale Gerichte bietet die Bierstube „Börneken".

**Villa Medici**
OT Mauritz, Ostmarkstr. 15, PLZ 48145
Tel. 0251/342 18
www.villa-medici-muenster.de
nur Abendessen, So, Mo geschl.
Hauptgerichte € 26-30
Chefkoch: Daniel Wobbe
AmEx EC
Die erste Wahl, wenn man in Münster fein italienisch essen gehen will. Patron Carmelo Caputo und sein Küchenteam servieren Kalbsleber in Grappa-Trauben-Sauce mit Selleriepüree und Balsamico-Schalotten-Marmelade, das Rinderflet wird in Olivenöl pochiert, Sangiovese-Sauce samt roh marinierten Artischocken und römischen Gnocchi bilden eine sehr aromatische Ergänzung. Stilvolles Ambiente.

## Münstertal

■ B 49, S. 350

**Spielweg**
OT Spielweg, im Romantik Hotel Spielweg
Spielweg 61, PLZ 79244
Tel. 07636/70 90
www.spielweg.com
kein Ruhetag, Hauptgerichte € 22-32
Chefkoch: Karl-Josef Fuchs
AmEx DINERS EC MASTER VISA
Romantische Spielwiese für Genießer im Gasthof am Waldesrand. Karl-Josef Fuchs begeistert seine zahlreichen Stammgäste

**„Spielweg": regionale Küche, urige Stuben**

seit Jahrzehnten mit regionaler Küche: Hinterwälder Kalbsrückenfilet mit Austernpilzen etwa oder *crépinette* vom Wildschweinfilet in feiner Trüffeljus. Alles basiert auf klassischem Handwerk, wie auch ein Donau-Waller in Bouillabaissefond geschmackvoll beweist. Eigene Käserei. 200 Weine.

## Murnau am Staffelsee

■ A 59, S. 352

**Reiterzimmer**
Im Alpenhof Murnau, Ramsachstr. 8
PLZ 82418
Tel. 08841/49 10
www.alpenhof-murnau.com
nur Abendessen, So, Mo geschl.
Hauptgerichte € 26-42
Chefkoch: Thilo Bischoff
AmEx DINERS EC MASTER VISA
Gediegen, gemütlich und alpenländisch ist das Ambiente. Thilo Bischoff überzeugt mit einem zeitgemäßen Stil, der auf klassischer Basis ruht und aus internationalen Spitzenprodukten sowie heimischen Zutaten spannungsreiche Gerichte kreiert. Die Karte wartet mit zwei Menüs auf: internationaler im „Gang-Art" mit bretonischem Hummer mit Blumenkohl und Safran oder Entenleber

und Périgord-Trüffel zum Rind. Die regional ausgerichtete Variante findet sich im Menü „Blaue Reiter": Da serviert Bischoff Kalbsbries mit Murnauer Bärlauch und Pinienkernen oder das Ammersee-Lamm mit weißen Zwiebeln und Rübchen – wunderbar. Schöne Desserts finden sich in beiden Varianten. Mehr als 800 Weine stehen auf der Karte, Schwerpunkt Europa. Souveräner, umsichtiger Service.

## Naurath

■ B 34, S. 344

**Rüssels Landhaus St. Urban** FFFFF

Büdlicherbrück 1, PLZ 54426
Tel. 06509/914 00
www.landhaus-st-urban.de
Di, Mi geschl.
Hauptgerichte € 38-42
Chefkoch: Harald Rüssel
AmEx EC MASTER

Bei Harald Rüssel machen nicht nur die exzellente Küche und die bestens sortierte Weinkarte viel Freude, sondern auch die entspannte, lockere Grundstimmung. Den Aperitif genießt man bei gutem Wetter auf der Terrasse. Zwei Menüs stehen bei Rüssel zur Wahl: „Landart" und „St. Urban", beide setzen auf eine Regionalküche mit modernen Akzenten. Gerichte wie das gebackene Morbacher Wachtelei mit zart auf den Punkt gegarter Wachtelbrust, dezent-säuerlicher Roggenbrotcreme und einer komplex gewürzten Mayonnaise aus Traubenkernöl präsentieren aufs Schönste Rüssels ausgefeilte Philosophie und zeigen, dass Regionalküche sehr kreativ und stimmig gelingen kann. Seine Kreationen sind anspruchsvoll und immer ausgesprochen harmonisch komponiert. Zum pochierten Bachsaibling setzen Wiesenkräuter und Gurkencreme einen frischen Akzent, das Simmentaler Rinderfilet ergänzt perfekt eine Krokette vom Ochsenschwanz mit intensiver Jus und geschmacksstarken Spitzmorcheln. Auf Wunsch können herausragende Mosel-Rieslinge auch glasweise bestellt werden. Angenehm entspannter Service.

## Nennig

■ A 35, S. 344

**Victor's Gourmet-Restaurant** FFFFF

Im Hotel Victor's Residenz Hotel
Schlossstr. 27, PLZ 66706
Tel. 06866/791 18
www.victors-gourmet.de
außer Sa, So nur Abendessen,
Mo, Di geschl., Menüs € 99-205
Chefkoch: Christian Bau
AmEx EC MASTER VISA

Große Küche seit 15 Jahren, wir gratulieren Christian Bau und seiner Frau Yildiz zum Jubiläum im eleganten Schlossrestaurant. Seine Überraschungsmenüs nennt er „Cartes blanches", die allerdings vorab die Grundzutaten preisgeben. Mit einer hochkreativen weltoffenen Präzisionsküche pflegt Bau einen eigenen, von japanischen Elementen geprägten Stil, verlässt aber nie die französische Basis. Japanische *hamachi* (Gelbschwanzmakrele) als Sashimi mit Algen, Daikon-Kresse und Bergamotte sind aromatische, duftende Grüße an Fernost, der Atlantik-Steinbutt begeistert mit Blumenkohlvariation, kandierter Kombu-Alge und Umami-Sud. Bau brilliert auch beim Fleisch: Das sanft gegarte Wagyu-Rind ist hinreißend, japanische Auberginen und schwarzer Knoblauch ergänzen es perfekt. Die Patisserie spielt zum Abschluss souverän mit Süßem, von der *yuzu*-Praline über weiße Luftschokolade mit Matcha-Tee bis zu Fruchtgelees von Blutorangen und exotischen Früchten. 780 Weine.

## Neudrossenfeld

■ E/F 38/39, S. 347

**Schloss Neudrossenfeld** FF○○○

Schlossplatz 2, PLZ 95512
Tel. 09203/683 68
www.schloss-neudrossenfeld.de
außer Sa, So nur Abendessen, Mo, Di geschl.
Hauptgerichte € 17-25
Chefkoch: Heini Schöpf
EC MASTER VISA

Das Standesamt befindet sich im Haus, die Atmosphäre ist festlich, daher ist das

„Schloss Neudrossenfeld": nach dem guten Essen ein Spaziergang durch den schönen Park

Schloss eine beliebte Location für Hochzeiten. Auch die klassisch-moderne Küche ist einen Besuch wert. Zum Kalbsrücken in Basilikumjus passt geräucherte Paprika bestens, zum confierten Lachs harmonieren lauwarmer Fenchelsalat und Pernodschaum. Ebenfalls zu empfehlen: die Desserts wie Apfel-Marzipan-Tarte mit Karamelleis.

## Neuhütten ■ B 34, S. 344

**Le Temple** FF○○○
Im Hotel Am Königsbach, Saarstr. 2
PLZ 54422
Tel. 06503/76 69
www.le-temple.de
außer So nur Abendessen, Mi geschl.
Hauptgerichte € 35-42
Chefköche: Oliver Schäfer,
Christiane Detemple-Schäfer
EC MASTER VISA
Das Ehepaar Detemple-Schäfer bleibt sich und seinen Gästen treu: Klassisch-modern ist ihre Küche mit kreativen Ausflügen in die weite Welt. Der Gänseleber bereiten Guanaja-Zartbitterschokolade und Vanille-Olivenöl-Emulsion einen nuancenreichen Auftritt, die Jakobsmuschel (glasiert und als Tatar) bekommt mit *yuzu*-Creme und Beluga-Kaviar Frische und Würze. Exotisch: Wildgarnelen mit Möhrenconfit und Kokos-Chili-*fumet*. 280 Weine, netter Service.

## Neukirchen-Vluyn ■ B 15, S. 338

**Achterath's Restaurant** FF○○○
OT Rayen, Geldernsche Str. 352, PLZ 47506
Tel. 02845/29 87 80
www.achteraths.de
Mo geschl.
Hauptgerichte € 20-35
Chefkoch: Timo Wiesel
EC M
Patron Roger Achterath sorgt mit seinem großstädtischen Bistro für Abwechslung in der Kleinstadt. Und seine Küche orientiert sich an Europas Aromen: Mozzarella wird mit Avocado in Parma-Schinken gebacken, das rosa gebratene Rinderfilet trägt eine Ziegenkäse-Nuss-Kruste. Bereits ein Klassiker: „Achterath's Fischsuppe" mit Aioli.

## Neuleiningen ■ D 35, S. 345

**Alte Pfarrey** FFF○○
Untergasse 54, PLZ 67271
Tel. 06359/860 66
www.altepfarrey.de

Di, Mi geschl.,
Hauptgerichte € 30-36
Chefkoch: Maik Gehrke
AmEx EC MASTER VISA

Der gediegene Gastraum, ein Glasanbau im Wintergarten-Stil und die schöne Terrasse sind einladend. Aparte Häppchen von Wachtelbrust auf Selleriepüree, Paprikasüppchen und gegrillter Jakobsmuschel mit Fenchelspänen und Balsamicojus stimmen aufs Menü ein. Röstaromen beim kross gebratenen Loup de Mer harmonieren gut mit würziger *peperonata* und zitronigem Fischfond. Blumenkohl als Püree und Gemüse begleitet mit dichter Trüffeljus die sehr gut gegarte Taubenbrust. Nur die Teighülle ums Beste vom Weidekalb fanden wir zu dick. Netter, etwas reservierter Service, gute Weinauswahl mit Pfälzer Schwerpunkt.

## Neunburg vorm Wald

■ B 45, S. 348

### Obendorfers Eisvogel

OT Hofenstetten, im Landhotel Birkenhof
Hofenstetten 55, PLZ 92431
Tel. 09439/95 00
www.landhotel-birkenhof.de
nur Abendessen, So, Mo geschl.
Hauptgerichte € 40
Chefkoch: Hubert Obendorfer
AmEx EC MASTER VISA

Die klar ausgerichtete, saisonale Küche des engagierten Hubert Obendorfer und die erhöhte Lage des Hotels im Oberpfälzer Seenland sind Gründe genug, das Haus zu besuchen. Oberndorf bleibt mit seinem Team seinem Stil weiter treu. Zwei Menüs gliedern das Angebot: „Heimat" und „Weite Welt". In der regionalen Abteilung begeistern gebratenes Biohendl mit Kräuterpfannkuchen und Blumenkohl sowie Poltinger Lamm in Zitronen-Thymian-Jus. Kosmopolitisch wird es mit hauchzartem Sepia zu Belugalinsen, geschmorten Tomaten und Knoblauchschaum oder mit gebratenem Bar-de-Ligne-Filet (Angelwolfsbarsch) mit Garnele, Paprika und Pesto. 220 Weine, aufmerksamer Service. Schöne Zimmer.

## Neuss

■ B 15, S. 338

### Herzog von Burgund

Innenstadt, Erftstr. 88, PLZ 41460
Tel. 02131/235 52
www.herzogvonburgund.de
Sa mittag geschl.
Hauptgerichte € 18-30
Chefköche: Erich Tiefenbacher, David Niehoff
AmEx EC MASTER VISA

In der historischen Stadtvilla mit stilvoller Einrichtung pflegt Erich Tiefenbachers Brigade die klassische Aromenküche auf französischer Basis. Intensive Aromen prägen die Gerichte, etwa beim Zander mit Erbsen, Liebstöckel und Kalbskopfvinaigrette. Mediterrane Noten lassen uns immer wieder genussvoll an den Süden denken, wenn er den Wolfsbarsch mit Artischocken, Tomaten, grünen Bohnen und *gremolata* serviert. Und manchmal meldet sich die österreichische Heimat zu Wort – etwa bei der Topfenvariation mit Rhabarber und Zitrone.

## Neustadt in Holstein

■ A 8, S. 336

### Miera Mare Meeresküche

OT Neustadt, Schiffbrücke 15
PLZ 23730
Tel. 04561/526 88 15
www.miera-neustadt.de
Mo geschl.
Hauptgerichte € 12-30
Chefkoch: Martin Timm
EC MASTER

Junge, frische, neue deutsche Küche nun auch in der Lübecker Bucht im liebevoll renovierten Fachwerkhaus am Neustädter Hafen. Im Zentrum stehen Produkte aus der Region, den Fisch angelt das Team auch mal selbst. Einfach, gut und aromatisch war der hausgeräucherte Hering auf Vollkornbrot mit Schnittlauchbutter. Schön angerichtet und nicht zu schwer gelang die Bratwurst vom Bio-Sattelschwein auf Bohnenmus in würziger Senfsauce. Außer-

N

**„Miera Mare Meeresküche": rote Wände und frische, neue deutsche Küche hinter Fachwerk**

dem gibt es italienische Gerichte wie im Lübecker Stammhaus. Schon Kult: das „Frühfuttern bei Fabi", der Sonntagsbrunch.

## Niederkrüchten

■ A 15, S. 338

**Römers** FF○○○
OT Brempt, Wiesenstr. 29, PLZ 41372
Tel. 02163/804 28
www.roemers-restaurant.de
Sa mittag, Mo, Di geschl.
Hauptgerichte € 20-28
Chefkoch: Hans-Peter Römer
AmEx EC MASTER VISA
25 Jahre führen die Römers ihr Restaurant, wir gratulieren zum Jubiläum. Maria Römer sorgt dafür, dass der Service reibungslos funktioniert, Hans-Peter Römer für mediterrane Genüsse auf den Tellern: Tagliatelle mit gebratenen Jakobsmuscheln oder Maishähnchenbrust mit geräucherter Paprika und Pancetta-Bauchspeck, schön saftig ist das schottische Lachsfilet mit Zitronenpfeffer und Lachskaviar. Apartes Dessert: Vogelbeersorbet mit Wodka. Schöne Terrasse.

## Niederwinkling

■ D 56, S. 353

**Landgasthof Buchner** FFF○○
OT Welchenberg, Freymannstr. 15
PLZ 94559
Tel. 09962/730
www.buchner-welchenberg.de
Mo, Di geschl.,
Hauptgerichte € 18-25
Chefköchin: Ingrid Achatz
EC
Seit fast 30 Jahren führen Ingrid und Josef Achatz den Landgasthof – hier hat Gastlichkeit eine lange Familientradition. In den rustikal-gediegenen Stuben und im Sommer im Garten unter Kastanien pflegt die passionierte Chefin eine schmackhafte regionale Produktküche: Das Wild kommt aus heimischer Jagd, die Fische zum Teil aus eigenen Gewässern. Herzlicher Service.

## Nienstädt

■ A 18, S. 340

**Sülbecker Krug** FF○○○
OT Sülbeck, Mindener Str. 6, PLZ 31688
Tel. 05724/955 00
www.suelbeckerkrug.de
Di mittag, Sa mittag, Mo geschl.
Hauptgerichte € 8-28
Chefkoch: Lutz Reppegather
EC MASTER VISA
Im Gasthaus an der Bundesstraße wird überwiegend deutsch gekocht, manchmal mischen sich auch Aromen des Süden drunter. „Fifty Fifty" bedeutet: halb Carpaccio, halb Vitello tonnato – „für die, die sich

N

nicht entscheiden können". Allen, die entscheidungsfreudiger sind, sei das kross gebratene Zanderfilet mit Birnen, Bohnen und Speck empfohlen oder die geschmorte Rinderroulade mit Rotkohl und Kartoffelpüree. Immer zuverlässig: die großen Schnitzel.

## Nonnweiler ■ B 34, S. 344

**Paulus & Der Laden**
OT Sitzerath, Prälat-Faber-Str. 2-4
PLZ 66620
Tel. 06873/910 11
www.landgasthof-paulus.de
Mi mittag, Mo, Di geschl.
Hauptgerichte € 18-28
Chefköchin: Sigrune Essenpreis
AmEx DINERS EC MASTER VISA
Thomas Nickels und Sigrune Essenpreis sind leidenschaftlich, wenn es um gute Zutaten und gutes Essen geht. Was in ihrem Restaurant mit den unterschiedlichen Räumen (schöner Wintergarten) oder auf der Terrasse auf die Tische kommt, ist bestes Kochhandwerk: Der Sauerbraten ist ein Klassiker, 14 Tage eingelegt und lange im Steinbackofen geschmort. Das Cordon bleu vom Kalbsrücken wird mit hochwertigem Fleisch, Witzenheldener Rohmilchkäse und gutem Kochschinken zum Genuss. Viele Grundprodukte und Hausgemachtes zum Mitnehmen. Alle Weine werden glasweise ausgeschenkt.

## Norderney ■ B 4, S. 334

**Seesteg – Das Restaurant**
Damenpfad 36 a, PLZ 26548
Tel. 04932/89 36 35
www.seesteg-norderney.de
kein Ruhetag
Hauptgerichte € 26-30
Chefkoch: Markus Kebschull
AmEx DINERS EC MASTER VISA
Fein gestyltes Gesamtkunstwerk aus Luxushotel, Insellofts, dem Treffpunkt „Milchbar" am Strand, Bäckerei, Weinladen, Kochschule – und anspruchsvollem Restaurant. Markus Kebschull verwendet erstklassige Produkte, vorzugsweise aus der Region. Es gibt ein Menü mit Fisch und Fleisch, zusätzlich ein vegetarisches Menü. Das erstklassige Brot stammt aus der eigenen Bäckerei. Das krosse Stubenküken begleiten gegrillte Riesengarnele, mariniertes Gemüse und junger Spinat. Perfekt gegart war die Tranche vom fangfrischen Steinbutt mit provenzalischem Schmorgemüse und Sepia-Risotto. Die jungen kompetenten Mitarbeiter servieren locker und souverän.

## Nordkirchen ■ C 14, S. 338

**Venus**
Im Schloss Nordkirchen, Schloss 1
PLZ 59394
Tel. 02596/97 24 72
www.lauter-nordkirchen.de
außer So nur Abendessen, Mo, Di geschl.
Hauptgerichte € 20-30
Chefköche: Dennis Mazza, Norbert Parzych
EC

**„Venus": elegantes Ambiente im Gewölbe**

Die Küche setzt auf kreative Freiheit und lässt sich nicht auf eine Richtung festlegen. Viele Produkte der Region werden mit mediterranen Noten und auch mal mit weltläufigen Akzenten in Szene gesetzt: westfälische Schinkenspeck-Tortellini etwa mit Spinatsalat, Pinienkernen, Speckflakes und geräucherter Butter, die Entenbrust mit Honig-Sichuanpfeffer-Sauce, Gemüseflan, Karotten und Knusperkugeln. Weinkarte mit knapp 400 Positionen und Frankreich-Schwerpunkt, netter Service.

## Nördlingen

■ F 46/47, S. 351

**Joachim Kaiser** FFFFO
Im Wirtshaus Meyers Keller, Marienhöhe 8
PLZ 86720
Tel. 09081/44 93
www.meyerskeller.de
Mo, Di geschl., Menüs € 75-149
Chefkoch: Joachim Kaiser
AmEx EC MASTER VISA
Kreative Küche im Gourmetbereich des Hauses, der den Namen des Patrons trägt. Wunderbar, wie der engagierte Joachim Kaiser hier souverän die Bandbreite der Aromen ausreizt und mit selbstverständlicher Leichtigkeit eher rustikale Komponenten mit eleganten verbindet. Die Brunnenkressesuppe richtet er mit pochiertem Hummer unter knusprigem Knäckebrot aus Emmer (Urgetreide) an, das pochierte Kalbsbries mit Räucheraal-*brandade* und einem himmlischen Sud von der Bratbirne. Und verzichten Sie nicht aufs Dessert: Das Vanille-Topfen-Soufflé ist wirklich ein luftiger Abschluss. Sehr umsichtiger Service. Sehr umfangreiche Whiskyauswahl.

## Nörten-Hardenberg

■ C 19, S. 340

**Novalis** FFFOO
Im Burghotel Hardenberg, Hinterhaus 11 a
PLZ 37176
Tel. 05503/98 10
www.hardenberg-burghotel.de
nur Abendessen, So, Mo geschl.
Hauptgerichte € 34-35
Chefköchin: Katja Burgwinkel
AmEx DINERS EC MASTER VISA
Katja Burgwinkels Stil passt in kein Standardraster. Souverän kombiniert sie Steinbutt mit Safranschaum, Pak-Choi und Pastinaken-Cannelloni oder serviert Kalbsfilet im Dinkelbrotmantel mit Zuckerschoten. Immer mit höchstem Respekt vor den Zutaten, mit sicherer Hand beim Würzen und – ja! – mit großer Passion. Das Haus unterhalb der Hardenberg-Ruine wurde im letzten Jahr geschmackvoll renoviert.

## Nürnberg

■ E 40, S. 347

**Aumer's La Vie** FFFOO
OT Lorenz, Kartäusergasse 12
PLZ 90402 ■ a 5 , S. 249
Tel. 0911/244 97 74
www.aumers-la-vie.de
außer Sa nur Abendessen, So, Mo geschl.
Hauptgerichte € 30-35
Chefkoch: Andreas Aumer
AmEx EC MASTER VISA

**„Aumer's La Vie": Hier servieren die Köche**

Andreas Aumer ist ein kreativer Kopf mit Gespür für ungewöhnliche, stimmige Kombinationen: Schon die roh marinierte Räucherforelle mit Haselnusscreme, gepopptem rotem Quinoa und Buchenpilzen ist ein ambitionierter Auftakt. Auch das Kalbsbries (außen knusprig, innen hauchzart) mit Püree aus schwarzem Knoblauch, Venusmuscheln und säuerlich marinierten Petersilienwurzeln beweisen sein Talent. Manchmal sind seine Teller nicht ganz ausgereift: Beim Wolfsbarsch konkurrierten eine recht salzige *boudin-noir*-Sauce mit Oregano-Mayonnaise-Kugeln, Rosenkohl und Sesamknusper um die aromatische Oberhoheit. Zur entspannten Atmosphäre im lichten Lokal tragen auch die Köche bei, die selbst servieren und in den Mantel helfen. Am schönsten sitzt man an den Ecktischen.

**Entenstuben** FFFOO
OT Wöhrd, Schranke 9
PLZ 90489 ■ c 3, S. 249
Tel. 0911/520 91 28

www.entenstuben.de
nur Abendessen, So, Mo geschl.
Hauptgerichte € 20-30
Chefkoch: Manfred Burr
EC | MASTER | VISA

Bei Manfred Burr ist die mediterrane Küche kein beliebiges Sammelsurium südlicher Zutaten, sondern ein anspruchsvoller Kochstil, der Ambition mit Leichtigkeit zu geschmackvollen Kreationen verbindet. Präzise ausgearbeitet und geradlinig sind seine Gerichte, in denen er pointierte aromatische Akzente setzt: Der gebratene Seeteufel mit Zitronenrisotto ist dafür ein gutes Beispiel, ebenso ein Safranpüree mit Zander, Jakobsmuschel, Gamba und Tomatenfond. Den besten Überblick über die Burrsche Handschrift bekommt man mit dem Menü „Miniature". 150 mediterrane Weine, elegant-modernes Ambiente, schöne Terrasse.

### Essigbrätlein FFFF

OT St. Sebald, Weinmarkt 3
PLZ 90403 ■ a 4/5, S. 249
Tel. 0911/22 51 31
So, Mo geschl.
Menüs € 82-129
Chefkoch: André Köthe, Yves Ollech
AmEx | EC | MASTER | VISA

In Zeiten, in denen nahezu jedes Eckbistro mit Tiefkühl-Jakobsmuscheln und (Zucht-) Steinbuttgerichten in Mainstream-Beliebigkeit versinkt, gehört schon eine Portion Mut dazu, den Prestigeprodukten der klassischen Gourmetküche (und jeglichem medialen Rummel) so radikal abzuschwören, wie André Köthe und Yves Ollech es unbeirrt weiter tun. In dem kleinen Restaurant, in dem man schon nach dem Eintreten gleich zwischen den wenigen Tischen steht, werden erstklassige Produkte verwendet, alle vermeintlich einfach, bodenständig und zumeist aus der Region. Der Saibling etwa, der mal mit Grünkohl, mal mit Rhabarber meisterlich aus seinem kulinarischen Schattendasein zum Hochgenuss befördert wird. Und man lasse sich nicht täuschen, wenn da Zitronen-Sauerkraut auf der Menükarte steht: Was schlicht klingt, entpuppt sich als Aromenfeuerwerk. Exorbitante Weinkarte, kompetente wie einfühlsame Beratung und ein ebensolcher Service.

### Fischer FF

OT Lorenz, Schottengasse 1
PLZ 90402 ■ a 5, S. 249
Tel. 0911/989 88 70
nur Abendessen, Mo geschl.

**„Essigbrätlein": Hochgenuss auf kleinstem Raum und eine mutige, inspirierte Küche**

**„Fischer": farbige Akzente, südliches Flair**

Hauptgerichte € 27
Chefkoch: Ingo Fischer
AmEx EC MASTER VISA
Hinter historischem Fachwerk sorgen mediterrane Farben für südliches Flair. Das spiegelt sich auch in der mediterran geprägten Küche wider, die in drei Menüs auf die Eigenaromen guter Produkte setzt und die Bodenhaftung nie verliert. Aktuelle Beispiele: gebratene Jakobsmuscheln auf Lauchgemüse mit würzigem Pancetta oder gebratenes Kalbsfilet und -bries auf grünem Spargel mit Sommertrüffeln. Gute deutsche Weißweine, sehr liebenswürdiger Service.

**Koch & Kellner** FF○○○
OT Gostenhof, Obere Seitenstr. 4
PLZ 90429 ■ b 3, S. 249
Tel. 0911/26 61 66
www.kochundkellner.de
So geschl., Hauptgerichte € 22-32
Chefkoch: Fabian Denninger
AmEx EC MASTER VISA
Nur hochwertige Qualität kommt bei Fabian Denninger auf die Teller. Bei der Zubereitung setzt er auf klassisches Handwerk, seine Gerichte sind geradlinig und geschmackvoll. Das kann Bärenkrebs mit Dicken Bohnen im Verbenefond sein oder rosa Gebratenes und Gesottenes vom Hohenloher Kalb mit Graupen, Kohlrabi und Meerrettich. Schöne Desserts. Gute Weinauswahl (400 Positionen) mit Schwerpunkt Deutschland und Frankreich. Kompetente Beratung.

**Minneci Leonardo** FF○○○
OT Lorenz, Zirkelschmiedsgasse 28
PLZ 90402 ■ a 5, S. 249
Tel. 0911/20 96 55
www.minneci-ristorante.de
So, Mo geschl., Hauptgerichte € 19-28
Chefkoch: Waldemar Nagel
AmEx EC MASTER VISA
Authentischer Charme prägt das Ristorante in historischem Gemäuer mit imposanter Holzbalkendecke. In der Küche sorgt Waldemar Nagel, der zuvor im Münchner „Acquarello" kochte, für eine anspruchsvolle italienisch-mediterrane Küche: Die Pasta ist köstlich, etwa mit würzigem Pancetta gefüllte *panzerotti* mit Artischockencreme und geschmorter Paprika. Perlhuhnbrust mit Lardo di Colonnata und Spargel bekommt mit Scamorza (Räucherkäse) einen schönen Akzent. Weinkeller im Gewölbe.

**Rottner** FF○○○
OT Großreuth, im Romantik Hotel Rottner
Winterstr. 15-17
PLZ 90431 ■ a 3, S. 249
Tel. 0911/61 20 32
www.rottner-hotel.de
Sa mittag, So geschl.
Hauptgerichte € 26-29
Chefkoch: Reinhold Wittmann
AmEx DINERS EC MASTER VISA
Schöner geht traditionelles Franken nicht: Unter uralten Bäumen und im properen Fachwerkhaus wird zuverlässig gehobene fränkische Küche mit angemessen zeitgeistiger Inspiration und Top-Produkten aufgetischt. Die erlebten wir wieder präziser und mit sorgfältig abgestimmten Aromen. Bei Entenleberparfaits überzeugte das exakte Spiel von Frucht und Säure, die cremiges Rhabarber-Eis beisteuerte. Die Hauptgerichte sind geradlinig arrangiert, etwa ein krosser Saibling mit bes-

N

tens abgeschmeckter Krustentierbutter und Fenchelgemüse. Gute Desserts.

**Schwarzer Adler** FFF○○
OT Kraftshof, Kraftshofer Hauptstr. 166
PLZ 90427 ■ b 1, S. 249
Tel. 0911/30 58 58
www.schwarzer-adler.com
kein Ruhetag
Hauptgerichte € 25-28
Chefkoch: Eduard Aßmann
AmEx DINERS EC MASTER VISA
Stimmungsvolle Atmosphäre im eleganten historischen Gasthaus mit verschiedenen Stuben und Salons und romantischem Sommergarten. Eine schöne Bühne für Eduard Aßmanns anspruchsvolle Küche, die immer wieder für Überraschungen gut ist. Die Praline vom Eigelb mit geräucherter Eismeer-Forelle fügt sich geschmacklich bestens in das Süppchen vom Frühlingslauch ein, die auf der Haut rosa gebratene Entenbrust bekommt mit gebackenen Gänseleber-Taschen und Thymian-Portwein-Jus klassische Partner, dazu richtet Aßmann Feige und grünen Spargel an. Gute deutsche Weine auf der Karte (300 Positionen), aufmerksamer Service.

„Schwarzer Adler": gute deutsche Weine

„Wonka": dezentes Interieur, muntere Küche

**Wonka** FF○○○
OT Johannis, Johannisstr. 38
PLZ 90419 ■ b 3, S. 249
Tel. 0911/39 62 15
Sa mittag, So, Mo geschl.
Hauptgerichte € 25-27
Chefkoch: Kemal Besirevic
AmEx DINERS EC MASTER VISA
Das Ambiente ist unprätentiös, die Zutaten werden verantwortungsvoll eingekauft (Fisch aus schonender, nachhaltiger Fischerei), und die Küche bedient sich munter bei verschiedensten Richtungen – etwa mit exotischen Würzakzenten wie Datteln und Ras el-Hanout zur Entenbrust. Dass auch schlichte Produkte zu aufregenden Inszenierungen taugen, beweist eine Variation vom Blumenkohl. Intensive Aromen sind ein Leitmotiv bei Gerichten wie geschmortem Ochsenschwanz mit Polenta und Bohnen. Guter Service.

**Würzhaus** FF○○○
OT St. Johannis, Kirchenweg 3 a
PLZ 90419 ■ b 2, S. 249
Tel. 0911/937 34 55
www.wuerzhaus.info
Sa mittag, Mo mittag, So geschl.
Hauptgerichte € 19-22

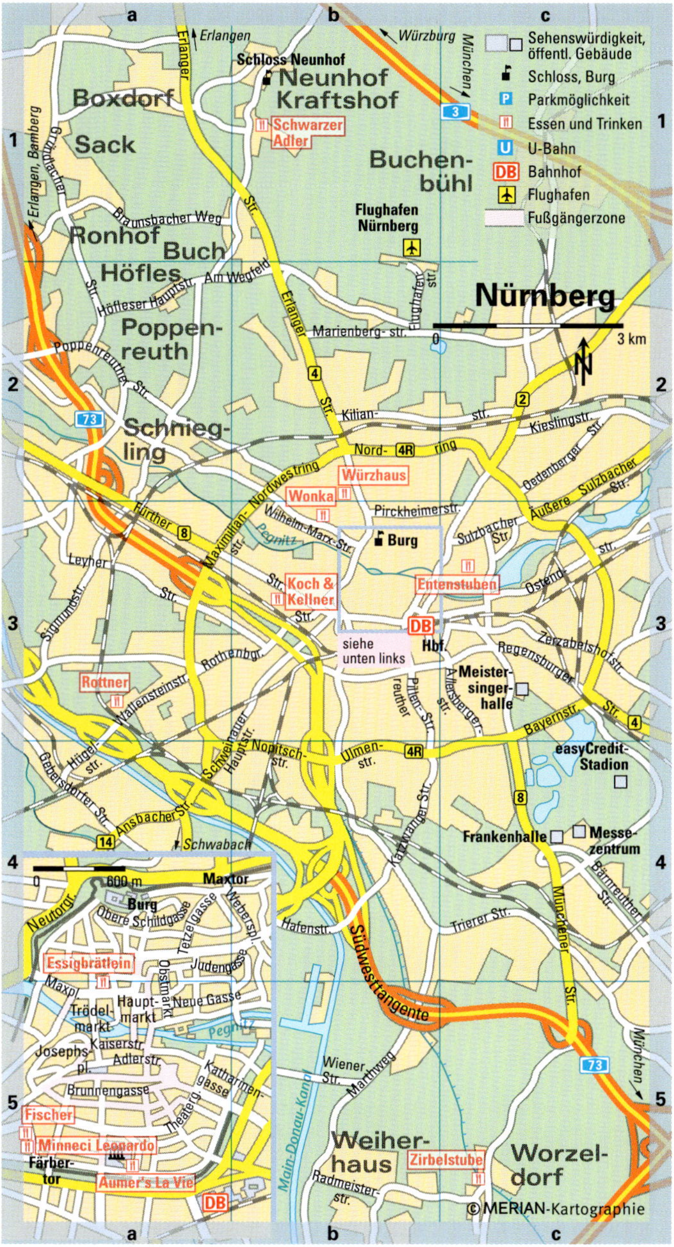
a
b
c
Sehenswürdigkeit, öffentl. Gebäude
Schloss, Burg
Parkmöglichkeit
Essen und Trinken
U-Bahn
Bahnhof
Flughafen
Fußgängerzone
Erlangen
Würzburg
München
Schloss Neunhof
Neunhof
Kraftshof
Boxdorf
Sack
Schwarzer Adler
Buchenbühl
Erlangen, Bamberg
Grundacher
Erlanger
Erlanger Str.
Braunsbacher Weg
Ronhof
Buch
Höfles
Flughafen Nürnberg
Flughafenstr.
Nürnberg
Am Wegfeld
Höfleser Hauptstr.
Str.
Poppenreuth
Marienberg-str.
0
3 km
Poppenreuther Str.
Kilian-str.
Kieslingstr.
Schniegling
Nord-ring
4R
Oedenberger Str.
Würzhaus
Maximilian-Nordwestring
Wonka
Äußere Sulzbacher Str.
Pirckheimerstr.
Fürther Str.
Wilhelm-Marx-Str.
Pegnitz
Burg
Sulzbacher Str.
Leyher Str.
Koch & Kellner
Entenstuben
Ostendstr.
Sigmundstr.
DB
Hbf.
siehe unten links
Zerzabelshofstr.
Rothenburger Str.
Regensburger Str.
Rottner
Meistersingerhalle
Wallensteinstr.
Pillenreuther Str.
Allersberger Str.
Bayernstr.
Schweinauer Hauptstr.
Nopitsch-str.
Ulmen-str.
easyCredit-Stadion
Gebersdorfer Str.
Hügelstr.
Ansbacher Str.
Katzwanger Str.
Frankenhalle
Messezentrum
Schwabach
Bärnreuther Str.
Hafenstr.
Trierer Str.
Münchener Str.
Südwesttangente
Wiener Str.
Marthweg
Main-Donau-Kanal
Weiherhaus
Zirbelstube
Worzeldorf
Radmeisterstr.
© MERIAN-Kartographie
0
600 m
Maxtor
Burg
Obere Schildgasse
Neutorgr.
Tetzelgasse
Webersplatz
Essigbrätlein
Judengasse
Maxpl.
Obstmarkt
Trödelmarkt
Hauptmarkt
Neue Gasse
Pegnitz
Kaiserstr.
Josephspl.
Adlerstr.
Katharinengasse
Brunnengasse
Theaterg.
Fischer
Minneci Leonardo
Färbertor
Aumer's La Vie
DB
1
2
3
4
5
73
8
14

Chefköchin: Diana Burkel
AmEx EC MASTER VISA
Ideenreich war Diana Burkel immer schon, ihre Gerichte überzeugen mit ausgefeiltem Aromenspiel und präzisem Handwerk. Sehr gut gelang krosser Zander mit Minzeschaum und Zuckerschoten, beim confierten Truthahn mit Rettich-Knusper verlieh Kräuterschärfe dem dezenten Bratenaroma animierende Würze, zum gegrillten Barsch harmonierten geschmorter Chinakohl, Muschelsalat und Mandarinen-Mayonnaise. Lässiger Trattoria-Charme, aufmerksamer Service, kompetente Weinempfehlungen.

**Zirbelstube**
OT Worzeldorf, Friedrich-Overbeck-Str. 1
PLZ 90455 ■ c 5, S. 249
Tel. 0911/99 88 20
www.zirbelstube.com
Mo mittag, Di mittag, So geschl.
Hauptgerichte € 16-28
Chefkoch: Sebastian Kunkel
EC MASTER VISA
Sebastian Kunkel und Susanne Wagner führen das kleine Restaurant in zweiter Generation als Gastgeber mit Leidenschaft. Die regional-verfeinerte Küche orientiert sich behutsam an der Moderne. Zweierlei Matjes wird zum Auftakt meeresfrisch mit Gurkensorbet und Seegras-Salat kombiniert, die Spargelsuppe mit Garnele hat asiatische Aromen, während das Zicklein mit Radieschengemüse und gebackenem Kartoffelkloß zum heimischem Vergnügen wird. Gute Weine aus Franken.

## Oberstdorf

■ F 50, S. 351

**Ess Atelier Strauss**
Im Hotel Alpin Lifestyle Löwen & Strauss
Kirchstr. 1, PLZ 87561
Tel. 08322/80 00 80
www.loewen-strauss.de
nur Abendessen,
Mo-Mi geschl.
Hauptgerichte € 25-33
Chefkoch: Peter A. Strauss
AmEx DINERS EC MASTER VISA

**„Ess Atelier Strauss": Peter A. Strauss**

Moderner Alpen-Chic mit Edelweiß-Leuchten an der Decke, dazu eine imposante Weinklimaschrank-Wand und Gucklöcher in die Küche. Dort inszeniert Peter Strauss komplexe Gerichte mit regionalen und internationalen Produkten. Da treffen Cremes auf Flocken oder knackige auf schmelzige Elemente. Den Wildlachs aromatisiert er mit Orange und Sternanis, dazu gibt's Brokkoli und Pumpernickel. Das Landschwein sorgt für knusprige Akzente, dazu werden Langostino, Rote Bete und Sesam kombiniert. Netter Service.

**Maximilians Restaurant**
Im Landhaus Freiberg, Freibergstr. 21
PLZ 87561
Tel. 08322/967 80
www.maximilians-restaurant.de
nur Abendessen, So geschl.
Hauptgerichte € 30-35
Chefkoch: Tobias Eisele
EC MASTER VISA
Den Spagat zwischen fantasievollen und traditionsgebundenen Kreationen schafft die Küche im feinen Restaurant schon seit vielen Jahren souverän. Im Menü „Mundart" überzeugen die Epfenhausener Tiger-

forelle mit Petersilie und Kürbis in Trüffelvinaigrette und die Schwäbisch-Hällische Jungschweinvariation mit Wirsing, Steckrüben und Dörraprikosen. Eindeutiger Geschmack, erstklassige Produkte! Raffinierter wird's im Menü „GenussWelten" mit gangeltem Steinköhler aus der Normandie mit Safranrisotto, Mönchsbart (Salatpflanze) und schwarzen Schalotten. Elegante Tischkultur. Gute heimische Käse, 200 Weine.

## Oberthal

■ B 35, S. 344

### Zum Blauen Fuchs FFF○○

OT Steinberg, Walhausener Str. 1
PLZ 66649
Tel. 06852/67 40
www.zumblauenfuchs.de
So abend, Mo, Di geschl.
Hauptgerichte € 20-32
Chefkoch: Olaf Bank
EC MASTER VISA

Seit rund 30 Jahren bewirten Olaf und Christiane Bank ihre Gäste in dem kleinen gemütlichen Restaurant. Der Patron kocht unangestrengt geradlinig mit viel Feingefühl für aromatische Arrangements. Zum Kabeljaurücken auf Schmorgurken serviert er eine gut ausbalancierte, leicht scharfe Currysauce, Thunfischcarpaccio und Pulposalat werden durch feinen zitronigen Schaum erfrischend verbunden. Die gebratene Perlhuhnbrust begleitet eine dichte Morchelsauce. Erfrischendes Dessert von Erdbeer-Rhabarber-Ragout mit hausgemachtem Waldmeister-Eis. Gute deutsche Weine.

## Oberursel

■ E 33, S. 345

### NEU Kalist & Lounge FF○○○

Vorstadt 10, PLZ 61440
Tel. 06171/586 23 77
www.kalist.de
So, Mo geschl., Hauptgerichte € 22-29
Chefkoch: Sascha Döring
AmEx EC MASTER VISA

Das Restaurant steht zentral in der Fußgängerzone und bringt urbanes Flair in den Ort. Das liegt vor allem an der modernen Küche mit französischen Einflüssen: Linsencreme bekommt mit Kokosmilch, Jakobsmuschel, Graubrot und Speck spannende Akzente, das Kalbsfilet mit Spinat, Aprikose, Steckrübe und Gänseleberknöpfle überrascht ebenfalls. Netter Service.

**„Kalist & Lounge": kreatives Aromenspiel mit Kalbsrücken, Kürbis und Shiitakepilzen**

### Kraftwerk Restaurant FF○○○

OT Bommersheim, Zimmersmühlenweg 2
PLZ 61440
Tel. 06171/92 99 82
www.kraftwerkrestaurant.de
Mo, Fr, Sa mittag, So geschl.
Hauptgerichte € 17-28
Chefkoch: Bertl Seebacher
AmEx EC MASTER VISA

Das ehemalige Kraftwerk erlebt unter Bertl Seebachers und Daniela Finkes' Führung so viel Aufschwung, dass an- und ausgebaut wurde. Neu: Vinothek und Loungeterrasse. Die österreichische Fusion-Küche erfreut beim „Amuse-Bouche-Menü": schmelzige Gänsestopfleberterrine mit Erdbeere, Rhabarber, Vanille und Zartbitterschokolade zum Beispiel. Shiitakepilze, Sprossen und Cashewkerne sorgen für schöne Texturen zum Black-Angus-Rind. 150 meist österreichische Weine, netter Service.

## Odelzhausen ■ A 58, S. 352

**Schlossbräustüberl**

Im Schlossgut Odelzhausen
Am Schlossberg 1, PLZ 85235
Tel. 08134/998 70
www.schlossgut-odelzhausen.de
kein Ruhetag
Hauptgerichte € 11-19
Chefkoch: Jürgen Buck
EC

Hier trinkt man Bier zum Essen: Odelzhauser Traditionshell oder Naturtrüb passen am besten zum hausgemachten Sauerteigbrot aus dem Steinbackofen mit Wildkräuter-Frischkäse und zum Biergulasch vom Rind mit Semmelknödel und Salat. Mit Wildkräutern, Pilzen und Schafskäse gefüllt ist die Poulardenbrust, dazu überbackene Sahnekartoffeln – hungrig bleibt da niemand.

## Odenthal ■ B/C 31, S. 344

**Zur Post**

Altenberger-Dom-Str. 23, PLZ 51519
Tel. 02202/97 77 80
www.zurpost.eu
Mo geschl.
Hauptgerichte € 26-42
Chefköche: Alejandro Wilbrand, Christopher Wilbrand
AmEx EC MASTER VISA

Die drei Brüder Wilbrand sind auf der Höhe der Zeit, Thomas führt aufmerksam Restaurant und Weinkeller (250 Sorten), Alejandro und Christopher pflegen ihre kreative, regionale Küche. In *ponzu*-Sauce marinieren sie die Sardine mit Chorizo-Paprika-Schnitte, Land und Meer vereinen sie bei Schweinebauch und Langostino als *escabeche* (roh mariniert) mit Pata-Negra-Schinkenschaum. Geschmackvoll war auch die Seezunge in Gemüsejus mit Ofengemüse und Trüffel. Schöne Desserts wie Rhabarber und Sauerrahm-Eis mit Mohnkuchen.

## Oestrich-Winkel ■ D 33, S. 345

**Gutsrestaurant Schloss Vollrads**

Schloss Vollrads 1, PLZ 65375
Tel. 06723/52 70
www.schlossvollrads.com
Nov.-April Mo, Di geschl.,
Mai-Okt. Mi geschl.
Hauptgerichte € 15-24
Chefkoch: Alexander Ehrgott
AmEx EC MASTER VISA

**„Schloss Vollrads": Selbstverständlich gibt es hier erstklassige Rieslinge zum Essen!**

Erstklassige Rieslinge und Produkte aus der Region sind garantiert auf Schloss Vollrads. Im angenehm lichten „Gutsrestaurant" hält die Küche ihren regional-mediterranen Kurs, der von einer Winzervesper, über die „Bratwurst von Metzger Schneck" und bis zum Steinbuttfilet in Rotweinbutter reicht. Zur Jagdzeit ist das Rheingauer Reh immer ein Tipp, zum Beispiel mit Rahmwirsing und Spätzle. Schöne Aussicht ins Tal.

## Offenbach am Main ■ E 33, S. 345

**schauMahl** FF○○○
Innenstadt, Bismarckstr. 177, PLZ 63067
Tel. 069/82 99 34 00
www.schaumahl.de
nur Abendessen, So geschl.
Hauptgerichte € 16-38
Chefkoch: Björn Andreas
AmEx EC MASTER VISA
Der Wechsel in der Küche wirkt sich auf die Qualität und Beliebtheit des unprätentiösen Ecklokals nicht aus. Sommelier und Servicechef Pit Punda, der Mann mit dem Zopf, sorgt dafür, dass der Gast aufmerksam umsorgt wird. Das Fett am Schweinebauch war allerdings noch ein wenig weich, Pak-Choi und Topinambur hingegen passten gut. Als origineller Akzent bei „Rib-Eye & Rinderbacke" mit Bärlauchrisotto bleiben klitzekleine Kapern in Erinnerung. Vorbildlich: Alle Gerichte sind in kleinen und großen Portionen erhältlich. Weinkarte mit guten deutschen Weinen, darunter interessante Entdeckungen. Kundiger Service

## Ofterschwang ■ F 50, S. 351

**Silberdistel** FF○○○
Im Hotel Sonnenalp, Sonnenalp 1
PLZ 87527
Tel. 08321/27 29 00
www.sonnenalp.de
nur Abendessen, So, Mo geschl.
Hauptgerichte € 36-42
Chefkoch: Kai Schneller
EC MASTER VISA
Elegante, modern-rustikale Innenarchitektur, Panoramafenster und Kamin sorgen für Wohlfühlatmosphäre im Gourmetrestaurant. „Alpine Cuisine" nennt sich der Stil, der Flusskrebse mit Schwarzwurzeln kombiniert oder Niedersonthofener Rehrücken mit Holundersabayon, schwarzem Knoblauch und Pioppini-Samtpilzen. Zu den Klassikern auf der Karte zählen *bisque* vom bretonischen Hummer und die Variation vom Milchkalb in einer Kalbskopfvinaigrette. Restaurantleiter Brain McLaren hält seit mehr 23 Jahren die Stellung und gibt stets fundierte Tipps zu den 400 Weinen.

**„Königsweg": Michael Grünbacher**

## Ohmden ■ E 47, S. 351

**Landgasthof am Königsweg** FF○○○
Hauptstr. 58, PLZ 73275
Tel. 07023/20 41
www.landgasthof.com
So, Mo geschl.
Hauptgerichte € 30-36
Chefkoch: Michael Grünbacher
AmEx EC MASTER VISA
Wieder ein neuer Koch im Gasthof. Die mediterrane Ausrichtung der Küche ist geblieben. „Thuna & Pulpo" kommen mit lauwar-

mer Spargel-*mousseline* und Limettenöl auf den Tisch, das Limousin-Lamm als confierte Schulter mit Zitrone und als gebratener Rücken mit Paprika und Ingwer. Aparter Abschluss: ein Riegel Valrhona-Schokolade mit Pfefferminze und Ananas-Chili-Sorbet.

## Öhningen ■ D 49/50, S. 351

**Falconera** FFF○○
OT Schienen, Zum Mühlental 1, PLZ 78337
Tel. 07735/23 40
www.restaurant-falconera.de
So abend, Mo, Di geschl.
Hauptgerichte € 35-38
Chefkoch: Johannes Wuhrer
EC MASTER VISA

Seine Lieferanten kennt Johannes Wuhrer zum großen Teil persönlich, so garantiert er beste Qualität bei den Zutaten seiner regional-mediterranen Küche. Klassisch ist deren Basis, die Gerichte sind angenehm klar und geradlinig komponiert. Das Ragout vom Milchkalbskopf mit Zunge und Bries aromatisiert er mit Anissamen und gibt gegrillte Süßwasser-Garnelen mit lauwarmem Gemüsesalat (von der Bodensee-Halbinsel Höri) dazu. Die mit Kardamom gegrillte Jakobsmuschel serviert er im Bouillabaissesud mit Sardellen in Kräuter-Tempura und sautiertem Rotbarbenfilet mit Artischocken-Algen-Gemüse. Gute Weinempfehlungen aus 300 Positionen. Viele deutsche Winzer.

## Oldenburg ■ C 5, S. 334

**altera** FF○○○
Innenstadt, Herbartgang 23, PLZ 26122
Tel. 0441/21 90 80
www.altera-hotels.de
So geschl., Hauptgerichte € 15-30
Chefkoch: Cord-Henning Pieper
AmEx EC MASTER VISA

Klassisch-französisch ist die Küche im modernen Hotelrestaurant. Gebratene Jakobsmuscheln mit lauwarmen Linsen und Speckschaum eröffneten das Menü geschmackvoll, Bodenständigkeit folgt beim Entrecote mit Pommes frites und Sauce béarnaise. Dem Steinbutt gibt Kalbshaxenragout mit Estragonschaum eine kräftige Note. 150 Weine, viele deutsche und französische.

## Oppenheim ■ D 34, S. 345

**Völker** FF○○○
Krämerstr. 7, PLZ 55276
Tel. 06133/22 69

„Falconera": Im romantischen Gasthaus kennt der Patron seine Lieferanten persönlich

„La Vie": Gastgeber Thomas Bühner und sein Tellerkunstwerk mit Makrele

www.restaurant-voelker.de
außer Sa, So nur Abendessen,
Mo-Mi geschl.
Hauptgerichte € 15-25
Chefköchin: Ute Völker EC

Regional-mediterrane Gerichte mit hochwertigen Produkten zu fairen Preisen (ein dreigängiges „Menü der Woche" kostet 35 Euro) – eine klare Linie, die zu Recht viele Freunde hat: etwa bei „Feinem aus der Pfalz" mit Saumagen, gebratener Blutwurst, Leberknödel und Bratwurst mit Rahmkraut und Kartoffelpüree. Weinstube und Terrasse.

## Osnabrück

■ D 13, S. 339

### La Vie

Innenstadt, Krahnstr. 1-2, PLZ 49074
Tel. 0541/33 11 50
www.restaurant-lavie.de
außer Fr, Sa nur Abendessen, So, Mo geschl.
Hauptgerichte € 50-64
Chefkoch: Thomas Bühner
AmEx DINERS EC MASTER VISA

Thomas Bühners Gerichte lassen sich auf zwei Arten genießen: Mit schwelgender Freude am harmonischen Genuss oder als Strukturalimus-Studie eines höchst komplexen und ausgefeilten Telleraufbaus. Doch zunächst empfängt mit Thayarni Kanagaratnam eine der attraktivsten und lockersten Gastgeberinnen des Landes, die insbesondere ihre Stammgäste zu umsorgen weiß. Startet die Küche von Thomas Bühner dann nach ersten Miniaturgrüßen richtig durch, sorgen dreierlei Blumenkohl (eingelegt, püriert, pulverisiert), Zitronenpüree, Quinoa und feine Tranchen Bernsteinmakrele für ein symphonisches Geschmacksempfinden, dessen 18 Elemente je nach Mischung neue und ungeahnte Empfindungen hervorrufen – meisterlich! Ebenso varianten- wie nuancenreich spielte das „Frikassee vom Bresse-Huhn façon la vie" mit viererlei Erbsen, Puffreis und Reiscreme, Hühnerfleisch von Hals bis Herz und einer alles aufs Schönste verbindenden, eleganten Brühe. Beim US-Rib-Eye ließ die Küche schon beim Anrichten dem puren Fleisch ausreichend Raum, um in einigem Abstand eine höchst aparte Waldlandschaft aus gebratenen Seitlingen, Topinamburchips, Pilzerde und -püree als herrlich wohlig-erdige Aroma-Erweiterung zu pflanzen. Und Patissier René Frank schließlich verdanken wir eines der größten Dessert-Erlebnisse des Jahres: Ähnlich seinem berühmten Berlepsch-Apfel, servierte er eine aus Zucker geblasene Rübe, gefüllt mit Petersilienwurzelmousse. Ein vegetabilherbes Dessert zeigt auch zum Menü-Abschluss die volle Brillanz dieser Küche: eine auf den ersten Blick schokoladig wirkende Creme aus schwarzem Knoblauch, dazu Pistazienbiskuit und Tropfen eines grünen Petersiliengels. Zum nahezu perfekten Komfort auf zwei Etagen kommt ein immer wieder dankenswerter Parkservice.

**Vila Real** FFF○○

OT Westerberg, im Hotel Steigenberger Remarque, Natruper-Tor-Wall 1
PLZ 49076
Tel. 0541/609 66 93
www.osnabrueck.steigenberger.de
nur Abendessen, So geschl.
Hauptgerichte € 28-34
Chefkoch: Andreas Klatt
AmEx DINERS EC MASTER VISA
Anspruchsvolle Küche im lichten „Steigenberger"-Restaurant. Andreas Klatt zeigt sich weltoffen, sein Spektrum reicht von mediterran bis international. Der freundliche, souveräne Service serviert marinierten Hummer mit Vanillerisotto, Orangenbutter und Aniskresse oder Dreierlei vom Milchkalb (Filet, Bries und Bäckchen) mit Cremespinat und getrüffeltem Kartoffelpüree. 220 Weine mit Schwerpunkt Deutschland.

„Vila Real": ambitioniert – Andreas Klatt

## Paderborn ■ E 14, S. 339

**Balthasar** FFF○○

OT Kernstadt, Warburger Str. 28
PLZ 33098
Tel. 05251/244 48
www.restaurant-balthasar.de
Di mittag, Sa mittag, So, Mo geschl.
Hauptgerichte € 30-45
Chefkoch: Elmar Simon
AmEx EC MASTER VISA
Bei seinen Variationen eines Produkts – sei es Gänsestopfleber oder zur Saison Delbrücker Spargel – kombiniert Elmar Simon ideenreich Aromen, Texturen und Temperaturen. Harmonisch akzentuieren dezente Noten von Orangen den Alaska-Wildlachs, für kräftige Kontrapunkte sorgen Artischocke und Rucolamousse. Spannend wird es, wenn ein eigentlich einfaches Gericht raffiniert neu interpretiert wird. Dann gesellen sich beim „Döner Kebab nach Art des Hauses" zu einem hervorragenden Lammfilet feines Zaziki-Eis, Gurke, Perlzwiebeln und ein Fladenbrot im Mikroformat mit einem Hauch von Krautsalat. Voluminöse Weinkarte mit großer Deutschland-Abteilung. Sehr aufmerksamer und charmanter Service.

## Panker ■ A 7, S. 336

**Restaurant 1797** FF○○○

Im Hotel Ole Liese, Gut Panker, PLZ 24321
Tel. 04381/906 90
www.ole-liese.de
nur Abendessen, Mo, Di geschl.
Hauptgerichte € 28-35
Chefkoch: Volker Fuhrwerk
EC MASTER VISA
Volker Fuhrwerk aus dem Berliner „Schlosshotel im Grunewald" hat im stilvoll-charmanten Gourmetrestaurant des historischen Guts mit schönen Holzvertäfelungen und eleganter Tischkultur die Regie von Richard Kahl übernommen und führt das Konzept der verfeinerten Regionalküche mit interna-

„Zehner's Stube": französisch-badische Hochküche, auch mal mit asiatischer Note bei Gambas

tionalen Einflüssen fort. Viele Kräuter und alte Gemüsesorten kommen aus dem eigenen Garten, dazu setzt Fuhrwerk internationale Produkte wie bretonische Seezunge ein, die mit Pfaffenschnittchen, geröstetem Selleriesaft und Morcheln geschmackvoll anrichtet werden. Zur Tranche vom Ostsee-Steinbutt setzt ein Limetten-Marshmallow einen überraschenden Akzent Gute deutsche Weine, aufmerksamer Service.

## Parsberg ■ B 56, S. 352

**Romantik Restaurant Hirschen** ⓕⓕ○○○
Marktstr. 1 a, PLZ 92331
Tel. 09492/60 60
www.hirschenhotels.com
kein Ruhetag
Hauptgerichte € 10-33
Chefkoch: Marco Nutz
AmEx EC MASTER VISA

Auf heimische Produkte legt die Hotelküche besonderen Wert, neben den „Hirschen"-Klassikern wie Oberpfälzer Brotzeit wird bei der Zubereitung auf raffinierte Verfeinerung gesetzt. Zum Zweierlei von der Forelle (hausgebeizt und als Tatar) kommen karamellisierte Tomaten und Spargel-Kartoffel-Kücherl. Der rosa gebratene Jura-Lammrücken hat eine aparte Kräuterkruste und schmeckt in Naturjus mit Ragout von Kirschtomaten und Kartoffelrösti.

## Pfaffenweiler ■ B 49, S. 350

**Zehner's Stube** ⓕⓕⓕ○○
Weinstr. 39, PLZ 79292
Tel. 07664/62 25
www.zehnersstube.de
Mo geschl., Hauptgerichte € 32-39
Chefkoch: Friedrich Zehner
EC VISA

Routinier Friedrich Zehner (seit 32 Jahren führt er seine „Stube") pflegt mit Bedacht seine französisch-badische Hochküche. Sie ist elegant und dem Produkt verpflichtet. Den Jakobsmuscheln mit Selleriepüree gibt Zehner mit einer intensiven Thaicurrysauce eine feine asiatische Note. Bretonischer Steinbutt in Hummerschaum, Müritzer Lammrücken mit feinen Bohnen oder Rehbockrücken mit Steinpilzrahm sind beste Beispiele seines geradlinigen Stils. 180 Weine, davon viele aus Baden.

## Pfinztal ■ C 46, S. 350

**Villa Hammerschmiede** ○○○○○
OT Söllingen, Hauptstr. 162, PLZ 76327

P

Tel. 07240/60 10
www.villa-hammerschmiede.de
Di, Mi geschl., Hauptgerichte € 26-36
Chefkoch: Sebastian Prüßmann
AmEx DINERS EC MASTER VISA

Sebastian Prüßmann wird das Haus im Sommer verlassen und Bernhard Diers im „Schlossgarten" in Stuttgart ablösen. Wer Prüßmanns Nachfolge in der „Villa Hammerschmiede antritt, stand bei Redaktionsschluss noch nicht fest. Wir hoffen, dass der sehr gute Service und die umfangreiche Weinkarte (600 Positionen) mit Bestem aus Europa erhalten bleiben und sind gespannt. Die Wertung setzen wir einstweilen aus.

## Pforzheim

■ C 46, S. 350

### Chez Gilbert

OT Oststadt, Altstädter Kirchenweg 3
PLZ 75175
Tel. 07231/44 11 59
www.chez-gilbert.de
So abend, Mo geschl.
Hauptgerichte € 22-28
Chefkoch: Gilbert Noesser
DINERS EC MASTER VISA

„Chez Gilbert": Gilbert Noesser

Traditionsadresse, die ihre französische Küche verlässlich pflegt. Die Wachtelessenz mit Trüffelravioli ist ebenso ein Genuss, wie der pochierte Loup de Mer mit Auberginen und Safrankartoffeln. Immer eine Empfehlung: die Gänseleberzvariation (Terrine, Gelee und gebratene Leber). Holunder und Champagnerschaum mit frischen Beeren und Himbeersorbet sind ein erfrischendes Finale. 88 Weine, natürlich französische.

## Pfronten

■ F 50, S. 351

### Schlossanger Alp

OT Obermeilingen, Am Schlossanger 1
PLZ 87459
Tel. 08363/91 45 50
www.schlossanger.de
kein Ruhetag, Hauptgerichte € 18-31
Chefköchin: Barbara Schlachter-Ebert
EC MASTER VISA

Man sollte gleich eine Übernachtung buchen im herrlich gelegenen Berghotel, dann kann man die Weinkarte mit 450 Positionen goutieren. Frische und prägnante Aromen prägen Barbara Schlachter-Eberts Küche: wunderbar das Ei vom Allgäuer Freilandhuhn mit Sahnebandnudeln und gehobeltem Trüffelkäse. Das Kalbslüngerl ist mit Weinessig verfeinert, Land und Meer treffen sich bei gebratenem Kabeljau und Blutwurst in Weißweinschaum mit Kartoffelstroh. Immer ein guter Tipp sind die Desserts: Wir preisen den geeisten Espresso mit feinen Pralinen sowie die Quarknockerl mit Apfelragout und Sauerrahmsorbet.

## Piesport

■ B 34, S. 344

### Schanz Restaurant

Bahnhofstr. 8 a, PLZ 54498
Tel. 06507/925 20
www.schanz-restaurant.de
Di mittag, Mi mittag, Mo geschl.
Hauptgerichte € 39-44
Chefkoch: Thomas Schanz
AmEx EC MASTER VISA

Thomas Schanz hat sich in kurzer Zeit mit seiner fantasievollen Küche auf französi-

**„Schanz Restaurant": moderner Chic und *délice* von der Meerspinne mit Krustentiergelee**

schem Fundament an der Mosel etabliert. Schöne Aromenspiele gelingen beim Steinbutt aus Wildfang, in Kardamomöl confiert, mit Fenchel, Artischockenpesto und Orangencreme. Klassischer ist das mürbe Pommersche Rind („Erste Güte") mit Maiscreme und Pecorino-Spinat. Die Patisserie setzt ebenfalls ein Ausrufezeichen: geeister Mokka mit mariniertem Bananenbrot, Tamarillos und Bananito-Sorbet (Zwergbananen). Aufmerksamer Service, 160 Weine.

## Pilsach ■ F 40, S. 347

**Landgasthof Meier** FF○○○
OT Hilzhofen, Hilzhofen 18, PLZ 92367
Tel. 09186/237
www.landgasthof-meier.de
Mo, Mi geschl.
Hauptgerichte € 7-35
Chefkoch: Michael Meier
DINERS EC MASTER VISA

Kräuter und Gemüse wachsen im eigenen Garten direkt am Haus, der Fisch kommt aus dem benachbarten Weiher, Fleisch aus artgerechter Haltung von befreundeten Landwirten und das Wild aus heimischen Wäldern. Verarbeitet wird das in der hauseigenen Metzgerei. Daraus macht Michael Meier im Landgasthaus mit den drei rustikal-gemütlichen Stuben klassische oberpfälzische Gerichte in opulenten Portionen. Herzlicher Service.

## Pinneberg ■ F 4, S. 335

**Rolin** FF○○○
Im Hotel Cap Polonio, Fahltskamp 48
PLZ 25421
Tel. 04101/53 30
www.cap-polonio.de
Do geschl.
Hauptgerichte € 18-35
Chefkoch: Marc Ostermann
AmEx EC MASTER VISA

Im klassisch-eleganten Restaurant haben die Lieblingsgerichte der Gäste (etwa Wiener Schnitzel vom Biokalb und Rinderleber Berliner Art) ihren Platz auf der Karte. Marc Ostermanns Steckenpferd ist allerdings die mediterrane Küche, gern mit asiatischen Aromen. Gemäßigt *spicy* kommen die gebackenen Black-Tiger-Garnelen mit Curry-Limetten-*nage* und Wokgemüse auf den Teller, klassisch der pochierte Nordsee-Schellfisch mit Gemüsegraupen und Räucheraal, mediterran die Ochsenbäckchen, fünf Stunden in Montepulciano geschmort, mit Räucherspeck und Creme von Knollensellerie. Die Weinauswahl ist auf 200 Positionen angewachsen, vornehmlich aus Deutschland, Italien und Frankreich.

P

## Pliezhausen ■ D 47, S. 351

**Landgasthaus zur Linde**

OT Dörnach, Schönbuchstr. 8, PLZ 72124
Tel. 07127/89 00 66
www.linde-doernach.de
Mi, Sa mittag geschl.
Hauptgerichte € 26-30
Chefkoch: Andreas Goldbach
EC

Andreas Goldbach beherrscht die kulinarische Bandbreite von regional bis mediterran, seine Gerichte sind immer angenehm geradlinig. Das beweist nicht nur der auf der Haut gebratene Loup de Mer mit geschmortem Romana-Salat in Beurre blanc auf höchst geschmackvolle Art. Auch das Perlhuhn aus dem Ofen mit Parmesanrisotto und Spargelragout ist ein wunderbar klarer Genuss, ebenso wie das Dessert: warme Topfenknödel mit Rhabarberkompott und Erdbeer-Rahm-Eis. 240 Weine.

## Plön ■ F 3, S. 335

**Stolz**

Innenstadt, Markt 24, PLZ 24306
Tel. 04522/503 20
www.hotel-restaurant-stolz.de
außer So nur Abendessen, Mo geschl.
Hauptgerichte € 29-34
Chefkoch: Robert Stolz
EC MASTER VISA

Neue Farbe, neue Lampen, neue Gardinen: Familie Stolz hat ihr lichtes Restaurant im Backsteinhaus runderneuert. Eine moderne nordisch inspirierte Küche pflegt der engagierte Patron. Wenn er Amrumer Wildaustern mit Frischkäse, Kräutern und Klettenwurzel anrichtet, schmeckt man tatsächlich die klaren, intensiven Aromen des Nordens. Die Basis dafür sind immer beste Produkte wie auch beim Eintopf mit Kabeljau, Pastinaken und Bamberger Hörnchen oder beim Ostsee-Lachs mit braunen Champignons, Maronen und Rosinen. Schönes Dessert: Karamelleis mit Mohnmousse, Birne und Sanddorn. 140 Weine.

## Polle ■ B 19, S. 340

**Graf Everstein**

Amtsstr. 6, PLZ 37647
Tel. 05535/99 97 80
www.graf-everstein.de
Mo, Di geschl., Hauptgerichte € 16-25
Chefkoch: Uwe Multhoff
AmEx EC MASTER VISA

„Graf Everstein“: Unter der Poller Burgruine hat nicht nur das Küchenteam mächtig Spaß

Nettes Ausflugsziel unter der Poller Burgruine. Hier versucht man, eine reelle Landküche auf der Höhe der Zeit anzubieten. Das gelingt gut, nicht nur bei Gröstl von Kartoffeln, Blutwurst und Jakobsmuschel oder bei Sollinger Rehrücken im Strudelteig mit Preiselbeerjus. Es gibt aber auch Büffelmozzarella und Ingwerlachs. Terrasse.

## Potsdam ■ C 22, S. 342

**Friedrich Wilhelm** FFF○○
OT West, im Hotel Bayrisches Haus
Im Wildpark/Elisenweg 2, PLZ 14471
Tel. 0331/550 50
www.bayrisches-haus.de
nur Abendessen, So, Mo geschl.
Hauptgerichte € 38-45
Chefkoch: Alexander Dressel
AmEx DINERS EC MASTER VISA

Brandenburgs bester Koch überrascht auch weiterhin im elegant eingerichteten Restaurant in Friedrich Wilhelms einstigem Liebesnest auf der Anhöhe im Wildpark. Der klassische Rochenflügel mit Kapern und brauner Butter wurde mit Lauchpüree, Kalbszunge, Weizengraupen und frischem, grünem Saft vom Weizengras serviert – die süßlichen Weizennoten harmonierten gut mit den leicht salzigen Röstaromen von Kapern und brauner Butter. Ein Farbfeuerwerk in Rot und Orange war die *presa* (marmoriertes Schulterstück) vom Ibérico-Schwein auf Paprika-Portwein-Lack, Paprikasalat und Paprika-Rahm-Eis mit Bellota-Schinken und knackigen Kartoffelwürfeln, die ein Gelee aus kandierter Amalfi-Zitrone überzog; ein schönes Spiel aus Schärfe, Säure und Süße. Europäische Weinkarte mit aktuell 267 Positionen und jetzt mehr deutschen Weinen.

**Juliette** FF○○○
Innenstadt, Jägerstr. 39, PLZ 14467
Tel. 0331/270 17 91
www.restaurant-juliette.de
Di geschl.
Hauptgerichte € 22-28
Chefkoch: Carsten Rettschlag
AmEx EC MASTER VISA M

Im barocken Fachwerkhäuschen mit Kamin und fein weiß eingedeckten Tischen stehen die französischen Hausklassiker im Mittelpunkt, zunehmend aber auch neue Brandenburger Küche. Nicht nur optisch gelungen war die Variation von der Gänseleber mit Süßholz und Kirschen. Auch gut: zartes Müritz-Lamm mit Dreierlei von Bohnen und saftigem Parmesanflan. Weinkarte mit 110 Positionen und Frankreichschwerpunkt sowie mehr deutschen Weinen. Die einst eleganten rotbraunen Einbände von Wein- und Speisenkarten harren der Erneuerung.

**Speckers Landhaus** FF○○○
Innenstadt, Jägerallee 13, PLZ 14469
Tel. 0331/280 43 11
www.speckers.de
So, Mo geschl., Hauptgerichte € 19-45
Chefkoch: Steffen Specker
AmEx EC MASTER VISA M

Gemütlich ist das neu aufgebaute Bauernhaus von 1680. Tina Specker sorgt für Wohlfühlambiente, Steffen Specker pflegt seine feine und auch mal kreative Brandenburger Küche. Immer wieder gut: der „Bienenstich" aus Ziegenkäse und glasierten roten Zwiebeln mit Mandelkruste und süßem Tortenboden. Aromatisch war die Essenz vom Weideochsen mit würzig gefülltem Raviolo und auffallend fein und präzise geschnittenem Wurzelgemüse. Ungewöhnliche Auswahl an deutschen Dessertweinen, auch Raritäten.

## Prien am Chiemsee ■ C 59, S. 352

NEU **Rehmann** FF○○○
Bernauer Str. 40, PLZ 83209
Tel. 08051/961 42 55
www.restaurant-rehmann.de
Mo, Di geschl., Hauptgerichte € 25-40
Chefkoch: Martin Rehmann
EC M

Wildfangsteinbutt, Aschauer Zicklein, Pinzgauer Rind – bei den (zunehmend regionalen) Produkten geht Martin Rehmann in die Vollen. Dabei achtet er auch auf (meist) stimmige Aromengerüste. So fand etwa die naturgemäße leichte Süße des Kalbsbries' im erdig-fruchtigen Kartoffel-Nussbutter-Schaum einen idealen Begleiter. Auch der Kabeljau wurde dank exakter Portionierung aller Bestandteile nicht durch die Aromen von Kalbskopf und Sauerkraut erschlagen. Wird's mal deftiger wie beim Jungschweinerücken mit geschmorten Zwiebeln, wird ebenfalls die Grenze zum Derben nicht überschritten. Das passt zum ländlich-edel-rustikalen Rahmen der Räumlichkeiten ebenso wie die rundum solide Weinauswahl und der freundliche Service.

## Prutting

■ C 59, S. 352

### Gasthof zur Post

Salzburger Str. 1, PLZ 83134
Tel. 08036/308 80
www.gasthof-zur-post-prutting.de
So, Mo geschl.
Hauptgerichte € 8-20
Chefkoch: Sebastian Schmidmaier
EC

„Maierwirt" nennen die Einheimischen den rustikalen Gasthof. Die ehrliche Küche, die Bodenständig-Bayerisches hin und wieder italienisch auffrischt, überzeugt uns verlässlich. Die Karte ist mit 15 wechselnden Gerichten und vielen Klassikern überschaubar, hier wird alles hausgemacht, auch die Kräuterbutter zum Ochsenkotelett. Es gibt eine eigene Metzgerei und deshalb viel Fleisch (Kalbskopf, Böfflamott) – wunderbar!

## Pulheim

■ B 31, S. 344

### Gut Lärchenhof

OT Stommeln, Hahnenstr.
PLZ 50259
Tel. 02238/92 31 00
www.restaurant-gutlaerchenhof.de
kein Ruhetag
Hauptgerichte € 30-40
Chefkoch: Sven Messerschmidt
AmEx EC MASTER VISA

Bernd Stollenwerk hat Deutschlands bestes Golfclub-Restaurant nach 16 Jahren verlassen, ihm folgte Sven Messerschmidt, der zwei Lokale führen muss: das Bistro mit blanken Holztischen und das Gourmetrestaurant. Dort überzeugt er mit spannenden Kontrasten: Zum Hummer mit Erbsen und Spargel kombiniert er kross gebratenen Schweinebauch – eine überaus gelungene Verbindung. Dem Lammrücken mit Bohnen verschafft er dagegen einen fast klassischen Auftritt mit kleinen Stückchen Gewürzgurke, die reizvolle Akzente setzen. Die Weinkarte zählt zu den umfangreichsten und besten Deutschlands, charmant präsentiert. Herzlicher, engagierter Service.

### Velderhof

OT Stommelerbusch, Velderhof 1
PLZ 50259
Tel. 02238/14 02 85
www.restaurant-velderhof.de
Di mittag, Mo geschl.
Hauptgerichte € 27-28
Chefkoch: Christoph Paul
EC

Grün, so weit das Auge reicht: Im ländlichen Idyll des Golf & Country Club Velderhof bei Pulheim sind Christoph und Juliane Paul fürs Kulinarische zuständig – Bistro im Hofgebäude (die exzellenten Bauernbratwürste aus eigener Herstellung schmecken nicht

**„Velderhof": Gourmetrestaurant im Pavillon**

„Jagdhaus Waldfrieden": gute saisonale Gerichte wie Sanddorn-Espuma mit Fenchelrahm-Eis

nur den Golfern) und Gourmetrestaurant im Pavillon. Dort kann man aus zwei Menüs wählen und einen guten Überblick über die leicht französische, vor allem aber regional inspirierte Küche von Christoph Paul bekommen. Ob gelackter Bauch vom Schwäbisch-Hällischen Landschwein und Flusskrebs mit Schwarzwurzel oder Weißer Heilbutt in Krustentier-*nage* mit Safrangemüse – bei Paul verbinden sich Raffinesse und Bodenständigkeit. Die Weinkarte ist ausgesprochen gastfreundlich kalkuliert.

## Quickborn ■ F 4, S. 335

**Jagdhaus Waldfrieden** FF○○○
Im Romantik Hotel Jagdhaus Waldfrieden
Kieler Str. (B4) 1, PLZ 25485
Tel. 04106/610 20
www.waldfrieden.com
Mo mittag geschl.
Hauptgerichte € 23-28
Chefkoch: Thomas Lubig
AmEx DINERS EC MASTER VISA

Zehn Jahre lang kocht Thomas Lubig nun bei Patron Siegmund Baierle im stimmungsvollen Hotelrestaurant. Regional ist seine Küche weiterhin orientiert, sie richtet sich stets nach Saison. Die Variation vom frischen Glückstädter Matjes schmeckt ebenso wie der Endiviensalat in Kartoffel-Apfel-Dressing mit hausgeräucherten Wildtaubenbrüstchen. Weitere Empfehlungen: saftig gedünstetes Schellfischfilet mit Miesmuscheln in Riesling-*velouté* und rosa gebratener Lammrücken mit gegrilltem Gemüse und Gnocchi. 100 Weine, hübsche Terrasse.

## Radebeul ■ D 41, S. 349

**Charlotte K.** FF○○○
OT Alt-Zitzschewig, Coswiger Str. 23
PLZ 01445
Tel. 0351/833 68 76
www.charlotte-radebeul.de
nur Abendessen
Hauptgerichte € 14-30
Chefkoch: Mirko Rütz
EC MASTER VISA

Mirko Rütz steht jetzt am Herd, Ines Kuka fungiert als Patronin. Die feine ländliche Küche ist geblieben, sie zeigt sich offen gegenüber mediterranen und internationalen Einflüssen. Heimisch geht's indes am besten: Hausgemacht ist die Sülze mit Remouladensauce und Rosmarinbratkartoffeln, frisch das Hechtfilet mit Gemüse. Umsichtiger, netter Service.

R

**Schloss Wackerbarth** FF○○○
Wackerbarthstr. 1, PLZ 01445
Tel. 0351/895 50
www.schloss-wackerbarth.de
kein Ruhetag, Hauptgerichte € 14-19
Chefkoch: Mirko Pfuhland
AmEx EC MASTER VISA
In Sachsens Staatsweingut mit seiner alten Sektkellerei ist die Küche sächsisch-mediterran und bisweilen überraschend: Entenleber-Panna-cotta mit schwarzem Sesam und Rhabarberkonfitüre oder Sauerbraten vom Zanderfilet mit Kresseschaum, sautiertem Spargel und rotem Reis-Rollo. Das Stubenküken ist mit Frühlingsbrioche gefüllt, dazu passt Auberginen-Zucchini-Lasagne. Schöne Terrasse im barocken Garten.

## Rammingen

■ F 47, S. 351

**Adler** FF○○○
Im Romantik Hotel Landgasthof Adler
Riegestr. 15, PLZ 89192
Tel. 07345/964 10
www.adlerlandgasthof.de
Mo geschl., Di-Do mittag geschl.
Hauptgerichte € 22-38
Chefkoch: Andreas Rehm
AmEx EC MASTER VISA

„Adler": alles hübsch angerichtet!

Neustart im Landgasthof: Klaus Buderath hat den „Adler" verlassen und ist im Ulmer „Lago" gelandet. Sommelier Jan Bimboes, nun alleiniger Inhaber, hat das Restaurant im 200 Jahre alten Haus dezent renoviert. Andreas Rehm soll die Region noch stärker betonen, die sieht er aber nicht so eng: Mediterran ist die Essenz von der Strauchtomate mit Basilikumgnocchi und Marella-Garnele (Biogarnelen aus Niedersachsen), eher rustikal das zarte Lammkarree auf einer Art Eintopf mit Borlottibohnen, Gnocchi und Babyspinat. Gelungenes Dessert: warmer Haselnusskuchen mit Blutorangensorbet. Die Weinkarte bietet auch Raritäten für Bordeaux-Liebhaber.

## Randersacker

■ C 39, S. 346

**Bären** FF○○○
Würzburger Str. 6, PLZ 97236
Tel. 0931/705 10
www.baeren-randersacker.de
So abend geschl.
Hauptgerichte € 10-28
Chefkoch: Enes Dautoski
EC MASTER VISA
Fränkische Gastlichkeit in urig-rustikalen Stuben. Die Küche pflegt die regionale Tradition nicht nur mit heimischen Produkten und setzt auf Zutaten der Saison. Immer wieder gut sind der Tafelspitz mit Meerrettich und Wirsing oder Bratwürste im Wein-Zwiebel-Sud. Netter Service, regionale Weine.

## Rauenberg

■ E 35, S. 345

**Angela** FF○○○
Im Hotel Winzerhof, Bahnhofstr. 4-8
PLZ 69231
Tel. 06222/95 23 53
www.winzerhof.net
nur Abendessen, So, Mo, Di geschl.
Hauptgerichte € 22-38
Chefkoch: Jürgen Menges
AmEx DINERS EC MASTER VISA
Im gemütlichen Restaurant des „Winzerhofs" über dem Rheintal wird auf Beständigkeit, Zuverlässigkeit in der Küche und auf

„Waldhorn": In den denkmalgeschützten Räumen wird weiter stilvoll gekocht

Hochwertigkeit bei den Produkten gesetzt. Tatar von Thunfisch, Jakobsmuschel und Lachs ist ein meeresfrischer Einstieg, Seeteufel-*feuilleté* mit Selleriepüree und Rotweinbutter überzeugt mit ausgeprägten Aromen. 100 Weine, darunter viele badische. Netter Service.

## Rauhenebrach ■ D 39, S. 347

**Hofmann** FF○○○
OT Schindelsee, PLZ 96181
Tel. 09549/987 60
www.schindelsee.de
außer Sa, So nur Abendessen, Di geschl.
Hauptgerichte € 9-28
Chefkoch: Christian Schneider
EC
Patronin Bettina Hofmann kümmert sich liebevoll um ihr lichtes, modernes Anwesen, Christian Schneider um die regionale, leichte Küche. Die ausgelöste Wachtel serviert er mit Rucola, Johannisbeerdressing und einem Buttermilch-Thymian-Gelee. Die Forelle aus Mönchsherrnsdorf ist mit Kräutern gebraten. Rustikaler und nicht weniger gut ist das Spanferkelkotelett mit Spitzkraut in Weißbierschaum mit Semmelschmarren. 150 Weine, vor allem aus Franken.

## Ravensburg ■ E 49, S. 351

**Waldhorn** FFFF○
Innenstadt, Marienplatz Süd 15
PLZ 88212
Tel. 0751/361 20
www.waldhorn.de
Di mittag, So, Mo geschl.
Hauptgerichte € 32-48
Chefkoch: Achim Schoch
AmEx EC MASTER VISA M
Patron Albert Bouley, Pionier der asiatischen Küche in Deutschland, starb im April, 63-jährig. Der Perfektionist mit schwäbischen und französischen Wurzeln prägte mit seiner Persönlichkeit so unterschiedliche Koch-Individualisten wie Juan Amador und Tim Raue. Und er prägte seine Mitarbeiter, die unter der Leitung von Patronin Brigitte Bouley das Hotel und Restaurant fortführen. Verantwortlich für das Tagesgeschäft in der Küche war schon seit Längerem Achim Schoch. Wir wünschen alles Gute für die Zukunft!

## Regensburg ■ C 56, S. 352

**Historisches Eck** FF○○○
Innenstadt, Watmarkt 6
PLZ 93047

**„Historisches Eck": Die kreative Fusion-Küche im historischen Gemäuer macht Spaß**

Tel. 0941/46 52 47 34
www.historisches-eck.de
So, Mo geschl.
Hauptgerichte € 20-40
Chefköche: Anton Schmaus, Sven Hellwig
AmEx DINERS EC MASTER VISA

Patron Anton Schmaus hat sich mit Sven Hellwig Verstärkung geholt, die seine kreative Fusion-Küche versteht. Schwäbisch-Hällisches Schwein „Teriyaki Style" ist eine Kreation mit Mixed Pickles, grünem Apfel und Reis. Gegrillter Oktopus wird mit Sanddorn, gereifter Sojasauce und Sojaflakes kombiniert. Eine orientalische Färbung erhält die Étouffé-Taube mit grüner Mango, Petersilie, roten Linsen und Kichererbsen – hocharomatisch! 200 Weine im hübschen historischen Gemäuer. Günstiger Businesslunch.

**Lessing**
Innenstadt, D.-Martin-Luther-Str. 14
PLZ 93047
Tel. 0941/590 02
www.lessing-regensburg.de
Sa, So mittag geschl.
Hauptgerichte € 13-27
Chefkoch: Christian Becker
AmEx EC MASTER VISA

Der neue Koch knüpft an die Linie seines Vorgängers an. Schon der Safran-Fenchel-Cappuccino mit Knuspergarnele zeigt, dass hier weiterhin munter quer durch die Küchenwelten gekocht wird. Mediterran schmeckt das Kalbsmedaillon in der Kräuterkruste mit Balsamicolinsen und Kichererbsentatar in Estragonjus. Mittags kosten zwei Gänge mit Wasser 13,90 Euro.

**Silberne Gans**
OT Unterer Wöhrd, Werftstr. 3, PLZ 93059
Tel. 0941/280 55 98
www.silbernegans.de
Mo geschl.
Hauptgerichte € 19-34
Chefkoch: Mario Parnitzke
AmEx EC MASTER VISA

Wenige Minuten sind's aus der Innenstadt, und der Spaziergang lohnt sich. Im gemütlichen Restaurant bleibt die Küche ihrem geradlinigen Stil treu, besonderer Wert wird auf die Produktqualität gelegt, das zeigt schon das saftige Lammfilet mit Olivengelee und Petersilie. Schön fleischig ist die Makrele mit Tomatenkompott und Dicken Bohnen, raffiniert das Kalbsbries mit weißer Polenta und Senfkohl.

## Reichelsheim ■ A 39, S. 346

**Treusch's Schwanen** FF○○○
Rathausplatz 2, PLZ 64385
Tel. 06164/22 26
www.treuschs-schwanen.com
Mo-Mi geschl., Do, Fr mittag geschl.
Hauptgerichte € 19-34
Chefkoch: Thomas Treusch
AmEx DINERS EC MASTER VISA
Sympathischer Familienbetrieb am alten Rathaus. Den Treuschs liegen die Odenwälder Produkte am Herzen. Dass die gut sind, beweisen sie mit der Essenz vom Täubchen oder mit Weinbergschnecken. Gen Süden blickt die Küche mit frischen Seeteufelmedaillons unter der Pestokruste mit Tintenfischrisotto und roter Paprikabutter. Regional verfeinert wieder Rehstrudel in Thymian-Honig-Jus mit Schmorzwiebelpüree oder Wildschweinkeule in Wacholderjus. 300 Weine, darunter viele von der Hessischen Bergstraße. Schöne Terrasse.

## Reichenschwand ■ E 40, S. 347

**Schlossrestaurant Reichenschwand** FF○○○
Im Schloss Lehen, Schlossweg 12
PLZ 91244
Tel. 09151/908 75 43
www.schlossrestaurant-reichenschwand.com
nur Abendessen, So, Mo geschl.
Hauptgerichte € 24-35
Chefkoch: Sebastian Reinitz
EC MASTER VISA
Im Winter vor dem roten Kaminofen, sommers im romantischen Park: Das „Schlossrestaruant Reichenschwand" ist immer eine schöne Genuss-Location. Maître Fritz Müller sorgt dafür, dass sie auch kulinarisch im Gedächtnis bleibt. Seine Cross-over-Küche bietet präzise kontrastierende und harmonierendene Aromen. Ochsen- und Kalbscarpaccio gewinnt durch eine bitter-scharfe Spur von Koriander an Kontur, süße Schärfe akzentuiert die begleitende Panna cotta von Spargel und Chili. Sehr stimmig komponiert: „TexMex" von Hummer, Bärenkrebs und Jacobsmuschel mit Süßkartoffel-*mousseline* und Orangen-Spargel-*peperonata.* Dass sich schon der einstimmende Küchengruß an der Aromenlinie des Hauptgangs orientiert, passt ins clevere Genusskonzept des Hauses. Ebenso wie die budgetfreundlichen Preise. Zahlreiche Flaschenweine gibt es auch glasweise. Netter Service.

**„Schlossrestaurant": *millefeuille* von Grill-Melone und Skrei von Fritz Müller**

R

## Reichenwalde ■ D 23, S. 343

**Alte Schule** FF○○○
Kolpiner Str. 2, PLZ 15526
Tel. 033631/594 64
www.restaurant-alteschule.de
Di geschl.
Hauptgerichte € 13-27
Chefkoch: Marcel Pfeiffer
EC MASTER VISA
Der ehemalige Souschef Marcel Pfeiffer führt nun Regie in der liebevoll gestalteten Dorfschule und sorgt mit verfeinerter Landküche für Kontinuität. Der Grüne-Bohnen-Suppe verliehen Würfel von gebratenem Schweinebauch auf Zwiebelkompott mit Schnittbohnenschnipseln und Chorizo-Öl delikate Würze. Zur Brandenburger Ente mit Mairübchen, Champignons, Quarkknödel und Aprikosenkompott passte ein Pale Ale. Die Weinkarte listet auch Gutes aus Sachsen und von Saale-Unstrut.

## Reit im Winkl ■ C 59, S. 352

**Gut Steinbach** FF○○○
OT Blindau, Steinbachweg 10, PLZ 83242
Tel. 08640/80 70
www.gutsteinbach.de
kein Ruhetag, Hauptgerichte € 11-32
Chefkoch: Achim Hack
EC MASTER VISA
2012 wurde das ganze Haus inklusive Zimmern, Restaurant und Stüberl aufwendig renoviert, in diesem Sommer wird das Dach ausgebaut. Ab 27. September sind Hotel und Restaurant wieder geöffnet, dann sorgt Achim Hack aus dem Schwesterhotel „Egerner Höfe" in Rottach-Egern weiter für eine unkomplizierte heimische Wohlfühlküche. Natürlich verwendet er viele gute Produkte aus der Region für Gerichte wie „g'schmackige" Rindssuppe mit Grießnockerl, kross gebratenes Zanderfilet mit Krenlinsen und Kartoffelstampf oder Rib-Eye vom Ruperti-Rind mit Kräuterseitlingsragout und Speckkartoffeln. Schöne Terrasse mit Bergblick.

**Klauser's** FF○○○
Birnbacher Str. 8, PLZ 83242
Tel. 08640/84 24
www.klausers.de
nur Abendessen, Mo geschl.
Hauptgerichte € 15-35
Chefkoch: Wolfgang Klauser
EC
Seit mehr als 30 Jahren führen Wolfgang und Brigitte Klauser den rustikal-gemütlichen

**„Gut Steinbach": viel Neues im schönen Landhotel, die gute Regionalküche bleibt**

Gasthof am Rande des Ortskerns. Vor allem heimische Produkte kommen für die Gerichte, die mit mediterranen Einflüssen verfeinert sind, auf den Tisch. Das Filet vom Chiemsee-Zander mit Portwein-Verjus-Fond gehört da ebenso zum Programm wie *crépinette* von Wachtelbrüstchen mit Gänseleber. Ein Highlight ist die bodenständige Abteilung mit geschmelzten Maultaschen vom Spanferkel oder Rindsroulade mit Blaufränkisch-Sauce und Lauchpüree.

## Remscheid ■ C 15, S. 338

**Heldmann's**
Innenstadt, Brüderstr. 56, PLZ 42853
Tel. 02191/29 19 41
www.heldmanns-restaurant.de
Sa mittag, So, Mo geschl.
Hauptgerichte € 34-44
Chefkoch: Ulrich Heldmann
AmEx EC MASTER
Wenn's möglich ist, kocht Ulrich Heldmann mit regionalen Produkten, bei Aromen und Zubereitung allerdings schaut er gern in die weite Welt. Die Terrine von der Münsterländer Wildtaube mit Karotten-Apfel-Tarte und Quittenmus zeigt seine Liebe zur Heimat, den Atlantik-Seeteufel aromatisiert er mit dreierlei Linsen und Curry. Exotische Einflüsse greift Heldmann beim Lammkarree „orientalisch" auf, die Étouffé-Taube richtet er mit „Himmel und Erde" (Kartoffelpüree und Apfelmus) an. Liebenswürdiger Service, 250 Weine mit Schwerpunkt Deutschland. Bistro „Fifty Six" mit regionalem Angebot.

## Rennerod ■ D 32, S. 345

**Gourmet-Stübchen**
Im Hotel Röttger, Hauptstr. 50, PLZ 56477
Tel. 02664/993 60
www.hotel-roettger.de
So abend, Mo geschl.
Hauptgerichte € 18-32
Chefkoch: Thomas Röttger
AmEx EC MASTER VISA
Traditionelle Leibgerichte wie Kalbsnieren in Cognac-Senf-Sauce und Seezunge „Müllerin Art" gibt es auch im Westerwälder Restaurant, und zwar sehr gut zubereitet. Es wäre allerdings schade, auf ambitioniertere Gerichte wie gebratene Jakobsmuscheln oder Gänseleberterrine mit Champagnergelee zu verzichten. Längst ein Klassiker und stets eine gute Empfehlung bleibt der Rehrücken (eigene Zucht) mit Walnusskruste und Preiselbeersauce.

**„Reuter": muntere, weltoffene Küche**

## Rheda-Wiedenbrück ■ D 14, S. 339

**Reuter**
Bleichstr. 3, PLZ 33378
Tel. 05242/945 20
www.hotelreuter.de
So geschl.
Hauptgerichte € 26-38
Chefköche: Iris Bettinger, Eva Bettinger
AmEx DINERS EC MASTER VISA
„Interregio-mediterran-eurasisch" nennt die „Jeunes Restaurateurs"-Köchin Iris Bettinger ihre innovative Küche. Dabei vereinigt sie verschiedenste Aromen auf einem Teller, etwa bei gebackener Falafel-Pyramide in Karottensud mit scharf eingelegtem Spitzkohl und Schafskäsecreme. Die Kaninchenrückenroulade mit Kaninchenleberragout

und gefüllter Powerade kommt mit eleganter Pinienkernjus, die gegrillte Meeräsche in aromatischem Muschelsud mit Tomaten, Fenchel und Passepierre auf den Tisch. Gut: Rhabarbertarte mit geflämmtem Baiser, Holunderblütensabayon und Limetten-Vanille-Sorbet. Netter Service, 250 Weine.

## Rosenberg

■ F 46, S. 351

### Landgasthof Adler

Ellwanger Str. 15, PLZ 73494
Tel. 07967/513
www.landgasthofadler.de
Mo, Di geschl., Mi, Do mittag geschl.
Hauptgerichte € 14-35
Chefkoch: Josef Bauer

Hochküche im Landgasthof! Josef Bauer beglückt seit über 40 Jahren die Feinschmeckergemeinde mit grandios verfeinerten regionalen Spezialitäten wie geschmelzten Maultaschen mit Liebstöckel und Tafelspitzbrühe. Nie haben wir Kutteln so raffiniert gegessen wie hier, wenn sie mit Räucheraal und Roscoff-Schmorzwiebeln veredelt sind. Für die Moderne war Bauer immer aufgeschlossen, das beweist nicht nur Rote Bete zum bei 60 Grad gegarten Ei mit rohem Blumenkohl oder Skrei mit Chinakohl, Ingwer, Sesam und Sprossen. Wunderbar auch die zarte Fasanenbrust mit Ananaskraut, Kräuterseitlingen und Kartoffelpüree. Ohne das große Finale geht hier niemand schlafen, dazu sind die Süßspeisen einfach zu verführerisch, der warme Quarkauflauf mit Rhabarberragout und Joghurteis etwa. 250 Weine auf der Karte. Stets liebenswürdig und kompetent kümmert sich Marie-Luise Bauer um ihre Gäste. Hübsche Zimmer.

## Rostock

■ C 8, S. 336

### Der Butt

OT Warnemünde, im Hotel Yachthafenresidenz Hohe Düne, Am Yachthafen 1
PLZ 18119
Tel. 0381/504 00
www.hohe-duene.de
nur Abendessen, So, Mo geschl.
Hauptgerichte € 24-45
Chefkoch: Matthias Stolze
AmEx DINERS EC MASTER VISA

Matthias Stolze führt im Gourmetrestaurant des weitläufigen Hotels jetzt Regie. Mit zwei Menüs setzt er nun mehr auf klassische Haute Cuisine denn auf überraschende Exotik. Die Gerichte sind auf wenige

**„Landgasthof Adler": Wir lieben die kräftigen Farben ebenso wie die raffinierte Regionalküche**

„Der Butt": Matthias Stolze steht jetzt mit seinem Team auf der Brücke in der „Hohen Düne"

Aromen und Zutaten konzentriert, die er in verschiedenen Texturen variiert, Gemüse und Kräuter sind da mehr als nur Beilagen. So setzt beim saftigen Kaisergranat mit sehr gutem Risotto eine intensive Lauchjus einen Kontrapunkt. Kanadischer Hummer „Thermidor Style" wird herzhaft als Tatar mit Speck, Pilzen und Erbsenvariationen gereicht. Gut auch die Variation von Schokolade und tropischen Früchten. Flotter, unverkrampfter Service, große Weinkarte, klassisch-elegantes Ambiente.

## Rotenburg (Wümme)

■ B 16, S. 340

**L'Auberge** FF○○○
Im Hotel Landhaus Wachtelhof
Gerberstr. 6, PLZ 27356
Tel. 04261/85 30
www.wachtelhof.de
kein Ruhetag
Hauptgerichte € 18-34
Chefkoch: Daniel Klaus Rundholz
AmEx DINERS EC MASTER VISA

Das Gourmetrestaurant im Hotel „Wachtelhof" setzt auf Top-Qualität bei Produkten und raffinierte Verfeinerung von traditionellen Gerichten, wie der Lammrücken unter der Kräuterkruste mit Chorizo-Wurst-Jus und Blutwurst zeigt. Eher klassisch ist das Kalbsfilet mit Ochsenbäckchen, Kräuterseitlingen und Selleriepüree, originell das Wachtelkotelett mit Pancetta (Bauchspeck) und Gänseleber mit Linsen. Sehr freundlicher, kompetenter Service im gemütlichen Restaurant. 300 ausgezeichnete Weine.

## Rottach-Egern

■ B 59, S. 352

**Dichterstub'n** FFF○○
Im Park-Hotel Egerner Höfe
Aribostr. 19-26, PLZ 83700
Tel. 08022/66 60
www.egerner-hoefe.de
außer So nur Abendessen, Di, Mi geschl.
Hauptgerichte € 19-42
Chefkoch: Michael Fell
AmEx DINERS EC MASTER VISA

Erfreulich: Nach dem arg verspielten, süßgefälligen Gesamteindruck des letzten Jahres wirken die Gerichte wieder fokussierter, ihre Aromatik prägnanter. Die selbst gebackene Brotauswahl (Walnuss, Kürbiskern, Curry) bringt dabei nicht nur optisch Farbe. Die sehr dezent geräucherte Entenleber-*pressé* mit Rhabarber und Zitronenthymian-

Baiser fanden wir qualitativ höchst überzeugend. Ein kleiner Wow-Effekt danach: die knackig im eigenen Sud gegarte Karotte mit Creme vom violetten Senf und Vinschgerl-Croûtons, begleitet von einer Liebstöckel-Frischkäse-Praline. Gutes Lamm (geschmorte Schulter, toller Rücken), klasse das zerlegte und vereiste „Bircher Müsli". Den trockenen Schweinebauch zum herrlichen Kaisergranat mit Erbsen und Curry-Apfel vergessen wir dagegen lieber. Der muntere Kristian Haas kann auf einen grandios gefüllten Weinkeller zurückgreifen.

**Gourmetrestaurant Überfahrt** FFFFF
OT Egern, im Seehotel Überfahrt
Überfahrtstr. 10, PLZ 83700
Tel. 08022/66 90
www.seehotel-ueberfahrt.com
Mo, Di geschl.
Hauptgerichte € 60-80
Chefkoch: Christian Jürgens
AmEx DINERS EC MASTER VISA

Die größte Neuerung sehen wir dieses Jahr im Service: Boris Pecireps schwarze Brigade wurde jünger und lockererer, ihr souveräner Auftritt prägt den neuen Servicestil in einer

**„Überfahrt": neuer Schwung im Service**

der besten Adressen Deutschlands. Christian Jürgens' Menüs sind eindrucksvolle Auftritte eines auf die Region konzentrierten Stils, der sich vom Kreuther Tal inspirieren lässt. Er erlaubt sich den geschmacklichen Ausflug nach Süden, wenn er geräuchertes Rinderfilet mit Gorgonzolacreme, Fenchel und kandierten Nüssen als *vitello dolce* auf nachtschwarze Tegernseer Holzscheit-Keramik legt. Noch beeindruckender ist die am Tisch angegossene Rinderbrühe, die durch langsames Auflösen einer *pistou*-Lackierung des Tellers Löffel für Löffel grüner und geschmacklich komplexer wurde – ein echter Gänsehaut-Gang! Auch der „kleine Vogel" (im Ganzen gebratene Wachtel mit Gänse leberschaum, Erdnusssauce und Himbeer-Chicorée) zeigte ein perfekt balanciertes Zusammenspiel von Süße, Säure und zarten Bitternoten – kennzeichnend für eine Küche, deren technischer Aufwand und facettenreiche Anlage sich oft hinter spielerischen Bezeichnungen und mitunter fast kindlich-naiver Präsentation verbergen. So führt einen Jürgens mit seinen Menüs durch einen kulinarischen Märchenwald für Erwachsene, hinter dessen nächster Biegung stets ein neues Abenteuer wartet. In diese thematische Klammer fügt sich neuerdings auch das Konzept der Weinkarte: Stefanie Hehns hübsche, handlich gestalteten Oktavbücher (Auflage: acht Stück) sollen im Laufe der Zeit eine halbjährlich aufgelegte Reihe ergeben, deren Inhalt sich nun ganz auf Europa beschränkt.

## Rötz

■ B 45, S. 348

**Gregor's Fine Dining** FFF
Im Hotel Die Wutzschleife, Hillstett 40
PLZ 92444
Tel. 09976/180
www.wutzschleife.com
nur Abendessen, So-Di geschl.
Menüs € 78-98
Chefkoch: Gregor Hauer
AmEx EC MASTER VISA

Warme Eleganz mit stilvollen Akzenten und erfreulicher Distanz zwischen den Tischen:

„Gregor's" ist auf entspanntes Genießen ausgerichtet. Aus Gregor Hauers Küche kommen mehrheitlich feine regionale Produkte in ausgefeilten Kompositionen. Immer mit klarer Idee, weltläufig-modern inszeniert und kontrastreich im Spiel mit Aromen und Textur. Wildgarnele kombinierte er virtuos mit gepufftem Risotto und Schokocracker, das Milchkalbskotelett kam in zwei Gängen: erst mit mild gesäuerter Salatcreme, dann gebraten und mit Orange gefüllt auf Morcheln und Jus-Spaghetti. Hellwacher, sympathischer Service, gut sortierter Keller.

## Rügen/Binz ■ E 7, S. 337

### NEU Freustil FFFOO

Im Hotel Vier Jahreszeiten, Zeppelinstr. 8
PLZ 18609
Tel. 038393/504 44
www.freustil.de
Juni-Sept. Mo geschl.,
Okt.-Mai Mo, Di geschl.
Hauptgerichte € 26-34
Chefkoch: Ralf Haug
AmEx EC MASTER VISA

Ralf Haug, Rügens bester Koch, ist von der „niXe" ins eigene Restaurant mit Parkett, grüner Tapete und Fotowand im „Hotel Vier Jahreszeiten" umgezogen. Seinen erfrischenden Stil hat er beibehalten. „Shorty's BBQ" nennt er die geschmorte Hochrippe mit Räucheraal auf Kartoffel-Mais-Salat in einer Holzbox, beim Öffnen des Deckels entweicht würziger Buchenrauch. Haug verwendet viele Inselprodukte, aus Pommern und der Ostsee. Saftig und frisch ist der Heilbutt mit Rettich und Radieschen im Einweckglas auf gut mit Essig abgeschmeckten Linsen. Gelungen auch der zarte Rehrücken mit kräftiger, dunkler Jus und *risoni* (Nudelreis). Deutsche Weine (50 Positionen auf der Karte). Frischer, sympathischer Service.

**„Freustil": Ralf Haug im eigenen Restaurant**

### NEU niXe FFOOO

Strandpromenade 10, PLZ 18609
Tel. 038393/66 62 00
www.nixe.de
kein Ruhetag
Hauptgerichte € 10-24
Chefkoch: Sebastian Syrbe
EC MASTER VISA

Ralf Haugs Nachfolger im schicken Designhotel sind Sebastian Syrbe und Vanessa Brock aus dem „Esszimmer" in Stralsund. Mit frischen Ideen verbinden sie klassische und asiatische Elemente. Auf den Punkt gebraten war das Heilbuttstück auf einem schön arrangierten Fächer aus weißem und gelbem Rettich mit Ingwer, Sake und japanischem Senf. Gut auch die Kombination aus Gänseleber, Birnensorbet und -gelee, *yuzu* und roh mariniertem Kohlrabi mit frisch-säuerlichen Elementen. Das Perlhuhn in Trüffeljus und Auberginencreme allerdings hätte ohne Erdnüsse und dem am Ende recht aufgeweichten Früchtebrot als Unterlage noch besser geschmeckt. Die Weinkarte (53 Positionen) wird ausgebaut. Vanessa Brock ist eine charmante Gastgeberin.

## Rügen/Göhren ■ E 7, S. 337

### Knoblochs Kräuterküche FFOOO

Im Hotel Villa mit Sonnenhof, Friedrichstr. 8
PLZ 18586
Tel. 038308/340 94

R

www.villa-mit-sonnenhof.de
nur Abendessen, So-Mi geschl.
Menüs € 98-120
Chefkoch: Peter Knobloch

Peter Knobloch kocht nur noch an drei Tagen der Woche seine beliebten Kräutermenüs. Die „Villa Sonnenhof", in der er auch Kochkurse gibt, ist nach wie vor den Besuch wert. Das Genusserlebnis inklusive Showkochen und einem saisonal geprägten Acht-Gänge-Menü mit Wildkräutern und aromareichen Gerichten beginnt um 19 Uhr für maximal acht Gäste; mit Weinbegleitung.

## Rust

■ B 48, S. 350

### NEU ammolite

Im Hotel The Bell Rock
Peter-Thum-Str. 6, PLZ 77977
Tel. 07822/77 66 99
www.ammolite-restaurant.de
außer Sa, So nur Abendessen,
Mo, Di geschl., Hauptgerichte € 28-49
Chefkoch: Peter Hagen
AmEx EC MASTER VISA

Im Europa-Park soll das 35 Meter hohe Hotel am See, das im Erdgeschoss das Restaurant „ammolite" beherbergt, vor allem mit ambitionierter Küche jetzt auch Feinschmecker in den Freizeitpark locken. Peter Hagens Gerichte sind klar strukturiert und entfalten auf dem Fundament der klassischen Küche ein vielfältiges, harmonisches Aromenspiel. Intensiv gelang das beim Blutwurstraviolo in kräftiger Rauch-*nage,* der gebratene Seeteufel kam mit apartem Pilzsud. Der zarte Rehrücken war in Kaffee- und Kakaopulver gewälzt, im Dampf gegart und gebraten und bot mit Chilisauce, Pistazienpüree und Kürbischutney spannungsreiche Begleiter. Vorbildlicher Service unter Marco Gerlach.

**„ammolite": klare Aromen, apart inszeniert**

## Saarbrücken

■ B 35, S. 344

### Gästehaus Klaus Erfort

OT St. Johann, Mainzerstr. 95
PLZ 66121
Tel. 0681/958 26 82
www.gaestehaus-erfort.de
Sa mittag, So, Mo geschl.
Hauptgerichte € 52-65
Chefkoch: Klaus Erfort
EC MASTER VISA

Klare Aromen, erstklassige Produkte und raffinierte Ideen in der weißen Stadtvilla: Klaus Erfort konzentriert sich mit seiner französischen Meisterküche auf das Wesentliche und kreiert dabei grandiose Geschmackserlebnisse. Wenn er den Seeteufel an der Gräte brät und ihn mit Rosmarin, Thymian und Balsamico-Vinaigrette aromatisiert, ist das ein hinreißender, tiefaromatischer Genuss. Scheinbar mühelos vereinen sich bei ihm Bodenständiges und Raffiniertes: Wunderbare Aromen und ein stimmiges Spiel mit knackigen, saftigen und knusprigen Elementen auch beim „Gemüseacker" mit bretonischem Hummer, Olivenkrokant und pochiertem Wachtelei. Die Patisserie fährt zum Abschluss eine Parade an kleinen und großen süßen Überraschungen auf wie Rhabarber in Texturen mit Schmant und Muscovadozuckergelee. Exzellenter und höchst charmanter Service unter der bewährten Leitung von Jérôme Pourchère, der auch kompetent bei der Auswahl aus den 600 Weinen berät.

„Le Noir“: Jens Jakob hat das kleine Restaurant zu Saarbrückens zweiter Top-Adresse gemacht

**NEU L'Arganier im Handelshof**
OT Alt-Saarbrücken, Wilhelm-Heinrich-Str. 17, PLZ 66117
Tel. 0681/569 20
www.larganier.de
Mo, Sa mittag, So abend geschl.
Hauptgerichte € 28-36
Chefkoch: Khalid Arabe
EC MASTER VISA

Wechsel in einer Saarbrücker Traditionsadresse: Peter und Jutta Kuntze haben ihr Restaurant an Annette Krautkremer und Khalid Arabe übergeben. Behutsam wurde das Interieur modernisiert, der neue Name bezieht sich auf den Arganbaum aus der marokkanischen Heimat des Küchenchefs. Das Öl des Baums gibt es etwa zum knusprigen Baguette. Mit einem zarten Kaninchenrücken mit geschmackvoller Tomaten-Kapern-Oliven-Vinaigrette, wachsweichem Wachtelei und mit Ziegenkäse im Brik-Teig bewies die Küche schon zu Beginn ihr Gespür für harmonische Aromen. Orientalisch-mediterran wird es beim saftig-zarten Lammrücken mit Couscous und intensiver Ras-el-Hanout-Jus. Sehr aufmerksamer, freundlicher Service, der auch bei der Weinauswahl gute Empfehlungen gibt.

**Le Noir**
OT St. Johann, Mainzer Str. 26, PLZ 66111
Tel. 0681/968 19 88
www.lenoir-restaurant.de
So, Mo mittag geschl.
Hauptgerichte € 28-88
Chefköche: Jens Jakob, Peter Wirbel
AmEx EC MASTER VISA

Jens Jakob und Peter Wirbel haben ihr kleines, unprätentiöses Bistro, das am Abend zur etwas eleganteren Bühne wird, als zweite Gourmetadresse in Saarbrücken etabliert. Die französische Hochküche mit mediterranen Akzenten ist die Basis für kreative Aromenspiele. Gänseleber-*pavé* mit Roter Bete und Brioche oder meeresfrisches Jakobsmuschel-Carpaccio mit Passionsfrucht und Sellerie zeigen, wie präzise hier Aromen herausgearbeitet werden. Das Salzwiesenlamm im Brik-Teig wird von hocharomatischem Gemüse-Couscous begleitet. Kleine Weinauswahl, sehr freundlicher Service in entspannter Atmosphäre.

**Schlachthof Brasserie**
OT St. Johann, Straße des 13. Januar 35
PLZ 66121
Tel. 0681/685 33 32
www.schlachthof-brasserie.de

„Schlachthof Brasserie": schöner Garten

Mo mittag, So geschl.
Hauptgerichte € 15-34
Chefkoch: Philipp Metz
EC MASTER VISA

Wo einst die Direktion des Saarbrücker Schlachthofs ihren Sitz hatte, herrscht heute unkomplizierte Bistro-Atmosphäre. Für die verlässlich gute Qualität der Küche, die auf Klassiker und bestes trockengereiftes Fleisch setzt, sorgt Mitbetreiber Klaus Erfort. Zum Auftakt konkurrieren Austern mit gutem *steak tartare* oder Carpaccio vom Kalbskopf mit Senfvinaigrette. Danach wählt man zwischen Hauptgerichten wie Lammhüfte mit Oliven-Pinienkern-Kruste, Wiener Schnitzel oder halbem Hummer auf gegrilltem Frühlingslauch mit Papaya und Wildreis oder den Steaks, von denen das *dry-aged beef* 42 Tage am Knochen reift und danach bei 800 Grad auf dem Spezialgrill zubereitet wird. Netter Service, große Bordeaux und Burgunder, Spitzenweine auch glasweise.

**Schlossgarten** FF

OT Alt-Saarbrücken, Spichererbergstr. 11
PLZ 66119
Tel. 0681/519 85
www.restaurant-schlossgarten-saarbruecken.de
Sa mittag, So, Mo geschl.
Hauptgerichte € 19-32
Chefkoch: Ernst Halbritter
EC MASTER VISA

Französisch-regional ist die Basis des „Wohlfühl-Menüs", das hält, was es verspricht. Wunderbar geschmackvoll sind Gerichte wie eine Variation von Rauchforelle und Seesaibling mit Joghurt-Kaviar-Creme oder Lammrücken aus dem Bliesgau mit Süßkartoffel und Gemüse. Feines von der Valrhona-Schokolade mit Ananas und Joghurt ist ein süßer Abschluss des schönen Menüs. Claudia Halbritter umsorgt ihre Gäste charmant.

## Sachsenkam

B 59, S. 352

**Auberge Moar Alm** FF

Holzkirchner Str. 14, PLZ 83679
Tel. 08021/55 20
www.moar-alm.de
außer Sa, So nur Abendessen,
Mo, Di geschl.
Hauptgerichte € 21-32
Chefköchin: Christine Robert
AmEx EC MASTER VISA

Prachtvoller Alpenblick und eine puristische französische Küche. Christine Robert hält seit 32 Jahren konsequent ihren Kurs in der bayerischen Höhe. Die Jakobsmuscheln kommen mit kräuterfrischer Estragonvinaigrette, der St-Pierre klassisch mit Safransauce und Blattspinat. Das Aubrac-Rinderfilet ist am Knochen gereift, dazu sind Morcheln à la creme und Mandelbällchen bodenständige Partner.

## Salach

E 47, S. 351

**Burgrestaurant Staufeneck** FFF

Staufeneckerstraße, PLZ 73084
Tel. 07162/93 34 40
www.burg-staufeneck.de
Mo geschl.
Hauptgerichte € 27-46
Chefkoch: Rolf Straubinger
AmEx EC MASTER VISA

Lichte Eleganz und Weitblick ins Tal durch bodentiefe Fenster prägen das Ambiente. Rolf Straubingers Küche hat damit eine adäquate Bühne, wenn sie heimische und weltläufige Zutaten stimmig zu geschmackvollen Gerichten verbindet. Schöne Harmonie beim „Spargelacker“ mit grünem Hummus und „essbarer Erde“, bei der Filetschnitte vom Seeteufel und dem Zanderbäckle sorgten Safranpickles und Gemüsegelee für fruchtige Noten. Sehr klassisch der Hauptgang mit einem zarten Medaillon vom Kalbsfilet, Hofgutkartoffeln und knusprigen Spargelvariationen. Kreatives Finale mit Schoko- und Sorbetkreationen und Matcha-Tee als Biskuit. Wein-Wälzer mit 900 Positionen und herausragenden Bordeaux.

## Salzhausen ■ F 5, S. 335

**Josthof** FF○○○

Am Lindenberg 1, PLZ 21376
Tel. 04172/909 80
www.josthof.de
kein Ruhetag
Hauptgerichte € 16-36
Chefkoch: Stephan Gorns
EC MASTER VISA

Regionale bodenständige Küche mit mediterranen Akzenten im ehrwürdigen, gemütlichen Fachwerkhaus. Zum hausgebeizten Lachs mit krossen Rösti und Roter Bete schmecken Sahnemeerrettich und Saiblingskaviar. Regional orientierte Genüsse sind Spanferkelkotelett mit Kohlrabi-Kartoffel-Ragout und Béchamelsauce. Romantischer Garten.

## St. Peter ■ B 49, S. 350

**Sonne** FFF○○

Zähringer Str. 2, PLZ 79271
Tel. 07660/940 10
www.sonneschwarzwald.de
Mo geschl.
Hauptgerichte € 12-29
Chefkoch: Hanspeter Rombach
EC

Hanspeter Rombach pflegt seine badisch-französische Küche mit vielen Bioprodukten im modernen Landgasthof in zwei Menüs. Beim „Saisonmenü“ kann das im Reisblatt gebackener Bachsaibling mit Morcheln und Kräuterrahm sein. Immer wieder eine gute Wahl ist allerdings auch der Klassiker des Hauses, das saftig geschmorte Zicklein in eigener Sauce mit Aubergine und geschmelzten Schniederspätzle – eine höchst geschmackvolle Angelegenheit. 180 Weine. Sehr aufmerksamer Service.

**„Josthof“: Fachwerk-Romantik südlich von Hamburg mit bodenständiger Regionalküche**

## St. Wendel ■ B 35, S. 344

**Kunz** FFF○○
OT Bliesen, Kirchstr. 22, PLZ 66606
Tel. 06854/81 45
www.restaurant-kunz.de
nur Abendessen, So-Di geschl.
Hauptgerichte € 38
Chefköche: Alexander Kunz, Patrick Jenal
AmEx EC MASTER VISA
Alexander Kunz hat sein Konzept geändert, genauer gesagt reduziert: Es gibt noch eine Menü-Auswahl mit sieben Gängen – alle können auch einzeln geordert werden. Doch auch die Kreativität der Küche empfanden wir nach dem Wechsel reduziert, die Gerichte weniger spannungsreich. Der Loup de Mer war wenig saftig, die krosse Haut teilweise sehr scharf gebraten. Die begleitende Bärlauch-*velouté* hätten wir uns etwas aromatischer gewünscht. Das bleu bestellte Filet vom irischen Rind kam exakt gebraten wie gewünscht auf den Teller. Das Dessert war handwerklich tadellos, nicht mehr und nicht weniger: Soufflé vom Topfen mit Erdbeer-Rahmeis. Glasweise bestellte Weine werden bereits eingeschenkt serviert.

## Sasbachwalden ■ B 47, S. 350

**Fallert** FFF○○
Im Hotel Talmühle, Talstr. 36, PLZ 77887
Tel. 07841/62 82 90
www.hotel-talmuehle.de
kein Ruhetag
Hauptgerichte € 24-46
Chefköche: Gutbert Fallert, Marius Fallert
AmEx DINERS EC MASTER VISA
Verlässliche Feinschmeckeradresse im Schwarzwald. Gediegene Eleganz und ein aufmerksam-zuvorkommender Service sorgen für ein stimmiges Genusserlebnis. Damit auch die Hotelgäste nicht zu kurz kommen, wechseln Menüs und Teile der Karte täglich und bieten auch Heimisches wie Flädlesuppe oder Zwiebelrostbraten. Die gebratene Entenleber bekommt mit Spargel-Zitrus-Confit einen frischen Akzent, das gebratene Filet von der bretonischen Rotbarbe steuert mit schwarzem Knoblauch, Artischocken, Tomaten, Safranfond und Limetten-Olivenöl südliche Aromen bei.

## Schalkham ■ C 57, S. 352

**Sebastianihof** FF○○○
OT Johannesbrunn, Brunnenstr. 9
PLZ 84175
Tel. 08744/91 94 45
www.sebastianihof.de
außer So nur Abendessen, Mo-Mi geschl.
Hauptgerichte € 14-24
Chefkoch: Manfred Eckmaier
EC
Verlässliche Adresse im niederbayerischen Hinterland. Feine Regionalgerichte stehen auf der Speisenkarte von Manfred Eckmaier: Das Carpaccio vom Oberholzer Bio-Bison mit Senf-Honig-Marinade schmeckt ebenso gut wie das Zweierlei vom Vilstaler Lamm mit Thymianpolenta. Aber auch die Fischgerichte sind immer eine gute Wahl, etwa das Weixenauer Bachsaiblingsfilet mit gebratenem grünem Spargel und Kartoffelrisotto. Schlehe, Holunder und Kernerkirsche fürs „Heckensorbet" hat das Küchenteam selbst gesammelt. Schöne Terrasse.

**„Sebastianihof": Genuss im einstigen Stadl**

„Brechtmanns Botschaft": Sven Brechtmann überrascht mit Massaman-Curry zu Scampi

## Scharbeutz ■ A 8, S. 336

**Brechtmanns Botschaft**
Strandallee 116, PLZ 23683
Tel. 04503/733 31
www.brechtmanns-botschaft.de
Di geschl., Hauptgerichte € 15-31
Chefkoch: Sven Brechtmann
EC MASTER VISA
Asiatisch-holsteinisch geht's in der Küche im Neubau mit Strandblick zu. Sven Brechtmann serviert Schweinebauch in Pflaumensauce mit Thai-Curry und *saté*-Spieße, aber auch Rindspralinen mit Rosenkohl und Entenleber auf „Himmel und Erde". Klassiker werden bisweilen neu interpretiert: Labskaus „auf unsere Art" kam elegant auf einer Schieferplatte, zerlegt in seine schmackhaften Einzelteile mit Skrei im Mittelpunkt. Europäische Weinkarte mit 60 Positionen. Allein der Service konnte zuletzt nicht ganz mit der engagierten Küche mithalten.

**DiVa**
Im Hotel Gran BelVeder Spa & Golf Resort
Strandallee 146, PLZ 23683
Tel. 04503/352 66 00
www.belveder.de
nur Abendessen, So, Mo geschl.
Hauptgerichte € 35-42
Chefkoch: Gunter Ehinger
AmEx EC MASTER VISA
Gute Produktqualität, freundlicher Service, Gerichte mit viel Geschmack. Aktuelle Beispiele: geräucherte Taubenbrust kommt mit Sellerie, Kaisergranat mit Spargel und Morcheln. Klarheit im Aroma zeigte auch die Rotbarbe im feinen Bouillabaissesud, ebenfalls mediterran akzentuiert war das Attersee-Milchkalb mit Parmesan und Tomate. 120 Weine, viele aus Frankreich und Italien.

## Schermbeck ■ B 14, S. 338

**Landhaus Nikolay**
OT Besten-Gahlen, Kirchhellener Str. 1
PLZ 46514
Tel. 02362/411 32
www.landhaus-nikolay.de
außer So nur Abendessen, Mo geschl.
Hauptgerichte € 21-38
Chefkoch: Peter Nikolay
AmEx EC MASTER VISA
In ländlich-elegantem Ambiente bringt Peter Nikolay einen üppig arrangierten *plateau de fruits de mer* auf den Tisch oder einen auf der Haut exakt gebratenen, wunderbar saftigen Wolfsbarsch mit grünem Spargel.

Alle Fische und Meeresfrüchte stammen aus Wildfang, Gemüse, Salate und Kräuter wachsen im hauseigenen Biogarten. Geschmack pur, klassisch gut, ohne Showeffekte – was auch beim regional inspirierten „Bestener Himmelreich" mit Blutwurst, Gänseleber, glasiertem Apfel und Champagnerkraut überzeugt. Schöne heimische Weine und zahlreiche ältere Jahrgänge aus Bordeaux und Burgund.

## Schmallenberg ■ D 15, S. 339

**Gasthof Schütte**
OT Oberkirchen, Eggeweg 2, PLZ 57392
Tel. 02975/820
www.gasthof-schuette.de
kein Ruhetag
Hauptgerichte € 20-38
Chefkoch: Martin Friedrich
AmEx DINERS EC MASTER VISA
Das traditionsreiche Restaurant pflegt die Regionalität auf zeitgemäß leichte Art. Die Produkte sind erstklassig, ob bei der Sauerländer Forelle oder beim Atlantik-Steinbutt. Das Seesaiblingsfilet gibt's auch als kleine Portion in einer Krevetten-Dill-Sauce, das Wildschweinragout wird mit gebratenen Pilzen, Preiselbeeren und Weinapfel-Spalten serviert. Einen Klassiker zum Dessert? Eingelegte Pflaumen mit Walnusseis im Hippenkörbchen. 230 Weine mit Schwerpunkt Deutschland, bestens geschulter Service.

**Schneiderstube**
OT Ohlenbach, im Hotel Waldhaus Ohlenbach, PLZ 57392
Tel. 02975/840
www.waldhaus-ohlenbach.de
außer Fr, Sa, So nur Abendessen, Mo, Di geschl.
Hauptgerichte € 25-30
Chefkoch: Thomas Hartz
EC MASTER VISA
Thomas Hartz' deutsch-französische Gerichte überraschen immer wieder mit originellen Akzenten: Hummer kombiniert er mit gebeiztem Lachs, Gurke und asiatischen Aromen, die Jakobsmuscheln mit Trüffel und Pata-Negra-Schinken. Zum Kaninchenrücken richtet er Roggenravioli, Spinat und Parmesan an. Passionsfrucht, Himbeere mit einer weißen Schokoladenkuvertüre beenden den genussreichen Abend im familiären, sehr komfortablen Sauerlandhotel. 385 Weine, sehr freundlicher, kompetenter Service.

## Schönwald im Schwarzwald ■ B/C 48, S. 350

**Zum Ochsen**
Ludwig-Uhland-Str. 18, PLZ 78141
Tel. 07722/86 64 80
www.ochsen.com
kein Ruhetag
Hauptgerichte € 15-28
Chefkoch: Andreas Schroeter
EC MASTER VISA
Mit Spargel-Crème-brûlée schickt der Küchenchef einen saisonalen Gruß, beim zarten Filet von der Dorade royale mit krosser Haut und rosafarbenem Erdbeer-Spargel-Risotto kommen frühsommerliche Aromen auf den Tisch. Zwei Pfeffersaucen begleiten den mit Bärlauch gefüllten Kaninchenrücken, bei dem ein Zitronen-Polenta-Stick als Beilage eine schöne Idee ist. Eis aus Purple Curry und Passionsfrucht-Pannacotta setzen zum Finale exotische Akzente in der „Alten Stube", dem gemütlichsten Bereich im 1796 gegründeten Hotel. Mehr als 300 Weine, darunter Gutes aus Baden.

## Schramberg ■ C 48, S. 350

**Gasthof Hirsch**
OT Talstadt, Hauptstr. 11, PLZ 78713
Tel. 07422/28 01 20
www.hotel-gasthof-hirsch.com
Mi mittag, Di geschl.
Hauptgerichte € 15-32
Chefkoch: Thomas Zimmermann
AmEx EC MASTER VISA
Baden, Bordeaux und Burgund: Schon die Auswahl bei den 150 Weinen im Schwarzwälder Gasthof macht Spaß. Dazu das solide Handwerk in der Küche: Gebratenes Kaninchen wird mit Alblinsen serviert, die

bretonischen Seeteufelmedaillons werden mit Krustentiersauce zubereitet, ganz klassisch ist der Rostbraten vom Schwarzwälder Weiderind in Rotwein-Schalotten-Sauce.

## Schriesheim ■ E 35, S. 345

**NEU Strahlenberger Hof** FF○○○

Altstadt, Kirchstr. 2
PLZ 69198
Tel. 06203/630 76
www.strahlenbergerhof.de
nur Abendessen, So, Mo geschl.
Hauptgerichte € 26-34
Chefkoch: Marcus Schleicher
EC MASTER VISA

Im historischen Gemäuer bringen die neuen Gastgeber Meike Roschig und Marcus Schleicher neuen Elan ins gemütliche Restaurant. Schwungvoll und unprätentiös zeigt sich die Küche, die bodenständige Klassik mit modernen Anleihen verbindet. Die saftig gebratenen Krevetten werden auf Wildkräutersalat mit Kalbskopf serviert, der zarte Saibling bekommt mit Rhabarber und Melisse feine Eleganz. Zart geschmorte Schulter und Keule vom Lamm sind stimmig mit Ziegenkäse, Petersilie, Paprika, Grünkernkrusteln und einer intensiv-aromatischen Currymischung angerichtet. Gute Weinauswahl, fair kalkuliert und mit Kenntnis präsentiert.

## Schwäbisch Hall ■ E 46, S. 351

**Eisenbahn** FFF○○

OT Hessental, im Hotel Wolf
Karl-Kurz-Str. 2, PLZ 74523
Tel. 0791/93 06 60
www.landhauswolf.eu
nur Abendessen, So, Mo geschl.
Hauptgerichte € 28-40
Chefkoch: Josef Wolf
AmEx DINERS EC MASTER VISA

Ein Familienbetrieb, wie man sich ihn nur wünschen kann. Seit 1985 führt Josef Wolf das hübsche Landhaus am Stadtrand. Seine Frau kümmert sich um den Service, Sohn Thomas um die Patisserie. Eine wunderbare Kombination: Feines vom Schwäbisch-Hällischen Milchferkel mit geräuchertem Bodensee-Aal, Bohnenpüree und Wirsing. Die mild geräucherte Hohenloher Täubchenbrust wird mit Gänseleber und marinierten Linsen serviert. 480 Weine, Schwerpunkt Bordeaux.

**„Eisenbahn": elegante Aromen bei Jakobsmuscheln mit Zitrusfrucht und Couscous**

**Rebers Pflug**
OT Weckrieden, im Landgasthof Pflug
Weckriedener Str. 2, PLZ 74523
Tel. 0791/93 12 30
www.rebers-pflug.de
So abend, Di mittag, Mo geschl.
Hauptgerichte € 18-37
Chefkoch: Hans-Harald Reber
AmEx DINERS EC VISA
Modern, klar und geschmackvoll ist das Interieur des Restaurants. Ebenso modern auch die frische Regionalküche: geröstete Gänseleberterrine mit Mispelconfit, Pedro-Ximénez-Sherryreduktion und Pistazien-Brioche überzeugt mit breitem Aromenspektrum und Raffinesse, ebenso das confierte Schweinekinn mit lauwarmem Thunfisch-Sashimi und Staudensellerie-Apfel-Salat. Der Alb-Lammrücken mit Lammbolognese, Bohnen-*peperonata* und Kartoffel-Chorizo-Maultäschle schmeckt köstlich. 380 Weine.

**Sudhaus**
OT Katharinenvorstadt, an der Kunsthalle Würth, Lange Str. 35/1, PLZ 74523
Tel. 0791/946 72 70
www.sudhaus-sha.de
kein Ruhetag
Hauptgerichte € 10-25
Chefkoch: Werner Fuchß
AmEx DINERS EC MASTER VISA
Im ehemaligen Brauhaus trinkt man Bier, und das passt bestens zur schwäbischen Maultaschensuppe mit geschmelzten Zwiebeln oder zum Spanferkelnacken, der in einer Biersauce geschmort wurde. Beliebt bei den Gästen sind außerdem schwäbischer Sauerbraten und Käsespätzle.

## Schwarzach

■ C 39, S. 346

**Schwab's Landgasthof**
OT Stadtschwarzach, Bamberger Str. 4
PLZ 97359
Tel. 09324/12 51
www.landgasthof-schwab.de
Mo, Di geschl
Hauptgerichte € 11-23

„Schwab's Landgasthof": heimelige Stube

Chefkoch: Joachim Schwab
EC
Fränkische Gemütlichkeit im gepflegten Landgasthof mit authentischem Charme. Gute Produkte, viele aus kontrolliertem Anbau und Wild aus eigener Jagd sind die Basis für die verfeinerte Regionalküche. Das fränkische Wallerfilet wird klassisch im Wurzelsud mit zerlassener Butter, Sahnemeerrettich und Kartoffeln gereicht, die Ochsenschulter wird in Spätburgunder geschmort, dazu deftige Kartoffelklöße. Fränkische Weine, liebenswürdiger Service.

## Schwendi

■ F 48, S. 351

**Esszimmer**
Im Hotel Oberschwäbischer Hof
Hauptstr. 9-15, PLZ 88477
Tel. 07353/984 90
www.oberschwaebischer-hof.de
Sa mittag, So geschl.
Hauptgerichte € 14-26
Chefkoch: Elmar Reisch
DINERS EC MASTER VISA
Regionale Gerichte dominieren bei Elmar Reisch. „KulturGut" wie saure Linsen der heimischen Sorte Alb Leisa begleiten Saitenwürstle, Schweinebäckchen und Spätzle

vom Brett. Mediterranes ist hier auch immer eine gute Wahl: mit Olivenöl gegrillte Jakobsmuschel und Garnele mit Fenchel, Pesto und Kartoffel-Oliven-Stampf etwa. 110 Weine.

## Seevetal

■ F 5, S. 335

**Nordlicht**

OT Hittfeld, Bahnhofstr. 42, PLZ 21218
Tel. 04105/67 55 32
www.nordlicht-hittfeld.de
Mo, Sa mittag geschl.
Hauptgerichte € 15-38
Chefkoch: Henry Theben
AmEx EC MASTER VISA

Das lichte Restaurant steht südlich von Hamburg, und von dort ist es nicht weit zur Küste. So pflegt Patron und Chefkoch Henry Theben seine Vorliebe für die maritime Küche. Wunderbar nussig sind die Bärenkrebsmedaillons mit getrüffeltem Kartoffelpüree in Krustentierschaum. So traditionell wie beliebt bei den Gästen ist die Seezunge Müllerin Art mit Dill und Schmant. Keine Sorge: Wiener Schnitzel gibt's auch.

## Selzen

■ D 34, S. 345

**Kaupers im Kapellenhof**

Kapellenstr. 18 a, PLZ 55278
Tel. 06737/83 25
www.kaupers-kapellenhof.de
außer So nur Abendessen, Mi, Do geschl.
Hauptgerichte € 32-36
Chefkoch: Sebastian Kauper
EC

Das romantische Anwesen steht in den grünen Hügeln Rheinhessens, umgeben von Weinbergen. Sebastian Kaupers klassische Küche setzt auf eine französische Basis. Er geht sparsam mit Gewürzen um und respektiert den Eigengeschmack der Produkte. Die Bachforelle mariniert er roh und serviert sie mit Portulak, Rogen, Apfelkerncreme und Schüttelbrot. Mit gebeiztem Lammfilet harmonieren kalt geräucherter Robiola-Frischkäse, Perlzwiebeln, Senfessig und gegrillter Weißkohl. Schönes Dessert: gebratene Mohnnudeln mit Birnensorbet, weißer Mohnsauce und Mohnschlotz. Dachterrasse mit Parkblick. 300 Weine, darunter viele deutsche, die die charmante Nora Breyer in der hübsch renovierten, ehemaligen Scheune gern empfiehlt.

## Senftenberg

■ D/E 25, S. 343

NEU **Sandak**

Im Wellnesshotel Seeschlösschen
Buchwalder Str. 77, PLZ 01968
Tel. 03573/378 90
www.seeschloesschen-lausitztherme.de
nur Abendessen, Mo, Di geschl.

**„Kaupers": romantisches Ambiente in der ehemaligen Scheune, die hübsch renoviert wurde**

S

Hauptgerichte € 24-38
Chefkoch: Philipp Liebisch
AmEx EC MASTER VISA

Philipp Liebisch hat sich im eigenen Gourmetrestaurant mit Wohnzimmeratmosphäre kontinuierlich gesteigert. Die Karte ist mit acht Gerichten überschaubar, der Stil klassisch bis kreativ. Liebisch gelingen aparte Ideen wie bei der „Bloody Mary", einer marinierten knallroten Carabinero-Garnele mit *sot-l'y-laisse* (Filetstückchen vom Rücken) vom Perlhuhn auf hauchdünn geschnittenem Stangensellerie mit Tomaten-Wodka-Eis, Wodka-Gelee und Püree von roten und weißen Tomaten. Die Froschschenkel mit Schwertmuscheln, Grapefruit und Topinambur wurden am Tisch mit Nussbutter-*velouté* aufgegossen, dazu passten die feinen, süßlichen Streifen von kandierten Zitrusfrüchteschalen. Am schönsten sitzt man am Fenstertisch mit Sofa und Sessel.

## Siek

■ F 4, S. 335

### Alte Schule

Hauptstr. 44, PLZ 22962
Tel. 04107/87 73 10
www.alte-schule-siek.de
außer Sa, So nur Abendessen

Hauptgerichte € 19-35
Chefkoch: Kay-Uwe Franze
AmEx EC MASTER VISA

Die unkomplizierte, hauptsächlich regional geprägte Küche braucht keine Erklärungen: Dreierlei vom Harzer Milchzicklein (geschmorte Schulter, rosa Rücken, gebratene Leber) wird klassisch mit Ratatouille und Kartoffelgratin serviert. Zum rosa gegrillten Rinderfilet passt auch mal Exotisches wie Glasnudelsalat mit gelbem Thaicurrysud.

## Simonswald

■ B 48, S. 350

### Hugenhof

Am Neuenberg 14, PLZ 79263
Tel. 07683/93 00 66
www.hugenhof.de
außer So nur Abendessen, Mo, Di geschl.
Menüs € 45
Chefkoch: Klaus Ditz
EC

Liebenswürdige Gastlichkeit im idyllischen Schwarzwälder Familienbetrieb von Maria und Gottfried Ringwald. Klaus Ditz verwendet für seine regional-mediterrane Küche viele gute Zutaten aus der Heimat: Die Lachsforelle kommt aus dem Kinzigtal, das Wild aus heimischen Revieren. Und die

**„Alte Schule": gediegenes Ambiente und klassische Küche im ehemaligen Schulgebäude**

Heimat des Tirolers schmeckt man nicht nur bei den Desserts, die gern den österreichischen Nachbarn zitieren wie Mohnbuchteln mit Zimteis, sondern auch bei Klassikern wie Hirschkalbsrücken in Rahmsauce mit Spätzle. Netter Service.

## Sinzig ■ C 32, S. 344

**Vieux Sinzig** FF○○○
Kölner Str. 6, PLZ 53489
Tel. 02642/427 57
www.vieux-sinzig.com
Mo, Di geschl.
Hauptgerichte € 24-35
Chefkoch: Yoann Hue
DINERS EC MASTER VISA

Frischer geht es nicht: Viele der Kräuter, die Jean-Marie Dumaine in seinem Garten zieht, machen aus den französischen Gerichten mit regionalen Akzenten, die in der offenen Küche zubereitet werden, etwas Besonderes. Das Löwenzahnblüten-Chutney etwa hat eine richtige Fangemeinde: Es verbindet Orangen-Fenchel und Wildkräuter apart mit Poularden-*galantine.* Die Vinaigrette aus Waldkresse passt bestens zu Ofengemüse, Périgord-Trüffel und Wildkräutern, und in der Saison gibt es ein Dessert aus Tannenspitzen. 300 Weine, darunter gute aus Frankreich. Viele hausgemachte Produkte zum Mitnehmen.

## Sommerhausen ■ C 39, S. 346

**Philipp** FFF○○
Hauptstr. 12, PLZ 97286
Tel. 09333/14 06
www.restaurant-philipp.de
April-Okt. Mo, Di geschl., Nov.-März außer Sa, So nur Abendessen, Mo, Di geschl.
Hauptgerichte € 25-55
Chefkoch: Michael Philipp
AmEx EC MASTER

Eine schönere Kulisse als das Renaissancepalais im mittelalterlichen Wein- und Künstlerort könnte es für Michael Philipps saisonale Aromenküche kaum geben. Bei geflämmten Jakobsmuscheln nehmen Blumenkohl, Curry und Shiso-Kresse die nussigen Aromen bestens auf, bei Brust und Keule von der Étouffé-Taube sind Couscous, Aubergine und Verjus aromastarke Ergänzungen. Weltoffen bis zum Dessert: *délice* von Karotte, Kokos und Ingwer. Gute fränkische Weine, beschwingt präsentiert.

## Sonnenbühl ■ D 48, S. 351

**Hirsch** FFF○○
OT Erpfingen, Im Dorf 12, PLZ 72820
Tel. 07128/929 10
www.restaurant-hotel-hirsch.de
Mo mittag, Di geschl.
Hauptgerichte € 24-36
Chefkoch: Gerd Windhösel
AmEx EC MASTER VISA

**„Hirsch": gute Stube im schönen Landhotel**

Was anderswo als Rückbesinnung auf Regionalität gilt, wurde hier schon immer gepflegt. Allerdings hatten wir Gerd Windhösels feine Landküche ein bisschen ambitionierter in Erinnerung. Die Blattsalate mit karamellisiertem Ziegenfrischkäse, Linsen und Birne sowie der Saibling in einem milden Kräuterbad fanden wir nicht so überzeugend wie gewohnt. Auch das Hirschschnitzel mit Pastinakenpüree und Pilzen in einer dichten Wacholder-Rahm-Sauce kam über das Prädikat gutbürgerlich nicht hinaus, ambitionierter waren da schon die Kaninchenvariationen mit leichten Bärlaucharomen.

S

## Sprockhövel ■ C 15, S. 338

**Eggers**
OT Niedersprockhövel, Hauptstr. 78
PLZ 45549
Tel. 02324/717 80
www.hotel-restaurant-eggers.de
Mi geschl.,
Hauptgerichte € 12-35
Chefkoch: Dirk Eggers
EC MASTER VISA

Für jeden Geschmack ist bei Dirk Eggers im Hotelrestaurant etwas dabei, von deutsch bis international reicht das Repertoire. Es gibt asiatisch angerichtete Garnelen, aber auch Sauerkrautsuppe mit Rauchaalkrokette und Blutwurst. Die westfälische Forellenroulade in Graupen-Senf-Vinaigrette mit Blutwurstchips und Roter Bete ist so geschmackvoll wie der Sauerbraten von der Ochsenbacke mit Dörrobst, Rotkohl und gebackenen Semmelknödeln. Klassiker: „Paella des Bergmanns", Grünkohl in der Pfanne mit Mettwurst, Speck, Schweinebacke, Entenbratwurst, gepökeltem Gänsefleisch und Bratkartoffeln.

## Stadthagen ■ F 13, S. 339

**Torschreiberhaus**
Krumme Str. 42, PLZ 31655
Tel. 05721/64 50
www.torschreiberhaus.de
nur Abendessen, So, Mo geschl.
Hauptgerichte € 22-28
Chefkoch: Götz Knauer
DINERS EC MASTER VISA

Man fühlt sich sofort wohl im hübschen Gasthaus, und die engagierte mediterrane bis euro-asiatische Küche trägt das Ihre dazu bei. Den gebackenen Kalbsknochen ergänzen frische Aromen eines Rucola-Kapern-Salats. Das Confit von der in Olivenöl gebratenen Meeräsche passt zu Hummertagliatelle und Spitzkohl. Und das Ibérico-Schweinekotelett in Soja und Honig mit Ananaschutney und Brezelknödel ist ein gelungenes Beispiel für die Weltoffenheit, die hier regiert. Sympathische Gastgeber.

## Starnberg ■ B 59, S. 352

NEU **Aubergine**
Im Hotel Vier Jahreszeiten Starnberg
Münchner Str. 17, PLZ 82319
Tel. 08151/447 02 90
www.aubergine-starnberg.de
nur Abendessen,
So, Mo geschl.
Hauptgerichte € 24-31
Chefkoch: Michael Schneider
AmEx DINERS EC MASTER VISA

Große Panoramafenster zeigen in dem weitläufigen Raum zur Hauptstraße, statt des Sees spendet die Aral-Tankstelle gegenüber blaue Stunden. Mit Auberginen-Frischkäse zum hausgebackenen Brot und einem Küchengruß aus Rindertatar und -carpaccio mit Trüffel-Rührei bleibt die Küche noch in ruhigen Gewässern. Im eigentlichen Menü surft sie sicher auf der aktuellen Gourmetwelle: Bei der Gänseleber mit grünem Apfel und Schokolade kombiniert sie zwei Standardbegleiter, der Heilbutt mit Curryschaum und knackigem Macadamia-Risotto zeigte ebenso sorgfältiges Handwerk wie das Rinderfilet mit Jakobsmuschel-Carpaccio und Petersilienwurzelpüree. Die Menüpreise sind angesichts des Gebotenen durchaus zivil.

**„Aubergine": modern, puristisch und elegant**

„Stolpe": gebratene Étouffé-Taube mit Stolper Allerlei und Flan von Gänseleber

## Staufen im Breisgau ■ B 49, S. 350

**Ambiente** FF○○○
OT Grunern, Ballrechter Str. 8, PLZ 79219
Tel. 07633/80 24 42
www.restaurant-ambiente.com
Mi, Do geschl.
Hauptgerichte € 19-28
Chefkoch: Mathias Luiz
EC
Ungewöhnliche Gerichte in einem ungewöhnlichen Umfeld: Mathias Luiz' Restaurant steht in einem Gewerbegebiet. Kulinarisch spannt er einen weiten Bogen von Frankreich bis Asien. Der gebeizte Stör mit asiatischem Gemüsesalat in Wasabi-Sauce ist ein pikanter Auftakt, erfrischend und aromatisch ist die Curry-Kartoffel-Suppe mit Jakobsmuschel. Traditioneller bleibt das saftige Entrecote mit Pommerysenfkruste, Gnocchi, Blattspinat und feiner Burgunder-Jus. 150 Weine, liebenswürdiger Service.

## Stolpe ■ E 8, S. 337

**Gutshaus Stolpe** FF○○○
Peenstr. 33, PLZ 17391
Tel. 039721/55 00
www.gutshaus-stolpe.de
nur Abendessen, Mo geschl.,
Okt.-Mai nur Abendessen, So, Mo geschl.
Hauptgerichte € 27-42
Chefkoch: André Münch
AmEx EC MASTER VISA
André Münch hat verlässlich Kontinuität in die Gastronomie des ländlich-charmanten Gutshauses gebracht, eine eigene Handschrift prägt die muntere Liaison aus regionaler Bodenständigkeit und weltläufiger Eleganz auf klassischem Fundament, wenn er Produkte aus beiden Welten auch optisch apart anrichtet. Innereien vom pommerschen Aubrac-Kalb kombiniert er etwa mit Trüffel und ungestopfter Gänseleber, Stielmus und grüne Mandeln zur Carabinero-Garnele. Sehr aufmerksamer Service und eine romantische Terrasse.

## Stralsund ■ D 7, S. 337

**Scheel's** FFF○○
Altstadt, im Hotel Scheelehof
Fährstr. 23-25, PLZ 18439
Tel. 03831/283 31 13
www.scheelehof.de
nur Abendessen, Mo, Di geschl.
Hauptgerichte € 28-39

S

„Scheel's": Stralsunds beste Adresse für Genießer im historischen Scheelehof

Chefkoch: Danny Zornow

AmEx EC MASTER VISA

Hier setzt die Küche auf die Heimat, wenn sie regionale Produkte auch mal mit internationalen Einflüssen verfeinert und Bodden-Barsch mit Jakobsmuschel, Rhabarber, Zitronenmelisse und Erdnüssen kombiniert. Der „LandWertHof"-Schweinebauch wird bei niedriger Temperatur schön saftig und mit Schwarzbier, Chorizo und Spinat aromatisiert. Land und Meer werden gelungen beim Ostsee-Dorsch mit Kalbskopf, Radieschen und Senf vereint.

## Stromberg

■ C 34, S. 344

### Bistro d'Or

In Johann Lafer's Stromburg, Schlossberg 1
PLZ 55442
Tel. 06724/931 00
www.stromburg.com
kein Ruhetag, Hauptgerichte € 25-28
Chefkoch: Johann Locher

AmEx EC MASTER VISA

Gemütlich ist's im intimen Zweitrestaurant auf Johann Lafers Stromburg. Immer gut gelaunt bringt der freundliche Service Sulz vom Tafelspitz mit Spinatcreme und knusprigen Kartoffeln oder das Beste vom Milchkalb mit Steckrüben, Kartoffelcreme und Paradeisermarmelade auf den Tisch. Das Lieblingsgericht des Chefs: Wiener Schnitzel mit Bratkartoffeln und Salat. Gute Weine.

### Le Délice

OT Schindeldorf, im Hotel Stromberg
Buchenring 6, PLZ 55442
Tel. 06724/60 00
www.golfhotel-stromberg.de
nur Abendessen, So, Mo geschl.
Hauptgerichte € 33-35
Chefkoch: Michael Stortz

AmEx DINERS EC MASTER VISA

Gut essen auf einem Golfplatz, das geht nicht allzu oft in Deutschland! In diesem Hotel schon – und zwar mit durchaus kreativer Küche. Beispiele? Gebratene Jakobsmuscheln mit Sellerie-*mousseline* in Mandarinenjus etwa oder Langostinos im Kartoffelmantel mit Strauchtomaten und Artischockenchips. Auch originell: Wachtelbohnenragout, getrocknete Tomaten mit einer Paprikaglace und Kartoffelbaumkuchen zum Lammrücken. „Smokers Lounge".

### Le Val d'Or

In Johann Lafer's Stromburg, Schlossberg 1
PLZ 55442

Tel. 06724/931 00
www.johannlafer.de
außer Sa, So nur Abendessen,
Mo, Di geschl., Hauptgerichte € 43-48
Chefkoch: Bernhard Munding
AmEx DINERS EC MASTER VISA
Bernhard Munding ist ein höchst talentierter Koch, dessen Stil von Eleganz und Raffinesse geprägt ist. Der aktuelle Statthalter bei Johann Lafer setzt im eleganten Jahreszeiten-Restaurant bevorzugt heimische Produkte ein. Zu marinierten Nordsee-Krabben kombiniert er junges Gemüse und *yuzu*-Schaum, der Langostino harmoniert mit Avocadoröllchen und Zuckererbsen. Gebratener Rücken und Bauch vom Freilandschwein mit Spitzkohl und heimischem Gemüse sind ein klassisches und herrlich

**„Le Val d'Or": Silvia und Johann Lafer**

geschmackvolles Gericht. Dass die Patisserie hier große Klasse ist, versteht sich: Rhabarberkaltschale mit Quarksoufflé und Vanilleeis sind köstlich. Sagenhafte 1200 Weine und ein exzellenter Service.

## Stubenberg ■ D 58, S. 353

**Kaminstube** FF○○○
OT Prienbach, im Hotel Gasthof zur Post
Poststr. 1, PLZ 94166
Tel. 08571/60 00
www.hotel-post-prienbach.de
nur Abendessen, So, Mo geschl.
Hauptgerichte € 17-29
Chefkoch: Hans Hinterecker
EC MASTER VISA
Eigentlich ein Wirtshaus mit Biergarten, in dem Wanderer sich mit Brezenknödel und Rostbraten stärken. Aber abends wird – leider nur auf Vorbestellung – auch ein Gourmetmenü angeboten, das ambitioniert ist und schmeckt: zum Beispiel steht ein mit Aromaten gebratenes Bachsaiblingsfilet auf der Karte, rosa gebratenes schottisches Hochlandlamm in Kräuterkruste mit Polenta und Topfenpalatschinken mit Himbeermark und Sauerrahm-Eis.

## Stühlingen ■ C 49, S. 350

**Schwanen** FF○○○
OT Schwaningen, Talstr. 9
PLZ 79780
Tel. 07744/51 77
www.gasthaus-schwanen.de
Mai-Sept. außer So nur Abendessen,
Mi geschl., Okt.-April außer So
nur Abendessen, Mi, Do geschl.
Hauptgerichte € 10-26
Chefkoch: Markus Wekerle
EC MASTER VISA
Gastlicher Familienbetrieb mit nostalgischem Charme. Der engagierte Patron und Küchenchef Markus Wekerle kombiniert badische Bodenständigkeit mit mediterranen Noten: Fein sind gebeizte Spanferkelbäckle auf lauwarmem Berglinsensalat. Das Wildschwein stammt aus der eigenen Jagd, die Forelle aus der Nachbarschaft. 250 Positionen auf der Weinkarte mit Gutem aus Baden, Burgund und Piemont, hausgemachte Brände, netter Service.

## Stuttgart ■ D 47, S. 351

**Bo'teca di Vino** FF○○○
OT Botnang, Beethovenstr. 30
PLZ 70195 ■ a 2, S. 295
Tel. 0711/620 51 63

www.boteca-stuttgart.de
nur Abendessen, Mo, Di, Mi geschl.
Hauptgerichte € 15-30
Chefkoch: Julian Berroth
AmEx EC MASTER VISA
Die Atmosphäre im kleinen Lokal von Sebastian Werning mit den eng stehenden Tischen ist locker. Weinliebhaber schätzen es ebenso wie all jene, die eine unkomplizierte Küche aus hochwertigen Produkten (vieles bio) mögen. Das Menü wechselt wöchentlich: Risotto mit Morcheln, grünem Spargel, Erbsen und Pecorino oder Alblammrücken mit Rote Bete und Markklößchen sind stimmige Genüsse. 200 Weine. Das nette Team serviert, erklärt und empfiehlt kompetent und entspannt.

**Christophorus**
OT Zuffenhausen/Stammheim
im Porsche Museum, Porscheplatz 5
PLZ 70435 nördlich ■ b 1, S. 295
Tel. 0711/91 12 59 80
www.porsche.com
So abend, Mo geschl.
Hauptgerichte € 28-56
Chefkoch: Thomas Heilemann
AmEx DINERS EC MASTER VISA

„Christophorus": Steaks und gute Weine

Männer, die Porsche fahren, mögen auch Steaks, muss man vermutet haben, als das Restaurant im Porsche Museum geplant wurde. So steht das US-Prime-Beef neben anderen Fleischgerichten im Mittelpunkt des Repertoires. Sehr empfehlenswert ist auch der Rehrücken. Und da viele Sportwagen-Liebhaber auch gute Weine schätzen, gibt es 700, kundig präsentiert vom Maître Holger Schramm.

**Cube** *
Innenstadt, im Kunstmuseum Stuttgart
Kleiner Schlossplatz 1
PLZ 70173 ■ b 5, S. 295
Tel. 0711/280 44 41
www.cube-restaurant.de
kein Ruhetag
Hauptgerichte € 9-35
Chefkoch: Michael Bahn
AmEx DINERS EC MASTER VISA
Schwabens Hauptstadt ist zwar Sitz einiger Champions im wirtschaftlichen *global playing,* liebt es sonst aber eher bieder. Da steht ein schick designtes Lokal schnell im Ruf von Chichi und Dekadenz. Dabei will es doch nur ein netter Treffpunkt für lebensfrohe Gäste sein, wie es viele gibt in Paris, London, Frankfurt, Berlin. Obwohl das Essen nicht im Mittelpunkt steht, ist es sehr ordentlich. Quer durch die Welt geht's mit Vitello Tonnato, geschmorten Schweinebäckchen oder Riesengarnelen.

**Délice**
Innenstadt, Hauptstätter Str. 61
PLZ 70178 ■ b 2, S. 295
Tel. 0711/640 32 22
www.restaurant-delice.de
nur Abendessen, Sa, So geschl.
Hauptgerichte € 32-38
Chefkoch: Benjamin Schuster
AmEx EC MASTER VISA
Das ambitionierte Gespann aus Patron und Weinkenner Evangelos Pattas und Chefkoch Benjamin Schuster erfreut seine Stammgäste wieder mit konstanter mediterraner Küche und dazu korrespondierenden Weinen, die aus Europas besten Anbaugebieten

„5“: unten Clubambiente (Foto) mit Bar und DJ, oben gesetztes Restaurant im Kolonialstil

stammen. Als stimmige Kompositionen zeigten sich ein zartes Kaninchen mit Pulpo, Paprika und Petersilienpesto sowie eine Taubenbrust mit Gänseleber, Nussspinat, rotem Curry und Süßkartoffelpüree.

**Fässle** FF○○○
OT Degerloch, Löwenstr. 51
PLZ 70597 ■ b 2, S. 295
Tel. 0711/76 01 00
www.faessle.de
So, Mo geschl.
Hauptgerichte € 18-25
Chefkoch: Rudolf Schmölz
AmEx DINERS EC MASTER VISA

Manchmal wäre weniger mehr, weil es Rudolf Schmölz mit einem Vielerlei an Beilagen zu gut meint und sich mehr auf die Einzelheiten konzentrieren könnte. Aber das ist wohl Beckmesserei bei Schwarzwurzeln und Zucchini-Risotto zu Kalbsfilet, mit Tomaten und Schafskäse gratiniert, oder Dorade royale in Schalottensauce auf venezianischem Gemüse und Tomatennudeln. Auch bei den Vorspeisen wird nicht gegeizt (hausgebeizter Basilikumlachs auf Limettenschaum mit Gemüsesülze und Feldsalat). Ein stimmiger Ausklang sind stets die aufwendigen Desserts (Rhabarber-Quark-Tarte mit Vanilleeisparfait auf Rhabarberragout und -sorbet). Sehr gutes Preis-Leistungs-Verhältnis, mehr als 150 Weine, aufmerksamer Service. Auch mittags eine gute Adresse mit schöner Gartenterrasse.

**5** FFF○○
OT Mitte, Bolzstr. 8
PLZ 70173 ■ b 5, S. 295
Tel. 0711/65 55 70 11
www.5.fo
Sa mittag, So geschl.
Hauptgerichte € 8-29
Chefkoch: Russel Pirrit
AmEx EC MASTER VISA

Neuer Koch, neues Glück: Russel Pirrit tritt nicht nur in die Fußstapfen seines ehemaligen Chefs Marc Müller, der dem „5“ einen Höhenflug bescherte – er geht einen kleinen Schritt weiter. So will er nicht mehr mit ungewöhnlichen Aromen aus der Naturküche Eindruck machen; stattdessen fügen sich hochwertige Produkte stimmig in das sogenannte ganzheitliche Lifestylekonzept ein. Der erste Gang aus wahlweise bis zu neun heißt „Thronfolger“ und ist als tropisches Eiland angerichtet mit *kingfish,* Hibiskus, Kokos und schwarzem Reis. Die Taubenbrust mit einer köstlichen Leberjus ist mit Brennnesselblättern garniert. Das Zweierlei vom Zicklein begleitet ein kunstvoll angelegter Miniatur-Gemüsegarten. Hier wie überall finden sich Akzente, die aus der durchkomponierten modernen Klassik herausstechen: Heucreme, Currypaste, Jasmingelee, Yamswurzel. Dazu empfiehlt sich, beim locker-kompetenten Restaurantleiter Dirk Romann eine Weinreise (aus 150 Positionen) zu buchen.

**Kern's Pastetchen** FF○○○

Innenstadt, Hohenheimer Str. 64
PLZ 70184 ■ b/c 2, S. 295
Tel. 0711/48 48 55
www.kerns-pastetchen.de
nur Abendessen, So geschl.
Hauptgerichte € 26-34
Chefkoch: Tobias Kneissl
EC

Ein Klassiker in der Landeshauptstadt. Das gemütliche Restaurant mit Holzbalken und weiß eingedeckten Tischen vereint das Beste aus Österreich, Frankreich und dem Mittelmeer. Der alpenländische Einschlag ist in den saisonal geprägten Gerichten unverkennbar, bekommt aber mit mediterranen Einflüssen hin und wieder südliche Eleganz. Kren (Meerrettich) darf beim Zander auf Berglinsen nicht fehlen, Filet und Bäckchen vom Weiderind werden mit Bärlauchrisotto serviert. Schöne Desserts. Klar, dass auf der Weinkarte (320 Positionen) Österreich gut vertreten ist.

„Kern's Pastetchen": Flair mit Holzbalken

**La Fenice** FF○○○

Innenstadt, Rotebühlplatz 29
PLZ 70178 ■ b 2, S. 295
Tel. 0711/615 11 44
www.ristorante-la-fenice.de
Sa mittag, So geschl.
Hauptgerichte € 18-29
Chefköchin: Rosa Gorgoglione
AmEx EC MASTER VISA M

Viel Stil, null Arroganz – dafür steht Stuttgarts bester Italiener. Vincenzo Gorgoglione und sein Serviceteam empfehlen aus der Weinkarte (auf der ein Württemberger wie Gerhard Aldinger mit einem Großen Gewächs einen Ehrenplatz hat) auch hochwertige Offene. Köchin Rosa bringt das Kunststück fertig, ihre klare Linie immer wieder zu variieren – auf konstant hohem Niveau mit Vorspeisen wie gegrilltem Pulpo, gefüllten Zucchiniblüten oder Entenstopfleber auf Babyspinat. Hausgemachte Pasta (etwa Ricotta-Spinat-Ravioli), auch das Kartoffelgratin zum Lammkarree mit Kräuterkruste ist wie alles hier: schmackhaft.

NEU **Lava** FF○○○

OT Degerloch, Epplestr. 40
PLZ 70597 ■ b 2/3, S. 295
Tel. 0711/71 91 78 95
www.lava-stuttgart.de
Sa mittag, Mo, So geschl.
Hauptgerichte € 16-34
Chefkoch: Christian Weber
EC M

Im modernen, leicht kühlen Schick betreibt Christian Weber viel Aufwand bis ins kleinste Detail. Die Karottenessenz ist von hoher Intensität und kann sich auch gegen die leicht strenge Kaninchenleber als Einlage behaupten, die schön schaumige Schwarzwurzelsuppe birgt ein pochiertes Wachtelei. Abwechslungsreich ist auch der Zwischengang des Menüs „Entdeckungsreise" mit

**„Meister Lampe": feine Komposition mit geschichtetem Apfel, Vanille und Mandel – köstlich!**

Variationen vom Kaninchen und vielen Komponenten (darunter Kohlrabi, schwarzer Knoblauch, Alblinsen), herzhaft und stimmig das „Hohenloher Lamm querbeet". Raffinierte Desserts: *délice* von Nougat und Joghurt mit Karamell, Avocado und Eisenkraut oder Parfait von Matcha-Tee und Ingwer mit Zitronen-Salbei-Ragout.

**NEU Meister Lampe** FF○○○
OT Weilimdorf, Solitudestr. 261
PLZ 70499 ■ a 1, S. 295
Tel. 0711/989 89 80
www.restaurant-meisterlampe.de
Sa mittag, So abend, Mo geschl.
Hauptgerichte € 18-32
Chefkoch: Daniel Stübler
EC MASTER VISA

Daniel Stübler hat sich selbstständig und aus dem „Hasen" sein „Meister Lampe" gemacht. Den Rostbraten vom Staufenrind gibt's nun *dry-aged* und im Vakuum gegart. Die sanfte Garmethode sorgte auch dafür, dass die Wachtel mit Steinpilzen zart geriet. Dem Rehrücken verlieh ein Mantel aus Schwarzwälder Schinken eine rauchige Note, Lemberger-Jus, krosse Mini-Schupfnudeln, heiße Sauerkirschen und pürierter Blumenkohl rundeten das Gericht ab.

Nur deutsche Weine, darunter viele von Top-Gütern aus Baden-Württemberg.

**Olivo** FFFF○
Innenstadt, im Steigenberger Hotel Graf Zeppelin, Arnulf-Klett-Platz 7
PLZ 70173 ■ b 4, S. 295
Tel. 0711/204 82 77
www.olivo-restaurant.de
So, Mo geschl.
Hauptgerichte € 26-44
Chefkoch: Nico Burkhardt
AmEx DINERS EC MASTER VISA

Nico Burkhardt hat das Überholmanöver eingeleitet und sich an die Spitze der Stuttgarter Top-Gastronomie gesetzt. Seine Tellergemälde sehen dekorativ aus, doch kein Element dient rein optischen Zwecken. Alles ist aufeinander abgestimmt, die Aromen haben ihren Soloauftritt und fließen dann ineinander, verstärken sich wie Wellen zum spannungsreichen Bogen: bei der Olivenvariation als Amuse-Gueule, bei der confierten Island-Languste, die auch als Tatar und Praline auftritt, bei der Tomatenvariation zum blütenweißen Steinbutt, bei den Duroc-Schweinsbäckchen mit „BBQ"-Sauce bis zur Himbeervariation. Perfekt gepflegte Käse von Affineur Bernard

Antony. Auch die Pralinen (französischer Nougat, Schokoladen-Minitörtchen) haben hohes Niveau. Auf die Weinempfehlungen des souveränen Maître Pascal Foechterlé ist Verlass. Panoramablick auf „Stuttgart 21".

**Schlossgarten Bernhard Diers** ○○○○○
OT Mitte, im Hotel am Schlossgarten
Schillerstr. 23, PLZ 70173 ■ c 4, S. 295
Tel. 0711/202 60
www.hotelschlossgarten.com
Sa mittag, So geschl.
Hauptgerichte € 25-59
Chefkoch: Bernhard Diers
AmEx DINERS MASTER VISA
Bernhard Diers wird das schöne Restaurant im Sommer verlassen. Sein Nachfolger, Sebastian Prüßmann, kommt aus der „Villa Hammerschmiede" in Pfinztal und tritt seinen Dienst am 15. September an. Wir sind gespannt, wie er das Haus in die Zukunft führen wird und setzen die Bewertung zunächst aus.

**Speisemeisterei** FFF○○
OT Plieningen, Schloss Hohenheim
PLZ 70599 ■ c 3, S. 295
Tel. 0711/34 21 79 79
www.speisemeisterei.de
kein Ruhetag
Hauptgerichte € 34-42
Chefköche: Markus Eberhardinger, Frank Oehler
AmEx DINERS EC MASTER VISA
Wie es scheint, sind die jungen wilden Jahre im eleganten Kavaliersbau von Schloss Hohenheim endgültig vorbei. Erstaunlich, wie behutsam mit den Produkten umgegangen wird. Ob zum Brotsalat, zur Wildkräutersuppe oder zu Buchweizenravioli: Der Eigengeschmack des Gemüses wird fein herausgearbeitet und von sanft-exotischen Zugaben wie Kichererbsensamosa, Kardamom oder Kreuzkümmel unterstrichen. Zu Ochsenmaulsalat in Kräuterkruste und Zicklein in Schwarzbrot wird ein „Innereien-Cocktail" in einem Tässchen extra gereicht. Raffinierte Eissorten: mit Pommerysenfgeschmack als Gruß, aus Meerrettich zur gebeizten Schwarzwaldforelle und im Dessert als erfrischendes Caipirinha-*granité*. Maître-Sommelier Marc Schnierer kann bei 450 Weinen aus dem Vollen schöpfen.

**top air** FFF○○
OT Flughafen, Flughafenstr. 1
PLZ 70629 ■ c 4, S. 295
Tel. 0711/948 21 37
www.restaurant-top-air.de
Sa mittag, So, Mo geschl.
Hauptgerichte € 32-49
Chefkoch: Marco Akuzun
AmEx DINERS EC MASTER VISA
Dass Europas einziges Flughafenrestaurant mit hohem Anspruch auch nach dem Abgang von Claudio Urru seinem Ruf gerecht wird, dafür sorgt Marco Akuzun, der seit 2011 als Souschef an Bord ist, mit zwei Menüs: aromastarke und kontrastreiche Gerichte mit bis zu zehn Komponenten. Eine Herausforderung war die Säure der Fingerlime-Vinaigrette zu Pulpo-Carpaccio und Seeteufel. Weniger kontrastreich, aber ebenso intensiv waren Kaninchenbauch und kleine Polenta-Safran-„Bomben". Eher klassisch kam der Lammrücken in Ziegenfrisch-

**„top air": Marco Akuzun ist der neue Chef**

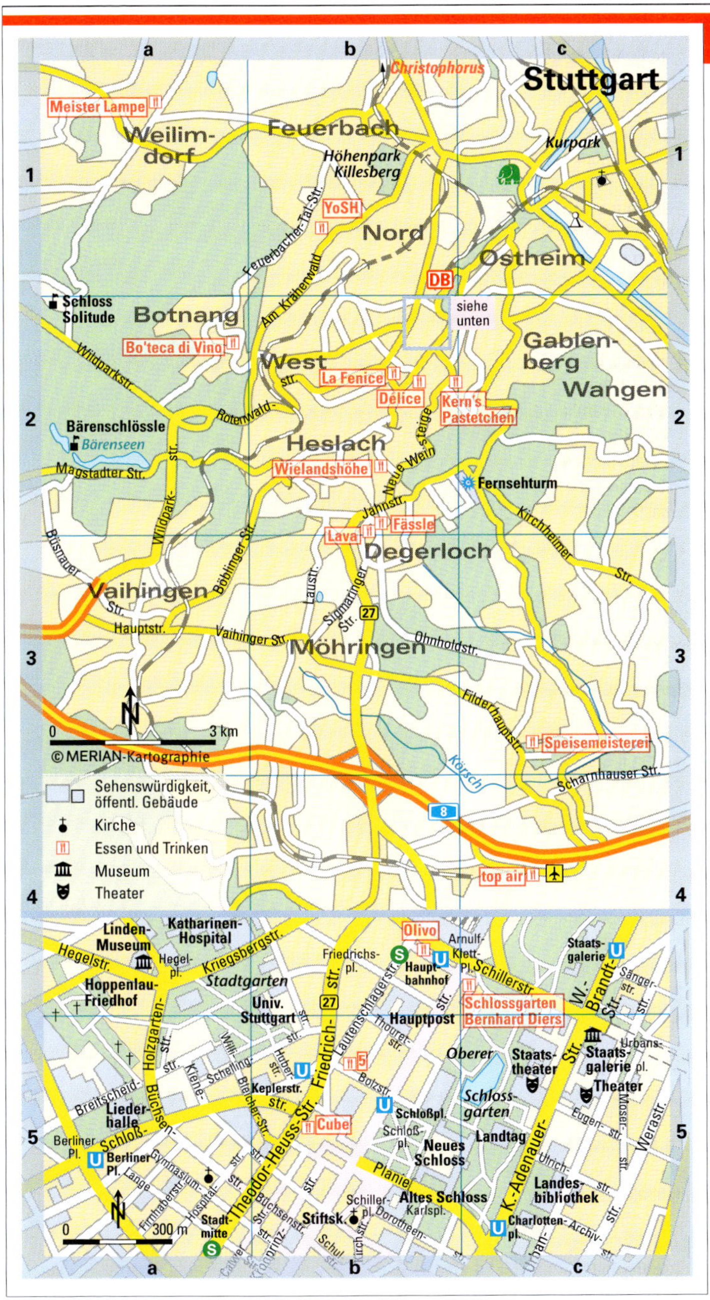
Stuttgart
Meister Lampe
Weilimdorf
Feuerbach
Höhenpark Killesberg
Christophorus
Kurpark
YoSH
Feuerbacher-Tal-Str.
Am Kräherwald
Nord
Ostheim
DB
siehe unten
Schloss Solitude
Botnang
Bo'teca di Vino
Wildparkstr.
West
La Fenice
Délice
Kern's Pastetchen
Gablenberg
Wangen
Rotenwald-str.
Bärenschlössle
Bärenseen
Magstadter Str.
Heslach
Wielandshöhe
Neue Weinsteige
Fernsehturm
Jahnstr.
Fässle
Lava
Degerloch
Kirchheimer Str.
Wildpark-str.
Böblinger Str.
Büsnauer Str.
Vaihingen
Laustr.
Sigmaringer Str.
27
Hauptstr.
Vaihinger Str.
Möhringen
Ohnholdstr.
Filderhauptstr.
Speisemeisterei
0
3 km
© MERIAN-Kartographie
Körsch
Scharnhauser Str.
8
Sehenswürdigkeit, öffentl. Gebäude
Kirche
Essen und Trinken
Museum
Theater
top air
Linden-Museum
Katharinen-Hospital
Hegelstr.
Hegel-pl.
Kriegsbergstr.
Stadtgarten
Friedrichs-pl.
Olivo
Arnulf-Klett-Pl.
Hauptbahnhof
Schillerstr.
Staatsgalerie
Sängerstr.
Hoppenlau-Friedhof
Univ. Stuttgart
Friedrich-str.
Lautenschlagerstr.
Schlossgarten
Bernhard Diers
W.-Brandt-Str.
Hauptpost
Thouretstr.
Holzgartenstr.
Willi-Bleicher-Str.
Schellingstr.
Huberstr.
Kienestr.
Oberer Schlossgarten
Staatstheater
Staatsgalerie
Urbanspl.
Theater
Kepler-str.
Bolzstr.
Breitscheidstr.
Liederhalle
Büchsenstr.
Schloßstr.
Schloßpl.
Cube
Schloß-pl.
Neues Schloss
Landtag
K.-Adenauer-Str.
Eugenstr.
Moserstr.
Werastr.
Berliner Pl.
Gymnasiumstr.
Theodor-Heuss-Str.
Planie
Ulrichstr.
Lange
Hospitalstr.
Firnhaberstr.
Altes Schloss
Karlspl.
Landesbibliothek
Schiller-pl.
Dorotheenstr.
Stiftsk.
Kirchstr.
Charlotten-pl.
Archivstr.
Stadtmitte
Büchsenstr.
Kronprinzstr.
Calwer
Schulstr.
Urbanstr.
0
300 m
1
2
3
4
5
a
b
c

käse-Chorizo-Kruste mit Ratatouille und Eukalyptus-Honig-Jus daher. Restaurantleiter Ralf Pinzenscham sorgt weiterhin für einen reibungslosen Ablauf.

**Wielandshöhe** FFF○○

OT Degerloch, Alte Weinsteige 71
PLZ 70597 ■ b 2, S. 295
Tel. 0711/640 88 48
www.wielandshoehe.de
So, Mo geschl.
Hauptgerichte € 28-45
Chefköche: Vincent Klink, Benjamin Widmann
AmEx DINERS EC MASTER VISA

Vincent Klink geht es ums Prinzip. Immer. Das ist so bei der Qualität der Produkte, bei der Kompromisse undenkbar sind, und beim Anrichten auf dem Teller. Keine Spielereien, nur das Notwendige – das aber richtig! Das gilt bei den deftigeren Wohlfühlgerichten, die bei Klink den Namen *soulfood* wirklich verdient haben, wie der hausgemachten Schwäbisch-Gmünder Batzenwurst mit Röstzwiebeln und Kartoffelsalat oder der Ochsenroulade mit Schwarzwälder Speck und gebratenem Spitzkohl. Und genauso bei der mediterran-eleganteren Abteilung, etwa gegrilltem Felsenoktopus in Kräutervinaigrette mit warmem Brotsalat oder Loup de Mer aus Wildfang mit Safran-*nage* und provenzalischem Kräutergemüse. Über 300 Weine, darunter Gutes aus Deutschland und Frankreich. Netter Service.

**YoSH** FF○○○

OT Killesberg, Feuerbacher Weg 101
PLZ 70192 ■ b 1, S. 295
Tel. 0711/699 69 60
www.yosh-stuttgart.de
nur Abendessen,
Mo, Di geschl.
Hauptgerichte € 32-49
Chefkoch: Klaus Jäschke
AmEx EC MASTER VISA

Rustikale und moderne Elemente verbinden sich im Design des schicken Restaurants harmonisch. In der Küche gelingt die Kombination von Heimischem und Mediterranem bestens. Hummerscheren werten eine frühlingshafte Kerbelschaumsuppe auf, die Fischsuppe „Yosh" ist schon ein Klassiker, und die französische Maispoularde, in der Meersalzkruste gebacken, ist eine Wonne, die gleich für zwei ausreicht. Ein bisschen von allem? Dann empfehlen wir das „Tapas-Menü". Rund 400 Weine.

## Sulzburg ■ B 49, S. 350

**Hirschen** FFFF○

Innenstadt, Hauptstr. 69, PLZ 79295
Tel. 07634/82 08
www.douce-steiner.de
Mo, Di geschl.
Hauptgerichte € 39-50
Chefköchin: Douce Steiner
EC MASTER VISA

**„Hirschen": Douce Steiners schöne Bühne**

Douce Steiner gehört zu den stillen, zurückhaltenden Köchen des Landes. Und da sie Kochshows und Öffentlichkeit meidet, erkennt sie nicht jeder Gast gleich, wenn sie im unprätentiösen „Hirschen" von Tisch zu Tisch geht. Ob Bodensee-Egli mit Flusskrebs oder mit Hummer gefüllte Bresse-Poularde in Krustentierfond mit Kamillenblüte –

Gemüse und Kräuteraromen spielen einen selbstbewussten Part in dieser strikt saisonalen Küche, die einem mediterranen, klaren Stil verpflichtet ist. Das gilt auch für die guten Desserts, wo Gariguette-Erdbeeren mit frischem Waldmeister und Estragon die letzte denkbare Falle im Verlauf des Menüs souverän umschiffen: Nur süß wäre öde. Und öde ist im „Hirschen" nicht erlaubt.

**La Maison Eric**
Im Brühl 7, PLZ 79295
Tel. 07634/61 10
www.la-maison-eric.de
Mi mittag, Mo, Di geschl.
Hauptgerichte € 19-29
Chefköchin: Dagmar Hauck
EC
Sulzburg hat keine 2700 Einwohner – aber mindestens drei bemerkenswerte Restaurants. Darunter dieses, das sich einer unaufgeregten und dennoch ambitionierten Küche verschrieben hat und zwei saisonal wechselnde Menüs anbietet. Der grüne Spargel mit Jakobsmuscheln und Wildkräutern war hübsch angerichtet, bestens gegart und wurde mit nussiger Vinaigrette serviert. Auch der kross gebratene Zander mit kräftiger Safransauce, Tagliatelle und Lauchringen sowie das Dessert, ein Mangosorbet mit Crème brûlée und Basilikum, schmeckten erstklassig. Durch den Abend führt sehr umsichtig Patron Eric Grandgirard, der charmante Chef des Hauses, der stets auch erstklassige Weine aus dem Markgräflerland parat hält.

„La Maison Eric": klarer Stil mit Fachwerk

„La Vigna": Gutes im Glas gibt's auch

**La Vigna**
OT Laufen, Weinstr. 38
PLZ 79295
Tel. 07634/80 14
www.restaurant-la-vigna.de
So, Mo geschl.
Hauptgerichte € 19-33
Chefkoch: Thomas Schmeisser
EC MASTER VISA
Was die Familie Esposito serviert, weist weit hinaus über das immer wieder gepriesene *cucina-della-mamma*-Niveau: Taubenleber mit Friséesalat, Lachsravioli, Bresse-Taube in Rotwein oder mit Trüffeljus, Panna cotta mit gebratenen Aprikosen und Lavendel. Klare Strukturen und Aromen, dazu eine gute badische und italienische Weinauswahl sowie eine beschwingte mediterrane Atmosphäre.

S

## Sylt/Hörnum

■ C 1, S. 334

**Kai3**

Im Hotel Budersand, Am Kai 3, PLZ 25997
Tel. 04651/460 70
www.budersand.de
nur Abendessen
Hauptgerichte € 32-40
Chefkoch: Jens Rittmeyer
AmEx DINERS EC MASTER VISA

Hervorragende regionale Produkte aus Norddeutschland und Dänemark spielen in Jens Rittmeyers Küche die Hauptrolle, raffiniert modernisiert mit skandinavischen Einflüssen. Die Highlights seiner Stilrichtung fasst der Chefkoch unter dem Thema „Meine nordische Küche" zusammen, etwa das zarte Tatar vom Rentier mit Wacholder und Honig-Essig-Eis oder den Steinbutt aus dem dänischen Hanstholm mit feinem Schnittlauchsud und Kohlrabi. Dass er mit seinen Kreationen auf der Höhe der Zeit ist, beweist Rittmeyer auch mit dem vegetarischen Menü „Meine heimliche Leidenschaft": Bei der „Kürbis-Versuchung" wird mit verschiedenen Texturen stimmig variiert, beim Gericht „Schöne Zwiebel" kommen verschiedene Sorten und Zubereitungen des Gemüses zu kulinarischen Ehren. Von der Weinkarte (500 Positionen) empfiehlt Sommelier Thomas Kallenberg – gern auch glasweise deutsche Spitzenweine.

## Sylt/Keitum

■ C/D 1, S. 334/335

**Karsten Wulff**

Museumsweg 4, PLZ 25980
Tel. 04651/303 00
www.karsten-wulff.de
So geschl.
Hauptgerichte € 22-42
Chefköche: Karsten Wulff, Jens Spilker
EC

Patron und Küchenchef Karsten Wulff ist ausgesprochen engagiert, wenn es um seine Fischzutaten geht: Für sein gemütlich-maritimes Keitumer Restaurant fährt er selbst zum Einkaufen auf die Auktionen und in die kleinen Häfen Dänemarks. Regelmäßig nimmt er auch Gäste mit. Den besten Überblick bekommt man beim „3 x 3 Menü", etwa mit Plätzchen vom Taschenkrebs mit Rucola-Pesto, gebratenem Kaisergranat und Limandesfilet „Müllerin Art". Steinbutt gibt es auch und manchmal den guten Petermann mit festem Fleisch. Ente und Lamm für Nicht-Fischesser. Umfangreiche deutsche Weinauswahl, netter Service.

## Sylt/List

■ D 1, S. 334

**La Mer**

Im Grand Spa Resort A-Rosa Sylt
Listlandstr. 11, PLZ 25992
Tel. 04651/96 75 00
www.a-rosa.de
nur Abendessen, Mo, Di geschl.
Hauptgerichte € 41-55
Chefkoch: Sebastian Zier
AmEx DINERS EC MASTER VISA

Das kongeniale Duo aus Küchenchef Sebastian Zier und Patissier Christian Hümbs begeistert im schick-modernen Gourmetrestaurant des Lister Ferienresorts mit ungeminderter Dynamik und Kreativität. Sebastian Ziers Gerichte, die er in zwei Menüs präsentiert, sind ausgefeilte moderne Kreationen auf klassischer Basis, geprägt

„La Mer": große Zukunft – Sebastian Zier

„Spices": asiatische Moderne mit Sushi-Tresen und offener Küche – Sarah Henkes Bühne

von intensiven Aromen und zugleich von eleganter Leichtigkeit. Bei jedem Teller gerät man aufs Neue ins Schwelgen: Steinbutt mit Rindermark, Spargel, Morcheln, Ochsenschwanzessenz und Nussbutterschaum ist ein fulminantes Geschmackserlebnis, bei dem der Steinbutt mit den kräftigeren Aromen vom Rind, verbunden durch den Nussbutterschaum, zum hinreißenden Genuss wird. Exotik wird nie zum vordergründigen Effekt, sondern immer schlüssig eingesetzt, etwa wenn Zier confierte Taube mit Tandooripüree und als Crème brûlée mit Bulgur kombiniert. Und selten freut man sich schon zu Beginn so auf den Abschluss wie bei Christian Hümbs, wenn er aus Rhabarber aus dem Alten Land mit Sylter Joghurt und Zartbitterschokolade aus Dänemark ein wahres Kunstwerk komponiert! Souveräner Service und ebensolche Weinberatung (über 500 Positionen bester deutscher Weine).

**Spices** FFF○○
Im Grand Spa Resort A-Rosa Sylt
Listlandstr. 11, PLZ 25992
Tel. 04651/96 75 09 92
http://resort.a-rosa.de
nur Abendessen, Mi geschl.
Hauptgerichte € 26-32
Chefköchin: Sarah Henke
AmEx EC MASTER VISA

Asiatisch inspirierte Kochkunst serviert Sarah Henke im schicken „Zweitrestaurant" des „Grand Spa Resort A-Rosa Sylt". In ihren Menüs – nach den Elementen Wasser, Erde und Feuer sortiert – setzt sie Calamaretti (mit Kalamansi-Vinaigrette), Ente (mit Erdnusskaramell) und Hummer (mit Passionsfrucht-Chili-Vinaigrette) aromatisch aufs Beste in Szene. Das Kalb kommt „thailändisch" mit Ananas und Koriander auf den Tisch, der Saibling „fruchtig" mit Gurke, Mango und Gelbem Curry. Allein der „flüssige" Langostino mit Erbse und Chili ist den Besuch im schicken Gastraum zwischen Sushi-Bar und offener Küche wert – grandios! Die genialen Desserts wie „Buddhas Garten" oder „Yin und Yang" kommen aus der Patisserie von Christian Hümbs, „La Mer". Ein besonderes Lob verdient das junge Serviceteam, das sich engagiert und kompetent um jeden Gast kümmert.

## Sylt/Munkmarsch

■ C 1, S. 334

**Fährhaus** FFFF○
Im Hotel Fährhaus Sylt, Bi Heef 1
PLZ 25980

Tel. 04651/939 70
www.faehrhaus-hotel-collection.de
im Winter: nur Abendessen, So, Mo geschl., 23. Juni-2. Sept.: nur Abendessen, Mo geschl., Hauptgerichte € 46-56
Chefkoch: Alexandro Pape
AmEx EC MASTER VISA
Elegante Heiterkeit prägt die Stimmung im schönen „Fährhaus" am kleinen Munkmarscher Hafen, einen besseren Rahmen könnte es für Alexandro Papes Gerichte, die feine Zutaten aufs Schönste mit spannungsreichen Aromen verbinden, kaum geben. Das gilt für alle drei Menüs, das „Fährhaus Menü", das Klassisches wie Entenmastleber neu interpretiert (hier als *millefeuille* mit karamelliserter Entenleber, Aal, Ananasconfit, geeisten Leberparfaitperlen und salzigem Erdnussbrioche), das sardische Menü („meine Wurzeln") und das „Feinheimisch Menü" (saisonal-regional). Dass Sepia mehr hergibt als nur eine Trendzutat, beweist Pape in Kombination mit geschmorten Kalbsbäckchen, Couscous-Risotto nach Mailänder Art, Mandelsauce und Brokkoli-Staub, Sprossen und Röschen. Herrlich die Barbecue-Jus zum Lamm mit Salsiccia-Paprika-Kruste. Kreative Patisserie! Sehr aufmerksamer und charmanter Service, exzellente Weinauswahl.

**Käpt'n Selmer Stube**
Bi Heef 1, PLZ 25980
Tel. 04651/939 70
www.faehrhaus-sylt.de
kein Ruhetag
Hauptgerichte € 20-48
Chefkoch: Alexander Klein
AmEx EC MASTER VISA M
Alexandro Pape hat auch ein Auge auf die Küche des Zweitrestaurants im „Fährhaus". Selbst wenn der Chefkoch hier öfter wechselt, die „Stube" bleibt mit ihren heimeligen Räumen eine verlässliche Adresse für verfeinerte Regionalküche. Natürlich gibt es Sylter-Royal-Austern, das Sylter Deichlamm kommt als Carpaccio vom Rücken mit Püree von weißen Zwiebeln und Wildkräutersalat oder als Karree mit kräftiger Chorizokruste, Kartoffel-Apfel-Gratin und Bohnentagliatelle auf den Teller. Die Nordsee-Seezunge wird im Ganzen mit Blattspinat und Noilly-Prat-Schaum serviert. Käse aus Norddeutschland.

**„Fährhaus" am Munkmarscher Hafen: Küchenchef Alexandro Pape beim „Schachspielen"**

**„Söl'ring Hof": Johannes King sammelt seine Zutaten selbst – Kräuter für den Rotbarsch**

## Sylt/Rantum

■ C 1, S. 334

### Sansibar FF○○○

Hörnumer Str. 80, PLZ 25980
Tel. 04651/96 46 46
www.sansibar.de
kein Ruhetag
Hauptgerichte € 9-45
Chefkoch: Dietmar Priewe
AmEx EC MASTER VISA

Auch wenn so manches Zweigstellen-Experiment wie zuletzt in der Hamburger Hafencity nicht von Dauer ist, in Herbert Secklers berühmter Strandbude in den Rantumer Dünen wird die lässige Lebenslust von prominenten wie unbekannten Inselgästen ungemindert genussvoll gefeiert. Der beeindruckende Weinkeller sorgt dafür, dass das immer mit gut gefüllten Gläsern geschieht, und der junge, lässig-nette Service behält auch bei Ansturm den Überblick, wenn er Klassiker wie scharfe Scampi-Spaghetti oder Angeldorsch aus dem Gemüsesud mit Senfsauce serviert. Die legendäre Vorspeisenparade vorweg ist eigentlich ein Hauptgericht, danach passt noch gut ein Kaiserschmarren. Und zum Absacker auf dem Übergang zum Strand auf die Nordsee schauen.

### Söl'ring Hof FFFF○

Im Hotel Dorint Söl'ring Hof
Am Sandwall 1, PLZ 25980
Tel. 04651/83 62 00
www.soelring-hof.de
nur Abendessen, So geschl.
Hauptgerichte € 46-65
Chefköche: Andreas Sondej, Johannes King
AmEx EC MASTER VISA

Johannes King ist unser „Koch des Jahres" 2013 – Glückwunsch! Unsere derzeitigen Favoriten in seinem großen Menü: mild geräucherter Aal vom Plöner See, begleitet von Apfelkompott, Apfelkugeln und knusprig-süßlichen Röstzwiebeln und am Tisch umgossen mit einem unverschämt guten „Schweinesaft", gekocht aus Rippchen – diese herzhafte und doch elegante Komposition aus Fett, Raucharomen und Süße hat einen extrem langen Abgang. Hinreißend ist das heiter bunte „Frühlingsgemüse" aus

S

**„Bodendorf's": rote Wände, kreative Küche und eine herrlich entspannte Atmosphäre**

geschälten Erbsen, Spargelspitzen, Karotte und Radieschen auf Ziegenfrischkäse und lauwarmem Eigelb mit kecken Kräutern und „Schnee" von Erbsen; Krümel von gezuckerten und getrockneten Erbsenschalen steuerten knusprige Elemente bei. Sehr fein und ein Klassiker: die „Bouillabaisse à la King" mit Rochen, Nordsee-Steinbutt, Hummer und Kartoffel-*mousseline,* dazu etwas *sauce rouille* und ein saftiger Croûton mit Olivenmtatar und Tomatenkonfitüre – ein aromatischer, schwelgerischer Gruß vom Mittelmeer mit Bezug zur Nordsee! Applaus auch für die klassisch im Ganzen und in Butter gebratene (und endlich mal nicht *sous vide* gegarte) Étouffé-Taube, deren rote, saftige Brustscheibchen auf einem Ragout vom Keulenfleisch lagen, begleitet von Champignoncreme und winzigem Crostini-Sandwich mit Taubenlebercreme – göttlich! Im Sinne der „Feinheimisch"-Idee bemüht man sich um einen rein deutschen Käsewagen. Schönes Ambiente, allein das etwas erbarmungslos wirkende Licht wünschen wir uns milder. Der talentierten Sommelière Bärbel Ring sollte man tunlichst die Wahl der Weine überlassen. Der gastfreundliche Maître Alfons Wimmer ist ein sonniges Gemüt. Neu: „King's Genuss-Shop" in Keitum.

## Sylt/Tinnum

■ C 1, S. 334

### Bodendorf's FFFF○

Im Hotel Landhaus Stricker, Boy-Nielsen-Str. 10, PLZ 25980
Tel. 04651/889 90
www.landhaus-stricker.de
nur Abendessen
So, Mo geschl.
Hauptgerichte € 48-56
Chefkoch: Holger Bodendorf
AmEx EC MASTER VISA

In keinem anderen der Sylter Gourmetrestaurants sind Ambiente und Stimmung so angenehm entspannt wie bei Holger Bodendorf im kleinen Raum mit den roten Wänden. Dazu trägt auch das kulinarische Konzept bei, das in zwei Menüs unter dem Titel „Lieblingsgerichte" quasi Klassiker versammelt und unter dem Motto „Moderne" neue Kreationen. Wer also wieder den in Nussbuttermolke pochierten Kabeljau essen möchte, bekommt ihn auch (mit gerösteten Mandeln, geräuchertem Kabeljau, *taglierini* und Kapern). Wir empfehlen unbedingt auch die neuen Ideen des Patrons wie bretonischen Steinbutt mit mariniertem Spargel und Püree vom Zuckermais sowie Espresso-Gel und Malzöl als spannungsreiche Akzente. Das gute Knuthenlund-Lamm aus Dänemark kommt als Rücken und geschmorte Schulter mit Kerbelwurzelcreme und geliertem Kräutertee auf den Teller– eine aparte Idee! Kreativ auch der Käsegang: Parmesan und gebackenes Hühnereigelb mit Parmesan-Panna-cotta, Macadamianuss und getrockneter Aprikose. Die Weinkarte ist ein Buch (850 Positionen) mit allen deutschen Top-Winzern. Sommelier Nils Hoyer ist leider nicht mehr an Bord.

**Siebzehn84** FF○○○
Im Hotel Landhaus Stricker, Boy-Nielsen-Str. 10 PLZ 25980
Tel. 04651/889 90
www.landhaus-stricker.de
außer So nur Abendessen
Hauptgerichte € 24-35
Chefkoch: Holger Bodendorf
AmEx EC MASTER VISA
Der Name des Zweitrestaurants verbindet Tradition und Moderne: 1784 wurde das ursprüngliche Gebäude des späteren „Landhauses Stricker" errichtet. Auf der „Tenne" und im „Kaminzimmer" lässt Holger Bodendorf abwechslungsreiche Gerichte servieren, von der Gamba mit Chorizo und Taboulé bis zur krossen Bauernentenbrust mit Pfeffersauce, vom Kalbscarpaccio mit Thunfisch-Mayonnaise bis zur Foie gras von ungestopften Gänsen. Sehr schmackhaft waren die Frischkäseravioli mit Ingwer-Tomaten, würzig-scharf die Suppe *(laksa)* vom Wolfsbarsch mit Chili und Zitronengras. Überwältigende Weinauswahl auf der Karte des Gourmetrestaurants.

## Sylt/Westerland

■ C 1, S. 334

**Bistro Stadt Hamburg** FF○○○
Strandstr. 2, PLZ 25980
Tel. 04651/85 80
www.hotelstadthamburg.com
kein Ruhetag
Hauptgerichte € 13-20
Chefkoch: Ulrich Person
AmEx DINERS EC MASTER VISA

Mag der Sommer noch so verregnet sein, spätestens, wenn man das hübsche Bistro mit seinen gelben Wänden und den blau-gelben Blumenmustern betritt und der Service uns freundlich lächelnd willkommen heißt, geht am Ende der Westerländer Fußgängerzone die Sonne auf. Was aus der Küche kommt, ist wunderbar unkompliziert und genau das Richtige für einen Snack (die Tomatenkraftbrühe verdient ihren Namen!)

**„Hamburg"-Küchenchef Ulrich Person**

oder einen anständigen Appetit nach einem Strandspaziergang. Einfach gut sind die Nordsee-Krabben auf bestem Friesenbrot mit Spiegelei, geschmackvoll die Fischgerichte, etwa Lengfilet auf Chorizo-*brandade* mit Orangen-Paprika-*nage*.

**Ivo & Co** FF○○○
Gaadt 7, PLZ 25980
Tel. 04651/231 11
www.ivoundco.de
nur Abendessen,Hauptgerichte € 15-35
Chefköchin: Silke Schang
AmEx EC MASTER VISA
„Wir geh'n zu Ivo", sagen seine Fans und meinen damit das kleine, unprätentiöse

„Ivo & Co": engagierter Patron – Ivo Köster

Restaurant, in dem man auch andere Inselköche an ihren freien Tagen sitzen sieht. Gibt es ein größeres Kompliment? Entscheidend für die Beliebtheit ist die ehrliche Küche in bester Qualität und die Weinauswahl mit über 400 Positionen – alles Gute aus Deutschland und Europa. Dazu bereitet Silke Schang Saisonales, natürlich viel Fisch und exzellente Steaks! Das Ochsenkotelett ist grandios, noch geschmackvoller ist das US-Beef. Und die Pommes frites sind gut!

**Stadt Hamburg** FFF○○

Strandstr. 2, PLZ 25980
Tel. 04651/85 80
www.hotelstadthamburg.com
nur Abendessen
Hauptgerichte € 24-32
Chefkoch: Ulrich Person
AmEx DINERS EC MASTER VISA

Was das Bistro für den Alltag, ist das schöne, lichte Gourmetrestaurant des gemütlichen Hotels für den abendlichen großen Genuss. Hier kann Ulrich Person sein Können in Gänze unter Beweis stellen! Der Mann ist allerdings so bescheiden wie konzentriert und macht aus nordischen und weltläufigen Zutaten geradlinige, geschmackvolle Gerichte, darunter beliebte Klassiker und Neues. Wunderbare Aromen arbeitet er bei Jakobsmuscheln im *fregola*-Zucchiniblüten-Sud mit Lardo oder beim Satruper Kalbsfilet mit Morchel-Graupen, Kohlrabi und Vin santo heraus. Aufmerksamer Service, große Weinauswahl von guten deutschen und französischen Winzern.

„Stadt Hamburg": Westerlands gemütlichstes Hotel für Gourmets

„Lamm im Kau": herzliche Gastlichkeit mit schöner Terrasse und ländlichen Gerichten

## Tegernsee ■ B 59, S. 352

**Schwingshackl Esskultur** FFF○○
Im Hotel Villa am See, Schwaighofstr. 53-55
PLZ 83684
Tel. 08022/706 19 20
www.schwingshackl-esskultur.de
außer Sa, So nur Abendessen,
Di, Mi geschl.
Hauptgerichte € 35-38
Chefkoch: Erich Schwingshackl
AmEx EC MASTER VISA

So witterungsabhängig die Auslastung des Panoramarestaurants auch sein mag, bei nur sieben Gerichten und recht stolzen Preisen (5 Gänge plus Sorbet € 120) erwartet man, dass alles gut gelingt. Der Küchengruß aus Rote-Bete-Essenz, -Mousse und geschmacksfreiem Wasabi-Apfel-Air erfüllte diesen Anspruch noch nicht. Völlig einverstanden waren wir mit dem perfekt gebratenen Steinbutt, umringt von frischer Gartenerbsencreme, prallen Morcheln und Schrobenhausener Spargel – wunderbar! Der leckere halb flüssige Schokokuchen mit Kokos-Eis hätte das Blattgold nicht unbedingt gebraucht. 12 hübsche Zimmer, einige mit Whirl-Wanne oder eigener Sauna.

## Tettnang ■ E 49/50, S. 351

**Lamm im Kau** FF○○○
OT Kau, Sängerstr. 50, PLZ 88069
Tel. 07542/47 34
www.lamm-im-kau.de
Mo geschl.
Hauptgerichte € 10-35
Chefkoch: Reinhard Kiechle
EC MASTER VISA

In diesem Gasthaus weiß man seit über 30 Jahren, was den Gästen schmeckt. Ländlich ist die Küche ausgerichtet, wenn sie ofenfrischen Krustenbraten vom Steirischen Landschwein in einer dunklen Augustinerbiersauce mit Semmelknödel anrichtet, oder Bodensee-Kretzerfilets in der Bröselkruste backt, klassisch kommt Remouladensauce dazu. Österreich grüßt beim Tiroler Kaiserkalbsfilet mit frischen Morcheln und gefüllten Dinkelflädle. Hübsche Terrasse.

## Tholey ■ B 35, S. 344

**Hubertus** FFF○○
In der Hotellerie Hubertus, Metzer Str. 1
PLZ 66636
Tel. 06853/910 30
www.hotellerie-hubertus.de

T

Sa mittag, Mo, Di geschl.
Hauptgerichte € 33-38
Chefkoch: Josef Hubertus
EC MASTER VISA

Eine französisch inspirierte Küche aus besten Produkten, serviert im gediegenen Ambiente mit ländlichem Chic: Das ist seit Jahren das Erfolgskonzept von Patron und Küchenchef Josef Hubertus. Bereits das Entree, ein kompaktes *pavé* von der Gänsestopfleber mit fruchtig-erfrischendem Kirschgelee, weist gelungen in Richtung Klassik *á la française*. Rundum überzeugend war das feine Hummerfleisch in einer gut ausbalancierten und leicht würzigen Hummer-*bisque*. Aromatisch ebenfalls harmonisch komponiert war der zarte Rehrücken auf karamellisiertem Rotkohl mit luftigem Kartoffelpfannkuchen und einer intensiven Rosmarinjus – ein bestens verfeinerter Klassiker. Gut sortierte Weinkarte mit guten Weinen aus Deutschland und Frankreich, freundlicher und ambitionierter Service.

## Tiefenbronn ■ C/D 46/47, S. 350/351

### Häckermühle

OT Würmtal, Im Würmtal 5
PLZ 75233
Tel. 07234/42 46
www.haecker-muehle.de
Mo geschl., Di mittag,
Mi mittag geschl.
Hauptgerichte € 16-31
Chefköchin: Claire Stier
AmEx EC MASTER VISA

Moderne badische Kochkultur mit mediterranen Nuancen im grünen Tal: Fangfrisch ist der saftige Bachsaibling, zu dem Flusskrebse und Spargel serviert werden. Das schwäbische Alblamm ist mediterran angerichtet und wird von weißem Bohnenpesto und Rahmpolenta begleitet. Rösche Kartoffelschnecken schmecken zum Maispoulardenbrüstchen, das Land und Meer mit Knusper-Gamba in Krustentiersauce vereint. Aufmerksamer Service durch die Patronin, 200 Weine mit den Schwerpunkten Deutschland und Frankreich.

## Timmendorfer Strand ■ A 8, S. 336

### Orangerie

Im Maritim Seehotel Timmendorfer Strand
Strandallee 73 b, PLZ 23669
Tel. 04503/60 50
www.orangerie-timmendorfer-strand.de
außer So nur Abendessen, Mo, Di geschl.
Hauptgerichte € 44-54
Chefkoch: Lutz Niemann
AmEx DINERS EC MASTER VISA

Im eleganten Restaurant (ohne Meerblick) können sich die Gäste ganz auf Lutz Niemanns klassisch-französische Küche mit mediterranen Einflüssen konzentrieren. Bei der karamellisierten Périgord-Gänseleber setzen Rhabarber und Vanille aromatische Akzente. Die Seezunge hat Niemann in Kerbelbutter gebraten, zum Geschmackserlebnis wird das Gericht durch die schaumige *sauce mousseline*. Wunderbares Fleisch zeichnet das Müritz-Lamm in einer milden Knoblauchjus mit Ratatouille und Aubergine aus. Klassisches Finale: Crêpes Suzette mit Blutorangen und weißem Schokoladeneis. Wie Niemann ist auch Ralf Brönner, Restaurantchef und Sommelier, bereits seit 1990 dabei. Er empfiehlt aus 450 Weinen, darunter viele aus Deutschland und Frankreich.

**„Orangerie": Küchenchef Lutz Niemann**

„Becker's": Christine und Wolfgang Becker präsentieren Modernes wie Saibling als Carpaccio

## Triberg im Schwarzwald ■ C 48, S. 350

**Ochsenstube** FF○○○
Innenstadt, im Parkhotel Wehrle
Gartenstr. 24, PLZ 78098
Tel. 07722/860 20
www.parkhotel-wehrle.de
außer So nur Abendessen
Hauptgerichte € 12-27
Chefkoch: Ronald Ettl
AmEx EC MASTER VISA

Regional-mediterrane Gerichte kommen im Traditionshotel auf die gepflegt eindeckten Tische. Gänseleberterrine mit Portweinmelone und Serrano-Schinken etwa oder Käsespätzle mit Röstzwiebeln. Die Doradenfilets werden auf der Haut gebraten, dazu passt ein würziges Kartoffel-Oktopus-Ragout. Den frischen Fisch aus dem Forellenbecken lässt man sich am besten gutbürgerlich nach „Müllerin Art" braten.

## Trier ■ B 34, S. 344

**Becker's** FFFF○
OT Olewig, Olewiger Str. 206, PLZ 54295
Tel. 0651/93 80 80
www.beckers-trier.de
nur Abendessen, So,Mo geschl.
Menüs € 115-135
Chefkoch: Wolfgang Becker
AmEx EC MASTER VISA

Modernist Wolfgang Becker ist im beschaulichen Trier auf Expansionskurs: In der ehemaligen Alten Hauptpost in der Innenstadt etabliert er das neue Restaurant „Becker's XO" samt Bar und Feinkostgeschäft. Im schick-modernen Stammrestaurant überzeugt er weiter mit leichten, fast spielerischen, doch niemals gekünstelten Kreationen. Virtuos und harmonisch kombiniert er erstklassige Grundprodukte in verschiedenen Konsistenzen. Sautierte Eismeergarnelen mit grünen Mandeln und Gurken-Eis, mit Koriander abgeschmeckt, boten einen nussig-frischen Auftakt. Die Gänseleber mit Himbeeren – pur und geliert, als knusprige Brösel und Espuma – begeistert mit spannenden Kontrasten. Einzig das saftig gegarte Schwarzfederhuhn litt unter etwas zu stark gesalzenem Couscous.
Den metallisch schmeckenden Manzanilla-Sherry zum Langostino fanden wir dann doch gewagt. Mehr offene Weine außer den eigenen „Beckers" von der Mosel wären wünschenswert. Sehr aufmerksamer, entspannter Service.

T

### Schloss Monaise

OT Zewen, Schloss Monaise 7, PLZ 54294
Tel. 0651/82 86 70
www.schloss-monaise.de
Di mittag, Mo geschl.
Hauptgerichte € 25-39
Chefkoch: Hubert Scheid
EC MASTER VISA

Hubert Scheid pfeift auf kulinarische Moden und setzt stattdessen auf hochwertige Produkte und vor allem auf die geradlinige Zubereitung der Klassiker. Diese Küche passt bestens zum eleganten Ambiente des wunderschönen frühklassizistischen Schlosses. Bei Gerichten wie in Eiswein marinierter Gänseleber, Seeteufel mit frischem Blattspinat oder saftigen Rinderfiletmedaillons in intensiver Rotweinsauce steht immer der klare Geschmack im Vordergrund. Hochwertige Weinauswahl (350 Positionen) mit dem Besten von der Mosel, darunter auch ältere Jahrgänge, und Gutem aus Frankreich.

## Trittenheim

■ B 34, S. 344

### Wein- & Tafelhaus Oos

Moselpromenade 4, PLZ 54349
Tel. 06507/70 28 03
www.wein-tafelhaus.de
Mo, Di geschl.
Hauptgerichte € 28-45
Chefkoch: Alexander Oos
EC MASTER VISA

Lichte, sonnige Atmosphäre herrscht im geschmackvoll renovierten Restaurant am Moselufer, durch die bodentiefen Fenster oder im Sommer von der idyllischen Terrasse schweift der Blick über die Trittenheimer Weinberge. Schöner könnte die Kulisse für Alexander Oos' zeitgemäße Gerichte auf klassisch-französischer Basis mit mediterranen Noten kaum sein. Natürlich verwendet er Produkte aus der Region, doch Kreationen wie ein Ragout von Meeresfrüchten mit Verjusschaum und Frühlingsgemüse mit Estragon oder Lammrücken mit Ducca-Gewürz und Amaranth, jungem Blattspinat, Artischocken, Auberginencreme und Couscous mit Cashewkernen, Minze und Zitrone

„Wein- & Tafelhaus": Alexander Oos

sind wunderbare Aromenspiele. Große Weinauswahl (400 Positionen) mit vielen Weinen aus der Region Mosel-Saar-Ruwer.

## Tübingen

■ D 47, S. 351

### Hirsch

OT Bebenhausen, Schönbuchstr. 28
PLZ 72074
Tel. 07071/609 30
www.landhotel-hirsch-bebenhausen.de
Di geschl.
Hauptgerichte € 19-33
Chefkoch: Anton Mayer
DINERS EC MASTER VISA

Die Küche im idyllischen Landhotel arbeitet ambitionierter, als die Gerichte auf der Speisenkarte ahnen lassen. Internationale Einflüsse finden sich bei Riesengarnelen mit knusprigem Kartoffel-Koriander-Gitter und asiatischem Gemüse. Klassisches gibt's mit Nordsee-Scholle mit Speck oder zartem Kalbsrahmschnitzel sowie Schweinelendchen in Cognac-Pfeffer-Rahmsauce mit Spätzle. Freundlicher Service.

### Waldhorn

OT Bebenhausen, Schönbuchstr. 49
PLZ 72074

Tel. 07071/612 70
www.waldhorn-bebenhausen.de
Mo, Di geschl.
Hauptgerichte € 18-36
Chefköche: Dorothea Schulz-Schilling, Kilian Baumann
EC
Am besten hält man sich in den verschiedenen Stuben an die bodenständigen Regionalgerichte: geschmorte Rehkeule mit Pilzen und Serviettenknödel sind immer ein verlässlich-deftiger Genuss, gut schmeckt auch das Kalbsfilet mit Spargel und Flädle. Im Sommer sitzt man im schönen Garten. Der Service ist so herzlich, wie wir ihn kennen.

## Tuttlingen ■ D 49, S. 351

**Rôtisserie & Vinothek Gartner**
In Wöhrden 5, PLZ 78532
Tel. 07461/910 00 06
www.gartner-tut.de
Sa mittag, So geschl.
Hauptgerichte € 15-38
Chefkoch: Florian Gartner
EC MASTER VISA
Licht und puristisch-modern ist das Restaurant, und ebenso konzentriert ist, was aus der Küche kommt: in der Saison gern Wild wie Nüsschen und Ragout vom Maibock mit Spätzle oder mediterraner Mainstream wie gebratene Jakobsmuschel und Gamba auf Blattsalat. Bei den Hauptgerichten gibt es wahlweise Frühlingsgemüse, Kartoffeln, Risotto oder Tagliatelle als Beilagen zu Doradenfilet, Barberie-Entenbrust oder Ibérico-Schwein sowie Steaks vom Black-Angus-Rind.

## Twist ■ C 12, S. 338

**Backers**
OT Bült, Kirchstr. 25, PLZ 49767
Tel. 05936/90 47 70
www.gasthof-backers.de
Sa mittag, Mo, Di geschl.
Hauptgerichte € 14-24
Chefkoch: Helmut Backers
EC MASTER VISA
Seit 1985 sind die Backers nun schon Gastgeber kurz vor der niederländischen Grenze. Dennoch gehen die Ideen nie aus: Die Fischsuppe interpretiert Helmut Backers mit griechischen Akzenten und schmeckt Garnele, Seeteufel, Meerbarbe, Pulpo mit Minze und Orangen ab. Leicht gepökelt ist das Haxenfleisch vom Bentheimer Lamm mit

„Backers“: Wohlfühl-Atmosphäre mit Kaminfeuer und Backsteinwänden im Traditions-Gasthaus

Erbspüree und Kräutersalat, das Hasenragout wird nach Tiroler Art zubereitet und mit Karotten und Speck in Rotwein geschmort, dazu gibt's kleine Semmelknödel. Netter Service von Irene Backer.

## Überlingen ■ D 49, S. 351

**Landgasthof zum Adler** FF○○○
OT Lippertsreute, im Hotel zum Adler
Hauptstr. 44, PLZ 88662
Tel. 07553/825 50
www.adler-lippertsreute.de
Mi, Do geschl.
Hauptgerichte € 14-26
Chefkoch: Peter Vögele
EC MASTER VISA
Bilderbuch-Gasthof für gehobene Ansprüche im Dörfchen Lippertsreute, von Überlingen eine Viertelstunde mit dem Taxi. Kalbsbeuschel mit Thymian-Brägele, marinierter Kaninchenrücken mit mediterranem Gemüsesalat, geschmortes Rehherz in Holunderbeerenjus erfreuen ebenso wie geschnetzelte Lammleber in Balsamicojus oder rosa Linzgauer Forellenfilet in Hummerschaum auf Mangoldgemüse mit geschmälzten Nüdele (wunderbar) und Kalbszüngle in Bärlauchsauce mit Butternudeln. Auf dem Barwagen 26 Obstler und Topinambur-Schnaps.

## Uhldingen-Mühlhofen ■ D 49, S. 351

**Seehalde** FFF○○
OT Maurach-Birnau, PLZ 88690
Tel. 07556/922 10
www.seehalde.de
Mi mittag, Di geschl.
Hauptgerichte € 18-28
Chefkoch: Markus Gruler
EC
Schon bei den Vorspeisen, Zwischengerichten und Suppen fällt die Entscheidung schwer. Ravioli vom Sipplinger Lamm oder Gänseleber mit Bitterschokolade? Bärlauchsüpple mit Hechtklößchen? Wir entschieden uns für die schmackhafte Bouillabaisse von Bodensee-Fischen und den Ziegentaler mit Hummus von grünen Erbsen und Orange – eine interessante Kombination. Markus Gruler gehört zu den kreativen Köchen am Bodensee. Herrlich war das gezupfte Ragout vom Linzgauer Huhn mit Morcheln und Krebsen, immer wieder ein Genuss ist der Klassiker Kalbskutteln nach Elsässer Art. Die Bodensee-Trüsche, ein Süßwasserdorsch, wird selten gefangen und muss natürlich auf den Teller. Weiter Blick auf den See, dazu ein saftiger Bodenseewein vom Geiger – passt bestens!

## Ulm ■ F 48, S. 351

NEU **Lago** FFF○○
OT Oststadt, Friedrichsau 50
PLZ 89073
Tel. 0731/206 40 00
www.lago-ulm.de
nur Abendessen
Hauptgerichte € 19-35
Chefkoch: Klaus Buderath
AmEx EC MASTER VISA
Schöne Aussicht von der Terrasse im modern-sachlichen Hotel: Küchenchef ist nun Klaus Buderath (zuvor „Adler", Rammin-

**„Lago": der schönste Platz? Die Terrasse!**

„Blauer Salon": Hark Pezely verteidigt mit seinem Team die Spitzenposition auf Usedom

gen). Der bisher kreativste Koch der Region, Marian Schneider, ist nun gastronomischer Direktor. Die Zutaten setzt Buderath effektvoll ein, immer im Dienst der Aromenvielfalt. Das gilt für beide Menüs der zweigeteilten Karte: „Heimat" offeriert etwa ein Zweierlei vom Saibling, das mit Kiefernknospen gebeizt ist, oder Hohenloher Kalbsfilet, in Heu und Römertopf gegart. Beim Menü „Exkurs" kommt die Tiefseegarnele in einem Sud aus Gurkenwasser und Tonic, das Huhn mit Mais und Frühlingstrüffel im Weckglas unter einem Hühnerhautchip auf den Tisch. Highlight: die zarte Lammzunge auf intensivem Perlgraupenrisotto, dazu ein Gazesäckchen mit dehydriertem Gemüse, das mit heißem Kefir übergossen wird. Die Weinauswahl ist noch ausbaufähig, ebenso die Qualität des Service.

## Usedom/Ahlbeck ■ F 8, S. 337

**Blauer Salon**

Im Romantik Seehotel Ahlbecker Hof
Dünenstr. 47, PLZ 17419
Tel. 038378/620
www.seetel.de
nur Abendessen
Hauptgerichte € 23-26
Chefkoch: Hark Pezely
AmEx EC MASTER VISA

Die Küche im „Kaiserblick", im Hauptrestaurant des Grandhotels, wurde verkleinert. Der Gourmettreff ist nun der separate neue, intimere „Blaue Salon" mit Empire-Dekor, Lüster und Kaiserblick zum Meer. Hark Pezelys klassisch inspirierte „Salon"-Küche hält ihr Niveau: Die „Symphonie von Krustentieren" bestand aus Hummerschwanz, Hummertörtchen, Krustentier-Cappuccino und Wildwassergarnele im Kartoffelkokon. Ostsee-Steinbutt und geschmolzene Gänseleber wurden auf Blumenkohlpüree und mit aufgeschäumter Rotweinbutter angerichtet. Aromatisches Dessert: mit Champagner aufgefüllte Waldbeeren, weiße Schokolade, Champagner-Gelee, Cassis-Sorbet, Blattgold und Nelkenblütenblätter.

## Usedom/Heringsdorf ■ F 8, S. 337

**Bernstein**

Im Strandhotel Ostseeblick, Kulmstr. 28
PLZ 17424
Tel. 038378/540
www.strandhotel-ostseeblick.de
kein Ruhetag, Hauptgerichte € 23-28

„Tom Wickboldt": ambitionierte Küche und intime Atmosphäre im „Romantik Hotel Esplanade"

Chefkoch: Arjan Mensies
AmEx EC MASTER VISA
Schlicht-schön ist das Restaurant im Ferienhotel mit seinem Blick über die Ostsee. Arjan Mensies moderne Küche ist regional ausgerichtet, lässt sich aber auch von Einflüssen aus der Welt inspirieren. Sein Menü stellt man sich selbst zusammen und wählt zum Beispiel aus Maischolle mit Morchel, Erbsen, Wachtelei und Kresse oder Kaisergranat mit Spargel, Passepierre (Queller) und Hollandaise, was im Mittelpunkt der Speisenfolge stehen soll. Mit dem „Robin-Food-Menü" tut man auch noch Gutes: Eine Spende geht an die Kindernothilfe.

**Kulm Eck** FF○○○
Kulmstr. 17, PLZ 17424
Tel. 038378/225 60
www.kulm-eck.de
nur Abendessen, Mo geschl.
Menüs € 39-50
Chefkoch: Brian Seifert
EC MASTER
Wildkräuter und Blüten werden in der Saison jeden Tag gesammelt – frischer geht's nicht. Mit ihnen setzt Brian Seifert in seinen geschmackvollen regional-saisonalen Gerichten bisweilen kräftige Akzente. Ein intensiv grüner Genuss ist die Spinatsuppe mit Eigelbravioli und Rosmarin, der Ostsee-Zander hat mit Sanddorn-Honigkraut und Karotten-Ingwer-Flan aparte Partner. Das Sanddorn-Honigkraut gibt es auch zum Mitnehmen. Überschaubare Weinauswahl.

**Tom Wickboldt** FF○○○
Im Romantik Hotel Esplanade, Seestr. 5
PLZ 17424
Tel. 038378/700
www.seetel.de
nur Abendessen, So, Mo geschl.
Hauptgerichte € 30-48
Chefkoch: Tom Wickboldt
AmEx EC MASTER VISA
Tom Wickboldt bietet im kleinen, eleganten Gourmetrestaurant mit intimer Salon-Atmosphäre auch etwas fürs Auge. Immer wieder hübsch, wie er ambitioniert anrichtet, ob gebratene Jakobsmuschel mit feinem Zucchinifächer, Vanille-Fenchel-Confit und Safran-Muschel-Sud oder das Kalbsfilet im Petersiliencrêpe mit Kartoffel und aromatischer Trüffeljus. Schöne Desserts!

## Velbert

■ B/C 15, S. 338

**Haus Stemberg** FFF○○
OT Neviges, Kuhlendahler Str. 295
PLZ 42553

Tel. 02053/56 49
www.stemberg.tv
Do, Fr geschl.
Hauptgerichte € 17-37
Chefkoch: Sascha Stemberg
AmEx DINERS EC MASTER VISA
Herzliche Gastfreundschaft ist bei den Stembergs garantiert. Der Wintergarten ist neu eingerichtet, die Küche bleibt so anspruchsvoll, wie wir sie kennen. Klassiker wie „Stembergs Fischsuppe“ oder gebratenen Blutwurst nach altem Hausrezept gelingen bestens, seine Klasse zeigt Sascha Stemberg aber beim Degustationsmenü. Den lauwarm gebeizten Ora-King-Lachs (Luxus-Biolachs aus Neuseeland) verfeinert er mit Koriandercreme, Grapefruit und Miso, den chinesischen Ententee mit Soja, Gemüse und Enten-Wan-Tans. Herrlich geschmackvoll richtet er das Simmentaler Rind als mild geräuchertes Roastbeef und Schmorbacke mit Sellerie, Zwiebeln und gegrilltem Caesar Salad an. Angenehmer Service, 180 Weine.

## Verden (Aller)

■ F 11, S. 339

**Pades**

OT Mitte, Grüne Str. 15, PLZ 27283
Tel. 04231/30 60
www.pades.de
kein Ruhetag
Hauptgerichte € 12-28
Chefkoch: Wolfgang Pade
EC VISA
Mit Gespür für das harmonische Gesamtbild sind im heiter-eleganten Ambiente historische Elemente wie Stuck mit modernen wie schlicht-eleganten Lederstühlen kombiniert. Ebenso harmonisch sind die Gerichte, für die Wolfgang Pade gern saisonale Produkte verwendet und Altbekanntes neu interpretiert. Spargel wird auch mal zu Chorizo und Aprikose auf French Toast (Armer Ritter) gereicht, zum Kalbs-Entrecote gibt er etwa geschmackvollen Bärlauch-Kartoffel-Stampf, Chips, jungen Knoblauch, Spargel vom Holzkohlegrill und Café-de-Paris-Sauce (Buttersauce mit Kapern, Schalotten und Kräutern). Netter Service, europäische Weinkarte.

## Viersen

■ A 15, S. 338

**Josefine**

OT Süchteln, im Hotel Alte Villa Ling
Hindenburgstr. 34, PLZ 41749
Tel. 02162/97 01 50
www.alte-villa-ling.de
Sa mittag, Mo geschl.
Hauptgerichte € 18-38
Chefkoch: Thomas Teigelkamp
AmEx EC MASTER VISA
Seit 1997 kocht Thomas Teigelkamp am kulinarisch nicht eben verwöhnten Niederrhein. Wunderbar leicht ist die Galette von Kohlrabi-Limetten-Mousse mit Tatar vom schottischen Lachs und Spinatsalat in *salsa verde*, saftig der Weiße Atlantik-Heilbutt mit grünem Erbsenpüree in Champagner-Minzbutter-Sauce. Heimische Produkte sind ihm ein Anliegen, etwa Hagenbroicher Milchlammrücken, den er gratiniert und mit Bärlauchjus und *peperonata*-Bohnen-Gemüse serviert. Fantasievoll und erfrischend endet das Menü mit *cassata siciliana* mit Bergamottewürze und Schokolade in Erdbeer-Ingwer-Jus. 350 Weine, netter Service.

**„Pades“: heiter-elegantes Ambiente**

## Vogtsburg im Kaiserstuhl

■ B 48, S. 350

### Gasthaus zum Kaiserstuhl FF○○○

OT Niederrotweil, PLZ 79235
Tel. 07662/237
www.gasthaus-zum-kaiserstuhl.de
So abend, Mo geschl.
Hauptgerichte € 12-26
Chefkoch: Lothar Koch
EC MASTER VISA

Unbedingt reservieren, die wenigen Plätze im gemütlich-rustikalen Landgasthaus sind begehrt. Das liegt vor allem an Lothar Kochs Passion für Kräuter, 60 wachsen im eigenen Garten. Frühlingshafte frische Gerichte kreiert er mit dem ersten Löwenzahn als Salat nach altem Hausrezept mit Bärlauchkracherle oder bei Löwenzahnblüten-Rahm-Eis. Das heißt aber nicht, dass ein Besuch im Winter nicht lohnt: Klassiker wie Rinderlendensteak mit intensiver Trüffelsauce sind immer gut. Gute badische Weinauswahl.

### Schwarzer Adler FFFF○

OT Oberbergen, Badbergstr. 23, PLZ 79235
Tel. 07662/93 30 10
www.franz-keller.de
Mi, Do geschl., Hauptgerichte € 34-41
Chefköche: Anibal Strubinger, Christian Rosse
AmEx DINERS EC MASTER VISA

Fritz Keller regiert ein kleines kulinarisches Reich (Weingut, drei Restaurants, ein Hotel). Im Zentrum steht unverrückbar das Hauptrestaurant, auf dem Parkplatz sind französische Nummernschilder stets eine Empfehlung! In klassisch-eleganter, gemütlicher Atmosphäre überzeugt sein Team dort mit geradliniger Küche, besten Produkten und französischer Note: Steinbutt auf Kartoffel-Kapern-Ragout in Beurre blanc, saftig und auf den Punkt gegartes Filet vom Vorderwälder Rind. Für die Froschschenkel in Knoblauch-Petersilien-Butter reisen Gourmets von fern an, ganz zu schweigen von

„Schwarzer Adler": eine sichere Bank

den 2500 Weinen. Grandios ist die Bordeaux-Auswahl, viele Positionen sind erfreulich moderat kalkuliert. Bester Service. Neu: Restaurant „Kellerwirtschaft" im neuen Weingut im selben Ort.

### Winzerhaus Rebstock FF○○○

OT Oberbergen, Badbergstr. 22, PLZ 79235
Tel. 07662/93 30 11
www.franz-keller.de
Mo, Di geschl., Hauptgerichte € 7-18
Chefkoch: Dominique Gutleben
EC

Fritz Keller ist auch hier der Patron für die gute Regionalküche. Nach Weinbergschnecken als Vorspeise sollte man das Huhn bestellen: Das ganze Mistkratzerle (Freilandhuhn) aus dem Ofen braucht zwar etwas länger, ehe es schön saftig auf die rustikalen Tische kommt, aber die Wartezeit lohnt sich! Klasse sind auch die Kalbsnieren in Pommerysenfsauce mit hausgemachten Nudeln. Immer eine schnelle Alternative: die Flammkuchen. 200 Weine, viele aus Baden.

## Vöhrenbach

■ C 48, S. 350

### Zum Engel FFF○○

Schützenstr. 2, PLZ 78147

Tel. 07727/70 52
www.engel-voehrenbach.de
Mo, Di geschl.
Hauptgerichte € 14-30
Chefkoch: Reinhold Ketterer
EC

Feine Kräuterpasta auf Tomatensugo: Der Küchengruß von Reinhold Ketterer, seit 35 Jahren Chefkoch und Freund von badischen Klassikern wie Kalbsnierle und Ochsenschwanz, verheißt Gutes. Lachstatar mit Wasabicreme oder Spinatravioli mit Morcheln sind ein wunderbar zeitgemäßer Einstieg. Herrlich aromatisch ist die Bärlauch-Jus zum saftigen Bachsaibling. Beste Produktqualität auch beim fein marmorierten Rumpsteak, das klassisch mit Cognacrahm kombiniert wird. Entspannter, aufmerksamer Service in lockerer Wohnstubenatmosphäre, gute Auswahl an heimischen und internationalen Weinen.

## Volkach

■ C 39, S. 346

### Zur Krone

OT Escherndorf, Bocksbeutelstr. 1
PLZ 97332
Tel. 09381/28 50
www.krone-escherndorf.de
Di, Mi geschl.
Hauptgerichte € 9-23
Chefkoch: Bernd Enssle
EC MASTER VISA

Der Koch ist neu, aber die Küchenlinie bleibt fränkisch-regional. Den guten Sauerbraten mit Wirsing und Kartoffelklößen oder das fränkische Hochzeitsessen gibt es weiterhin, ebenso Tafelspitz mit Meerrettich, Preiselbeeren und Nudeln oder das Zweierlei von der Ente mit Rotweinschalotten, Sellerie und Birne. Liebenswürdiger Service.

### Zur Schwane

Im Romantik Hotel Zur Schwane
Hauptstr. 12, PLZ 97332
Tel. 09381/806 60
www.schwane.de
Mo mittag geschl.
Hauptgerichte € 16-30
Chefkoch: Achim Büschel
AmEx EC MASTER VISA

„Schnabberli" heißt die hiesige Version der Tapas – sie sind ideal, um sich durch das Angebot zu probieren: etwa herzhafte Blutwurst im Teigmantel oder ein Stück Forellenfilet mit leichter Meerrettichsauce. Ansonsten wird die gehobene Regionalküche weitergepflegt: frisches Spessart-

**„Zur Schwane": fränkische Regionalküche mit Anspruch und ein romantischer Innenhof**

W

Saiblingsfilet und mürbe Schweinebäckchen in kräftiger Spätburgunder-Sauce. Alles wird freundlich und fix serviert, im Sommer am liebsten im romantischen Innenhof. Nebenan Verkauf der Weine und Schnäpse vom eigenen Gut und fränkischer Delikatessen.

## Wachtberg ■ B 32, S. 344

**Kräutergarten** FF○○○
OT Adendorf, Töpferstr. 30, PLZ 53343
Tel. 02225/75 78
www.gasthaus-kraeutergarten.de
außer So nur Abendessen,
So abend, Mo geschl.
Hauptgerichte € 29-33
Chefkoch: Herbert Jungbluth
EC

20 Jahre betreibt Familie Jungbluth bereits ihr gemütliches Gasthaus in Adendorf bei Bonn. Im Jubiläumsjahr werden die Restauranträume neu gestrichen. Der Patron pflegt weiter seine moderne europäische Küche, die regionale und asiatische Aromen miteinbezieht. Mediterran geprägt ist die in Olivenöl confierte Bauernhahnbrust mit Rotweinrisotto, weißen Rübchen und Gorgonzolaschaum, raffiniert die Türmchen von Avocado, Gurke und Mango mit gebratenem Kalbsbries und Chili-Garnelen-*tapenade.* Gastgeberin Astrid Jungbluth serviert zum Abschluss spanischen Mandelkuchen mit weißem Schokoladenparfait und Safran-Blutorangen. Sie empfiehlt außerdem kompetent aus 200 Weinen.

## Wadersloh ■ D 14, S. 339

**Bomke** FFF○○
Kirchplatz 7, PLZ 59329
Tel. 02523/13 01
www.hotel-bomke.de
außer Sa, So nur Abendessen,
So abend, Mo geschl.
Hauptgerichte € 21-45
Chefkoch: Jens Bomke
AmEx EC MASTER VISA

Wie zeitgemäß die regionale Küche sein kann, beweist Jens Bomke immer wieder im stilvoll-gemütlichen Gourmetrestaurant des Hauses, wenn er Westfälisches mit südlichen Noten zu herrlich geschmackvollen, anspruchsvollen Gerichten verfeinert. Die Variation von der Wadersloher Silberforelle mit Apfelessig, jungen Bohnenkernen und Pimpinelle ist ein gelungenes Beispiel. Die Seezunge mit Koriandercroûtons, Hummer, Ananas und Zuckerschoten ist schon die große kulinarische Oper, die man beim Patron natürlich auch in überzeugender Form bekommt. Und: Bomkes Gemüsekreationen sind so hervorragend, dass selbst überzeugte Fleischesser schwach werden: rotes Paprika-Orangen-Süppchen mit mildem Knoblauch und mariniertem Gemüse zum Beispiel. Knapp 500 Weine mit Bestem aus Europa. Westfälische Küche im Bistro.

„Bomke": Jens Bomke und Ehefrau Christa

## Waiblingen ■ D 46/47, S. 351

**Bachofer** FFF○○
Am Marktplatz 6, PLZ 71332
Tel. 07151/97 64 30
www.bachofer.info
So, Mo geschl.
Hauptgerichte € 19-36
Chefkoch: Bernd Bachofer
AmEx EC MASTER VISA

Bis zu zehn kleine Gänge können die Gäste bei Bernd Bachofer in einem Menü probieren. In der asiatischen Variante imponieren Schwertfisch mit Sichuanpfeffer, geschmortem *yuzu*-Chicorée und Ingwer-Tafelspitz-Ravioli. Überraschende Aromen auch beim aromareichen Tandoori-Lammrücken mit Lauch-Tapioka, Kichererbsen-Polenta und Gewürztomaten und gebackenem Crottin-de-Chavignol-Käse mit molekularen Oliven, jungem Spinatsalat und Olivenöl-Eis. 250 Weine, eine „Ess-Bar" und ein Boutiquehotel mit neun Zimmern.

## Waldenbuch

■ D 47, S. 351

**Gasthof Krone** FF○○○
Nürtinger Str. 14, PLZ 71111
Tel. 07157/40 88 49
www.krone-waldenbuch.de
Mo, Di geschl.
Hauptgerichte € 22-29
Chefkoch: Patrick Giboin
EC
Rustikal sind die Stuben im denkmalgeschützten Gasthof, in dem die Küche Regionales mit Mediterranem mixt. Die Jakobsmuscheln werden von Erbsen, Spargel, Estragon und Schweinebauch gut ergänzt, der lauwarme Kalbskopf bekommt mit bunten Linsen, gebackenem Bries und Calamaretti passende Begleiter. Safranrisotto steuert bei der Tranche vom Steinköhler mit Tomaten-Lavendel-Konfitüre südliche Noten bei, klassisch gut ist die geschmorte Kalbsbacke mit Kräuterseitlingen und Polenta-*gâteau*. Ideenreiche Desserts, netter Service und eine umfangreiche Weinauswahl mit guten Württemberger Weinen.

## Waltrop

■ C 14, S. 338

**Gasthaus Stromberg** FF○○○
Dortmunder Str. 5, PLZ 45731
Tel. 02309/42 28
www.gasthaus-stromberg.de
So, Mo geschl.
Hauptgerichte € 21-29
Chefköche: Rainer Schorer, Stefan Manier
AmEx DINERS EC MASTER VISA
Hier haben auch die Köche Spaß! Das merken nicht nur die vielen Stammgäste, wenn sie Currywurst (wunderbar!) mit *peperonata* und gebackenen Kartoffelstäbchen genießen oder bestens zubereitete Klassiker von Wiener Schnitzel bis Seezunge mit Büsumer Krabben, Schwarzwurzeln, Meerrettich und Petersilienpesto. Neben dem regionalen

**„Bachofer": schicke neue Gastro-Welt mit verschiedenen Räumen und Angeboten**

W

„Gasthaus-Menü" gibt es das kreative „Stromberg-Menü", etwa mit Kalbsentrecote mit Sardinen-Oliven-*tapenade* und Kalbskopf-Tapioka-Ragout. Der Service ist unkompliziert und freundlich.

## Wangen im Allgäu ■ E 49, S. 351

**Adler** FFF○○
OT Deuchelried, Obere Dorfstr. 4, PLZ 88239
Tel. 07522/70 74 77
Mo, Di geschl.
Hauptgerichte € 19-26
Chefkoch: Uwe Zöller
EC
Die Zöllers sind engagierte Gastgeber im stimmungsvollen Restaurant. Für ihre Küche mit internationalen Einflüssen verwenden sie viele regionale Produkte und kombinieren sie weltläufig. Das gelingt nicht nur bei Rotbarbe und Scampi mit Currynudeln und Gemüse oder beim Perlhuhnbrüstchen mit Tagliatelle und Thaicurry gut. Schöne Desserts wie erfrischendes Mandarinensorbet mit Prosecco. 100 Weine. Im Sommer sitzt man im Garten.

## Wartenberg-Rohrbach ■ D 35, S. 345

**Mahl Werk +** FF○○○
OT Wartenberg, im Landhotel Wartenberger Mühle, Schlossberg 16, PLZ 67681
Tel. 06302/923 40
www.muehle-schlossberg.de
nur Abendessen, Di, Mi geschl.
Menüs € 79-109
Chefkoch: Silvio Lange
AmEx EC MASTER VISA
Silvio Lange aus der „Alten Pfarrey" in Neuleiningen überzeugt mit seiner verfeinerten französischen Küche im stimmungsvollen Restaurant. Das gelingt sehr geschmackvoll bei gebratener Jakobsmuschel, deren süßlich-nussige Noten gut von der Süßkartoffel unterstrichen werden, und beim Bäckchen vom Bellota-Schwein mit Petersilienwurzel und schwarzer Trüffel. Der Topinambur stammt wie der Estragon aus dem eigenen Garten und passt wunderbar zum Loup de Mer. Geschmackvoll auch das Hohenloher Kalb in Orangen-Thymian-Jus. Gute Patisserie mit Variation von der Valrhona-Schokolade, 150 Weine.

## Weikersheim ■ C 40, S. 346

**Laurentius** FFF○○
Marktplatz 5
PLZ 97990
Tel. 07934/910 80
www.hotel-laurentius.de
nur Abendessen, Mo, Di geschl.
Hauptgerichte € 22-36
Chefkoch: Jürgen Koch
AmEx EC MASTER VISA

**„Mahl Werk +": knackige Riesengarnele mit Erbsenpüree, grünem Apfel und Koriander**

„Laurentius": stimmungsvolles Gewölbe-Gourmetrestaurant und weltläufige Küche

Das Haus erstrahlt nach der Komplettrenovierung in neuem Glanz. Patron Jürgen Koch überzeugt weiter mit seiner geschmackvollen Küche, die Weltläufigkeit mit der Region verbindet. Die Meeräsche mit Sojaglace und Sakesud zu Chicorée und Süßkartoffeln zeigt wunderbar, wie gut das gelingt – geschmorte Schulter vom Hohenloher Zicklein mit gebackenem Leberknödel, Schinken mit Petersilie, Lüngerl und Kartoffelauflauf „Parmentier" nicht minder. Raffinesse im „Heimatmenü" bei Taubertäler Fischsuppe mit Sesamknusper und Languste mit Lardo-Speck vom Schwäbisch-Hällischen Schwein, Bulgur, Roter Bete, Blutorange und Kopfsalatcreme. Die Patisserie hält mit: erfrischend ist die Minestrone von Mango und Champagner mit weißem Mokkaschaum und Sorbet von eingelegten Feigen. 300 Weine mit Schwerpunkt Taubertal, Franken. Bistro.

## Weil am Rhein

■ A 50, S. 350

### Adler FF○○○

OT Altweil, Hauptstr. 139, PLZ 79576
Tel. 07621/982 30
www.adler-weil.de
So, Mo geschl., Hauptgerichte € 28-43
Chefkoch: Hansjörg Wöhrle
EC MASTER VISA

45 Jahre lang verwöhnt Hansjörg Wöhrle seine Gäste aus Deutschland und dem benachbarten Ausland jetzt schon. Sensationell! Französisch-Mediterranes im besten konservativen Sinn bietet der Chef, immer aber ist er auch aufgeschlossen für Neues. Gebratener Seeteufel in Curryöl oder aromastarke Bouillabaisse im Safransud und bretonischer Hummer mit hausgemachten Nudeln und Périgord-Trüffeln in Hummerschaum sind aktuelle Beispiele. Wunderbar auch die Markgräfler Kalbsleber „sauer" mit Schweizer Rösti. 300 Weine.

## Weimar

■ E 36, S. 347

### NEU Alboth's Restaurant FF○○○

OT Schöndorf, im Hotel Dorotheenhof
Dorotheenhof 1, PLZ 99427
Tel. 03643/45 90
www.dorotheenhof.com
nur Abendessen, So, Mo geschl.
Menüs € 40-100
Chefköche: Claus Alboth, Michael Schumann
AmEx EC MASTER VISA

Claus Alboth ist jetzt Geschäftsführer im Romantik Hotel „Dorotheenhof" und hat sich dort ein Gourmetrestaurant eingerichtet: intime Atmosphäre mit roter Streifen-

W

tapete und rot-schwarz-weiß kariertem Teppich im schmalen Raum. Seine Küche bleibt auch hier regional-mediterran. Hübsche Idee als Gruß aus der Küche: Heringsfilet mit Wachtelspiegelei und Schaum vom Räucherfisch auf leider geschmacksfreiem Blini. Ein schönes Aroma hatte das Stück vom Räucheraal (etwas fest) auf Kartoffelpüree und -schaum mit winzigen Croûtons. Das zartrosa Filet vom Duroc-Schwein auf Gemüseragout überzeugte mit eleganter Pfeffernote, sehr gut auch dazu die „Schnitte" vom Fleisch aus den Rippchen, klasse die intensive Jus mit leichter Räuchernote und einem Hauch Süße. Die Salat- und Kräuterspitzen auf ausnahmslos jedem Gang zeugten zwar vom Frühling, wären aber überwiegend verzichtbar gewesen. Deutsche Weine, alle sollen auch offen ausgeschenkt werden. Netter Service.

**Anastasia** FF○○○

Innenstadt, im Best Western Premier Grand Hotel Russischer Hof, Goetheplatz 2
PLZ 99423
Tel. 03643/77 48 14
www.restaurant-anastasia.info
nur Abendessen, Mo geschl.
Hauptgerichte € 15-27

**„Anastasia": elegantes Restaurant im Hotel**

Chefkoch: Andreas Scholz
AmEx EC MASTER VISA

Neue deutsche Küche mit klassischen Wurzeln und internationalen Einflüssen pflegt Andreas Scholz im gepachteten Hotelrestaurant: Das können Schaumsüppchen von gelben Linsen und Curry mit Garnelenpflanzerl oder gebratene Entenleber mit glasierten Mirabellen, Karamellknusper und Portwein-*granité* sein. Das Atlantik-Steinbuttfilet bekommt mit Pak-Choi und Gemüsesushi asiatische Akzente. Das Brandenburger Hirschkalb mit getrüffeltem Rahmwirsing und Topfen-Schokoladen-Knödel huldigt der Heimat – ebenso viele Weine.

**Anna Amalia** FFFF○

Altstadt, im Hotel Elephant, Markt 19
PLZ 99423
Tel. 03643/80 20
www.restaurant-anna-amalia.com
Di-Sa nur Abendessen, Mo geschl., Okt-April So abend geschl.
Hauptgerichte € 38-40
Chefkoch: Marcello Fabbri
AmEx DINERS EC MASTER VISA

Festliche Atmosphäre strahlt der elegante Saal mit hohen Decken und moderner Kunst aus, schöne Tischkultur und davor die hübsche Terrasse. Ebenso elegant ist die Küche von Marcello Fabbri, der im Sommer mittags geschmackvolle italienische Klassiker als Bistro-Version kreiert und abends die große, mediterran inspirierte kulinarische Oper aufführt. Apart in Geschmack und Optik die Variation vom Hummer: in intensivem Krustentiergelee mit Karotte, als Schere und Tatar mit süßem Karottenchip und Karottenpüreetupfen, Buchenpilzen, grünen Bohnenkernen und geschmacklich dezentem weißem Schaum. Gut auch die Variation vom Kalb mit Tatar von der Zunge mit Gurke und feiner Dijonsenf-Schärfe, würzig gebackenem Kalbskopf (sehr gut), Sülze von der Haxe auf Linsen, Senfcreme mit roter Zwiebel als Püreetupfen und dünnen Stiften von roher Zwiebel mit Balsamico – gelungenes Spiel von Aromen und Texturen! Eher zurückhaltend waren die grün-weißen

Tortelloni mit Spargel. Der Maibock mit Amarettinikruste hatte eine aromatische Jus als Begleiter. Bester, aufmerksamer Service, intensive Weinberatung.

**„Walk'sches Haus": Fachwerk am Marktplatz**

## Weingarten/Baden ■ C 46, S. 350

**Walk'sches Haus** FF○○○
Im Romantik Hotel Walk'sches Haus
Marktplatz 7, PLZ 76356
Tel. 07244/703 70
www.walksches-haus.de
nur Abendessen, So, Mo geschl.
Hauptgerichte € 28-39
Chefkoch: Jörg Lawerenz
EC MASTER VISA

Jörg Lawerenz pflegt im Gourmetrestaurant des hübschen Fachwerkhaus am Marktplatz seine verfeinerte französische Küche verlässlich weiter: Der pochierte Heilbutt bekommt mit Rote Bete, Passionsfrucht und Feta spannungsreiche Partner, Rücken, Zunge, Bauch und Bries vom Limousin-Lamm werden mit toskanischem Speck und Spinat zum hochgeschmackvollen Genuss. 300 Weine, darunter viele aus Baden. Terrasse, Bistro mit rustikaler Küche (Flammkuchen, Wiener Schnitzel).

## Weisenheim am Berg ■ D 35, S. 345

**Admiral** FF○○○
Leistadter Str. 6, PLZ 67273
Tel. 06353/41 75
www.restaurant-admiral.de
außer So nur Abendessen, Mo, Di geschl.
Hauptgerichte € 19-26
Chefkoch: Alexander Hundt
EC

In der Pfälzer Provinz bringt Alexander Hundt eine einfallsreiche authentische Landhausküche auf die Teller und lässt keinen Zweifel daran, dass bodenständige deutsche Klassiker einen Umweg lohnen. Natürlich gibt es im gemütlich eingerichteten Wirtshaus Pfälzer Rumpsteak mit Pfannenzwiebeln und gebratene Blutwurst. Doch Hundts Küche überzeugt auch mit norddeutschen Klassikern wie Schollenfilet mit Speck und Krabben auf lauwarmem Kartoffelsalat. Immer empfehlenswert: die zarten Schweinebäckchen auf cremigem Kartoffelpüree mit schlotziger Sauce und glasiertem Karotten-Lauch-Gemüse. Einfach und gut! Charmanter Service und viele Pfälzer Weine.

## Weißenstadt ■ A 43, S. 348

**Egertal** FFF○○
Wunsiedler Str. 49, PLZ 95163
Tel. 09253/237
www.gasthaus-egertal.de
außer So nur Abendessen, Di geschl.
Hauptgerichte € 21-29
Chefkoch: Theodor Rupprecht
AmEx EC MASTER VISA

Die Rupprechts sind ein gutes Team mit Onkel Theodor senior als Patron und Neffe Theodor junior, der in der Küche für frischen Wind sorgt. Die Atlantik-Garnelen brät er mit Knoblauchbutter, den Heilbutt kombiniert er mit Blumenkohl, Brokkoli und Nussbutter. Geschmackvoll ist der Kalbskopf mit Wurzelgemüse in Burgunder-Jus. Bistro im Haus, 120 Weine mit Schwerpunkt Franken.

## Wermelskirchen ■ C 15, S. 338

**Landhaus Spatzenhof** FF○○○
Süppelbach 11, PLZ 42929
Tel. 02196/975 90
www.landhaus-spatzenhof.de
Mo, Di geschl.
Hauptgerichte € 21-34
Chefkoch: Philipp Wolter
AmEx EC MASTER VISA

Nach der Schließung des Gourmetrestaurants „Clara von Krüger" im Februar 2013 hat Philipp Wolter den ambitioniertesten Teil seines Speisenangebots, das „Hommage-Menü", in die Karte des bislang als Zweitlokal geführten „Landhaus-Restaurants" integriert. In gemütlichem Ambiente reicht dort die Bandbreite jetzt vom Rheinischen Sauerbraten bis zur Seezunge mit grünem Spargel, Bärlauch und Kaschmir-Curry. Das könnte man leicht als „Für jeden etwas!"-Programm abtun. Doch damit würde man den hohen Qualitätsmaßstäben, die Wolter gleichermaßen an bodenständige wie feine Gerichte anlegt, nicht gerecht. Das kräftig würzige Färsenfilet auf Belugalinsen mit Estragonjus schmeckte ausgezeichnet. Sehr aufmerksamer und netter Service. Kompetente Weinberatung.

## Wernberg-Köblitz ■ B 45, S. 348

**Kastell** FFFF○
Im Hotel Burg Wernberg, Schlossberg 10
PLZ 92533
Tel. 09604/93 90
www.burg-wernberg.de
außer So nur Abendessen, Mo, Di geschl.
Menüs € 98-138
Chefkoch: Thomas Kellermann
AmEx EC MASTER VISA

Elegante Leichtigkeit im strahlend weißen Burggewölbe. Kulinarisch dito: Thomas Kellermann versteht sich auf differenzierte Reduktion und raffinierte Dreiklänge. Die Kreationen stellen das Grundprodukt in den Mittelpunkt, spielen mit Texturen und unterstreichen gekonnt die Eigenaromen. Bei Ferkel-Rillettes mit Jakobsmuschel begeisterte der feine Unterton von Süße und Säure, fruchtige Safrangraupen begleiten die Seezunge im Sherry-Buttermilch-Fond. Lammrücken und Rinderfilet in den Hauptgängen waren von herausragender Qualität, der warme Schokoschaum mit Rotwein-Eis und Petersilienwurzel ein extravagantes Dessert. Das Weinbuch führt rund 600 Positionen, Sommelier Frank Hildebrand findet jederzeit kundig die richtige Begleitung.

## Wertheim ■ F 34, S. 345

NEU **Stadtpalais** FF○○○
Mühlenstr. 26, PLZ 97877
Tel. 09342/934 90 06
www.stadtpalais-wertheim.de
nur Abendessen, Mo, Di geschl.
Hauptgerichte € 28-36
Chefkoch: Ralf Kronmüller
AmEx DINERS EC MASTER VISA

Ralf Kronmüller ist in seine Heimat zurückgekehrt und hat Wertheim nach langen Jahren wieder ein Restaurant für Feinschmecker beschert. Die Gäste können zwischen zwei jahreszeitlichen Menüs wählen. Köstlich ist der Riegel von der Gänsestopfleber als Foie gras und als Mousse, die eine zarte Schokoschicht voneinander

„Stadtpalais": Patron Ralf Kronmüller

trennt. Ein Gedicht ist der Rehrücken mit Olivenkrokant und gebratener Grießschnitte. „Omas Obstgarten" heißt die süßherbe Dessertvariation, bei der allein die Brombeermousse etwas mehr Ausdruck hätte vertragen können. 70 Weine, viele davon exzellente badische und fränkische. Zweitrestaurant „Speiselokal" mit regionaler Küche.

## Wesel ■ B 14, S. 338

**Art** FF○○○

OT Flüren, Reeser Landstr. 188, PLZ 46487
Tel. 0281/975 75
www.restaurant-art.de
Sa mittag, Di geschl.
Hauptgerichte € 14-30
Chefkoch: Uwe Lemke
EC

15 Jahre betreiben Susanne und Uwe Lemke ihr kunstsinniges Restaurant am Stadtrand jetzt schon. Erstklassige Produkte stehen im Mittelpunkt von Uwe Lemkes leichter, regionaler Küche, nicht nur bei „Glücksröllchen" vom Huhn mit Roter Bete und Salat oder frischem Island-Schellfisch mit Gemüsenudeln. Herzhaften Geschmack liefert der Fettrand beim Steak vom limburgischen Livar-Schwein, einer selten gewordenen Rasse. Abends gibt's die „Tapas-Fiesta" mit Sherry auch auf der attraktiven Terrasse.

## Wieck am Darß ■ C/D 7, S. 336/337

**Gute Stube** FF○○○

Im Hotel Haferland, Bauernreihe 5 a
PLZ 18375
Tel. 038233/680
www.hotelhaferland.de
kein Ruhetag
Hauptgerichte € 16-21
Chefköche: Martin Seidlitz, Enrico Weinberg
EC

Am kleinen Segelhafen steht das gemütliche Hotelrestaurant mit schmackhafter, geradliniger Landküche. Das Dorschfilet wird in Kräutermilch pochiert und mit Kohlrabi, Kapern und Petersilienschaum serviert.

Einfach und gut ist das marinierte Schnäpelfilet mit Roter Bete, weißen Rübchen und Schmanttörtchen. Vegetarische Gerichte gibt es im „Bajazzo", dem Zweitrestaurant. Zimmer und große Terrasse.

**„Chez Mamie": Newcomer in Wiesbaden**

## Wiesbaden ■ D 33, S. 345

NEU **Chez Mamie** FF○○○

Innenstadt, im Pariser Hoftheater
Spiegelgasse 9, PLZ 65183
Tel. 0611/36 02 48 00
www.chezmamie.de
nur Abendessen, So geschl.
Hauptgerichte € 10-14
Chefkoch: Georg Böllmer
EC MASTER VISA

Der Weg ins Restaurant führt etwas versteckt durch den Eingang des Pariser Hoftheaters. Dort empfängt den Gast die Atmosphäre eines klassischen französischen Bistros, die übersichtliche Speisenkarte ist mit Asterix-Comics gestaltet. Jedes Gericht wird in mindestens zwei Portionsgrößen serviert. Gute Charcuterie mit luftgetrocknetem und gekochtem Schinken, *saucisson sec*, Rillettes und Pâté. Die hausgemachte Foiegras-Terrine von der Ente gibt's mit warmer Brioche. Auch gut: Gambas auf Zucchinisalat und mit einer würzigen *sauce provençale*.

„Gollner's Burg Sonnenberg": romantische Stimmung auf der schönen Burgterrasse

Das bleu georderte Entrecote war exakt gegart mit guter Sauce béarnaise, hausgemachten Pommes frites und Schmorgemüse. Französische Dessertklassiker. Die Weinkarte ist elsässisch geprägt, bietet aber auch solide Bordeaux zu fair kalkulierten Flaschenpreisen. Sehr freundlicher Service.

**Ente** FFFF

Innenstadt, im Hotel Nassauer Hof
Kaiser-Friedrich-Platz 3-4, PLZ 65183
Tel. 0611/13 36 66
www.nassauer-hof.de
außer Sa nur Abendessen, So, Mo geschl.
Hauptgerichte € 38-46
Chefkoch: Michael Kammermeier
AmEx DINERS EC MASTER VISA

Im legendären Feinschmeckerrestaurant des „Nassauer Hofs" bringt Michael Kammermeier seine europäisch-kreative Küche in bester Form auf die elegant eingedeckten Tische. Bereits ein Klassiker ist die gehobelte Entenleber, die in diesem Jahr mit Rhabarber, Mandel und einer Salzbutterbrioche begeistert. Knusprig ist die Heide-Ente aus dem Ofen mit Morchelklößchen und Spitzkohl. Land und Meer bilden eine aromatische Allianz bei Kalbsfilet und Räucheraal mit Bohne, Apfel und Roter Bete. Lob verdient auch die fantasievolle Patisserie, die mit Jasmineis, Apfel-Sauerampfer-Süppchen und Matcha-Tee-Biskuit glänzte. 1200 Weine, vorzügliche Betreuung durch den Restaurantleiter wie den Sommelier.

**Gollner's Burg Sonnenberg** FF

OT Sonnenberg, auf der Burg Sonnenberg
Am Schlossberg 20, PLZ 65191
Tel. 0611/54 14 09
www.gollners.de
Di geschl.
Hauptgerichte € 17-48
Chefkoch: Michael Hofmann
AmEx DINERS EC MASTER VISA

Allein die Karte mit 300 Weinen lohnt den Besuch auf der schönen Burg: Österreichische Sorten stehen an erster Stelle. Die Speisenkarte ist international, empfiehlt aber auch österreichische Spezialitäten: in Kürbiskernöl-Marinade eingelegter Tafelspitz, Wiener Schnitzel oder Kaiserschmarren mit Zwetschgenröster und Vanilleeis. Immer wieder gut sind die gebratene Kalbsleber mit Salbei und das Stubenküken aus dem Ofen mit Limettenreis. Schöne Terrasse.

**La Rucola** FF

OT Aukamm, Parkstr. 42 a, PLZ 65189
Tel. 0611/37 63 00
www.la-rucola.de
kein Ruhetag
Hauptgerichte € 10-29
Chefkoch: Ami Boulahrout
AmEx EC MASTER VISA

Klassische italienische Küche in der Wiesbadener Institution der Familie di Gregorio. Die umfangreiche Karte versammelt die gängigen Klassiker von Bruschetta und

Mozzarella, über Vitello tonnato und Carpaccio bis zu diverser Pasta, Wolfsbarsch und einer stattlichen Riege von *scaloppine*, Saltimbocca und Filets mit verschiedenen Beilagen. Dazwischen findet man aber immer wieder Gutes abseits des Mainstreams wie *rognoni*, Kalbsnierchen mit frischen Kräutern, Olivenöl und Tomatenwürfeln oder Lammkoteletts mit Pistazienkruste. Italienische Weine.

**Maloiseau**
Innenstadt, Adolfsallee 17, PLZ 65185
Tel. 0611/716 88 44
www.maloiseau-restaurant.de
Sa mittag, So mittag, Mo geschl.
Hauptgerichte € 20-26
Chefkoch: Nicolas Maloiseau
EC MASTER VISA
Das französisch-mediterrane Konzept der Maloiseaus hat sich in der Innenstadt bewährt. Kross gebraten ist das Bachsaiblingsfilet in Rauchfisch-Schaumsauce, das der Service unter der Leitung von Ehefrau Sandra mit Kartoffel-Dillgurken-Ragout und marinierter Roter Bete serviert. Rosa gebraten ist die Milchlammhüfte mit gegrillten Auberginen, confiertem Tomatenkompott und Kartoffelgratin. Klassisch-gut: Crème brûlée mit Sorbet. Französische Käseauswahl.

## Wildberg ■ D 47, S. 351

**Talblick**
Bahnhofstr. 6, PLZ 72218
Tel. 07054/52 47
www.talblick-wildberg.de
Di geschl.
Hauptgerichte € 10-24
Chefkoch: Claus Weitbrecht
EC MASTER VISA
Überwiegend Rustikales lässt Claus Weitbrecht auftischen, vom panierten Schweineschnitzel bis zum „Schwarzwaldteller". Die Gourmetabteilung öffnet leider nur nach Reservierung, aber sie lohnt sich. Meeresfrüchte richtet der Küchenchef mit Zuckererbsen und Sesam an, Seesaibling und Skrei mit frisch-würzigem Zitruskaviar. Das Wildberger Weidelamm aus dem Backofen wird mit Rosmarin, Strudel und Balsamico zum großen Genuss. 110 Weine und eine Terrasse mit Blick über das Nagoldtal.

## Wilhelmshaven ■ C 4, S. 334

**Marco Polo**
Im Hotel Columbia, Jadeallee 50
PLZ 26382
Tel. 04421/77 33 80
www.columbia-hotels.de
nur Abendessen, So, Mo geschl.
Hauptgerichte € 32-48
Chefkoch: David Mottl
AmEx EC MASTER VISA
Gut ein Jahr steht David Mottl am Herd im kulinarisch engagierten „Columbia"-Hotel, Axel Braukmann sorgt als Restaurantleiter und Sommelier (240 Weine) für aufmerksame und kompetente Betreuung. Reizvolle Kreationen mit Kontrasten wie heiß und kalt oder weich und kross prägen das Angebot: Demeter-Ei mit Kartoffel, Kalbsbries und Macadamianuss zum Beispiel oder *black cod* (Kohlenfisch) im Gulaschsud mit Blutwurst. Das heimische Deichlamm bekommt mit Ras el-Hanout, Kichererbsen und Zucchiniblüte orientalische Noten. Gutes Dessert: Mascarpone mit Rhabarber, Ivoire-Schokolade und Tahiti-Vanille. Schöne Zimmer mit Aussicht auf Hafen, Stadt und Deich.

## Willingen/Upland ■ E 15, S. 339

**Gutshof Itterbach**
OT Stryck, Mühlenkopfstr. 7, PLZ 34508
Tel. 05632/969 40
www.gutshof-itterbach.de
So abend, Mo, Di geschl.
Hauptgerichte € 27-30
Chefköche: Christian Hagel, Thomas Schurat
AmEx EC MASTER VISA
Anspruchsvolles Interieur im ländlich-eleganten Restaurant und eine ebensolche regional-mediterrane Küche. Radiwickel und Jakobsmuscheln mit jungem Salat und fruchtigem Relish machen zum Auftakt des dreigängigen Gourmetmenüs deutlich, wie

gut sich Bodenständiges mit eleganter Weltläufigkeit verbinden lässt. Das gelingt auch beim Kaninchen mit Madeira, einer Variation vom Gartenkohl und Honigtomate. Schöne Desserts wie Orangen-*cheesecake* mit Rhabarber und Schoko-Crumble. Aufmerksamer Service.

## Willstätt ■ B 47, S. 350

**Kinzigbrücke**
Sandgasse 1, PLZ 77731
Tel. 07852/22 80
www.kinzigbruecke.de
Sa mittag, Mo, Di geschl.
Hauptgerichte € 15-35
Chefkoch: Gerd Körkel
EC MASTER VISA
Tradition und Moderne gehen bei Gerd Körkel und seinen mediterranen, aromareichen Gerichten eine gelungene Verbindung ein. Gamberetti serviert er klassisch mit Knoblauch-Spaghetti und Parmesan, die französische Fischsuppe überzeugt mit kräftigen Aromen, badischer Wurstsalat und Cordon bleu vom Schwein zollen der Heimat Tribut. Gutbürgerliche Atmosphäre.

## Wipperfürth ■ C 31, S. 344

**Christian's**
Großblumberg 3, PLZ 51688
Tel. 02267/826 66
Mo, Di geschl.
Hauptgerichte € 10-30
Chefkoch: Christian Potthoff
Gasthaus in idyllischer Lage mit schöner Terrasse, nur zwei Minuten von der Neye-Talsperre. Patron und Chefkoch Christian Wipperfürth lässt den gut gewählten Produkten ihren Eigengeschmack. Der Region erweist er zum Beispiel in den Beilagen Reverenz, beim Steinbutt mit sautiertem Grünkohl, bei der französischen Blutwurst mit karamellisiertem Sauerkraut oder beim geräucherten Forellenfilet mit Meerrettichcreme und Preiselbeeren. Bei den Kalbsbriesnüsschen kann man wählen: Entweder sind sie, ganz mediterran, mit Parmesan und Basilikum gebraten oder man probiert sie ganz Feinschmecker-like veredelt mit Kerbelmousse, Trüffel und Austern-*velouté*. Tipp: die hausgemachte Sülze mit Bratkartoffeln ist immer gut.

## Wirsberg ■ F 38, S. 347

**Alexander Herrmann**
In Herrmann's Posthotel, Marktplatz 11
PLZ 95339
Tel. 09227/20 80
www.alexander-herrmann.de
Hauptgerichte € 40-60
Chefköche: Alexander Herrmann, Tobias Bätz
AmEx DINERS EC MASTER VISA
Weltläufiges Flair im historischen Haus und Essen als Genussuniversität. Frankens Kultkoch feilt weiter an seiner Idee der fokussierten Menüs. Das „Aromen-Navi" in der Karte verspricht unter dem Titel „Sensorik" ein dominierendes Element in jedem Gang, im „Regional-Menü" geben modern interpretierte klassisch-fränkische Komponenten den Ton an. Aromenspiel, Textur und Präsentation der Kompositionen sind in beiden Gangfolgen vom Feinsten. Das „Sensorik"-Menü begeisterte dazu mit noch mehr Raffinesse: Mit Hibiskus blumig gebeizter Wildlachs zum Auftakt, drei Texturen vom Langostino mit mildem Kopfsalatsud und im Hauptgang hinreißendes Salzwiesenlamm mit orientalischer Gewürzschmelze. Üppiger Weinkeller mit vielen fränkischen Silvanern und Rieslingen, angenehmer, lockerer Service. Im Zweitrestaurant „AH Das Bistro" gibt es zeitgeistige, regional inspirierte Gaumenkitzel. Hübsche Sonnenterrasse.

## Wolfsburg ■ D 17, S. 341

**Aqua**
Innenstadt, im Hotel The Ritz-Carlton
Parkstr. 1, PLZ 38440
Tel. 05361/60 60 56
www.restaurant-aqua.com
nur Abendessen, So, Mo geschl.

**„Aqua": Gewürztaube mit Kefir, Granatapfel, Sesamcreme und Couscous – zum Niederknien!**

Hauptgerichte € 62-73
Chefkoch: Sven Elverfeld
AmEx DINERS EC MASTER VISA
Wenn man überhaupt über die deutsche Spitzenküche im Ausland spricht, dann ist das auch Sven Elverfelds Verdienst. In 13 Jahren hat er sich und die Kulinarik hierzulande an die Spitze gekocht. Und das mit einem eigenen Stil, der nicht die französische Klassik zitiert, sondern mit höchstem technischen Aufwand die heimische Tradition in die Zukunft überführt. Wenn er den Saibling aus Tainach mit Pellkartoffeln, Chicorée und Haselnussvinaigrette servieren lässt, ist das eine höchst moderne und amüsant-genussvolle Hommage an altdeutsche Essgewohnheiten, wie auch bei einem Elverfeld-Klassiker, der bretonischen Seezunge, die er auf „moderne Finkenwerder Art" inszeniert. Bei Frankfurter Grüner Sauce mit Kartoffel und Ei zum Tafelspitz vom Müritz-Lamm muss niemand simple Rustikalität fürchten, weil Elverfeld bei seinen komplexen Inszenierungen immer ein Höchstmaß an aromatischer Raffinesse kreiert. So auch beim Rücken und Raviolo vom Altmärker Rehbock mit Fichtensprossenglasur, Steinpilzen, Spitzkohl und Wildsalami – eine wunderbare Komposition von klassischen Elementen in neuer Form. Das Design des schönen Restaurants wurde nach Redaktionsschluss komplett umgestaltet. Bleiben wird der exzellente Service unter dem charismatischen Jimmy Ledemazel und Sommelier Marcel Runge. Letzterer präsentiert eine herausragende Auswahl von 800 Weinen mit dem Besten aus Deutschland und Frankreich.

**La Fontaine** FFF

OT Fallersleben, im Hotel Ludwig im Park
Gifhorner Str. 25, PLZ 38442
Tel. 05362/94 02 50
www.ludwig-im-park.de
nur Abendessen, So, Mo geschl.
Hauptgerichte € 32-48
Chefkoch: Hartmut Leimeister
AmEx DINERS EC MASTER VISA
Keine Spielereien, keine Effekthascherei und hohe Qualität, wenn es um die Zutaten für seine anspruchsvollen klassischen Gerichte geht: Hartmut Leimeister pflegt eine mit Bedacht modernisierte Gourmetküche, die auf intensive Aromen setzt. Gebratene Jakobsmuscheln richtet er auf würzigem Couscous mit Paprika und Knoblauch-*velouté* an – mit nussig-süßlichen Noten eine schöne Ergänzung zur Muschel. Ge-

schmacklich exzellent sind auch die Lammgerichte, etwa Rücken und Geschmortes mit aromatischer Thymianjus, Auberginenpüree und Olivengnocchi. 150 Weine, gute deutsche Rieslinge, Rote aus Frankreich.

## Worpswede ■ D 5, S. 335

**Eichenhof** FF○○○
Ostendorfer Str. 13, PLZ 27726
Tel. 04792/26 76
www.eichenhof-worpswede.de
nur Abendessen, Mo geschl.
Hauptgerichte € 20-30
Chefköche: Stephan Behns, Jan Düvelsdorf
AmEx EC MASTER VISA

**Eichenhof": farbige Akzente und Kamin**

Die deutsch-mediterrane Küche stellt im Hotelrestaurant des Künstlerdorfs viele Gäste zufrieden. Aktuelle Beispiele: Sellerie-Apfel-Suppe mit süßsaurer Kalbsbacke oder Rochenflügel mit Spargel-Orangen-Gemüse, Pappardelle und Krustentiersauce. Highlight des Hauses bleibt das rosa gebratene Filet vom Moor-Rind in Spätburgunder-Sauce mit karamellisierten Schwarzwurzeln und Kartoffelcurry. Moderne Zimmer im stimmungsvollen Hotel, das nur wenige Schritte von der Ortsmitte entfernt ist.

**Kaffee Worpswede** FF○○○
Lindenallee 1, PLZ 27726
Tel. 04792/10 28
www.kaffee-worpswede.de
Mo, Di geschl.
Hauptgerichte € 14-29
Chefkoch: Jens Kommerau
EC MASTER VISA

Die originelle Fachwerkkonstruktion mit ihren eigenwilligen Ziegeldächern lohnt allein den Besuch. Die Küche spannt den Bogen weit und bietet für jeden Geschmack etwas, von der Spargel-*tom-yam*-Suppe bis zum fränkischen Weinsüppchen, von Rigatoni in Gorgonzolasauce bis zu asiatischen Eiernudeln mit Tintenfisch, von Schnitzel Wiener Art bis zur Oldenburger Barberie-Entenbrust mit gebackenen Enten-Cannelloni.

## Wörth am Rhein ■ C 46, S. 350

**Zur Einigkeit** FF○○○
OT Maximiliansau, Karlstr. 16, PLZ 76744
Tel. 07271/44 44
www.einigkeit-maximiliansau.de
Sa mittag, So, Mo geschl.
Hauptgerichte € 26-35
Chefkoch: Jochen Hauf
EC

Patron Franz Klöfer pflegt die Tradition in seinem Pfälzer Gasthaus und seine 500 Weine, darunter natürlich viele aus der Heimat. Bei der regional-französischen Küche setzt sein Team auf frische Produkte wie Rhein-Zander oder Frischling. Respekt vor der Natur spürt man in jedem Gericht, bei den Brennnessel-Ravioli in feiner Morchelsauce und beim Aal mit Flusskrebsen. Immer ein Erlebnis im urig-gemütlichen Gasthaus: der Maibockrücken aus der heimischen Jagd mit Pfifferlingen und Schupfnudeln in Wacholderrahmsauce.

## Wuppertal ■ C 15, S. 338

**Scarpati** FFF○○
OT Vohwinkel, Scheffelstr. 41, PLZ 42327
Tel. 0202/78 40 74
www.scarpati.de
kein Ruhetag
Hauptgerichte € 18-32
Chefkoch: Agostino Amica
AmEx EC MASTER VISA

Hummer-Tortellini mit Spitzkohl und Kumquats in Kalbsjus oder auf der Haut gebratener Wolfsbarsch mit Kartoffel-Artischocken-Fondue: Hier reicht das Angebot weit über die üblichen Italo-Standards hinaus und bietet immer wieder überraschend moderne Gerichte. Natürlich gibt es auch Klassiker, allesamt wunderbar geschmackvoll wie geschmorte Schulter vom Rind mit Selleriemus und intensivem Bratensaft. Die Pasta ist eine sichere Bank, die gibt's auch in der angeschlossenen Trattoria mit preiswerteren Gerichten. 120 Weine, eine schöne Terrasse und sieben Zimmer.

## Würselen

■ A 31, S. 344

**Alte Feuerwache Podobnik's Restaurant** FF○○○
Oppener Str. 115, PLZ 52146
Tel. 02405/429 01 12
www.alte-feuerwache-wuerselen.de
nur Abendessen, So, Mo geschl.
Menüs € 90-138
Chefkoch: Kurt Podobnik
AmEx EC MASTER VISA

Neu konzipierte Gourmetwelt: Das Bistro wurde vergrößert, nach dem Umbau präsentiert sich das Restaurant im Salon mit moderner, leicht verspielter Innenarchitektur. Klassisch-modern ist indes die Küche geblieben. Das Rotbarbenfilet wird bestens von Calamaretti, Couscous-Salat mit Safran und Orangen-Fenchel-Beurre-blanc begleitet. Das Hauskaninchen gewinnt mit eigener Essenz, Enoki-Pilzen, Gemüseperlen und Gänseleber-Croûtons an Raffinesse. Im Bistro werden Tafelspitz und Wiener Schnitzel serviert. 240 Weine.

## Würzburg

■ C 39, S. 346

**Das Backöfele** FF○○○
Altstadt, Ursulinergasse 2, PLZ 97070
Tel. 0931/590 59
www.backoefele.de
kein Ruhetag
Hauptgerichte € 11-28
Chefköche: Herbert Gier, Henning Irl
EC MASTER VISA M

Auf den ersten Blick ein Gasthaus, das auf fränkische Folklore macht – das weckt keine hohen Erwartungen. Doch die Küchenchefs haben sich die Pflege der echten fränkischen Gerichte auf die Fahne geschrieben und ein dichtes Netz guter Erzeuger geknüpft. Traditionelle Mostsuppe, Main-Zander, Bratwürste, Zwiebelrostbraten,

„Alte Feuerwache": Scholle im Schinkensud mit Artischockenpüree und Pata-Negra-Tortellini

W

Steaks und heimische Weine, in herrlich knarzigen Stuben fix und freundlich serviert.

**Kuno** FFF○○
Altstadt, im Hotel Rebstock, Neubaustr. 7
PLZ 97070
Tel. 0931/309 30
www.restaurant-kuno.de
nur Abendessen, So, Mo geschl.
Hauptgerichte € 32-64
Chefkoch: Benedikt Faust
AmEx DINERS EC MASTER VISA
Neuer Name, neues Konzept: Der langjährige Chefkoch des „Hotels Rebstock", Franz Frankenberger, ist im wohlverdienten Ruhestand. Benedikt Faust, der vorher auf Rügen kochte, hat die Regie übernommen und setzt auf avantgardistische fein-fränkische Küche mit saisonalen, regionalen Zutaten. Gedünsteter Lachs mit Türmchen aus mit Sauerrahm gefüllten Gurkenscheiben, dazu Chorizo-Chips und pikantes Gurken-Eis eröffnet etwa das Menü „Faustlese". Saftig war die Jakobsmuschel mit gut abgeschmecktem Erbsenschaum, gehobelten Champignons und knusprigen Speckbröseln. Beim zart geschmorten Schwäbisch-Hällischen Schwein werden Filet, Bauch und Zunge mit herzhafter Blutwurst und Kartoffelstrudel kombiniert. Schöner Abschluss: leichter Milchreis mit Erdbeeren und Rhabarber. Ehefrau Sabrina leitet den freundlichen Service. Stimmige Weinbegleitung, Schwerpunkt Franken.

**Reisers am Stein** FFF○○
OT Grombühl, im Weingut am Stein
Mittlerer Steinbergweg 5
PLZ 97080
Tel. 0931/28 69 01
www.der-reiser.de
nur Abendessen, So geschl.
Hauptgerichte € 25-39
Chefköche: Caroline Baum, Michael Hüsken
AmEx EC MASTER VISA
Zwei neue Köche verstärken die Mannschaft von Patron Anton Reiser: Michael Hüsken und Caroline Baum. Das Menü „Freistil" nennt nur die Zutaten und birgt so manche Überraschung. Als Auftakt kommt geräucherte Bete (weiß und rot) als Eis zu gebeizter und angeflämmter Makrele – eine originelle, gelungene Kombination. Es folgt ein saftiges Stück Schweinebauch mit Kalbskopfwürfeln, Kartoffelsalat und Sauce hollandaise, im Fischgang überzeugt zart gegarter Köhlerfisch (Dorsch) mit intensiver dunkler, mit Kaffee abgeschmeckter Sauce,

**„Kuno": neuer Name, neues Konzept und neues Team mit Benedikt Faust (Mitte) an der Spitze**

„Schimmel's": Ein echter Geheimtipp ist das hübsche Restaurant hinter der Fassade in Orange

kräftig angebratenem Gemüse und hauchdünn gehobelten Blumenkohlscheibchen. Krosse Splitter von Macadamianüssen begleiten den Maibock (als Gag dazu das gleichnamige Bier) mit gebratenem Rhabarber. Chapeau für eine mutige, kreative und geschmacklich intensive, ausbalancierte Küche. Die Weinbegleitung (40 Euro für fünf  Euro Gläser Wein) ist fair kalkuliert und fein aufs Menü abgestimmt.

## Wustrow

■ C 7, S. 336

**Schimmel's** FF○○○
Parkstr. 1, PLZ 18347
Tel. 038220/665 00
www.schimmels.de
außer So nur Abendessen, Do geschl.
Hauptgerichte € 17-20
Chefkoch: Ralph Schulze-Schimmelpfennig
EC

Hinter der Fassade in knalligem Orange macht die Einkehr Freude: Ralph Schulze-Schimmelpfennig hält im kleinen Lokal Kurs mit seiner ungekünstelten Naturküche, die auf Bio sowie auf Produkte der Region setzt und sich überdies durch präzises Handwerk auszeichnet. Seidig war der roh marinierte Ostsee-Lachs mit Kräutern und Saiblingskaviar, zart der Aal im Weinteig, feinnervig die Suppen. Duft und dichtes Aroma der lange geschmorten Schulter vom Ruppiner Lamm aus dem Ofen bleiben im Gedächtnis; schön auch, dass beim Schmorgemüse jede einzelne Sorte auf den Punkt gegart ist. Die Weinkarte ist überschaubar, verzeichnet aber namhafte Güter aus Deutschland und Europa; das Preis-Leistungs-Verhältnis ist vorbildlich, die Atmosphäre sehr persönlich. Zum „Schimmel's-Kosmos" gehören auch Zimmer, Appartements und ein Feinkostladen in Wustrow. Tipp: Nachmittags verwandelt sich das Lokal in ein Café mit sehr guten hausgemachten Kuchen.

## Xanten

■ B 14, S. 338

**Landhaus Köpp** FFF○○
OT Obermörmter, Husenweg 147
PLZ 46509
Tel. 02804/16 26
www.landhaus-köpp.de
Sa mittag, So abend, Mo geschl.
Hauptgerichte € 27-33
Chefkoch: Jürgen Köpp
AmEx EC M

Zuverlässigkeit und perfektes Handwerk verspricht Jürgen Kopp seit Jahrzehnten in seinem eleganten Landhaus. Und das Versprechen hält er. Die glasierte Wachtelbrust umhüllt er geschmackvoll mit Senfwirsing, die Langostino-Schaumsuppe veredelt er mit Champagner. Mit wunderbaren Aromen überzeugen der gebratene Steinbutt in einer Basilikumwürze und die Entenbrust in Honig-Thymian mit Rotweinschalotten. Französische Hochküche, fein serviert!

## Zorneding

■ B 58, S. 352

### Alte Posthalterei

Altstadt, im Gasthof Zur Post
Anton-Grandauer-Str. 9, PLZ 85604
Tel. 08106/200 07
www.alteposthalterei-zorneding.de
Mo, Di geschl.
Hauptgerichte € 9-27
Chefköche: Ernst Schwarz, Tobi Schwarz
EC MASTER VISA

Klassisches bayerisches Gasthaus mit wunderhübschem Biergarten und regionaler Küche. Die beginnt bei Klassikern wie Zwiebelrostbraten und „Posthalter"-Bierfleisch mit Röstkartoffeln, aber spannt auch den Bogen zur verfeinerten Bodenständigkeit, wenn sie Zander in Dijonsenfsauce mit Kartoffelmaultaschen anrichtet oder Rehrücken mit Spätzle und Wacholderrahm. Gemütliche Atmosphäre.

## Zweibrücken

■ C 35, S. 344

### ESSlibris

Im Hotel Fasanerie, Fasanerie 1, PLZ 66482
Tel. 06332/97 32 05
www.landschloss-fasanerie.de
kein Ruhetag, Hauptgerichte € 12-26
Chefkoch: Jürgen Süs
AmEx EC MASTER VISA

Französisch-mediterran ist die Basis der Küche, das Menü fair kalkuliert: Bliesgau-Saibling mit Schmantgurken und Dill-Senf-Sauce, danach Bärlauchcremesuppe mit Schinkenklößchen und im Kräuternetz gebratenes Schweinefilet mit Rahmwirsing, Champignon-Chorizo-Stampf und Madeira-schaum. 220 Weine. Hotelzimmer.

## Zweiflingen

■ B 40, S. 346

### Gourmetrestaurant Friedrichsruhe

OT Friedrichsruhe, im Wald- und Schlosshotel Friedrichsruhe, Kärcherstr., PLZ 74639
Tel. 07941/608 70
www.schlosshotel-friedrichsruhe.de

„Friedrichsruhe": köstlich bis zum Finale – Feines von Karamell und Erdnuss von Boris Benecke

So abend, Mo geschl.
Hauptgerichte € 48-58
Chefkoch: Boris Benecke
AmEx DINERS EC MASTER VISA

Boris Benecke verfeinert seinen Stil beeindruckend weiter. Er setzt auf elegant und stimmig weiterentwickelte Gerichte aus der französischen Klassik, anstatt auf vordergründige Effekte – so mögen es nicht nur die Gäste im idyllischen Schlosshotel. Das Amuse-Bouche, eine Crème brûlée von der Gänseleber mit Krumen von Brioche begeisterte durch feines Spiel von Säure und Süße. Herrlich meeresfrisch war das Tatar vom Taschenkrebs, am Tisch mit aromatischem Hummerschaum angegossen. Kaviar vom Saibling, einige Tupfer Zitronengel und Avocadocreme runden das Gericht ab, ergänzt durch hauchdünne Scheiben knuspriges Hohenloher Landbrot. Den glasigen feinen bretonischen Steinbutt begleiteten ein Stück gerösteter zarter Pulpo mit Beurre blanc, Roter Bete und Erbsenmus. Einen gelungener Abschluss war das kompakte Dessert: ein schmelziger Dom von der Manjari-Schokolade mit Sauerrahm-Eis und knackigen, mit Vanille und Portwein aromatisierten Süßkirschen. Die Weinkarte wurde leicht ausgebaut: Sie umfasst nun 480 Positionen, darunter viele deutsche Weine, und Jochen Benz berät liebenswürdig und kompetent. Aufmerksamer Service, herrliche Terrasse.

## Zwickau

■ B 42, S. 348

### Drei Schwäne

OT Schedewitz, Tonstr. 1, PLZ 08056
Tel. 0375/204 76 50
www.drei-schwaene.de
nur Abendessen, So, Mo geschl.
Hauptgerichte € 15-32
Chefkoch: Yannick Demange

Französische Küche zelebriert Yannick Demange, der seit 18 Jahren in seinem Wohnzimmer-Restaurant gegen den kulinarischen Provinzialismus ankocht. *Pâté* vom Schwarzfederhuhn lässt er mit Linsensalat servieren, das *pavé de bœuf* in Fleur de Sel mit Maiscrêpe in Sauerbratenjus. Eine Alternative zum Fleisch ist etwa der Viktoriabarsch in Mandelkruste. Alle 30 Weine gibt es auch offen.

**„Drei Schwäne": Yannick Demange**

### Remarque

Bahnhofstr. 19, PLZ 08056
Tel. 0375/427 85 54
www.remarque-zwickau.de
nur Abendessen, So, Mo geschl.
Hauptgerichte € 12-19
Chefkoch: Janko Kramer

Den Mittagstisch gibt es nicht mehr im puristisch-modernen Restaurant im Brasseriestil, die Küche hat jetzt nur noch abends geöffnet. Janko Kramer setzt aber weiter auf einen munteren Mix aus regionalen wie mediterranen Einflüssen und versieht Bodenständiges hin und wieder mit ungewöhnlichen Würzakzenten, wenn er gebratene Jakobsmuschel im Serrano-Schinkenmantel mit Rucolarisotto und Paprika-*mousseline* oder Filet mignon vom Simmentaler Fleckvieh mit Kubebenpfeffer und geschmortes Rosenstück (Schwanzstück) mit Punsch-Rotkohl, Romanesco und *duchesse* von geröstetem Knoblauch serviert.

A
B
C
1
2
3
4
5
Autobahn
Fernverkehrsstraße
Nebenstraße
Ort mit Empfehlung für Restaurant
Kirche
Schloss, Burg
Denkmal
Flughafen
Nationalparkgrenze
47
Entfernung in km
0
30 km
N
7
2
203
Nordsee
Deutsche
Bucht
Ostfriesische Inseln
Nordfriesische Inseln
Wenningstedt
Westerland
Nationalpark Schleswig-Holsteinisches Wattenmeer
Helgoland
Nationalpark Niedersächsisches Wattenmeer
Wangerooge
Spiekeroog
Langeoog
Baltrum
Norderney
Juist
Memmert
Borkum
Lütjehörn
Knechtsand
Mellum
Dornum
Norden
Wittmund
Jever
Wilhelmshaven
Ostfriesland
Sande
Greetsiel
Aurich
Ems-Jade-Kanal
Zetel
Varel
NIEDER-LANDE
Emden
Wiesmoor
Ammerland
Uplengen
Wiefel-stede
Rastede
Aduard
GRONINGEN
Leer
Bunde
Weener
Bad Zwischenahn
OLDENBURG
Wardenburg
A7
31
28
29
72
401
32
17
55
56

338

D
E
F
D Ä N E M A R K
Ærø
1
2
3
4
5
Niebüll
Leck
Ockholm
Föhr
Wyk auf Föhr
Glücksburg
Flensburg
Angeln
Nordfriesland
Bargum
Tarp
Sörup
Kappeln
Langeneß
Gröde-Appelland
Hooge
Bredstedt
Schleswig-
Holstein
Pellworm
Nordstrand
Schleswig
Eckernförde
Süderoogsand
Husum
Laboe
Stein
Kieler Buch
Eiderstedt
Alt Duvenstedt
KIEL
Tönning
Rendsburg
Raisdorf
Eider
Molfsee
Preetz
Wesselburen
Blauort
Heide
Dithmarschen
Nortorf
Bordesholm
Plön
Tertius
Büsum
Nord-Ostsee-Kanal
Hohenwestedt
Meldorf
Trischen
Neumünster
Kleve
Marne
St.Michaelisdonn
Bad Bramstedt
Bad Segeberg
Neuwerk
Brunsbüttel
Itzehoe
Beidenfleth
Cuxhaven
Kehdingen
Glückstadt
Barmstedt
Bad Oldesloe
Otterndorf
Elmshorn
Quickborn
Norderstedt
Bargteheide
Wingst
Neuendorf
Uetersen
Ahrensburg
Hemmoor
Drochtersen
Pinneberg
Ellerbek
Großhansdorf
Bad Bederkesa
Wedel
Lütjensee
Siek
Stade
Altes Land
HAMBURG
BREMERHAVEN
Jork
Glinde
Reinbek
Oste
Bremervörde
Hamburg
Buxtehude
Neu-Wulmstorf
Geesthacht
Gnarrenburg
Seevetal
Weser
Winsen
Buchholz
Zeven
Groß Meckelsen
Tostedt
Jesteburg
Lüneburg
Osterholz-Scharmbeck
Worpswede
Scheeßel
Salzhausen
BREMEN
Teufelsmoor
Lüneburger
Lilienthal
Schneverdingen
Oyten
Rotenburg (Wümme)
Bispingen
Heide
336
335
339
© MERIAN-Kartographie

A
B
C
6
7
8
9
10
Smålandsfarvandet
Vordingborg
Møn
D Ä N E M A R K
Falster
Langeland
Lolland
Fehmarnbelt
Fehmarn
Burg
Osts
Darß
Ostseebad Ahrenshoop
Mecklenburger Bucht
Ostseebad Wustrow
Ostseebad Dierhagen
Heiligenhafen
Panker
Oldenburg
Lütjenburg
Bungsberg 168
Lensahn
Seeheilbad Graal-Müritz
Ostseebad Kühlungsborn
Warnemünde
Heiligendamm
Malente
Lübecker Bucht
Bad Doberan
Neustadt i. Holst.
ROSTOCK
Tessin
335
Scharbeutz
Timmendorfer Strand
Neubukow
Poel
Meckle
Ratekau
Bad Schwartau
Klütz
Schwaan
Laage
Wismar
LÜBECK
Grevesmühlen
Neukloster
Schönberg
Bützow
Warin
Güstrow
Groß Grönau
Rehna
Brüel
Sternberg
Warnow
Gadebusch
Ratzeburg
Mecklenburgisch
Schweriner See
Krakow
SCHWERIN
Crivitz
Goldberg
Mölln
Vorpommern
Wittenburg
Lübz
Elde-kanal
Parchim
Plau
Plauer See
Boizenburg
Hagenow
Lauenburg
Ludwigslust
Lübtheen
Grabow
Bleckede
Reinstorf
Elbe
Dahlenburg
Hitzacker
Dömitz
Bad Bevensen
341
Dannenberg
336
Perleberg
Pritzwalk
Prignit

D
E
F
6
7
8
9
10
Ostsee
Wittow
Nationalpark Jasmund
Königsstuhl .117
Dranske
Hiddensee
Jasmund
Stubbenkammer
Sassnitz
Rügen
Ostseebad Zingst
Zingst
Bergen
Ostseebad Binz
Sellin
Barth
Stralsund
Putbus
Göhren
Greifswalder Bodden
Pommersche Bucht
Wendorf
Lubmin
Karlshagen
Zinnowitz
Tribsees
Grimmen
Greifswald
Wolgast
Usedom
Zatoka Pomorska
Loitz
Peene
Gützkow
Seebad Heringsdorf
Seebad Ahlbeck
Swinoujscie
Jarmen
Stolpe
Dargun
Demmin
Anklam
Usedom
Stettiner Haff
Ueckermünde
Eggesin
Reuterstadt Stavenhagen
Malchin
Altentreptow
Friedland
Torgelow
Malchiner See
Neubrandenburg
Pampow
Groß Plasten
Strasburg
SZCZECIN
Waren
Penzlin
Tollensesee
Burg Stargard
Pasewalk
Müritz
Groß Nemerow
Boek
Nationalpark
Neustrelitz
Feldberger Seenlandschaft
Prenzlau
Uckermark
Wesenberg
Mirow
Lychen
Kleinzerlang
Fürstenberg
Nationalpark Unteres Odertal
Odra
Rheinsberg
Templin
Gransee
337
343
© MERIAN-Kartographie

A
B
C
11
12
13
14
15
Beetsterzwaag
Weener
Papenburg
Dörpen
Haren
Meppen
Haselünne
Lingen (Ems)
Freren
Giethoorn
Blokzijl
Zwolle
Hardenberg
Emlichheim
Twist
Neuenhaus
Emsland
Ems
Lattrop Breklenkamp
Nordhorn
Ootmarsum
Emsbüren
Dortmund
Vaassen
APELDOORN
Almelo
Oldenzaal
Borne
Bad Bentheim
Rheine
Heeze
ENSCHEDE
Gronau
Emsdetten
Zutphen
Borculo
Steinfurt
Greven
Ahaus
ARNHEM
Legden
Altenberge
Stadtlohn
Billerbeck
MÜNSTER
NIJMEGEN
Velen
Coesfeld
Nottuln
Isselburg
Bocholt
Rhede
Münster
Emmerich
Dülmen
Kleve
Rees
Nordrhein-
Lüdinghausen
Goch
Kalkar
Hamminkeln
Raesfeld
Schermbeck
Haltern
Xanten
Rhein
Wesel
Dorsten
Lippe
Marl
Datteln
Waltrop
Werne
Maas
Kevelaer
Rheinberg
GELSENK.
RECKLINGHSN.
Geldern
BOTTROP
Castrop-Rauxel
Straelen
MOERS
OBERHSN.
ESSEN
Neukirchen-Vluyn
MÜLHM.
BOCHUM
DORTMUND
WITTEN
HAGEN
Venlo
KREFELD
DUISBURG
Kempen
Sprockhövel
Heiligenhaus
Viersen
Ratingen
Velbert
Meerbusch
Mettmann
WUPPERTAL
Niederkrüchten
NEUSS
Erkrath
Schalksmühle
DÜSSELDF.
REMSCHEID
MÖNCHEN-GLADBACH
Korschenbroich
Haan
Wermelskirchen
SOLINGEN
Wipperfürth
Heinsberg
Hückelhoven
Grevenbroich
Bergisches Land
Odenthal
A7
A28
A50
A1
A35
A12
A18
A73
A77
A67
A2
31
30
54
1
3
43
52
57
2
40
61
344

Zwischenahn
OLDENBURG
D
E
F
Berne
Lemwerder
BREMEN
335
Teufelsmoor
Lilienthal
Scheeßel
Lün
Schneverdingen
Delmenhorst
Oyten
Rotenburg (Wümme)
Bothel
Wardenburg
Friesoythe
Kirchhatten
Großenkneten
Ganderkesee
Bremen
Achim
Verden
Soltau
Garrel
Syke
Walsrode
Wildeshausen
Dörverden
Aller
Cloppenburg
Visbek
Bassum
Lastrup
Vechta
Niedersachsen
Quakenbrück
Barnstorf
Sulingen
Essel
Nienburg
Steinfeld
Diepholz
Wagenfeld
Damme
Dümmer
Stolzenau
Weser
Neustadt a. Rübenberge
Leine
Isernhagen
Steinhuder Meer
Rahden
Loccum
Garbsen
Bramsche
Mittellandkanal
Bohmte
Petershagen
HANNOVER
Stadthagen
OSNABRÜCK
Minden
Bad Nenndorf
Hemmingen
Bad Oeynhausen
Nienstädt
Barsinghausen
Melle
Bünde
Sarstedt
Tecklenburg
Georgsmarienhütte
Bad Münder
Springe
Lengerich
Löhne
Rinteln
Nesselberg 378
Herford
Bad Salzuflen
Weserbergland
Teutoburger Wald
Halle (Westf.)
Hameln
Aerzen
BIELEFELD
Lemgo
340
Bodenwerder
Ems
Harsewinkel
Marienfeld
Lage
Detmold
Bad Pyrmont
Warendorf
Gütersloh
Bad Meinberg
Horn-
Polle
Rheda-Wiedenbrück
Verl
Steinheim
Einbeck
Ahlen
Rietberg
Hövelhof
Holzminden
Dassel
Wadersloh
Delbrück
Höxter
Beckum
PADERBORN
Gr. Steinberg 491
HAMM
Lippstadt
Salzkotten
Beverungen
Uslar
Lippe
Borchen
Hardegsen
Erwitte
Lichtenau
Werl
Soest
389
Trendelburg
Bad Sassendorf
Bad Wünnenberg
Möhnesee
Hofgeismar
Wickede
Westfalen
Hann. Münden
Menden
Möhnetalsperre
Warstein
Marsberg
Rhoden
Arnsberg
Calden
Olsberg
Bad Arolsen
Sundern
Balve
Meschede
Willingen
KASSEL
Witzenhausen
Homert 656
Bilstein 642
Plettenberg
Korbach
Baunatal
Kahler Asten 841
Ruhr
Medebach
Waldeck
Sauerland
Schmallenberg
Winterberg
Fritzlar
Melsungen
Traddelkopf 626
Lennestadt
339
Nationalpark Kellerwald Edersee
345
Bad Wildungen
Bad Berleburg
Waldkappel
© MERIAN-Kartographie
11
12
13
14
15

336
346
339
340
A
B
C
16
17
18
19
20
BREMEN
Bremen
Niedersachsen
Lüneburger Heide
Teufelsmoor
Scheeßel
Schneverdingen
Salzhau
Berne
Lemwerder
Delmenhorst
Lilienthal
Oyten
Rotenburg (Wümme)
Bothel
Bispingen
Achim
Ganderkesee
Großenkneten
Soltau
Munster
Syke
Verden
Wildeshausen
Dörverden
Walsrode
Visbek
Bassum
Fallingbostel
Hermannsburg
Bergen
Vechta
KZ-Gedenkstätte
Barnstorf
Sulingen
Winsen
Nienburg
Essel
Diepholz
Hambühren
Celle
Wagenfeld
Stolzenau
Neustadt a. Rübenberge
Wathlingen
Steinhuder Meer
Isernhagen
Burgwedel
Meinersen
Rahden
Loccum
Garbsen
Burgdorf
Bohmte
Mittelland-kanal
Petershagen
HANNOVER
Stadthagen
Bad Nenndorf
Hemmingen
Lehrte
Minden
Peine
Bad Oeynhausen
Nienstädt
Barsinghausen
Sehnde
Melle
Bünde
Sarstedt
SALZGITTER
Löhne
Rinteln
Bad Münder
Springe
Nesselberg 378
Herford
Bad Salzuflen
Elze
HILDESHEIM
Halle (Westf.)
Weserbergland
Hameln
BIELEFELD
Lemgo
Aerzen
Bodenwerder
Bad Salzdetfurth
Lage
Detmold
Bad Pyrmont
Alfeld
Teutoburger Wald
Gütersloh
Horn-Bad Meinberg
Bad Gandersheim
Verl
Seesen
Rietberg
Steinheim
Polle
Hövelhof
Holzminden
Einbeck
Clausthal-Zellerfeld
Ems
Delbrück
Höxter
Dassel
Northeim
Salzkotten
PADERBORN
Gr. Steinberg 491
Beverungen
Uslar
Lanaforstberg 360
Borchen
Hardegsen
Nörten-Hardenberg
Erwitte
Lichtenau
Trendelburg
Herzberg a. Harz
389
GÖTTINGEN
Bad Wünnenberg
Hofgeismar
Westfalen
Hann. Münden
Friedland
Warstein
Marsberg
Rhoden
Calden
Olsberg
Bad Arolsen
Witzenhsn.
Meschede
KASSEL
Bilstein 642
Willingen
Korbach
Baunatal
Helsa
Hess. Lichtenau
Mühlhausen
Kahler Asten 841
Medebach
Waldeck
Winterberg
Fritzlar
Melsungen
Eschwege
Nationalpark Kellerwald-Edersee
Traddelkopf 626
Bad Wildungen
Wabern
Waldkappel
Sontra
Ruhr
Weser
Aller
Leine
Diemel
27
7
3
51
6
1
83
217
33
44
49
252
38
80
188
30
2

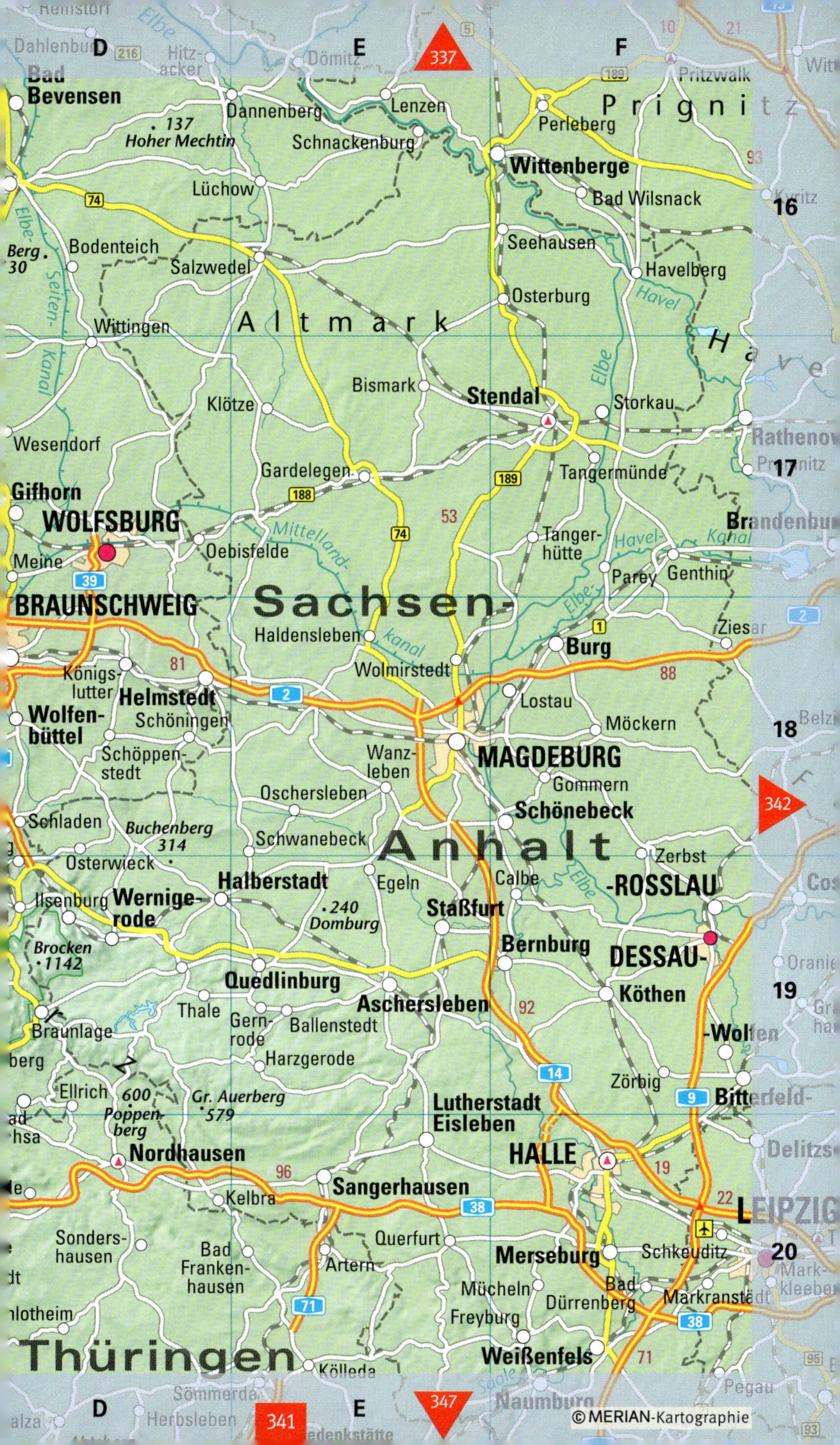

337
D
E
F
Dahlenburg
Hitzacker
Dömitz
Pritzwalk
Bad Bevensen
Dannenberg
Lenzen
Prignitz
Perleberg
137 Hoher Mechtin
Schnackenburg
Wittenberge
Lüchow
Bad Wilsnack
Kyritz
16
Elbe-Seiten-Kanal
Berg. 30
Bodenteich
Salzwedel
Seehausen
Havelberg
Osterburg
Havel
Wittingen
Altmark
Bismark
Stendal
Storkau
Elbe
Klötze
Wesendorf
Gardelegen
Tangermünde
Rathenow
17
Gifhorn
WOLFSBURG
Oebisfelde
Mittelland-kanal
Tanger-hütte
Parey
Genthin
Brandenburg
Havel-Kanal
Meine
BRAUNSCHWEIG
Sachsen-
Haldensleben
Burg
Ziesar
Königs-lutter
Helmstedt
Wolmirstedt
Lostau
Wolfen-büttel
Schöningen
Möckern
18
Schöppen-stedt
Wanz-leben
MAGDEBURG
Gommern
Oschersleben
Schönebeck
342
Schladen
Buchenberg 314
Schwanebeck
Anhalt
Zerbst
Osterwieck
Halberstadt
Egeln
Calbe
-ROSSLAU
Ilsenburg
Wernige-rode
240 Domburg
Staßfurt
Brocken 1142
Bernburg
DESSAU-
Quedlinburg
Köthen
19
Thale
Gern-rode
Ballenstedt
Aschersleben
Braunlage
Harzgerode
-Wolfen
Zörbig
Bitterfeld-
Ellrich
600 Poppenberg
Gr. Auerberg 579
Lutherstadt Eisleben
Nordhausen
HALLE
Delitzsch
Kelbra
Sangerhausen
LEIPZIG
Sonders-hausen
Querfurt
Merseburg
Schkeuditz
20
Bad Franken-hausen
Artern
Mücheln
Bad Dürrenberg
Markranstädt
Freyburg
Thüringen
Weißenfels
Kölleda
Saale
Sömmerda
Herbsleben
341
347
Naumburg
Pegau
© MERIAN-Kartographie

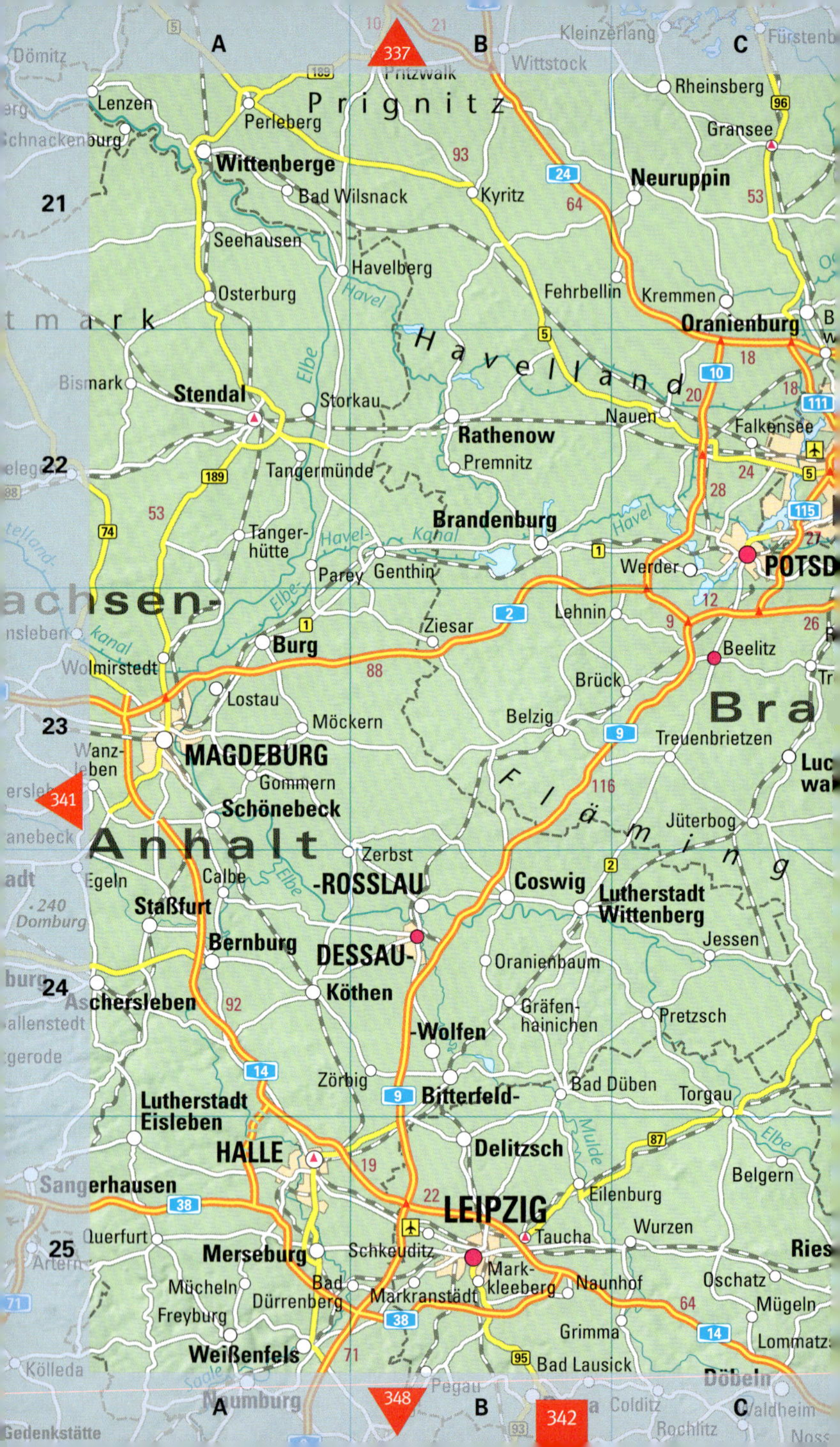
337
A
B
C
Dömitz
Pritzwalk
Kleinzerlang
Wittstock
Fürstenb
Lenzen
Perleberg
Prignitz
Rheinsberg
Gransee
Wittenberge
Bad Wilsnack
Kyritz
Neuruppin
21
Seehausen
Havelberg
Osterburg
Havel
Fehrbellin
Kremmen
Oranienburg
tmark
Havelland
Bismark
Stendal
Storkau
Elbe
Nauen
Falkensee
Rathenow
Premnitz
22
Tangermünde
Brandenburg
Havel
Tanger-
hütte
Havel-
Kanal
Parey
Genthin
Werder
POTSD
achsen-
Elbe
Ziesar
Lehnin
Burg
Beelitz
Wolmirstedt
kanal
Brück
Lostau
Bra
23
Möckern
Belzig
Wanz-
leben
MAGDEBURG
Treuenbrietzen
Luc
wa
341
Gommern
Schönebeck
Fläming
Jüterbog
Anhalt
Zerbst
Egeln
Calbe
Elbe
-ROSSLAU
Coswig
Lutherstadt
Wittenberg
Staßfurt
Domburg
Bernburg
DESSAU-
Jessen
Oranienbaum
24
Aschersleben
Köthen
Gräfen-
hainichen
Pretzsch
-Wolfen
Zörbig
Bad Düben
Torgau
Lutherstadt
Eisleben
Bitterfeld-
HALLE
Delitzsch
Mulde
Elbe
Sangerhausen
Belgern
Eilenburg
LEIPZIG
Querfurt
Taucha
Wurzen
25
Merseburg
Schkeuditz
Ries
Mark-
kleeberg
Naunhof
Oschatz
Mücheln
Bad
Dürrenberg
Markranstädt
Mügeln
Freyburg
Grimma
Lommatz
Weißenfels
Bad Lausick
Döbeln
Kölleda
Saale
Pegau
Naumburg
Colditz
Waldheim
348
342
Gedenkstätte
Rochlitz
Noss

D
E
F
Nationalpark Unteres Odertal
POLEN
GORZÓW WIELKOPOLSKI
Schwedt
Angermünde
Oderberg
Eberswalde
Bad Freienwalde
Wriezen
Oderbruch
Oder
Warta
Kostrzyn
Bernau
Zepernick
Wandlitz
Strausberg
BERLIN
Seelow
Fürstenwalde
Alt Madlitz
Frankfurt/Oder
Reichenwalde
Bad Saarow
Storkow
Müllrose
Zossen
Beeskow
Eisenhüttenstadt
Odra
Schlepzig
Spreewald
Guben
Lübben
Lübbenau
Burg
Peitz
Neiße
Nysa
Dahme
Luckau
Vetschau
COTTBUS
Forst
Calau
Drebkau
Niederlausitz
Döbern
Finsterwalde
Großräschen
Spremberg
Bad Muskau
Bad Liebenwerda
Lauchhammer
Senftenberg
Weißwasser
Hoyerswerda
Elsterwerda
Ruhland
Lauta
Rothenburg
Ortrand
Bernsdorf
Großenhain
Niesky
Kamenz
Ottendorf Okrilla
Radeburg
Pulsnitz
Bautzen
Bischofswerda
Doberschau-Gaußig
Coswig
Weixdorf
Radeberg
Görlitz
Löbau
Wilthen
Radebeul
DRESDEN
21
22
23
24
25
343
349

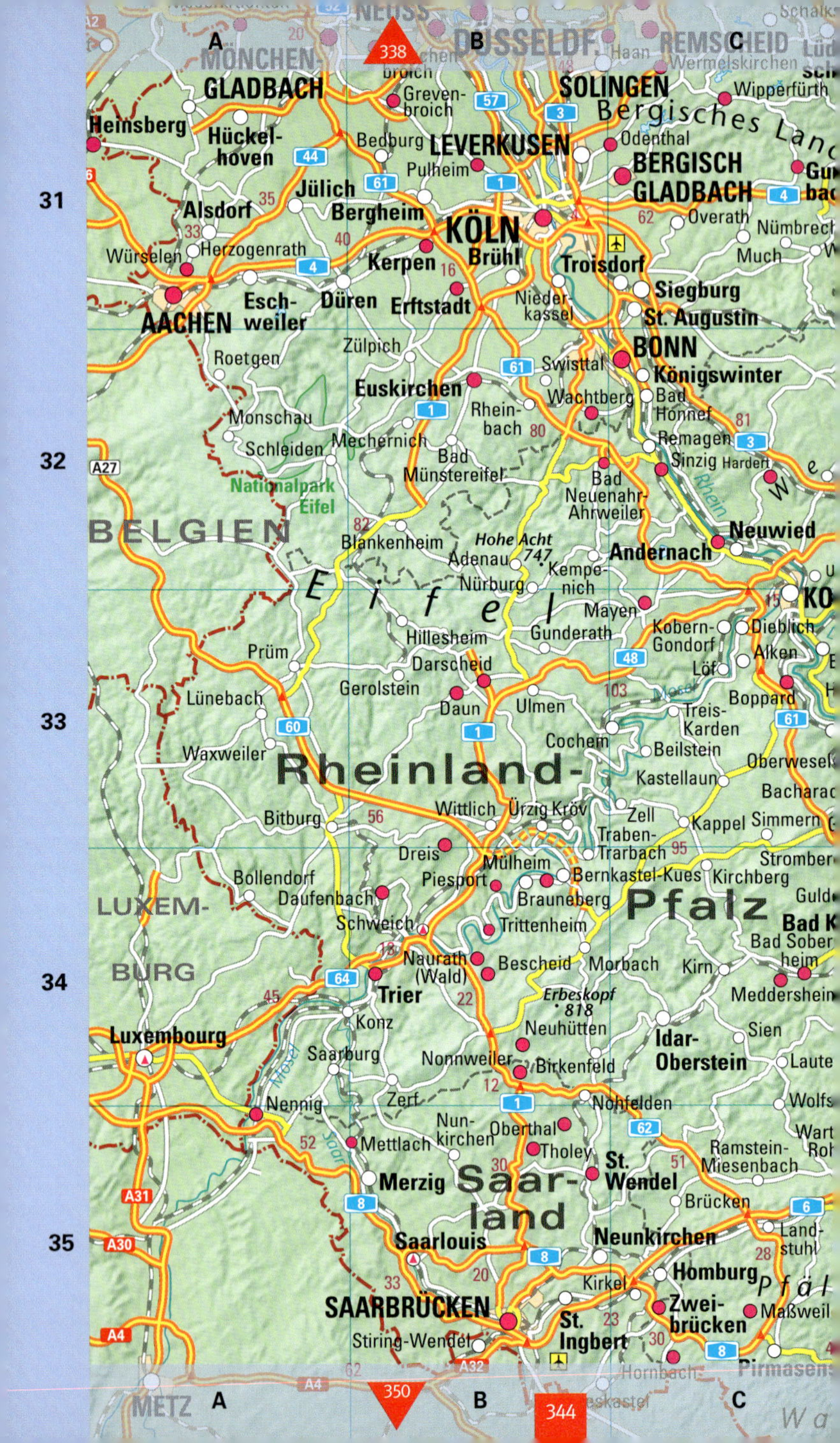

31
32
33
34
35
A
B
C
338
350
MÖNCHEN-GLADBACH
DÜSSELDF.
REMSCHEID
Haan
Wermelskirchen
Heinsberg
Hückelhoven
Grevenbroich
Bedburg
SOLINGEN
LEVERKUSEN
Bergisches Land
Wipperfürth
Odenthal
BERGISCH GLADBACH
Jülich
Pulheim
Alsdorf
Bergheim
KÖLN
Overath
Nümbrecht
Much
Würselen
Herzogenrath
Kerpen
Brühl
Troisdorf
Siegburg
AACHEN
Eschweiler
Düren
Erftstadt
Niederkassel
St. Augustin
BONN
Zülpich
Roetgen
Swisttal
Königswinter
Euskirchen
Wachtberg
Bad Honnef
Monschau
Rheinbach
Remagen
Schleiden
Mechernich
Bad Münstereifel
Sinzig
Hardert
Nationalpark Eifel
Bad Neuenahr-Ahrweiler
Rhein
BELGIEN
Blankenheim
Hohe Acht 747
Adenau
Neuwied
Andernach
Kempenich
Nürburg
Eifel
Mayen
Hillesheim
Gunderath
Kobern-Gondorf
Dieblich
Alken
Prüm
Darscheid
Löf
Gerolstein
Lünebach
Daun
Ulmen
Boppard
Treis-Karden
Waxweiler
Cochem
Beilstein
Rheinland-Pfalz
Kastellaun
Oberwesel
Bacharach
Bitburg
Wittlich
Ürzig
Kröv
Zell
Kappel
Simmern
Traben-Trarbach
Dreis
Mülheim
Bernkastel-Kues
Kirchberg
Bollendorf
Piesport
Daufenbach
Brauneberg
LUXEMBURG
Schweich
Trittenheim
Bad Sobernheim
Naurath (Wald)
Bescheid
Morbach
Kirn
Trier
Meddersheim
Erbeskopf 818
Konz
Luxembourg
Neuhütten
Idar-Oberstein
Sien
Saarburg
Nonnweiler
Birkenfeld
Mosel
Zerf
Nohfelden
Nennig
Nunkirchen
Oberthal
Saar
Mettlach
Tholey
Ramstein-Miesenbach
St. Wendel
Merzig
Saarland
Brücken
Landstuhl
Saarlouis
Neunkirchen
Homburg
Kirkel
SAARBRÜCKEN
Zweibrücken
Maßweiler
St. Ingbert
Stiring-Wendel
Hornbach
Pirmasens
METZ

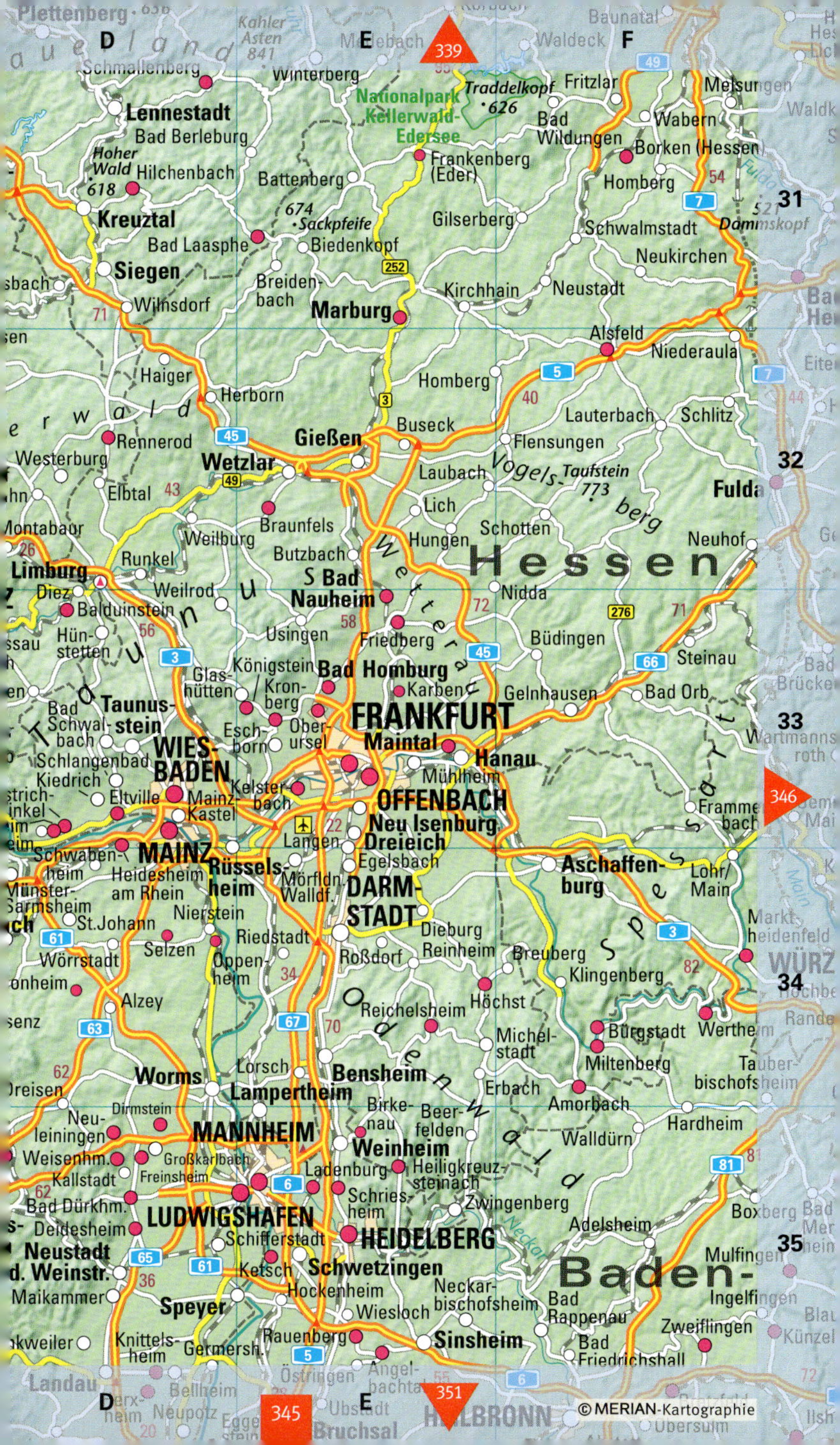
339
345
346
351
D
E
F
31
32
33
34
35
Nationalpark Kellerwald-Edersee
Traddelkopf 626
Schmallenberg
Winterberg
Lennestadt
Bad Berleburg
Hoher Wald 618
Hilchenbach
Battenberg
Frankenberg (Eder)
Fritzlar
Melsungen
Wabern
Bad Wildungen
Borken (Hessen)
Homberg
Kreuztal
Bad Laasphe
674 Sackpfeife
Biedenkopf
Gilserberg
Schwalmstadt
Siegen
Breidenbach
Marburg
Kirchhain
Neustadt
Neukirchen
Wilnsdorf
Alsfeld
Niederaula
Haiger
Herborn
Homberg
Lauterbach
Schlitz
Rennerod
Gießen
Buseck
Flensungen
Westerburg
Wetzlar
Laubach
Vogelsberg
Taufstein 773
Fulda
Elbtal
Lich
Montabaur
Weilburg
Braunfels
Hungen
Schotten
Neuhof
Limburg
Runkel
Butzbach
Bad Nauheim
Hessen
Diez
Weilrod
Nidda
Balduinstein
Usingen
Friedberg
Wetterau
Hünstetten
Büdingen
Steinau
Königstein
Glashütten
Kronberg
Bad Homburg
Karben
Gelnhausen
Bad Orb
Taunus
Taunusstein
Bad Schwalbach
Eschborn
Oberursel
FRANKFURT
Maintal
Hanau
WIESBADEN
Schlangenbad
Kiedrich
Eltville
Mainz-Kastel
Kelsterbach
Mühlheim
OFFENBACH
Frammersbach
Neu Isenburg
Langen
Dreieich
MAINZ
Rüsselsheim
Schwabenheim
Heidesheim am Rhein
Egelsbach
Aschaffenburg
Lohr/Main
Mörfelden-Walldorf
DARMSTADT
Nierstein
Spessart
Münster-Sarmsheim
St.Johann
Riedstadt
Dieburg
Reinheim
Breuberg
Marktheidenfeld
Wörrstadt
Selzen
Oppenheim
Roßdorf
Klingenberg
Alzey
Odenwald
Reichelsheim
Höchst
Bürgstadt
Wertheim
Michelstadt
Miltenberg
Tauberbischofsheim
Worms
Lorsch
Bensheim
Lampertheim
Erbach
Amorbach
Dirmstein
Birkenau
Beerfelden
Neuleiningen
MANNHEIM
Walldürn
Hardheim
Weisenheim
Großkarlbach
Weinheim
Kallstadt
Freinsheim
Ladenburg
Heiligkreuzsteinach
Bad Dürkheim
Schriesheim
Zwingenberg
Deidesheim
LUDWIGSHAFEN
Adelsheim
Neustadt a.d. Weinstr.
Schifferstadt
HEIDELBERG
Boxberg
Neckar
Baden-
Mulfingen
Maikammer
Ketsch
Schwetzingen
Neckarbischofsheim
Speyer
Hockenheim
Bad Rappenau
Ingelfingen
Wiesloch
Knittelsheim
Germersh.
Rauenberg
Sinsheim
Bad Friedrichshall
Zweiflingen
Landau
Östringen
Angelbachtal
Bellheim
Neupotz
Ubstadt
Bruchsal
HEILBRONN
© MERIAN-Kartographie

340
A
B
C
36
37
38
39
40
345
351
346
Korbach
Baunatal
Kahler Asten 841
Medebach
Helsa
Hess. Lichtenau
Winterberg
Nationalpark Kellerwald-Edersee
Traddelkopf 626
Fritzlar
Melsungen
Eschwege
Bad Berleburg
Bad Wildungen
Wabern
Waldkappel
Sontra
Frankenberg (Eder)
Borken (Hessen)
Herleshausen
Battenberg
Homberg
Fulda
674 Sackpfeife
Gilserberg
Schwalmstadt
521 Dommskopf
Bebra
Gerstungen
Bad Laasphe
Biedenkopf
Neukirchen
Friedewald
Breidenbach
Kirchhain
Neustadt
Bad Hersfeld
Marburg
Alsfeld
Niederaula
Vacha
Homberg
Eiterfeld
Herborn
Lauterbach
Schlitz
Hünfeld
Dadenberg 726
Gießen
Buseck
Flensungen
Wetzlar
Laubach
Vogelsberg
Taufstein 773
Hilders
Lich
Fulda
Braunfels
Hungen
Schotten
Weilburg
Neuhof
Gersfeld
Butzbach
Hessen
Mellrichstadt
Bad Nauheim
Nidda
Wetterau
Usingen
Friedberg
Kreuzberg 926
Rhön
Büdingen
Steinau
Königstein
Kronberg
Bad Homburg
Karben
Gelnhausen
Bad Orb
Bad Brückenau
Münnerstadt
Glashütten
Bad Kissingen
Eschborn
Oberursel
FRANKFURT
Wartmannsroth
Maintal
Hanau
Hammelburg
Mühlheim
Kelsterbach
OFFENBACH
Spessart
Frammersbach
Gemünden/Main
Neu Isenburg
Langen
Dreieich
Egelsbach
Aschaffenburg
Lohr/Main
Karlstadt
Rüsselsheim
Mörfelden-Walldorf
DARMSTADT
Nierstein
Marktheidenfeld
Riedstadt
Dieburg
Reinheim
Breuberg
Oppenheim
Roßdorf
Klingenberg
WÜRZBURG
Dettelbach
Höchst
Höchberg
Reichelsheim
Michelstadt
Bürgstadt
Wertheim
Randersacker
Winterhausen
Sommerhausen
Lorsch
Miltenberg
Tauberbischofsheim
Bensheim
Odenwald
Erbach
Lampertheim
Amorbach
Giebelstadt
Ochsenfurt
Birkenau
Beerfelden
Hardheim
MANNHEIM
Walldürn
Weinheim
Großkarlbach
Ladenburg
Heiligkreuzsteinach
Weikersheim
Schriesheim
Zwingenberg
Boxberg
Bad Mergentheim
Creglingen
LUDWIGSHAFEN
Schifferstadt
HEIDELBERG
Adelsheim
Neckar
Ketsch
Schwetzingen
Mulfingen
Rothenburg o.d. Tauber
Baden-
Hockenheim
Neckarbischofsheim
Bad Rappenau
Ingelfingen
Speyer
Wiesloch
Blaufelden
Germersheim
Rauenberg
Sinsheim
Zweiflingen
Künzelsau
Bad Friedrichshall
Östringen
Angelbachtal
Bellheim
Ubstadt
Leopotz
Eggen-
HEILBRONN
Ilshofen

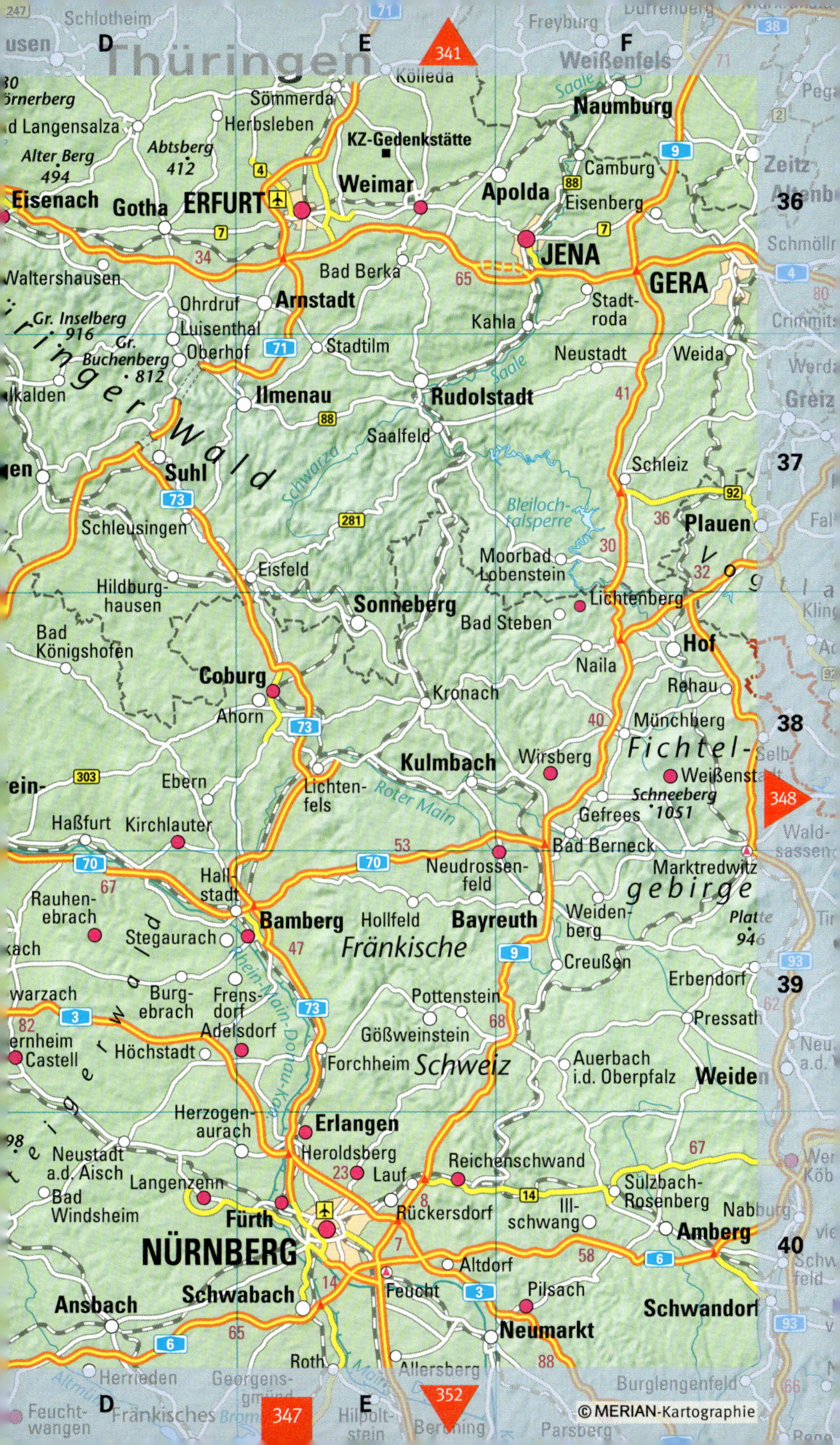

341
352
347
348
D
E
F
36
37
38
39
40
Thüringen
Schlotheim
Kölleda
Freyburg
Weißenfels
Naumburg
Sömmerda
Herbsleben
Bad Langensalza
KZ-Gedenkstätte
Alter Berg 494
Abtsberg 412
Eisenach
Gotha
ERFURT
Weimar
Apolda
Camburg
Eisenberg
Zeitz
JENA
GERA
Waltershausen
Bad Berka
Ohrdruf
Arnstadt
Stadtroda
Gr. Inselberg 916
Luisenthal
Kahla
Gr. Buchenberg 812
Oberhof
Stadtilm
Neustadt
Weida
Ilmenau
Rudolstadt
Saale
Saalfeld
Suhl
Schleiz
Thüringer Wald
Schwarza
Bleilochtalsperre
Plauen
Schleusingen
Moorbad Lobenstein
Vogtland
Eisfeld
Hildburghausen
Sonneberg
Bad Steben
Lichtenberg
Hof
Bad Königshofen
Naila
Coburg
Kronach
Rehau
Ahorn
Münchberg
Kulmbach
Wirsberg
Fichtelgebirge
Ebern
Lichtenfels
Weißenstadt
Roter Main
Schneeberg 1051
Gefrees
Haßfurt
Kirchlauter
Bad Berneck
Hallstadt
Neudrossenfeld
Marktredwitz
Rauhenebrach
Bamberg
Hollfeld
Bayreuth
Weidenberg
Stegaurach
Fränkische Schweiz
Platte 946
Steigerwald
Creußen
Erbendorf
Burgebrach
Frensdorf
Pottenstein
Pressath
Adelsdorf
Gößweinstein
Castell
Höchstadt
Forchheim
Auerbach i.d. Oberpfalz
Weiden
Rhein-Main-Donau-Kanal
Herzogenaurach
Erlangen
Neustadt a.d. Aisch
Heroldsberg
Reichenschwand
Langenzenn
Lauf
Sulzbach-Rosenberg
Bad Windsheim
Fürth
Rückersdorf
Illschwang
Nabburg
NÜRNBERG
Amberg
Altdorf
Ansbach
Schwabach
Feucht
Pilsach
Neumarkt
Schwandorf
Roth
Allersberg
Herrieden
Georgensgmünd
Burglengenfeld
Feuchtwangen
Hilpoltstein
Berching
Parsberg
Altmühl
© MERIAN-Kartographie

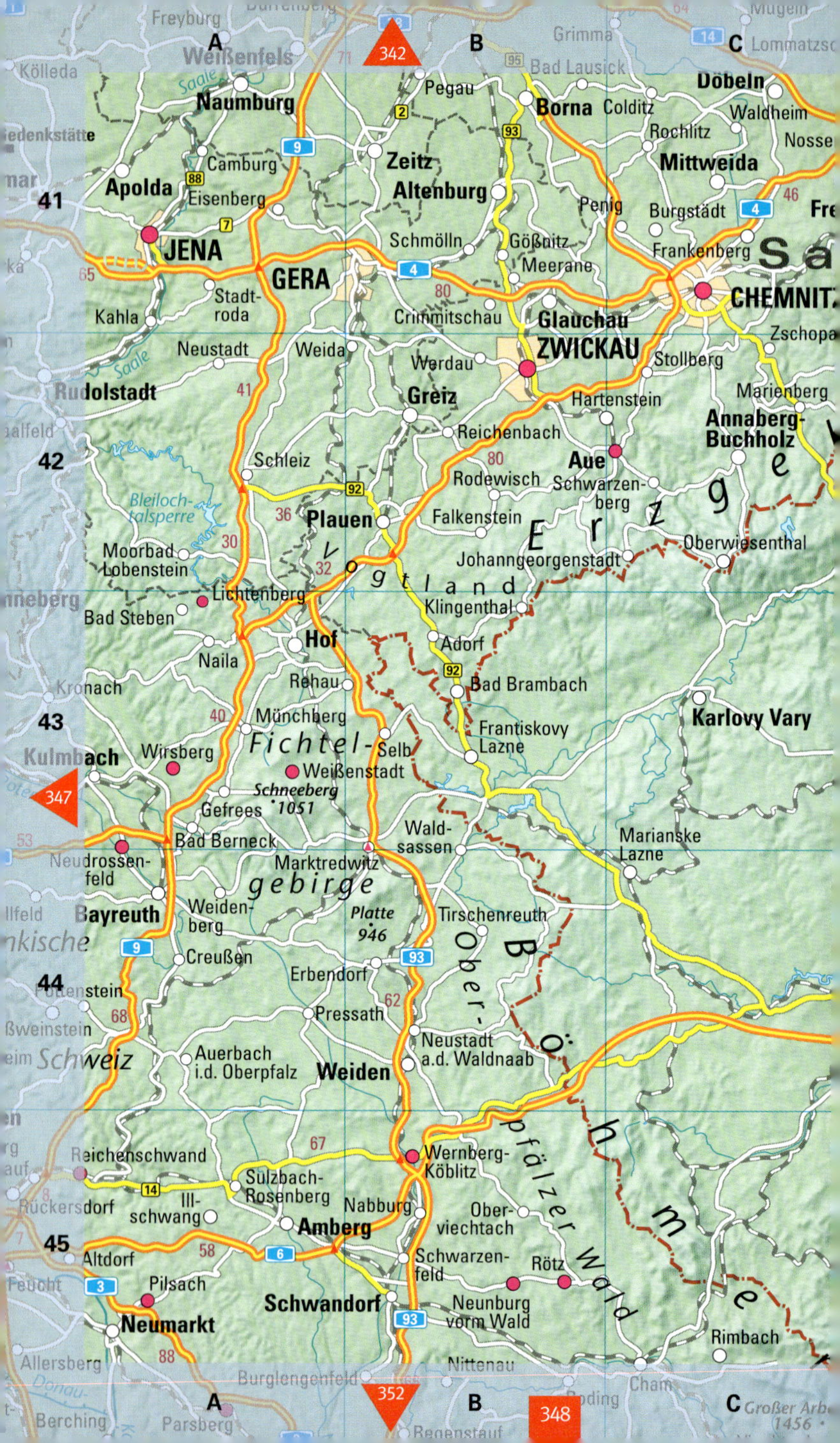
A
B
C
342
352
347
41
42
43
44
45
Freyburg
Weißenfels
Kölleda
Grimma
Bad Lausick
Lommatzsch
Mügeln
Naumburg
Saale
Pegau
Borna
Colditz
Döbeln
Waldheim
Nossen
Camburg
Zeitz
Rochlitz
Mittweida
Apolda
Eisenberg
Altenburg
Penig
Burgstädt
JENA
GERA
Schmölln
Gößnitz
Meerane
Frankenberg
CHEMNITZ
Stadtroda
Kahla
Crimmitschau
Glauchau
Zschopau
Neustadt
Weida
Werdau
ZWICKAU
Stollberg
Rudolstadt
Greiz
Hartenstein
Marienberg
Reichenbach
Annaberg-Buchholz
Aue
Schleiz
Rodewisch
Schwarzenberg
Bleilochtalsperre
Plauen
Falkenstein
Erzgebirge
Oberwiesenthal
Moorbad Lobenstein
Vogtland
Johanngeorgenstadt
Lichtenberg
Bad Steben
Klingenthal
Hof
Naila
Adorf
Rehau
Bad Brambach
Kronach
Karlovy Vary
Münchberg
Frantiskovy Lazne
Kulmbach
Fichtelgebirge
Selb
Wirsberg
Weißenstadt
Schneeberg 1051
Gefrees
Bad Berneck
Waldsassen
Marianske Lazne
Neudrossenfeld
Marktredwitz
Bayreuth
Weidenberg
Platte 946
Tirschenreuth
Creußen
Erbendorf
Oberpfälzer Wald
Böhmerwald
Pottenstein
Pressath
Gößweinstein
Fränkische Schweiz
Auerbach i.d. Oberpfalz
Weiden
Neustadt a.d. Waldnaab
Reichenschwand
Wernberg-Köblitz
Sulzbach-Rosenberg
Rückersdorf
Illschwang
Nabburg
Oberviechtach
Amberg
Altdorf
Schwarzenfeld
Rötz
Feucht
Pilsach
Schwandorf
Neunburg vorm Wald
Neumarkt
Rimbach
Allersberg
Nittenau
Burglengenfeld
Cham
Roding
Donau
Berching
Parsberg
Regenstauf
Großer Arber 1456
9
2
93
88
7
4
80
41
36
30
32
92
40
53
68
62
67
14
58
6
3
95
71
46
65
64

Bautzen
343
D
E
F
Rade-berg
Ottendorf Okrilla
Pulsnitz
Bischofs-werda
Coswig
Weixdorf
Radeberg
Gaußig
Wilthen
Kirschau
Löbau
Görlitz
Radebeul
DRESDEN
Neustadt
Ebersbach
Nationalpark Sächsische Schweiz
Freital
Hohnstein
Sebnitz
Bastei
17
Rathen
Pirna
Bad Schandau
Zittau
Lausitzer Neiße
Elbsandsteingebirge
Oyblin
Schmiedeberg
LIBEREC
Seiffen
Labe
Labe
PRAHA
Plzeň
TSCHECHISCHE REPUBLIK
41
42
43
44
45
D
E
353
349
© MERIAN-Kartographie

344
A
B
C
St. Ingbert
Zweibrücken
Pirmasens
Hornbach
Blieskastel
Dahn
Landau
Speyer
Germersheim
Bellheim
Herxheim
Neupotz
Eggenstein-Leopoldshafen
Wald
Bad Bergzabern
Kandel
Wörth
Weingarten
KARLSRUHE
Pfinztal
Ettlingen
Keltern
Sarre
124
A4
N62
Rastatt
Kuppenheim
Gaggenau
Bad Herrenalb
Gernsbach
Baden-Baden
Bühl
Forbach
Sasbachwalden
Enzklösterle
Achern
1054
Ochsenkopf
Altensteig
Rhein
STRASBOURG
Kehl
Kappelrodeck
Pfalzgrafenweiler
Oberkirch
FRANKREICH
Willstätt
Durbach
Baiersbronn
Nagold
Offenburg
Freudenstadt
N420
Gengenbach
Bad Peterstal-Griesbach
Lahr
Sulz
Brandenkopf
932
Dornhan
Rust
Rhône
Kanal
Haslach
Kenzingen
Schramberg
Freiamt
Württem
Endingen
Emmendingen
Triberg
Vogtsburg
Gottenheim
Simonswald
Unterkirnach
Kaiserstuhl
557
Denzlingen
Schönwald
Villingen-Schwenningen
Breisach
FREIBURG
St. Peter
Vöhrenbach
Kirchzarten
Donaueschingen
Bad Krozingen
Horben
Hinterzarten
Titisee-Neustadt
Geisingen
Pfaffenweiler
Oberried
Hüfingen
Staufen
Breisgau
Schwarzwald
Müllheim
Münstertal
Feldberg
Blumberg
MULHOUSE
Sulzburg
Wieden
Schluchsee
Bonndorf
Badenweiler
Stühlingen
Häusern
Büsingen
Kandern
Zell
Höchenschwand
Schaffhausen
Efringen-Kirchen
Waldshut
Tiengen
Lörrach
Wehr
Weil am Rhein
Rheinfelden
Bad Säckingen
Inzlingen
BASEL
A2
A1
A1c
ZÜRICH
Aare

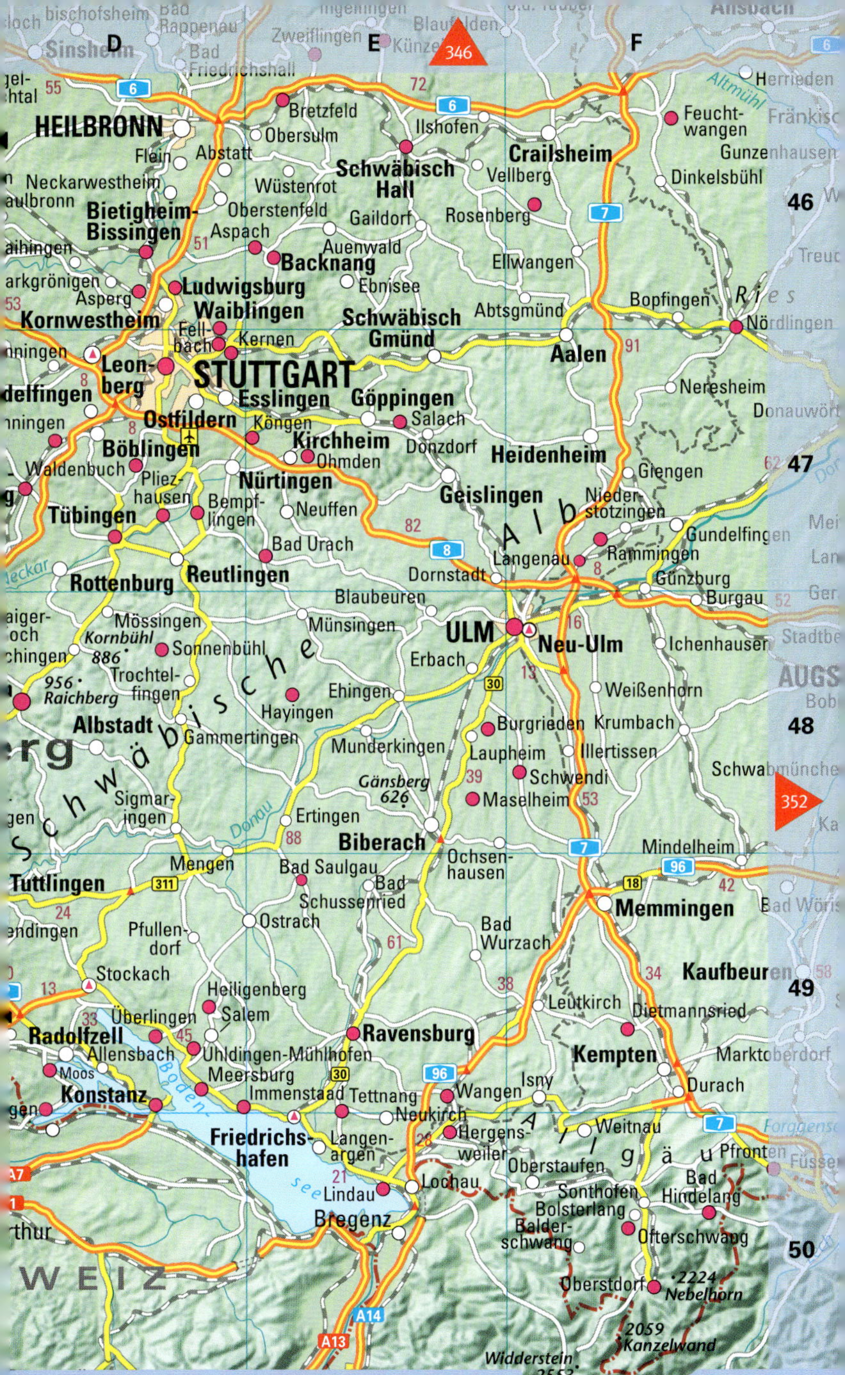
D
E
F
346
Sinsheim
Bad Rappenau
Bad Friedrichshall
Zweiflingen
Künzelsau
Blaufelden
Herrieden
Altmühl
HEILBRONN
Bretzfeld
Obersulm
Ilshofen
Feuchtwangen
Flein
Abstatt
Schwäbisch Hall
Crailsheim
Gunzenhausen
Neckarwestheim
Wüstenrot
Vellberg
Dinkelsbühl
46
Bietigheim-Bissingen
Oberstenfeld
Gaildorf
Rosenberg
Aspach
Auenwald
Backnang
Ellwangen
Asperg
Ludwigsburg
Ebnisee
Kornwestheim
Waiblingen
Schwäbisch Gmünd
Abtsgmünd
Bopfingen
Ries
Nördlingen
Fellbach
Kernen
Aalen
Leonberg
STUTTGART
Neresheim
Esslingen
Göppingen
Ostfildern
Köngen
Salach
Böblingen
Kirchheim
Ohmden
Donzdorf
Heidenheim
Giengen
47
Waldenbuch
Pliezhausen
Nürtingen
Geislingen
Niederstotzingen
Tübingen
Bempflingen
Neuffen
Alb
Gundelfingen
Bad Urach
Langenau
Rammingen
Rottenburg
Reutlingen
Dornstadt
Günzburg
Blaubeuren
Burgau
Mössingen
Münsingen
ULM
Neu-Ulm
Kornbühl 886
Sonnenbühl
Erbach
Ichenhausen
956 Raichberg
Trochtelfingen
Ehingen
Weißenhorn
Hayingen
Burgrieden
Krumbach
48
Albstadt
Gammertingen
Munderkingen
Laupheim
Illertissen
Schwäbische Alb
Schwendi
Sigmaringen
Gänsberg 626
Maselheim
352
Ertingen
Donau
Biberach
Ochsenhausen
Mindelheim
Mengen
Bad Saulgau
Tuttlingen
Bad Schussenried
Memmingen
Pfullendorf
Ostrach
Bad Wurzach
Kaufbeuren
Stockach
49
Heiligenberg
Leutkirch
Überlingen
Salem
Dietmannsried
Radolfzell
Ravensburg
Allensbach
Uhldingen-Mühlhofen
Kempten
Marktoberdorf
Moos
Meersburg
Konstanz
Immenstaad
Tettnang
Wangen
Isny
Durach
Bodensee
Neukirch
Friedrichshafen
Langenargen
Hergensweiler
Weitnau
Allgäu
Pfronten
Oberstaufen
Füssen
Lindau
Lochau
Sonthofen
Bad Hindelang
Bolsterlang
Bregenz
Balderschwang
Ofterschwang
50
SCHWEIZ
Oberstdorf
2224 Nebelhorn
2059 Kanzelwand
Widderstein 2553

D



E

A
B
C
347
Neumarkt
Schwandorf
Neunburg vorm Wald
Roth
Allersberg
Burglengenfeld
Nittenau
Georgensgmünd
Hilpoltstein
Berching
Parsberg
Regenstauf
Fränkisches Seenland
Brombachsee
Pleinfeld
Main-Donau-Kanal
Naab
56
Weißenburg i. Bayern
REGENSBURG
Treuchtlingen
Altmühl
Kelheim
Bad Abbach
Eichstätt
Böhmfeld
Donau
Nördlingen
Neustadt
Abensberg
Straubing
INGOLSTADT
Vohburg
Neuburg a.d. Donau
Donauwörth
Hallertau
Neufahrn
Rain
Reichertshofen
Rottenburg
57
Donaumoos
Mainburg
Schrobenhausen
Meitingen
Pfaffenhofen
Landshut
Bayern
Moosburg
Langweid
Gersthofen
Aichach
Hohenkammer
Zolling
Vilsbiburg
Freising
Markt Indersdorf
Stadtbergen
Bergkirchen
Neufahrn
AUGSBURG
KZ-Gedenkstätte
Vils
Taufkirchen
Bobingen
Odelzhausen
Dachau
Erding
Dorfen
58
Maisach
Oberschleißheim
Mühldorf
MÜNCHEN
Markt Schwaben
Kirchdorf
Waldkraiburg
Fürstenfeldbruck
Olching
Schwabmünchen
Inn
Kraiburg
350
Germering
Lech
Zorneding
Ebersberg
Kaufering
Gauting
Ottobrunn
Landsberg
Wasserburg
Starnberg
Egmating
Glonn
Herrsching
Andechs
Isar
Aying
Bad Endorf
Ammersee
Bad Wörishofen
Wolfratshausen
Prutting
Bad Aibling
Rosenheim
Prien
Dietramszell
Holzkirchen
59
Schongau
Weilheim
Starnberger See
Eurasburg
Sachsenkam
Raubling
Iffeldorf
Bad Tölz
Schliersee
Frasdorf
Aschau
Marktoberdorf
Peißenberg
Tegernsee
Bayrischzell
Staffelsee
Bad Wiessee
Tegernsee
Benediktenw. 1801
Murnau
Lenggries
Rottach-Egern
Forggensee
Oberammergau
Kochel
Bayerische Alpen
Füssen
Eschenlohe
Neuschwanstein
Achenpass
Walchensee
Garmisch-Partenkirchen
Achensee
60
Elmau
Mittenwald
2962 Zugspitze
Isar
Inn
Ziller
ÖSTERREICH

A B C
352

D
E
F
348
Cham
Großer Arber 1456
Viechtach
Patersdorf
Zwiesel
Regen
Lusen 1370
Nieder-winkling
Bernried
Grafenau
Nationalpark Bayerischer Wald
Haidmühle
Deggendorf
Freyung
Donau
Plattling
Tittling
Isar
Oster-hofen
Hauzenberg
Landau
Vilshofen
Passau
Wegscheid
Marklkofen
Bad Birnbach
Bad Griesbach
Neuburg a. Inn
Pfarr-kirchen
Schärding
Ruhstorf
Eggenfelden
Rotthal-münster
Bad Füssing
LINZ
Stubenberg
Simbach
Neuötting
Inn
ÖSTERREICH
Trostberg
Waging
Obertrumer See
Laufen
Traunstein
Frei-lassing
SALZBURG
Inzell
Bad Reichenhall
Berchtes-gaden
1961 Sonntags-horn
Watzmann 2713
Königs-see
Nationalpark Berchtesgaden
CH
56
57
58
59
60
D
E
353
© MERIAN-Kartographie

# INDEX

## RESTAURANTS

▶▶▶

# INDEX

## KÖCHE



▸▸▸

## C



## D

▶▶▶

►►►

# INDEX

▶▶▶

DER FEINSCHMECKER WEIN Gourmet

ISBN 978-3-8342-1572-7



**Chefredakteurin** Madeleine Jakits
**Redaktion** Achim Becker, Deborah Gottlieb
**Mitarbeiter** Winfried Bährsch, Dieter Braatz, Stefan Elfenbein, Philipp Elsbrock, Marc Faltin, Barbara Goerlich, Gabriele Heins, Susanne Kranz, Helmut Krause, Caro Maurer, Petra Mewes, Sabine Michaelis, Axel Pinck, Matthias Ring, Christoph Ruf, Cornelia Sahling, Uwe Studtrucker, Ulf Sundermann, Ingo Swoboda, Karin Szpott, Wolf Thieme, Kersten Wetenkamp
**Art Director** Peter Steiner, Anna-Katharina Holtmann (stv.)
**Chef vom Dienst und Herstellung** Bartosz Plaksa
**Layout** Jens Heerdmann (fr.)
**Bildredaktion** Helgard Below, Antje Elmenhorst, Susanne Friedrich (fr.)
**Lithografie** Peter Becker GmbH, Medienproduktionen, Würzburg
**Druck und Bindung** GGP Media GmbH, Pößneck
**Fotonachweis:**
Titel Hardcover: M. Bassler (3), J. C. Brettschneider (2), GourmetPictureGuide (5), R. Riis, A. F. Selbach/Jalag-Syndication.de
Titel Softcover: M. Bassler
Alle Fotos GourmetPictureGuide/Volker Renner
außer: M. Bassler (17), C. Beneke, T. Bernhardt, R. Bisdorf, S. Braun, J. C. Brettschneider (2), N. Breyer, Capellmanndesign, Deimling, C. Del Monte, M. Doradzillo, L. Ellert (2), G. Ermel, Europa-Park Mack OHG, P. Frischmuth, P. Garten, M. Gonzalez (2), F. Gulotta, C. D. Hoff, M. Hoffmann, H. Holtgrefe, M. Holz (4), Ketterer & Layher, P. Knaup, M. Kreppel, E. Layher, Lightshades Photodesign, Nielinger, pixelgrafie/Axel Sauerwein, C. Rödel, T. Sommer, D. Stauch, D. Williamson, G. Wrage, www.hohe-duene.de
**Redaktionsschluss:** 12. Juni 2013. Alle Angaben sind ohne Gewähr.
Die Daten wurden im April/Mai recherchiert. Es können sich inzwischen Änderungen ergeben haben, insbesondere bei den Öffnungszeiten und den Preisen.

## Wie Restaurants bewertet werden:

FFFFF
In jeder Hinsicht perfekt

FFFF○
Küche und Service herausragend, Ambiente mit großem Komfort

FFF○○
Kreative Küche, sehr guter Service, Komfort und Ambiente bemerkenswert

FF○○○
Sehr gute Küche, guter Service, angenehmes Ambiente

F○○○○
Küche über dem Durchschnitt

(F)○○○○ Halber Punkt

✱ Interessante Location mit einem besonderen Konzept/Ambiente/Angebot

## Was die Abkürzungen und Symbole bedeuten

| | |
|---|---|
| OT | Orts- bzw. Stadtteil |
| NEU | Neuaufnahme |
| M | Mittagstisch |
| | Garage oder Parkplatz |
| | Terrasse und/oder Garten |
| | Übernachtung möglich |
| | Bemerkenswertes Weinangebot |
| | Keine Kreditkarten |

JAHRESZEITEN VERLAG GmbH
**Der Feinschmecker Gourmet-Shop Bestellhotline** Tel. 040/87 97 35 60
www.der-feinschmecker-shop.de
**Vermarktung** BM Brand Media GmbH, Dorotheenstraße 84, 22301 Hamburg,
www.brandmedia.de, Tel. 040/27 17-12 00, Fax -43 43
**Sprecherin Geschäftsführung** Helma Spieker
**Geschäftsleitung Sales** Alexander Kratz
**Group Head Premium** Roberto Sprengel
**Senior Brand Manager Premium** Sabine Rethmeier
**Disposition Hamburg** Anke Neitzel, Tel. 040/27 17-24 17
**Vertriebsleitung Der Feinschmecker** Jörg-Michael Westerkamp
**Objekt-Marketing** Sonja Wünkhaus **Produkt-Marketing** Justus Hertle
**Verlagsleitung Special Interest** Oliver Voß
**Geschäftsführung Special Interest** Peter Rensmann
**Verantwortlich für den redaktionellen Inhalt** Madeleine Jakits
**Verantwortlich für Anzeigen** Roberto Sprengel

**GourmetPictureGuide**
Stefanie Lüken, Tel. 040/27 17-20 02,
syndication@jalag.de, www.jalag-syndication.de
Bei Interesse an Hotel- oder Restaurant-Fotografie: www.GourmetPictureGuide.de

**Redaktionstechnik** iPUBLISH GmbH
Poßmoorweg 2, 22301 Hamburg
Telefon 040/27 17 39 00, Telefax 040/27 17 39 04
www.ipublish.de

**Kartenredaktion** Gecko-Publishing GmbH
Kreuzstr. 43, 83093 Bad Endorf
Telefon 08053/20 87 76, Telefax 08053/20 87 74
www.gecko-publishing.de

**Vertrieb Buchhandel** TRAVEL HOUSE MEDIA GmbH
Grillparzerstr. 12, 81675 München
Telefon 089/45 00 09-900, Telefax 089/45 00 09-901
www.travel-house-media.de